Mick Avory's Underpants

目次

装丁　川名　潤
装画　ポテチ光秀

ミック・エイヴォリーのアンダーパンツ

序

　この本に収められた文章のほとんどは、タイトルと同じ「ミック・エイヴォリーのアンダーパンツ」という名のブログに書かれたものだ。膨大な量なので、収めるものを選ぶために閲覧していると、なんだか他人のような気がしてきた。

「のりしろ」を名乗る彼は、テクノロジーを前提とする現代社会にそれでも抗《あらが》う者たちへのトマス・ピンチョンの賛歌的エッセイ『ラッダイトをやってもいいのか？』がニューヨーク・タイムスに掲載された二年後に生まれ、生徒一人一人にノートパソコンの購入・使用を義務づける私立中学に入って、ブログを開設してはせっせと書いた。二十年近くの時を経て、そのごく一部がこうして厚い本になった。

　ラッダイトというのは、十九世紀初頭のイギリスで、産業革命による機械の普及に不安を煽られた手工業者たちが起こした機械破壊運動のことだ。ネッド・ラッドという若者がまず初めに二台のニット製造器をぶっ壊したことが名の由来ということになっている。ピンチョンは、彼の行動は「筋金入りのワルが見せた、完璧にコントロールされた武術のようなタイプの怒り」だとして、「ぼくらを圧倒してしまうかのような力にも、立ち向かうことのできるようなワル」こそラッダイトの本質と考え、その系譜に連なるヴィクター・フランケンシュタイン、『重力の虹』にも出ていたキング・コングなどについて書いた上で、時代はますますラッダイトにとって複雑になっていくようだが、いずれまた時が来るとばかりに楽しそうである。

これを読んで「ラッダイトをやってもいいんだ」と思わないでいるのは難しい。村上春樹がエルサレム賞のスピーチで語った「壁と卵」同様、この類の二者択一は文脈上の答えなんて決まっているわけだけれど、そんなことは大した問題ではない。それを見聞きした人々がラッダイトをやったり卵の側に立つようになるかどうかは、ネッド・ラッドの例からもわかるように、人がその人物をどれほどの「ワル」と認めたかにかかっているのだ。

さて、今現在、文章を書く者としてラッダイトをやるとは、「ワル」であるとは、一体どういうことであろうか。

IT化によるネオ・ラッダイトと言われた二〇〇〇年代からさらに時代は流れ、こういう話が一見ややこしくなってくるのは、例えば『フランケンシュタイン』を書いたメアリー・シェリーのその「書く」という営みすら、テクノロジーの領域に入りかけているということだ。今まで不可侵と暢気《のんき》に考えられていた芸術的領域に難なく入ってきた彼らはもうすでに、ある選考基準に照らせば、人間の書く良くない小説よりは良い小説を書き始めているという。その状況を小説に仕立てることでラッダイトをやってきた立派なSF作家もいたわけだけれど、その作家の行為自体をテクノロジーが行いつつある今、それをラッダイトだと自信を持って言うのは、フォークト＝カンプフ感情移入度検査法も確立していないこの状況ではどうも難しい。それを重く見て、何が「ワル」なのかを表現するという客観的立場すら危うくなった人間がどう「ワル」たるべきかというのが、今を生きるラッダイトたちの悩みどころとなっていると言うこともできるだろう。

と、現状を長々書いておいてなんだが、こんなことは悩む必要まったくなしと答えざるを得ない。ネッド・ラッドが悩むような奴なら、二台のニット製造器は無事に天寿を全うしたはずだ。人々が悩んでいることについて、悩む前に見極め、やってしまうのが「ワル」である。人目なんて気にしない。どうなるかなんて考えない。行為を手段とせず、目的としてしまう。

それは実を言えば、完璧なテクノロジーの姿なのである。つまり、真のラッダイトの振舞いは、逆説的に、刹那的に、事前的に、テクノロジーの理想を体現してしまうのだ。「筋金入りのワル」は、自分の行為の純粋さでもってテクノロジーを凌駕する。「完璧にコントロールされた」「怒り」。それを手段とするのは、後に続く人々だ。

一方、今日も大賑わいのＳＮＳに「ワル」の姿を見つけるのは難しい。半可通たちが、ささやかな反抗のつもりでテクノロジーの中に人間らしさとでも呼ぶべきものを刻印しようとするあまり、逆にせっせと似たようなニットを生産してほくそ笑んでいる有様だ。

ブログが熱心に書かれていたのはその黎明期だった。読み返してみて、一つ一つに誇るものなど何もないし、読むに堪えないものも山ほどあったが、そういう態度だけはとるまいとワルぶる姿勢だけは認めてもいいように思えた。彼はちゃんとラッダイトをやろうとしていたのだと。

創作

クニヒコの初日

やってみろやってみろって言われたって出来るはずないよ！　そんな風に思ったクニヒコは今年でばっちり二十七歳、意に反し、味の薄いものがおいしくなってきた。

「クニヒコ、こうだよ。こう」おじさんが言った。

「こう？」

「違うよ。そうじゃないよ。クニヒコがやってんのはそれは、そう、だよ。俺がやってんのは、こう、だよ」

「じゃあ、こう？」

「そうじゃないって。それじゃサルみたいだよクニヒコ。まだそれは、そう、の段階だよ。いいか、こう、だよ。こうなんだよクニヒコ」

わかんないよそんな説明じゃ！　クニヒコは心の中であらん限りの力でシャウトした。でも声に出ないクニヒコは親戚のおじさんの家に厄介になってまだ初日だ。

文句言ったら親父にチクられるんだろ！　クニヒコはどんどん思う。どんどん思って、どんどんどんどん思ってるうちに二十七歳だ。

「でも、まあ、初めてだから、しょうがないよクニヒコ」

「いや、覚えが悪いんだよ」

そんなことないけどねぇ！　クニヒコは自分を卑下してまでおじさんの機嫌をとりにいくが、心の中での自己弁護は忘れない。物心ついてこの方、忘れたことがない。

「そう思ってんならやれよ！」おじさんが大声で叫んだ。「覚えが悪いと思ってんならひたすらやれよ、サルみたいに反復しろよ！」

クニヒコは瞬時に身をかたくした。

「俺は間違ってること言ってるかクニヒコ？　間違ったおじさんか今のおじさんは？　おじさんとして不正解か！」

クニヒコは黙っていた。足が震えている。

「今現在、このおじさんをお前は指摘出来るか、可能か？　どうなんだよクニヒコ！」そこでおじさんは壁に唾を吐きかけた。そして続けた。「出来るのか出来ないのか二つに一つだ、クニヒコ！」

「出来ない」

「だろ？　最初から認めろよクニヒコ！　サルみたいに認めろよ！」

クニヒコはもう心の中ですらシャウト出来ない状況に追い込まれ、涙をこらえることに集中した。

「どうだ、おじさんは間違ってるか？」

「間違ってない」震える声で言った。

おじさんはしばらくクニヒコの目を見つめて、それから笑顔をみせた。

「クニヒコ、それでいいんだよ。第一関門突破だよ。おじさんが怒ったら、お前はひたすら謝ればいい。サルみたいに謝ってればいいんだよ！」

言い聞かすトーンかと思ったら最後に特大の声を出したおじさんを前に、クニヒコの体の震えは止まらない。その振動が涙をしぼり出し、玉のような雫《しずく》を床にこぼした。

その時、おばさんが作業場の扉を開けて顔を出した。

「夕ごはんの支度が出来ましたよ」

その顔がクニヒコには天使のように見えた。これで恐怖から解放されたと思い、ほっとしすぎて、一言も喋ることが出来なかった。

「よし、メシだメシだ。おいクニヒコ、腹いっぱい、たらふく食えよ」おじさんが背中を思いきり叩いた。そして一瞬で大量の息を吸いこみ、戸が震えるほど叫んだ。「サルみたいにな！」

勇者の吸い込み系ウエポン

僕の武器はこの強力ハンディークリーナーだ、ということを確認してから、気分的に伝説の勇者コウジは村を飛び出した。なんでもかんでも吸い込んでやるさ！

野うさぎが現れた。コウジはそれまでは机の上のポテトチップスの食べかすをキレイにするためだけに使っていたハンディークリーナーをオンして、ブヒョォォオオォォー、という音をさせながら飛び込んだ。

ブヒョォォオオォォー。

「痛い痛いたいたいたいたい」

耳を吸いこまれた野うさぎはだるそうな顔で言った。

コウジは一度、スイッチをオフにした。ゥゥウン。そして衛生面も気にせずクリーナーの吸い込み口に唇をつけ、その中にある耳へ向かって叫ぶ。

「参ったか！」そしてまた入れるブヒョォォオオォォー。

「参ったよ、こいつは参った！　だってお前、俺は野うさぎ！　ただのうさぎじゃねえ、野うさぎ！　だからこんなメカニックなもん見たこともねえや。俺はつまり『戦国自衛隊』の戦国側。耳二本とも持ってかれてるけど、どうなってんだよこれ？」

ブヒョォォオォォー、ズバババババ、ズボズボズボ。吸気口のところで長い耳が震えて変な音が出る。

コウジはニヤリと笑って、また電源を切った。ゥゥウン。

「経験値いくらくれる？　経験値いくらくれる？」

「いくら欲しいんだよ」

「それは僕の方からは言えない」

「ま、だいたい6ぐらいだろ」

ブヒョォォオオォォー、ズボボババババ、ズボズボズボズボ。

「5000やるよ！　5000！　これでお前は――」

「レベル10だ！」

コウジは電源を切って、次の聞き分けのいい小動物を目的に走り出した。

横山大ピンチ

先生が「先生を渡れ！」と言って橋になってから、もう三十八人の生徒達が向こう岸に渡ってい
た。

すげえよ、俺たちのティーチャーはすげえ。みんなの頭の中でいつしか先生は覚えたての英語に
格上げされていた。みんな、先生がこんなにも橋になるとは思っていなかったのだ。

「先生、あと一人です！」

「あと一人、横山を渡らせれば、ＰＴＡの拍手喝采が待ってます！」

「表彰もんだよ！」

しかし横山は肥満児だった。Ａクラス肥満児だった。みんなの目が横山の体にフィットした紺色
のトレーナーに向けられた。

「あれ、大人用のＳサイズらしいよ」

ゴクリ。山中さんの台詞にみんなは息をのんだ。ここが山場だ。失敗すれば、崖下の川にひしめ
くワニたちに二人はずたずたにされてしまうだろう。ワニが服を着た人間をどう食べるのか、気に
なる。

2002.04.14

いよいよ横山が先生の背中に足をかけた。そして崖からもう一方の足を離した途端、先生の体がかなりしなった。少し離れたところから見たみんなの目にはもう先生の手と横山の顔しか見えなかった。

「どうなってんだ！」

「横山、早く渡れよ！」

「急げ横山！」

横山の顔はみるみる青ざめて、その顔は少しずつ下降していった。先生の背骨はもう人間の限界をかなり超えてギャグマンガのそれになり、ワニの鋭い歯がでべそを掠《かす》めている。ひそかな笑いが起こる。

「おい、横山！」

「何してんだよ、横山！」

「ちったぁ根性みせろよ横山！」

「こら横山てめえ！」

「横山お前どうなってんだよ！」

「おかしいだろ横山！」

「これ横山おわっただろ！」

「大ピンチだろ、横山！　そうなんだろ!?」

「もうちょい必死になれねえかなぁ横山お前さぁ！」

「バカ横山が！」

その横山はむしろ、みんなの心の中で、今現在かなり背骨やばい三十一歳の横山の方だった。みんなはこんな時にさえ、当然呼び捨てにされるべきと考えられる肥満児をカモフラージュにして先生を呼び捨てにするというスリルに溺《おぼ》れていた。親の教育が悪いと思っていた。

丸まり

暖冬の影響で、恒例の「丸まれ！　直滑降選手権大会」の開催は危ぶまれている。丸出しになった山肌の上、リフトが「あたし達って、なんか、バカみたい」と言いたげに風に揺れ、ハクビシンが野生化している。

委員長の児嶋はそんな窓の外を見つめ、険しい表情を浮かべていた。

副委員長の岡田が五センチのところまで詰め寄る。

「委員長、前年度チャンプのヨシノブの調整は万全なんですよ」

「わかっている。わかっているとも……」

「今ならバスケットボールぐらいのサイズにまで丸まれる気がするとまで言ってるんですよ。過去最高のコンディションなんです。ニールセンだって、去年の雪辱を果たすために、故郷のデンマークで顰蹙《ひんしゅく》を買ってまで、日々ゲレンデを直滑降で滑ってきたそうですよ」

「しかしだね、雪が――」

「リフトを降りる時のちょっとした坂になってるところからもうすでに直滑降だったらしいですよ」

「その熱意はわかる。申し訳無いと思っているんだ」

「全然モテないし金もないらしいですよ。普通に滑ればモテモテのニールセンがですよ。モテモテの貧乏とモテない貧乏じゃ、気の持ちようがぜんぜん違います！」

「そんなことはわかっている！」

岡田が去ったあとも、児嶋は外を見ていた。「無責任な飼い主どもめ……」とつぶやき、雪が降ることを願う。目を閉じれば、直滑降のダサさを極めし者達、すなわちそれしかできない者達が次々と体を丸めて滑り降りてくる光景が、あの去年の死闘が目に浮かぶようであった。リプレイした時のあのダサさ。

児嶋が目を開けても、やはりそこには無意味な坂があるだけだった。バスケットボールサイズまで丸まるヨシノブが一本線を描くはずの白いキャンバスはどこにいってしまったというのか。児嶋は去年のビデオを見返すために窓を離れた。

本番を明日に控え、秋本ヨシノブはホテルの部屋で入念なボディチェックをしていた。よさげなボディオイルを買ってみて「なんか効きそう」「これはリピ決定だわ」と言いながら塗りたくるＯＬ感覚の最終調整に余念がない。俺は丸まれるのか。二本の板の上でバスケットボールサイズまで丸まれるのか。なあおい、丸まれるのかよ。できるだろ、練習でできたんだから本番でも！

ヨシノブがオイルまみれのベッドの上でぶつくさ言いながらストレッチをしていると、ビジネスホテルの狭い部屋にノックの音が響いた。

「はい」

「ボクだよ」

ドアが開いて、白人の大男がぐぐるようにして入ってきた。

「ニールセン」とヨシノブはオイルで髪をオールバックになでつけながら言った。

「カギかけたほうがいいよ。あとオイルつけすぎだし、このぐらいのグレードのホテルでシーツ汚すと請求されるかもしれないよ」

競技人口数十人といわれる「丸まれ！　直滑降選手権」の選手達は、トップレベルと言えどもその大部分が資金繰りに苦しんでいる。あてがわれたビジネスホテルはスキー場から遠く、オートロックもなし、シャワーの熱さも一定でなかった。

「何の用だ！」いっぺんに三つも注意されたヨシノブは機嫌の悪い声を出した。

「明日まで待ちきれなくてね」

「トゥモローまで待ちきれないってか」

「英語圏じゃないんだ」

ニールセンの外国仕込みの率直な否定にヨシノブはキレた。

「わかってんだよそのぐらい！　わかって言ってんだよ！　英語話さないぐらいわかってんだよ！」

「いや、英語はほとんどの人が喋れるんだよ」

「それも、それもお前、知ってんだよバカヤロウ！」

学のなさが恨めしいよりもそれを露見させた相手が憎い。怒りを抑えられないヨシノブを緑色の目で見つめながら、ニールセンは部屋に備え付けられた椅子に座った。

「何もケンカをしにきたんじゃないんだよヨシノブ」

ヨシノブの鼻息の音が部屋を埋め尽くした。鼻息で埋め尽くされた部屋。

「勝負をしに来たんだ」

「勝負は明日だろう」

「いや、おそらく明日の大会は中止になるだろう」

「なに……!?」

「雪が一粒もないし、さっきホテルの人に聞いたら、明日は会場一帯でハクビシンの大規模な駆除が行われるらしい。開催は絶望的だ」

「無責任な飼い主どもめ……！」

「だからヨシノブ」ニールセンは真剣な表情で、ホテルの部屋のベッドの上で油まみれの、お前そんなにシーツ汚しちゃってどうやって寝るんだよ、ちょっとは考えろよとしか言いようがない一人の男を見つめていた。「君と勝負をしに来たんだ」

「ニールセン……」

提案されたルールは簡単だった。このビジネスホテルの中にある様々な空間、その中でより小さい空間に丸まって入れた者が勝者となる。

「大会では、丸まっただけじゃ勝てないけれど、僕らは、誰よりもどれだけ小さく丸まれるかにこだわってきた。だから、どっちがより小さく丸まれるのか、はっきりさせたいんだ」

「しかし、そのルールじゃ、体のでかいお前さんの方が不利だ」

意外とまともなことを言うヨシノブに、ニールセンは不敵な笑みで応じた。

「丸まるのに体の大きさは関係ないよ、ヨシノブ」

いや関係あるだろとヨシノブは即座に思った。しかしそこは打算的な考えから黙りこみ、というわけでファイッ。最初に丸まるのはヨシノブだ。ヨシノブは部屋の中を物色し、入れそうなものを探した。ぎりぎり入れるもの。

「決めた、これだ」

ヨシノブが手にしたのは枕だった。枕カバーをつかみ、ゆすぶって中の枕をベッドに落とした。

「枕カバーか。油まみれだがいいだろう」

「いくぜ!」

そう叫ぶや否や、ヨシノブは両足を突っ込み、腰を折り、そっから、あ、うわ、すごい、うわ、すごいすごい、いった、いったいったいったいった、いった、見事に枕カバーにすっぽりと収まった。もうそれは枕にしか見えなかった。

「どうだ!」

枕の中から声がした。

「オーケーだヨシノブ。すばらしいよ。それが君の記録だ」

「出して」

小さな声が聞こえる。内からフィットしてしまったヨシノブはもう自力で出られないのだ。ニールセンは枕カバーに手をかけて引き裂くと、ヨシノブが爆発するように、油を天井にまで跳ね散らかしながら出てきた。

「これでお前は、枕カバーより狭い空間を選ぶしかないってわけだ」

「そういうことだ、ヨシノブ。でも、この部屋には僕が入れそうなものはないな。ついてきてくれないか」

ニールセンは部屋を出た。ヨシノブがついていくと、ニールセンはエレベーターホールで止まった。そこには、自動販売機が一つ、薄暗い蛍光灯に染まる空間を照らしていた。

「ボクはジュースの自動販売機に入ろう」

「なんだと」ヨシノブは取り出し口を引いて調べた。「これが枕カバーより狭いと言えるのか。入り口は狭いが、入ってしまえば細長く空間がある」

「ヨシノブそっちじゃない、こっちだ」

ニールセンはその隣にしゃがみこみ、つり銭口をカパカパさせた。

ヨシノブは息を呑んだ。

「枕カバーより小さいだろ?」

ニールセンは返事も聞かずに立ち上がると、後ろに下がって行った。エレベーターの扉に背中をつけ、深呼吸を一つした。

無理だ、と言おうとしたヨシノブだったが、勝つための黙秘権を行使。しかし、小さなつり銭口に目をやり、思わずにはいられなかった。普通に無理だろ。あんなに丸まれるはずない。ニールセンにも自販機にも目を背け、言い聞かせるようなその思いは図らずも声に出た。

「人間がそんなに丸まれるはずないいん——」

ガシャン。

乾いた音に振り返ると、ニールセンはそこにいなかった。蛍光灯と自動販売機の震えるような音がかすかに響いている。自販機の釣り銭口には、浴衣を丸めたようなものが詰まっていた。

俺の、バカヤロウ。ヨシノブは自分を叱咤《しった》した。ニールセンはこの一年で、これほどまでに丸まれるようになっていたんだ。そしてその間、俺は何をしていたというんだ。俺の、クソヤロウ。

「ボクの勝ちだ」

つり銭口からこもるような声がした。ぐうの音も出ないとはこのことだった。

「出して」

とても小さな声にヨシノブは応じた。つり銭口にぱんぱんに詰まってしまったニールセンを出すのは一苦労だった。車の下に挟まったボールを回転させながら出すような感じで頑張って、ようやく出た。ジュリッ、ジュリッ、というどこか懐かしい感じだった。それはともかく、ニールセンはつり銭口を出ると、弾けるように元に戻った。

ニールセンは立ち上がって体を払った。背を向け、浴衣を着直しながら言った。

「約束通り、有料チャンネルのカードを買ってもらおうか」

自販機が並んでいる一番端に、ひっそりとそれは佇んでいた。

「君の財布を取ってくるんだ」

やられた、とヨシノブは思った。しかし、これほどまでに圧倒的な敗北を喫して、食い下がれるはずもない。観念して自分の部屋へとぼとぼと歩き出した。

「ヨシノブ」長年のライバルの背中にニールセンは声をかけた。「オイルも持ってくるんだ」

むな毛からへそ毛にかけての貴公子の異名をとる韓流スター、モ・ジャンジャンが飛行機のタラップを十代にありがちなうざい元気を利用して、手を横に広げてまっすぐ下だけ見て、足を垂直に落としていく感じで駆け下りてきた。

「キャ――――！」

「モー様――――！」

こっちなんか全く見ていないのに、その下で待ち受ける五百人のファンは一斉に叫び、モ・ジャンジャンの毛を早く見たいわ、そしてなびかせたいわ、という思いを込めた公式うちわを、上に向けた反対の掌に叩きつけた。ファンはどうすればモ・ジャンジャンのむな毛からへそ毛にかけてが美しく大胆になびくのか知っていたのだ。

しかしファン達はモ・ジャンジャンを見上げると手を止め、今度は悲鳴を上げた。なんと、モ・ジャンジャンが下りてくるタラップの中段あたりに、貝印的なT字カミソリが、さかさまに置いてあるではないか。

「カミソリよ！　カミソリだわ――！」

「モ・ジャンジャン剃られないで――――！」

「むな毛――――！」

しかし、あまりにもファンが一斉に叫ぶので、モ・ジャンジャンには「日本へようこそ――――！」としか聞えなかった。だからモ・ジャンジャンは、いやみなくあしらうつもりで満面の笑みを浮かべて体勢は変えずに顔だけを上げ、「日本のみなさん、こんにちは」とありきたりな台詞を言いながらタラップを駆け下り続ける。

「あ！」

刻一刻とモ・ジャンジャンがカミソリに近づく中、一人のファンがまた何かに気付いた。カミソリのある三段上にあるあれ、あれはシェーヴィングフォームだわ！

「それも泡が出るタイプのヤツだわ！」

「いい男が缶に描いてあるヤツ――――！」

「モー様、塗らないで――――！」

「へそ毛――――！」

しかし、またもファンが叫び過ぎるので、モ・ジャンジャンには「キムチはやっぱり好きなのー？」としか聞えなかった。だからモ・ジャンジャンは、一旦、何か考えている時にいつも見せるかなりアホな顔をしてからクールな顔になって「じゃあ君達はみんながみんな、納豆が好きだっていうのかーい！」と小癪《こしゃく》なことを言いながら、アホな顔をしている時の油断が災いして、タラップを踏み外してしまったのだ。

ファンの叫び声がこだましてそれからは、モ・ジャンジャンにも、ファンにも、全てがスローモーションに見えた。

モ・ジャンジャンが転がり落ちる。転がり落ちる拍子に、純白のワイシャツのボタンが外れていく。落ち始めて四段目で完全にはだける。五段目で、ああ、脱げた。やばい。悪い方悪い方にいってる。バランスをとるために伸ばした右手に、シェーヴィングフォームが当たる。拍子に、蓋が外れる。その上へ覆いかぶさるように落ちていくモ・ジャンジャン。くるっと回って再びその胸が空中でファンの目にさらされた時、そこはもう呆れるほど泡まみれ。

「キャ――――!」

いよいよモ・ジャンジャンは、むな毛からへそ毛にかけての貴公子は、その終焉となるカミソリの段へと斜めに落ちていく。この入射角だと、どんぴしゃ一気にゾリッといく、誰もがそんなことを思った。その通りに、モ・ジャンジャンは胸から滑り落ちるようにしてカミソリの上を通り過ぎたのだ。

「いや――――!」

ファンは、目の前で起こった悪夢にうちわで目を覆い、しばらくそれをどけることができなかった。そのうちわには毛を模したものが両面にびっしり糊付けされており、ファン達は少しでも長くその感触を信じていたかった。

地面に落ちたモ・ジャンジャンが全身軽い打撲やうちみでようやく立ち上がって「アニョハセヨ」と声をかけた時、ファンはおそるおそるうちわをどけた。

しかし、ファンの予想とは全く違って、そこには、むな毛からへそ毛にかけての貴公子が立っていた。モ・ジャンジャンのむな毛からへそ毛にかけては、泡を絡ませながら、確かにもじゃもじゃっと、そこにもじゃっていたのだ！

「無事よ！　むな毛は無事よ！」

「へそ毛もよ！」

「でも、一体どうして！」

その時、タラップの一番上に颯爽と姿をあらわした人影があった。

「あ、あれは！」

気づいた一人が指差し叫ぶと、モ・ジャンジャンも、五百人のファンも、一斉にそちらを見上げた。

「皆さん。当機では、お客様の安全を期して、カミソリの全てにプラスティックカバーをつけているのです。快適な空の旅をする権利はお客様の体毛にも認められる。我々はそう考えているのです」

愛に満ちた航空会社のほとばしる思いを代弁する台詞を受けて、今日一番の歓声が飛行場を支配した。余りに大きなその歓声はモ・ジャンジャンにとって「上は洪水、下は大火事、なーんだ」としか聞こえなかったので、モ・ジャンジャンは今までで一番アホな顔をいつまでもしていた。プラスティックカバーをつけたのはカミソリの会社だった。

移動動物園

動物園の匂いのスケールを小さくしたような匂いの中、「楽勝ですよ」「めちゃくちゃ腹減らしていきますよ」とモルモット達が言えば、「子供を魅了するために品種改良されたんですから」「この耳でイチコロです」とウサギ達が続いた。

「はりきってるとこ悪いが、今度の幼稚園には、お前達だけじゃ足りないんだ」

移動動物園アニマル本舗の園長は動物達に言った。

「何言ってるんですか園長。園児なんか、動いててちょっと臭けりゃ――」

「盛り上がるもんですよ」

モルモットとウサギは人間の園長を冷やかすように片手を上げた。鼻のヒクヒクが加速して嘲笑しているように見えるが、あとで訊くと本人達は違うと言う。

「普通の園児なら、私だって安心していられる。モルモットとウサギを持ってって広げて見せてしばらくしたら帰ればいい。そういうつもりで取り組んでいる。しかし、これを見てくれ」

園長はそう言って、胸ポケットから折りたたまれた紙を取り出し、机の上に広げた。「なんだなんだ」「どしたどした」と、ウサギとモルモットが円柱状のペレットをくわえて這い上がってくる。

「名簿じゃないですか」「名簿だ」「名簿名簿」

「そう、今度行く幼稚園の名簿だ。年長さんの、マツ組を見てみろ」

ウサギとモルモットは暢気にエサをカリカリかじりながら、マツ組に目を走らせた。

「なっ！」

口々にそんな声をあげながら、小動物の手からは思わず、ペレットが時間差でこぼれ落ち始めた。その形状が災いし、テーブルの上を、園長のいる方へ園長のいる方へと転がっていく。

「しまった！」

我に返った小動物たちが叫ぶ。

エサは刻一刻と迫ってきていたが、園長は冷静そのものだった。出来れば床を汚したくないという一生捨てられない気持ちに嘘をつかず、両方の手と腕、使えるところは全部使って柵を作った。両手はきっちりと、指の中で一番長いことで有名な中指同士でわずかにつながれていた。固形のエサは全部そこで止まった。ウサギとモルモットの寿命が半年縮んだ。小動物からすると半年はかなり大事だった。

「二つわかったことがあるぜ」

全身の毛を先ほどのスペクタクルで逆立てたまま一匹のウサギがつぶやいた。

「まず、馬場ジュンキチが転園していたってこと。もう一つは、このテーブルのたてつけが悪いってことだ」

その名前がいよいよ口に出されて、園長も小動物も緊張を新たにした。言う順番は逆にしたほうがよかったことを注意するのも忘れていた。

馬場ジュンキチがあの日、東京都練馬区の幼稚園で「これで一人二千円はぼったくりだ！」と叫んだあの日のことを忘れた者は一人も、一匹もいなかった。まさか奴が、今度は埼玉県越谷市に居を構えていようとは。

「だから今回は、ポニーさんの力を借りようと思ってる」

「ポニーさんの腰の調子は大丈夫なのかい」

「さっき聞いたところだと、二十分間隔で四人ぐらいはいけるそうだ」

そうかそれなら、という雰囲気が出来てきて、これで会議はお開きかに思えた。しかしここで、あいつらの心になぜか火がついた。特に理由も無くゲージの中を動き回るあいつらの心に、特に理由も無く火がついた。

「今回は俺達にまかせてくれ」

それは、集客力でいえばカブトムシと同程度というモルモット達だった。

「ポニーさんだけじゃなく、ウサギの皆さんもどうかゆっくり休んでくれ」

ウサギ達はそのでかい耳を疑った。

「馬鹿な。ウサギとモルモットが組んだってかなりやばいのに」

「そのウサギもいらねえって言うのかよ」

「自殺行為だよ！　モルモットだけ持ってって移動動物園を名乗るなんて、自殺行為だ」

「いきなりどうしたってんだ！」

ウサギ達はここぞとばかりに大騒ぎした。

「実験動物の底力、見せてやりたいんだ」

モルモット達は凛として立っていたが、特に作戦とかは無かった。

時速一二〇キロの狭間でアリの生態

高速道路の上り線と下り線、その間に設けられた中央分離帯を飾るわずかな緑で暮らすのが、ご存知俺たち「時速一二〇キロの狭間でアリ」だ。

なけなしの緑で生きるには、校庭の片隅で小学生におびえながら生きるのとは別の種類の根性がいる。鋭い太陽光線を浴びた灼熱のコンクリートが上りから下りから熱を発散させ、大型犬ですら窓から顔を出せないスピードでキャンプに出かける４ＷＤがそれをかき混ぜる。まさに上り線と下り線の石焼ビビンバや。俺たち自身、こんなところで暮らすのは、関税自主権を回復させることぐらいみんなから拍手をもらえることだと思っている。

俺たちは時々、縁石に立って下り線を眺めた。自動車がシュンシュンシュンシュンシュン通り抜けるこの道は、はるか仙台まで続いてる。そう思うことで俺たちは小さな体に夢を充塡《じゅうてん》させることが出来る。ちっぽけな俺たちだけど、それでもこの道は、俺たちと自動車のために二十四時間ひらかれている。時速一二〇キロで夢を運ぶ、それが常磐自動車道だ。

仙台。それは涼しい気候と萩の月。笹かまぼこにベガルタ仙台、東北楽天ゴールデンイーグルスときて、最終的に牛タンがそこには待っている。それをこの目で見ることなく、この触角で感じることなく、俺は高速道路の真ん中で、なんでこんなとこ住んでるんだ、という思いを抱いてこの世界から消えていくのか。俺たちはあきらめきれなかった。でも、どうしたら。

「以上でプレゼンを終わります」

まだ生まれたばかりの頃に、虫は現地で分解してから運んだらどうか、というアイデアを出した時から一目置かれている天才アリ、コンピュータペンシルのプレゼンは、夢物語だった俺たちの仙台行きを現実的なものとした。女王様が賛同してくださり、俺たちは仙台へ向かうことを決めた。

「仙台ナンバーを探してください」

コンピュータペンシルの指示通り、俺たちは帰省ラッシュの渋滞で足止めを喰らった下り線の自動車のナンバーを調べてまわる。普段のアリ的な役割分担を無視して、俺たちは探した。仙台ナンバーを血眼で探した。結構あった。

「どれに乗り込むんだ！」

「その一〇トントラック！」

コンピュータペンシルが叫ぶ。でかいトラックはごちゃごちゃしていてタイヤがいっぱいあって乗りやすそうなことを、コンピュータペンシルは一瞬で判断したのだ。さすが、どこかに行く時はちゃんと一列に並んだらどうか、と言って俺たちの生活と他人からのイメージを一変させただけのことはある。

「乗り込め！」

俺たちは停止しているタイヤに行列をつくらず殺到した。あるものは横っ腹に噛み付き、あるものはくぼみに潜り込んだ。そのタイヤは東京のにおいがした。何十万かの回転に耐えた時、俺たちは宮城県民になっている。そう信じてる。

マウンド上、俺様宛て

一点リードの九回裏、ノーアウト満塁、バッターは四番。ピッチャーは俺。

ゆらゆらと陽炎《かげろう》が俺とキャッチャーの間に立ちのぼり、審判の汗が額を伝うのが見える。俺は今、人生最高に集中し、歓声も聞こえない。俺はまるで、それが自分で招いたピンチであることを忘れているかのようだ。でも大丈夫、俺は落ち着いていて、英検三級を持っている。ユニフォームは昨日洗いたてだが、今は土まみれ、そしてまた明日には洗いたてになっている。グローブの革のにおいがふと鼻をかすめる。こんな暑い日は、ボールの縫い目の一つ一つが俺に語りかけてくるようだ。桑田の逆。お前ならやれる。その赤いメッセージが、炊飯器の時計の正確さに気付いたあの時の頭の冴えを、マウンド上のピッチャー、すなわち俺に呼び戻す。その時、俺は名実ともにエースになっている。俺の目はオオカミのようで、オオカミの目は俺のようだ。日本のオオカミは絶滅したが、俺にはこの先も楽しいことがいっぱい待っている。しかし、今、この瞬間だけは、その目にはミットしか映らない。オオカミのような俺の目はミット専用のような目になっている。そこには一直線に光の橋がかかっていて、俺はその道をまっすぐ行けばいい。ただまっすぐに。俺のスポーツカーにハンドルはいらない。その代わりアクセルを二つ取り付けてくれ。そして前だけ見て、後

2005.07.24

ろは振り返るな。何も考えるな。時速一四〇キロで俺は俺の道をただ行け。そう、直球勝負。

しかし、俺は汗に邪魔されてプレートから足を外した。帽子を取り、汗をぬぐう。こんな緊迫した場面では、時間は使えるだけ使っていいことになっている。

その時、俺は思い出した。今朝の俺が、今の俺に宛てた魂のメッセージのありかを。帽子のツバの裏に隠された俺からの伝言。何か大事なメッセージを、俺はそこに書いておいた。俺は目の前に帽子を持ってきた。

「炊飯器の時計は凄く正確」

そう。炊飯器の時計は凄く正確なんだ。俺は帽子をかぶった。

メモするとメモを見なくても覚えているのに、メモしないとすぐ忘れる。いったい俺はどうすればいいんだという気持ちで投げたボールは二倍の速さで俺の頭の上を抜けていった。

バク転ギツネ、町へ行く

お母さんから「危ないからやめときなさい」と言われていたにも関わらずチャレンジ、血のにじむ、毛の生え変わる猛特訓の末にバク転をマスターしたキツネはさっそく人間に自慢してやろうと山を下り、ライブハウスのドアを叩いた。

「今夜、俺のバク転ライブを開いて欲しい。だから、そちらには、ハコの準備だけお願いできますか。立ち見は無し、椅子を並べてくれ。そしてとびきり寒色のスポットライトを頼む。スタッフさんの弁当やなにやらは俺が手配しておきますんで。あとは……いや、じゃあもういいや、もう、会場のことも俺がやっておくよ。イスも俺が並べるし、照明のことも俺がやるよ。宣伝も俺がしとくから」

キツネは革ジャンを羽織ると出て行った。ライブハウスの従業員は、キツネよっぽどバク転見せたいんだな、と思った。そして、お前も夢を追いかけてるんだな、と感動した。従業員は、キツネの情熱に引っ張られるように、なにがなんでもこのライブを成功させたいとその力を結集したが、全部キツネが準備するといっているし、届いたのり弁を食うだけだった。

午後七時、ライブが始まった。キツネの手腕はタヌキの八十倍あったので、ライブハウスは超満

2005.11.29

員となっていた。

会場は暗闇に包まれていた。しかし、急に爆竹が鳴り、真っ暗闇の中にブルーのスポットライトが照らされると、そこにはキツネがいた。キツネはスタンドマイクの前、革ジャンを着て、目を閉じたまま自分の体を抱きしめるように直立し、斜め上を向いていた。

「大自然がフォるさと」

キツネの囁きをマイクが拾う。すると、観客は手をキツネの形にして突き出して、口々に「キツネー！」と叫んだ。

歓声にこたえることもなく、キツネはイメージトレーニングに打ち込み始めた。耳はピンと立ち、昔話で人をだます時の往年の集中力をその体に宿らせていく。やがて、どこからか葉っぱを取り出すと、頭の上にのせた。待ってましたとみんな思った。ステージの端に置いてあるメクリが従業員によってめくられると、そこには「バク転」と男らしい墨字で書いてあった（キツネ筆）。

キツネは肩幅まで足を開き、そこから微調整を繰り返した。

「おい！」

集中が乱されたのか、急にキツネは叫び、葉っぱを取ってしまった。キツネが足を踏み鳴らし、ドンドンという音が響いた。

「なんだ、この材質は。不安だよ、凄く不安なんだよ。マット持って来い！」

しかし、ライブハウスにマットがあるはずなかった。そこで、急遽、スタッフが寝るために置いてあった布団が用意された。

「これでも固いよ。夏用の布団じゃねえかよ。不安だよ」

二枚重ねにしたのに、キツネは渋い顔をした。イライラしたキツネは、革ジャンのジッパーを片手で開け閉めしながら、葉っぱをむしゃむしゃ食べてしまった。そして、筋だけ吐き出した。その仕草やクレームをつけまくる態度は、キツネなのにロックスターだったので、観客はすっかりキツネのファンになってしまった。バク転にビビるのはロックスターっぽくなかったが、ファンは盲目だった。

キツネはステージぎりぎりまで出てきて、革ジャンを客席に放り投げた。そして言った。

「お前ら全員、今から森に来い。枯葉のベッドのフワフワ感、味わわせてやるよ。大自然の尊さ、空気のおいしさ、ログハウスの暮らしやすさ、思い知らせてやるよ」

いつの間にか、メクリには「環境保護」と書いてあった。

そう、キツネのゴルフ場開発との戦いは、バク転を練習していた時から始まっていたのである。

それは孤独な戦いだった。

妖精の童貞

男が山道を歩いていると、半透明の、吹き出物の多い見た目完全に妖精なのが話しかけてきました。

「そうそう、オイラが妖精さ。ねえ、あんた、お願いを聞いておくれよ。あのねえ、この道の先には、妖精がいるんだよ。オイラとは別のもっと吹き出物の多い妖精さ。そいつは、今まで人間にイタズラをしたことがないんだよ。だから、ねえ、頼むよ。お願いだよ」

こいつはわけがわからない。男が腰を据えて妖精の話を聞くと、こういうことでした。つまり、妖精というものはド田舎のいいにおいのする花から生まれると、まず最初に住み着く一つの道を付近から選びます。この場合、切り株があると安心、座れるし、ということです。

妖精は、そこを通る人間にイタズラすることで場数を踏んでいきます。十回イタズラすると、その妖精は新たな別の、少し人通りの多い道に派遣されます。この異動を繰り返していくと、妖精はだんだん東京の方へ近づいていきます。最も神に近い妖精は、渋谷のスクランブル交差点の交わるところで人々にイタズラをしています。

「あいつは、へそ曲がりだから、最初の道の選び方がおかしかったのさ。誰も通らないような道を選んじまって、まだイタズラ童貞なんだ。そこをあんたが通りかかった。このまま行くと、何しに行くか知らないが、あの道通るんだろう。お願いだよ、あいつ、見境無いと思うけど、許してやってくれよな」

そう言うと、妖精は見えなくなりました。

男は優しい心の持ち主でした。わかったとうなずくと、すこし楽しみにしながら、薄暗い、絶対に姿形を知らない猿の吠え声の響く不気味な道を歩いていきました。

「おい止まれ。妖精だよ！　手を上げろ！」

男は、ああこれが噂の妖精だな、と思いました。

「おや、何か声が聞こえたようだが」

男はニコニコしながらとぼけていましたが、急に、頭に虫取り網がかぶされました。その中には、アブラゼミが五匹から入っていたので、男の顔や頭のすぐそこでアブラゼミが猛烈に鳴きながら羽を動かして飛び交い、男はかなり苦しく不快なことになりました。

妖精の姿は、顔に散らばった吹き出物まではっきり見えていました。虫取り網が男の頭から離れないよう、力をこめて押さえつけている筋張った腕が男にも見えました。

「よし、まず一回、一回入ったなコレ。うおおコレがイタズラか、気持ちいいぜ」

妖精は言い、今度は葉っぱを持ち出してきました。妖精はぴっちりしたゴム手袋をしていました。そして、虫取り網をかぶったままの男の生足に、それを擦り付けました。

「かぶれろ！　三日三晩！」

妖精は飽きるほど擦り付けると、男の靴下をずらしてその中に葉っぱを押し込んで靴下を限界まで上げました。葉っぱで盛り上がった部分を叩きながら言います。

「二回、二回目よし」

男はアブラゼミがうるさいし硬いし少し液体も感じるし、すでに足がかゆくてかゆくてたまりませんでしたが、この妖精のために我慢してやろうと思いました。

「あと八回、あと八回、いけるいける」と妖精は自分を励ましました。

「がんばろう」二人は同時に呟きました。

妖精が虫取り網を離し、素早い動きで大きな石をひっくり返し、隠れていた湿った土をスコップで掘り出すのを見ると、男は、さあこい、と言うように襟元を引っ張って服と肌の間に空間を作りました。

「うおおおお！」

妖精は叫びながら、その空間に、スコップに満杯のった多分ダンゴムシとか入ってる湿った土を流し込みました。

「よしよしよしよしよし！」

二人は声を合わせ、鳩尾《みぞおち》から腹にかけてのところをバンバン叩き始めました。

「いこう！」

泥つき

「さあ、どうぞ」

萩村ハヤトはその瞬間、確かにたじろいだ。こんな土のついた大根をそのまま食えるはずがないと思ったからだ。

そっと周囲を見回すと、お父さんもお母さんと、それにおじいちゃんもこっちを見ている。微笑んでいる。

「新鮮だからおいしいよ」

おばあちゃんは土を手で二回パッパッと払っただけの大根を差し出したまま言った。

ハヤトの頭の中は、新鮮なのはわかるけど泥とかはダメだろ感でいっぱいだった。確かにそこには、田舎の人が過剰に地元の良さをアピールするような、あの盲目的な、テレビのチャンネルは四つしかないけどこっちには野菜とおいしい空気がある、というあの感情が浮き彫りになっていた。泥つきをむしろ良しとする都会人のお墨付きを得ながらにして都会人よりも優位に立とうとするようなあのいやらしさがあった。おばあちゃん自身も気付いていなかったが、ハヤトの小学生なら大体持っているとされるピュアな心がそれを感じ取った。

とりあえず水洗いしてくれ、という思いを、ハヤトは目で伝えようとした。

「苦くないよ。甘いんだよ」

おばあちゃんは何かを勘違いしていた。夏休みと冬休みの年二回、それにこうして運動会が終わった後の秋の休みにたまに会うぐらいの関係でアイコンタクトを通そうとしたハヤトの作戦は失敗に終わった。明らかな連携不足だ。

「そうよ」「食べたら驚くぞ」「ハヤトは大根が嫌いか」

お母さんとお父さんと、それにおじいちゃんも、おばあちゃんと同じように完全にハヤトの心は読み切っているという体《てい》で喋っている。ハヤトはこんな時の親族が嫌いだった。おじいちゃんに至っては、なんかむかついた。

「さあハヤト、食べなさい」

「ハヤト食べろ、好き嫌いは良くないぞ」

「畑でもぎたての野菜を食う、これ以上の幸せは無いぞ」

あるだろ、ハワイとか。大根を差し出し続けるおばあちゃんを援護射撃するように、みんなが口々に食べなさい食べろ食えと言った。顔は笑っていた。これが親族による親族の圧力だ。それは一つのコールとなってハヤトの耳にリフレインした。食・べ・ろ、食・べ・ろ。

「いや、食べない」

ハヤトはきっぱりと言った。

「だって、虫とかついてるもの。そりゃ中は新鮮だよ。そのぐらいわかるよ。みずみずしくて甘くておいしいと思うよ。幸せな人には幸せかも知れない。でも、外側には変な小さい虫とか細菌とかビッシリついてるもの。一握りの土に何億といるんだから。薄い筋に土とか詰まってるから絶対いるよ。無農薬だから安心なんじゃない、無農薬だからこその不安というものもある。普段から土を体に入れてるならいざ知らず、都会っ子の胃腸には酷ってもんだよ。とりあえず洗おうよ。それだけで、気分的に全然違うから」

ハヤトは初めておばあちゃんに歯向かった。歯向かったら帰りに貰えるお小遣いが減らされたり最悪なくなったりするかも知れないという不安に打ち勝ち、見事歯向かった。

畑に涼しい風が吹いた。

「ハヤトの言う通りだよ」

おばあちゃんは言った。

それから、ポンプ式の井戸まで移動して大根を洗った。

「ほら、ハヤト、これでいいんだろう」

おばあちゃんは大根をこすりながら言った。

「うん、僕はとにかく洗ってくれさえすればいいんだ。盲目な善意で泥を食わされるのだけはごめんなんだ」

ハヤトは中腰でみるみる白くなる大根を見ていた。その後ろでは、お母さんの実家で調子に乗って泥つきを丸かじりしたお父さんが、息子の言うこととはいえどんどん不安になってきていた。おじいちゃんは、ハヤトの言った「幸せな人には幸せかも知れない」が引っかかっていた。

「ま、本当はそれも自分で洗いたいんだけど」

これでおばあちゃんも心に傷を負い、結局、健康な心で畑を後に出来たのはお母さんとハヤトだけだった。それでもハヤトは傷ついたのは自分だと思っていた。軽トラックの荷台の上で被害者面していた。

チョコバッター様

「山菜とってんの？　山菜とってんだろババア。なあ、おい！　おばあちゃん！」

ぼくとおばあちゃんは意気揚々と山菜取りに来たところをチンピラにからまれたので、家を出た頃のやる気とか、お母さんに言った「いっぱい取ってくるね！」とか、「運動靴の方がいいよね？」とかの全てがはかなく感じられた。

おばあちゃんはチンピラがぼく達を発見して川のせせらぎを越えてくる前に手を合わせ、精神を宇宙に飛ばして全てを無に帰した。

ぼくも慌てて手を合わせ、拝んだ。ぼくの家が代々信仰してきたチョコバッター様を心に思い浮かべた。

チョコバッター様、お願いします。ぼくを極楽ツーベースヒットで宇宙へ飛ばしてください。榎本榎本榎本喜八。

でも、ぼくの打率（チョコバッター様に願いが届けられる率）はおばあちゃんと違ってまだまだ低かったので、ぼくの精神は宇宙まで届かず、熱圏で止まった。

熱い……熱いよ……。

二千度に燃え盛るぼくの意識はむしろはっきりしており、近づいてくるチンピラの姿も見えていた。おばあちゃんは精神どころか体も浮いてきて、風船みたいにブナの梢に引っかかっていた。

おばあちゃん……おばあちゃん……。

ぼくはおばあちゃんを呼んだ。その時、ぼくの視界が真っ赤になった。気付くと、今度は体中が熱い。むき出しの腕が泡立っていた。

「タカヒロ、こっち涼しいよ」とおばあちゃんが遠くで言った。

赤い膜の向こうにおばあちゃんはいた。そこに広がる漆黒の闇に微笑みだけが浮かび上がっている。

「おばあちゃん、ぼく、そこまで行けないよ。とても熱くて、動けないんだ」

「頑張ればいけるって。タカヒロ。あきらめちゃダメだよ。男の子男の子」

「おばあちゃん、助けに来て、ここまで。お願いだよ。もうお小遣いを欲しがらないし、農業の手伝いも一生懸命するよ。だから、頼むよ」ぼくは息も絶え絶えに言った。

「タカヒロ、待ってな」おばあちゃんはしばらくぼくを見てから言った。

おばあちゃんがこちらに一歩踏み出した時、おばあちゃんは誰かに肩をつかまれた。体中を刺してくる物凄い熱さに遠ざかっていく意識の中、ぼくにはその手がかろうじて見えた。

振り向いたおばあちゃんはしわしわの口を開けて驚きの、でもどこか嬉しそうな表情を浮かべた。それから、何かを気遣うようにぼくの方をちらちらと見る。おばあちゃんの肩をつかんでいた手がそのまま肩を越えて下がってくる。灰色のスウェット生地に包まれた腕がおばあちゃんの胸の前にだらりと垂れると同時に、ヒゲ面に薄い茶のサングラスをかけた男の顔が、おばあちゃんの顔の横に浮かびあがった。茶色いレンズの奥の白い目がぼくをとらえると、男の顔は不気味な笑顔に変わっていった。

「チョコバッター様……」おばあちゃんは見上げるようにして、たしなめるように言った。

「早く来いよ」とチョコバッター様はおばあちゃんを睨むようにして言った。

おばあちゃんはその声に促されるまま後ろを向いてしまった。チョコバッター様の手は、いつの間にかおばあちゃんの腰の辺りにまわっていた。おばあちゃんはチョコバッター様に身を寄せるようにして、そのまま遠ざかっていった。

ぼくはしばらく呆然としていたけれど、おばあちゃんなんか、あんなババアなんか知るもんか、と心に繰り返した。そして振り返り、先の見えない真っ赤な道なき道を、熱をかきわけて進んだ。

指先が燃えるように熱かった。

走れメロス、食べろ耕作、なんでもいい方に考えろ由美子

路行く人を押しのけ、跳ね飛ばし、メロスは黒い風のように走った。野原で酒宴の、その宴席のまっただ中を駆け抜け、酒宴の人たちを仰天させ、犬を蹴とばし、小川を飛び越え、少しずつ沈んでいく太陽の、十倍も早く走った。

耕作は食べた。バランス良く、それでいて手当たり次第に、あらゆる物へフォークを刺し込み、海老や蟹は手づかみで口に運んだ。礼儀作法を遵守しながらフォークやナイフを操る叔父の夫婦は、耕作に冷たい視線を送り、両親はもはや注意も躊躇《ためら》われたか、恥ずかしそうに俯《うつむ》いている。その中で、耕作は食べた。なりふりかまわず、挙句の果てには、ナイフを放り出し、とにかく食べた。これを逃したら、異国の料理なんぞ、いつ食べられるか知れたものではない。ああ、父よ、母よ、祖父母よ、叔父よ、叔母よ、きっとお前らが悪いのだ。貧乏が悪いのだ。貧乏が、俺を、ここまでいやしくさせたのだ。耕作は、胸の張り裂ける思いで、咀嚼した。食べるよりほかはないと、血の涙を流し、耕作は食べた。

由美子は落胆していた。理由など誰にわかろう。母は夕食もとらぬ娘の様子に戸惑い、遅く帰ってきた父に相談した。父は着替えもせず、急な階段を上り、娘の部屋のドアを静かに二度、ノック

した。由美子は答えず、父もそれ以上、ドアを叩くことはなかった。

「何があったんだ、由美子。とにかく元気を出せ」父は威厳を湛《たた》えた低い声で言った。

「この悲しみは、誰にもわからない」由美子のうめくような声が、ドア越しに聞こえた。

父の説得は続いた。熱弁する父の体は、火照り、汗が噴出し、たまらず、背広を脱いで階下に放り投げた。そしてまた、同じように喋り続けた。娘を思う情愛が、言霊となって木造の壁に響き渡る。汲めども尽きぬ愛の働いたその声は、徐々にではあるが、拠り所を失っていた由美子を打ち、なんと、ついには、かたく閉ざされていた心をも開かせた。ドアの向こうの気配が結実し、ノブが回り、次の瞬間、感動的な涼しい風が、娘の笑顔とともに吹き込んだ。父は、今は、ほとんど全裸体であった。その火照った体が急激に冷めていった。やったのだ。父は喜びに満ちた。子を思う、愛と誠の力を思い知らせた今、風体などはどうでもよい。呼吸も荒く、安堵のためか、二度、三度、口から血も噴き出た。しかし、何を恥ずかしがることがあろう。父は、ともあれ、やったのだ。

「なんでもいい方に考えろ、由美子」父の声は、今度はじかに、由美子の耳へ飛び込んだ。

由美子は、なんでもいい方に考えた。落ち込む落ち込まぬは問題ではない。なんでもいい方に考えるのだ。そのために、どんなに深い落胆にも消え尽くさぬ、最後の力を振り絞るのだ。そして父を悲しませぬために、ああ、きっと、そのためだけに、なんでもいい方に考えるのだ。それだけで全然違うと、この小さな胸に誓うのだ。信じているから思うのだ。愛の偉大を痛感した今、何を疑う理由があろう。

ＯＬ対エンタの神様、メリーゴーラウンド五分間一本勝負

私は疲れたＯＬなので、色々といやなことが多いので、仕事中もついつい意識が飛んでしまうことがあります。

少し前のことです。平下課長が中野さんのところまで来てお喋りをしていて、中野さんの反対側の席の私にも話が聞こえてきました。その話は、大まかに言うと「エンタの神様になら俺だって出れる」という話で、私はそれを聞いているうちに、なんだか色々な汚い感情が渦巻きすぎてきて、これ以上聞いていたら中三の時みたいになる、と思って強く目をつぶりました。すると、私の頭の中でこんがらがったビデオのテープが一瞬でまきとられるような感じがして、いつの間にか知らない街角に立っていました。

「寄ってけよ」

声がした方を見上げると、レンガ塔の一番上の古ぼけた窓から知らないおじさんが顔を出していました。

「楽しいよ」

私は不思議な気分で、ぼんやりそれを見上げていました。おじさんは一度ひっこんで、窓にかか

ったブラインドをすっかり上げてしまってからまた顔を出して、じっと私を見ています。

「おいしいお菓子あるよ」おじさんはまた言いました。「ソフトドリンクとか、もあるよ」

私はおじさんがかわいらしく思えたので、すぐ横にあるドアを開けて、らせん階段を上りました。きっかり八十八段上ると、またドアがありました。私はおそるおそる手をかけて、そしたら強い静電気がきました。驚いて手を離すと、ドアが開きました。おじさんが立っていました。

「待ってたよ。話も聞いてたよ」

「話？」

「エンタの神様の」

おじさんは赤と白にぐるぐるうずまいたペロペロキャンディーを私に渡してくれました。

「入れよ」

広い部屋の中には大きなメリーゴーラウンドが一つあるだけで、あとは何もありませんでした。

「乗れよ」とおじさんは言いました。「乗れよ、ブス」

面食らいましたが、私はブスですし、すぐに気を取り直しました。そして、なんだか気分も乗ってきていたので、いい顔をしてうなずくと、メリーゴーラウンドに一歩踏み出しました。

「なんだ、その顔は。ほら早く、馬鹿、違うよ、それはダメだよ。そんなポニーお前が乗っちゃだめだよ。そっちの馬も、馬車も、お前はダメだよ。ほら、カボチャの馬車の横に、ちゃんとブス用の土管があるだろ、それに乗れよ」

見ると、ひときわ目立つ無機質な土管がありました。私はカボチャの馬車がよかったと思いましたが、仕方なく土管にまたがりました。

「そんで、さっきのペロペロキャンディーをペロペロしながら乗っておくんだよ。ほら、いくぞ。カルーセル待ったなし、発車します」

ルルルルルルルル、という音が部屋に鳴り響き、ゆっくりと、馬が、馬車が、土管が動き出しました。軽やかな音楽が流れ始めました。

土管は穏やかに私を運びました。周りの馬やポニーは上下に動いて楽しそうですが、私の土管はただ進むだけのようです。馬やカボチャの馬車が、私をゆっくり追い抜いていきます。

私は、土管にまたがっているうちに、昔のことを思い出しませんでした。懐かしいメリーゴーラウンドの乗り心地が、優しいお母さんのことや、小学校に上がる頃に亡くなったお父さんのことを別に思い出させませんでした。逃げた飼い犬のペロリアン、小学校でいじめられたこと、孤独な中学時代、中三での事件、初めてお母さんを殴ってしまったこと、そんな痛々しい、けれども人並みに懐かしい思い出が私の頭の中に一つも甦ってきませんでした。私は、ただその動く景色についてぼんやり考えながら、弾むようなメロディーに包まれて、部屋の中をまわっていたのです。笑っているような馬の顔や、そのお腹から突き出た棒が伸び縮みするところを見ていたのです。ふと思い出すと、ペロペロキャンディーをペロペロすると、何にも味がしないのでした。おじさんは機械の前で俯いていて、私とは一度も目が合いません。

どのぐらいそうしていたか、曲が終わるとメリーゴーラウンドも止まりました。私は凄く楽しんだので、おじさんにお礼を言いました。

「ありがとうございました」

「お前の土管は一つも動いてないけどな」

気付くと私はまたいつものように机の前に座っていました。土管と同じ感触の椅子が尻の下にありました。エンタの神様の話は終わっていて、前を覗くと中野さんが仕事をしていました。すると、私はメリーゴーラウンドに乗っている時、何も思い出さなかったことに気付き、そのために昔のことを思い出しました。あの愉快な時間にそんなことを思い出さなくて本当によかったと思いました。

迷子の呼び出しを

「迷子になったのね」近づいてきた女が笑顔を浮かべて言った。

「どうもそうらしい」シゲキは消火器のそばに寄りかかっていたが、そう言うと腰を上げた。「あんたを待ってた」

「ついてきなさい」

「言われなくてもそうするさ」

その部屋は二人には充分すぎるほどの広さだった。

「すぐには現れないだろう」シゲキは掛け時計を見つめていた。「そういう女だ」

「来させるわ。私の仕事だもの」

シゲキは半ズボンのポケットに手を突っ込み、女の顔を見つめた。

「お手並み拝見といこう」

「名前は？」

「シゲキ」

「名字も」

「安藤シゲキ、六歳。緑色のティーシャツに茶色の半ズボンを着ている。母親は安藤サチコ。所沢から赤のカローラでお越しだ」

「そこまで訊いてないわ」

「いずれ訊くことになるから言ったのさ」

女はマレットを持ち、スイッチを入れると、鉄琴を鳴らした。

ピンポンパンポーン。

――迷子のお知らせをいたします。所沢からお越しの、安藤サチコさま。シゲキくんがお待ちです。迷子センターまでお越しください。

ピンポンパンポーン。

「来るはずがない」シゲキはウォーターサーバーから紙コップに水を注ぎ、すするように一口飲んだ。「今頃は違う服を着てカーテンの中。耳に入るのは店員の褒め言葉だけだ」

シゲキの言うとおり、母親はなかなか現れなかった。放送に服装や車の情報を入れても、時間だけがむなしく過ぎていった。

「無駄だ。あんたの手に負える相手じゃない」シゲキはあてがわれたチュッパチャップスを舐めながら言った。「この飴が、あと三本は必要だ」

女は無視して四度目の放送を終え、二十分後、五度目の放送を終えた。チュッパチャップスは一度も嚙むことなく三本目に突入した。

トイレに行って帰ってきた女は、シゲキのこめかみにコルト銃をつきつけた。

「物騒だな」シゲキは身じろぎもせずに言った。

「死んでもらうわ」女は言った。「あなた達は私を傷つけすぎた」

「やれやれ」シゲキはチュッパチャップスから手を離し、ゆっくりと両手をあげた。「プライドの高い迷子係だ」

言い終えたその瞬間、シゲキは素早くしゃがんで銃口から体を外すと、姿勢を低くしたまままくわえていたチュッパチャップスを出して右手に握り、テーブルの上の鉄琴に駆け寄った。左手でスイッチを切り替え、チュッパチャップスで鉄琴を打つ。女は、あまりのスピードに狙いを定められない。

ピポパポーン。

――お母さん助けて！

シゲキが叫んだ直後、重く低い銃声と下りのピポパポーンの音が部屋に響いた。

空薬莢がテーブルに弾み、シゲキの頬はすれすれを通過した銃弾に震え、すぐにその痕が赤く浮かびあがった。

女はさらに撃鉄を起こしながらシゲキへ歩み寄る。

「これでおしまいよ」

しかし次の瞬間、女が凍りついた。コッキングの冷たい音が自分の後頭部で聞こえたのだ。すぐに硬い金属の感触に小突かれた。

「うちの子が何かご迷惑を？」

息子が呼ぶ声を聞きつけて駆けつけた安藤サチコが、スタームルガー銃を突きつけていた。

「あんたの負けだ、迷子係さん」シゲキはチュッパチャップスを指でクルクルとまわした。

女は微笑して銃をさげ、テーブルに置いた。

『いえ、私の勝ちよ」女は空いた右手で髪を耳にかけながら言った。「お母さんが来たじゃない」

シゲキは答えず、チュッパチャップスを口に入れてゆっくりと噛み砕いた。そして、黙って服をただしながら女のわきを通ると、サチコに手を差し出した。サチコはピストルをハンドバッグにしまってからシゲキの手を取り、二人は出口に向かって歩き出した。

「一つ言っておくと」シゲキは立ち止まった。「本当にオレが助けを求めていたのなら、ピンポンパンポンをやる必要があるかい」

振り返ることもなく、チュッパチャップスの棒を口の端から端へと移動させる。

「こんなオモチャ売り場もないような高級デパートじゃ、迷子係の手を焼かせることだけが暇を潰す唯一の方法なのさ」

シゲキは母親と手をつないだまま、もう片方の手を上げ、ドアの向こうに消えていった。

チアリーディング部

アッコが体育館に帰ってきた。

「アッコ！」とチアリーディング部の仲間達が練習を中断して駆け寄った。「大丈夫なの？」

アッコは全体的に体の動きが鈍くなっているが、仲間に支えられるようにして、なんとかベンチまでやって来る。

「本当に平気なの、アッコ」とマミが聞いた。

「うん、なんとか大丈夫」とアッコは力無く笑う。

「それで……来週の大会は？」とジェシーがおずおずと尋ねた。「出れるの？」

アッコは下を向いてしまう。

みんなは顔を見合わせた。

「実はね」とアッコは小さな声で言う。「出たら確実に死ぬって」

みんなはそれを聞き、息を呑んだ。呆然とアッコを見つめた。

長い時間が経った。

「それは、絶対に死ぬの？」とジェシーがようやく聞いた。

「うん」とアッコは言う。「一〇〇パーセントの確率で、間違いなく死ぬんだって。大会に出たらね。それは、医学的に見てそうみたい。出なければ、九十歳まで生きるみたい。だから、あたし、今度の大会には……」アッコはその先を言うことが出来ない。

かける言葉が見つからなかった。才能に恵まれ、練習だって誰よりも頑張ってきたアッコが大会に出られないなんて、嘘でしょ。どうして神さまはこんな意地悪をするの？　みんなの目に涙が溢れた。

アッコは感極まり、手で顔を覆ってうずくまる。悲痛な嗚咽《おえつ》が漏れ、体育館に響き渡る。

すると、それまでみんなの後ろで状況を見守っていた木下先生が、足音もたてずに近寄ってきて、そっとアッコの肩を抱いた。

「アッコ、先生よ」と木下先生はささやくように言った。

「先生」とアッコはうめくようにやっと応える。

「あなた、せっかく練習してきたんだし、出るだけ出てみたら？」

レギュラーピエロ争い

三流大学受験に消しゴムを忘れて失敗し、親からも働けと責められた小谷は、学ラン姿で茫然と街を歩いていたところを謎の女スカウト花村に声をかけられた。

「君、大学落ちたでしょ？」

それは、とあるサーカス団にピエロとして入団しないかという誘いだった。進路に悩んでおり、前からピエロにも興味があった小谷は、よしピエロになろうと決意、花村に連れられて海沿いの大きな公園までやってきた。そこでは、東京ドームの二分の一スケールのテントが、海辺の風を受けて微妙に揺れていた。

花村が首にぶら下げていた笛を吹くと、テントの中で各自稽古をしていた総勢三人の全ピエロがこっちに向かってブラブラと歩いてきた。ピエロたちは遠いところにいたし、動きは心なしかのんびりだったので、集合まで小一時間かかりそうだった。

「小谷君、この笛の音が聞こえた？」と花村が言った。

「え？　聞こえましたけど……」

「この笛はピエロにしか聞こえないピエロ笛。小谷君、あなたはピエロになるために生まれてきた、言うてみれば、天性のピエロ師なのよ」

花村は道化師の感じでピエロ師と言ったが、意外と自然だった。むしろ問題は「言うてみれば」の方であったが、それはともかく小谷は、俺はそうなのか、と思った。

ピエロたちは、二分かけてようやく集合した。

「みんな、おはよう。集合が遅いわよ。二分もかかったじゃない。火事だったら死んでるわよ！」

防災訓練のような前置きをして、花村は小谷の肩に手を置いた。

「今日は、新しいピエロを紹介するわ。小谷君よ」

「小谷です、これからどうぞよろしくお願いします」

パチパチと拍手があった。

並んだピエロは三人、いずれも完全なピエロルックだ。目の上に青い×が描かれているので、視線の行方がよくわからない。もちろん、鼻にはお約束の赤く丸い大きな付け鼻がくっついており、顔の半分が口、そして手には風船を持っている。風船を持ったまま拍手をするのは一見高等技術のようだが、ヒモを指に挟めばいいとも簡単にできる。

「俺は、ピエロの林」ピエロの一人が言った。「君とは、レギュラーピエロ争いをすることになるけど、手加減はしないぜ」

「よろしくお願いします」と小谷は頭を下げた。

「僕は、ピエロの西森だ」今度は背の高いピエロが一歩前に出て言った。「この中じゃ、僕が一番年上なんだ。何か困ったことがあったら相談に乗るよ。でも、もちろん僕だってレギュラーピエロ争いに負けるつもりはない。仲間であり、ライバルであり、ピエロ。そういう関係になれたらいいね」

西森は風船の紐が沢山のびた手を差し出した。小谷はまた頭を下げながら握手した。風船を持ったまま握手をするのは今度こそ高等技術のように思われるが、これも指に挟んでおけばいいのでサルでも、いやサルだからこそできる。

「よろしくお願いします」

「そんなに恐縮しなくてもいいよ」と西森は笑った。

順番的にはこいつの番だが、残ったもう一人のピエロは黙って下を向いていた。

「彼は、ピエロの影山くん」と花村が説明した。

「影山はいつもこうなんだ」と西森が笑った。「気にしないでくれ」

「ええ、大丈夫です」と小谷は言った。「よろしくお願いします」

影山が、×印の奥で小谷をにらんだ。小谷はビクッと体を震わせて、た、助けて〜！　という表情を浮かべたかと思うと、いきなり尻もちをついた拍子に一メートル飛び下がってロケットのように立ち上がってジャンプすると、元に戻ってきた。

場は静まりかえり、小谷は顔を真っ赤にして立ち尽くした。

「なるほどな」と林は不敵な笑みで言った。「うかうかしてられないってわけだ。よろしく頼むぜ、新人ピエロ」

林はそのまま踵《きびす》を返して三歩離れ、まだかなり近い、すぐそこなのに、すぐさま、お尻に火がついた時の動きの練習を再開した。

「じゃあ、僕も練習に戻らなくちゃ。小谷君、よろしくね」と西森も小股で四歩ほど離れ、でも近くに誰もいない感じで止まって、準備体操を始めた。

影山は、いつの間にかいなくなっていた。

小谷は、林が目の前で取り組んでいる、林本人は『お尻アッチッチ・トレ』と呼んでいる練習に釘付けになっていた。

「凄い……」と小谷はため息をもらした。「凄いバタバタしてる」

「林君はピエロセンスの塊よ」と花村が言った。「最高レベルで安定したパフォーマンスは、国際的な評価も高いわ。長い歴史を持つ世界ピエロ選手権でも、満点の四〇〇〇ピエロポイントを出したのは彼を含めて三人しかいないの。そんな彼につけられたあだ名がパーフェクト・ピエロ。世界三大ピエロ、もしそんなものがあるならだけど、確実に彼は名を連ねるでしょうね。言うてみれば、あなたはそんな林君とレギュラーピエロ争いをしなければならないのよ」

「僕が、あの人とレギュラーピエロを……」

「ええ、しかも、うちのピエロは彼だけじゃない」花村は、西森を指さした。目と鼻の先だし、絶対に話も聞こえている。

西森は、靴が地面にくっついてしまったという体のパントマイム練習をしていたが、飽きて、こっちもお尻に火がついた時の練習を始めたところだった。西森は「尻に火をつける練習」と慣用句みたいに言う。

「凄い……」小谷はうなる。「凄い背ェ高い」

「西森君は、言うてみれば人柄のピエロ。林君のような完全さは無いけれど、そのあたたかみで固定のファンも多いわ。もちろんそれだけじゃなく、その高い身長を生かしたピエリングにも定評がある。それは林君には無いものだわ。ここだけの話、言うてみれば、林君がこの小さなサーカス団に在籍しているのは、西森君とレギュラーピエロ争いが出来る環境だからなのよ」

「そんな凄い人たちを相手に、僕……」

小谷はそう言いながらも、また林のお尻アッチッチ・トレに心を奪われていた。なぜなら、一番近く、手を伸ばせば触れられるところでドタバタしているから。

「林君がさっきあなたに言った台詞《せりふ》を覚えているでしょ」と花村は言った。「林君が新人にあんなことを言うの、初めてよ」

花村の顔を見て小谷は、自分のピエロセンスを少し信じてみてもいいじゃないか、という気分になった。その瞬間に、表情が、弾けるように明るくなった。

ピエロスカウト歴の長い花村はそれを見逃さなかった。

「本当に、おもしろくなりそうね」と花村は独り言のように呟いた。

「え？」

「なんでもないわ、ピエロさん」

テントの中では、ゾウが玉乗り練習を開始していた。二人はしばらくそれを見ていたが、やがて小谷は、テントの隅に影山がいるのに気付いた。

「花村さん、あの人は、影山さんはどんな人なんですか」

影山もピエロのメイクをしたままだったが、ベンチに片方の膝を立てて座り、そこに顎を乗せて床の一点を見つめていた。下ろしたもう一方の足は、貧乏ゆすりをしており、足元には、タバコの吸殻が沢山落ちていた。

「あいつはピエロというか……」花村は言葉を探しているようだったが、やがて冷たく言い放った。「泥棒よ」

少し沈黙があった。林がドタバタする音だけが聞こえる。

「……言うてみれば、ですか？」

「いや」と花村は首を横に振った。「ピエロには全く向いてないし、人間的にも最低の男。貴重品はロッカーに入れないと一瞬でやられるわよ」

女友達、一緒に弁当を食う！

弁当に煮物が入っていたので、春子は二秒でそれを平らげた。弾ける若さがスローフードに直面すると、お肌の張りツヤもしらけっちまうぜというもの、ましてそれをクラスメイトのティーンらに見られたら噂はまるで風のマジカル、ごりごり夢中な恋の旅路もおじゃんというわけだ。

しかし、弁当蓋を開ける動きに乗じて、その蓋で隠しながらとてもナチュラルな動きで煮物を胃におさめたはいいものの、恋のライバル、でもそこそこ友達の芽瑠美《めるみ》が突っかかってきた。芽瑠美が生まれた時、両親は十九歳だったと聞いている。

「ハルコ、そこ。あんたそこ、何か入ってたの？」

「うん、あー、唐揚げ」と口から出まかせを言う。

「いきなり唐揚げ食べちゃったわけ？」

「そ」

すでに証拠を隠滅したハルコは、少々無茶な嘘もなんのその、唐揚げというチョイスはミスったが、ものは言いよう嘘も方便、歩く姿は百合の花なのである。一緒に寝ているウサちゃんのぬいぐるみが、寝ているうちに体のどこかをひっかいたのか血だらけでも、そんなもん、言う必要あらへんがなというわけですわな。

「でもハルコ、弁当に竜田揚げあるじゃん」

「竜田揚げあるよ」

「唐揚げもあるんでしょ」

「唐揚げもあったよ」

「それっておかしくない」

「なんでやねんな」

急に関西弁になった春子は何を隠そう甲子園球場の近くで生まれた。気持ちが高ぶれば春子の胸の中にマイメロディはいなくなり、じゃりん子チエが顔を出して凄いジャンプ力を見せるのだ。

「なんでやねんって、そんなこと言うと男の子に嫌われるよ」

「ここでしか言いませんー」

「鈴木君は、あの人、メッセンジャーの黒田が苦手って言ってたよ」

「そんなの関係ないもん。メッセンジャーの黒田と関西弁は別に関係ないもん、大体、関西弁なんて私、滅多に使わないし」

「でも今言ったじゃん」

「ふざけて言っただけじゃん、あえてじゃん」

「じゃあそれはいいけど、竜田揚げと唐揚げが一緒にあるのってバランスもちょっとおかしいと思うし、なんていうか女の子のお弁当じゃないって感じ」

「そんなことないよ。別にいいじゃん。オカズになるじゃん。もういいじゃん」

「だって、そこに唐揚げあったんでしょ」

「もういいじゃん。あったけどさ、あったけどさ」

「で、そこに竜田揚げあるでしょ」

「うんある、ある。あるね。あります」

「しかもその横にハンバーグまであるじゃん」

「え、何？」

「ハンバーグまであるじゃん。なんかガーリックフレークみたいのかかってんじゃん。くっさ、何それ？」

「うん？」

「だからその――」

「ん？」

「え？」

芽瑠美は怒ったように春子を睨んだ。負けてたまるか糞女、と春子も睨み返す。二人はしばらくがんを飛ばしあっていた。

「だから、唐揚げがあったんでしょ」

「おう、あったあった、あったな」

「竜田揚げあるでしょ」

「あるある、あるわ。二つあるわ」

「それで、ここ、ハンバーグもあるじゃん。ハルコの弁当、お肉ばっかりじゃん。女の子なのに、こんな、茶色い茶色いお肉ばっかりの弁当じゃん」

「うん、そう、うん、まぁ、確かにそうかもな、ああ」

「女の子なのに、家でもこういうものばっかり食べてんの?」

「……」

「ねえ、家でもこういうものばっかり食べてんの?」

「……」

「食べてるんでしょ、ねえ」

「あたりきしゃりきケツの穴ブリキやがな!」

春子が大声で叫んだので、クラス中のみんなが春子の方を向いた。

「それでええわ、ああ食うとる、肉ばっか食うとるわ! でもな、そんなわしのことが好きやがな! 鈴木君はなぁ、そんなわしのことがなぁ、お前なんかよりもそんなわしのことがなぁ! ……っ大好きやっちゅうねん!」

女友達、バレンタインに臨む！

今日はセント・バレンタイン・デイ。

セントの意味はよく知らないけど、なんだかいい感じだから、春子はセントを絶対つけるタイプだ。こんなにステキな「セント」をつけないなんて、乙女心の風上にもおけないというものだ。

登校早々、父親は低収入だけど祖父母が資産家なのでとてもいい生活をしている同級生、芽瑠美が声をかけてきた。

「ハルコ、おはよ」

「あ、おはよう」

「どう？　どんな感じになった？」

「ちょっといきなり？　ここじゃピンチだから、他のとこ行こうよ」

恋するティーンエイジャー達はピンク色の風を振りまきながら、足取りも軽く階段を上った。そうよメルミは恋のライバル、だけど大親友、恋愛と友情を量りにかけきれずに悶々してる、でもそういう日常のピストン運動によって生きる歓びが猛発電されて、キラッキラ輝いてるんだ、それが私っていう繊細な年頃なんだと、春子は芽瑠美の後姿を見て思った。

二人の少女は屋上へ続く階段の踊り場まで来ると、並んで腰掛け、持ってきたカバンを大事そうに抱えた。そこには一年で今日だけの、特別なものが入っているのだ。

「ハルコ、走ってる時、カバン、ゴトゴトなってたよ。なあに？　リコーダー？」

「いや、なんか、朝からずっとチョコがね、箱ん中でゴトゴト鳴るの」

「え？」

「早く渡されたくってうずうずしてるのかな？」

ぺろりと舌を出した春子を怪訝《けげん》な顔つきで見つめる芽瑠美。

「なんか、詰めたりしないの？」

「何が？」

「だから、普通は中にオシャレな紙を詰めたり、チョコが動かないように工夫したりするの」

「知らないもん。それはなに？　どういうこと？」

「うまいことさ、やるじゃん、箱の中も。普通やるよ」

「わかんない。メルミの、ちょっと見せてよ」

「え？　うーん……」

「そんなもったいぶりなさんな」

「……別にもったいぶってるわけじゃなくない？　や、じゃあいいよ。開けるから」

「あ、でも、いいの？　開けちゃったら元通りにできる？　そういうことか。なるほど」

「いやいや、大丈夫、うまくやれば平気だし。失敗しても、予備のラッピングの材料は持ってきたし」

芽瑠美は青いリボンを解き、慎重にチョコレート色の包装を取っていった。そして、それをそっと後ろの高い段上に置いた。中から、洒落た木箱が現れ、その蓋も取った。春子はそれを覗き込んだ。

「あ、ステキステキ。はいはいはいはいはい、こういう、水色の、アミアミの紙を詰めて……そんで、チョコを、あ、箱に小分けして……なるへそ。そっかそっか」

「普通やるよ、こういうの。むき出しで入れてるの？」

「むき出しって、チョコはちゃんとアルミホイルというドレスをまとっておりますが？」

「アルミホイル？　それだけ？　アルミホイル？」

「いかにも」

「それじゃ、見栄えだって悪いじゃん」

「ちょっとね」

「ちょっとどころじゃないよそんなの。おむすびじゃないんだから」

「おむすびじゃないんだからって、うちはおむすびはサランラップですけどっていうかだってそんなこと言ってなかったじゃん、メルミ、この前、一緒にチョコ作る時は、そんな木箱とかアミアミのとか小箱とか使うなんて言ってなかったじゃん。黙ってたんじゃん」

「そりゃあえて言ってなかったけど、そんなの常識だし、個人の工夫じゃん。女の子の腕の見せどころじゃん。これまでどういう風にバレンタインこなしてきたのよ。アルミホイルで？」

「そんなん自分に関係ないやんか」

思わず飛び出す関西弁。春子の悪い癖だ。気をつけていないとすぐに、少女マンガ気分からナニワ金融道気分になってしまうのだ。クラスの女子の流行に乗じてハムスターを飼い始めても、しばらくは人から見られることを意識しながらいじくっているが、そんなことより家で飼っている秋田犬のムクに体当たりしたくなってしまうのだ。

「どうして逆ギレするの。どうして関西弁で逆ギレするの？」

芽瑠美はあきれたというような表情で見つめてきた。それが春子には思いの外、効いた。

「べつに逆ギレじゃないけど……」

気まずそうに言うと、昼休みに弁当を食べてケンカになった時のことが思い出された。二人はしばらく見詰め合った。

「いや、あたしが悪かった、ごめんね。ほんとごめん」

頭を下げて謝ったのは春子だった。頭の勘ピューターが損得勘定ではじき出した結果である。

「ほんと、ハルコのために言うけどさ、関西弁やめたほうがいいよ。バレンタインの日にさ」

「関西弁とセント・バレンタインデイは関係ないじゃん」

「鈴木君、東京の笑いが好きだって言ってたよ」

「そういうことじゃないもん、それは笑いに関してでしょ」

「そうだけどさ」

春子にはどうしても芽瑠美のチョコレート箱の中が気になり、会話の最中もちらちら目線をくれていた。確かに、それは相当に見事なものだった。自分の箱を閉じる時の光景を思い浮かべてみて、これはハムスターと秋田犬の差、特にケツまわりの汚れ具合の差がそのまま出ていると思った。これでは、いけないと思った。

「じゃあさ、メルミ、お願い。そのアミアミだけでも、ちょっとわけてくれない？」

「これ？」

「余ってるのない？　お願い」

春子は顔の前で手を合わせて、懇願した。さっき余りを持ってきていると言っていたのだから、余ってるに決まってるのだ。

「余ってるのはないけど……いいよ、あたしのこれ、半分あげる。それぐらいなら平気だから」

「ありがと。余ってないんだね」

「余ってないけど別にいいよ。友達じゃん」

芽瑠美は微笑みながら言った。矯正器具をつけた歯が見える。キラキラネームで矯正してる子なんてメルミぐらいだよ、と春子はしゃっぽを脱ぐ思いだ。感謝感謝。そして、箱から紙を取り出し、手でほぐしわけ始める。

「そうだ。ハルコのやつも、ちょっと見せてよ」

「え？」

「いいでしょ、どうせこれ入れるから開けるし」

「無理無理」

「でも、私のも見たしさ。いいじゃん、比べっこしようよ」

「そんなんしない、しない。しないよ」

「え？　なんで？」

芽瑠美は顔をしかめて春子を見た。

「ハルコはあたしの見たじゃん、見たよね？　あたしのチョコの中身、見たよね」

「うん、それは見た」

「でしょ、しかもさ、あたしの、この、紙もあげるんだよね」

「もらうもらう、もらっちゃおうかな」

「もらっちゃおうかなじゃなくて、もらうんでしょ？　じゃあなんで見せてくんないの？」

「そっちが勝手に見せたんでしょ」

「え？　いや、ハルコが見せてって言うから見せたんじゃん。え？」

「わかんないわかんない」

「ハルコがさ、ハルコのチョコがアルミホイルに包んだだけで箱の中でゴトゴトゴトゴト鳴ってるような感じだから、こっちは心配したわけでしょ」

「ねえこの紙さ、厳密に半分こに出来んのかな？」

春子は聞かない振りでアミアミの紙を取り上げ、半笑いで目の前にぶら下げた。

「聞きなよ、ねえ。ちょっと紙、置いて。あたしのだから勝手にいじんないで。下ろして。下ろしてよ！　ねえ、そうだったじゃん。ゴトゴト言ってたから心配したんでしょ。でも、それをハルコは意味がわからなくて、じゃあ私のチョコ、これね、これの中がどうなってるかを見せて欲しいって言ったの。言ってたの、あんたは。そうでしょ」

春子はしばらく考えるような素振りを見せて、やがて眠たそうに上を向き、首のあたりを指で掻きむしりながら言った。

「まあ、じゃあ、それでいいわ。そこまで言うならっ……それでいいわ」

「は？　それでいいわじゃなくて、そう言ってたの」

「ああ、そんで？　それでどうしましたか？」

「……それでさ、これを、中に詰めるこの紙を、アミアミのを、欲しいって言うんでしょ。欲しいんでしょ」

「ああ、欲しい欲しい。欲しいな」

「こっちはそこまでしてやるんだから、そっちのを見せろって言ってんの」

「いや、なんか、論理の……飛躍というな」

「は？」

「要は笑いたいって？　こっちのを見てさ、優越感を味わいたいんでしょ？」

「ハ？　そういうことじゃないじゃん。ラッピングの中の箱とかも見たいって言ってんの。こっちは協力してるのに、なんでそんな態度なわけ？　なにお前？」

芽瑠美はそこで声を荒げた。お前と言われたのに言い返す代わりに、春子は目を剝いて応えた。

「じゃあ見ろ、もう知らん。知るか。勝手に見ろ。その代わり、お前、もう一つかみこれ、アミアミ、もらうからな。見る代わりにもらうからな」
芽瑠美は大きく舌打ちしたが、手を差し出した。春子はそこに自分のチョコレートの箱を叩きつけた。ゴッという音がした。

「なに今の音、ゴッ、だって」

「はいはい、よかったですね」

芽瑠美は春子のチョコレート箱のリボンを外し、キャラメル包みの包装を丁寧に取っていった。外側は一丁前である。そして、中の箱が開けられた。

「何よこれ、あんた」

すぐに芽瑠美が声をあげた。

「何が」

「なんで手紙入れてんのよ」

無視して、もらったアミアミの紙を広げている春子。乱暴に引き裂いていく。しかし、芽瑠美はもはや気にしなかった。

「こういうの、なしにしようって言ったじゃん。あんたが言ったんじゃん。我ら親友、フェアに行こうとかなんとか調子のいいこと言って、今回はそういうの止めてカードに一言書くだけにしようって、ねえ、ちょっと聞いてんの？」

「わからへん」

「関西弁やめなって。ねえ、今なら謝れば許すよ。わたし、全部忘れて許すから」

「許すとか……」

「ねえ、謝ってよ」

「……」

「ねえって！」

「えろうすんまへん」

「ちょっと関西弁！　なによ、その態度！」

「関係あるかい。何もかも関係あるかい」

「関係ないって何がよ。ちょっともう……これ、あんたの手紙、読むからね！」

「なんで読むねんな」

「約束破るからでしょ！　あんたが自分で――」

喋るのを止めて、手紙を開き始める芽瑠美。

「はいプライバシーの侵害、糞女の十八番、ヒステリーからのプライバシー侵害」

春子はそれを阻止しようとはしなかった。無視して黙って読み始める芽瑠美。すぐに顔を上げた。

「ほら、『鈴木君が好きです』とか書いてんじゃん、『付き合ってください』とかさ、書いてんじゃん。書いてんじゃん。全然言ってることと違うじゃん。抜け駆けして、何あんた？」

「そんなん知らん、約束とか。大体お前が最初にアミアミで裏切ったんちゃうんか、お前が最初にアミアミで裏切ったんちゃうんか」

「はあ？　何わけわかんないこと言ってんの。大体ね、こんなチョコをゴトゴト入れるようながさつなバカ女が鈴木君と付き合えるはずないじゃん。こんなセンス無い、このラッピング？　なのこれって？　あんた、本当に女？」

「え、なんて？」

「お前は本当に——」

「なんて？」

「……」

「なんて？」

「あ？」

顔を近づけあう二人。お互いに、口を半開きにして鼻の穴を広げ、がんを飛ばしあっている。その至近距離で、芽瑠美が喋りだした。

「こんなセンス皆無の女、告白したって無理に決まってんじゃん。一〇〇パー無理」

「一〇〇パー無理だと思っとんなら、手紙渡してもいいな、なあ？　なぜならお前はこっちが断れるのを黙って手をこまねいて見ておればええんやからな、違うか、違うか？　なんでお前がその告白自体を止めさせようとすんのかまったく、意味が——」

「そういうことじゃなくて、あたしに言ってきた約束破って、自分だけこういうことをしてるのが最低だって言ってんだよ。卑劣だって言ってんだよ」

「……」

「抜け駆けでしょ、これ。しかも計画的なさ。出し抜こうとしたんでしょ。卑怯者」

「このクソ女……」

「反論できないじゃん」

「……」

「そうでしょ」

「ビビッてんちゃうんか！」

春子の怒鳴り声が、階段と階下の廊下中に響き渡った。

「大成功の可能性にビビッてんちゃうんか！　お前は、わしの告白の、大大大っ成功の可能性に、戦々恐々！　しとるんちゃうんか！　なあおい！　鈴木君がわしにホの字やっちゅうのをなぁ！　お前は、薄々、感づいてるんとちゃうんか！　お前なんかよりな、わしの方がな、完全になぁ！……っ脈ありやっちゅうねん！　死ねッッ‼」

オサムさん高度三〇〇〇メートル

高度三〇〇〇メートルに空中浮揚している二台のヘリコプターを一本の綱が結んでいる。それが現在、メインのテレビカメラに映し出されている映像である。ということは、テレビカメラの分、ヘリコプターは三台あるのではないか。その通りとしか言いようがない。

ロープがくっついたヘリコプターの一方には、オサムさんとマネージャーの磯貝が乗っていた。

「オサムさん、もう、いつでも行っていいみたいですよ」と磯貝が声をかけた。

オサムさんは窓の外を見ていたが、磯貝の方に振り向いた。

「そんな簡単に言うなよ」

今回、オサムさんが挑戦するのは、題して『高度三〇〇〇メートル綱渡り〜ヘリ・オア・ヘル〜』である。オサムさんはもう一度、空中を渡っている綱を見つめた。

「ヘリ・オア・ヘルじゃねえよ。題して、じゃねえ。常識的に考えて」

「オサムさん、色んなことに挑戦して、やってのけてきたじゃないですか。今回もいけますって」

「弁当食うの止めろよ」

オサムさんが振り向いた時、磯貝は座席に座って弁当を食べていたのだった。あえて見ていない時に指摘するのは、オサムさん流の心遣いであり、マネージャーを指導する上でのポリシーである。

「そういうのされると、イヤな気持ちになるだろ」

「すいません」と磯貝は口に食べ物が詰まった声で言いながら、弁当にふたをしているらしい音をたてた。

オサムさんはなおも綱を見ていた。綱はこうして見てみると細く、時々、ふとした揺れの影響で視界に捉えられなくなったりしながら、また視線の先に現れた。

「でもオサムさん、チンパンジーなんだからいけますって。大丈夫ですって」

「チンパンジーの限界なんか超えてるだろ。俺みたいなチンパンジーがうろついてる二五〇〇メートル上空なんだよ、ここはよ」

「普段どおりにやれば大丈夫じゃないですか。どうして、木の上で出来ることがヘリだと出来ないんですか」

「お前な」とオサムさんは言った。「ふざけんなよ」

「ふざけてませんよ」

「大体、なんていうか、お前ら、なめてんだろ。例えばな、おい、見ろよ。向こうのヘリ、見ろ。あそこによ、バナナがいっぱい積んであるんだよ。山盛りだよお前。後ろの座席、全部バナナじゃねえか。たどり着いてもどこに乗るんだよ。しかもあの、木になってるままの、半端じゃねえごっそり感のやつをそのまんま乗せてんだよ。こっから見えるんだよ。バカにしてんだろ。お前らは、俺をバカにしてる」

「考えすぎですってオサムさん。人間がやるとしたら、向こうにハンバーグとかいっぱい用意しますよ、普通に考えて。知りませんけど」

「絶対そんなことしねえよ。水とかあるぐらいだよ、カロリーメイトとかよ。そんぐらいだよ。あるとしてもな、ないと思うけど。その代わりだとしたら、あんなにバナナいらねえだろ。常識的に考えて。たどり着いたチンパンジーがバナナにむしゃぶりつく映像が欲しいんだろ、わかるもん。スーファミのドンキーコングの時から、バナナをコイン代わりにした時から、お前らは何にも歩み寄る気がない」

「被害妄想ですって。オサムさんのために用意してるんですから。ありがたくむしゃぶりつけばいいじゃないですか。ご厚意なんですから。着いたら、ちゃんと、むしゃぶりついてくださいよ。そもそもオサムさん、バナナ嫌いじゃないくせに。腹減ってたらバクバク十本ペロリじゃないすか」

バクバク十本ペロリという語感も手伝って、オサムさんは不機嫌になって答えず、向こうのヘリの中を見るのも止めた。窓のところに取り付けてあるパイプを手でつかみ、綱だけを見つめた。先に行くに連れて、その線はかすんでいった。反対側のヘリの足のところまでいくと、そこに結び付けられているはずの綱はまったく見えない。

「おい磯貝」とオサムさんがそのままの体勢で外を見ながら言った。

「なんですか」

「お前、弁当また食ってるだろ」

「開けてません」と磯貝は言った。

「嘘つけ。匂いでわかんだよ、完全に、あれ、なんかチクワの揚げたやつの匂いがしてんだよ。今、フワッときたんだよ。俺が振り返るまでに、弁当しまっておけよ。そうじゃないと、お前、何するかわかんねえぞ」

「弁当なんか開けてませんよ。でもね、オサムさん、お言葉ですけど、そんな人の弁当にウダウダこだわってる場合じゃないですよ、早くしないとダメですって。カメラ回ってるんですから」

「だから、精神集中のためにチクワの揚げたやつの匂いがしてると迷惑なんだろ」

「チクワの磯辺揚げって言うんですよ」

「うるせえよ、なんでもいいよ。匂いが迷惑なんだよ」

「だから弁当なんか食べてませんし、そんなのオサムさんの言いがかりですよ。チンパンジーって、くっさいドリアン持ってヒョイヒョイ木の上行ったりもするんでしょ。知りませんけど」

「お前、完全にバカにしてるよな」

「そんなことないですって」

「もういい。イライラする。喋るな黙ってろ」とオサムさんは手だけを後ろへ、磯貝を制するようにして突き出した。「弁当も関係ないからもういい、食うならそのまま食ってろ。もう勝手にしろ」

「だから食べてないって言ってるでしょ。つうかなんだ、やっぱ関係ないんじゃないですか」

オサムさんは磯貝を無視した。

そして、そんな些事を振り切って、コンセントレーションを高めていく。それまでは二本足で立ったまま外を見つめていたが、外の綱を見据えたまま両手をついた。腰を上げ、尻を突き出し、両手両足を使って綱をわたるイメージを浮かべる。

「オサムさん、すいません、弁当食うんで、それは食ってるんで、こっちにケツ向けんの止めてもらっていいですか」

サル系の動物タレントでは珍しく服を着ないオサムさんは、振り返って磯貝を見た。オサムさんは怒ってはいなかった。その代わり、とても悲しい表情をしていた。こんなに悲しげな顔は誰も見たことがなかった。

女友達、ホワイトデイに沈む！

ホワイトデイの帰り道は春子にとって夢の架け橋、カバンに入ったキャンディーがヤブンイレブンで売っていたとしてもいい気分なのだ。

いまや天にものぼろうという気持ちでスキップも辞さない春子だが、その時、後ろから騒がしい足音が聞こえてきた。その足音がこっちに向かってくると感じた春子が振り向くと、芽瑠美が駆けてきていた。芽瑠美は違うクラスなので、春子は先に帰るところだったのだ。

「ハルコ、もらったでしょ？」息を切らせたまま、メルミが言った。

「もらったって何が？」

「何がって……」

「ふふ」春子は急に相好を崩した。「メンゴメンゴ。なんていうか、喜びを一人で噛みしめたい時ってあるじゃない。いくら友達とはいえさ」

芽瑠美は黙って、不穏な顔で春子を見た。

「何よ」と春子は言った。

「ハルコ、聞いてないの？」

「何が」

「鈴木君と長谷川さんが、付き合うことになったって」

「……聞いてへんな」

余りのショックの大きさに、春子のお喋りメーターはポップコーンシュリンプの描かれた標準語ゾーンから、トミーズ雅の横顔が描かれている関西弁ゾーンへと一気に振り切れた。

「でも、そうなったんだって」

「そうなったってなんやねん。どないなっとんねん」

「落ち着いてよ。関西弁じゃまともに話し合えないでしょ」

春子は突然喋るのを止め、落ち着き払った顔で芽瑠美を見た。

「なによ、関西弁じゃまともに話し合えないって」

「いや……」

「関西じゃ、関西弁で話し合ってるよ」

「ごめん。でも、そんな場合じゃないのよ。わかって、ハルコ」

「……それで、それ、一体どういうことなのよ」

「吹奏楽部の長谷川さんが鈴木君にバレンタインのチョコあげたらしいのよ。それで、今日、お返しの時に、鈴木君がＯＫしたんだって」

「そんなの聞いてないじゃん。何よ、突然しゃしゃり出てきて」

「それが、そうじゃないんだって。チョコあげた時から、これでとうとう結ばれるみたいなことをみんな言ってたんだって。もともと、二人は両思いとか、そういう噂で持ちきりだったんだって」

「そんな噂、全然聞いたことないよ」

「私達のとこには流れてこなかっただけなのよ。そういうことになってたんだよ」

「なんやねんな、それは！」春子はそばにあった電信柱を殴りつけた。「吹奏楽部かなんか知らんけどな、こんなの、トンビが油揚げさらったようなもんやないか！」

芽瑠美は苦虫を嚙みつぶしたような顔で春子を見た。

「だから違うんだって、もともと二人は、何？　いいムードだったんだって。一年の時、同じクラスで、ちょっとそういう話が出てたんだって。意識しあってる、みたいなさ」

「せやからそんな話は聞いたことない、言うとんねん！　あの女狐《めぎつね》、ほんまなめくさりやがって……！」

「ハルコ！」

「お前はええんか、こんなルール違反、許してええんか！　恋とスポーツはこれ正々堂々いかなあかんと、少女マンガをお手本に、そして時には反面教師にして、学んできたんとちゃうんか、わしら！」

「だから何度言えばわかるのよ！　向こうはもともと噂になってたんだって。私だって悔しいよ、悔しいけど、そうなんだって。私たちが知らなかっただけなの！」

「なんでわしらは知らんねん！　なんでわしらは知らんねん！」

「それは――」

「なんでわしらは知らんねん！　ああ？　ああん!?」

「だから、それは――」

「長谷川のアホの泥棒オメコが陰でコソコソやっとるからやろが！」

春子がまた下品な関西弁で叫ぶと同時に、髪を振り乱し、目を剝いて、大口開けて芽瑠美に汚い顔を近づけた時だった。

パン！

芽瑠美が春子の頬を思いきり平手打ちした。そして言った。

「友達がいねえからだろ！」

春子は頬への強烈な一撃と、芽瑠美の言葉に放心状態となり、頬を押さえもせずに目線を返した。

「だから、全然情報が入ってこないんじゃねえかよ。なあ。おい。女子の情報網から抜け落ちてんだよ。俺らはよ。こんなのよ、ハブられたベンチ外のブス二人がごちょごちょやってるだけなんだよ、外から見たらよ。鼻にもかけられてないんだよ。バカにされてんだよ、お前にはそれがわかんねえのかよ？　なあ、顔だけじゃなく頭もわりいのかよ？」

芽瑠美は口汚く言いながら怒りに震え、まだ何か言いたそうに喘ぎながら春子を見ていた。春子は芽瑠美から目を逸らさなかった。

「それを言わんように言わんようにしてきたんちゃうんか」

芽瑠美は黙っている。

「傷はあるけども、パックリ開いて膿んでもうとるけども、知らんふりして、ここまでやってきたんちゃうんか。なんでそんなこと言うねん。ほんで、なんでお前が言うねん」

「……」

「なんでお前の方がそういうこと言うねん」

「……」

「お前の傷の方が多いねや。深いねん。より弱者やねん。わしはともかく、なんでお前の方が言うねん。なんで傷だらけの、ウィークポイントの多いお前がそれを切り出すねん。早く気付いたみたいな顔で。あと顔も悪いとか言っとるけども、お前の方が悪いで、きったないきったない赤点ヅラしとるわ」

「同じようなもんだろ。なんだ弱者って。わけわかんねえこと言いやがって」

「わしが、わしが！　付き合ってやっとんねん、お前と」

「は？」

「昼飯も一緒に食べてるけどな、食べてやってるけどな、お前の方はなんや助かった、とりあえず雨宿りの場所見つけたような気で、一人で食わんと済んだと思ってるかも知らんけど、わしの方はお前と食うててむしろ恥ずかしいと思とんねん。飯も喉をよお通らんねん」

「助かったなんて思ってねえよ。つうかてめえあんなバクバク肉ばっか食っといてよくそんなこと言えんな、小デブ、おい」

「わしにハブかれたら、お前、いよいよやぞ」

「あ？　おい」

芽瑠美は春子の胸ぐらをつかんだ。

「やんのか？　やんのか？」と春子も逆に詰め寄る。

「クズだな、本当のクズだなお前は」

「そのクズにクズ扱いされとるお前はじゃあなんやねん、なんやねん」

「お前みたいなクズの認識なんか信じるわけねえだろうが！」

そこで堪忍袋の緒が切れた芽瑠美は「おい、おい」とつぶやきながら、胸ぐらをつかんだまま春子を壁に激突させ、強く押し付けて揺すぶった。春子がうめいた。

「大概にしろよ、ドクソが」と芽瑠美。

春子は暴力という手段に出られると、幼少時の両親をめぐるナーバスな記憶が深層心理で働いて、ショック状態に陥ってしまうのだった。

春子が腑抜けのように黙っているのに気付いて、芽瑠美は不審に思ってつかんでいた手を離した。春子は下へ下へだんだんずり落ちていき、電信柱と壁の隙間にパンツ丸出しで倒れこんだ。やがて、我に返って鼻水たらして泣き始めた。

芽瑠美はそれを呆然と見下ろしていた。道行く人が二人を不審そうに見て通り過ぎていく。

突然、春子が大きく息を吸い込んだ。

「わしかてもっとランクの高い女子のグループ入りたいわえ！」春子が道の真ん中で絶叫した。

「入学前、こうなることとなんて考えてるかい！　そこそこの希望を、手に持てるだけの希望を持って、入学してきとんねん、春に！」

芽瑠美はなおもうつろな目でそれを見下ろしていた。

「筆箱とかも、お前、入学にあたって、全部新しくしてなあ。コンタクトにもして。美容院にも行ったわえ！」そこで春子は急に言葉を止めた。芽瑠美を見た。そして、空を見上げた。「なんやねんこれは！　どうなっとんねん！　夢も希望もクソも、全体的に最悪やないか！　楽しいことかて一個もないわ！　どうせ死ぬまでこうなんや！　お前にもわかったぁるやろ⁉」

柔道部主将から最後の挨拶

「みんな、今日は俺たち三年のために、こんなに素晴らしい会を開いてくれてありがとう。DVDデッキが当たったビンゴは嬉しかったし、菅沼に聞いたら、録画もできるやつらしい。ちゃんとブルーレイのやつで。これは家族のとしてリビングで使うんじゃなくて、俺の部屋で使おうと思う。ありがとう、本当にありがとう。今日出た料理も、手作りケーキも、不安だったがおいしかった。ありがとう。出し物は、お前らは女装するか裸になるかしか能がないけど、爆笑した。本当に楽しい、素晴らしい時間だった、DVDの当たったし。さて、これで俺は引退ということになるが、この三年間を思い出すと、本当に色々あった。たくさん一本背負いもしたし、大内刈りも払腰もたくさんした。幾千もの横四方固め、名前がかっこいい山嵐、前から好きだった巴投げ、そして何より、星の数ほどの受身、何度も着直す柔道着。その全てが、汗とともに俺の体に、心に、染み付いている。それだけじゃない、部活の帰りに食べたガリガリくん、冷や汗たらたらの期末試験、夏合宿の恋バナ、試合の帰りのファミレスのドリンクバーで飲み物を混ぜて橋本に飲ませたりしたこと、変な筋トレの道具を買ったりしたこと、それをあまり使わなかったこと、気が付いたら弟の部屋にあったこと、最後まで読んでない『ＹＡＷＡＲＡ！』、わずらわしい柔道着の洗濯、帯を二回もなくしたこと、制汗スプレーとスースーするウェットタオルみたいのを山ほど使うお前ら、メンズビオレとかギャツビーのやつな、炭酸飲料を断つお前ら、いまいち見る気にならなかったオリンピックの柔道、でも母親が見るんでしょみたいに言うから見ていたあの数時間、その全てが、柔道に賭けてきた俺の青春そのものだ。これからは、オリンピックとかは今日もらったＤＶＤで録画しようと思う。ていうかちがう、さっき聞いたら、あれはＨＤＤというやつで、あの機械の中に保存されるらしいから、それで録画をして、見たらすぐにワンタッチで消してしまえるらしい。これは凄く便利だと俺は思う。気合を入れて録画する必要が無い。今までなら、見たい気持ちが『一本』レベルでないと録画しなかったが、これなら見たい気持ちが『有効』いや『効果』でも、とりあえず録画してしまえばいい。消せるんだから。画質もいいらしいんだ？　なんせ、俺は今まで録画といえば部屋にある古いテレビデオでやっていたが、テレビデオは、知っている奴もいると思うが、ガッチャガッチャうるさいんだ。使っていなくても、ふとした時にガッチャンガッチャンいうんだ。大体ビデオはかさばるし、画質も悪い。時間が経つと、音が小さくなってたりする。その点、当ったのは凄くデジタルで、いいんだ。いいらしい。ほら、今もあそこにある。見てくれ、さっき当った時もみんな見てくれたと思うが、もう一度見てやってくれ。ＳＯＮＹって横に書いてあるだろ、ＳＯＮＹのなんだ。な？　あれをもらった今日のことも、また俺の心の思い出の一ページにしっかりと刻まれた。俺は白い柔道着を見るたび、多分引越しの時とかに見ると思うが、今日のことを思い出すだろう。そして、ＤＶＤのを使っていて便利だと思うたびに、この三年間、茶帯で過ごした三年間のことが鮮やかに、とびっきりの画質で甦ってくるに違いない。今日は見送る側のお前たちも、これから卒業まで、沢山の柔道技を繰り出していくだろうし、繰り出されるだろう、飽き飽きするほど受身を取るだろう、繰り返し柔道着を洗濯するだろうし、幾千ものガリガリくんを食べるだろうし、新しい味も出るだろう、当たることとだってある、よくわからない筋トレの道具も二千円ぐらい出して買っちゃうだろうし、プロテインのでかい袋を買ってかなり余るだろう、ＤＶＤレコーダーが欲しくなって家族用に買おうと提案するかもしれないし、お父さんもオーケーしてくれるかもしれない、してくれないかもしれない、大学に入って一人暮らししたら買ってやろうと思うかもしれない、そのことばっかり考えて、ＤＶＤのレコーダーが欲しくて欲しくて、柔道や勉強がおろそかになるかもしれない、でも、それでいい。その全てが、お前たちが柔道に明け暮れた日々として記憶されるんだ。その全てが、卒業する時、『合わせて一本！』となればそれでいいんだ。かく言う俺も、今日までは、柔道の才能もなく、この三年間を棒に振ったような気でいたが、サッカー部に入ればよかったと思うこともしばしばだったが、今日で、ＤＶＤレコーダーで、『合わせて一本』までいけた。どうにかこうにか、ぎりぎり巴投げを決められたんだ。お前たちもそうなるように、三年間で、なにはともあれ『合わせて一本！』となるように、日々全力で、きらめきと汚泥の中を生きていって欲しいと思う。以上！」

馬に引きずられる

気付くと、僕は馬にロープで引きずられていた。びっくりした。首から下に凄い衝撃がきていた。ずっときていたようだ。砂埃がまた凄い。自然と薄目になっていたけど、数メートル先は何も見えなかった。僕は必死でロープにつかまった。顔をちょっと上げると、馬の尻がかろうじて見えた。しっぽの毛が揺れて、チラチラ肛門が見えた。あそこから糞が出るようならこれは考えないといけないな、と思いながらも、頑張ってロープにつかまっていた。ところが、急に馬が曲がったので、僕は外に放り出されるようにされて、ロープから手を離してしまった。

僕が砂埃の中そのまま呆然としていると、筋骨隆々の男が駆け寄ってきた。見たこともないような見事な筋肉だった。

「おい、全然ダメじゃないか」男が僕の背中に手を置いて言った。

「先生」僕は自然にそう言った。それで、この男が体育教師だとわかった。「タイムは」

「十八秒四二だよ」

「十八秒四二」

「そうだ。骨飛出《ほねとびで》よりも悪い記録だぞ」

「骨飛出くんよりも」

「そうだ。二回目はもっと頑張るんだぞ。もう次の奴がやるから、早くサークルから出ろ」

先生は小走りで去って行った。僕は立ち上がって埃を払いながら、馬が駆け回るサークルから出て行った。そして、校庭の隅の地面に座り込んだ。

「一回目、終わった？」

声をかけられて僕は振り向いた。

「骨飛出くん」

骨飛出くんはニッコリと笑った。その肘からは相変わらず骨が飛び出していて、かばうようにしながら僕の隣にゆっくりと座ってきた。

「スポーツテストって、憂鬱だよね」骨飛出くんは校庭の真ん中で和田くんが馬に引きずられているのを見ながら少し笑った。

「うん」僕はスポーツが得意ではないようだ。「でも、骨飛出くんは凄いよ。僕よりタイムがよかったって先生が言ってたんだ。僕が今、クラスで一番ビリだ」

「たまたまだよ。どうせ二回目は、僕は抜かされちゃうよ」

「そうかな。僕は本当に運動が苦手なんだよ。小さい頃からそうなんだ」

「僕の方がダメだよ……ハァ、どうして僕は運動神経が悪いんだろう」骨飛出くんはため息をついた。

僕は骨飛出くんの肘をチラッと見た。怖かったのであまり長くは見れなかった。

「ほんとさ、こんなテストなくなればいいのにね」骨飛出くんはふざけるように僕に笑いかけた。

僕は、骨飛出くんが僕と友達になりたがっているらしいことに気付いた。一番最初に骨が飛び出ている子と知り合いになるなんて、僕の高校新生活はお先真っ暗というところだ。僕は膝の間に顔をうずめた。

「どうしたの？」骨飛出くんがすぐさま僕に言った。「気分でも悪いの？」

「いや、平気だよ。平気さ」

それから僕は黙っていた。骨飛出くんは僕に話しかけたがって、話題を探しているようだった。僕は逃げるように、また膝の間に顔をうずめた。

しばらくしてから、「ねえねえ」と骨飛出くんが言った。僕はしぶしぶ顔を上げた。

「これで、モリザサリって読むんだね」骨飛出くんは下を向いていた。「珍しいよね」

その視線の先を見ると、地面に「銛刺」と書いてあった。

僕はいやになった。背中に突き刺さった銛をこの場で引き抜こうと思ったけど、抜こうとすると血が出るのだからしょうがない。鋭い返しがついているのだ。

んこ見ての

夕方、太陽の紫外線が弱まった頃になると、私たちはナイキのＣＭに出演する女性が着ているナイキのウインドブレーカーに着替えて、町へと出て行きます。

一番上の一加《いちか》姉さんを先頭に、そして二番目の二園《にその》姉さんと私が横並びになって続きます。これが道ばたのうんこを最も見落とさずに発見できる陣形だということに気付いたのは、私が小さい頃に亡くなった曾祖母だと聞いています。

今日もまた、早速、誰より目ざとい一加姉さんが声をあげました。

「みんな、ほら」

一加姉さんのすずしげな目元。横に流したその視線をたどると、電信柱の根もとに犬のうんこがありました。私達は、陣形を崩さずにスピードも変えずに近づいていきました。そこで慌ててしまうと、他のうんこを見逃すことになりかねないのです。「遠糞《とおぐそ》急ぎの近糞《ちかぐそ》踏み」という諺《ことわざ》の通りです。

それでも、はやる気持ちを誰が抑えきれるでしょう、姉さん達が早足になっているのがわかりました。私も遅れないようついていきました。

私達はうんこを取り囲むようにして、電信柱の周りに立ちました。そして、じっくり見つめました。それはやはりうんこでした。犬でしょうか。

「姉さん」私は一加姉さんに向かって言いました。

「ええ」一加姉さんはうんこから目を離さずに言いました。「そうね」

しばらく見てから、誰とも言わずにまた陣形を組んで歩き始めました。私達は、無駄話をせず黙々と歩きます。しばらくうんこも何も無く、歩道の無い道にさしかかった時、後ろから車がやってきました。

「姉さん、車、気をつけて」二園姉さんが一加姉さんに声をかけました。

「あらいやだ」

一加姉さんは振り返って車を確かめましたが、振り返る途中で美しい二度見をしました。そして、ある一点に釘付けとなりました。私がそちらを振り向くと、道の反対側に面している民家の花壇、そのレンガの上にありました。かなり巨大なうんこがいくつかまとまってありました。

「ありがとう」二園姉さんも、すぐに気付いて言いました。「気をつけて」

私達は車をやり過ごすと道路を足早に渡りました。もうほとんど走っていました。そして、うんこを取り囲みました。顔の前におりてくる一筋の髪を手でかきわけて耳の後ろに送りながら、うんこを見下ろしました。まきをくべたような具合に積まれたうんこでした。断然うんこでした。

「姉さん」私は、今度は二園姉さんに向かって言いました。

二園姉さんは何も言わず、黙っていてと言うようにちょっと首を振りました。何人もの男性を虜にしてきた大きな鳶《とび》色の瞳でうんこを見つめたままです。私は反省して姉さんたちにわからないよう太ももをつねりました。

しばらくして、私達はまた歩き出しました。私にはわからないのですが、二園姉さんが腕時計のボタンを何度か押して確認しています。ある空き地までやって来ました。ここは、近所の猫のたまり場で、ということは……なのです。ここでばかりは、私達も目くじらをたてずに落ち着いた気分になって、陣形も崩して、三人並んで回遊します。あのうんこそのうんこ、このうんこと目をやりながら、水族館にでもいるようにゆっくりと歩いていきます。姉さんたちの顔にも穏やかな微笑みが浮かんで、私はとても幸せな気分になります。

すると、一際大きい興味を引かれるものがあり、それを最初に見つけた二園姉さんが立ち止まって、じっと見つめ始めました。それから、私もそれにならって見つめ、少し離れた道を先に行っていた一加姉さんも戻ってきて見つめました。しばらく、三人でじっとそのでかいうんこを見続けました。うんこだ、と私は思います。それもそのはず、それはうんこなのです。まちがいないのです。私たちが見つめることで、どんどん、うんこらしくなるような気もします。でも、ふっと、それが何なのか分からなくなる時もあります。

だから私は、また姉さん達に声をかけそうになりました。でも、いけないと思い、黙ってうんこを見ていました。こうしていれば、毎日姉さん達と一緒にうんこを見つめていれば、姉さん達がうんこを見つめながら何を考えているのか、いつかきっと私にもわかる日が来るはずだからです。ああ、姉さん達のうんこを見つめる目といったら！

合言葉は

みなさん聞いてください。フランスパンにニンニクをこすりつける手を一旦止めて、聞いてください。一旦ニンニクを置いてください。私は神です、人間関係の神です。それに関係する神です。ネットで誰かの悪口を書くのは止めてください。なんになるんですか、止めてください。満たされないで、そんなことで満たされないで。聞いてください。意気揚々とパーカーに着替えてラーメン食べに行くところすいません、聞いてください。私はずっとみなさんのことを見ていて、常日頃から、みんな仲良くやっていって欲しいと思っています。怒りっぽさを売りにしないでください。怒りんぼなんですね、そうですね。突っかかるのは止めて、前だけを見て、動物の写真を撮るのを趣味にして生きていくのはどうですか。だって、どうしてそんなすぐ怒るんですか、口内炎できてるんですか。いらついてるんでしょ。そうでしょ、そうだって言ってください。口内炎できてるって事前に言ってください。それだけで全然まるっきり違うでしょ。相手の反則をアピールして生きてきたんでしょ。だって、ガソリンが値上げになるのはしょうがないでしょ。だから悪口は止めてください。ストップストップ、おっとっと。長年みなさんを見てきた私ですが、年がら年中こんな調子で、私はもう、ずっと絶望的な気分です。精神の下痢。人生とはなんですか、悪口の世界大会ですか。勘弁してください。私は、とても悲しくやるせない気持ちです。この気分を夕食前に喩《たと》えるならば、お母さんにご飯は少なめによそってくれるよう頼むべきでしょうし、ドラゴンボールに喩えるならば、人造人間17号と18号が登場して無限エネルギーと聞かされたところでどうすればいいんだ。もう終わりだ。だから、みなさん、イライラしてるのを態度に出さないで下さい。今なら言えます、笑って許して。百歩譲って、笑ってこらえて。そうなんです。見たくない、見たくない、イラッとしないで、止めて、気まずい、止めて。全然イライラしてないよ、とか言わないでください。イライラしてない人はそんなこと言いませんよ、考えもつきませんよ。みなさん聞いてください。ガムシロップを最後まで垂らしきる時間を利用して、甘党の人も聞いてください。悪口なんて冗談めかして、友達だけに言っておけばいいでしょ、友達の前でだけ、好きなだけ何でも主張すればいいでしょ。友達だもの。友達はいいですよね。腹立つ店員がいたとか、仲いい友達にだけ話せばいいでしょ。何もそんな、投書しなくてもいいじゃないですか。やりすぎだ。そんなのは目くじら立てずにトホホなテイストで言葉を紡《つむ》ぎだして紡ぎだして、微笑みのお喋りさん、それでオールオッケーでしょ。みんな笑顔でしょ。パジャマ着ればいいでしょ。パジャマを着れば、穏やかな気持ちになれるかもしれませんよ。すぐにムッとしてしまうのは、毎日ジャージで寝てるからじゃないですか。考えてみてください。スウェットで寝るからじゃないですか。めちゃ反論したい、そんな気持ちありますよ。わからないでもないですよ。わかりますよ。でも、そこで言ってしまったら、もう止まらない列車でしょ。その瞬間、はいミニ四駆でしょ。止まれませんよ、あなたは止まれない。そこら中にぶつかりながら、なりふりかまわず電池丸出しで突進するあなたを、私は見たくないです。あの子だって、そんなあなた、見たくないですよ。落ち着いて聞いてください、育ててください。みなさんにお子さんが出来たなら、きっと、好きな芸能人や好きなミュージシャンをバカにされても黙っていられる強い子良い子、負けない子に育ててください。自分の気に入らないタレントが好きなクラスメイトも誕生日会に誘えるようなヨシ子強い子、優しい子に育ててください。ヨシ子の場合は、そういうヨシ子に育ててあげてください。ヒロ子の場合だってそうです。育ててあげてください。約束です。合言葉は、ケンカすんなよ。決して、忘れないで下さい。あなたと私とそして世界の合言葉は、ケンカすんなよ。目の前で、ケンカが始まるっていうあっやばいって瞬間、ケンカの神様が中腰になってサングラスに手をかける恐ろしい瞬間、あなたがその言葉を口にするならば、歯磨き粉のラスト一しぼりの如き勇気を振り絞るなら、あなたはその時、はるか彼方で知らないうちに、いい感じで、私と、ハモっていることでしょう。ケンカすんなよ。ものの見事に、私とハモっていることでしょう。私はいつもどこかで、みなさんのことを見守っています。その目はとてもあたたかくて、人間味があって、おすすめです。

お腹筋肉、地獄アマリリス

五年二組に、今週もまた火曜日の音楽の時間がやってきた。

音楽の波動キミ子先生は、ピアノを囲むように置かれた椅子に座ったぼくたちをなめ回すように見た。そして、持ったフルートを片方の手の平に軽く叩きつけて歩き回りながら、

「お前ら今週もよくぞノコノコと音楽室までやって来たな、おい」

と言った。

「よろしくお願いします！」

ぼくたちは精一杯の大きな声で言った。

「ぴーちくぱーちくうるせえよ、とっととリコーダーを持ってってんだよ！」

ぼくたちは慌ててリコーダーを取り出した。そして、怒られないうちに両手で構えた。その時だった。

「や、山本君！　まさか、リコーダーを……」

湯沢の声が聞こえた。ぼくたちはいっせいに山本君の方を見た。日頃から大人しい山本君はもはや諦めたか、椅子からずり落ち気味のさっぱりした表情で、

「やっちゃったよ」

と言った。そしてどんどんずり落ちていき、とうとう、首だけで椅子に座っている状態になった。

「山本君、諦めるのはまだ早いよ！」

「貸し出しがあるかもしれないわ！」

「その座り方すごいね」

「なに座り？」

でも、いくら声をかけても何の返答もなかった。山本君はもう既に覚悟しているのだ。

「ぼくにはわかるんだ。もう全てが終わりだって。貸し出しなんかあるはずないよ。あいつは悪魔だ。転校してきて二週間、今まで、楽しかった。まさか、あいつと同じ四月からこの学校にやって来たぼくが最初にやられるとはね」

その時、先生が山本君に目をつけた。持っていたフルートを山本君に向け、

「お前、笛を忘れたな！」

と叫んだ時、山本君の体は指一本触れられないまま凄い勢いで飛ばされていき、ベートーヴェンの絵が飾ってあるとこに背中から叩きつけられた。そして、床に落ちた。ぼくの体はぶるぶる震え出した。それでも、山本君、ああ山本君、と山本君の思い出を頭に思い浮かべた。みんなも思い浮かべているらしかった。でも、データが少ないので、全員、山本君の自己紹介の時のことを思い浮かべるしかなかった。

『栃木から来ました、山本信之です。お父さんはサラリーマンです。この教室、ちょっと暑くない

ですか?』

山本君は音楽室の隅にうつ伏せに倒れていたけど、ぼくたちはいつまでもそんなうつ伏せのクラスメイトにぼやぼやかまっていたら怒られるので、山本君には悪いけど、演奏するための教科書をそそくさと準備した。ぼくの反対側では、麻生君が万全の笛態勢を整えようと、シューシューと唾抜きをしていた。ぼくがまずいと思うと、すぐに、

「シューシューうるさいぞバカタレがぁ!」

と先生が叫びたて、フルートを思いっきり麻生君に向けて投げた。フルートは、麻生君の天然パーマにからみついても勢いなお衰えず、麻生君もろともひゅんひゅん回転しながら、開いていた窓から外に飛び出していった。

学校のわきを走る国内有数に汚いどぶ川に落ちる音が聞こえてきたけど、ぼくたちは余りの恐怖に黙っているほかなかった。普段から臆病者のぼくは、ここだけの話、おしっこをちびる寸前だった。誰かが、いいともさ、と優しく声をかけていたならちびっていただろう。

「全員、リコーダーしまえ」と先生が言った。「目にうるさい。目ががちゃがちゃする」

ぼくたちは急いでリコーダーをしまった。

「それでは、合唱を始める。教科書の十九ページ。いや、その前に発声練習をするぞ。せいぜいお前らの根性と生き様、存在価値を見せてみろ」

先生はぼくたちを立たせると、ピアノの前に座った。

「いいこと考えた。お前ら、アマリリス歌え。ハッハッハッハ言って歌うやつあるだろ。スタッカ

ートだ。それをやれ。腹筋を意識して歌うんだ」

ぼくたちは腹筋に力を入れて、ピアノの音に合わせてアマリリスを歌い始めた。

「ハッハ、ハッハ、ハッハッハー」

「腹筋のことだけ考えろ！　音楽は二の次だ！」

少し経つと、先生は、

「そのまま歌い続けろ！」

と言いながら、ピアノを弾くのを止めて立ち上がり、ぼくたちの方にやって来た。そして、順番にお腹を触っていった。腹筋チェックだ。ぼくも、かつてない恐怖に胸の鼓動が熱いビートを刻む中、できるかぎり腹筋に力をこめた。先生はぼくの腹筋を一突きして、黙って通り過ぎていった。

先生が全員の腹筋を触り終えた頃、歌もちょうど終わった。先生は長い溜息をつくと、ピアノの鍵盤に肘をついて不吉な音を鳴らした。その姿勢のまま喋り始めた。

「なっちゃいない。お前らの腹筋のなっちゃいなさときたら。もっとボディービルを見ろ。ただ、ただし！」と言って、ぐわしのサインをぼくたちに突きつけた。「二つ、いい腹筋もあった」

それじゃ三つじゃないかとはもちろん言わなかった。先生が褒めるのはとても珍しいことなので、みんな、ほっとしたような表情を見せた。

「今から、その腹筋を殴る。遠慮なしに」

ぼくたちは予期せぬ言葉に、身をこわばらせた。

「田中と富士野」

驚いたことに、ぼくと、ぼくが思いを寄せる田中さんが呼ばれた。

「田中と富士野！　壇上に上がれ」

ぼくと田中さんは慌てて立ち上がって前に出て行き、並んで気をつけした。

「いいかお前ら、いい腹筋は、先生がフルパワーで何度も殴ったって平気なんだ。いくら殴っても立ち上がってくる腹筋こそ、歌える腹筋だ。今からそれを証明してやる」

先生がみんなの方を向いて説明している間、ぼくと田中さんはその後ろ姿を震えながら見ていた。

「富士野くん」

田中さんが、小さな声でぼくに言った。その声が可愛らしくて弱々しくてそれでいてセクシーで、ぼくの心臓は高鳴った。横目でうかがう田中さんの横顔は、つやつやの髪の毛が耳にかけられて首筋に落ちて、色の白い頬と、なんとなく鋭い感じの顎まで続くラインが印象的で、それでいてまたもセクシーだった。

「私、お腹を殴られるの、怖い」

「ぼ、ぼくが守ってあげるよ」

「富士野くん……」

「こんなことが許されるはずないよ。た、田中さんは……ぼくが守ってあげる。ぼくが、先生にビシッと言ってやるよ」

少し間があった。ぼくはまっすぐ前を見ながら返事を待った。

「ありがとう。実は私、三年生の時から、富士野くんのことが――」

「いいか！　この、カスタネットを握りこんだ拳で思いきり殴っても、いい腹筋ならなんてことないんだ。せいぜいちょっと屁が出るぐらいだ。やってみせるから、体中のありとあらゆる穴をかっぽじってよく見て感じて身に染みろ、いいな！」

「はい！」

先生の声が途中で割り込んで、さらにこっちに近づいてきたので、肝心のその先の言葉を聞けなかった。富士野くんのことが、富士野くんのことがなんだって？　頭でぐるぐる考えているうちに、先生は目の前までやって来た。そして、左手でぼくの右肩をつかんだ。ぼくの中に、恐怖が予定より早めに帰ってきた。くそう、怖い、くそう、みんな、無責任に元気のいい返事をしやがって。

ぼくは、チラリと田中さんの方を見た。田中さんはおびえたように涙ぐんで、またも出ましたセクシーな瞳でぼくを見ていた。本日三度目のセクシーに、ぼくの心の中のなんと呼んでいいのかわからないが多分チンチンとつながっている部分から不思議な勇気がにじみ出て、ぼくは先生の方を振り返ることができた。鬼のような顔だった。言うんだ、今、言うんだ。

「先生！」

ぼくは、震えながらも力強い声で叫んでいた。

「うるせえ、口ごたえすると死ぬぞ！　殺すぞ！」

先生は歯をむいて目を血走らせ、すでに何人か生徒を殺している顔をしていた。ぼくの体は敵の要塞が爆発する一分前のように震えだし、涙があふれた。ここだけの話、二秒ちびった。ぎりぎりだ。そこへ追い打ちをかけるように、先生がぼくの眼球のすぐ上で大口を開けて声にならない声で絶叫した。僕は眼球越しに脳を揺らされ、本能的な恐怖でいっぱいになった。

「出席番号順だと、ぼくが……後です」

気付くと、ぼくの口から、蚊のなくようなそんな台詞がすすり出ていた。先生は、ぼくの肩から手を離し、みんなの方を振り返って拳を振り上げた。

「まずは女からだ！」

みんなの歓声が遠く聞こえる。ぼくは田中さんの方を見ることが出来なかった。情けない。ぼくは本当に情けない奴だ。すいません。ぼくはじっと前を向いていた。みんな、先生の隙を見て、ぼくのことを微妙な顔つきで見ている。いつの間にかこっちを向いて倒れていた山本君だけが、ぼくに生温かい微笑みをくれていた。

乗車券はクソガキ

ダイジロウは引っ込み思案で臆病者、頭も悪い。でも絵が上手いし、サボテンに話しかける優しい心を持っている。本当にもうすぐにびびってしまうので、今日の帰りの会で隣の奴岡《やつおか》くんから小さな手紙をまわされた時も、先生に見つかるのが怖くて開くことが出来なかった。帰りの会が終わった途端、奴岡くんはランドセルを振り乱して走り出て行ってしまった。だからダイジロウは、手紙を読んで困り果てた。

『今日の深夜、ナイナイのオールナイトニッポンが始まる時間、学校の裏山に、来い』

ナイナイのオールナイトニッポンは、前に奴岡くんから面白いよと言って教えてもらったことがあるのだった。芸人の裏話とかあるよ、と奴岡君は言った。でも、夜になるとすぐ眠くなってしまうダイジロウはいつも聞くことが出来なかった。ナイナイのオールナイトニッポンは深夜一時から始まるのだ。

しかし、今日ばかりはダイジロウは起きていた。裏山に行くことにしたのだ。そして、「ミューコミ」という毒にも薬にもならない番組がやっている時間にこっそり家を抜け出した。

裏山の雑木林には三両編成の汽車が一台止まっていた。客車の明かりがあたりを照らしている。

それを頼りに、小学校五つ分はあろうかという沢山の男の子たちがうろつきまわっていた。

「やっぱり来たな」

ダイジロウが振り返ると、奴岡くんが腕を組んで立っていた。

「奴岡くん、これは一体どういうこと？」

「おっと、奴岡くんは止めてくれ。オレの名前はそう……チョロ奴《やっこ》。ここではチョロ奴って呼んでくれよ」

「チョロ奴？」

「そうさ、チョロ奴だ」

「でも、あの、これってどうなってるの？　どうしてこんなところに汽車が」

「この汽車は、その名も『くそがき』だ。この列車に乗れば、ガキ帝国に行けるんだ」

「ガキ帝国？」

「そうさ。そこはクソガキの楽園。一日中、停車してる車のタイヤに給食で余ったジャムをしかけようが、新品のチョークをボキボキに折ろうが、少々高いところから飛び降りようが、完全な自由。注意する大人もいない。エアガン撃ち放題、炭酸も飲み放題だ」

「この汽車に乗れば、そんなところに行けるの？」

「あたぼうよ」

それは本当だった。この場合のガキ帝国は、集まっている子供たちは知る由も無かったが、井筒和幸監督、島田紳助主演のヤンキー映画とはまったく関係が無い。ダイジロウは、大好きな『ウォーリーを探せ』を一日中やっていられるなら、ガキ帝国に行くのも悪くないと思った。

「奴岡くん、ぼくもこの汽車に乗れるかな」

「チョロ奴」

「ぼくにも、乗る権利が――」

「マイ・ネーム・イズ・チョロ奴」

チョロ奴こと奴岡くんの目は、学級会が白熱してきた時のように、鈍く光っていた。ダイジロウは怖くなったので、恥ずかしさを忍んで言った。

「チョロ奴くん、どうかな」

奴岡くんはまだ納得せず、ダイジロウを虎のような目でにらみつけた。

「おい、ツナ手巻き。お前、本当にガキ帝国に行く気があるのかよ」

ダイジロウは自分がツナ手巻きというあだ名になったことを一瞬で察知し、受け容れた。

「この船には、選ばれしクソガキしか乗れないいんだぜ」

なぜか奴岡くんは汽車のことを船と呼んだが、これはチョロ奴がもうかなりこのクソガキ選抜ゲームに入り込んでいる証拠なのだ。

「あだ名で呼び合わないなんて、自殺行為だ。ましてやくん付けなんて、学級委員に立候補するようなもんだぜ。学級委員がクソガキと言えるかよ！」

その時、大きな汽笛が鳴った。汽車ポッポと呼ばれる時のポッポが、みんな大好き煙突部分から勢いよく噴き出した。

「タイムリミットが近づいてる。急がなくちゃならねえ」

「でも、どうすれば――」

「ルールは一つだけ、乗車券はクソガキ」

チョロ奴は駆け出した。ツナ手巻きも頑張ろうと思い、あわてて後を追いかけた。

二人はある客車の乗車口までやって来た。一段高くなったところにサングラスをかけた大人が一人、立ちふさがるように見下ろし、その周りを子供達が何重にもとりまいている。そこをかき分けて、二人は大人の前に立った。

「クソガキです、入れてください！」チョロ奴が言った。

見下ろすだけで、サングラスは何も言わない。

ツナ手巻きはいつもの悪い癖で、横でただモジモジしていた。

すると、チョロ奴がツナ手巻きの足を踏んだ。バカヤロウ、クソガキはモジモジするもんか。クソガキはどんなに気まずくてもモジモジなんかしないんだ。悪い通知表だって放り出して遊びに行くんだ。牛乳は最初に飲み干して困れ。絶対にモジモジしたら……いや、一つだけ……好きな女の子と二人きりになったらその時は……だからその時までモジモジしちゃあいけないんだ！

その思いが通じたか、ツナ手巻きがハッとして顔を上げたその時、二人の横を、子供が一人駆け抜けた。その子供は、大人の脇のかなり狭いスペースに飛び込むようにして、乗車した。

「無理やり突破するクソガキ一人乗車です」大人が、胸にかけたトランシーバーのようなものを取って言った。

周りで見ていた子供たちはどよめきと歓声をあげた。

乗車に成功したそのクソガキは、その大人の股の間から顔を出すというなめきった態度で、二人を見下ろして言った。

「クソガキの出入り口はいつだって狭いのさ、覚えておきな」

「お、お前の名前は！」チョロ奴が言った。

「床屋嫌い、クソガキさ」

「クソガキネーム床屋嫌い……覚えておくぜ」

床屋嫌いは話にもう飽きたという感じで乗車席の方へと消えていった。どこでもらったのか、すぐに冷凍ミカンを食べ始めたのが窓から見えた。未だ乗車できない子供たちは、羨望の眼差しでそれを見ていた。床屋嫌いはそれに気付いて、窓にハァハァ息を吐いて曇らせると、そこに「バーカ」と書いたが、外から見ると完全に逆さまだった。

「あいつ、並のクソガキじゃねえ」チョロ奴は苦々しく言った。「相当のクソガキだぜ。見たところ小学四年生だが、六年生の先輩からも一目おかれるような相当の……」

「ねえチョロ奴、ぼくたちも、あそこから無理やり飛び込めばどうかな」

「ダメだ。もう、無理やり突破するクソガキは、そのクソガキは一人乗車した。二番煎じなんてやるだけ無駄よ。他の方法を考えろバカヤロウ！」

確かに、それから飛び込もうとした何十人もの子供は、全て大人に弾き返された。それから、誰も無理やり飛び込まなくなった。

「ああ、本当だ。もうダメなんだ。でも、何か別の作戦があるかな」

ツナ手巻きは不安になって言った。その時、また大きな歓声があがった。驚いて振り返ると、また一人乗車したらしく、大人の股の間から顔をのぞかせ、さらに大人の腿の外から手をまわしてちょうど顔の横でダブルピースまでしていた。チョロ奴はそれを見ていた子供のところに駆け寄った。

「今、どうやったんだ！」チョロ奴はなぜかそいつの胸ぐらをつかんだ。

「あのクソガキ、やりやがったぜ。あいつは、それでも飛び込んだんだ。もうわかりきったことなのに自分で試してみなきゃ気が済まねえあきらめの悪いクソガキ、そのクソガキ枠はまだ残されていたんだ」

「なっ」チョロ奴は手を離し、膝から崩れ落ちた。「どゆこと……？」そしてそのままお姉さん座り状態になり、さらに上半身を後ろにゆっくり倒しきり、そのまま夜空を見上げた。

胸ぐらをつかまれた子供は、伸びてしまったTシャツの胸のところをバフバフしながらチョロ奴に軽蔑の眼差しを向け、「ヘッ、ただのガキか」と吐き捨てて去っていった。たぶん聞こえていたのに何も言わないチョロ奴は、そっと目元を腕でおおった。

「チョ、チョロ奴。頑張ろうよ。きっとまだ手はあるよ」

ツナ手巻きが慰めると、チョロ奴はそのままで言った。

「もうなりふりかまっていられねえ。ツナ手巻き、悪いがここからは別行動だ。ツルんでたらもう無理、それぞれで頑張るんだ、いいな」

すると、チョロ奴は先ほどの逆再生をするように上半身を起こし、立ち上がって走って行ってしまった。少し泣いているようにも見えた。ツナ手巻きは悲しかったが、今では、なんとしても汽車に乗り込むため、一人でも頑張ってみようという気になっていた。

しかし、ツナ手巻きは憧れのクソガキにはなかなかなれなかった。例えば、窓から忍び込むクソガキも、最初の一人以外は厳重に締め出されていた。ツナ手巻きはうろうろしながら、大人に取り入ろうとするクソガキや、ここまで来てゲームボーイばかりやっているクソガキが次々と乗車していくのを、指をくわえて見ているしかなかった。困り果てていると、乗車券を売っている子供がいたので二百円出して買ってみたが、「ガキ帝国行き」と書かれただけの紙の切れっぱしでは乗車することができなかったし、むしろその乗車券を売っていた子供が、すぐに小銭を稼ごうとするクソガキとして乗車していった。

そしてだんだん、汽笛の鳴る頻度があがってきた。今では三十秒に一回ポッポーと言うようになり、いよいよ出発の時間が近づいてきたことがわかった。タイムリミットは、ナイナイのオールナイトニッポンの放送が終わるまで。なぜなら、運転士が好きだからである。

ダイジロウはもはや諦め、一緒に帰ろうと奴岡くんを探した。奴岡くんは、汽車の最後尾に背を向けるようにして、力無く座っていた。列車の一番後ろは車掌車で、そこにも大人が一人見張っていた。ダイジロウは、黙って隣に座った。

よく見ると、奴岡くんは帽子を斜めにかぶり、鼻の上にバンソウコウを貼っていた。チョロ奴として色々やってみたのだろう。しかし、今や乗車できない子供たちの九割が、帽子を斜めにかぶったり後ろにかぶったりし、鼻の上にバンソウコウを貼り、ポケットに山ほどビー玉を入れ、カマキリを肩にのせていた。手の平には何かのパスワードと明日学校に持って行くものがメモされて、むなしくにじんでいた。しかし、どの攻略法も実らなかったのだ。デマだった。デマを流したクソガキは既に乗車しており、冷凍ミカンを食べ終わった途端に列車の網棚の上に乗ってふざけていたが、だまされた子供たちは知らなかった。

ダイジロウが奴岡くんに声をかけられないでいると、また汽笛がなった。今度のは凄く長かった。いよいよ汽車が、クソガキを乗せ、ガキ帝国に向けて、出発するのだ。

「奴岡くん、ぼくたち、十分頑張ったよ。ぼく、ほんとうに、自分がこんなに頑張るなんて思わなかったもの」

「チョロ奴」

「奴岡くん、ぼくを誘ってくれて、ありがとうね」

「チョロ奴」

大きな汽笛が鳴り続けて、客車の灯りにぼんやり照らされた雑木林中に響き渡っていた。取り囲む子供たちの叫びは、その音にまぎれてかき消された。木の枝や小石を投げる者もいる。

「もう、しょうがないよ」

ダイジロウは慰めるように言った。汽車が動き出した。さすがクソガキが乗る列車というべきか、いきなりせっかちに加速して飛び出した。すると、チョロ奴の体が一瞬にしてダイジロウの横から消えた。

「あばよ」

かろうじて背後から聞こえた声にダイジロウが慌てて振り返ると、チョロ奴は汽車の後ろに結びつけたロープにつかまって引きずられていた。チョロ奴は諦めなかったのだ。映画の真似をするクソガキとして、最後の賭けに出たのだ。最後尾にいる大人は見て見ぬ振りをしている。チョロ奴がつかまるロープが結び付けられているところのすぐ横には、昨日『バック・トゥー・ザ・フューチャー』を見たクソガキが、スケボーに乗って汽車につかまっていた。残された子供たちは滑り込みセーフした最後のクソガキ二人を見守るしかなく、ダイジロウの心は、奴岡君のいない帰り道や明日からのことでいっぱいになった。目に涙があふれ、小さくなった汽車の灯りがぼんやりとにじむ。と、次の瞬間、電気がぷつんと切れたように真っ暗になり、しばらくして、ざわざわとみんなの不安な声が聞こえ出した。もう、一人で家に帰らなければならない。

マセてないガキから退場

既に、鼻血を出してぶっ倒れてしまった子供たちが何十人も医務室に担ぎ込まれていた。残っている子供は、五人。各々、やや斜めを向いて腕を組み、野球帽のツバを後ろに向けたいわゆるスケベかぶりで、鼻の穴をふくらませている。

「パンチラ」

スタジアムの上の方に設置された非常に音質のいい巨大スピーカーから、おじさんのささやき声が飛び出した。

残された五人の子供たちは、それがどうした全然興奮しないぜ、という顔をして、手を頭の後ろに組み、口笛が吹ける者は口笛を吹いた。さすが、ここまで勝ち残ってきただけはあって、どんどんエッチになっていく言葉にも、誰一人、鼻血を出すことはなかった。

間違いなく、この五人の中に本物のマセガキが、いる。

そしてまた、スピーカーから声が響き渡った。

「二連続パンチラ」

同じく余裕の態度を見せるマセガキ候補達だったが、突然、「た、たまんねえ」と声を出して、一人が下を向いて膝をついた。

パンチラ大好きヒロキだった。パンチラ大好きヒロキの鼻からは、たらりと鼻血が垂れていた。

「家に帰ってママのおっぱいでも吸ってな！」

判定員がやって来て、赤い旗をあげて力いっぱい叫んだ。場内からため息がもれた。

パンチラ大好きヒロキはパンチラが大好きで、パンチラを重んじるあまり、公の席ではきちんとパンティーチラリと正式名称で呼ぶのである。パンチラについて文をしたためる時は、パンティーチラリ現象とする徹底ぶり。

パンチラ大好きヒロキは、上を向いてティッシュを鼻にあてながら、スタッフに支えられて退場していったが、途中で、残された四人の方を振り返った。

「俺はここまでだが……誤解しないでくれよ。俺は二連続パンチラ、二回連続でパンティーチラリする幸運に屈したわけじゃねえ。お前らはわかってないかも知れないが、今のはただの二連続パンチラじゃなかったんだ。つまり、その前のソロ・パンチラ・ホームランと合わせて、1＋2のパンチラ・ターキーだったのさ。二度あることは三度ある、なんてパンチラには通じねえ。だって普通、一回チラリしたら注意するだろ。それが三回……この国はどうなってんだ。そんな起こっちゃいけねえ奇跡が、今、現実に起こったんだ。人知を超えれば鼻血も出るさ。まさか、俺のパンチラ好きがあだになるとはな。キング・オブ・マセガキにはなれなかったが、これで満足だよ……だって、優勝したら、ミサコちゃんにケーベツされちゃうからな……」

他の四人は、その後姿をじっと見ていた。ソロ・パンチラ・ホームランとかパンチラ・ターキーとか、何をわけのわからないことを言っているんだ。でも、パンチラ大好きヒロキ、お前は大した奴だったぜ。そして、何よりジェントルマンだった。お前は決して、どうせ隠すならミニスカートをはくなとは言わなかった。なぜならお前は、隠してもいいからミニスカートをはいていただきますよう……そんなへりくだった考えの持ち主だったから。

しかし、感傷に浸っている暇など無かった。次なるおじさんのささやきが襲いかかる。

「ボインちゃん」

「や、やべえ。モーレツ！」体をのけぞらせて鼻血を出したのは、ボインマスターケンタロウだった。

「家に帰ってママのおっぱいでも吸ってな！」赤旗が上がった。

ボインマスターケンタロウは、世界遺産を訪れるよりもボインを優先する考え方を持ち、この前、学校遠足で牧場に行った際の乳しぼり体験で、ただ一人、終始こりゃたまらんという顔をして周囲の大人に会釈をしまくっていたという厚顔無恥と想像力で広く知られている。そして、ボインを絵に描く時は、普通の小学生なら完全な円を描いてしまうところを、半円。それほどボインに造詣が深いのだ。

「不意打ちのボインちゃんはやばすぎるだろ。心臓が止まるかと思ったぜ……。しばらく何も食べてなくていきなり味の濃いもん食べたら胃がびっくりする、あれのボインバージョンさ……。でもよ、ギネスブックに乗るようなメガトン級ボインあるけど、もうあれボインとかそういう問題じゃねえ、し……。うう、あと……俺がボインに夢中なこと、お母さんには内緒な……ていうか、お前らのお母さんにも言っちゃダメなんだぜ……だって……お母さん同士で情…報……交換が……」

そこでボインマスターケンタロウは白目をむいて気を失った。

残された三人は、担架に乗せられて運ばれていくその姿を見送った。ボインマスターケンタロウ、お前は本当に、真のボインマスターだった。一番好きな擬音であるゆさゆさを班の名前にしようとして女子から猛反対されたこと、決して忘れないぜ。

そして、しばらく静かになった。次なるスケベな言葉を待っている緊張感に耐え切れず、観客が二人倒れた。その小さな騒ぎの中、今度はぼそりとおじさんの声がした。

「バカ殿」

「あふっ！」鼻血をふきあげたのは、今回も優勝候補と目されていた、絶対王者むっつりオールラウンダーシンジだった。会場がどよめいた。

「家に帰ってママのおっぱいでも吸ってな！」意外な展開に、赤旗も心なしか勢いよく上がった。

むっつりオールラウンダーシンジは瞬時に横になり、さすがに慣れた様子でティッシュを何枚も連続で取りながら、次々と鼻にあてがった。そして、残された二人の方を向いて、力なく喋り始めた。

「笑えよ……俺を笑え。思い出しちまったんだ……そんなバカ殿なんて聞かされたら、思い出しちまった。俺のスケベアーカイブが御開帳だよ。俺がもっと小さかった頃、バカ殿では確か……その……おっぱい……？　うん、その、おっぱいが……そう、出てたんだ。誤算は、その記憶が今の俺でなく、小さい頃の何も知らないまっさらな俺と結びついていたってことさ。俺自身が仕掛けたスケベ時間差にやられるとは、しくじったぜ……そうか……志村は全てわかっていたんだ……俺がバカ殿を熱心に見るのは笑いを隠れ蓑にしてエッチなシーンを見たいからだって、あいつ、志村の野郎はとっくにお見通しだったんだ……熱いお灸をすえられたぜ……」むっつりオールラウンダーシンジは顔を赤らめながら言った。

とうとう残り二人になったが、その二人は、むっつりオールラウンダーシンジが股間を抑えて前屈みに退場していくのを見て、一つの時代の終わりを感じていた。しかしこれからは、自分達がスケベ小僧の時代を背負っていかなければならないのだ。むっつりオールラウンダーシンジ、お前こそ、特にこれといったこだわりがあるというわけでもなく普通にむっつりスケベだったぜ。きっとお前のような奴が、一番父兄から気味悪がられるんだろうな。

いよいよ次で、マセガキの中のマセガキが決まる。やがて、スピーカーが震えた。

「キッス」

「やべえ！」

「鼻血出ちゃう！」

出ちゃうというかもう出ていたが、予想外の事態がおきた。なんと、勝ち残った二人、エッチ本欲しすぎ王者トシヒロと、ブラジャーに思いを馳せるコウイチ、が二人同時に卒倒し、そのまま気を失ってけいれんし始めたのだ。

「家に帰ってママのおっぱいでも吸ってな！　家に帰ってママのおっぱいでも吸ってな！」

マセガキを決める勝負はノーコンテストとなり、二人は医務室に運ばれた。後に、気が付いたブラジャーに思いを馳せるコウイチは記者に対してこう語った。

「キッスは反則だろ。やべえよ。ドキッとしたよ。赤ちゃんできちゃう。だって、キッスしたら、赤ちゃんができちゃうんだろ。そんなの、小学生だし、まだ……まだ早すぎるだろ！」

レッスン1は死ねボケナス

唯一あるドアのノブが音を立てて回った瞬間、喉元さんは教室全体が、自分のいつも会社で感じているような張り詰めて重苦しい心そのものになったように思われた。

しかし、ノブだけが回されたままドアはしばらく動かなかった。やがてゆっくりと開き、襟《えり》の大きい緑色のスーツを着てきつい印象のメガネをかけた中年女性が入ってきて、いやに丁寧にドアを閉めた。背が低く、顔が小さいから、もともと大きめの襟が異様なほど広がって、顔を包み込んでいるように見える。

部屋の真ん中、右端に座っていた喉元さんは、みんながみんなフジツボのように教室の後ろに詰めて着席している理由が一目でわかった。この先生はきっと怖い。大きな不安が吸い取りの悪い小さな胸に去来してみるみるうちに積もっていくから息が詰まる。

何も持たない先生は教卓に向かって斜めに立つと、いきなりしゃべり始めた。

「さあさ、あんた達、今日もレッスン始めるわよ。根暗も根暗、ダンゴムシと同じ石裏からミミズの糞にまみれて這い出てきた生粋《きっすい》の根暗なんだろ。人前で喋れるようになりたいんだろ。知ってるよ。雁首揃えてそのために金払ってる。じゃあ精一杯やれよ。先生は、その金から払われる給料で、めちゃくちゃ性具を買ってます」

　性具という言葉は知っていた喉元さんも、こんな文脈でそんな言葉が出てくるとは思わないので意味のわからないまま聞いていた。ただし一生懸命聞いていた。

「とにかく言いたいことは一つ。ぶちぶち文句言ってないで、やれよ。文句言ってる暇あったらやれ。動かせ口を。じゃあいつものように発声練習、『死ねボケナス』から」

　みんながプリントを手にして席や姿勢を正す慌ただしい音が背中に聞こえたので、喉元さんは突然、一年分の勇気を奮い立たせてしまうことになった。

「あ、あの……」

　自分の声が小さいのはわかっているから、同時におずおずと手を上げる。

「私……初めて…なんですけど……」

「何も聞こえない。あんたの声は何も聞こえない。防音ガラスの中にいるのか?」

　前からの責めるような視線と、後ろからの哀れむような視線。その視線が下着以外の衣服を貫くようで、上半身がかゆくて痛い。喉元さんはくじけて突っ伏し泣き出しそうになり、新たな言葉もすぐには出せない。同じ言葉を繰り返すしかなかった。

「私……初めて…なんですけど……」

　先生は喉元さんをきつくきつくにらみつけた。

「だから?」先生のメガネは三角形に近いような形の赤いフレームのメガネだったが、それを外して目頭を押さえつけた。そしてそのままじっとしている。

「説明を……してください……」

「じゃあ最初から、私初めてなんですけど説明をしてください、って一息つかって言えばいいじゃないのよ。何で区切ったの。べしゃりをリボ払いにしてどうすんの。何考えてんの。一人でエレベーターに乗ってる時とか何考えてんの。なんでちょっと…上を見てんの。あの、階数の、あれを見てんの？　おい！」

喉元さんは最後の怒鳴り声、先生が矢継ぎ早にツバを飛ばして喋る迫力に大ショックを受け、一人でエレベーターに乗ってる時に何を考えているか、そしてどうしてちょっと上を見るのか思い出そうとして、黙り込んでしまった。

「言っておこうか。説明はするわよ。しろって言われたら、こっちはする。しろって言われなかったら、しない。でも、するなって言われたら、それはしちゃうわよ。天邪鬼だから。だから、なんでも言ってみないと始まらないの。言えばいいでしょ。言えよ。無理でもいいから言え。そしたらなんか起こるわよ。説明して欲しいって思ってるだけじゃ落第よ。説明しろ説明しろって、念じてもダメ。念じてどうすんの。念じるな念じるな。言えよ。何のためのお口なんだ。かすかに胃酸の混じった空気を吐き出し続ける、それだけのためか？」

「説明をお願いします」喉元さんは少し声を張って言ったが、それでもひどく小さい、ささやくような声だった。

「いいよ、説明してやるよ。これはわかってると思うけど、ここでは、根暗で人前で喋れないお前ら、社会の蛆を腹に溜め込んだ食いっぱぐれの不適合者どものために、喋り方を教えてやってんのよ。それはもう独自なやり方でやってるのよ。そうじゃなきゃお前らみたいな、性根がマイナス思考の糞便にまみれた暗澹冥濛《あんたんめいもう》のグズは更生しないから。お前ら絶対、ご飯まずそうに食べるもんな。もそもそ食べるんだろ、どうせ。気が滅入る。同じクラスじゃなくて本当に良かったというそんなお前らに、普通に喋り方教えたって時間と労力と口を潤す唾液の無駄よ。だからここでは悪口を教えてんの。わかるでしょ。悪口をレッスンすれば、人前で挨拶ぐらいできるようになるだろってこと、な？　そういう考え。十教えたら糞バエでも一は出来るだろってことよ。わかった？」

「あ……わかりました」と喉元さんはうなずいた。「すみません……」

「なんで謝んだよボケナスが。じゃあ、発声練習いくよ、はい、レッスン1……死ねボケナスッ！」

「あの……死ねボケナス」

生徒達が全員小声で繰り返した。喉元さんは、最初のボケナスは発声練習でなく自分に向けられた単なる悪口だったことにショックを隠せず、思わず涙ぐんで、何も言うことができなかった。

「小せえ小せえ、声小せ。お前らビックリマーク使ったことないだろ、マジで。絶対、保育器でしばらく過ごしただろ。あと、なんで全員、揃いも揃って最初に『あの……』ってつけんの？　相談してんのか？　お前らは束になってもフンコロガシ一匹より使えない。あと新入り、やる気無いなら家帰って持ってるCDあいうえお順に並べてたら？　お人形さんみたいな綺麗な顔しちゃって。そんな顔で黙り込んで生きれば一目置かれるかも知れないけど、そんなの私だったら全然楽しくないね。楽しくないし傍目《はため》にもおもしろくない、しょうもない」

喉元さんは何も言うことができなかったどころか、とうとう泣いてしまった。ますます背を丸め、涙を頬に伝わせるように、顔の角度を変えて、手の中に握り込むようにしたハンカチで押しつけるようにそっと拭き取る。化粧なんかしていないし、涙をこぼしてしまうよりはずっといい。

先生はそんなことは気にしないで続けている。

「はい次、合う服ねえなら痩せろ肉団子！」

「合う服が無いなら…痩せろ、あの……お肉…お団子……」喉元さんもみなと一緒に勇気を振り絞り、コウモリがなんとか聞き取れるほどの声を出した。

先生は一人残らず歯切れの悪い様子に、今すぐ全員殺したいという顔でにらみつけたが、続けた。

生徒達は全員下を向いた。

「足広げて椅子に座んな無能が！」

「足を広げて椅子に座る…無…能が……」

「ツーペアではしゃぐな正月の凧あげブスが！」

「ツーペアで、はしゃぐお正月の…凧あげ……」

「レッドキング並みに小顔だな～～～ドクソ！」

「お笑いの語りやすさに気付かず語ってる奴、全員死んでくれ！」

「安い黄色いワンタンみたいなチンコしやがって」

「安い黄色いワンタン…チンコ……」

「お笑いの語りやすさに気付かず語ってる奴、頼むから死んでくれ！」

もうほとんど先生しか喋らなくなっていた。なぜワンタンのだけ復唱したのかとやるせない怒りに堪忍袋の緒が切れた先生は、最後の死んでくれの名残で頭の前で合わせていた手を解いて腰にあてると、床に粘りけのあるつばを吐いてホワイトボードの方を向き、蓋の取れていた黒いマジックを手に取り、もう出ないそれを、ホワイトボードに書き殴るようにして無茶苦茶に押し付けた。よく見ると、「死」というふうに何度も動かしていた。そして、腕を凄い速さ振り乱したまま、

「全員、殺し合えっ！」

と叫んだ。そして急に動きを止めて振り返った。不気味なほど穏やかな顔をしていた。「お前達はなんなのか。便所コオロギが糞尿の飛沫を浴びて惨めに巨大化した存在なのか？　もういいから次のレッスンに行くよ。おい、そこの坊主頭、誰だお前。今日はお前やってみな。死ね」

「は、はい……」中学生で学ランを着ている坊主頭の子は田中といったが、指名されてしまって本当につらいという今にも泣き出しそうな顔でひどくゆっくりと立ち上がった。

喉元さんは一瞬振り返ってその姿を確認すると、怒られやしないかとまた前を向く。ああ、あの子は私よりずっと年下なのに、本当にかわいそう……。

「イルカをぼろくそに言ってみな」

他人事ながら、喉元さんは心臓が止まりそうになるほど驚いた。

これは、先ほどの、十教えればクズにも一は出来るだろう、という方針のもとに考え出されたレッスンである。動物として隙がないイルカに悪口を言えれば、人間のデブやハゲやワキガ、若いのに白髪がいっぱいある人、文句の多い童貞、などをぼろくそに言うことなど朝飯前、そういうことなのだ。

坊主の田中は口ごもり、どんどん顔色が悪くなり、網のないつるつるしたメロンみたいな薄緑色になってしまった。

「さっさとイルカをこきおろすんだよ！」

坊主の田中の体は、前後左右に小さくふらつきだした。

「早くしろ！　イルカが逃げちまうよ！　悪口を言え！　早く！　ああ、もう、殺す！」

その言葉と、ドンと教卓を叩く音を聞いて、坊主の田中は朦朧とした顔でさらに大きくふらつき、そして、いきなりかがみこむと、机の上にあった自分の筆箱の中にゲロを吐き、口から糸を引きながら慌てた様子でポケットの中の小銭を机にばらまき、指をさしながらいくらあるか大急ぎで数え、それが終わると走り出し、一目散に背中をかきむしりながら、もう一方の手で窓を開けて、

「三百二十八円！」と叫びながら飛び降りた。

窓からは冬の冷たい風が吹き込み、生徒達は震えながら下を向いた。ラーメンも、ラーメンも食べれやしねえ。

この教室は二階にあるので、喉元さんはとても心配した。また涙があふれる。でも、イルカの悪口を言え、なんて本当の無理難題を言われたら、自分だってきっとああなってしまうだろうと考えた。

生徒達は、手を膝に置き、男の人はその手をグーにして、窓を閉めることもなく下を向いてずっと震えていた。

「イルカに対する悪口の一つの正解は、『ラッセンといる時の自分は好きか？』だよ。イルカその

ものに弱点がない場合、友人関係から突破口を見い出し、自問自答の袋小路に追い込むんだ。これでイルカは寝られない、今日夜寝られないよ。右脳と左脳、交互に寝るって言ったって、そんなこと言われたら右脳でも左脳でも寝られない。わかったかい。胸に残る『ざまあみろ』という思いと一緒に、よーく覚えておくんだ」

先生はそう言うと出て行った。残された生徒達はますます寒くなっていく教室で、先生がいる時と同じようにじっと座っていた。眠れないイルカのことを考えた喉元さんの言いしれぬ興奮に高鳴る胸が落ち着く間もなく、先生は坊主の田中の襟をつかみ、引きずりながら帰ってきた。坊主の田中はそのまま乱暴に教室の隅に転がされた。意識はあるようだが、口はゲロまみれ、黄色がかった糸を口元に引きながら半笑いでこっちを向いて、目元につくったアザを濡らすように、流した涙が顔の上半分全体にだらしなく広がっていた。

先生は生徒達を見回した。生徒達は伏目がちに、世界のどこでもそうするように所在なさげに見返し、目が合いそうになる何秒も前からすぐ下を向いた。

「お前らは本当に、本当にダメだね……でも、あたしもそうだった」

先生は突然、神妙な顔で話し始め、机と机の間を歩いて行き、開いている窓をそっと閉めた。

「何を隠そう、あたしも、ここの卒業生なのさ」

その言葉を呑み込んで呼吸を止めた教室は水を打ったように静かになり、それぞれ下に向けられていた両の目の瞳孔がにわかに開きかける音まで聞こえるようだった。

「十年前の私は、引っ込み思案でシャイで、人に悪口を言うどころか、喋りかけてくる人間がとにかく怖くて、ローソンで箸をつけるかどうか聞かれただけで慌てふためいてハンカチを自分の口に詰め込んで、いったんハンカチを取り出し、そいつで顔をごしごし拭いたあと、問答無用で卒倒していたもんだよ。自分がいやでたまらなかった。変わりたかった。だからここに通い始めたんだよ。あんた達と同じようにね。最初は辛かった。地獄だった。硬水で薄めたゲロを朝晩二リットル飲むような日々だったよ」

伏し目がちだった教室中の顔が、だんだんと時計の短針が朝九時から十二時に向かうように上がっていった。

喉元さんも涙で少し湿ったハンカチを握りしめる手を少しゆるめながら、先生の目を見ることが出来た。十年後の自分は何をしているだろう。十年前の自分に見上げられるような、そんな自分になっているだろうか。

坊主の田中も、いつの間にか体を半分起こして熱心に話を聞いていた。先ほど冷気にさらされた教室は、人間から出る淡い熱を少しずつためこみ始めている。

「一人立たされてペンギンの悪口を言えと言われた時は、ちぢこまって顔面蒼白になって自分のカバン目掛けて一筋細いゲロを吐いて、口から糸を引きながら大急ぎで財布の中のポイントカードを机の上に広げてたまり具合を確認した挙句の果てに走り出して、一目散に背中をかきむしりながら『ほとんど引っ越す前のやつ！』と叫んで窓を突き破って飛び降りたもんだよ」

「だいたい俺と一緒だ！」坊主の田中は顔をキラキラ輝かせて大きな声を出した。そのあと、そんなに大きな声を出した自分を恥じるように頭をかいた。

「そうさ。名前は知らないけど、あんたのせいで思い出しちまったよ。あたしは、今はこんなに悪口が言えるようになった。だからみんな、絶対にあきらめちゃいけないよ。変わるんだ。誰だって、努力すればきっと、口の悪い人間になれるさ。大丈夫。その時を信じて、今はただ何も考えず、悪口を言うんだよ。一日中、どんな悪口を言ってやろうかと頭をめぐらすのさ。そして、誰かが目の前に立ったら、向こうが何か言う前に、思いついた全ての悪口を浴びせて先手を取るんだ。言い訳する暇も与えない集中砲火。言えばさっさと耳をふさいで帰りゃいい。気持ちいいよ」

生徒達は今、初めてはっきりと顔を上げて、わずかに、背負いこんできたものの重さが消えていく心地よさを感じていた。自分たちを追い立てる声は、自分たちを呼ぶ声でもあったのだと、初めて気づいた。そんな声が存在するのだということも、初めて知った。

「悪口がいいのは、誰かに聞いてもらえること。それだけだからね」

喉元さんは、まだ初日だけれど、この教室に入って本当に良かったと思った。きっとこんな私でも、頑張れば、気兼ねなく人に、イルカにペンギンにハムスターに、おじいさんおばあさんに、「死ねボケナス」と言えるようになるんだ。そうすればみんな、私の話に耳を傾けてくれる。今はその気持ちが全然わからないけど、もしそうなれたら、先生のようになれたら、どんなに素敵なことだろう。

「勘違いしちゃいけないよ。そんなこともわからないで得意げに悪口を言う奴の目玉を見てご覧。見た目はきれいなもんだがどうだか。肺癌のジジイの肺に五十年埋めてあった、焼き場で出てきたビー玉そのものだよ」

喉元さんはさっきとは別の涙があふれそうになるのに備えてハンカチを握りしめた。そうだ。私の話が聞いてもらえるなら、思った通りに口が動いて、空気が震えて、それが誰かの鼓膜に届いて、頭の中に巡るなら、それだけでどんなにいいだろう。それなら私はいくら嫌われたってかまわない。いやな気持ちになってかまわない。体をよじるのを見られるかも知れない。泣いてるところを見られるかも知れない。ひょっとしてそんな滅多にないものが見られるかも知れない。そのとき私は笑っているだろうか。傷ついているだろうか。

「誰かに聞いてもらうってそれ以上のことを求めるなら、そのあとのことは知らないよ。そこまでいったら、掃き溜めの鶴の糞になる。まして自分でそれを喰らうことだってあるだろうよ。あたしの知ったこっちゃないけどね」

悪口にはきっと特別な力がある。どんなことだって、どこからか、どんなふうにかわからないけど、知らせてしまう。覚悟がなければ、何を言っても意味が無い。私の口から出た言葉で人や世界がたわむのがわかったその瞬間の甘くて苦い絶望的な歓びと引き換えに、何を奪われたって構わない。私は私が嫌いでたまらなかった。悪口ばかり言ってる人も嫌いでたまらなかった。でも、羨ましくて仕方なかった。こんな時代に生きているんだもの、自分を傷つける術《すべ》は自分で考えられたけれど、人を傷つける術はきっと人に習わなければ、あんまり上手に身につかない。その習い事がいやでいやで、私は何も言えなかったし、誰の話も本当には聞かないことにしていた。それこそずっと防音ガラスの中にいたようだった。でも私は、実はそれがとてもつまらないことだと、みんなの顔を見ていただけでわかっていたのだろう。そして今、やっと言葉が通る。

「じゃあ続けるよ、ボケナスども」

それからずっと小さな声でつぶやいていただけの喉元さんの声は、レッスンが終わる頃にはすっかり枯れてしまって、ささやくことも出来なくなった。でもその震えの無い喉に、不思議な充実感がおこげのようにはりついている。

こんなに楽しいのは初めて。

帰り支度をして我先にと帰って行く勝手知ったる仲間の後ろ姿を見ながら声にならない声を出すと、こんな気持ちの方をこそ滅多に口に出すべきではないように喉元さんには思えた。

私がイラッとした時の人間学

所属するゼミの先生が、大学時代の恩師にあたる偉い教授と対談するということで、私は勇んで見に行きました。四百人は入るという大教室はすでにいっぱいで、私は席に座ることができず、一番後ろで立ち見することになりました。

「須藤君、今日はおもしろい試みをしたいと思うんだ」

「なんでしょう」

「少しでもイラッとしたら、相手をぶん殴る」

「いいですね」

そこで、ドッと笑いが起こりました。お二人は口裏を合わせて、ふざけているのです。私も楽しくなって、くつくつと笑いました。こうした場で飛び出すユーモアというのが、私は大好きなのです。

「それでテーマなんだけど、何にしようか。僕は、『沈黙は、完全性の属性のひとつである』というカフカの言葉について話してみたいと思うんだがね」

「大学生には刺激になるでしょうね」

「相手を言い負かしたい連中ばかりだからね」

その時、先生が突然立ち上がると、教授をぶん殴りました。教授はパイプ椅子に座っていましたが、そのまま椅子ごと後ろに倒れました。マイクが飛んで床を跳ね、ドッド、ドと響きました。

私は唖然としました。教室に緊張が走るのがはっきりとわかりました。

「そんなことないでしょう」

先生が教授を見下ろしながらマイクを通さず直接空気を震わせた音は、一番後ろにいる私にも微かに聞き取ることができました。

教授は何も言わず、ガタガタと椅子を直して、また座りました。そして、何事もなかったように喋り始めました。

「君の方から何もなければ、それで一つ話してみようと思うよ」

「それなら僕はあれですね、同じカフカから『意識に制約をもうけることは、社会的要求である。すべての徳行は個人的であり、すべての悪徳は社会的である。社会的徳行と見なされているもの、たとえば愛、無私、正義、自己犠牲などは、〈おどろくほど〉弱められた社会的悪徳にすぎない』という――」

その時、教授が飛び掛るように椅子を立って、先生をぶん殴りました。先生は「新婚さんいらっしゃい」の桂三枝のような動きで、椅子ごと横に倒れてしまいました。また、マイクが床に当たるゴツゴツとした音が教室に流れました。そして、教授がマイクを通さない声で言いました。

「それなら僕はあれですね、ってなんだよ」

私は、少し理不尽だと思いました。あの教授、それしきのことでイラッとするなんて、ちょっと大人気ないのではないでしょうか。先ほど先生が教授をぶん殴ったのは、私達大学生が侮辱されたからです。それなのに、教授の方は、個人的にイラッとしたので先生をぶん殴ったのです。

教授は、先生が椅子を戻す前に喋り始めました。

「今の二つは、ほとんど同じ話題なんじゃないか。愛や正義に基づく徳行と認識されているものも、それによって意識が制約を受けているとすれば、それは社会的なものであるがゆえに悪徳となる。ならば、それを為していると知られることは道徳的行為とは言えないわけで、あらゆる意識の制約は究極には沈黙の形を取らざるを得ない。だからこそ、沈黙は完全性の一つの属性となるわけだが、しかしそれならば、我々がこうして喋るのも悪徳ということになるね」

教授が乾いた笑いを響かせる間に、先生はようやく椅子を直して座りました。教授を少し不服そうな目で見ると、マイクを持ち直して答えました。

「悪徳でしょうね」

間髪入れず、教授がまた先生をぶん殴りました。先生は、今度は椅子ごと後ろに倒れました。でも、これは教授が倒れる時に一度見た動きです。先生は油断していたのか、マイクが派手に飛んで、離れたところに落ちました。ゴッ、ドッ、ドドッとこれまでで一番大きな音がしました。

「目を見て喋るな」

教授は、今度はマイクを口に当てたまま言いました。

私は声を出すこともできず、教室中が大きくざわめくのを聞いていました。みんな、小さい頃から、人の目を見て喋ったり聞いたりするように教わってきたのです。

先生が黙って椅子を戻すのを、私はじっと見つめていました。先生は落ち着いた素振りで襟を正してから椅子に座りましたが、教授をイラッとさせるのが怖いのか、なかなか喋りだそうとしませんでした。しかし、そのまま口を噤んでいたら、きっと教授をイラッとさせてしまうでしょう。沈黙は、完全性の属性の一つに過ぎないのです。

しばらくの間、教室は静寂に包まれました。私も息を呑んで、その様子を見守っていました。やがて、教授が退屈そうに大きく息をついて窓の外に目をやりました。が、次の瞬間、ゆっくりと先生の方を向きながら立ち上がり、歩み寄ると、思いきりぶん殴りました。

「あっ」

私は驚いて、思わず声を出してしまいましたが、そういう人は何人もいました。

教授のその拳は、今までで一番力のこもったものでした。先生は、斜め後ろに、吹き飛ばされるように倒れました。マイクも同じ方へ飛ばされて、学生の座っている最前列の席へぶつかって、その場所とスピーカーから大きな音が聞こえました。

誰もが、教授はどうしてイラッとしたのかと外に目をやりました。すると、雨がぽつぽつと降り出していました。

「傘を持ってきてないんだ！」

誰かが叫びました。私はなるほどと思いましたが、教授の荷物が置いてある場所を見ると、椅子のところに、傘の柄が見えました。

「傘は持ってきてる！」

私は一歩前に出て、そこを指さし、大きな声で叫んでいました。教室中の学生が私を振り返りました。自分でもこんな大胆なことをするのに驚きましたが、私は知らぬ間に、なんというか、ノリノリになっていたのです。

「傘はあるけど、ただ単にイラッとしたんです！」

私は、人間こうでなくっちゃと、自分がなんだか途轍もない感銘を受けていることがはっきりとわかりました。今、人間のことが、どんな言葉で語られるよりも、ずっと鮮明にわかって、悲しくなるよりは、なんだか清々しいような気がしたのです。出かけた先で雨が降り出してイラッとした時、私達は、傘があろうとなかろうと、目の前の人間をぶん殴りたいに違いない、なぜだかそう思いました。

その時、私は、否応無く秋葉原の事件を思い起こしたのです。私達はイラッとします。彼の人生をなぞっても、彼のイラッを知ることは出来ません。誰のイラッも知ることが出来ません。でも、誰のイラッも同じような気もするのです。私は時々イラッとしますが、ずっとずっとイラッとしていたら、人をぶち殺してしまうというのは、今この瞬間だけかも知れませんし大きな声では言えませんが、なんだか少しわかる気がするのです。イラッとしてぶん殴れるような今のこの気持ちなら、イラッとして殺してしまうのも、もう一息だというような気もしてしまうのです。でも、私はまだこの先、いいことがあると自分で思っていますし、期待しているし、そして実際、いいことは多分あるのです。私を「普通の生活」にとどめて置いているのは、そのことだけかも知れません。

そして彼は、他の人にとっての「かけがえのない人生」というのはそういうものであるということを、むしろ私達よりも考えていたように思えるのです。こうした事件が起こって思い出すようにそれを考えまた忘れてを繰り返す私達よりも、ずっと長い間、彼は考えていたと思うのです。もしくは、考えざるを得なかったと思うのです。私の憶測ですから確かなことは言えませんが、件の携帯掲示板にあったような単純な文章を書く人が、そういうことをずっと、じっと考えるということは、特殊なことではないでしょうか。その考えには、私や誰彼がこうした話題を話す時に混じるような知的好奇心のようなものが、きっと恐ろしいほど極端に、無い、ような気がします。それでも、彼は考え続けたのです。私は、それが一番不思議な気もするのです。だから、彼の考えは私達ほどなんというか進んでいませんし、とても感情的だったと思うのですが、今、私達が既に語り始めていることとは全く別なことのように思うのです。より切実であるということでもなく、彼にとっては自分のことで私達にとっては他人事であるというのでもなく、単に、考えの種類のようなものが違っているような気がするのです。私達の多くは、彼がイラッとしたことについて考えているのですが、彼はイラッとして殺すことそのものについて考えていたように思えるのです。私達は、そこの接続のことだけをうやむやにし、「なぜ」という言葉で片付けています。もしそれを考えるとして、彼がそのことを考えるのにかけた時間に遠く及ばないのです。とはいえ、本当のことはわかりませんし、もしそうだとしてもそんなことは犯罪を正当化する理由にはなりません。もちろん、まったく別の問題です。あの男は、気が狂っていておかしくて本当に最悪で死刑になればいいのです。私はそうも思えるのです。でも、私は、イラッとしてぶん殴る教授を見ていて、それ以外のことも考えなければいけないような気がしたのです。心の闇や社会の状況ではなく、彼のことでなく、私のことを、人間のこと自体を、考えなければいけないと思ったのです。そして、イラッとしてぶん殴りたくなる理由を、私は絶対に知らないのです。

我に返ると、ぶん殴られて床に女座りになった先生が、遠く私を見上げていました。その目！

その顔！　もし壇上にいたなら、イラッとしてぶん殴ってしまっていたでしょう。

ビグビー

高校一年生のロシノリは帰ってくるやいなや、ＬＤＫへ飛び込んだ。両親は、帰りの遅いロシノリを待たないで、晩御飯を食べ始めていた。

「宇宙が爆発したって本当かよ母さん！」

「ロシノリ、逆だよ。大爆発して宇宙ができたんだよ」

「大、爆発……」

「英語では、ビッグ・バンって言うんだよ」

「嘘だ！」

「本当だよ」

ロシノリは父親を見た。無口な父親はその会話にはまったく興味が無いというように、黙々と箸を進めていた。

「嘘だ」

「本当だよ」

「だって、母さんは大爆発なんて日本語、使ったことないじゃないか。母さんはふざけているんだ。

爆発に大をつけて、日本語で遊んでいるんだ」

「ロシノリ」母親は強い口調で言った。「確かに母さん、日頃、大爆発なんて言わない。もう四十五だし。そんじょそこらのもんが爆発したなら……そう、今みたいに爆発って言う。母さんは言うよ。でも、宇宙に限っては大爆発を選択するよ。母さんは選択する。洗濯もするけど」そして、洗面所の方を指さした。

「ほら、ふざけてるじゃないか！　完全にふざけてるんだ！　おもしろくないよ！」

「ふざけてないよ、ロシノリ。ついつい出ちゃった。お母さん、冗談出ちゃった。でも、大爆発して宇宙ができたのは本当だよ」

「嘘だ。そんなの、そっちは、おもしろすぎるもん。大爆発してできたなんて、宇宙、おもしろすぎるだろ。世の中こんなにつまらないことばかりなのに、はい大爆発してできました、なんて、ウケ狙いとしか思えないよ。そういう落語があるんだろ！」

「そんなのないよ。ロシノリ、そんな落語ない。母さん落語聞かないし。笑点に出てる人がテレビで落語してたら、へーと思ってちょっと見るけど、それでもすぐつまんなくて止めちゃうぐらいだよ。宇宙が大爆発してできたことなんて、みんな知ってるんだよ」

「ビグビー！」ロシノリはたまらず叫んだ。「ビグビー、おいで！」

するとと、白い大きな犬が廊下を滑りながら駆けてきた。

「ビグビー、大爆発して宇宙ができたなんて、嘘だよな」

ビグビーは黙ってロシノリを見上げていた。が、ふいに目を逸らした。そして、父親の方にのぞのそ歩いていった。

「ごらん、みんな知ってるんだよ。この宇宙にいるみんなが知ってるよ」

ロシノリは父親を見た。茶碗を持って、コロッケばかり見ている。

「この醬油差しも、知ってるんだな！」ロシノリは醬油差しをつかんで、母親を見た。

「知ってるよ」

「おい、お前、宇宙は大爆発してできたのか？　大爆発して、宇宙はできたのかよ？」ロシノリは醬油差しに問いかけながら、皿の中に向かって傾けた。

ロシノリと母親、そして父親も、緊張の面持ちで醬油差しに注目する中、醬油が出た。

「そんな……馬鹿な……」

「わかったかい。宇宙は大爆発してできた。そして地球ができた。そのあと恐竜が住んだ」

「嘘だ！　ついにしっぽをつかんだぞ！」ロシノリは母親を指さした。「恐竜が住んだって……ドラえもんの見すぎだろ！」

「ドラえもんが後だよ。ていうか、ドラえもんも、ていうか、藤子・F・不二雄先生も、恐竜が住んでたことを知ってたんだよ。だから、『のび太の恐竜』が描けたんだよ」

「ピー助が……実在する……？」

「するよ。ピー助って名前ではないけど」

「じゃ、じゃあなんて名前だよ！」

「名前なんて無いよ」

「嘘だ！　名前が無くちゃ……友達になれないだろ！」

「友達なんていないよ」

「な……」ロシノリは目を見開いた。慌てて食卓にあった母親の麦茶を飲み干した。そしてグラスを叩きつけた。「それじゃ辛すぎるだろ、毎日が！」

「平気だよ、恐竜だから」

ロシノリは息を呑んだが、すぐに呆れたような顔を見せた。

「じゃあなんだ、大爆発して宇宙ができて、地球もできて、恐竜が住んで、恐竜には友達がいなかったって？　それで平気だって？　俺には信じられねえな！　いい加減なこと言いやがってこのバアア！」

「ロシノリ！」父親が突然叫んだ。

ロシノリは肩を跳ね上げて驚いた。しばらく、ビグビーの息遣いだけが聞こえた。

「母さんの悪口を言うな」

ロシノリは歯を食いしばるようにして、そこでようやく父親を見た。父親はコロッケを箸に挟んだまま、厳しい顔をロシノリに向けていた。

「ロシノリ」母親が穏やかな口調で言った。「恐竜にも、家族はいたんだよ」

ロシノリは虚をつかれたように顔をこわばらせ、母親を見た。そして、震える手で醤油差しをつかむと、皿に向かって傾けた。醤油が出た。

「父さん…母さん……」ロシノリは泣いた。「ビグビーも……」

「ロシノリ。今こうしているのが不思議じゃないなら、宇宙も、恐竜も、全然不思議なんかじゃないんだ。わかったら早く飯を食え」

母親はロシノリのご飯のしたくをするため立ち上がり、キッチンへ向かった。ビグビーがしっぽを振りながらついていった。

泳ぎ続けろ、いい加減にしろ

「ヤマト君！」

ヤマトの彼女の木塚さんが、俺の隣で叫んだ。

その日のヤマトの泳ぎは、明らかにいつものヤマトではなかった。なんとか決勝へ進んだものの、まず、いつものすいすい感はゼロ。決勝でもその輝きは戻っていないようだ。ヤマト、お前の平泳ぎはもっとカエルみたいだったはずだろ、一体どうしたんだ。やはり、足のケガが深刻なのか。

ヤマトは最後の夏を目前にして、二段ベッドから落下して足を捻挫した。「弟に上を譲っておけばこんなことにはならなかったんだ」とヤマトは言い、更にこう続けた。「でも、そうすれば弟が落下していただろう。だから、弟を恫喝してでも上を選んでおいてよかったんだ」。俺は、ヤマトの年の離れた弟への思いの深さと上段への執着を前にして、黙るしかなかった。決して言い訳はしないヤマト。それでこそ俺のライバルだ。

「兄ちゃん、頑張れ！」小学三年生のヤマトの弟が手作りの旗を振った。そこにはほのおタイプのポケモンが描かれており、あんまりヤマトと関係なかった。

しかし、そんな応援もむなしく、ヤマトはもう絶体絶命のピンチだった。一〇〇メートル平泳ぎなのに、トップと三〇メートル近く離されてだんとつの最下位だ。ヤマトの平泳ぎは、まるで流れるプールを逆に泳いで結局流されているかのようにとろかった。ふざけているようにも見えた。その時、俺は自然と立ち上がっていた。

「ヤマト、最後なのに、それで終わっちまうのかよ！」

正直に言うと、俺はその時まで、ヤマトざまあみろという気持ちが心のどこかにあった。ライバルに対して、恥かけ、嫌われて別れろ、ウンコもらせ、と思っているようなところがあった。でも、その時、俺は腹の底から、名前のわからない内臓の底の底から、ヤマトを応援する気持ちになっていた。心の底からウンコをもらせと思っていた俺が、心の底からフレーフレーという気持ちになっていたのだ。

しかし、それでもヤマトのペースはてんで上がらなかった。他の泳者がゴールしても、ヤマトはようやく折り返したところだった。それでもヤマトは諦めていないらしく、ぷかぷかした動きで少しずつ進んでいた。

「ヤマト君、急いで！　急がないと、水が！」木塚さんが泣き叫ぶような声をあげた。

確かに、もうプールの水が半分ほど無くなっていた。俺たちの所属する「水をどんどん抜かれようと水泳部」の競技会では、スタートした瞬間、全ての排水溝を使って水を抜き始めるのだ。泳者は水が無くなる前に泳ぎきらなければならないし、相当の水の無駄遣いとなり、批判の声もすごい。

「ヤマト、急げ！」俺も精一杯声を出した。「水がなくなってきてる！」

「兄ちゃん！　水がやばいよ。水やばいんだって！」

「ヤマト君、もうかなり浅いわ！　気をつけて！」

「兄ちゃんホントやばいんだよ。だから水やばいんだって！」

「ヤマト、急げ！　もう、うちの風呂の水位ぐらいしかないぞ！」

「大事に、大事に！」

しかし、外から俺たちがどれだけ繰り返しやいのやいの言おうと、それを誰よりもわかっていたのは、水の減りや水位を肌で感じていたのは、ヤマト自身だっただろう。ヤマト、それが、それがうちの風呂の水位だ。どう思う…？　俺は心の中でそう問いかけながら、もうかなり下にいるヤマトを見下ろしていた。

一分後、会場にいる誰もが、水が無くなったプールの底でビチャビチャいつまでも平泳ぎの動きを続けているヤマトを目撃していた。ヤマトは必死で空気を蹴り、かいていた。その決して諦めない気色悪い姿を見て、俺は自然と声をかけていた。

「そうだヤマト、諦めるな！　泳ぎ続けろ！」

俺の声が聞こえているのかヤマトは動き続けていたが、もう一ミリぐらいしか水が無くなった時、「いい加減にしろ」という意味のブザーが鳴り響いた。ヤマトは、係員によってブラシで片付けられた。突かれて飛ばされてお腹でクルクルまわりながら、ヤマトはそれでもまだ平泳ぎの動きを止めなかった。ヤマトの最後の夏が終わった。

その日途中で帰った木塚さんはすぐにヤマトと別れ、俺が交際を申し込んだが、体よく断られた。

「家に火ィつけるぞ」と兄は言った

「さあ、『解決！　お助け家族～お前らほんっとどうしようもねえな～』のお時間がやってまいりました。司会は私、高畑順がつとめさせていただきます。今日も悩める家族が、この家族更生最後の砦の門を叩きました。今日は、これは凄いですね、家庭は完全に崩壊しながら、物理的に建っているマイホームがなんとか家族という関係を外側から支えているような……中がどろどろに腐りきったかたつむりさながら、緑色です。そんな、家族間で靴を隠しあう、緑沼さんのご家族、四人家族です。どうぞ！」

おどろおどろしい音楽と嘔吐のSEが流れる中、少し高いところにある、かなりデスメタルな仕上がりの扉が開かれ、赤い煙が吹き上がった。そこから、一人、父親らしき男性が出てきた。その顔、立ち居振る舞いは、端的に言うならば、卑屈な糞ハゲ。観覧の客は全員、こんな父親はいやだと思った。

父親が司会者のもとに降りてきたところで、音楽が止まった。

「あれ、お父さんだけですか？　ご家族のみなさんは」

父親は俯きながら、だるそうに小刻みに首を振った。マイクがどうにか「知らない」という音声を拾った。「知りません」

その時、二十代と思われる若そうな兄が扉を薄く開けて出てきた。その姿は、一言で表すならば、糞ニート。背は高いがもやしっ子全開、餓死寸前の馬のように痩せた体にサイズの合わないポロシャツを着ている。完全に着られている。昼過ぎに起きたその体でテレビ局までやってきたらしい。汚れたメガネをちょいちょい触りながら、俯きがちにステージに下りてきた。父親の方を一度も見ず、司会者の後ろに背を向けて立ったが、司会者に何か言われると、司会者の横、父親と反対側に立って、斜め下を向いていた。観覧の客は、さっき家族で靴を隠しあうと言っていたが家から出ないこいつが有利なのではないかと思った。

すると、今度は母親らしき女性が扉から顔を出し、体を滑りこませるように出てきた。その姿は、簡単に言うと、近所でも評判の糞ババア。小柄ながらはちきれそうな体に汚いTシャツを着て、ピンク色のハンドバッグをさげ、歯茎を指でいじりながら、観覧客をじろじろ見ながら降りてきた。そして、父親の隣に、やや距離を取って立った。決して顔は合わせない。母親は大きな腹をかきながら、うなるような咳払いを繰り返した。

その音が響き渡ると同時に、扉からではなく、テレビカメラなどがある方から、制服を着た女子高生の妹が油揚げみたいになった髪の毛をいじりながらだるそうに歩いてきていた。その姿は一言で言うならば、糞ヤマンバブス。白く目が縁取られ、肌は茨城県某市にただ一つある日焼けサロンから産地直送、真っ黒だ。家族からかなり離れたところの床に座り込んだが、関係者に指示されて立ち上がると、歩いていって司会者の前に座り込んだ。

司会者は何か言いそうにそれを見下ろしたが、何も言わず、前を向いた。

「はい、緑沼さんの御一家です。崩壊しています、かなり崩壊していますね。今日は、この御一家に、うるおいのある会話を取り戻そうということで、あるテーマで会議をしていただきます。別に家族のことではございません。他愛も無いテーマです。そうした何気ない普通の会話が、家族の潤滑油となるのですね。それこそ、この家族が長らく忘れてしまっていることかも知れません。では、みなさん、お座りください」

円卓いっぱいに離れて家族がガタガタ椅子を鳴らしながら座る時、それぞれがたてる音にむかついて、四人の家族はチラチラ顔を上げて舌打ちした。

「では、テーマを発表します。あちらのボードをご覧下さい」

司会者が指さすと、観覧客は一斉にそちらを向いたが、緑沼家はテーブルを見つめて執拗に耳の裏をかいたり、突然メガネをテーブルに放り出して顔をおおってため息をついたり、またいつまでも咳払いしたり、操作音をオフにしていない携帯をいじったり、家庭崩壊どころか人間として常識が無かった。

「テーマはこちら！」

それでも司会者は言うと、ボードの中の四角い枠がADの手仕事によってひっくり返った。そこへいっぱいいっぱいに書かれたテーマが、司会者によって読み上げられた。

「勉強しかとりえの無いデブをなんと呼ぶか！」

観覧客から拍手が起こった。それぞれのカメラは、緑沼一家のそれぞれを映し出していたが、全員が死んだ目をしていた。

「これはいいテーマです。おもしろいですね。確かにこれは難しい。ガリ勉を使えませんからね。これは一体どうすればいいのか。みなさん、どんな呼び方を考えてくれるのでしょうか、非常に楽しみであります。では、家族会議を始めます」

司会者はいとうせいこうのような感じで喋りたてると、いとうせいこうのような感じでホテルのフロントに置いてあるベルをチーンと鳴らした。まさに虎の門システムである。

案の定、誰も話し始めないので、司会者が喋り始めた。

「じゃあ、まず、お兄さんどう思いますか。勉強ばっかりしてるデブをなんと呼びましょうか」

兄はメガネ越しにちらりと司会者に目をやったが、すぐに逸らすと、スウェットの袖をしきりに引っ張ってなにやらブツブツ言った。誰も聞き取れなかった。

「なんと呼びましょう」

「別に……普通……」

すると、他の家族が一斉に、かなり不機嫌な顔つきで兄を見た。半殺しへのカウントダウンが今にも始まったような視線が突き刺す。

「では、妹さんはどう思われますか」

父親と母親が首だけ回転させて妹の方をにらんだ。

「あの……あたし的には……深夜の馬鹿力みたいな、そーいう系？」

「は？　てめえ、オペラの怪人、バカにすんなよ？」

兄が下を向いたままだが敵対心剝き出しの声で言った。

「あ?」

娘が口を開けて兄の方を向いた。

「『ダイエットキング95・4』めちゃくちゃがんばってただろうが」

兄は姿勢を変えず、なおも下を向いたまま言う。

「よしましょうよ、よしましょう、ね? 長年のリスナーだとしてもやめましょう。でも、いいと思います、いいと思いますよ? お父さん、今の意見はどう…いや、お父さんは新しい意見はありますか?」

「私は、事前に家で考えてきました」

父親は手を軽くあげながら言い、それからズボンのポケットをまさぐり始めた。

「ハゲがはりきんな、必死か」

はっきり聞こえる声で母親が言った。父親はそれでもポケットから紙を出そうと体を斜めにしていたが、「はい何か言ってる奴がいます、はい何か言ってる奴がいます」と小声で呟いていた。

それから、なかなか紙が出てこず、家族はみんな、舌打ちを連発しながらその様子を、歯剝き出しで見ていた。やっとくしゃくしゃの紙が出てきた。それを丁寧に広げて伸ばすと、父親は姿勢を正した。

「えー、私が考えてきたのは、まず、肉スマート」

母親が大きく咳払いし、携帯の音もにぎやかに鳴り始めた。

「それから、まだまだございます。ボンレス博士。肉勉。解けるデブ。で、これが自信作なんですけども……皮下脂肪医者志望。そして、メタボリック特待生。ざっとこんな感じです」

観覧客から、拍手が起こった。

兄は眼を剝いた凄い形相の顔を小刻みに震わせて早口に口を動かしていたが、高性能マイクを通しても何一つ聞こえなかった。母親は「死ねっ、死ねっ、ハゲッ」と吐き捨てるように言い、妹は髪の毛をかきむしった。

「お父さんは凄いアイディアマンでいらっしゃいますね。様々な案を出してくれました。解けるデブ、というのは、動けるデブを踏まえているんですよね」

「ええ……まあざっとこんな感じです」

父親が腕を組んで背もたれに寄りかかる形で胸を張ると、家族が口々に言い始めた。

「調子乗ってんじゃねえよ、収入の少ないおなら窓際族がうかれやがって。秋の夜長のうかれ屁こき虫はケツの崎アナル原発で自ら中から被曝してろクソッパゲが……！」

「逆トロピカル靴下が……三足千円、糞してまんねんって、何言ってんだてめえは。ダマリン塗って大人しく寝てろ。パンにダマリン塗ってムシャムシャ食ってろよ、水虫界最後の大物が。ござで寝ろ、寝苦しめ、薄毛からませて泣き叫べ」

「日本のうんこハゲ親父百選が。何がうんこハゲ親父百選に選ばれましただよ。屁で吹き飛ぶようなバーコードしやがってぶっ殺すぞ……育毛剤の容器で殴り殺す……家に……家に火ィつけるぞ……」

「お兄さん、あなたの家でもあるんですよ？」

思わず司会者が言ったが、最後の発言をした兄はテーブルの縁に額をつけて突っ伏しており、目を合わせなかった。

「あっ、お父さん落ち着いてください。落ち着いてくださいね。テレビの収録中ですから」

父親は目を血走らせ、歯を食いしばって、どこか泣きそうな顔で荒い鼻息を震わせながら凄いスピードで順番に家族を見ていたが、司会者の言葉と現場の無言の圧力に、自分の腿を何度も殴りつけることでなんとか耐えた。観覧席からまた拍手が起こった。

「さて、色々とお父さんが出してくれたんですが、お母さんは、何かいい案ありますでしょうか。勉強しか取り柄のないデブを何と呼ぶか」

「あ、私？　やだ。私はねぇ、そうねぇ」

急に明るい高い声で言うと、母親は少し上を向いて考え始めたが、そのそばから、まず父親から口々に言い始めた。

「何をかわい子ぶってんだ猪八戒が……そもそもお前がデブじゃねえか、教養はストロングゼロの……。更年期障害爆裂豚汁汗かきババアがブーブー鳴きわめいたところで誰も聞いちゃいねえんだよ……」

「この黄ばみシュミーズ気にせずダンスパーティーが……恥知らずはエースコックの仮面であぶれて朝までうろうろしてカーテンの裏で残飯まみれの糞まみれでブヒーの断末魔をあげて死ねっつうんだよ……地獄のウォークインクローゼットで一人で踊ってろ……」

「手荒れ家事サイボーグあらゆることに口出しタイプが……お前の料理は全部そっ………………家に火ィつけるぞ」

「お兄さん、今、噛みましたよね。それで諦めましたよね」

司会者もなんとか主導権を取り返そうと兄を指さしたが、兄は爪でテーブルを叩きながら、下を向いて、「死ねクソババア、クソババア」と繰り返すだけだった。

「何噛んでんの、ださっ。このニート、ダサッ」

妹が嘲笑するように言った。すると、家族が口々に兄に向かって言った。

「引きこもりガリガリくんニート味が。お前もてないだろ。女コナーズだろ。俺が出歩くと女寄ってコナーズって馬鹿かお前は。やかましいんだよ引きこもり完全体が。引きこもりとしてスキが無いんだよお前は。スキあれよちょっとは」

「この、くされネット弁慶エロ動画大好き勃ち往生が。動画ファイルナビゲーターヘビーユーザーの日がなマスかきですって、何言ってんだお前は。頭沸きまくってんだろ。脳のウィルススキャンずっと失敗、気付けば二十四歳の生きる意味なしですって、ちっとは反省しろ役立たずニートン先生が」

「お前のあとの風呂は陰毛浮きすぎ記念公園なんだよ。大人になろうとするペンギンの子供かお前は。お前はなんだ、バスタブでなんだ、チン毛で和紙でも作る気か。心は人間国宝、体はヨガ行者の糞やせ玄太48キロ。心が働くなと言っている、じゃねえよバカニートが。2ちゃんで気取んな」

兄は手の甲をばりばり掻いて、上下に揺れ始めた。ところが、突然止まった。そして、冷徹な目でゆっくりと家族を見回すと、ポケットに手を入れた。

その雰囲気が尋常ではなかったので、観覧の客が何人かが甲高い叫び声をあげた。まさか、巷《ちまた》で噂のダガーナイフが飛び出てくるのではないか。

しかし、出てきたのはマッチ箱だった。

「家に火ィつけてやるよ」

兄はマッチ箱を少し開けて中を確認すると、突然走り出した。左手で携帯電話を取り出し、2ちゃんねるに犯行予告をするのも忘れない。

自分達の方に向かってくると勘違いした観覧の客は身じろぎながらまた「キャー！」と叫んだが、兄はそれには目もくれず、スタジオの外へと走り出て行った。というか、人と目を合わせられないのだった。

家族もまた、「ぶっ殺す」と呟きながら立ち上がり、スタジオを飛び出していった。

「おい、キャメラマン！」とプロデューサーが叫んだ。「あいつらを追え！　こいつぁいい画が撮れるぞ！　三時間スペシャルだ！」

それから、大きな声で全員に指示を出した。もしかしたら、家に火ィつける瞬間が撮れるかも知れない。胸は出世と視聴率のきらめきに包まれた。

しかしプロデューサーは、自分もスタジオを飛び出してすぐに、エレベーターの前で床にはいつくばった兄を、家族が取り囲んでいるのを見た。いち早く駆けつけたカメラマンがその様子を舐めるように撮影していた。プロデューサーは、まあこれでもいいかと思ったが、これでは「全国うまいラーメン屋スペシャル」に勝てないと考えたらなんかむかついてきて、とりあえず家族全員のケツを順番に思いっきり蹴った。全員、恨めしそうに振り返ったが、何も言わず、むしろちょっと謝るように頭を下げて笑った。権力にはこびへつらうのだ。プロデューサーは、こいつらホント気持ちわりいな、と思った。

なんでも知ってるハルヒロ

「だから俺言ってやったのよ、混んでるとこで腕振って歩くんじゃねえって」

ミチコはハルヒロの話をうんうん首を縦に振りながら聞いていた。ハルヒロの話って本当にいつもためになる。うんうん、混んでるところで腕振って歩いたら迷惑だよね。本当そう。前の人の振ってる腕が、私のお股のところに当たりそうになったり、するよね。

「ハルヒロの話ってどうしてそんなにためになるの」

「俺は常時、アンテナを立ててるわけよ。そして受信した情報について暇な時間を使ってひとしきり考えるわけ。例えばミチコお前な、部屋の模様替えとかすんだろ」

「するする」

「でも、せめえだろ。お前の部屋、ベッドだけじゃなくてソファとかあるし」

「狭い」

「そこで、なんでせめえのか考えるわけよ、朝とかの暇な時間で」

「考える」

「なんでせめえ？」

ミチコは考えた。なんで私の部屋、あんなに狭いんだろ。でも、広くない部屋にあれだけ家具を置いたら狭いのは当たり前だし。だから、狭いから狭いみたいな、そういうことかな。

「狭いから？」

ハルヒロはピザを口に入れ、クチャクチャと長い間噛んだ。そして、一分間噛み続け、ウーロン茶でようやく流し込んだ。そして、ミチコの方を見た。

「お前、ほんとかわいいよな」

「え？」

「でも、俺は朝に一杯水飲みながらこう考えるわけよ。どう模様替えしてもせめえ場合、ソファをテレビの前に置くのをあきらめたらどうか」

ハルヒロは喋っている間に一度視線を外し、言い終わると同時に、挑むような、でも余裕たっぷりの目で、下から見上げるようにしてミチコを見た。

「う、嘘……」

ミチコはハルヒロの視線にどぎまぎしながらも言った。それから、今ハルヒロが言ったことについて考えた。ソファをテレビの前に置かないなんて。じゃあ、なんのためにソファを買ったの？

「やってみ？　まじ広くなるから」

「でもそしたら、うたばんとかソファで見れないじゃん。私、そのあとのとんねるずのみなさんのおかげでしたもソファで見るんだよ」

「別にいいんだよ。なんでも、笑点でもためしてガッテンでも、実際、ソファで見なくても平気なんだって。お前は平気なの。テーブルはあるんだし、床に座布団しいて見りゃいいんだよ。ソファをテレビの前に置かなくちゃいけない、その間にはテーブルがなくちゃいけないって鬼畜米英の強迫観念が、部屋のスペースを蝕んでるわけよ。それは、ソファとテレビとテーブルっていう、一つのでかい家具があるのと変わらないわけよ」

「キョウハクカンネンって何？」

ハルヒロはタバコに火をつけると、ひと口吸い込み、猛烈にむせた。テーブルに肘をつき、下を向き、二分間ほど咳き込み続けた。

「大丈夫？」

カーッ！

ハルヒロは痰をふるい出し上げ、それを口の中でもぐもぐ動かしたまま顔を上げた。

「お前、ほんと名器だよな」

「え？」

「だから、今日帰ったら、早速模様替えして、座布団しいて、テレビ見てみ。水戸黄門でもなんでもいいけど、見てみ。全然いけっから」

「うん、水戸黄門は見ないけど」

「そうか」

会話が途切れ、ハルヒロは立ち上がった。

「はばかりさん」

「うん」

ミチコは、一人で行ける？　と言おうとして止めた。

腰が曲がってテーブルと同じ高さに頭があるハルヒロがフラフラとトイレに向かうとすぐに店員が「大丈夫ですか？」と声をかけたが、ハルヒロはそっちを見ることもせず、「っせえよ！」と叫んで杖を店員の方に一瞬だけ振って戻した。あまり大きく振ると、支えが無くなって倒れてしまうのだ。ミチコはそれを見て、昨日、駅で飛び込み自殺を見てしまったことを思い出し、なんであの人飛び込んだんだろうと思った。ハルヒロが戻ってきたら聞いてみよう。ハルヒロってなんでも知ってるから。

僕は中学受験に失敗する

スーツできめた塾の先生は、いつものように一言も発さずに部屋へ入ってくると、これはいつもと違って、持っていた紙袋から片手で五冊ずつ、四回取り出した。二十冊のマンガが先生用の机に積み上げられた。

僕は小学生だけど、えっ今日はマンガが読めるのなどという悠長なことは思わなかった。みんなもそうは思わなかったに違いない。僕たちは中学受験を半年後に控え、いよいよ気分が出てきたところだったし、大体、先生の言いなりになって勉強してきたこの数年間、「日本の歴史」以外のマンガは頭が悪くなるので読んではいけないことになっていた。だから、今回の件は、きっと何かしら、受験に関係があるのだ。

「ここに二十冊のマンガがある。全て第一巻だ」先生はそれだけ言うと、僕たちの起立を促すように手を上げた。

僕たちは立ち、先生のカモンという手の動きに従って、前に集まった。こんなに沢山のマンガを目の前で見るのは初めてだった。

「一人一冊、選んでごらん。ただし、中を見ちゃダメだぞ」

みんなは積み上げたマンガを次々と手に取った。僕たちの顔は、次第にほころんでいった。どれも本当におもしろそうだ。『ドラえもん』ってこれ知ってるぞ。アニメでやってる。マンガもあるんだ。そして僕たちは夢中で、でも（騒ぐと定規で裸の腕をひっぱたかれるので）静かに、自分の気に入ったものを選んで席に戻った。

「みんな選べたな。じゃあ、説明を始めよう」先生は歩き回りながら言った。「選んだマンガを僕に見えるように、立ててくれ」

僕たちは言われた通りにした。先生はそれをゆっくりと見回した。

「岸野、立て」

岸野君はマンガを持って立った。

「みんなにマンガを見せろ」

岸野君が選んだマンガは『おれはキャプテン』というマンガだった。

「岸野は野球が好きだから、それを選んだのかな」

「そうです」岸野君は答えた。

「うん。『おれはキャプテン』は前、週刊少年マガジンでやってて、今はマガジンSPECIALで連載中の、コージィ城倉先生の作品だ。先生も読んでる。世間で『おおきく振りかぶって』が話題になってる頃、先生は『おれはキャプテン』に夢中になってた。『おおきく振りかぶって』も後から読んでめっちゃ面白かったけど、『おれはキャプテン』も面白い。なんたって蛯名が凄くいい。大物って感じが。これは『おおきく振りかぶって』には無い魅力だ。もちろん、逆も、『おお振り』にしかない類の魅力もあるけど、そのへんは好みだからぐちゃぐちゃ言わない。ちなみに先生は『砂漠の野球部』も当時サンデーで読んでた」

僕たちはマガジンSPECIALも蛯名も『おおきく振りかぶって』もコージィ城倉も『砂漠の野球部』も全然知らないので、黙って先生の話を聞いているしかなかった。先生はいったい何をしようとしているのだろう。どう受験とつながってくるのだろう。それとも、僕たちに息抜きの時間を与えてくれているのだろうか。

「で、これを選んだ岸野。このマンガは十六巻まで出ていて、さっきも言ったけど連載中だ。だから、これぐらいなら読んでも受験に差し支えない」

みんなの肩がピクリと動いたのを、一番後ろの席にいる僕は見た。そんな僕も、受験という言葉に反応せずにはいられなかった。

「しかも連載はマガジンSPECIAL、この雑誌は月刊、毎月二十日発売だ。置いてないコンビニすらある。ということは、もし立ち読みしたとしても、読んでしまえば一ヶ月はそれに囚われないということだ。これが週刊連載だと、週に一回はマンガに気を取られるということになる。週刊少年ジャンプの連載だと、勉強時間に費やすべき土曜や日曜の発売日前にジャンプを売ってる場所がどこか無いかと探したりすることになる。それに、だんだん荒唐無稽になってきているから、そろそろ読まなくなるかも知れない」

僕たちには、マンガのことはわからなくても、先生が言いたいことは何となくわかった。あのマンガを読み始めても、そんなに時間を取られないのだ。受験勉強に支障をきたさないのだ。

「岸野がこれを選んだということは、ただの偶然じゃない。それはわかるな。自分の好きなものを岸野は選んだんだ。つまり、岸野の持って生まれた、そして生きていく中で手にした、先天的かつ後天的な、岸野という人間の現在の嗜好というわけだ」

誰もが神妙な顔で先生をじっと見上げていた。これはなんだかえらいことになってきた。僕たちは自分の持っているマンガの表紙をチラ見して、自分の嗜好を確かめた。

「ということは、岸野はマンガで身を持ち崩すことは無いということだ。岸野は受験に成功するかはわからないが、『おれはキャプテン』を選ぶということは、少なくとも、マンガを読みすぎて受験に失敗するという可能性が無いことを証明したことになる。岸野は、もし自主的にマンガを買おうと本屋に行っていたとしても『おれはキャプテン』を選んだ可能性が高い。それは、全員に言えることだ。みんな、好きに選んで、今手に持っているマンガを選んだはずだ。そういうことだ」

先生は岸野に座るよう手で合図した。岸野は、どこか誇らしげな顔で座った。

「津田ァ！」

先生は突然、机を思い切り掌で叩くと、僕の名字を外まで響く声で叫んだ。僕も、みんなも、驚いて肩を飛び上がらせた。

「お前の選んだマンガのタイトルを言ってみろ！　立て！」

僕は慌てて起立した。心臓の鼓動が頭まで揺らすようだった。マンガを胸の前に持ち、表紙を確認した。

「ドカベン」

そう、僕が選んだのは『ドカベン』というマンガだった。太った男と大柄な男が柔道着姿で、腕を広げている。他の人物もちょこちょこ後ろに描いてある。なんとなく絵が気に入ったし、スポーツを描いたものがいいと思ったので、これにしたのだ。それに、なんとなく聞いたこともある気がする。

「お前の選んだそのマンガは、はっきり言って最悪だ。受験を半年後に控えた小学生が選ぶマンガとして、最悪だ」

僕の足は机の陰に隠れて、押し寄せる不安にガタガタ震えていた。隣の小熊君が、『魔法陣グルグル』というマンガを机に立てながら、僕を心配そうに見ていた。

「まず、表紙で柔道着を着ている大きい奴が二人いるな」

みんなは僕の方を振り向いて、『ドカベン』の表紙を見つめた。僕も改めて見た。腕を広げた男たちの姿が、おどろおどろしいものに見えてきた。

「そいつらは柔道部を辞めて、七巻で野球部に入る。つまり、野球マンガだ」

部屋は騒然となった。みんな、同じく野球マンガを選んだ岸野の方を別になんというわけでもなく見た。岸野は『おれはキャプテン』の表紙をみんなに見せるように持った。みんなはそれを確認すると、僕の方を振り返って、思いっきり柔道着を着ている表紙を見た。あれが野球マンガだなんて、と驚いているようだったけど、一番驚いているのはきっと僕だ。

「そこから、そいつらは延々と野球をやる。『ドカベン』は全四十八巻」

みんなは息を呑んで、今度はじっくりと僕の持っている『ドカベン』を見据えた。そんなに、四十二巻分も野球をやるのか、という目をしていた。

「そして、山田太郎の、そのずんぐりむっくりの男が主人公なんだが、そいつとその大男、岩鬼というが、他にも野球部が色々いて、そいつらの高校三年、夏の甲子園を描いた続編が全四十八巻の『ドカベン』とは別に存在する。それが『大甲子園』全二十六巻」

真木野君の顔が恐怖にゆがみ、開けた口を震わせて、山田太郎という人間を指差していた。僕も、今では体全体が震えていた。僕は、なんというマンガを選んでしまったんだ。

「そして、そいつらはプロになる」

「イヤ————！」

秋月さんが耳をふさいで、机に突っ伏した。先生はそっちをチラッと見ただけで、続けた。

「『ドカベン プロ野球編』全五十二巻」

耳をふさいでも聞こえたらしい秋月さんは、苦しそうに伸び上がって目を見開き、口をぱくぱくしたかと思うと、次の瞬間に気を失って、椅子から転げ落ちた。

僕はただ呆然と立ち尽くすしかなく、みんなはもう肩で息をしていた。暗算が得意な僕たちでさえ、『ドカベン』が全部で何巻あったのかもうわからなくなっていた。

「何を安心してる。今までに出てきたオリジナルキャラクターがFA宣言して、パ・リーグの新球団に散らばる『ドカベン スーパースターズ編』がまだ残っているぞ」

教室の半分の十人ほどが、気を失って机に倒れ伏した。先生はそれには目もくれなかった。僕は倒れるわけにはいかなかったが、とうとう涙がこぼれた。

「それが、二十四巻ある」

残った十人のうち、また五人、気を失った。一番前にいる兵藤君のメガネのレンズが先生の方に向かって割れて飛び散った。先生の服に破片が当たっているらしく、ばらばらと乾いた音がした後、教卓に落ちるやや高い音が響いた。先生はそれにも気を留めなかった。

「現在も週刊少年チャンピオンで連載中」

そこでついに、僕以外の全ての生徒が気を失って倒れた。先生は厳しい目で僕を見た。僕は、救いを求めて、すがるように先生を見た。今まで、先生の言う通りに一生懸命勉強してきたのに、こんなことになるなんて。意識を失っているみんなの背中を見て、僕は怖くなった。今にも、先生にすがりつきたかった。『ドカベン』を選んでしまった僕はどうすればいいんですか。早く、先生に何か声をかけて欲しかった。ドカベン。僕はどうすればドカベンから逃れることが。

「また、ドカベンに出てくるキャラクターで、別の独立したマンガで主人公だったキャラクターもいる。詳しくは言わんが、そのあたりは読んでいくうちに情報を得ていくことになるだろう。真田一球、中西球道、岩田鉄五郎、水原勇気……お前がこれから知っていく名前だ！　ドカベンの世界は無限に広がっていくぞ！」

僕の顔はもう涙や汗、鼻水なんかでぐちゃぐちゃになっていた。それでも、歯を食いしばって、ふらつく体を立て直そうと努力し、狭まったり広がったりしながらやはり狭まっていく視界の中に先生をなんとかとらえていた。先生、何かアドバイスをください、先生、僕はずっと先生の言うことを信じてきたから、今も信じているのだから、どんなに無茶な厳しいことでも、先生がやれと言ったら、本当に厳しいことでも死ぬ気でやります。それで受験に成功するなら、一流中学に行けるなら、僕、どんなことでもします。だから、僕が『ドカベン』と関わっても受験に受かる方法を教えてください。本当に死ぬ気でやります。お願いします。お願いします。僕は喋ることができなかったので、口を動かし、喉の奥から空気を漏らして、そう言おうとしていることだけを伝えた。それをしばらく見ていてくれたのに、先生は途中で、問答無用とでもいうように僕を力強く指さした。

「津田！　お前は、『ドカベン』を選んだお前は、志望校には合格できない！　落ちる！　そして、二流の私立中学に入り、付属の六年間ドカベンシリーズを読み漁り、成績を落とし、三流大学に入学し、四流の会社で働き、死ぬ！　お前は、『ドカベン』で人生を滅ぼすんだ！　山田太郎に人生をメチャクチャにされるんだ！」

「がんばれがんばれド……カ……ベン」

喉の奥から知らないフレーズがこみ上げてこぼれ落ち、僕は気を失って崩れ落ちた。

自習

全国からえりすぐりの博士ばかせをかき集めた僕の研究所を見ていきますか。僕の研究所はすごいですよ。容易ならんことになってますよ。

ここ。はいまずここ。自動ドアになってます。ましてや特殊なセンサーがついており、ここを通った博士がはいているジーパンのメーカーを一つ残らず、僕のおばあちゃんが入れ歯をざっと洗いするスピードで読みとることができます。

さあお入りください。遠慮しないで。全員入りましたね。ほう……みなさん揃いも揃ってエドウィンをお召しでらっしゃる。それはともかく、どうですか……まずこの、博士たちの自習室。一面の自習室、どうです。一度に三百人の博士まで自習できます。おったまげるでしょう。博士の一人ひとりが自分で決めたテーマを調べ学習することで、独力で考える習慣がつき、それが明日を照らす技術につながっていきます。言わばこの部屋は、近未来に相互乗り入れしているんです。アインシュタインも、ここで自習していました。彼の場合、舌が出しっぱなしでした。何回注意して叩いても……それぐらい集中して理論立てていたんです。

いやでも本当にね、今回は本当にねっ、よくご覧になっていって欲しい。机にかじりついている博士の雄姿を。皆さんにはわからないでしょうが、博士というのは大変な仕事です。どのくらいハードかと言うと、大仏の頭を掃除する仕事ぐらい、もうとにかく朝が辛い。みなさん、起きれませんでした、起きれませんでした、と口をそろえておっしゃいます。そのぐらい…おいおいちょっと見てくれよあれを！　あれをよ！　みんな、額でシャーペンをノックしてるあの博士を見てくれ！　あれはね、もうあれだよ、極限まで集中している証拠だよ。すごい。博士ってすごいな。博士ってすごいなって、クラスで広めたいよ。脳の限界を超えて論文の題名を考えるとき、人間はシャーペンをデコでノッキングするんだなあ！

ハァッ、ハァッ、取り乱しまして……いや失礼……そうです。しかしまあ、なんですよ。今、集中している彼に話しかけたら、役所広司でも無視されてしまうでしょう。

……ほら、どうですか。気付いてみれば、あっちでもこっちでも…耳を澄ませば聞こえてくるでしょう。博士たちがデコでシャーペンをノッキングする音が……全員、頭の中の引き出しの底板をたゆませながら、一生懸命いい論文の題名を考えてるんです。ほら、ほらほらほら……痛い痛い、見てるこっちが痛くなってきた！

この世界を変えてきたのはね、彼らなんですよ。僕はそう信じています。だから人のことばっかりぐちょぐちょ言ってないで自習しろって言いたいんですよ。このメッセージをね、お前らこうして見せなくちゃわかんねーのかと。

スクリュー泳法

「じゃあ、モリヨシはもう二度とチンチンをスクリューのように回転させて進むことはできないっていうの⁉」

床に膝をついたままヨシエは叫んだ。その悲痛な叫び声が事態の深刻さを物語る。今日の予選をトップ通過しながらも負傷した愛知県出身プロスイマー・モリヨシの性器の損傷は激しく、医者が産卵のため川をのぼってきたシャケの顔と有刺鉄線デスマッチを終えたプロレスラーの体に、亀頭と竿の部分を別々にたとえるほどだった。入院の必要があった。

「将来的には、チンチンを日常的なスクリューのように回転させるのに問題は無いらしい。だが少なくとも、プロスイマーとしては、二度とチンチンをスクリューのように回転させて進めないだろう」

モリヨシの兄モリヤスは、ヨシエに背を向けたまま説明を続けた。

「こんなことってないわ！　モリヨシが、チンチンをスクリューのように回転できなくなるなんて！　こんなことになるなら、どうしてチンチンをスクリューさせるの、止めてくれなかったのよ！」

ヨシエのうらむような目がモリヤスにしがみつく。

「いつかこうなるかも知れないということは、珍倉コーチもわかっていたんだ。だからコーチは口をすっぱくして繰り返し忠告していた」

「じゃあどうして！」

「モリヨシが自分の能力を過信していたのも確かだ。でもそれだけじゃない。モリヨシはこの大会に賭けていたんだ。この大会で優勝したら、あいつは、君に――」

モリヤスが言葉を止めたのは、ヨシエの顔色が変わったからだけでなく、廊下から物音が聞こえてきたからだ。音はだんだん近づいてくる。処置を終えたモリヨシが入院するこの部屋に帰ってきたのだろうか。ヨシエは涙を拭いて視線を注いだ。

現れたのはやはりモリヨシだった。モリヨシはブリーフに水泳大会の公式Tシャツをインした出で立ちで、結果的にはチンチンを強くすりむいただけなのに松葉杖をついていた。新しすぎて逆に青く輝く白ブリーフは、氷嚢をたくさん突っ込んだがために歪《いびつ》に膨らみ、漏れている黄色い水が太ももを伝っている。薬の色だろうか？

「なあ兄貴、俺のチンチンはどうなっちまったんだ？　医者に聞いているんだろう。教えてくれよ。まるで自分のチンチンじゃないみたいなんだ」

兄モリヤスは下を向いて黙り込んでいる。

「俺は二度と同じ失敗を繰り返さない。なぜなら、何度もしつこく言われてもまったく意味がわからなかった『深くもぐりすぎるな』という珍倉コーチの教えを、身をもって理解したんだ。このケガを乗り越えて、俺はまだまだ進化するよ」

その言葉を聞いて、ヨシエはまた静かに泣き始めた。

「すぐに治って、またチンチンをスクリューのように回転させて爆発的な推進力を得られるんだろ。なあ兄貴、三日後の決勝には間に合うんだろ？」

「モリヨシ、よく聞いてくれ。お前は、チンチンをスクリューのように回転させて進むことはできない。もう一生な」

一生という言葉に、モリヨシの表情が凍りつく。これまでのストイックな人生の積み重ね——何千何万何億というチンチンの回転が、そのせいで一本もなくなったチンチンの毛の散らばりが、フラッシュバックした。努力も才能も栄光も愛も何もかも冷たい海の底に沈んでしまい、その残骸が色みの少ない魚や貝類の住処になっていく光景をモリヨシはひしひしと感じていた。

「俺のチンチンが…ウ、ウソだろ……？」

「本当なんだ。お前のチンチンはもう」

「それでもいいじゃない、勝負に負けたっていいじゃない！　チンチンをスクリューのように回転させられなくったって、モリヨシはモリヨシだよ！」

ヨシエはすがりつくような目でモリヨシを見上げた。

モリヨシはその声が聞こえないかのように、空ろな目で、同じ病室で、小型扇風機によってチンチンに風を送られながら寝ている老人のベッドに勝手に腰かけた。チンチン、スクリュー、とうわ言のようにつぶやきながら、小さく首を振っている。

そこに、兄モリヤスが歩み寄った。

「モリヨシ、俺のチンチンを使え」

兄モリヤスは、自分のチンチンをわしづかみにして力強く言い放った。

「血のつながったチンチンなら、移植できる」

晴れた日は決闘日和で血が出るござる

拙者は彼奴《きゃつ》はみじめだと思うのでござる。みじめなぁ～～、ミゼラブルなぁ～～～。そう思うござる。

打つも果てるもひとつの命。武士らしく真っ向勝負をすればよいのに、あのロン毛の侍は下を向いて地面に三角形とか丸とかを組み合わせたのを描いて、ちいちゃいちいちゃい声で言い訳ばかりしてござる。耳を澄ませば聞こえてござる。

「手加減してもらおっかな、どうしよっかな」

まったく武士の風上にもおけぬ輩でござる。ひと時も侍のマンパワーを感じない。古来から武士道とは歴代アメリカ大統領がえらく賞賛したほどありがたく男らしい道、まさに男のカントリーロードだとうかがってござる。

「ゲーム対決にしてもらおっかな。試しに言ってみよっかな。どうしよっかな」

それをあんなこと言って、ミゼラブルなぁ～。バザ～ルでござ～るなぁ～。だいたい威厳のかけらもないがっかり大陸顔をぶら下げて、西洋にかぶれてロン毛にして、そのくせ一丁前にやれ刀だちょんまげだ新渡戸稲造だとクソ生意気な奴ではござらぬか。日取りが決まれば拙者がたたっきりたいぐらいでござ候。強い奴というのはだいたい強い顔をしてござる。強い顔だからどんどん強くなるし、ゴザ短髪が似合うようになるし、強いからどんどんスカッとする洗顔料を使うようになっていくでござる。スクラブの。

「ちゃんと剣のやつのゲームなんだけどな」

剣のやつでもダメでござるよそれは。

「ナムコのなんだけどな」

ナムコのだってダメでござるよ。ナムコじゃダメでござる。あの人やってくれないよナムコのじゃ。真剣勝負というのは、勝敗と罰ゲームが同時に決するものを呼ぶござる。罰ゲームとは、死、ござのみ。それは、ロン毛侍の相手方、あのお侍の顔を見ればすぐわかござろう。袂《たもと》からメンズビオレがチラチラござる。足を肩幅まで開き、口を男らしくチャック、そして空を見上げている姿はいいでござるなぁ〜ワンダフルわぁ〜。しかも視線の先には、男のロマンを象徴するようなマジンガーZの形の雲が浮かび、かつてあの雲を宮本武蔵も見上げたような気がしてくるござる。宮本武蔵も、マジンゴー　マジンゴーと実際に呟いたことが拙者にも直感で伝わってござってしょうがない。あの御方のあの顔は、半々の確率で死ぬことを悟りきりながら、それはそれでOKの顔でござる。ああ、言ってやってござれ！　今の若者に言ってやってござれ！

(気だるいのがカッコイイんか。気だるく歩いたり、気だるく腰かけたりするのがカッコイインか)

言ってやってござれ！　ござれよぉ〜〜〜！　やっぱり男らしいのがかっこいいんでなかろうざ

ろうか。潔いのがスッとするんでなかろうざろうござか。侍スピリットをごしごし洗いして拙者もああいう人になろざろう。

「俺あの一番弱いキャラ使ってもいいんだけどな。二人でストーリーモードやってもいいんだけどな」

まだござってるよあっちは。ロン毛は。ミゼラブルなぁ〜。だいたいストーリーモードじゃダメござろう。協力プレイの味方になっちゃうござろう。

その時、男らしい方のお侍が、メンズビオレと逆の袂から携帯電話を取り出しござった。何待ちかわからないこの時間、暇なのでござる。空いた時間を有効に使うとは、会社に勤めてもさぞかし出世したのでござろう。その際もなお渋い顔でポチポチ携帯をいじっているその時、ロン毛の侍の方が音も無く刀を抜いたござった。拙者は見逃さなかったのでござる。同時にロン毛は走り出してござった。リアルに殺したい時、拙者も黙って走り出すと思ござる。ロン毛は音も無く意外に速くござり、拙者の鼓動は早鐘のように胸騒いだでござる。

さすが男らしいお侍は一瞬携帯から目を逸らし、忍び駆け寄るロン毛に気付いたのでござったが、微動だにせず言い放ちござった。

「今わいせつなニュースを読んでるゆえ、待たれい！」

男らしく、心の臓に、それから空に響く声でござった。拙者も含め、何が起こっているのか三流のリアクションすらできず固まるのみ。ロン毛止まらず。もしや彼奴めプロでござる。殺しのプロでござるよ。男らしかった方は、今度はもう携帯から目も離さず続けて叫ぶござる。

「あったら絶対読んじゃうゆえ、待たれい！」

そこから先は非情にグロい光景でござった。ござーるござるのスプラッターでござった。拙者、晩御飯を七時と九時十時で分け食いしたほどでござる。生きている幸せを〜、噛みしめのぉ〜〜、チキンカツでぇ〜〜〜。

両A面シングル「福浦さんちの場合」

「福浦さんちの犬、感情むき出しだね」

　私と上條君の目の前で、牙を丸見せにしちゃって、今にも飛びかかりそうな姿勢を見せるトゥインクル。うちの犬。バカなあなたのおかげで私は顔から火が出そうだよ。こんな年頃の女の子なのに、飼い犬が感情むき出しなのって、なんだかすっごくむなしいし、恥ずかしいし、やるせない。ねぇトゥインクル、間抜けな犬、今日ぐらい、あの日うちに初めて来た時みたいな、かわいいあなたでいてくれたっていいじゃない。昨日、ケンタッキーの骨をあげたでしょ？　本当はあげちゃダメらしいけど。

「ワンワン！　ワン、ワンワンワンワンワン！　ワン！」

　結果これなの？　飛びかかろうとするのを鎖でつながれているから、二足で立ったみたいになってる、これがあなたのやり方なの？　それはちょっとあんまりだわ。金属の鎖が支柱に巻き付いてガシャガシャ派手な音をたてるから、私は好きな男の子の顔も見れないで、ゆっくり一歩下がるしかないというのに。

「ワン、ワンワン！」

上條君のまつげの長い目がどうしようもないトゥインクルをじっと見ているのを、後ろから私は見ている。上條君が一つまばたきをするたびに、心が揺れる。でも、今ゆっくり家の戸を開けているところだから、見ているしかない。お父さんやお母さんに言うと怒られるけど、貧乏な家って必ず引き戸。軽いアルミのがっかり素材。私もダイワハウスの外張り断熱の家がよかったな、とか思うけど、今に始まったことじゃないから諦める。だけどこんな時だけはちょっぴり悲しくなる。カラカラ鳴るのが恥ずかしいから、なるべくゆっくり開けないといけない。

「ね、上條君。そんなのほっといて、入って入って」

ようやく上條君を招き入れて、後ろ手で、またぞろゆっくり戸を閉める。少しでもあせったら、カラカラ鳴っていけないから。このときばかりは、誰もいなくなってもまだしつこく吠えている「そんなの」に感謝をしたりして、私には気苦労が多い。

「これ、スポーツチャンバラの？」

家に入っての上條君の第一声は、また私の顔を赤い方へ追いやった。上條君は隅の傘立てにさしてあるスポーツチャンバラで使うウレタン製の黒い棒を指さして、それから私の方を振り向いたのだ。

ひどく狭い、埃だらけの玄関で、爆発する体温。どうしてこうなの。玄関にスポーツチャンバラがあるなんて、恥ずかしい。恥ずかしい。恥ずかしい。

「うん。お、弟の。あいつ、バカだから友達とかと遊んでんの」私は下を向いて泣きそうになりながら、どこからか這いだしてきた小さいクモをつま先だけで隅っこに飛ばして、やっと答えた。

私に弟がいないことは、そんなの上條君は知っている。というか、今さっき知ったばかりだ。ここへ来る途中で、私は「兄弟がいる人、うらやましぃな〜」とカワイコぶった。なのに、こんなことを言ってる。もうダメ、終わり、最悪。

「へぇ〜」

そういうわけなんだから、へぇ〜なんてのは絶対におかしいんだけど、上條君はすごく優しい人なのだ。見え透いたってなんだって優しい人なんだからしょうがない。私にも、スポーツチャンバラをやってる弟がいることにしてくれる。そんな優しさにたまらなくなってしまうけど、戸がまだ閉じきらないから、何をするにもそこを動けない。上條君も、私が上がらないから自分も玄関に突っ立ったまま、仕方なく何本もだらしなく立てかけられたりしてる傘とかを見ている。

ようやく戸が音もなく閉まって、私は靴を脱ぐ。自分のをそろえて上がり框へ足を置いたら半回転、

「あがって」

と透き通るような声で言って、上條君の靴もキレイにそろえる。完璧。私も必死だ。せめてここから挽回して、また上手くやろう。そして楽しい時間を過ごすんだ。

「た、だ、い、まぁ〜」

お母さんに聞こえないように小さな声で、忍び足で、私は短い廊下をゆく。この動作はちょっと自分でも悪くないと思ってる。それを上條君が後ろから見てると思うとたまらない。

二階の自分の部屋へ行く前に、こっそりキッチンをのぞき込む。私の目に入ったのは、手に靴下

をはめて一心不乱に床を掃除していたお母さん。私に気付いて何か言おうとしたようだったので、廊下に足をついたまま思い切り手をのばしてドアを閉めた。バタンとドアが勢いよく閉まって、お馴染みの、ドアを押さえて背にするのポーズ。

「どうしたの」

「なんでも」

それから、にっこり笑顔で上條君に首を傾ける。

「ね？」

――――Reset

「福浦さんちの犬、感情むき出しだね」

私と上條君の目の前で、我が家のキング・オブ・雑種犬トゥインクルが真っ黄色の牙とどどめ色の汚い歯茎を見せ放題見せてうなっている。ヨダレもダラダラとウンコの塗り込まれた地面に染みができるほど。今にもこっちに飛びかかってきそうだが、来いや。上條君に一発でも喰らわせてみろ。承知しない。お前のせいで私はいらん恥のかき通しだ。飼い犬が感情むき出しなところを憧れのクラスメイトに見られたせいで、私は思くそ走り出したい。裸足で走り出したい。いつものように顎を蹴り上げたい。だいたい昨日、ケンタッキーの骨の異常に黒いわき腹みたいな部分を全部こいつにやったのに。

「ガルルルッルッルゥ〜〜〜ガッ、ガウヴァッ、ガッ!!」

結果これか？　飛びかかろうとするのを鎖に止められて、どうしても二本足で立ったみたいになって曲がって生えたやや勃起の珍棒が根本までズルズルに見えて何か糸引いてる気がしてるのをぶっ晒してキモいって、それがお前の恩返しか？　それはちょっとあんまりだろ。金属の鎖が支柱に巻き付いてガシャガシャと世紀末の音を奏でるから、私は惚れた男の顔を見れないで、内腿を闇雲にかきむしりながらゆっくり一歩下がるのみ。

「ヴァッ！　ガウ！　フヴァッ！」

上条君がクソしょうもないトゥインクルをじっと見ているのを、後ろから私は見ている。上条君が一つまばたきをするたびに、心が陰毛でくすぐられるようだ。かゆい！　でも、私は今ゆっくり家の戸を開けているところだから、見ているしかない。父親や母親に言うと首を絞められるけど、貧乏な家は百軒中百軒が引き戸のくされデザイン。軟弱アルミの歯糞まみれの濁りガラス。うちもダイワハウスの外張り断熱の家がよかったなと思うけど、父親の職業が型枠大工じゃどうにもならないし、文句を言ったってしょうがない。だけど今日みたいな時はやっぱり負け組クソ親父って思う。カラカラと庶民の音が鳴るのが恥ずかしいから、なるべくゆっくり開けないといけない。

「ね。上條君。そんなのほっといて、入って入って」

ようやく上條君を招き入れて、後ろ手で、またぞろゆっくり戸を閉める。少しでもあせったら、カラカラ鳴っていけないから慎重に、オナニーの最初の方のように。徐々に、徐々に。このときばかりは、誰もいなくなってもまだしつこく吠えているワクチン未注射の駄犬に感謝をしたりして、私には苦労とカンジダがとにかく多い。

「これ、スポーツチャンバラの?」

家に入っての上條君の第一声は、また私の顔に放火する。上條君は隅の傘立てにさしてあるスポーツチャンバラで使うやつを指さして、私を不思議そうに見る。クソ狭い竹ぼうきだらけの玄関で、私は恥辱と憤怒にまみれる。玄関のスポーツチャンバラを見られた、クソッ。クソッ! クソがッ!

「うん。お、弟の。あいつ、バカだから」

私は下を向いて、秘密裏に、どこからか這いだしてきた小さいクモを靴の裏で踏みつぶし、膝と戸のガラスの間でカメ虫の体液を感じながらやっと答えた。

私に弟がいないことは、そんなの上条君は知っている。というか、今さっき知ったばかりだ。ここへ来る途中で、私は「兄弟がいる人、うらやましぃな〜」とマニュアル通りやってみた。なのに今、嘘を言っている。また嘘をついている。得意の嘘をついている。

「へぇ〜」

だから、へぇ〜というのはそのへんの浮浪者でもわかるぐらいおかしいんだけど、上条君は優しい人なのだ。私にはスポーツチャンバラをやってるニキビだらけで手首と膝裏がアトピーでぼろぼろの弟がいる。誰がアトピーだ! 私はそんな優しさにたまらなくなってしまうけど、戸がまだ閉じきらないから、何をするにもそこを動けない。オナニーの時のように。上條君も、私が上がらないから自分も玄関に突っ立ったまま、仕方なく、先端の方に泥水がたまって鉛筆みたくなったビニール傘とかを何本も見ている。

ようやく戸が音もなく閉まって、私は踵が死んだ靴を脱ぐ。自分のをそろえて上がり框へ足を置いたら半回転、

「あがって」

と娼婦のように言って、上条君の靴もそろえる。完璧。浮浪者が見ても超完璧だったろう。臭い犬や崩れかけた家のロスを生き様で取り返さねば。

「た、だ、い、まぁ～」

四十年後には確実に死んでいるであろう母親に聞こえないように小さな声で、忍び足で、私は短い廊下をゆく。この動作は自分でも抜けるだろうと思ってる。それを上條君が後ろから見てると思うと、もうフェラチオのこと以外何も考えられない。

二階の自分の部屋へ行く前に、こっそりチャバネゴキブリとネズミだらけのキッチンをのぞき込む。私の目に入ったのは、手に靴下をはいて、平泳ぎをするように腕をかき回して床を死にそうにはいずり回っている、生理のおりないメス団子。きついピンクのキャミソールで、珍しく掃除をしているつもりらしい。クソが。私は廊下に足をついたまま思い切り手をのばしてドアのノブをつかむと、死ね、死ね、死ねっ、と背に力を込めて廊下へ舞い戻る。バタンとドアが勢いよく閉まって、お馴染みの、ドアを押さえて背にするのポーズ。

「どうしたの。福浦さん」

「なんでも～」

それから、にっこり笑顔で上條君に首を傾ける。ゴァ、何かの拍子に割とでかいゲップが出た。

「ね？」と付け加えたが、どうしようもない。

ゲップをかましてはどうしようもない。くせえな、くせえ。くっせえ青椒肉絲のにおいがするぞ？　しかしどうしてこうなる？　どうして私はこうなんだ。

「部屋、二階だから」

口を結んで階段を一歩一歩ぎしぎし上る。飛田新地を思い出す。いい雰囲気だ。私はたぶんパンツが見えていると思った。いつもならパンツのしみぐらい屁でもビチグソでもラブジュースでもないが、上條君とあれば話は別だ。イヤッ、危ない！　テンションを上げて振り向きに行く。

上條くんはこれぞという屈託のない笑顔で、薄化粧で学校で上位の方に位置する私の顔を見ている。私は視線をおろして私の下半身をチェックにかかると、そうだそうだったのだ。私は糞ビッチだからいつもスカートの下にジャージをはいているのだった。おもしろくもない。

部屋に入り、上條君を残して、飲み物とお菓子を取りに行く。母親は今度は肉を叩いて柔らかくする器具で、むくみきった足の裏を叩いていた。

「おいババアてめえ、スポーツチャンバラもっと奥にしまっとけよ。お前だろ、最後使ったの」

人語が通じないのか無言だ。

冷蔵庫を開けて舌打ちする。この家には麦茶しかねえ。こいつがしっかりしないからだ。こいつが、真っ当な親ならみんなやっていることを何にもできないからだ。盆に麦茶といつからあるのかわからないサキイカをまあいいかと盛って階段を上っていくと、後ろから、ガチャンッ。肉叩きを引き出しに放り込む音がした。私の心はもうこれぐらいで、限界ひたひたまでどす黒い液がチャプチャプしてしまう。育ちが悪くて噴きこぼれそう。

「福浦さんちの麦茶、濃いね」

上條君は一口飲んで微笑した。私はうまく応じることができなかった。恋心を、ネバネバした茶色い汁がコーティングして、あ〜〜〜タバコすいてえ。つうか今のは褒め言葉か？　麦茶が濃いのは、褒め言葉か？　何もわからなくなってきた。何が正しかったんだ。みんなどうして善悪を判断するんだ。幸せとは何だ？　なぜあれほど恵まれて、これほど貧乏で、限りないほどの選択肢があって、誰も満足していないらしいんだ？　私も、お前も。母も、父も、犬も、誰も、彼も。

「サキイカ、かたいね」

あ？　今のは？　笑ってっけど、今のは悪口だろ。上條君。今のはな、今のは。今のは。

私は立ち上がり、通学カバンを力の限りおもくそバカヤロウ、壁に投げつけながら、

「うわあああああああ‼」

でも私はそれだけで抑えた。上條君だから、だからその場は抑えることができた。上條君はおびえたような顔だったけど、私はこれで頑張ったのだ。ごめんなさい。ごめんなさい。好きです。

どうしても激烈に糜爛《びらん》した不潔な悪感情が鎮まらないから、いつものように穴だらけの襖《ふすま》を一発蹴りつけて階段を駆け下りる。手にツバというか鼻水みてえのとタンみてえのの混じりっこちゃんを吐きかけて、高速ですり合わせる。全身全霊を込めろ。

ネズミとゴキブリが一斉に隠れるのが見えた玄関に飛び降り、スポーツチャンバラを乱暴に引き

抜いて、カラカラカラカラ、ダンッ！　貧乏くさいドアを引っぱたくように開け、靴下のまま外へ。飼い犬を滅多打ちにしたくてたまらない。そうしなければ治まらない。

「ウウウゥゥゥゥウウゥ、ヴァッ！　ガウアウ！　ヴァッ！」

しかし奴の方でも当然わかっている。この悪気を感じている。派手にうなり、吠え、眉間と目を一つにし、やる覚悟だ。私は臆さず、全力疾走で近づくと、全てを込めて振り下ろした。ドグンと音がして、スポーツチャンバラが巻きつくようにしなり、鼻の突き出た動物顔がゆがみながらつぶれる。私はもう肩で息をして、それも上手くできない。クソッ、クソッ、クソッ！

「ギャイ、ギャイン！　ガカッ！」

やられても、牙を剝きだしにして向かってくる愛犬トゥインクル。来た時のお前を私は今でも覚えているよ。お前はあの時、世界でいちばんかわいかった。わかってる。ちゃんとわかってる。お前がこんな犬になったわけを。最初から私が悪かったのだ。全部、こんな家に育った私が悪いのだ。私が悪いのはこの家のせいだが、この家が悪いのは私のせいだ。でも、だから、殴らせろ。

柔道部（いきものがかり）

「さーせん遅れました！」

と言って控え室に入ってきた柔道部の内山の両手が不自然なことにまず気付いたのは、補欠の鬼塚の異名をとる鬼塚先輩である。

「おい内山、何を持っているんだ」

「え？　これですか。カタツムリですよ。まいまい」

内山の両手には目を見張るサイズのカタツムリがいた。こんなにでかいのは福島のおばあちゃん家とサイゼリヤでしか見たことがない。

「お前、そのまま試合に出る気か」

「当たり前に出ますよ、レギュラーですから。何言ってるんですかっ」

柔道の試合に行く途中大きいカタツムリをダブルで拾ってしまった内山、お前の今の気分はハイ、まさに最高だろうが、それでは本来の実力を出すことができまい、というのが鬼監督の二つ名をもつ藤村監督の意見だった。洗濯鬼子母神と呼ばれる女マネージャー桑田も、それでは襟をつかむことはおろか、受身すらできまい、帯も結び直せまい、どうするつもりだ、と言った。

「そうか……」

さすがに落ち込む内山は、唇をかみしめながら、そばにあった大きい太い水筒の側面にカタツムリをくっつけた。

「おいやめろよ！」

補欠の鬼塚が怒鳴る。

「オレの水筒に、やめろ！」

「待て、補欠の鬼塚」

声をかけたのは、ろくすっぽ着替えもせずに隅っこでイメージトレーニングをしていた鬼大外の横山こと横山先輩である。先鋒である。

「これは俺の意見というわけじゃあないが……補欠のお前が部に貢献するつもりがあるなら、水筒にカタツムリをくっつけておくしかないいんじゃねえのか。うちの大将は内山だ」

「ぐぐ……」

補欠の鬼塚は三年だが一度も試合に出たことがなかった。

「いいよ、使えよ……！　オレの水筒にカタツムリくっつけといていいよ」

「補欠の鬼塚先輩……ありがとうございますっ」

「いいってことよ。その代わり、負けたら承知しねえぞ!!」

「ア押忍っ！」

しかし内山、カタツムリ逃げちゃう、そんなくっつけただけじゃカタツムリ逃げちゃうんじゃないの、というのが鬼監督の意見だった。エサだってあった方がいいし、だいたい今までカタツムリを飼ったことがあるのか内山、と洗濯鬼子母神も厳しい意見を突きつけた。生き物を飼うことには重い責任が伴うんだ。

「ありません……くぅっ」

鬼大外の横山が咳払いを打った。

「これは必ずしも俺の意見ってわけじゃあないが……なにか器になるようなものにラップをかぶせて爪楊枝かなにかで細かい空気の穴を開けて飼うってのが現実的なんじゃないか」

「そうか、そうですね。ということは、そうか！」

内山は水筒の蓋を開けようと回転させた。

「ちょっと待てよ内山！」

補欠の鬼塚が吠える。

「人の水筒に何する気だ。そうか、じゃねえ！」

「これは一〇〇パーセント俺の意見と言い切るのは難しいが鬼塚、水筒の蓋ぐらい、部のためを思えばなんだ」

「でも、買ったばかりなんだ」

そういう問題なのか、補欠の鬼塚、お前は部と水筒、どっちが大事なんだ、と鬼監督。甘ったれるな、と洗濯鬼子母神。

「わ、わかりました」と鬼塚は感情を押し殺した低い声で言った。「いいよ内山、使えよ。水筒の蓋、カタツムリの家にしろよ」

「あざすっ」

しかし内山、そんな何も無いところでカタツムリは快適に暮らせるのかとカタツムリの気持ちになって考えてみたことはあるのか、というのが鬼監督の意見だった。内山、土をしけ、土を、と鬼子母神も言った。自然を再現しろ。

鬼塚は黙っていたが、この水筒は先週、お母さんと買い物に行って買ったものだ。沢山入るしかさばらないからいいね、大会もがんばれるねとお母さんが薦めてくれたものだ。

木の枝も入れよう！　と鬼監督は外に飛び出していった。

「葉っぱもいりますよね」

「でもダメだ内山、これは俺の意見ではないがよく聞け……サランラップがない。蓋になるサランラップがなければ、カタツムリは逃げてしまう。確かにカタツムリのスピードは遅く、ガマくんの家に行くのに四日もかかった。しかし、時間はかかっても必ず手紙を届けるのがカタツムリという漢《おとこ》だ」

「じゃあいったいどうすれば……」

「ここまでか……」

その時、バターンとドアが開き、鬼のような大男が入っていた。

「お前は、大山火事高校の鬼塚……人呼んで、レギュラーの鬼塚……」

「そう呼んでるのはお前らだけだ。何をピーピー騒いでいるのか知らんが、隣まで聞こえてくる音が耳障りでな。せっかくの昼メシの最中だってのによ……」

レギュラーの鬼塚は忌々しそうな顔でポケットからおにぎりを出し、丁寧にサランラップを外すと一口で食べた。これでは、具がなんだったのかもわからない。そして鬼塚は内山をにらみつける。この二人は、特に対決したことは無い。

「まあ、試合までせいぜいおしゃべりを楽しんでおくんだな……」

そして鬼塚は、踵を返し、肩越しに何か放り投げて帰っていった。近寄ってにおってみると、別ににおってみる必要はなかったが、どうやらそれはおにぎりを包んでいたサランラップだった。しゃけフレークのにおいがする。

レギュラーの鬼塚め、粋《いき》なことを……という雰囲気の中、今度はラップを蓋にとめるための輪ゴムがないというので騒いでいたら、山火事高校の鬼塚はもう一度きて、ねちねち因縁をつけながらひねり揚げの袋につけた輪ゴムを捨てていった。ちょうど息を切らせた鬼監督が木の枝とアジサイの葉っぱを持って戻ってきて、かたつむりの家が完成した。

柔道家に悪い人はいない！

博士とぼくの社会勉強「治安の悪化は本当か」

博士「ユキオくん、こんにちは。性病の具合はいかがかな？　今日は治安の悪化について考えてみよう」

ユキオ「ありがとう博士。治療は順調に進んでいるよ。膿も減ってきた」

博士（不愉快そうな顔をしてから）「ところでユキオくんは、『割れ窓理論』って知ってるかな」

ユキオ「うん、知っているよ。通りに面した建物の窓やとめてある車の窓を一枚でも割ったまま放置していると、その地域が監視の行き届いていないものと判断され、まず他の窓が全て割られ、さらには軽犯罪が頻発するなどして治安と環境が悪化する。そして挙句の果てにはより殺人など大きな犯罪も起こるようになってしまう。つまり、軽犯罪の徹底的な取り締まりが重大犯罪の防止につながるという環境犯罪学の理論だね。一九九四年にニューヨーク市長に就任したジュリアーニが、この理論を盾にとって大々的に犯罪率の減少に取り組んで成功を収めたんだ」

博士「知っていたのか」

ユキオ「うん」

博士「そうか」

ユキオ「……」
博士「……」
ユキオ「博士。博士は、教え方と話し方が下手すぎるよ。前々から言おうと思っていたんだ。こういう時、まして子供相手に、いきなり『割れ窓理論』の話なんかしちゃいけない。身近な話の具体例を話すことで『割れ窓理論』の話にもっていかないと、食いついてもらえないよ」
博士「そういうもんかね」
ユキオ「そういうもんかねじゃないよ。それで博士、割れ窓理論がどうしたの」
博士（不服な顔で）「いや、それはもういいんだ。ただ本で読んだからね」
ユキオ「その知識だけの話をしにきたの」
博士（ポケットから折りたたんだA４用紙を一枚取りだす）「それは違う。ここに、別の、関係ないデータがある」
ユキオ「（資料少なっ）」
博士「……なんだいその目は。………今日はもうやめようか」
ユキオ「つ、つづけてよ。博士、教えてよ！」
博士「じゃあ、誓うんだ」
ユキオ「え？」
博士「ユキオくん、私を侮辱するな。今のような目を、二度としないと誓うんだ」
ユキオ「……」

博士「さあ」
ユキオ「ち…誓うよ」
博士「……」
ユキオ「……」
博士「ありがとう」
ユキオ「(間あけんなっ！)」
ミチコ「二人とも、何をしてるの？」
ユキオ「え…あっ、ミチコちゃん。今、博士と勉強していたんだ」
ミチコ「そうなの？　なんだか楽しそうね。私にも聞かせて。あ、でも途中から聞いたんじゃ難しくてわからないかしら」
ユキオ「それは……」
博士「……そこに座りなさい、ミチコくん。なにも心配いらない。どうせどっから聞こうと同じなんだ。私の話はね、どっから聞こうと同じなんだよ。だらしなく曲がった金太郎飴みたいなもんなんだとさ。小便味の。そういう悪口を言う奴がいるんだ」
ユキオ「(コイツ……！)」
ミチコ「そんな言い方ひどいわ。おしっこの味なんて、誰が言ってるの。私はそんなことないと思うわ。だから、話を続けて」
博士「ミチコくんは、『割れ窓理論』って言葉を知ってるかな」

ミチコ「ええ、それぐらいは……」
博士「そうかよ」
ミチコ「それがどうしたの？」
ユキオ「……」
博士「なんでもない。さて、ここに一つの興味深いデータがある」
ミチコ（ユキオに向かって）「ねえ、割れ窓理論はいいの？」
ユキオ「いいんだよ、ミチコちゃん」
博士「さあ、ほら、しゃべるよ。いいかい。これは二〇〇六年に全国を対象に行われた調査だ。『二年前と比べ自分が住んでいる地域で犯罪が増えていると思うか』という質問に対して、増えていると答えた人は二十七・〇パーセント（とても増えた三・八パーセント、やや増えた二十三・二パーセント）だった。ところが、『日本全体で犯罪が増えていると思うか』という質問には、増えていると答えた人は九〇・六パーセント（とても増えた四九・八パーセント、やや増えた四〇・八パーセント）にのぼったんだ」
ミチコ（突然立ち上がる）「え、ええ〜〜⁉　じゃあ、日本人は得手勝手に自分の周りだけ特別安全だと思いながらも、ニュースやなにかを見て世間に鼻をつまんでいるっていうこと⁉　しかも、それに対して、なんの矛盾も感じずに…………」
博士「これを聞いて、君たちはどう――」
ミチコ「死ね――ッ！　なんて頭の悪いッ、汚い猿ッ！　頭にわいたウジを口いっぱいに頬張って、腹いっぱい詰まらせて、死ねばいいッ！　堕落した日本人どもが！」
ユキオ「ミ、ミチコちゃん？」
ミチコ「他人を見下しッ、自己を正当化しッ、のうのうと生きるッ、泡立てたゲリ糞以下の連中ッ！
死ねッ、死ねッ、死ねッ死ねッ‼　死ねッッッ‼」
博士「ミチコくん」
ミチコ「ハアッ、ハアッ…ハアッ……」
博士「私もそう思う」
ユキオ「(ええっ⁉)」

「新春　腹話術ドラマスペシャル　殺意が遅れて聞こえるから助けられない、絶対に」

昨日の夜どこかのテレビ局でやっていた二時間ドラマ「新春　腹話術ドラマスペシャル　殺意が遅れて聞こえるから助けられない、絶対に」の感想を書きたいと思います。

今さら腹話術なんて、はっ、と斜に構えた態度で観賞を始めたぼくですが、それどころかオープニングから度肝を抜かれてしまいました。

まさしく「新春　腹話術ドラマスペシャル」と赤いタイトルが映し出された直後でした。突然あの腹話術師の顔がアップになり、「はいっ」と小声でつぶやいたあと、いきなり腹話術で軽快なテンポのテーマ曲を歌いだしたのです。物凄い腹話術です。「マジで、腹話術で歌っています」というテロップが、歌詞とは別に出されていました。

さらに、その腹話術師は、次々に切り替わるシーンで走ったり柵を飛び越えたり銃を構えたりしながら腹話術で歌っていました。神業です。人形は持ってたり持ってなかったりしました。洋風の小さいジジイみたいな人形が焼却炉に放り込まれて、焼却炉ごと大爆発していました（劇中にそんなシーンはなかった）。

何よりぼくがやられた、こいつはまいった、さっすが当代一の腹話術師と思ったのは、口を閉じて歌っているので、結局は普通のドラマのオープニングと同じだということです。脳がゆらいでいました。

これだけだと最近のまとめサイト世代には単なるウケ狙いと取られがちですが、ドラマが始まると、このオープニングの演出意図が明らかになります。

その腹話術師が演じるいっこく刑事はドラマが始まった途端にまた顔だけのアップになり、巷を騒がせている連続殺人犯がマスコミに送りつけてくる手紙に書いてあった悲しい生い立ちを腹話術で話し始めます。喋っているようには見えないのでナレーションみたいでした。

さあ、ここでもし、忘れっぽい視聴者がオープニングで彼の腹話術のレベルを再確認させられていなかったらどうでしょうか。久しぶりに目にした腹話術への驚き（久しぶりに見るとやっぱすげーなこの人は、という一般的な日本人が生涯に十五回ほど繰り返すとされる驚き）で会話の内容にうわの空になり、犯人が小さい頃からとにかくおじいちゃんにかわいがられて育てられていたという大事な伏線を聞き逃してしまうでしょう。そうすれば、最後いっこく刑事がおじいちゃんを人形に見立てて登場し、腹話術で、さらによく二人で聞いていたという桑田佳祐のモノマネで、犯人を説得する名シーンで、「話はよくわからんけど、やっぱすごいな」となってしまったに違いありません。

一刻も早く刑事を辞めたいと周囲に漏らすいっこく刑事（見ている全員が「そのいっこくかよ！」と叫んだはず）を含めたそれぞれの思惑が交錯する複雑なストーリーなので、それはソフト化された後で各々見ていただくとして、取り急ぎ、ぼくが心に残ったシーンの数々を時系列であげていきたいと思います。

・腹話術で上司の悪口を言うシーン
・自宅で、人形にクリームを塗るシーン
・いっこく刑事が武蔵境駅で降りた直後、置き忘れた人形が一人で電車に乗っているカット。
・「送ってください」「取りに来ていただかないと困ります」「めんどくさいので送ってください」の電話問答のあとに飛び出した、「終点まで運んだのはあなたたちJR」といういっこく刑事の理屈。
・電話相手の母親に腹話術で、上司とJRの悪口を同時に言うシーン
・自宅で、人形に何かクリームと月一の油を塗るシーン
・屋上での格闘シーンで、空手二段の犯人が「五秒で片づけてやる」と指を出した瞬間、いっこく刑事がチョップ一発でそのうち四本の指をへし折り、もう一方の手で持った鳥の人形が「あれー!? もうあと一秒!?」とすっとんきょうな声をあげるシーン。
・手負いの犯人に銃をつきつけられ絶体絶命のいっこく刑事。その時、「銃を捨てろ!」という声が地下駐車場に響き渡る。あたりを見回そうとする犯人を制するように一発の銃声。犯人は銃を捨てるが、どういうわけか誰も出てこない。おかしいと思った次の瞬間、「正解は、いっこく刑事!」と叫んで人形を犯人の頭にかぶせ、ジャンプ一番、そこに回し蹴りを決めるいっこく刑事。
・いっこく刑事の背中をバックに流れる、ハードボイルド・エンディング腹話術・テーマ曲

腹話術が得意な刑事は
寒そうにふるえてた

命知らずに 冷たく燃える魂と
鈍く光るニューナンブ
一つや二つの影を引きずり
人形片手に 今日も悪い奴を見た

「俺はもうダメだ」

「コートを脱ぎな」

「どうせ死ぬんだ。 放って早く行ってくれ」

「口がひらきゃ十分さ」

腹話術が得意な刑事は
海外へ進出した

2010.01.27

おばけの注文

もともとは聖堂だったという広い室内のど真ん中、ぼくは一〇メートルもあるロープの先端に逆さ吊りにされている。そして、ぼくを中心にして、おばけが二十人の大行列を作っていた。

ぼくの下、指がぎりぎり届くところには一台のパソコンがあって、逆さ吊りの体勢から操作する。ブラインドタッチなんて、あってないようなものだ。

「ヒュ～ドロドロ」

と一番前のおばけがぼくに言う。ぼくには「ヒュ～ドロドロ」とも聞こえるし、「村上春樹の新しいのってもう売ってる?」とも聞こえるのだ。入りたての頃は、「ヒュ～ドロドロ」としか聞こえなかった。ただ、本当に「ヒュ～ドロドロ」と言っている時があって、それはややこしい。

「まだです。予約はできますよ」

「ヒュ～ドロドロ」

「う～ん、誰かが頼むし、しなくてもいいんじゃないですか」

「ヒュ～ドロドロドロドロドロ」

「すみません、じゃあ予約しましょう」

「ヒュ〜ドロドロ！」

ぼくは検索欄に、「村上春樹」と入れる。一つ打つたびに、固定されていないロープのせいでクルクルと回ってしまうが、今ではクルクル回りながらも「春樹」と正確にタイプすることができる技術がある。

村上春樹好きのおばけは予約を終えると、満足して帰っていった。そしてまた次のおばけの注文を受け付ける。

それがぼくの仕事なのだ。物に触れることができないおばけのために注文を代行する。本を読む時は、風をおこしてそれを読むらしい。

そもそもぼくがこんな仕事をしているのは、友人とキャンプに来たのが始まりだった。心霊スポットの近くで野宿をするという思いつきをした有馬は今、届いたダンボールを受け取って開ける仕事をさせられている。女の子を連れていこうと言って自分の姉ちゃんを連れてきた土橋は、いろんなおばけのところに本を持っていって開く仕事、土橋の姉ちゃんはぼくたちのご飯を作る担当だ。

ぼくが注文担当になったのは、メガネ＝パソコンというイメージがおばけにあったからだ。パソコンは、有馬が持ってきたものを使っている。

おばけたちのトップ、その名もおばけ学長は、他のおばけが人間をおどかしに行っている丑三つ時に、ぼくのところにやってくる。

「ヒュ〜ドロドロ（ヴィトゲンシュタインの『哲学宗教日記』を注文してもらえないかね）」

おばけの学長はすごく博学だ。というのも、長年、東大の地下図書館で偏差値の高い学者連をおどかし続けてきたからだ。

　東大名誉教授をおどかすためにギリシャ哲学を勉強したとおばけの学長は言う。肩越しに難しい哲学書を盗み読みふけり、もうない命と情熱を燃やした。法学、経済学、歴史学、人類学の本も片っ端から盗み読んだ。洋書ものぞくので、自然と英語も堪能になっていたという。

　そのうちに彼は、東大の名物教授ですら楽々おどろかすインテリおばけになっていた。乗ってるエレベーターを止めたら、たいてい驚き、しまいには泣き出すとわかった。

　おばけの学長にとって、人をおどろかすことは生き甲斐であり、研究対象であり、さらには剣豪にとっての剣とは何かみたいなものになっていた。ちなみに『バガボンド』を読んでいないのにその境地に達しているというのだから驚き。

　おどかすとは一体なんなのか。ていうかおばけとはなんなのか。エレベーターを止める日々に疑問を覚えた彼は、東大図書館を去った。

　新しい環境で、新たなおどかし術を会得しなければと構えていた彼を待っていたのは、自分の実力という驚きだった。ギリシャ哲学を勉強したら、渋谷のチーマーや女子高生も、臨機応変におどろかせるようになっていたのだ。

「どうやっておどろかしたんです？」

「ヒュ～ドロドロ（基本的には、エレベーターを止めることだね）」

　世の中には、生きるためのヒントが沢山転がっている。そのヒントは目には見えない。自分の頭の中に明滅すればあり、しなければない。同じ世界を見ているのに、そんなにヒント出していいんですかと思う者もいえば、ヒントくださいよ！　と泣きわめいてる者もいる。よくわからないけど、そういうことなのだそうだ。

　例えば、ギリシャ哲学を知ってエレベーターを止めるのと、ギリシャ哲学を知らずにエレベーターを止める行為には、圧倒的断絶があるとおばけの学長は言う。

「ヒュ～ドロドロ（論理には、演繹《えんえき》と帰納がある。一般から具体を導くのが演繹。具体から一般を導くのが帰納だ。ところが、帰納法に欠陥がある。すべての具体を調べるのは不可能であるという欠陥だ。具体のコレクションから直感的に一般を導くしかない「飛躍」という論理的な欠陥。この欠陥を伴った論理を操っていくしかないならば、すべき努力は、飛躍の飛び石を可能な限り手元に引き寄せることなのだよ。全ての一般的命題が、自己実現のための具体的命題になりうるならば、そのために学ぼうではないか。そのために本を読み、映画を観て、世界を眺めるのだ。経験が論理を補強し、論理が経験を規定し、行動が保証される。そうなればこそ、深い確信を持ってエレベーターを止めることができるのだ）」

　結局、エレベーターなんだと思ってしまうぼくには、おばけの学長の言うこと全てが理解できるわけではない。それは、おばけたちも同じようだ。

　ただ、おばけの学長はおばけたちに何一つ具体的なことは言わない。何を買うのかは個人に任せている。実は、その莫大なお金は全てアラマタという謎の男の口座から引き落とされる。おばけの学長と彼は、「ぼくが見えるの？」と言った頃からの知り合いであり、互いに深く尊敬しあっているのだ。

しかし、二人の海のような優しさとお金への頓着のなさを享受しているおばけたち自身は、そんなことも知らないで一日一日を楽天的に過ごしている。そして昨日、アラマタさんの借金は二千万円を超えていると、土橋の姉ちゃんに聞かされた。なぜ彼女がそんなことを知っているのかはわからないが、ぼくの腹の虫のカルシウムは二倍足りなくなり、逆さづりの頭には余計に血が上った。

そして今日も、何も考えていないスケベそうな顔をした一つ目の桐だんすのおばけがぼくの前に立って言う。

「ヒュ〜ドロドロ（ほしのあきのフォトエッセイ）」

「……」

「ヒュ〜ドロドロ！（ほしのあきのフォトエッセイ！）」

「福沢諭吉の『学問のすゝめ』だね」

「ヒュ〜ドロドロ‼（ほしのあきのフォトエッセイ‼）」

並んでいるおばけたちが、些細な揉め事の雰囲気を感じ取って、またどさくさまぎれに順番を抜かそうとして集まってきた。

「ヒュ〜ドロドロ！（みんな聞いてくれ！　こいつがウソの注文をしようとするんだ！）」

桐だんすのおばけは引き出しをばっかばっか開けながらまわりに怒鳴る。他のおばけも憤慨した声をあげて同調、そのうち誰かがふいに風をおこした。

「ヒュ〜ドロドロ！（やっちまえ！）」

それからみんな声を合わせて風を吹かした。

ぼくを吊るしているロープが左右に動き、だんだん振り子が大きくなる。ぼくは壁ぎりぎりまで大きく振られて、ニヤニヤ笑うおばけたちが視界のわきを流れて、また戻ってきて流れ流れしていくのを不思議にぼんやり眺めていた。

おばけの学長とアラマタさんの顔を思い浮かべて、こんなところへ捕まって、些細なことに悔しがってブラブラすることになるなんて、ぼくはどこまでも悪いし間の抜けた奴だと考えた。

家族がそろうなんて、ずいぶん久しぶりだ。家族っていってもたったの二人ぽっちだけど、お母さんが久しぶりに帰ってきたのだ。

お母さんが腕によりをかけた、ぼくがいちばん好きな麻婆茄子の夕食を食べ終わると、ぼくたちは家にあるものだけで自衛隊の戦車に勝つというテーマで話し合った。

ぼくが「エアガンがあるよ」と提案すると、お母さんは「バカか」と言った。

「バカか。向こうさんに本物があるのに、オモチャを使ってどう…バカか」

勇気のくじけたぼくが黙っていると、お母さんは助言してくれた。

「もっと、アイディア主婦目線で自衛隊と戦うんだ。家に転がってるありとあらゆるものに戦闘能力を想定しな。まず、戦車の自由を奪わなくては、我々に勝ち目はないよ」

「動けなくするの？」

「そうさ。それに実際の戦闘じゃ、いきなり戦車の前に立って『ファイト！』とはならないだろう。リアルに考えなくちゃ。リアルに考えてこそ人生はおもしろいんだ」

「そうか。ぼくたちは、戦車に近づくところから考えなくちゃいけないんだね」

とても難しい問題だ。戦車の一番絵に描きやすい部分、あのぐるぐる無限にまわる砲台。どこから飛び出したぼくたちにも照準を合わせるであろう、あの優れもの。

ぼくのシミュレーターの実力では、たとえお母さんが剝いた甘夏で糖分を補給しながらでも、戦車に近づくことすらできなかった。お母さんも何か考えているようだが、ぼくの教育のためだろう、決して口を開かない。

ぼくは頭をクールダウンしようと、冷蔵庫まで氷を食べに席を立った。ゴリゴリ氷を嚙んでいるぼくの目に、シンクにある色々が飛び込んできた。

「お母さん、キャタピラに、このジョイをまき散らしたら、進めなくなるんじゃないの」

お母さんは、ぼくの方を見て一瞬かたまり、

「天才か」と言った。でも、すぐに「いや、バカか」と首を振った。

「バカか。どうやってキャタピラの下にジョイをまき散らすんだよ。とんだ茶番だ。いったい誰がどうやって…バカか、トンチキか」

せっかくいい案だと思ったのに、バカか、トンチキかとまで言われうなだれたぼくには、これ以上いい案は出せそうになかった。それでもなお自衛隊に勝つ方法を考えていると、今は使ってない部屋の方からかすかに、テレビつけっぱなしにしてる時みたいな声がした。

胸さわぎがして、ぼくは部屋まで廊下をすべった。

「必要なようだな」

つぶやいていた。飼ってるハムスターが、小さな声で何度も、同じことをつぶやいていた。

「どうやらオレの力が必要なようだな。どうやらオレの力が必要なようだな」

それは、ゲージに耳をぴったりつかなければはっきり聞き取れないほど小さな声だった。ぼくがリビングにいる時はかなりでかい声を出してその存在をまず知らせ、近づいてくるにつれてトーンを落とし、齧歯類《げっしるい》なりにクールさを演出したらしい。

「やってくれるのか。飼い始めて一年、名前もまだつけてないのに、力を貸してくれるっていうのか」

「条件は、小屋の掃除だ。もう二週間してない。空気が黄色いぜ」

「うん、うん」

ハムスターを肩に乗せてリビングに戻り、お母さんに意気揚々と作戦を報告した。ばれずに接近できるハムスターが、サビた回し車でも無理やり楽しむことができるたくましい四肢の力でジョイをまき散らす。

お母さんはため息をつき「バカか」とだけ言って窓の外を見てしまった。

「どうして?」

「少ないよ。バカか。戦車をてんてこまいさせる量のジョイを、そんなオチビちゃんが、どうやって持って行って、どうやってまくっていうんだ。バカいうんじゃないよ。バカか。相手はチョロQじゃないんだ。そういうのを焼け石に水っていうんだ。ハムスターくさいくさい」

ハムスターはぼくの肩の上でうつむいてしまい、かなりのくささだった。実は、肩にのせた時点でそのすさまじさには気づいていた。でも、気づかない振りをしていた。ぼくのせいだから。

「自分にできることをしろよ」

「飲みます」

ハムスターが、間髪入れずに丁寧語で言った。どうやら、お母さんを上官と認めているらしい。

「ジョイを、胃と頬袋がはちきれるまで飲みます。それで、キャタピラにつぶされます」

ハムスターは肩を怒らせた。目は本気だった。本気でくさかった。

ハートマン軍曹の目になったお母さんと、ハムスターの視線が交錯し、そこには確かに、かめはめ波の押し合い的なものが見えた。そしていったいあれは、体のどの部分の何という力をどう使っているのか見当もつかないが、二人の目はときどき二重になったりした。

三分ほどバチバチやっていたが、ついに、ハ――――ッ！　という声がしたような気がしたとき、一瞬にして、お母さんのかめはめ波にハムスターが飲み込まれた。

ハムスターは前歯丸出しで戦意を喪失し、ペットショップのガラスケースの中、みっちり詰まった巣箱の一番下に丸まって他のやつに踏まれながら寝たふりで生きていたあの頃の覇気のなさに戻ってしまった。

「だから足りないよ。バカか。いくらハムちゃんがジョイを浴びるほど飲んだって、足りないもんは足りないんだよ。根性で戦争ができるか。ジョイも頭も足りてないバカが」

自衛隊と戦う時にハムスターは役に立つのかという根本的な問題が決着した。わいはダメや、ダメな男なんや。ハムスターはそんな目をしていた。毛並みもぐっと悪くなった。

もうペットとしても立ち直れないんじゃないか、病院に連れて行かなければいけないんじゃないかと心配した時、その役立たずに、上官から任務が言い渡された。

「お前が飲むのは、ガソリンだよ」

ハムスターが顔を上げた。ぼくも驚いてお母さんを見た。

「ガソリンを死ぬほど飲んで、ほお袋にためこんで、大砲の先っぽから飛び込め。そして、中で爆発しろ」

無茶だ！　ぼくは叫ぼうとした。が、声が出なかった。ぼくの口を、ハムスターが横から前足で押さえつけていたのだ。ひょっとこ状態で、ぼくはハムスターの決意を聞くことになった。

「アイ・アイ・サー」

そんな、だって、だいたい、そんなことをしたら。今まで、一年も一緒に、楽しく、掃除をしなかったのは悪かったけど、家族として暮らしてきたのに。

「ハ、ハムちゃん」なんとか別の手がないものか。ぼくは脳をフル回転させた。

「仕方ないのだ」使命感が芽生えたのかハム太郎口調になっていた。

「で、でもさ、無理だよ。ほら、だって、そこまでハムスターを運べないよ。同じ問題だよ。ハムスターだけじゃ、あんな高いところに入れないでしょ。誰か入れてあげなきゃいけないんだし、でもぼくかお母さんが行ったら自衛隊にはバレちゃうし。ほら無理だよ。バカか！　バカだよ！」

クルッポー、クルッポー。

ぼくの声を遮るように、窓の外から鳥の鳴き声。続いて、窓ガラスがコツンコツンとたたかれた。

「き、君は」ぼくは驚き、大きな叫び声をあげた。「いっつもベランダとまってる鳩！」

鳩は、ぼくの声に動じる様子もなく、首だけ動かして、コツコツと窓ガラスをたたいていた。

お母さんが、そっちを見もせずに窓を開けた。

「何かでっかいことをしでかしそうな中流階級の家を選んでとまるのが趣味なんだが、俺の鳥目に狂いはなかったようだな。どうせ老い先短いこの命、米をまいてくれる家のベランダにもフンをまき散らしてきたクソ袋だが、協力させてくれ」

「あんたの任務は——」

「弾が発射される瞬間、ガソリンの詰まったハムスターごと戦車の砲筒に飛び込む。そうだろ?」

お母さんは返事をする代わりにぎろりとにらんだ。鳩は一度、くちばしを前に出してクルッポーした。

作戦がだんだん整ってきた。ぼくも覚悟を決めることにした。だから聞いた。

「お母さん、ぼくは何をすればいいの?」

「戦車が燃えている隙に戦車へ近づき、ハッチを開けて出てくる自衛官を、包丁でくり返し、ぶっ刺せ。いざという時のためにガソリンは飲んでおくこと。ポケットにはジッポーをしのばせておき、二秒で火だるまになる覚悟を決めておくこと」

主に水や牛乳、炭酸飲料などを飲んで生きてきたぼくはびっくりしてしまったが、「お前もな」と鳩が指さされたので、みんな飲むんだと思ったら気が楽になった。ぼくはうなずいた。

「義人くん、義人くん?」

叔母さんの声でぼくは我に返った。

「そろそろだって」

ぼくはまた、さっきまでの心配事、箸使いが下手なぼくに骨が拾えるだろうかという不安を思い出して、憂鬱な気分になった。叔父さんが一歩一歩、踏みしめるように砂利の上を歩き出した。お母さんが骨になる間、ぼくはずっとこんなことを考えていた。ぼくのお母さんではないどこかのお母さんが、ぼくではないようなぼくと何か愉快なことをする、そういうことを夢中で考えていた。

俺のナオン、人のナオン

蒸っしの暑っい終戦記念日、俺たち平成のズッコケ三人組はファミレスで自分のナオンを紹介しあっていた。人の付き合っているナオンは俺のナオンと比べてどうなのかホント超気になる。友達ならなおさらなんだ。

運良く、デルタの一辺に二人ずつ座る席に案内されたので、俺は俺のナオンを隣に座《はべ》らせた。野崎のナオンも野崎の隣にはべり、土井のナオンはまだ来ていない。

「このハンバーグセットを俺と、俺のナオンに」と俺は店員を指さした。

「セットの方、ライスとパンとナンと頭頭《とうず》と選べますけど」

「頭頭？　松っちゃんの？　感心な店だな」と俺はメニューの中にツバを吐いて閉じた。俺のナオンがこういうの好きだから。

手早く注文をすませ、まずは俺からナオンを紹介することにした。先制攻撃だ。

「これが俺のナオン、ユキ」と俺は言って足を組み直し、指をナオンに向けて首を反対側向けた。

「二十三歳で、アパレル関係に勤めてるぜ」

「はじめまして。やることなすことアパレル関係なの。よろしくね」

「よろしく」と野崎が顔色一つ変えずに言った。

「よろしく」とこちらは土井。「やっぱりオッシャレ〜な格好してるんだね」

親友二人の視線がいやらしく俺のナオンを品定めにかかる。こうなってくると、ファミレスが築地市場に見えてくる。俺のナオンもマグロに見えて……バッ、誰がマグロ女だ！

「さて、次は俺のナオンの番だな」と野崎は言った。「俺のナオンは、こいつ、ミナコ。十九歳の大学生。キタコレ」

「ミナコです。今日はちょっと緊張してます。よろしくお願いします」

「よろしく」と俺は鼻をほじりながら言った。そしてこう考えた。（クゥ〜〜〜ッ！　やんやや、やんやん、やっ、やっ、やっこさんめ、どこでリアル女子大生なんかつかまえやがったんだ。まったく、このミナコとかいうナオン、まず名前がいい。ビッグ・ダディのアレじゃんね？　顔は今の今まで本物の研ナオコかと思って、本物の研ナオコと付き合うなんてとんでもない快挙だと思ったし意外と無口なんだなとドキドキしていたが、どうやら俺の早とちりだったみたいだな。ヒヤヒヤさせやがるぜ……）

「よろしく」と土井はよろしくばっかり言う。「どこで知り合ったとか、色々聞かせてよ」

「よろしく」俺もそればっかり言う。

「よろしくね」俺のナオンも言った。

「それで、僕の番だけど」と土井はもみあげを指でつまんでねじりながら言った。「ごらんの通りまだ来てないんだ。ごめんね」

「なに、楽しみはあとに取っておくさ。とっときのナオンを頼むぜ！」

それから俺たちは、使っているシャンプーとナオンの良さ、ナオンの嫌いな食べ物、筆箱の変遷、ナオンのやってみたいヘアスタイル、LED訴訟、ナオンはタイムマシンがあったら未来に行くか過去に行くか、ナオンの好きな深海魚、花札、ハイパーインフレ、パチンコ、水道水の美味い季節、ウーマンラッシュアワー、ちょい足しクッキング、ナオンから見たナオン〜それはちょっと編〜などなどの話をしながら、運ばれてきた飯を食べ始めた。

俺は突如としてめちゃくちゃに咳き込んだ。涙目になってナオンを見る。

「大丈夫？　無理しない方がいいよ」

「だ、大丈夫だよバカヤロウ。弱音を吐くな。くそっ！　いい加減白いごはんがほしいっ！　けど平気さ」

「やっぱり頭頭じゃなくて、ライスにすればよかったんじゃない？」

「平気だよ。後悔なんかしてねえよ。あの人は天才なんだよ！　黙ってろよ！」

口ではえらそうなこと言ったが、毛のかたまりをどうすればいいのか皆目見当がつかずに機をみてもさも毟《むし》りとって口の中でダマにするのも、もう限界だ。救いは、野崎のナオンも同じ注文をしているために、いつもなら鬼の首を取ったように人のミスを指摘してくることで知られる野崎がおとなしくしていることぐらいか……。しかし、恥かいちまったぜ。ポイントをしくった。挽回しなきゃ男がすたるぜ！

「そうだよね。だって、セットがプラス三百円なのに、尊敬する人の、そんな好きじゃなくてもビデオに出てくるやつ食べられてほんとラッキーだよね。この前のガキの企画もけっこう及第点？な出来だったし、階段でぬいぐるみ半脱ぎした雑談しなくなったし、飲み物とスープ代引いたら、絶対すごい得だよ！」

お、俺のナオン……という風に俺の唇が動いた。

「しっかりしてるなぁ、近藤くんの彼女は」と土井が言った。

俺は、俺のナオンはなんてしっかりしていいナオンなのだと思った。頭の回転も速いし、松っちゃんに詳しいし、何よりそれを優しさのために使えるナオンだ。

野崎、土井。どうだ俺のナオンは。よしよし、そうそう。二人とも俺のナオンをきっちり見てけ。見てる見てる。ん？　野崎の顔がおかしいぞ。その顔……まるで俺のナオンにハエでもとまっているのを鼻で笑うような……な、な、なんな、なんなんなっなっ、なにぃぃ！

ハエがとまっていた。とまっているというか、俺のナオンの顔をハエが爆走していた。

「だから、ほんと頭頭はベストな選択かもしんない」

しかもこれ、俺のナオンときたらどうした、ぜんぜん気づく様子がねえ。何がベストな選択だよ。救いといえば、野崎のナオンの胸元にもでっかいハエがとまっていて、ペンダントの飾り、もしくはタトゥー、もっと言うと海外のアイデア小便器みたいになっていることぐらいか……。野崎もそのせいで勝ち誇った顔をしようか考え込んでいる表情を浮かべるに留まっているが、俺のナオンのハエの方がすごく元気がいいから勝ち誇るのも時間の問題か……でも野崎のナオンのハエの方が大きさ的には……ん？　ちがう。野崎の顔！　いつの間に勝ち誇っていやがる！　どうしてだ、俺の方がハエが元気なくらいで。だって、今の今までは……。

「ねえ、私のナン、ちょっといる？」しょうが焼きにナンをつけた俺のナオンが言った。

「え？」

ナオンの顔を見て絶望した。ハエが、三匹になっていやがった。俺のナオンの顔のハエはちょっと目を離した隙に二匹増えて三匹。しかも、そろいもそろって、上空から見たF1カーのように激しく、手足をこすりあわせながら大爆走である。体感では十数匹いる。俺は口から心臓が飛び出しそうなのをおさえて、冷静を装い、口笛を吹き吹き、グラスをつかんで、ナオンに声をかける。

「なあ。俺のドリンクとってきてくれよ。アイスティーな」

「え？　う、うん。ナンは？」

「いいんだよ早く行け！　愛してるぜ！」

「OK！」

俺のナオンはナンをテーブルにじかに置きっぱなしで席を立った。ふぅ……難を逃れたぜ。野崎も土井も、今の一連の出来事（ハエ事件と命名）でだいぶ自信をつかんじまったらしい。このロスは痛い……。果たして、取り戻せるのか……。

「近藤、おまえのナオン、かわいいとこあるじゃないか」野崎が勝ち誇った顔のまま言った。そのせいでフォークの背にのせた飯を全て食べこぼした。

「くっ」俺はくやしくてくやしくてたまらない。

「ドリンクはまだ残ってたのに、どうして行かせたんだ？」

「ちょっと二人とも、よしなよ！」

「野崎、おまえのナオンの方こそ、かわいいタトゥーしてるじゃないか」

野崎はニヤリと笑った。「タトゥー？　なんの話かな？」

「しらばっくれやがって。その、胸元のギンバエの……な、なにィッ！」

俺が視線を向けた野崎のナオンの胸んとこ、そこにハエはいなかった。いないというか、つぶれて緑っぽい液体だけが残っていた。面食らったが、ひるまず第二攻撃、両手を指さす形にしてドッキングさせ、口を結んで開いて動かし、次なる台詞「きったねえな」を準備する。

「なになに？　なに？」と野崎のナオンはすっとぼけをかました。「なに？」

「なんでもねえから俺の野菜ジュースをとってこい‼　一刻も早くだ！」野崎が叫んだせいで、俺の「きったねえな」の声はかき消された。

「え？　でも私たち、ドリンクバー頼んでないよ」野崎のナオンは鳩が豆鉄砲を喰らったような顔で言った。

「かまうもんか！」と野崎。「行け！」

「そんな、ダメだよ野崎くん。ちゃんと後でお会計してよね⁉」と土井が少し腰を上げた。

「かまわん。うるさい。黙っとけ」

「黙って飲んどきゃバレないんじゃない？」と野崎のナオンも野崎に加勢した。「何人か頼んでんだし」

「そ、そうかもしれないけどさ」と土井は不安げな表情だ。

「ビビってんの？」野崎のナオンは土井にはき捨てるように言うと席を立ち、手を広げ壁にはりつく忍者みたいな動きで周囲を警戒しながらドリンクバーに向かった。

デリカシーのない女だと攻撃するチャンスではあったが、その前に俺は言っておかなければならないことがあった。

「……卑怯だぞ、野崎」

「だから、さっきからなんの話だ？」

「ハエをたたきつぶすなんて、そんなのありか、卑怯者！」

「ありもなしも、あれは俺のナオンが自主的にやった生きる知恵だ。おまえのナオンはハエが顔中駆けずり回っても気づかない低レベルのナオンみたいだが、俺のナオンは宮本武蔵だった。それだけの話だ」

「なんだと……」と俺は歯ぎしりが止まらない。

「二人とも、そんなことでケンカするのはやめなよ。そんなのに上も下もないよ！　どっちも汚いよ！　確かにあんなに動き回ってるのに気づかないのはどうかと思ったけど……それでもバカにするのはやめなよ！」

「生きバエ顔中ぶん走らせのナオンと、死にバエの汁お胸にちょいつけのナオン、どちらが汚い女かな？」

「くっ、いいように言いやがって……！」

「どっちも汚いよ！　僕がおかしいの⁉　いや決してバカにするわけじゃないけど！」

「土井！」と野崎が叫ぶ。「文句を言うなら、さっさとおまえのナオンを連れて来たらどうだ。さぞかし極上のナオンなんだろ？　お前のナオンはどんな風にハエを料理しているかな……？」

「い、いや、ぼくはそんなつもりで来たんじゃないから……ハエは一匹たりともついてないと思うし……ていうかどうして二人とも、ナオンって言うの⁉」

「お待た。持ってきたんご」と背後から突然のなんJ語、俺のナオンの声。

「お、サンキュ」で振り返った俺の息が止まった。「ウ……」としぼり出した。

俺のナオンの顔は、もうハエで見えなかった。どうやら厨房の前を通りかかった時、厨房にいたやつを全部、根こそぎ、持って帰ってきたらしい。なんて不潔な店なんだ。

野崎はニヤリと笑ったが最後、やがて光線を次々放つフリーザぐらい指をさしまくりながら高笑いしてソファに沈み込んだ。土井もこれには閉口したらしく、わざとらしく下を向いた。口でどんなに殊勝なことをいっても結局はこの程度だ。だから、男はみな、ハエのついていない、いいナオンをつれていなければダメだ。ぐうの音もでないほどのいいナオンを連れ歩かなければならないのだ。

「結局、ナオンは男を輝かせるためのアクッセサリーにすぎないんだ。だからこそ、ナオンは男のマスト・アッイテムなんだよ。お前もそう思っているんだろ」

俺は土井にしか聞こえないジャッストな声でささやいた。見ての通り、俺のアクセッサリーはハエだらけで何一つ見通せない。さっきから何か言っているんだが、羽音でよく聞こえない。さっきの「お待たせ」がよく聞こえたもんだと逆に感心する。しかし俺は、このナオンで、ひとまずこのハエだらけのナオンで勝負するしかない。

土井は返事に窮しているようだった。ぐうの音も出ないというやつだ。いいナオンでぐうの音が出ないんじゃなくて、ハエの数でそうみたいだった。そのうちに、野崎のナオンが戻ってきた。野崎のナオンは、怒った顔のウェイターに羽交い締めにされていた。

「おかえり」野崎はそれを見ても涼しい顔で穏やかに声をかけた。

どうやら無視するつもりらしい。心臓の強さがそれを可能にしているが、無理がある。野崎、あきらめろ。お前のナオンは野菜ジュースを汲もうとして、ドリンクバーを頼んでないから、とっつかまって羽交い締めにされたんだ。犯罪者め！　これからは、罪深きメスブタとともに一生十字架を背負うんだな。

ピンポーン。

「ああ！」土井が店員を呼ぶボタンを押してから叫んだ。ぐうの音でなく、叫んだ。「ハ、ハエが移動してる！　近藤くんのナオンから、野崎くんのナオンに、ハエが全部移動していく！」

その叫び声はファミレス中に響き渡った。みんなこっちを見ていた。

俺も見た。見ると、確かにハエが一匹、また一匹、二匹、三匹、四匹と、俺のナオンの顔から野崎のナオンの顔に移動していくじゃないか！　俺は力の限り叫ぶ。

「野崎、貴様はもう終わりみたいだぜ！　いけ！　いけ――――！」

「気持ち悪いっ！」と土井が叫ぶ。「見て、どんどん、全部移動していくよ！　うぇぇ気持ち悪いっ！」

そして、見ろ！　一気に、きた、きたきたきた！　今度は二十匹ぐらい一斉に動いた！　最終的に、三割ぐらいのハエが移動した。それで落ち着いた。

「ごめん、ぜんぜん全部じゃなかったね！」と土井が空元気の声で言った。

ただ、どういうわけかけっこうデカめのやつが主に移動したおかげで、少なくとも野崎のナオンの顔は見えなくなった。が、特に俺のナオンの顔も見えるようになるわけではなかった。二人ともハエで見えなくなった。野崎のナオンの後ろのウェイターはなんとか顔だけ遠ざけてがんばっていた。

「とりあえず、座ろうぜ」野崎はこの惨状を見てもなお言った。

ナオンを無理矢理座らせると、背中と背もたれの間にウェイターがエビぞり状態で挟まってしまったが、野崎も野崎のナオンもまだ涼しい顔とハエだらけの顔をしている。どこまで心臓が毛深いのだろう。

俺は座って様子をうかがう。なんだかんだ言って俺のナオンもハエで顔が見えないし、ここは下手に動かない方がいい。それに、待っているだけで、奴らはドリンクバーをタダ飲みにした自責の念にかられてくるはずだ。ウェイターも、今は黙って羽交い締めにしているだけだが、いつまでも黙ってはいないはず。ハエにも動きがあるはず。

誰も動けないまま時間だけが過ぎる中、とつぜん、一人のナオンが現れた。そのナオンは腰をかがめてこちらを覗きこむように、遠慮がちに現れた。

「こんにちは～」

「あ、サヤカちゃん！」と土井がすっとんきょうな声を上げた。

「ごめん、遅れちゃって……」と顔の前で手を合わせるサヤカとかいうナオン。

「近藤くん、野崎くん、紹介するよ。これ、ぼくのナオン、サヤカちゃん！」

土井のナオンは、クゥ〜〜〜〜ッ!! いいナオンだった。まるでモデルのようにスラッとした足。お前モテるだろ！ モデルだろ！ という顔。モデルと思しきよい歯並び。ほどよく出たモデル胸、尻はモデルを彷彿とさせ、非の打ち所がないモデルだった。野崎を横目で見ると、やはり、クゥ〜〜〜〜〜ッ、ハッハッハッハッハッ！ という顔をしている。混乱しているようだ。

「え？ え？」

「ウ、ウソ!? ホンモノ!?」

二人のハエまみれのナオンが、なにやら慌てふためきだした。こっちからは目が隠れて見えないのに、本人たちには土井のナオンが見えているらしい。こいつら、どうなってるんだと俺は思った。

「モデルの杓谷《しゃくたに》サヤカ!?」

「ホンモノだ！」

「そうなんだ。ぼくのナオンは、いま若い娘たちの間で大人気雑誌の契約モデルの杓谷サヤカなんだよ。黙っててごめん！」

土井の勝ち誇ったような満面の笑みを見て、俺は飲んだアイスティーを全部、一気に、汗で出した。野崎は、凄いスピードでそんなにやわらかくないソファに埋まっていき、ほとんど見えなくなった。

「近藤くん、言わせてもらうけど、ナオンは決して男を輝かせるためのアクセサリーなんかじゃないよ。男こそ、ナオンをビカビカに輝かせるためのアクセサリーなんだ。汚いアクセサリーをしているナオンほど醜いものはない。君たちのナオンをごらんよ。ハエまみれじゃないか！　ナオンに罪はない！　君たちが招き寄せたんだ！　汚いのは、君たちの心だ！」

俺はソファから顔だけ見えている野崎が白目をむいて気を失うのを確認してから、コーンスープに口をつっこんでぶくぶくした挙句に窒息、気を失った。土井なんて誘わなきゃよかった。

「あ、大丈夫？　気ィついた⁉」

病院で目を覚ました俺をハエのいなくなった俺のナオンが真上で出迎えた。

俺のナオンは写メを見せてくれた。写メに映った三人のうち二人は、ハエで顔が見えなかった。でも、俺のナオンはそれを宝物にするらしい。

俺のナオンのバッグには、半分ぐらい残った頭頭がのぞいている。俺が松っちゃん大好きだから、俺のために持ってきたんだ。俺はそれを大事にする。そして俺のナオンのことも大切にする。ずっと一緒だぜ。

スーパーカリフラジリスティックエクスピアリドーシャス

博士が常日頃から口をすっぱくしておっしゃりたそうな顔で川のへりを見つめていたのは、人間の全ての「もう少しがんばりましょう」は、八〇パーセントが「俺の知ってる話をしな！」という黒い気持ちが原因だということです。

合コンでは、「俺の知ってる話をできた！」人間から、気に入った女を自宅マンションできますが、この時の心をそっとのぞいて見てみたら、炭火焼き地鶏のようになっているでしょう。

こういうことを日常茶飯事に行っている人間は、死ぬ時はあなたが笑って他の人が泣いているようにしなさい、という人生を知っているおじさんからの言いつけをからっきし守れません。

ダンボの最初の方では、明らかにサルみたいな少年が脇の下に広げたジャンバーを耳に見立ててダンボをバカにしますが、堪忍袋の緒が切れたお母さんゾウに尻をしばかれるのはご存じの通り。ああいうサルみたいな奴が大人になると合コンをするんだ、と博士はおっしゃりたそうな男前な顔でひげを剃っていました。誰かをバカにするとは、「闇を奏でるロックンロールバンドのボーカルは俺だ。だから合コンするんだ」という理屈です。バカヤロウどもが。

人間、黙っていればかっくいい、と世阿弥がアラレちゃん口調で言っているとおり、人間、かっくいくしていたければ、黙っていること。これがみんなとの約束でした。でも、喋っています。どいつもこいつも、とにかくよく口を開け閉めします。そしてよく勘違いします。ピノキオは、キツネのでかい奴に見世物小屋につれて行かれたと思うと、ステージで階段から転がり落ちて、鼻で敷板を貫いた挙句、ウケたので調子づきました。ああいうのがいけません。コオロギはちゃんとその前に「まっすぐな道を外れかけたら　口笛吹いて　お呼びよ」と言ってたはずです。どうして守れない。喋んなや。「俺はダメ人間だ」とか半笑いで言わず、口笛で呼ぶべきです。鼻のびのびウソつきサロンシップども が。

博士は不言実行の男です。喋らないぞと黙って決めて、本当に喋りませんでした。最後まで、小汚い人間どもの世界で、お口のチャックを閉め続けた者は幸せに絶対なります。ピノキオのギデオンは、ギデオンってさっきのでかいキツネの子分ですが、マヌケで無口でしたが、無口なのでマヌケなりに幸せそうでした。そういう人には、神様の多数決で輝かしい人生が待っています。繰り返しお知らせしますが、博士は喋りませんでした。

だから博士は私をお作りになったのです。私の話は、博士の話とディズニーの話が半々になるよう設定されています。

私の知る限り、博士が現実に口を開けておしゃべりになったのはただ一言。

「スーパーカリフラジリスティックエクスピアリドーシャス」

博士は、人魚姫の本当は怖い方の交換条件のまま生きておりましたが、決して希望を捨ててはおりませんでした。そして、私の話を聞きながら、心から星に願いつつ、三年前に亡くなりました。

イリュージョン

僕がこしらえた「天狗が鼻をTENGAに突っ込んで動かす爆笑動画」（六秒）の再生回数が二百回を突破した夏、父さんが軽自動車につけるドリンクホルダーのドンピシャのやつを買い、妹が遅い初潮をむかえた。つまり、うちの家族はノリにのっていた。

でも正直、人より倍ぐらいは輝けているかどうか、今どのあたりのポジションにいるのか、精神面で人より余裕を保てているか、自分はどれだけ高みにいて他人はどれだけ低いところにいるのかを気にする僕としては、この状況を見ると母さんが弱い。これでは、母親が外務省でセックスレスというAランクの中町くんと比べるとさすがに弱い。

考えていたら、なんだか胃がむかむかしてきた。母さん一人、この波にのりきれていない。母さんが家族の足を引っ張っている。歯ぎしりが止まらない。ドアとか引き出しを強めに閉めてしまう。

そんなある日、食卓で父さんが嬉しそうに言った。

「お母さんの義足が二段階バージョンアップしたそうだ」

ワッ。二段階？　僕と同じく母さんを認めていなかった妹は、さっきまで腕を組んで斜に構えて口をひん曲げていたというのに、一瞬のうちに口をひん曲げなくなった。

僕はと言えば、一つの要素も談志師匠の体勢を崩さない。妹を叱咤する意味もこめ、努めて冷静に聞いた。

「どんな機能があるんだよ」

「膝の関節が二つできたのよ」

ワッ。妹はきたねえ歯をこぼして、まっすぐ前を向いてしまった。僕は逆にますます口をひん曲げる。

「椅子の下に、足先を完全にしまいこませて固定できるのよ」

「言わせてもらえば気持ちわりいよ」

僕は組んだ腕を左右に細かく振るわせ、そのまま右手を頬にあてて呻いた。妹はもう腕を組んでいない。後はもうバンダナを取ってしまえば、陳平、お前はもう終わりだぞ。僕は毅然とした談志のまま妹をにらみつけた。

「弱いよ。まだ弱い。のれてない」

「お兄ちゃん、何言ってんの」

「これじゃあ中町くんに勝てない。義足のお母さんじゃ、外務省でセックスレスのお母さんには勝てない。シティー派な感じがするもん」

「お兄ちゃん」

「しまいこめたってダメだよ。どう頑張ろうと義足じゃないか」

「ユウト」

父さんが僕を呼んだ。父さんに名前を呼ばれるのはずいぶん久しぶりだった。

「母さんの新しい義足のふくらはぎを見てみろ」

「すごく便利になったんだから」

母さんは優しく微笑んだ。この顔だ。いつもこの顔。事故の後も決して変わることないこの顔だ。僕は椅子に寄りかかってずり落ちながら、それでも談志師匠のモノマネを崩さず、不機嫌に「太田は俺の子だ」と言いながらテーブルの下をのぞきこんだ。

薄暗い。椅子の足に混じって、硬い母さんの足が見えた。僕の視線を感知したかのように、そのふくらはぎが開いた。そこにはファンタグレープが納まっていた。よく冷えた、僕の大好きなファンタグレープが。

「冷温庫になっているのよ」

ファンタグレープが。心の中でそう繰り返した時、僕はバンダナを下げて目を覆っていた。すぐに熱い液体がしみこんできた。

何も見えない。それでも妹がバンダナを投げ捨てたことはわかった。これでもう学校でいじめられることもなくなるはずだ。僕たちの暮らしは良くなっていく。僕たち家族は今、ノリにのっている。

奥へどうぞ、天才子役

ガラリと開いたが暖簾はピクリとも動かない。だが確実に入店している。大手の課長クラスでギリ通えるレベル高え、居酒屋の仮面を被ったハイブリッドなお店屋さんに半袖シャツと短パンに瞬足で現れたこいつは一体？

「あの、子役で予約してるものだけど」

「そのようなご予約は入っておりませんが……」

「ごめん間違えた。天才子役で予約してるものだけど」

「お待ちしておりました」

サングラスをずらして金魚のフンどもを振り返り、天才子役は舌を出した。

「そういや天才だったわ」

一番立派で長いフンこと音楽番組プロデューサーは、その姿を見て思わず訊く。

「君、名前は」

知ってるのに訊く。

「花田図画、八つ。ナメコの味噌汁。鼻水食ってるみてえだから」

そして訊かれてもいない年齢と嫌いな食べ物、その理由まで答える。

腰巾着は六人いるが、全員「これはいいことを聞いた」という顔で二〇〇メートルある廊下を一番奥の個室まで向かう。当然、先頭はなんでも一番でなければ気が済まない天才子役である。

ちなみに廊下はベルトコンベアになっており、消費カロリーゼロで迷わず部屋まで行ける。案内する和服姿の女は土下座したまま一同を先導して後ろ向きに動いていく。

その姿を三〇センチ手前、一二〇センチ上空からじっと見つめる天才子役。

「しかし、今日も客がいねえなー」

「ごゆるりとなさいませ」

「ポケモン配らねえから客が来ねんだな。景気よくWi-Fiビンビンに飛ばしてポケモン、じゃんじゃん配れよな。もう、これもんでよ」

と言って、でかいチンポのジェスチャーをしながら振り返る天才子役。

「ワッハッハ！」

取り巻きは手を叩いて、それからメガネをとって涙をふく振りで笑った。

それを見て、天才子役はポケットに手を突っ込んで真顔で黙りこんでしまった。やばい。ざあとらしすぎたか。ご機嫌を損ねてしまったら大変だ。金魚のフンたちが財布に手をかける。はやく、はやく現金を！

ブッ！

しかし、不意打ちで、表情一つ変えずに、屁をこく天才子役。くせー！　後ろにいるプロデューサーが顔をしかめ、鼻をつまみ、顔の前で大きく手を振りながら思わず訊く。

「君、名前は」

さっき聞いたのに訊く。

「近田春夫」

なぜか嘘を言う。全員が怪訝そうな顔をした。

「――の百倍稼ぐ男」

「ッ勘弁してくださいよ、天才子役さん！」

ダーッハッハッハッハッハ！

金の湿気でくぐもった笑い声が響く中、一番奥の座敷前に到着。土下座した和服の女が突き当たりの壁の下の部分に開けたビラビラつきの小穴に吸い込まれて見えなくなった瞬間、ベルトコンベアが止まった。

亜塚芽衣子、秘密の出産

ここは清潔で赤ん坊を産むのにぴったりだわと亜塚芽衣子が考えた時、その赤ん坊はもう既に肩まで出ていた。

十四歳。平凡な家庭に育ち、平凡な恋に落ち、まあまあ奇抜なセックス（宝船）をしたのが運の尽き。普段やらないことをしてもたついたその報いが子宮にそっと降り立った。

母親への出発の地に彼女が選んだのは赤ちゃん本舗のトイレ。来店者の九割が子を連れている、赤ちゃんの総本山。そこでそれを産もうというのである。

熱い息を絶えず吐きかけ、苦しそうにうなり、息みながら個室の壁を爪でひっかく芽衣子。かなり辛そうだ。しかし母親としての自覚が芽生え始めている芽衣子は自分よりも赤ん坊の心配をしていた。

ビデのボタンを押し、なぜかドアに向かって叫ぶ。

「水よ！　飲んで！」

叫んだ拍子に新しい生命は全部出たので、ビデは普段通りの目的を達成、しかるべき場所へ直撃、赤ん坊は狭いスペースでへその緒を軸にくるくる回転、そうなったらなったで、芽衣子は時間をかけて恥部を洗浄した。そうなると真顔で前方やや上を見るのはいつものことだった。

「しまった！」

いつもより若干早く我に返った芽衣子は赤ん坊を取り出した。赤ん坊は悲しい運命を承知しているのか、まったく泣かないどころか堂々たる鼻呼吸であった。芽衣子はトイレットペーパーを巻き取り、その身体中を拭いたが、ねばつきがすごいので、みるみるうちにペーパーまみれになった。

彼女はそれを、横で突っ立っている男に見せた。男は言った。

「かわいい、オナニーしてすぐティッシュで拭いてそのままボケッとしちゃった時みたいだね。僕たちの子なんだね……」

その男、喉自慢輝彦は赤ん坊を見つめてため息をついた。中二のくせに『フレンズ』の一番年長の奴みたいな顔をしている。何を隠そう、宝船をやろうと言い出したのはこいつである。

「輝彦くん、でも、ベトベトがなかなか取れないの。呪われているみたいに」

「このベトベトは……」喉自慢は腕を組んで顔を少し近づけてにおいをかいで顔をしかめた。「遠慮なく言わせてもらえば『ザ・フライ』のベトベトに相当近いよ。絶対に呪われている。僕がクンニリングスした時はこんなものなくて、それはもうシャバシャバだったから、どこかで呪われてベトベトになったに違いないよ」

「やっぱり……」

「膣ん中が呪われていたに違いないと思うよ」

「じゃあ、どうすれば……」

「でも愛してるけどね」

それから喉自慢は個室を出て、狭い女子トイレを一周した。そしてまだ個室の中から出て来ない芽衣子の目の前まで来ると横を向き、こまわりくんの体勢を取って、両手で芽衣子の抱えている赤ん坊を指さした。そのまま五秒間停止した後、言った。

「今すぐそれを僕に！」

驚きながらも芽衣子は渡した。

「南無三！」

喉自慢は赤ん坊を受け取るやいなや、ジェットタオルの下に突っ込んだ。へその緒が伸びきる。けたたましい音とともに温風が吹き出す。

「ごらんよ！　ジェットが反応した。僕たちの受精卵が今、血も涙もない二十一世紀の機械に、生体として認められたんだ。僕たちの生命をこの社会が受け入れた瞬間だよ！　呪われてなんていなかったんだ！　この子は、人間の子だ！」

「祝福の風、歓迎のファンファーレ……」

「ついでに熱風消毒もできて、これ、かなりいいよ！」

肩を組んで飛び上がった後、二人は見つめ合い、やがてそっと抱き合って、風の音を聴きながら、若さに任せたディープキスをした。

どれぐらい経ったか、まあまあ勃起して、そういえばと思って振り返ると、赤ん坊のわずかな産毛がなびいていた。まだ切れていないへその緒はカラスミのように乾燥の時を迎えていた。二人は見つめ合い、ともにうなずいた。母親がそっと赤子を取り出す。風が止む。魔法のように乾いた赤ん坊は、楽そうな鼻呼吸で応えた。

「さあ、この子を運び出さないといけない。誰かに見つかったら大変だ。ゲーセワニュースになってしまう。一応これ、容器を持ってきたけど……ただこいつ、予想以上にでかい！」

喉自慢は、チップスターの大きい筒を懐から取り出しかけたところで、大げさに尻餅をついた。一瞬遅れて、女子トイレの空中を初めて飛んだチップスターの空き容器が軽やかな音を立てて床をはねた。

「もう、終わりだ！」

万策尽き果て、大の字に寝転んだ父親の姿。芽衣子はパーカーの一つながりになったポケットの中で、空になったきのこの山の空き箱をそっと握りつぶし、愕然とした表情を浮かべて崩れ落ち、清潔ではない床に膝をついた。

「ぜんぜん、入らないわ」

二人は子を持つにはあまりに幼かった。へその緒を切ることもできないほどに。

父親はうつろな目で天井を眺めて、独り言のようにつぶやき始めた。

「まさかこんなにでっかいとは思わなかった。逆に心配して、チップスターの小さい方の筒も用意してきてしまったぐらいだ。せっかくだしこのチップスターの筒は、この子が大きくなったら筆箱に使うことにしよう。こんな絶望的な状況でも、考えるのは明るい未来のことばかり……」

「そうね、幸せを願う権利は誰にでも……私たち、これからどうなってしまうのかしら。この子もかわいそう。別の、たとえば誰でも芸能人のところに生まれてくれれば幸せが約束されていたのに……」

三人は疲れ果て、寄り添い合って眠ってしまった。最初で最後の家族団らん。せめてその時が少しでも長く続くよう願ったが、そこに稀代のヤンママが入ってきて、家族は見事ゲーセワニュースになった。

社長の息子マジックショー

二階堂春樹は前に出てくると、さすが社長の息子という横柄な態度で五年一組の三十六人を見回した。真ん中あたりに座っている亀山ノブヒコは両肘を突いて不満げな顔で、その憎きダブルのスーツをじっと見つめていた。

「出席番号二十三番、社長の息子です。ではマジックショーを始めます」

「はいみんな拍手〜！」

先生に促されるようにして拍手が起こり、社長の息子はうんうんと深く頷き、両手を前にかざした。そしてそのまま三歩前に出て、一番前の小島くんのところまでやって来た。

「僕が合図をすると、小島はもう動くことが出来なくなるよ。家がクリーニング屋でも全然関係ないよ。ハイいくよ、ズンズンズンズンズンズンズン」

アート・オブ・ノイズの曲を口ずさみながら、社長の息子は片手を自分のスーツの内ポケットに突っ込んだ。それからその手を音もなく抜き、机の上にたたきつけた。バシンと大きな音がした。

そして、小島くんは動かなくなった。

いや違う、小島くんの右手だけがまだ動いている。そして「すいません」という小さな声も聞こえた。ノブヒコを含むクラスの何人かが、小島くんの右手と二つにたたんだ一万円札とが一体感をもってポケットにすべりこんでいくのを目撃した。

「小島くん、動ける?」

「う、動けない」

「ザッツ・オール!」

社長の息子は、拳を握った両手をあげて少し横に引く動きで、一つ目のマジックが見事成功したことを示した。

「はい拍手〜!」

また先生をはじめとして、拍手が起こった。

「こりゃあ幸先がいいぞ」

社長の息子は、すぐに落ちてくるスーツの袖を何度もまくりながら言った。

「小島、マジかよ。お前本当に動けないのかよー!」

後ろの方の窓際から石井くんの声が飛んだ。

「う、動けない」

「すげーな!」

石井くんはそこで初めて大きな拍手をした。

「ぼく、死んじゃったのかな」

「そこまで言っちゃう!?」

「じゃあ次、その石井くんいっちゃおうかな。よかったね」

「ホントに！」

社長の息子は石井くんの方に自信のみなぎった足取りでずんずん歩き始める。

我慢ならないノブヒコは社長の息子が横にきた時、すっころばしてやろうと足を出した。

前を向いたままで気づいた様子は無かったのに、社長の息子はその手前で立ち止まった。ゆっくりとノブヒコの方に首を回す。そして小さい声で言った。

「よしてよ。亀山くん」

ノブヒコは肘をついて手を組み、妻の出産のその時を待つ父親のように動かなかった。

「マジックでわかっちゃったよ」

「大ウソつきめ……」

小声で返す。社長の息子は何も言わない。ノブヒコは密かに視線を動かして、その下半身を見つめる。折り目のついた半ズボンからのぞいたつるつるした膝の小僧を焼き尽くそうと見つめるが、すぐに視界を出て行った。

その最中にも集中力散漫なノブヒコは気づいてしまった。憎きあいつの下半身の奥にある、柔らかく折り曲げられた運動神経をたたえたしなやかで細い足。その微妙にひねられた向きだけで、体をつないだその上に自分に向けられた視線があることに気づいてしまった。

隣の席の的場さんが自分を見つめている。

大好きだ。こんな時でもノブヒコはどぎまぎして、みんながみんな社長の息子の動きを追って、椅子を引き引き見物の体勢を整えるのも気にせず、水色の短いソックスからのぞく小さなくるぶしや、自分のと違って申し訳程度の汚れが浮かぶだけの清潔な白い上履きを見ていた。足を出したイジワルを、見られただろうか……。

「石井くん、じゃあいくよ。石井くんは東西一の幸せ者かもしれないね」

クラス全員に背を向けるようにして石井くんの前に立つと、社長の息子は語りかけてまた急に掌を机に叩きつけた。その時、石井くんの「えっこんなに」という小さい声が、また何人かに聞こえた。「金沢のおじいちゃんだってこんなには……」

その声をかき消すように、社長の息子は大声を出した。

「石井くんは、ひっくりかえったカブトムシになるよ！　ていうか……なるでしょコレは⁉」

遠い人は世紀のマジックになんとかお目にかかろうと椅子の上に膝で立ち、行方を見守った。石井、本当なのか。身も心もひっくりかえったカブトムシになってしまうのか。

「ズンズンズンズンズンズンズンズ、ズン」

「う、うわー！」

ガタタタズダーン‼

石井くんはそのまま、運動神経はそんなに良くないし、度胸も無いはずなのに、派手に椅子ごと倒れてひっくり返った。そして、勢いそのまま椅子から放り出されると、床に仰向けに寝転がり、肘と膝を内側に曲げて、一斉に上下へ動かし始めた。

「起こしてくれー。お願いだー。カブトムシからの、お願いだー」

「いった……！」「えらいことになってきたぞ」

感嘆の声がところどころから上がった。「トリックだ」が三度の飯より口癖の石井が、ここまでどっぷりマジックにかかってしまうとなると、こいつぁ本当にホンモノなのかもしれない。

「はい拍手〜！」

ノブヒコだけはその様子を見ていなかった。的場さんが途中で膝立ちしてしまってからはずっと前を向いていた。

しかし、やんややんやと拍手が起こり始めると、怒りに任せて立ち上がった。ズダダダダと機関銃を撃つようなけたたましい椅子の音が鳴り響き、一瞬にして静まった教室の視線が、特にマジックをしているわけでもないノブヒコに集まる。きっと的場さんも見ているだろう。

ノブヒコは社長の息子には一瞥もくれず、ひっくりかえったカブトムシ状態をキープしている石井くんに向かって歩いていった。社長の息子は不敵な笑顔を崩すことなく、体の前で手を重ねた大人の「やすめ」の体勢のまま、やや大股で一歩、二歩、後ろへ下がって石井くんのそばを離れた。

「嘘だろ石井くん！　おいてめえクソ石井！　親友の！」

ノブヒコは石井の頭のそばに立ち、のぞきこんで声をかけた。

「か、亀山ー。お願いだ起こしてくれー。俺はカブトムシだー。ひっくりかえっちまったー、短い短い、夏だってぇのによー」

手と足を交互に動かして石井は言った。

「まだ言ってんのかよ！　目を覚ませ！　今ならまだ正直者でいられるぞ‼」

「海外のカブトムシが強くてなー」

「石井くん、石井くん!!」

「スイカ、樹液、メスカブト」

「何言ってんだよ白々しい！　味方をしてくれよ!!」

「マリオパーティー」

それから石井は目を閉じて黙った。

「石井！　石井くん！　起きろよ！　トリックだろこんなの！　そうだろ!!　もしもし!!」

「……」

「ねえ！　ちょっと！　今日遊べる!?　石井くん！」

いつもなら、こんな時はちょっとふざけて話しかけるだけですぐに吹き出してしまう石井くんがまったく動かない。なんだよ。でも、石井くんは最後にマリオパーティーとつぶやいていた。みんなで一緒にゲームして遊ぶたび、「アレあったら最高なんだけどな、なんつうの？　マリオたちが集まって」と喉から手が出るほど欲しがっていたゲームソフトの名前を。ひっくりかえったカブトムシなら言うはずがない。

クラスは少し重苦しい雰囲気に包まれた。でも、誰も何も言わなかった。先生も拍手を始めようという手つきのまま、声を出すのはためらっているようだ。

突然、手を打つ高い音が響き渡った。

「みんなこっちに注目！」

教室の反対側、廊下側の一番前に視線が集まる。凝り固まった首の関節が鳴る音があちこちからパキパキ響いた。

石井くんがひっくり返っているちょうど対角線上の席の前に、社長の息子がいつの間にかふてぶてしい顔で立っていた。

そしてなんということだろう。その机の上で、学級委員長、塾通い、チタンフレーム、ＥＬＬＥのハンカチの花形くんがビートたけしの往年のギャグ、コマネチの動きを繰り返していた。

「コマネチッ……やばい、コマネチッ……止まらないよ。ハッ、コマネチッ……が、止まらないんだ。よせよ二階堂くんコマネチッ……ほ、ほんとによせって二階堂くん！　二階堂バカ野郎この野郎」

ノブヒコは立ち尽くした。コマネチを見てこんなに沈んだ気分になってしまうなんて初めてだった。いつもなら、ほんとバカだな～たけしは、という思いはあるにしろ、朗らかな気持ちで見ているのに、今はただ、むなしい。

「花形くん……学級委員長の君まで」

「いやこれはすごい…マジック、コマネチッ……だよ。痛い痛い、アレちょっと痛い！　節々が痛い！　コマネチッ……何だコレは…すごいぞ！　正真正銘、混じりっけ無しのマジックだ！」

「花形くん、こっちを見てくれ。挨拶と正義にあふれる最高の五年一組をつくると言うから、僕は君に投票したんだ。あの言葉は嘘だったのかい」

花形くんはノブヒコと目が合うと視線を逸らして斜めにうつむき、コマネチのアクセルをゆるめた。

その不安を見て取った社長の息子が後ろに回り、花形くんのバックポケットに手を突っ込んだ。クシャリという音が響くと同時に、ぜんまいを巻かれたように花形くんがしゃべり出す。

「あんちゃん、投票ありがとう。オイラに言わせりゃ、あんちゃんの方がよっぽどエラいよ。で、もっとエラいのが若いおネエちゃん（笑）。石坂浩二さんはね、女を口説く時にベランダに出てハイネの詩を読むんだよね。ともかく何が言いたいかっていうと義太夫のかみさんはブスって事だな。そしたらやっぱり離婚しちゃったでやんの（笑）。……コマネチッ……」

今までで一番反り返り、天井を見つめたまま、花形くんはそこで動きを止めた。

「はい、拍手～～!!」

その通りに教室は拍手で埋まった。モノマネに対する拍手も混じっていたようだった。

「みんな、本当にこれでいいのか」

次は誰か、俺か私かと一心に社長の息子を血走った眼で凝視しているみんなを見回してから、ノブヒコは足元でカブトムシになっている石井を見下ろした。固く固く、震えるほどに目を閉じていた。

「先生、こんなこと、許されるんですか」

小川先生は女の先生でまだ二十代と若く、少し生徒にからかわれてしまうタイプだった。黄色いカーディガンの一番上のボタンをいじりながら、小川先生は三歩進んで二歩下がり、結果的に一歩前に出た。

「あのねえ、亀山くん。なんでも疑ってかかるのは先生、よくないと思うの。心の目で物事を見るように、四月に約束したはずね。今とは席がちがうけど、この教室で約束したのよ。みんな、とってもいい声で返事をしてくれた。先生には、亀山くんの声が一番よく聞こえたんだけどな」

ノブヒコは唇をかんで黙り込んだ。

「二階堂くんのマジック、すごいって、そう思わないかしら？　こんなにすごいのに、どうしてそんな態度を取るの。石井くんも花形くんもあんなに見事にかかっているのに、どうしてそれを信じられないの？　石井くんと亀山くんは大の仲良しでしょう」

「先生、ぼくもですっ」

「小島くんもそうね、かかってたね、ありがとう。とにかく亀山くん……こんなこと言うのはずるいかもしれないけど、先生、実はちょっとだけがっかりしちゃったの。先生は、飼育係でハマちゃんの世話をしている時の亀山くんの目がキラキラ輝いて、大好きなんだけどな」

「そんなこと今関係ないだろ！」

クラスで飼っているウーパールーパーの世話が楽しいことなんか、今は関係ないだろ！　先生はずるい。本当にずるい。ずるいと面と向かって言う価値も無いほどにずるずるだ。

ノブヒコは先生に近づいていった。すると、先生の動きが止まった。いや、少しだけ動いている。力をこめればやっと少し動けるというように、わずかに震えながら手を前に伸ばしている。

「亀山くん、先生、動けないわ！」

先生は震えながら、なんとか社長の息子、二階堂の方を見た。そっちに向けて、大きく広げた掌を、苦しく喘ぐように徐々に伸ばして突き出した。そして四月から今までで一番大きな声で言った。

「やめなさい！　二階堂くん、先生にマジックをナニするのはやめなさい！」

「ナニする……？」社長の息子は小首を傾げる。

「マジックをかけるのはやめなさい、という意味！」

先生は苦悶の表情を浮かべて、風呂の縁《へり》につかまる上島竜兵のような体勢を示したあと、もう一度叫んだ。

「絶対にマジックをかけるなよ、という意味!!」

ハッと目を見開いた社長の息子はその瞬間、サッと先生に向けて手をかざした。

「ズンズンズンズンズンズンズ、ズン」

大人の日本語の勉強にもなる一連のやりとりにノブヒコは、でかい川を渡ろうとしたら仲間がワニに食べられた草食動物のような悲しいけれど本当にそう思っているのかはわからない澄んだ瞳になって、そこで立ち止まった。

「先生、一つだけ聞かせてください。先生はどうして小学校の先生になろうと思ったんですか」

ノブヒコが言い終わらないうちに、先生は、今完全に動くことも喋ることも出来なくなった、とでも言うように、やや下を向き、目を見開いたまま、ロボットダンスのような手足ばらばらの体勢で、一切の動きを止めた。しかしわずかに、野生のシマウマと化して神経が常に死と隣り合わせの暮らしによって研ぎ澄まされたノブヒコにだけ聞こえる声でホソリと呟いた。

「ドラム式洗濯機……」

実を言うと、ノブヒコには、先生の机の上にみずほ銀行のＡＴＭに備え付けてある封筒のぱんぱんにふくらんだのが置いてあるのはずっと見えていた。ノブヒコは孤独な戦いになることを承知で立ち上がったのだ。

ノブヒコはたっぷりと先生を見つめた。しかし、先生は大人の、本気の、悲しいパントマイムを続けていた。教え子たちは、日頃の教え通りにお口をチャックし、固唾をのんでその様を見つめていた。

やがて、開きっぱなしになっていた先生の口元からよだれが垂れて、床まで粘り輝く糸を引いた。それでも頑なに石像となっている先生を見て、ノブヒコは諦めたように目を伏せ、丁寧でわざとらしい「回れ右」をした。

先生、僕がここで学んだものは、こんな悲しい動作だけなのですか……？

「セコな連中ばかりだよ」

みんなの視線を受けてノブヒコはつぶやいた。

席に戻ると全身の力が抜けた。無邪気に風の子でならした小学生とは思えないほど疲労しており、このあとの給食当番がだるかった。

「ていうか、マジックじゃなくて超能力か催眠術だろ」

それだけ言うと、机のふちにおでこだけを乗せ、頭を腕で囲い、床をじっと見ることで五年一組の全てをシャットダウンした。そして、自分だけの世界へ沈潜していった。今度はシマウマではなかった。そこはザウルス系で埋め尽くされたシダ植物の世界。

しかし今、図鑑そのまま好ましいはずの世界では、ノブヒコの大好きなザウルスたちが全員うつむき、胡乱《うろん》な目でほっつき歩いていた。時折立ち止まったかと思えば、全員ゲリ気味で、またよたよた苦しそうに歩き出した。今、ノブヒコの心はかつてないほどやさぐれていた。

でも、まだ恐竜たちはなんとか動き回っている。南の空にお日様が出ているからなんとかやっていける。的場さんがまたこっちを向いているのが、視界の端に引っかかった上履きの向きで期待できる。

「僕の家の会社は、僕が生まれる八年も前に一部上場しているんだよね」

いつの間にか社長の息子がそばまで近寄ってきていたらしく、すぐ近くで声が聞こえた。

「さぁ～て、お次は女子だよ！　はい、的場さんはウサギ、かわいいかわいいウサギちゃんになります！」

ザウルスたちが一斉に体を持ち上げ、苦しそうな高い悲鳴を上げた。

「え……私……？」

ちょっとかすれた的場さんの地声は戸惑いに満ちていた。

間髪入れず、平たい便利な紙が何枚か、的場さんの爽やかなカリフォルニア・オレンジ色のワンピースの首元に、カサリと価値ある音を立てて差し込まれるのを、教室の上空を旋回中のプテラノドンが発見した。びっくりして一瞬口を開けて、そのまま苦しそうに血を吐いて、錐揉《きりも》み状に落ちていく。ウーパールーパーの水槽へ派手な水音を立てて墜落した。

「ズンズンズンズンズンズンズ、ズン」

不吉な音に耐えかねて恐竜たちが次々と息絶え、パネルを倒すように外の世界が徐々に露わになる。その最初の兆候として、ノブヒコは隣で椅子が動く音を自分の耳で聞いた。

下を向いたままの目玉をスライドさせると、音を立てないようにほんの少し持ち上げられて動いた椅子と机の間にすくと立つ的場さんの足が見えた。

それから、これはノブヒコからは見えなかったけれど、的場さんはすでに頭の上にウサ耳代わりの手を添えていた。でもやっぱり、腰から下しか視界に捉えることができないノブヒコにも、白く長い、耳らしく見えるように親指を畳んだウサ耳が感じられた。

「リラックマ文房具セットそのほか」

そう言いながら机の間の通路に出てくる的場さんのそんな声も本当には出ていなかったが、ノブヒコにはたまらないほど聞こえていた。そして実際にその音がノブヒコの鼓膜にヒビを入れてしまった。

気付くと涙があふれている。机のふちはすぐに涙でいっぱいになり、暑い湿気を放っている。涙は穏やかな滝のように音もなく床へ流れ落ち、大きな水たまりを作って的場さんへの方へ方へと流れ始めている。だのに誰も気づかない。

ビチャッ。

最初のウサギ跳びで、涙の海の一番先の、かなしく愛らしいおばけのような丸みにそのつま先を着地した的場さんは、まるで何にも気にも留めない。

さらに悪いことに、少しよろけて咄嗟に踏ん張った的場さんの足に、ノブヒコの机の横にかかっている道具袋が引っかかった。

足に触れた道具袋が身をよじるように、いやむしろ的場さんの足にその身をこすりつけるように動いているのがノブヒコに見えた。やはり的場さんは気にする様子も無い。どころか足に力がこもった。どうやらそのまま跳ぶらしい。

「ピョンッ」

ウサギを演じられているかどうか不安になったのか、的場さんは短く言ってまた跳んだ。踏みにじられて砕かれて、細かい涙の飛沫が舞って消える。

未練がましくまとわりついたノブヒコの道具袋は、大きな跳躍で遠く離れた的場さんの足を、弧を描くように離れた。勢いよく戻ってきて机の脚にぶつかった道具袋は、ガチャンと大きな音を立てた。その音はノブヒコの鼓膜をとうとう破いただけではとても足らず、その余りに乱暴な振動は、金属製の脚を伝って直接ガチャンと響くや灰色の脳を一気に溶かして頭の中をびしょびしょにした。

そんな頭蓋の空洞にクシャリと乾いた音が響いた。

「にんじんポリポリポリポリポリッ」

それなりに長い言葉を喋るとかすれた印象が少しずつなくなっていく。ノブヒコは、容姿とちぐはぐな、自分にしか聞こえていないようなその声が好きだった。でも、二度と同じようには聴くことができない。

「またまたピョンッ」

ウサギは遠くに行ってしまった。今度は自然にわき上がった拍手に送られて、恐竜が絶滅した。

マーズ・アタック！

そこは先輩の部屋。僕の家にきたのと同じ火星人が二人、先輩と何か話している。

「だって俺の場合さぁ。この惑星《ほし》に生まれてさぁ」先輩は両手を後ろにつき、体育の時にリラックスした男子高校生のような体勢でいながらも、心は戸惑っているのがポテトチップスの食べこぼし具合でわかった。

「どうしてですか。火星めっちゃいいですよ。赤くてきれいだし」

「だからさぁ、行かないよ。大体あんたしつこいよ」先輩は火星人を指さした。「俺は地球が大好きなんだよ。四季もあるし」

「そんな四季でおして来られても。出たよ。ていうか、いっつも変わり目に風邪ひいて文句言うじゃないですか」

火星人の方も先輩を指さしたので、先輩は明らかに気分を害したようだった。火星人の指は四本しかなくギンビス・アスパラガスビスケットのようにひょろひょろしており、真ん中二つの指の外側にペンだこのようなものが出来ていた。

「なんでだよ、別に文句言ったことなんか無いよ」

「秋になると鼻ずるずるいわせてるくせに」

先輩は一瞬黙ったが、こたつを両手で叩いて叫んだ。

「それは俺が慢性鼻炎だからだろ！」

その音と声、飛び上がったみかんに火星人の連れがビクッと体を震わせた。特にみかんに驚いたようだ。こっちの火星人は赤いリボンをつけており、メスである。

「あ、ごめんね」先輩は片手を上げて、ちらちらメスの方を見て謝った。「にしても、火星人ってのはみんなこんなにわからず屋さんなのかい。人にものを頼む時の態度ってものが……あっ、あちあち、下半身が！」

どうしたのだろう。大騒ぎの先輩は小さく二回、尻だけで飛び上がってから、慌ててこたつをめくりあげた。真っ赤な光が先輩の顔を鼻の穴まで照らした。白い毛がある。

先輩はあのやけに丈夫なコードのついたコントローラーを手さぐりで探したが、ないようだ。やったな、という目で火星人を見る先輩。そして、火星人のとこの布団をめくりあげた。

火星人の細い指が1から8までの数字がナンバリングされたクルクルにかかっている。人ん家のこたつの強さを勝手にマックスまで上げた決定的証拠を見られても、火星人は落ち着き払った様子で、口から何か白いものをチュルチュル出した。どうやら、それが余裕しゃくしゃくの印らしい。

「わからず屋さんはこっちの台詞だよ」火星人は突如としてタメ口になった。「ぼやぼやしてないで火星に来ればいいじゃんか。黙って素直に。こんな人類初のチャンス無いよ。そこをわからない奴と会話していたのかと思うと力が抜ける。いつまでもくだらないスカした文句言って……うだうだ言う前に、来い！　火星に！」

「いやだ」

「うだうだ言う前に、来い！　そんな気持ちで、こたつをフルパワーにさせてもらったんだ」

「自分たちだけ事前に足を抜いてなんて奴らだ」

「それだけじゃない。この省エネ時代に電気代をも莫大に消費させる。それがこのマーズ・アタックの恐ろしさだ。ジャック・ニコルソン出てる」

「うるせー！　だいたいずっと失礼なんだよ。もう帰ってくれよ。俺は地球人だ！」

火星人は急に真顔で先輩をじっと見つめた。先輩も負けじと、火星人の引き締まった細い首にいっぱい入った筋をじっと見つめている。どうして負けじとそんなところを見ているのか。

「失礼か……」火星人が首を振って笑ってつぶやいた。「それは確かに言う通りだ。何せ、我々は君に手土産の一つも渡さなかったからね。お詫びの印というわけでもないが、持ってくるからちょっと待っててくれ」

火星人は立ち上がって、メスに向かって手を出した。

「キー」

メスは慌てて振り返り、後ろに置いていたピンク色のポシェットから青色のでかい鈴やキーホルダーがついた鍵を取り出した。キーって鳴き声じゃなかったんだ。チリンチリンと鈴が鳴り、ジャラジャラと高い音がにぎわう。キー本体には、完全にＴＯＹＯＴＡをパクったと思われるマークがついていた。受け取って、火星人は出て行った。

先輩と火星人のメスが二人で残され、何やら気まずいような、よくある雰囲気になっていく。先輩は目を合わせようとしないで、部屋のあっちこっちに目をやったり、物を取ったり置き直したり、やたらポテトチップスを食べて、そしてこぼしている。

「火星のお土産ってなんだろうな」しばらくして先輩が半笑いで言った。

「ゴーフル」メスが答えた。

「へぇ……」

興味深そうな感じで何度もうなずいているが、会話は続かない。先輩、それって男としてどうなんですか、という思いもあったが、自分の立場を考えるとどうすることもできなかった。

「火星にもゴーフルってあるんだぁ」

先輩、なんてくだらないことを言うんだ。そんな、何にもならないことをどうして語尾を伸ばして言ってしまうんだ。火星人相手とはいえ、いつまでもそんなことを言っていたら男を下げてしまう。

「寒くない？　平気？」

「ええ……大丈夫」

またしばらく静かになった。すると、火星人のメスが首をすくめて恥ずかしそうに手を前に伸ばし、上目遣いで先輩を見た。

「私は、あなたに、火星人になって欲しいの」火星人は強調した。

「えっ」

「あなたが好き…だから……」

「で、でも俺は地球人で、君は火星人で――」先輩は平静を装うとしていたがダメ、てんてこ舞いになって手に取ったポテトチップスを握りつぶした。

「こっちを見て」

火星人のメスは、いや、火星人の女は、体を起こすと先輩をなんともいえない不思議な瞳で見つめた。微笑むような、憂うような、全てを包み込むようなあの熱い眼差し。

そして、おっぱいが丸出しになっている。実は来た時からずっとそうだったのだ。これがまたいいおっぱいなのだ。

先輩は火星人の情熱的な瞳に釘付けになりながら、おっぱいの吸引力で黒目を下に引っ張られ、ぐらぐら振動させた。

火星人の女がおっぱいをそっと両手で持ち上げた。

ああ、ああ、エロい！　先輩の口が震えて少し開いた。先輩、ダメです先輩！

僕は隣の部屋でモニターを見つめながら叫ぼうとしたが、不思議な薬を飲まされて、声を出すことが出来ない。

先輩、ドッキリなんです！　しかも火星人の！　わざわざ地球まで来て撮ってるんです！　これじゃ、これじゃ僕の二の舞だ！　ダメです！　その乳首には不思議な薬が塗られていて……先輩、あっ、う、うわ――！

高校のすり傷

高校一年生。僕はいつものように五時起き、学校の大時計の六時の針が震えて止まるその寸前、道場で一発目の受け身をとっていた。言っとくけど歯磨きはしていない。

「や────！」

バシーン、畳をたたく音が広い道場に響き渡る。その余韻に侘《わ》びしさと空しさが忍び込んでくる。だから僕はすぐさま次の受け身を取って、バシンバシンと全てを遠ざける。みんなが登校してくる八時十分までそうしている。帰りも守衛さんが来るまでそうしている。

柔道部は一年生の僕のほかに七人いる。六人は幽霊部員。顧問の中村先生は僕の担任でもあるけど、「野球部の顧問がやりたかった」と言ってやる気がない。そもそも春、クラス初めの自己紹介で、一番最初の順番だった僕、青本一本が、彼のドラえもんが並んだネクタイについて訊かれた時、黙って微妙な顔をしたせいで嫌われているのだ。

満足に練習もできない。大会にも出られない。外の道場に通うお金もない。でも僕は柔道が大好きだった。授業中も柔道に関する書物を読んでいたし、自主稽古を一日も欠かさなかったし、

『ＹＡＷＡＲＡ！』でシコることもあったし、道着は毎日帰って手洗いして夜通し振って乾かした。

休み時間、僕はクラスのみんなを見回して、直感で一人に目をつけた。

「そのまんまデカチンポ君、ちょっといいかな」

「え？　どうしたの青本くん」

出席番号十三番そのまんまデカチンポ君はかなりびっくりした顔というかチンポで振り返った。

振り返ったせいで、開襟シャツの隙間から裏筋がチラリと見えた。

「そのまんまデカチンポ君、僕が持ってきた『ＹＡＷＡＲＡ！』読んでたよね」

「え、うん、デカチンポ、確かにヤワラ読んだけど……それがどうしたの？　ごめん、勝手に読んじゃまずかった？」

そのまんまデカチンポ君は、男子には珍しく自分のことを名前で呼ぶタイプだ。

「いやいいんだ。おもしろかった？」

「うん、おもしろかったし感動したよ。デカチンポにはさすがに柔道は出来ないけど、ああやってかわいい女の子が一つのことに打ち込む姿っていいよね。とか言って恋愛もするしね。どちらにしろすごくいいよ。あの作者は天才だと思うな」

「それで、お願いがあるんだけど」

「何？」

「僕の柔道の練習相手になって欲しいんだ。今度はそのまんまデカチンポ君が僕の柔道を応援して欲しいんだよ」

そのまんまデカチンポ君はちょっと雲行き怪しく黙ってから言った。

「それって、何をするのさ」

「朝に、僕と組み手をしてくれればいいんだ。本当に投げたりしなくても、柔道着を着てる人が立ってくれてるだけで凄く助かるんだ。でも、うちの柔道部は僕だけだから、僕は受け身の練習しかできないんだ」

そのまんまデカチンポ君は微動だにせず黙していた。

僕は彼の亀頭を見下ろす形で答えを待った。よく見るとかさかさだな……と思いながら、そのカリ首が縦に動くか、横に振れるかを待った。

本当は僕は、そのまんまデカチンポ君は僕が女の子じゃないから断るに違いないと思っていた。でも、答えは予想外のものだった。

「いいよ」

意外とカリ首は動かなかったけど、少しだけ膨らんで、そのまんまデカチンポ君は確かにそう言った。

「僕、こんなナリしてるだろ。だから運動なんてろくにできないし、恥ずかしいしさ。でも実は、体っていうかチンポ？　動かしたいと思ってたんだ」

次の日、朝六時、僕とそのまんまデカチンポ君は道場にいた。

真新しい柔道着をまとったそのまんまデカチンポ君と、汗がしみて黄色くなった柔道着の僕。二人で向き合うと、道場の空間が引き締まるのを感じていた。

「こうやって、襟を取って組むんだ」

「なんだかドキドキするね」

「そのまんまデカチンポ君、実はね」

「うん」

「『二十世紀少年』も『YAWARA!』と同じ人なんだよ!」

僕はそう教えてあげつつ、襟をぐいと引き寄せながら自分の背を反対に丸め、そのまんまデカチンポ君を背負い上げた。柔道着を身につけたでかいチンポがやや前方に二百七十度回転し、畳にたたきつけられた。ドダンと柔らかめのものが落ちる音がした。

重さを感じないまま、僕の背中をでかいチンポが通り過ぎていったその感覚と音は、僕が久しく忘れていたものだった。侘びしさや空しさはそこになく、ただ柔道があった。

そのせいで僕はしばらく恍惚として、彼を気遣うのを忘れていた。

やっと我に返ると、そのまんまデカチンポ君は投げられた体勢のまま動かず、きれいに横たわっていた。

「ご、ごめん! 大丈夫⁉」

「うん、亀頭すったけど……平気」

「ごめん、僕、最初なのにいきなり、夢中で……」

「いや、いいよ。僕、嬉しかったよ」

「え？」

「柔道って、気持ちがいいね。あと、マンガ家ってすごいね」

そのまんまデカチンポ君がすぐに立ち上がって、また向き直り、なんとなく構えてくれたような気がしたので、僕はそれ以上何も言わなかった。そして、言わなくても大丈夫だった。僕はそれから、そのまんまデカチンポ君に一から柔道を教えてあげた。そして、二人そろって朝のホームルームにギリギリで駆け込んだ。

「おい、そのまんま。お前、亀頭どうした？」

中村先生が言った。そのまんまデカチンポ君は「ちょっと、すりました」と嬉しそうに言った。僕も嬉しくてそっちを見ていた。すると隣の金田由紀が僕から顔を背けた。一度だけ、「口くさいんだけど」と言われたことがある。

でも、僕はそんなことよりも柔道ができたことが本当に嬉しかった。これは本当のことだ。

その後、朝の練習は毎日続いた。帰りも、用事がある時以外、そのまんまデカチンポ君は練習に付き合ってくれた。

僕がそのまんまデカチンポ君を投げることはもうあまりなかった。

そのまんまデカチンポ君はそのまんまデカチンポなので、やはり受け身をとろうにも限界があった。それに、亀頭を沢山すってしまい、真っ赤になっていた。これ以上、亀頭をするようなことがあれば、生活に支障をきたしてしまうだろうと思われた。粘膜だから。

だから、練習はもっぱら打ち込みになった。一時間も二時間も襟を引いて背負いの体勢に入る動作を繰り返す僕に、そのまんまデカチンポ君は付き合ってくれた。

僕は今まで出来なかった打ち込み練習をできるのが嬉しく、納得いくまでやろうとひたすらそうしていた。そのうちに、どんどんそのまんまデカチンポ君を忘れ、柔道に集中していった。

ある日、朝から来て背負い投げの打ち込み練習だけをどれぐらいやっただろうか。形をつかめそうな手応えがあり、とにかくかなりやっていた。

すると、そのまんまデカチンポ君が急にずっしりと重くなった。岩のように重く、背負い込めない。

僕は向き直った時、思わず視線を上げた。

気づけば僕は、巨大な影の中にすっぽりおさまっていた。そのまんまデカチンポ君にいつものかわいらしい面影はなく、赤黒く、そそり立って脈打っていた。そして柔道着から、半分以上も体というかチンポが飛び出していた。血管がはちきれそうに浮き出て、爆発しそうだ。

「デカチンポ君！」

我に返ったように一度震えたそのまんまデカチンポ君が僕を見下ろすように窮屈そうに傾くと、とろり透き通る液が僕の目の前に垂れた。

「亀頭パンパンだよ……？」

「大丈夫続けて……！　もっと続けて……柔道を続けてよ……！　青本くんホント…………頼むから続けて！」

鬼気迫るデカチンポ君に負けて僕は続けた。迷いながら続けた。図らずもいい練習になっていたから、続けた。

「青本くん、青本くん、あっ、あっ、柔道っ、柔道っ、イクッ、あっ、ああっ金田由紀‼」

クラスで三番目にかわいいとされている、僕は嫌われている女子の名前が聞こえた。

「イ、イク――――――！」

同時に、僕の背中から何かがいとも簡単に飛んでいった。それは当然デカチンポ君で、受け身を取る気もなくだらしなく叩きつけられたそのままデカチンポ君は、その場でびくびく痙攣していた。

息を切らせて見つめていると、デカチンポ君はみるみるしぼんでいく。

ダダッ。

柔道場の隅の方で、大粒の雨がトタン屋根をたたくようなすごい音がした。

ジダジダジダッ、ジダ、ジダダダダダッ、ダッ、タタッ、タタタタッ、タ、タ。

そこには白いものが降って、畳に弾けて、だんだん軽い音になった。

イカくさい風圧で僕の濡れた髪はオールバックになり、そのままデカチンポ君は気怠《けだる》そうにゴロリと一回転と半分、転がった。

汚された柔道場で僕はまた一人、立ち尽くした。顔から血の気が瞬く間に引いていくのを感じた。

畳や壁、柱や扉に格子窓が迫り、こうしたものだけが人生なのだという気がした。

いつもこうだ、と僕は思った。にじみそうになる涙を押し殺した。

僕がどんなに真面目にやろうと、どんなに真面目に頑張ろう、本気で頑張ろうと思っても、結局こうじゃないか。結局は一人でやるしかないんだ。どんなに良さそうなこと言ったって、本当に本当に本気で何かをやろうとしている人なんて、全然いないじゃないか。僕が実際に出会って言葉を交わした中で、そんな人が一人だっていたか。いないじゃないか。みんな中途半端で、みんな、憧れを憧れのままにして、目を離して、放っておいて、いつか忘れて、いつかどこかで何かに甘えてなびいてしまうじゃないか。他の人なんて全然関係ないんだ。あてにしちゃいけないんだ。どこまでも孤独で、どこまでも自分だ。そう考えなくては、僕はこの高校に殺される。そんなのはごめんだ。どこまでも孤独で、どこまでも自分だ。僕は僕を殺されないことだ。それだけだ。

私の本棚

あんなにドキドキした、私と同い年ぐらいの女の子たちが繰り広げるボルテージ高まるばかりの恋やら愛やらほにゃららを描いたマンガはなんだか遠くなってしまった。

あんなに愉快だった、豊富な性的知識でお姉ちゃんをバカにしながら陰日向に知識を授けるステキな弟の出てくるようなマンガもなんだか悲しくなってしまった。

あんなに痛快だった、女の子が外見とは裏腹に心の中でハイテンションに止めどなく豊かに喋るようなマンガはなんだかやりきれなくなってしまった。

だから最近、私は昆虫図鑑ばかり眺めるようになった。

仕事が終わって家でご飯も食べて部屋に戻った一人の時間。大きな図鑑を枕に立てると、ナナホシテントウがナナホシテントウの背中に乗っかっている、ツルツルした大きな写真が飛び込んでくる。実際より何倍も大きく引き伸ばされた交尾の写真、セックスの写真。ずいぶんあすことあすこが離れているようだけど、こんなことでセックスだなんて不思議なものと、しみじみ丸い背中をなぞった。

突然だけれど年の離れた弟のヨウくんは中学も二年生になって人並みに色々な興味もあるようで、

だからといってマンガみたいにはしてくれないけど、かわいいかわいい弟だ。幸せになるんだよ。って心の底からそう思っている。

お母さんは私のあこがれ。焼き肉屋さんに行くと中盤、お父さんの命令で冷麺を食べるように言われて注文、運ばれてきた冷麺をすすって「おいしい」と微笑んでいるような、優しいお母さん。

そんな時ヨウくんはアイス以外の冷たいものにはあんまり興味がないから、お父さんの焼き肉の知っ得話にふんふんうなずきながらお肉をほおばり、お父さんの代わりにお肉をひっくり返す役に与《あずか》ると、知って知らずか、お父さんと同じようにトングを上に向けて時折カチカチ鳴らしているのだった。

しばらく黙々食べていたお母さんは小さな声で「ごちそうさま」と言い、冷麺を少し父の方に寄せて口元を拭いていた。そして食事が終わる頃には、いつの間にか冷麺は空になっている。私は小さい頃、そういうのが夫婦で家族なんだと思ったりした。それは今も変わってないけど。

でも、だんだんあることとないこと知識も増えて、お父さんとお母さんがセックスをしたことを知ったのは中学生の頃だったたか。ふいに顔を出した現実はあんまり面白みのない錯覚のアートのように佇《たたず》んでいて、私は態度を決めかねた。セックスで生まれた自分がセックスを疑うなんて古いし悪い冗談だけれど、その私を身ごもるためのセックスをした父母の年齢にさしかかり、私も処女だし笑っていられなくなった。

悪い冗談は悪い。マンガからそればっかりを学んできた私は心の中で立ち尽くすばかり。それもこれも、そういうものを近づけたり遠ざけたりして茶化す振りをして、安心したり逆に深刻になったりするような態度のマンガばっかり読んできて、とか言ってたまにどストレートなもの読んじゃったりしてびっくらこいたりして、自分なりに処女道楽（そんなものがあるなら）を楽しんできたからかも知れない。そんなふうに大袈裟に反省したんだった。

んで、反省した途端に、今度ばかりは私の心の思い通りにならないところも本気なようで、本棚にあるそういうものはなんだかだんだん、あらかた読めなくなってしまった。

その代わり昆虫の交尾とか、なんだかとても愛おしくなった。鳥でもなく、魚でもなく（鮭のはヒく）。

「後背位だもんなぁ」

蛍光灯がそっくり映るほど大きい図鑑を傾けてナナホシテントウたちにぼんやりしたドーナツ型の光をあてて、そっとつぶやく。もちろん家族にも、ナナホシテントウにも聞こえない。結局、私がマンガで学んだ知識はこんなところで日常的に消費されるのみ。ひとりぼっちのベッドは私の生活のにおいがして、その通りにへこんでいる。

「本棚空けたいんだけど、マンガどうしようかな」

ある日、猛烈にかいつまんだ経緯と行き場を失ったマンガのことをヨウくんに話すと、ヨウくんはもう声変わりしてしまった声で「じゃあ、ちょうだい」と私に言った。

ヨウくんは私の影響で少女マンガもよく読んだ。教育したつもりなんてないけれど、本棚というやつはつながった血をさらに騒がせるものがある。私も少年漫画を、薦められないまま沢山読まされた。

姉の一日の長というか、ヨウくんの本棚は私よりも手狭な割にまだ余裕があった。読めなくなったマンガをあげるとなると、なんだかヨウくんが私の轍《てつ》を踏むようで申し訳ない気がしたけれど、男の子はきっとその生かし方を知っているのだろうと考えることにした。もっと単純明快でいい方法があるに違いない。

私は自分のベッドに座って、奥行きのある本棚の前で膝を大きく開いてしゃがみこんだヨウくんの後ろ姿を見ていた。そんなふうに棚のマンガを見るんだね。その体勢は見慣れたものと言え、こんなにじっくり見るのは初めてだったから何だかおかしくて愛おしかった。その背中に、銀行やコンビニに置いてある防犯用のカラーボールを何色も当てて乱暴に色づけたいくらいに。

ヨウくんが中腰になる。意外と男らしいその後ろ姿と、私のいつもの四つん這いの後ろ姿（想像）が、頭の中でパタパタ音を立てて切り替わるまま、私はぼんやり考えていた。そうかもう中学生二年だし、一応テニス部で毎日がんばってるもんね。少しずり下がったジャージからは、派手目のパンツのゴムがのぞいている。こういうのは高校の時によく見た。

「ヨウくん」

「え～？」

ヨウくんは上の空で答えた。

「お父さんとお母さん、バックで私をつくったのかな」

言ってしまってからドキリと安全ピンが頭を刺した。

ヨウくんも一瞬動きを止めたきり沈黙した。私の言い方が冗談でなかったから。弟だからそれがわかったのだ。

あー。どこかに向かって呻《うめ》いて、その割にはそのまま暢気に座っていられるのが不思議だった。マンガの女の子のような才能はないから、取り繕うような怒濤の独白なんて始まらないし、ただゆっくりドキドキだけして、ヨウくんが何を言うのか待っていた。お姉ちゃんらしく。

無理に手を動かそうとして、マンガがドサドサ落ちる（『ハートを打ちのめせ！』だ）。

「大事にしなさいよね」

そんなことも言ってみたけど、私の弟は逃げなかった（そういうヤツってモテると思う）。ヨウくんは少し経ってから振り向くことなく言った。

「わかんないけど」

「うん」

平静を装うから、相づちの声が大きくなる。

「バックかどうかはわかんないけど、俺と姉ちゃん、同じ体位でできたと思うよ」

同じ体位。

風を受けた私の顔がアップになるような気がした。正直なんでかわからないけれど、私は嬉しくなり、弟にキスの一つか頭をはたくかしてやりたかった。そういうのってマンガみたいだ。

「はは」

私が軽く笑っただけでそのことは済んだ。

こうして私の本棚はとてもスッキリして少しさびしくなり、弟の本棚はちょっとわけがわからなくなって楽しくなり、私の色が付いた。その本棚を見て私は思う。若いっていいね。

友人訪問

時流れて有りや無しや志半ば、途轍《とてつ》も恥なくジジイと変じた私ですが、ハイパアヨオヨオ・ステルスレイダア一つ持って池尻君の宅を訪ねよとバスでもって馳せ参ずらんと試みるも、何分今度が初めての事でバスの乗り方一つ皆目見当がつかず非常に骨が折れ、ようやく乗車したる後、一銭も払わぬまま目的の停車場まで着くに至っては仰天不安の虫と成り、ところでジジイということで運賃は安く上がるようです。腰もノオトルダムのせむしの糞掻きのように非道く湾曲しておりますから、よちよち歩いて他の乗客に多なり大なる御迷惑をおかけしまして、このとおり頭は明快に回ってババア連中からも一目置かれたる様な矍鑠《かくしゃく》の日頃ですが、昇降の昇はともかく降ときたら一筋縄ではままならず、バスの些《いささ》か高大なる昇降段から降りることも満足に叶うまいて、挙句の果てに、投げ入れた小銭の賑やかなる落音に二つ遅れて屁まで放《こ》いてやっとバスを後にしました。停車場から五分歩くと俺ん家と池尻君は言うのですが、毒された牛歩老歩の二つ足では定刻に辿り着くはずもなく、しかも一期《いちご》の境を超えてジジイとなって後はもう時間などあって無いもの、自分が五分来たか一時間来たかも判然とせず、まして五分でいかほど一時間でどれほど道行くものか人様に尋ねるまで予想だにせぬ有様で、先日も至極手近に見かけた赤いポストを視認して然る後に反吐が出るほど歩いて今が限りとポストの事など露忘れて家の近くまで着かなんと立ち止まったかとぞ思いし刹那に己が頬に冷たい深紅の大勢力を感じた時など、何が何だか画伯つの丸の表したる所の猿男児の如く誰に気取られぬ空屁を放いて、これ幸いと手中の紺碧の小封筒を投函致しました。ＤＶＤの返却です。嗚呼真《まこと》かかるよしなしは只合掌して御母堂に座して二階から落としたグラタン皿の落下の様をはらはら空妄して過ごすのと大差無く、もう時も身体も記憶も虚空に失せて稀に切れ切れ閃《ひらめ》くような間歇をずぼらに生きて居るばかり。先程のバスに於いても乗り降りの節の記憶のみ残滓を浮かべ、この点滅の間に間に直《すぐ》に鬼籍に入るとも知れず、毎時毎時思い出すように今は斯《こ》うと戯れ身を切り崩して暮らすのも道理に通じた事で御座います。実を申せば老い先短さに池尻君に会しておかねばならぬと決心した次第で、もうタグホイヤアの左時計に照らせば今の徒然の過ぐる間に一時と一刻も歩いていたようです。目前の表札を見ると何たる僥倖か「池尻」と彫られ在るあなあさましの豪栄門に、いでやきよらの絶佳邸、機械仕掛けの呼び鈴を鳴らすとあの調子で「入れ。庭で待ってろ」と池尻君の寄る辺ない声音がするので、棒門の外れた門を一念、老体に鞭打って押しすがりやっとの思いで入りましたら間髪入れずに大きな吠え声が遠い耳にも打ち入って、見れば、狼のような銀毛を纏《まと》った溌剌たる大犬が此方へ向かひて飛び掛からんと二足で立ち上がり、清潔な白い堂々たる腹を見せております。せむしに成り果てた自分とどちらが人の様をしているか心許なく犬畜生相手に恐縮し、彼方が首輪でつながれている事のみこそ心強く、比して何とか方々自由に動き回れることにのみ自信を得る他に万策尽きて吾は人なり人だ人だと繰り返していると、はて、どうも犬を繋いだ紐がついぞ見えず、皺に沈み込んだ眼に眼鏡を強く押しつけたところで見えぬものは見えずその内、犬の方から此方へ駆け寄ってきて死待ちに良い案配に差し出すようなこの細く貧しい筋張り首に飛びつき一つでかぶりつき、殺す前から乾ききったひがひがしい屍肉を食べることだにせず遊び散らして眠りこけるのではないかと恐れ戦き老者の震えに生に取り付く意味を徒《いたずら》に足していたところ、玄関から池尻君が出てらっした。昼最中に大殿籠《おおとのごも》り過ぐしてか青いピジャマ姿で目をこすり、逆手で下腹部をそだたきつつ出でらっしゃる。「池尻君、あの犬は一体どうした絡《から》繰《く》りで繋いでおるのですか?」と聞けば「見えないのか。つくづくジジイだな」と仰る。「万に一つもこの終わり眼には…」「ストラグル、ストラグルってあの犬ね、俺んちのな、あれを繋いでいるのはな、女の髪を集めて撚《よ》ってつくった特別なリードなんだ」「女の髪みたいな柔い物であんな大犬を引き留めておられますか」「そんなものってお前、色んないい女のロングヘアーの髪をよって拵えた紐は象も繋いでおくことができるんだぞ。お前いくつになった。そんなに腰の曲がった昔の人間なのに、んなことも知らないのか」「知りませんでした。象を一所に繋ぐのは太い現代風のワイヤのようなものでも用いなければと思っていました。先日八十八歳になりましたが女というのは不思議なものですね」「不思議なもんじゃねえよあんなもん。乳首ねじって中指ドン、ちょっといじってチョチョイのポイよ。八十八歳の春だから、米寿のお祝いをしないといけないな。お前、童貞か?」「はいそうですね、すみません」「そんなにジジイでか。そろそろ大学行こうかな」「こんなにジジイで」「もうなんか、そうなると関係ないな。煩わしいという気すら起こらないだろうな」「そうですね」「二十歳そこそこ一応元気に生きていて、モテない童貞なんじゃかんじゃと掻きくどいてる駄々羅《だだら》な奴もいるけど、言うが愚かじゃと腹の腹から思うな。珍しもないね。そう考えてみたら二十一世紀からこのかた、ずっと退屈な世の中が続いているんだよね。こんな時代だからこそジジイの意見を聞きたいな。二十世紀ってどうだった」「人も惜し人も恨めしあぢきなく世を思ふ故にもの思ふ身は、という歌がありますね。二代の皇《すめらぎ》を敬い粗忽《そこつ》な蜻蛉《とんぼ》と生きてきましたがどうだか」「後鳥羽上皇だな、ジジイが粋がって暢気なもんだ。昔のそういうのが猪口才《ちょこざ》くて一番いけないね。説教臭くて、こうなってくると長生きしていることに舌打ちが出てしまいそう」「この歌は承久の乱の前九年に後鳥羽院が歌ったものでして」「だから。興味が無《む》。幽遊白書を読んだことは？」「ありません」「ほら、ろくでもない。どうして自分が知っていることに頼んでぺらぺらと口が動いてしまう。名こそ流れてなほ聞こえけれ、黙っておいたらいいんだよ。どうせするなら、もっとみんなが喜ぶセリエAなどの話をした方がいいよ。あと格闘技ね」「善処します」「ヨーヨー持ってきた？」「はい、これです」ウエストポヲチからヨオヨオを出すと、「うし、帰っていいぞ」とあじきなく仰る池尻君ですが、気づけば碌《ろく》に回らぬ舌で迷惑千万折々話している間に、辺りはすっかり暗くなっていたのでありました。池尻君のみ私の話をまともに聞いてくれるので私は本当に感謝しております。貪欲に引かれ不定なことに頼みをかけて我が手に持ったものを取り外すなと伊曾保の訓戒に言うように、去り際に情けの焔《ほむら》が立つのみ期して、ゆめゆめ無様な真似はすまいと潔く頭を更に地まで下げ、悲しからまし別れを告げて、はかばかしからぬ足のすさびの運びもて宅を後にしようとすると、呼び鈴の機械装置から「気をつけて帰れよ」と声がしました。「池尻君、やっぱり童貞なのが、こんなジジイになっても気になるのです」勇気を出して申しても返事が無いので暗い道を這って帰りました。

ＯＢドラゴン

夏のある日のマクドナルド、隣の中学生の女の人たちは二人とも話すことがなくなってしまって、テーブルに突っ伏して捧げるように両手で持った携帯をいじってはハイヒールで歩くみたいな音を立て始めている。そんな姿を見ていたら、この先に横たわる毎日を退屈に思うのは当たり前だ。

その奥で、ＯＢドラゴンがいらなくなったトレイを片付け終えてこちらを振り向いた。両方の壁際にまばらに並んだ、誰もが自分のために丸めている色とりどりの背中。その間を抜けて、ＯＢドラゴンがやってくる。

「保くん、これで拭くんだ」

だいぶ軽くなった僕のコーラは汗をかいてはしたなくテーブルを濡らしていた。まして僕の肘はそれを吸ってだらしなく湿って冷たい。

渡された紙ナプキンで散らばった水滴を拭くと、すぐに指先がしめって不愉快だ。ＯＢドラゴンのホットコーヒーは買った時と変わらず、おかわり自由なのにそれほど減っていないようだ。

「それでさっきの話の続きだけど……告白するんだろ？」

ＯＢドラゴンはベンチシートに音も立てずに着席して、大きく固いしっぽを組んだごつごつした足の下にすべりこませた。そして姿勢を変えるや、すらりと組んだ長い足をテーブルの下に現した。こんな場所でも埃一つつかないスーツだ。いい生地を使っているんだ。

「いや、わからないよ……だからこうしてOBドラゴンに相談してるんじゃないか。OBドラゴンが決めてよ……」

「そんなの僕が決めることじゃない。僕が付き合うわけじゃないんだからな。保くん、君は十二歳、この世の男の半数がうらやましがるほど若い男。一方、僕はドラゴンだ。いいかい。あくまで僕は、僕という一つのつぶてを君の心の池に投げ込もう。その波紋に何を見るかは君次第だ」

僕は同じクラスの本田さんが好きだ。いつも他の人より見てしまうし、話すと他の人より嬉しいから、きっと他の人より好きだと思う。だから一番好きだと思う。

この間、近藤くんが伊藤さんに告白して、二人は付き合い始めた。二人はこの夏休み、他の男子を連れて行かないで、他の女子とプールに行ったらしい。その話はクラスのみんな知っているのに、夏休みが終わっても誰も話してくれない。でも女子同士は話しているかも……。僕にはその女子の中に本田さんはいたのだろうかなんてこともわからない。

「ドラゴンというか、OBとして言わせてもらっていいかな。保くん、今、君の胸の奥に何かいるね。君を睨みつけているそいつがいる限り、君は何もできないぞ」

OBドラゴンがサングラスに満たした闇の奥から僕を見ている。僕の心の表面を赤い光の点がはいまわり、一点で止まって微動する。熱をもって溶かさんとする。たまらず僕の口から言葉が飛び出す。

「本田さんの仕草で、僕が好きなのが一つある」

　僕自身もびっくりした僕の存外男らしい言葉遣いで、ＯＢドラゴンはもはやサングラスもなく、あらぬ方にクールな目配せを飛ばした。気づいたら、隣にいた中学生の女の人二人組がこっちの話を聞いていたらしい。顔を上げてＯＢドラゴンと楽しげな熱視線を交わし、僕に好奇の目をやった。

「それでそれで？」

　ＯＢドラゴンがわかりやすく大きな声を出して、中学生が笑う。中学生を笑わせるなんてすごい……。僕のコーラのカップについた新しい水滴がつながってポロリと落ちて、拭いたばかりのカップの底をあっという間に一周する。

「どんな仕草だい」

　僕は唾を飲み込み、きれぎれに言った。

「本田さんは、シャープペンを、こう、胸でノックする……」

　本田さんは勉強に熱中してくると、いつも乱暴に、ドンドン音がするぐらい、順手に握ったシャープペンシルを胸に押しつけた。僕はそれを、斜めから見ていた。

「でも、最近しなくなった……夏休みが終わった頃から」

　もしかしたら僕は聞いて欲しかったのかも知れない。

「きっとプールの頃から……」

「プールの頃って？」

　頬杖ついた中学生が口を挟んだ。髪の毛がまっすぐ落ちて、眉毛の上で突然消えてなくなったような髪型。僕はすぐに説明した。僕は家でそのことばかり考えていたから説明するのは簡単だった。

ＯＢドラゴンは話の間ずっと口元に持っていたコーヒーを、終わる頃に一口飲んだ。

僕が黙ると、中学生は少しだけむつかしそうな顔で天を仰いで、でも、と人差し指にくるりと一回髪の毛をからめた。こちらを向いてわかったけれど、二人のうちの一人は、あまり綺麗な顔立ちではない。きっと鼻のまわりにできた吹き出物に苦しんでいる。鼻と顔の境目が崩れ落ちてしまい、腐敗の広がりの中で輝きを失った眼は笑いながら死んでいる。人間の苦しみを、特に彼女が朝起きて鏡を見て考えることを、目に見えるように表現するのはとても不可能だ。

「保くんは、本田さんが変わっちゃったら嫌いになるの？」

お前が僕を保くんと言うな。本田さんとも言うな。そう思って強く強く目を合わせる。

「そんなことない……」だって、そんなことは言ってない。

「でもそういうのってつらいよね。なんか自分が関係ないところで好きな子が変わっちゃうのって」

「せつないねぇ」

もう一人の中学生は肩まである綺麗な黒髪のおかげでなかなか顔がはっきり見えなかったけれど、形のいい鼻が時折のぞいてドキドキした。

「そうですかね……」

答えあぐねる僕と中学生を交互に見て、ＯＢドラゴンは言った。

「捨ててくる」

立ち上がって、ポケットに突っ込みながら歩いて行くその後ろ姿。ダストボックスの間にサングラスを滑り込ませたかと思うと、振り返れば新しいサングラスをかけている。まっすぐ歩いてくるOBドラゴンの目を、僕は一度だって見たことがない。

「まどろっこしい話は止めよう」OBドラゴンは乱暴に腰を下ろした。「本田さんは、君の関係ないところで、女になったんだ。意味なんか考えるなよ」

「わからないよ」OBドラゴンの言うことはいつもわからない。

「保くん。ほとんど全ての女の子が、ほとんど全ての男の知らないところで女になっていくんだ。さびしいかい。さびしいだろう。しかも、それを成し遂げた男が一人、この世でのうのうと息をしているんだからな。その息づかいを女の子は耳元で聞いたんだ。そして女という、男の子とも、女の子とも、男とも違う別の生き物になったんだ。でも、その瞬間を目の当たりにする興奮は誰にだって訪れることじゃない。蝶の羽化が見られないぐらいで気に病むことはないさ」

僕は上の空で聞いていた。その態度に呆れてしまったのか、OBドラゴンは中学生と何やら話しこんでいた。気を取り直した時に聞こえたのは、こんな小話だった。

「男は女が自分の意見を聞かない、と言った。女はそうじゃない、男が自分の意見を聞かないのだ、と言った。問題は網戸のことだった。ハエが入ってくるから閉めておくべきだというのが女の意見だった。男の意見は、朝一番はまだテラスにハエがいないので開けておいてもいい、というものだった。だいいち、と男は言った、ハエはほとんどが家の中から出てくるのだ。自分は、ハエを中に入れているというより、どちらかといえば外に出してやっているのだ」

意味はわからなかった。でもまるで、人間の価値はその場の話題に応じたどれだけ気の利いた小話を披露できるかで決まるとでも言うように、力を入れることなく、落ち着き払ってその話はされていた。

「終わり？」

「ああ」

「その女がバカなんじゃないの？　男も細かいけど。二人とも嫌い」

「あ、ねえねえ、私も、英語で習った詩があるの。聞いて」

「そういうとこがダメなんじゃない？」

「は？」

「勝手に、自分の話ばっかりすんの」

「しょうがなくない？　保くん、どう？　私、いや？」

話を聞き始めたのを見て取ったか、綺麗な方の中学生に呼ばれた。

「いやじゃないよ……」

「ほら」

僕の意見をぞんざいに受け止めて、彼女はすらすら暗唱を始めた。僕の気持ちは彼女の気持ちの一部になって、僕である必要がなくなった。

「こよない方に恋慕した、ただひとたびの我が恋は、心のうちに残るとも、戸のたつままに去りました、皆な、皆な消えました、昔なじみのどの顔も」

「英語じゃないのかよ」

「黙って。私の友は親切な、心やさしい友なのに、恩義を知らぬ人のよう、私は突然去りました、昔なじみの顔と顔、思いめぐらすためのよう」

「それリーディングの延岡が趣味でやったやつでしょ。なんでそんなん覚えてるの」

「なんか覚えてんの。いい感じでしょ。保くん、どう?」

「どういう意味なんですか」

「要は、みんな変わっちゃうのよ。そのとき、せいぜいかっこつけるのよ」

僕のお池はみんなの投げた石でうずまりそうだ。そんなこと誰が頼んだろうか。僕の池に来て、釣りをしたり、石を投げるな。それを僕のためだなんて、絶対に言うな。

僕のせいで時間が鈍く重たく流れる。この時間にかかずらったら負けだと開き直ることのできる順番で、中学生から降りていった。二人は芸能人の話を始めた。時折もれる笑い声は微妙に音質を変えていて、もう僕に聞かせるためのものではなくなっていた。

「僕は一人で帰る。OBドラゴンは先に帰っててよ……」

OBドラゴンはテーブルの隅を人差し指で小さく二度、叩いた。

「保くん、君は来る時、僕の背中でDSをしていたから知らないだろうが、このマクドナルドは君の家から直線距離で二〇キロの位置にある。僕の背中に乗れば二分、公共の交通機関を使えば乗り換え含めて四十分、言わせてもらえばこども料金で二百二十円かかる。わかるかい保くん。君が、自分一人の力では来ることのできない、日曜でもすいている穴場のマクドナルドまで来ているってことを」

そんなことわかっている。ゲームをしてたけどわかっていた。

「言わせなきゃわからないのか。保くん、またあのセリフを言うか」

僕は首を振った。口を開けたら弾みで涙もこぼれそうだ。中学生も見ていないけど、見ている。

僕はうつむいた。

「……言いたくない」

やっと言う。下を向いた目の中で涙が揺れた。

「いや、言うんだ。言わないわけにはいかないんだ」

どうしてこんなに怖いんだろう。OBドラゴンっていったいなんなんだろう。なぜこんなに怖くするんだろう。それでも涙をとっておく方が大事に思えたから、僕は言った。

「OBドラゴンは、僕の大事な友達だ」

「OKドラゴン」

中学生たちは顔を見合わせて笑顔を浮かべた。下を向いている僕から、白くて短い靴下と黒い革靴がテーブルの脚の間でばたばた動くのが見える。こっちは体を動かす気にもならないというのに。

「保くん、僕を恨んでもいいんだよ」

こんな時どうすればいいのか僕は知らない。でも、OBドラゴンは僕がどうするか知っている。それでわざとこんなことを言うのだ。僕は下を向いたまま、ゆっくり首を振った。

「行こうか」

「おしっこ」

僕は中学生の前を通ってトイレに駆け込んだ。重たい扉を寄りかかるようにして開けなくてはいけないのは、僕が子どもだから。だから涙がこぼれてしまった。

おしっこをしていて考えたくないことを考える。本田さん、どうして君は胸でシャープペンをノックしなくなってしまったのか……。トイレの照明は暗いくせにひどくまぶしい。

水色の造花を生けた角張った青いガラスの花瓶が流しの台に置いてあった。僕には、花一輪だってほどよく愛することができないように思えてしょうがない。こんな作り物ならまだしも、生きている一輪をどうして上手く満たしてあげるだろうか。ほのかな匂いを愛でるだけではとてもがまんができない。荒々しく手折って、掌にのせて、息を吹きかけ、花びらむしって、それから、もみくちゃにして、たまらなくなって涙を流して、唇の間に押し込んで、ぐしゃぐしゃに噛んで、吐き出して、靴底でもって踏みにじって、塵のように細く切れた断片を眺め下ろして、それから自分で自分を殺したく思うんだ。

トイレを出ると、レジのところにOBドラゴンがいた。

「保くん、新しい味のマック・フルーリーだよ。夏らしくっていいだろう」

父さんと同じシャツを着たOBドラゴンが渡すのを僕は黙って受け取る。

駐車場でゆっくりと羽を広げたOBドラゴンの背中に乗り込む。慣れた動作はさびしい気分。旅行の帰りに寄ったサービスエリアみたいに力が入らない。マクドナルドの窓から顔をのぞかせている中学生を見ながらぐんぐん上昇していく僕にはきっと表情がない。やがて中学生は見えなくなった。

　僕は何もしていないのに無限に視線が上がっていく。田舎道を照らすには十分だった光がまばらに広がっていくと同時に湿っぽい夜風が頬にまとわりついた。

　僕の家はどこかわからない。ＯＢドラゴンは黙っている。いつものことだ。ゲームを出す気にもなれない。

　マック・フルーリーには何色かラムネが入っていて、一口食べてから、残りは全部、ＯＢドラゴンの足の付け根にあいた痛々しい、大きな穴に流し込んだ。

　そこは最初ただのくぼみだった。ＯＢドラゴンがどんなに体をひねっても見えない場所にあって、フライドチキンの骨やら、噛み終えたガム、ＯＢドラゴンのくれるものを入れていくうちに、膿んで腐れ落ちた大きな穴となり、クリーム色したウジが溜まって音もなく蠢《うごめ》いていた。いつか僕が入れたのだろう、スナック菓子の袋の切れっ端がわずかに見える。こんなにひどい状態なのにＯＢドラゴンは何も感じないらしい。

　見渡せば、町の光は多すぎて好きな子の家もわからない。僕は十二歳、今よりずっと不機嫌だった。

君こそタヌキだ

森の新聞記者、近鉄バファローズの帽子をかぶったタヌキの死骸を発見したのは、つらいことに当の母ダヌキでした。帽子はかぶっておりません。

森の新聞記者、近鉄バファローズの帽子をかぶったタヌキは、まるまる太った土手っ腹に一発撃たれたあと、這って這って、巣穴の近くまでやってきて、そこでベロを出して力尽きておりました。母ダヌキと奥多摩に行った時にひろったという近鉄バファローズの帽子は、倒れた拍子につばを押されたのでしょう、やっとこ頭に乗っかっているばかりでした。母ダヌキが帽子をしっかりかぶせてやるところを、頭のおかしいイボイノシシが見ていたそうです。

森の新聞記者、近鉄バファローズの帽子をかぶったタヌキの巣穴へ行くと、一面にばらして並べられた一九九五年のスポーツ報知の中央に、当の死ダヌキが腹ばいで寝そべっていました。使い古して放っておかれた粘土のように、周囲の冷たい空気をまとってひっそり硬直しています。

片隅では、病的に大きなシイタケで作った壁掛けにぶら下がった近鉄バファローズの帽子が、裏穴へと抜けていく風に吹かれてぱかぱかと拍子を刻んでいました。

「読んであげてください、読んであげてください」

母ダヌキが泣きながら言うもので、みんな森の新聞記者、近鉄バファローズの帽子をかぶったタヌキの死骸のそばによって、スポーツ報知を読みました。

「まず死に顔を見て、それから読んでみてください」

みんな、言う通りにしました。すると、ブロスのノーヒットノーランも、テレサ・テンの死も、みんな、みんな、森の新聞記者、近鉄バファローズの帽子をかぶったタヌキが伝えてくれたように思えてくるのでした。こんなにたくさんの情報を、立派だったなあ、ありがとう。そんな風に思えてくるのでした。そしてすぐに、ウソつけと思えました。

森のスケベ、別ダヌキだけは、地面の記事を読んでいる素振りでスポーツ新聞のエッチなページや風俗情報を、そんな記事は一つもないのに探しているようでした。森のスケベ、別ダヌキはひどい鳥目なので、新聞の上を這いずり回って形の悪い金玉（なにか細長いのです）が古紙にシャリシャリこすれる音が、暗い巣穴の中に響いていました。

母ダヌキはいったいどんな顔をしていたのかわかりません。いちばん湿った、こんもりと暗い隅のほうにじっとして、時々なにか、もそもそ食べているようでした。

巣穴を出ると、小鹿がぽそりと言いました。

「森の新聞記者、近鉄バファローズの帽子をかぶったタヌキさんが死んで、森の情報は、どうなってしまうのかしらねえ」

「何も変わりゃしないよ」と僕。

「その通り。あいつは何も知らず、何も伝えず、だから何もわからずに死んだのさ」とスキー用の虹色のサングラスをかけたキツネ。

「あら、どういうこと？」小鹿が綿毛のようなしっぽを揺すりました。

「森の新聞記者なんて名前だけさ。君はあのタヌキに何か教えてもらったことがあったかい。それまで誰も知らなかった貴重な『情報』ってやつを……」

「ううん、そうねえ」

小鹿は上を向いて耳をぴくぴく動かします。

「これまだ出しちゃいけない情報なんだけどなあ」

それが森の新聞記者、近鉄バファローズの帽子をかぶったタヌキの口癖でした。でも、森の新聞記者、近鉄バファローズの帽子をかぶったタヌキはろくすっぽ何にも知りませんでしたし、それなら夕方、おしゃべりしながら三々五々に森へ帰ってくるカラスたちの方がよっぽど色々知っていました。昨日はスカイリムの新しいコンテンツが出てると教えてくれました。

「ほら、無いだろう。森の新聞記者、近鉄バファローズの帽子をかぶったタヌキの代わりなんて沢山いるさ。今回、森の新聞記者、近鉄バファローズの帽子をかぶったタヌキの死をすっぱぬいたのは、彼のお母さんじゃないか。誰にだってできることだよ。君だってその気になれば新聞記者だぜ」

「でも私は近鉄バファローズの帽子をかぶっていないから、むずかしいわねえ」

「君は、間抜けなところも、しゃべり方も、あいつにそっくりだよ」

「そうかしら」

「そうさ。誰もが、どうでもいいことに自信を持って何とかやっていけるのさ。君だって毎日何をしてるんだい。森を歩き回って、ときどき恥ずかしそうに、誰かの前で歌をうたうぐらいだ。怒るなよ、僕だってそうなんだから。自分が一人、特別な顔をしてそこに立って、毎日を生きたささやかな証拠と、ぼんやりとした不安を種に、誰かに向かってさえずっているだけなんだから、やんなるね」

「あなたの言うこと、少しわからないところがあるわ」

小鹿は踊るようにわざと膝をかくかくさせて落ち葉や枝を丁寧に踏みしめながら、少し退屈しているようでした。僕は小鹿に向かって言いました。

「森の新聞記者、近鉄バファローズの帽子をかぶったタヌキのお母さんは何かもそもそ食べていたね」

「何があったって、何か食べて生きていくしかないんだ。つらくたって腹は減るよ」とキツネが代わりに答えました。

「それはそうかもしれないけれど、お母さんはきっと、みんながいる前でしかごはんを食べられなかったのよ。一人じゃとても、食べることなんてできなかったのよ。かわいそうなタヌキのお母さん」

一度、森の新聞記者、近鉄バファローズの帽子をかぶったタヌキがみんなからの尊敬を集めたことといえば、去年の春。去年の春と言えばまだまだ生きている方もたくさんいました。裏を返せばそのあとみんな毎日たくさん死んだということで、森の新聞記者、近鉄バファローズの帽子をかぶったタヌキだって、そんなふうなうちのたった一匹が森から失せただけのこと、実に愛くるしい小さな新顔もだいぶん見えますし、年が明けて去年は何があったかしらと振り返ってみればタヌキ一匹撃たれたくらい、なんでもないことではありますが、なんとなくしみじみとさびしいのはどうしたことでしょうか。

そうです、去年の春でした。森の新聞記者、近鉄バファローズの帽子をかぶったタヌキのやつめが、人里から三色に輝く歯みがき粉を拾ってきて、森の注目の的になったことがありました。森の新聞記者、近鉄バファローズの帽子をかぶったタヌキは誇らしげに、東奔西走めぐりまわって、あちらこちらでチューブから絞り出していたものです。みんな一生懸命、松葉で食べかすだらけの歯をみがきました。しかしある日、人間のこしらえたものですから何か悪いものでも入っていたのでしょう、ヤマネの坊やが口からあぶくをいっぱいに出して死にました。それからです。森の新聞記者、近鉄バファローズの帽子をかぶったタヌキが近鉄バファローズの帽子をかぶるようになったのは。

僕は森の新聞記者、近鉄バファローズの帽子をかぶったタヌキのために、ひとつ歯みがき粉の話を出してみようかと思案しましたが、考えてみれば、どってことない話です。なぜ死んでしまったからと言って、そんな話をする必要があるのでしょうか。そういえばヤマネの坊やが死んだことなぞ、僕は今になって初めて思い返したのです。それに、話せばヤマネの坊やことを思い出すでしょう。

「そうやって、何かをし遂げた気になって、一人ずついなくなるのだ。こうして話しているうちはまだいい。二年や三年経ってみろ。思い出すのも季節の変わったついでになる。十年二十年経ってみろ。誰かが死んだら思い出すのだ。三十年四十年経ったら、思い出す人すらいなくなる。どうして生きて、喜怒哀楽を出し入れして毀誉褒貶《きよほうへん》の関係に肩まで浸かりながら無視されて、それでもあれこれ喋っていられたのか不思議になってくる。今に、あの巣穴から、タヌキの骸も臭いも消えてしまうのだ。近鉄バファローズの帽子が残ったからって何になる？　風に揺れて音を立てるぐらいだろう」

森の新聞記者、近鉄バファローズの帽子をかぶったタヌキは何にも知りませんでした。森でいちばん腕っぷしのある大きなクマがメスだということを最後まで知らずに、奴こそ森のキング・オブ・キングスだと興奮していました。

「でも、あの帽子を見たら、みんな、タヌキさんのことを思い出すわねえ。あのタヌキさんは、悪いタヌキじゃなかったから、きっとみんな、さびしく思い出すわねえ」

「それも、僕らが死ぬまでのことだ」

キツネの言いぐさ。かけているスキーのサングラスに浮かんだ虹色の照り。小鹿のくりくりした瞳と、それを縁取るしっとり敷き詰まった毛の流れは、見るからに不機嫌な色を浮かべ始めました。

「それで十分だと思うけど……」と僕は何にもわからないで取り繕うように言いました。

近鉄バファローズのマークのデザインは岡本太郎だと教えてくれたのは、九月から「仕事をセーブする」と言って東の森の楡《にれ》の木のそばでトカゲのおっさんといったような着ぐるみで暮らしている山田さんだか五郎さんだか、そんな名前の人でしたが、そういえばこの前行ったら死んでいました。人里ではずいぶん成功したえらい人だとうかがっていましたが、何にも言わずにただそのメガネを太い根にたたんで伏せて、低く張り出した枝に茂ったやわらかい葉に隠れるように死んでいました。

「どの道、みんな孤独なんだ」

言いながら、キツネの方でも釈然としないのでしょう。鼻を低く鳴らしました。

「でも、できることならそれを、どれだけ月並みな安い付き合いとでも交換したい、行き当たりばったりの、取るに足らないくだらない人とでもいい、不毛な言葉の一致だけでもいいから、この大袈裟な孤独と交換したい。そう思うような夜がくる。そして、そういう時こそ、孤独は強く覆いかぶさり、前よりずっとだらしなく大きく広がるのだ。でも、ぼくたちはそこを乗り越えていかなければいけない。嘘の付き合いをするよりは、一人でいる方がずっとよい」

「きっと、あなたは怠け者なのよ」

僕はこの胸の中に少しずつ玉のようにかたまったものが、内から体ごともっていかんばかりに飛び上がるような心地でした。ここに誰がいたとしても、自分に言われたものと思ったことでしょう。

「じゃあ、きっとあなたは、タヌキさんが、あなたや私やみんなの思いも寄らない、不思議な美しいものを感じていたに違いないことも、忘れてしまうのね。みんなが、それをどんな思いで胸に秘めて生きているのかなんて知ろうともしないんだわ。わたし、一人一人のことなんてわからないけど、わたしも含めたわたしたちのことならわかる気がするの。みんな、それぞれ好き勝手に生きようとしてるけど、そういうのって、恵まれた人だけに許されたぜいたくなんだって、あなた、考えないのかしら。あなた、口では逆を言いながら、まるで、恵まれた人みたいな話し方をするのね？」

小鹿はほとんど泣き出さんばかりに、でも涙はぜんぜん出ないで、のどからあふれた言葉をできるだけよどみなく、一つ一つ取りこぼすことなく、遠くへはじき飛ばそうとするように、勢いこんでしゃべりたてました。

それからキツネの方なんか全然気にせず、はしたなさにはっと口をつぐんだせいで、少しゆるんだ言葉が残りかすのようにこぼれました。

「どうしてここでばかり、そんな態度でいるのかしら……」

キツネはスキーの時に使うサングラスを外すべきです。それは真白なゲレンデで使うものなのですから、スキーをする時以外は外しておくべきです。だから小鹿が言わなくても済むことを言いました。

「わたしはタヌキさんが好きでした」

それでみんな、キツネも、小鹿も、僕も黙ってしまいました。ああ本当に僕たちはどこにいても、こんなことのせいで、みんなバカなのではないでしょうか。きっとそうだと思います。

ヤバいヤバいとみんな言うけど

オッス、俺の名前は、芝キサブロウ！　大学二年の遊び盛り！　今日も今日とて悪ノリ写真の毎日毎日サークルかけ持ちクリパに宅飲み連日連夜の合コン街コン、友達百人できちゃってワロタヤバすぎ、どーすりゃいいのよキャンパスライフ！　そんなわけで、人間関係、新規開拓、奇妙奇天烈、摩訶不思議の毎日に新しい風を吹き込むぜ！

　奇妙奇天烈。摩訶不思議。これらが四字熟語でないという衝撃の事実のヤバさに驚きながら（三日かけて友達全員に自慢しよう）、俺は俺とて今、二、三個同じ授業を取ってる、トオルの家にトオルと向かってる。俺はいつもどこかに向かってるな、ヤバいな、そう思ってる。

「しかし、ちゃんと知り合って三ヶ月ぐらい経つけど、トオルの家に行くの初めてだな！」

「そうだね」

トオルは、名字が「本気名倉《まじなぐら》」とヤバいこともあり、ミステリアスな雰囲気を備えている。授業はいつも一番前の端っこで受けていてヤバイし、共通の知識のある特定の友人とツルむのでもない、要はぼっちってやつだ。ヤバすぎるだろ。

「じゃあ、なんで俺がトオルみたいなヤツと一緒にいるかって言うとさ」

「え？」

「逆にトオルと仲良くすると、なんでなんで、キサブロウ本気《マジ》ウケる、あいつと仲よくなるなんてヤバすぎ、もしかして宇宙人？　てな具合に、他の奴らに一目置かれるってわけなんだよな」

「そうなんだ」

　思ったことはつい口にしてしまう俺の悪癖が出た。しかしこのヤバい悪癖（この前、ドイツ語の授業で覚えた）が、俺の魅力でもあるし、今まで生きてきてこの悪癖（ドイツ語はレポートだったからタカちゃんにオゴるからっつってやってもらってAとってまだオゴってない、ヤバい）で困ったことは一度も無いからまぁ別にいっか。とまた喋っているうちに、トオルが一人暮らししているアパ、マンションに着いた。ヤバいハイタワーだった。

「え！　すっげえ高級マンションじゃんかよ！　そびえ立つヤバさ！　こんな片田舎でどんな暮らししてんだ！　もしかして超金持ち⁉　こいつぁ皆に話し甲斐あるぜ！　こんな良いネタを持ち前のトーク術でおもしろおかしく決してスベらず話したら、ヤバイ、一体、俺は何星人に喩えられてしまうんだ……？」

「でも、このぐらいのところに住まないとさ、大変でしょ」

「大変？　俺も親の仕送りぶっこんでそこそこの家住んでて、宅飲みするたびに、みんなにほんと良い部屋だよねと褒め称えられ、単独で女を連れ込むのにホント便利っす、あざっすヤバっすって感じだけど、それでもこんなとこには住めねえよ！　ここ、家賃いくら？」

「十万円」

「じゅ、じゅ、じゅ、じゅ、じゅ」

俺はあんまりにも驚きすぎて、じゅ、じゅ、とどもり続けながら、オートロックのドアをくぐり抜け、じゅ、じゅ、革張りソファの置いてあるロビーを通りすぎ、じゅ、じゅ、広いエレベーターに乗り、じゅ、じゅ、降りる時はトオルのために開ボタンを押してやって、じゅ、しばらく歩いて部屋の前にきて、じゅ、じゅ、

「じゅ、十万円⁉」

と、腰を抜かしてひっくり返ってしまった。

「芝くん、おもしろいね。でも静かにしてもらえるかな。入るよ」

「ヒィヤッホ〜〜〜〜‼」

と言ったあと、アッと気づいて、人差し指を口元にあててシィ〜という動作をする俺、この俺。

ヤバすぎるな。ギザひょうきんすな。

高級感のある重たそうなドアが開いて部屋に入る。

なんと、まだ十月だと言うのに、冷房が不自然なほどガンガンに効いていた。

「寒くない？」

俺は寒くなると急激にテンションが下がるのだった。宮崎県南部で生まれたから。

「寒いよ。十八度」

「寒いんだろ。じゃあ、なんで？」

「やっぱり、その、臭いが、気になるじゃない。僕は不精だから、どうしてもたまってきて…」

「え、ゴミが？」

「え、うん、まあ、そうだね。だから、みんなよく、こういうとこに住まなくて上手くやってるなぁと思うよ…」

「いや、見た目キレイそうだけど…それに電気代だってバカにならないじゃんか、こんな廊下にまで軽井沢みたいに……夏の……」

ていうか、玄関から一本通った長い廊下にドアや収納がいくつもあった。

「ていうか、何部屋あるんだよ…！」

「4LDKかな」

「一人で⁉」

「まあ、半分は物置って感じだけど」

「物置って、そんな……！」

と、手近にあったドアを開けると、その部屋もますます冷やっこい。そして、部屋いっぱいに、発泡スチロールのトロ箱が天井のシーリングライトすれすれまでびっしり積み重なっていた。人が入れる場所は、一畳ほどしかない。

「そろそろ、その部屋がいっぱいになっちゃうんだ」

背後からした声の異様さに振り返ると、俯いたトオルの顔は不気味にゆがんでいた。そして、よほど冷たいのか、雪国の女の子みたいに頬が赤くなっていた。

「これって、一体……？」

「え、アレだよ。送る前の、アレ」

「アレ……？」

「そう、アレ」

「わけがわからないし、おっかねえよ……これじゃみんなに自慢できねえし……スべっちゃうよ……」

「ここまで来て何を言ってるのさ。信じられないかも知れないけど、僕は不精者だって言ったじゃないか。君に来てもらえば、こんな僕も仲間に入れてもらえるかなと思ったんだけど」

「話せるようなことじゃないんだろ、いやだよ。気味悪いよ。俺、帰る。意外と繊細だし、ヤバいことには関わらないように、悪ノリ写真とかも身内にとどめて、ツイッターとかもしないって自分にきちんとルール科して、そういうことをやっちゃいそうな奴にはちょっと威圧的にからんで間違いが起こらないように牽制しながら上手にやりくりして、ついでに言うと例えばほら、あの、種田ゆかりみたいなややこしくなる女とは絶対にヤらないようにしながら生きてるんだ。俺、帰るから」

「待ってよ」

「待たないよ。コレのことも、まだ何も知らないから、黙っておくし。大丈夫だよ。俺、口堅いんだ。今日はごめんな」

俺はトオルのわきを通って帰ろうとしたが、細い体でふさがれた。

「わからないなんて、嘘ついちゃって」

「嘘じゃないよ、なんだよコレ、こんなにいっぱい。箱、箱、箱。わからないよ、通してくれよ！」

力尽くでどかして通ろうとしたが、びくともしない。どこにこんな力が。恐ろしい程のパワーだぜ。フットサルサークルに入ってはいても運動だけはからっきしなのでムードメーカーを務めて幹事とかも惨めに映らない程度に適度にがんばってきた俺のこと、でも俺、その俺だから、今回はヤバいと思った。

「今回はヤバい」

「みんなやってることじゃない」

「やってないよ、こんなことは。頼むよ、出してくれ。今日のことはなかったことにしよう。寒いし、こわいし、いやだ！」

「もっと部屋の中に入りなよ。しらばっくれるんじゃないんだよ」

壁のように立ちふさがっている本気名倉トオル。ドアの枠にぴったりはまって、どんなに押しても微動だにしない。でも、触れていると、そこに満ちて今にも飛び出して襲いかかってきそうな恐ろしい力で、小便ちびりそう。

俺は離れて、部屋の中の、スチロール箱のそばまで来て、深呼吸して、異変に気づいた。

「くさい……」

「そうだよ、当たり前だ」

「うんこくさいよ……」

俺は泣いていた。寒いし、怖いし、うんこくさいし、泣いちゃった。

「当たり前じゃないか。うんこじゃないか」

「ヤバいよ、君は……」

「ヤバいことはないよ」

「だってこんなに、もしかして、コレ全部……ヤバい……」

俺はこんな時にもヤバいヤバいとしか言えないのかと情けなくなった。ヤバいヤバいと繰り返してきたのは、俺が棲んでいる人間関係の中に、ヤバさが全く無かったからだ。俺達は外の世界を見なくて済むように、今いる内の世界を完結させるために、ヤバいヤバいと言うしかなかったんだ。

自分達にあるものと、ないものを、俺達は痛いほどわかっていた。わかっていたから、決して言及しなかった。言葉にしなきゃ、無いのと一緒だから。そして逆に、ラーメンの大盛り具合に、飲めばそうなる泥酔の具合に、ヤバいヤバいと口出すことで、ヤバさを有ることにした。実際、俺達は何にもヤバくない。外の世界には本当にヤバイ奴がいる。そんな当たり前の真実を知ったら、というか目の当たりにしてしまったら、俺達は自分の世界の狭さを思い知ることになる。そうなったら、俺達はそこにいられない。俺達がこの世界で一番でいるためには、世界は俺達だけであるべきだった。学生なのに起業したり、世界中の山に登ったりはもってのほか。インドなんか絶対に行っちゃダメだ。資格を取ろうとしたり、真面目に勉強するのだってダメだ。そんな奴は俺の周りにいちゃならない。時間を早めることはしちゃいけない。どうせ俺達は、モラトリアムを終えたら、一応出来は悪くないし、そこそこの職について、何にもヤバくない世界で、またぞろヤバいヤバいと自分に時々言い聞かせて細々生きていくしかないんだ。なら、この数年を好きに生きて、大人になって、あの頃はヤバかったし実際にヤバいと口でも言ってたし相当ヤバくらかしてたんだな、俺の人生はヤバかったと振り返るぐらい、誰にも迷惑をかけてないし、いいじゃないか。本当にヤバい奴は、そんなことに関わらず、ずっとヤバいんだから。

「芝くん、どうしたのさ、何がヤバいのさ」

「いや、その逆だよ。全然、ヤバくなかったんだ……」

「そうだろ」

涙が止まらなかった。悲しいわけじゃない、でも、おさえることができなかった。実家に帰りたい。もう疲れた。この生活に疲れ果てていたんだ。お母さんの顔を思い浮かべた時、まちがいがおこった。

「ヤバい……」

「え？」

「うんこしちゃった……」

白状した。もう俺はボロボロだった。少しとかじゃなく、全部出ていた。寒いし、怖いし、うんこくさいし、うんこしてたし、どうしようかなと思った。

「困るよ、箱の中でしてくれなきゃ。さあ、早く脱いで」

「え……？」

有無を言わさず俺の前にかがみこむトオルの頭頂部を見ていたら、足が震えてきて、うんこがさらに出た。全部出たと思っていたさらに上をいって全部出た。少しおかしかった。

トオルは気にせず、俺のベルトをゆるめて、ボタンを外し、そのまま下にずり下ろした。

恥はなかった。それ以上におびえながら、しかし母親に頼るように、されるがままにしていたし、トオルの肩に手をつきさえした。そして、幼い頃そうされる時そうしていたように、目をつむっていた。片足ずつ抜き取られると同時に、細いズボンから温かい湿気が放たれる。元々うんこくさい空間で、今でしょ！　と新鮮な感じのする臭いが自分の鼻までのぼってきた。

「よし、あとはこいつだけだね」

トオルは俺のボクサーパンツのゴムを引っ張ってパチンと弾いた。

たっぷり出た硬さのある糞がパンツの上でゆさゆさ揺れるのを下半身に感じて俺は情けない。

「君、カルバンクラインって名前なの？」

トオルが俺を見上げてわざとらしい口調で言った。

「え？　それはブランドの名前……」

「いや、ごめん、なんでもないよ」

何を言ってるんだ。さっきも言ったろ。本当にヤバい奴は、ずっとヤバイんだから、俺のことなんかほっといてくれていいじゃないか。いや、色気を出したのは俺か。俺が、我慢できなかったんだ。本当はヤバくない生活に厭気《いやけ》が差してたんだ。なんかむかついてたんだ。ほんのちょっとでいいから、ヤバさのスパイスを加えたかったたんだ。

「ずるり」

トオルはそう言って俺のパンツを下ろした。やはりイヤなのか、顔をしかめて口を結んで、鼻の穴はふくらんで強張っている。息を止めているんだ。

尻が寒い。臭い。助けてくれ。

俺は相変らずこの家の全てが恐ろしく、震えながら従うしかなかった。

彼は平気を装って俺を見上げた。

「こういう硬いやつは実に助かるよね。僕のもこんなだったらな。これは、すぐに送るよ」

「これを、送るの…？」

「そうだよ。そういうもんじゃないか。そうしてるだろ」

「誰に送るの？」

「ネットで調べて、適当にだよ」

「それで？」

「それで終わりじゃないか」

「終わり？」

「送ってこられた人は、またそれをどこかに送る。そうやって汚いものが日本中の道路を飛び交い営業所の不手際で暖まることで、街や部屋がキレイに保たれる。物体は移動し続けるんだ」

「何を言ってるの……？」

「僕はちょっと面倒がりだから、こうしてためこんでしまっているけど……みんな狭い家だし、ちゃんとやってるだろう」

「誰もそんなことしてないよ」

「なんでさ。だって、時々、誰かから送られてくるよ」

「それは、君が出したやつが戻ってきてるんだろ」

トオルは俺に軽蔑の目を向けていた。

「じゃあ、君は部屋に垂れ流してるの？」

「いや、トイレでしてるよ」

「トイレ？」

「この家にもあるだろ。こんだけ広いんだ、あるはずだよ。広くなくったって、誰の家にだってあるんだから」

「そりゃあるよ、おしっこするから」

「うんこもしていいんだよ」

「ダメだよ、こんなものが流れるはずないじゃないか。君のコレ、見てみろよ。しかと見てよく考えてみろ。でっかいうんこしやがって。こんなものがあんな小さい穴に流れるはずない」

トオルは真面目な顔で言った。口の端に泡が溜まり始めていた。

「だって、みんなそうしてるよ……」

「何を言ってるんだ。頭がおかしいよ」

「え、だからそういうふうに」

「バカを言って。だいたい、君は大学の授業だってろくに受けてないじゃないか」

トオルは立ち上がり、パンツを足首まで下ろした俺を置いて部屋を出た。不機嫌そうな物音が響いたかと思うと間もなく、空のトロ箱を持って戻ってきた。それを俺の前に放り出した。

「さっさとそれを入れて」

必死に感情を出さないようにしているのがわかった。俺の心に新たな恐怖が満たされ始める。これ以上怒らせてしまうと、本当にまずいことになる。俺はうんこがこぼれないよう気をつけて足を抜いて、パンツごと入れようとした。なんて臭いんだ。なんてお尻がかゆいんだ。

「パンツは入れないよ当たり前だろ！」

「ごめん」

「常識じゃないか」

しかし、パンツをひっくり返してうんこだけ入れても本当にいいものか戸惑って、マンゴーみたいに出したりしまったりしていると、

「急げ！」

と怒声が飛んだ。反射的にゴロリとうんこを出す。ドドッ、ドッと物質的な音がした。

ピロリロリン。

血の気が引いて楽しい音のした方を見ると、トオルはいつの間にか俺に向かってスマホを構えていた。

「改めて人のやってるのを見ると、不思議な感覚だね」

俺は呆けて立ち尽くしていた。トオルは盛んに何かスマホを操作し、一段落して微笑みを浮かべた。

「ヤバいね」

えりり、ジャーマネを殺す

えりりはテレビ局の控え室で、今日買ったばかりなのに血に染まりきった包丁を持って、肩で息をしながら立ち尽くしていた。

目の前にはジャーマネの死体。

えりりはジャーマネを刺した。胸を一突きした。物怖じしないと評されるだけあって、殺してしまっても包丁は落とさなかった。それから何度か刺してみたが、既読もつかないみたいに反応がなくなり、死んだとわかった。

付き合っているモデル出身俳優に「殺してもーた」と写真もうpしたのにこちらは本当に既読スルーされたえりりはもはやすがる神も父も母もいなかった。それを売りにしていた。

「えりりさん、出番です!」部屋の外からＡＤの声が聞こえた。

「は〜い」とえりりは刺した衝撃で壁にはりついたままになっているジャーマネの死体を眺めた。

「あの、お弁当いただいてから!」

「困ります!」

「ちょっとだけなんです」えりりは包丁を強く握りしめた。「あとはチクワに青のりかけて揚げたやつ半分と、あとコーンの入ってるコロッケだけなんです」

「困ります！」

「コロッケはもともと半分なんです、切ってあって。なんでこんなことするんですかね？」

「知りません、困ります、巻きでお願いします！」

「巻きってなんですか？」

「これだからポッと出のアイドルは！」とＡＤはあきれたように言った。「是が非でも巻いてくれないと困ります！」

「なんで！」急に吠え、ジャーマネの死体の口に包丁を突っ込むえりり。「どして！」と言うと同時に包丁人味平の手つきで口角を水平に切り裂いた。

ＡＤに感情など伝わらない。「筧さんとか、みんな待ってます！」とおかまいなしに叫んできた。

「みんなって誰‼」一歩、二歩、三歩と、頬からあごにかけての皮が手前に垂れて下の歯が丸見えになっているジャーマネの死体から遠ざかるえりり。「筧も誰！」

「島崎さんとか、増田さんとか、みんな待ってます！」

えりりは食べかけの弁当が置いてあるテーブルまで下がると、仁王立ちになって大きく息をついた。「どっちも誰よ」と聞こえないように言い、両手でしっかり握りしめた包丁を脇腹のあたりに固定した。

「けっこう有名なタレントさん達です！」と耳のいいＡＤがドアをガンガン叩いた。

「それはあんたの……！」と言いながら走り出すえりり。小柄な体をさらに低め、ヒラヒラのついた衣装を着て、まるで鉄砲玉のお姫様。頭をジャーマネの肩口あたりにぶつけるようにしてその腹に包丁を思いきり突き立てると同時に叫ぶ。「感覚でしょ！」ドンと大きな音がして、ジャーマネの死体の足が衝撃で跳ね上がった。

「筧さんが待ってるんですよ！」これでは埒が明かないと踏んだＡＤは狙いをしぼって叫んだ。

「だから知らない！」とえりりはジャーマネの死体に密着し、血のにおいのむせかえりを浴びながら、一番筋肉の手応えがある太ももに何度も包丁を突き立てながら言った。「そんな奴知らない！」何度も何度も突き立てた。「誰が何と言おうと知らない！　知らない！　知らない！」

「そんなこと言われても困ります！」

「聞いたこともない！　そんな名字は！」だんだん手応えがなくなってきた大臀筋をあきらめて再び腹に包丁を今度は深く差し込んだえりりは、ジャーマネの死体を壁からひっぺがし、そのまま自分ごと移動を始めた。「存在！　しない！　名字を！　してる！」とジャーマネの血だらけサマーニットに口をとられながらも怒鳴った。口に含んでジュージュー血を吸った。

「普通に色々活動されてるんで、困ります！」

「あたしに、関係ないから！」とさすがに重いか苦しそうに言って、えりりはジャーマネの死体ごと、ＡＤが外にいるドアに向かってほぼ対角線を走り出す。「そういう感覚っ、ぜんぜんっ、わかんっ、ないからっ」足取りは力強く、ぼちぼち死後硬直の始まっているジャーマネの体がしんなりくの字に折れて宙を駆けるほどだ。「ほんとにっ、腹立ってて っ、しょうがっ、ないっ、かっ、らっ！」

えりりはジャーマネの死体ごとドアを突き破った。すさまじい勢いで倒れたドアによってＡＤがたちまち圧死。皮肉なことに、彼が何より愛したテレビ局の重々しい金属のドアが命取りになった。遡行する導火線のように血がひとすじ漏れ出し、タレント達に収録開始を告げなければという使命感がその血にも流れていたとでも言うように長い廊下を進み始めた。

しかしその必要はなかった。そこには騒ぎを聞きつけて相部屋の楽屋を出てきた筧さんと島崎さんがいた。見開いた四つの目がえりりとジャーマネの惨殺死体に向けられた。

えりりもまた大きく目を見開いて、声を出すこともできない島崎さんの姿に釘付けになっていた。彼女は思わず「見たことある……」とつぶやいていた。「生放送の、司会の……」そして男性の方にゆっくりと目をやり、首を傾げ、手を差し向けた。「……と？」

乳房になった女

右乳房が気の強そうな女性の顔になる奇病にかかってしまった十五歳の野良子《のらこ》は、その女をメイサと名付けた。その夜、お気に入りのブラジャーを食い破られた。

風呂場の脱衣所で、眼帯みたいになってしまったブラジャーを手に、思案に暮れる野良子。鏡に映ったメイサはつんと上を向いている。見つめられているのに気づくと、鏡越しに女優の迫力でにらみつけてきた。野良子は目を逸らした。表情豊かだが、喋ったことはない。

こんなことでは、わたしは一生、処女なのではないかしら。湯につかりながら野良子は考える。メイサも、湯の中にいる時ばかりは息を止めて神妙にしているので、一日のうちで野良子が落ち着けるのは、風呂に入っている時だけなのである。そのうち湯の中で目を見開き苦しそうに顔をこわばらせ始めるので、意気地のない野良子は背筋をのばして湯から上げてやる。ぱぁ、と唇の離れる音がする。また湯につけると口を閉じる。上げる。ぱぁ。野良子は気が狂いそうになる。

突然、格子のはまった風呂場の窓がガラリと開いて、野良子は肩を飛び上がらせて驚いた。その奥に黒い目出し帽の顔があることを知ると、目を見開き、身じろぎし、固まった。波打った湯から、ぱぁ、という音が聞こえた。

目出し帽からのぞく充血した二つの目は、野良子に突き立てられていた。アルミ製の格子や目出し帽のせいで顔がほとんど隠れているのに、レイプをしたいという表情を読み取ることができた。レイプをしたいという気持ちは何よりもすごいので、いとも簡単に、少し持ち上げるようにしただけで、アルミ製の格子が丸ごとはがされてしまった。この男のような気持ちで全ての力仕事が遂行されるのだとしたら、人類はもっと進歩を遂げていたにちがいない。

男が窓の桟に足をかけて乗りこんでくると、肌に影を落としたような股ぐらが見えて、下に何もはいていないことが知れた。かなり頭のいい男である。

「い、いやー」と野良子は覇気のない悲鳴をあげた。慣れてないからだ。

「そんな感じで静かにしといてください。お願いします。ありがとございます」声は若かった。自分よりも年下だろうと野良子は思った。

レイプ犯は湯船の中に立ってすね毛のほとんどない脚を膝まで濡らしながら、ちびた鉛筆のような性器を野良子の目の前にさらした。白い肌がきめ細やかで、やはり年下だろうと思われた。

「くわえんのどうスか！」その少年が圧力鍋から漏れ出すような声でささやいた。

野良子はどういうわけか咳払いした。それで一瞬、気が逸れたらしく、相手は何かに気づいた。

「あ、いい女！　芸能人？」

弾むような声だった。野良子の胸のメイサを見て声をあげたのだ。彼は腰を落としつつ、みすぼらしい性器をそこに向けて出発させた。

ぱぁ。メイサは口を開いて彼の鉛筆を迎え入れた。さしこまれた性器が見えなくなった瞬間、口がすぼまってはっきりした線が両頬に走った。少年と野良子は「あっ」と同時に声をあげた。野良子の顔にはTシャツをまくり上げた少年のやせた熱い腹が顔に押しつけられていたが、まったくそれどころではなかった。

少年は天井を見ながら、引けそうになる腰を快楽のために必死に前へ押しこんでいた。

その時、メイサの頬がこわばった。同時に、じゅりっという音が胸の方でした。

「あ？」と少年は情けない不鮮明な声を出した。

何か野良子の想像を絶することが起きたのだが、十五の彼女にはわけもわからず震えていることしかできなかった。

「あ、あ」とすがるような声を断続的に出しながら、少年がゆっくりと腰を引いた。引き抜くようなその動きにもかかわらず、メイサの口からは何も出て来はしなかった。そこにはあるべき何もなく、ただ下腹部が離れたのである。

メイサは思いきり頬をふくらませた。その口元から血が垂れていることに野良子が気づいた瞬間、赤い霧がはしたない音とともに勢いよく噴き出された。

その音と飛沫に驚き、自らの血を浴びてレイプ道具を失った少年は青ざめた顔で元来た窓から飛び出していった。

にわかに風呂場に静寂が訪れた。野良子は、血に染まった風呂の中でメイサを見下ろしていた。

メイサは喉を鳴らして何かを飲みこんだ。

呆然としている野良子は、深く、ゆっくりと息を吸いこんだ。空気が胸に満たされると、腹の中へ何かが降りていくのを感じた。腹痛ともちがう染み込むような鈍痛に野良子は顔をしかめた。痛みがナイフのように鋭くなりながら下へ下へと極まってきた。「痛い痛い痛い痛いたいたいたい！」裂けるような痛みを未熟な性器に感じた刹那、かたい小さなものが奥からつるりと出てきてひっかかった。指でつまみ出して、かたさに驚き、湯の中に放すと、それは、今は野良子の血でますます赤くなってくる湯の中を揺れながら浮いてきた。

ぴょこんと湯面に立ちあがるように顔を出し、横倒しになってぷかぷか浮いているのは、先ほど目の前で見た鉛筆のようなペニスだった。それは何か膜のようなものに包まれていた。

「それが処女膜」驚いている野良子にメイサが初めて声をかけた。

冬のザボエラ

「熱帯魚見せて」「マンガ見せて」の乱れうちによって、サークルの飲み会おわりで芋川さんの一人暮らしの家に招かれた俺。熱帯魚はみんな死んでたし、たくさん持ってると言っていたマンガは俺の持ってる千分の一しかなかった。というか『ダイの大冒険』しかなかった。でも俺はそれでよかった。

二時間、俺は一言たりとも、いや、最初に「ダイの大冒険で誰がいちばん――」「ザボエラ」と答えた以外は一言も喋らなかった。気まずすぎる。慣れていないからだ。加湿器だけがひそひそ話みたいな音を立てていた。

しびれを切らせたのは芋川さんだった。

「お腹すいてない？　ラーメンか何か作ろうか？」

「ザボエラ」

突然話しかけられたからまたザボエラと言ってしまったし、俺は女の子の部屋に初めて入ったというのに二時間、妖魔士団長の名前しか言わない体たらくだが、どういうわけか芋川さんには伝わったらしい。

「ちょっと待っててね」

彼女がキッチンと隔てるドアを閉めた瞬間、俺は動き出した。いったいぜんたい、あんともちゅうともねえこんな状況からどうやってどうすれば、俺のセ・リーグと彼女のパ・リーグが戦うことになるのやら……もっと、もっと俺の存在を彼女のドたまにはっきりくっきり植えつける必要がある。今日だけじゃ無理かもしれない。そもそも恋愛というのはそういうものだと聞いている。即アポ即ハメなんて都合のいい話があってたまるか。己の全てを異性に刻みつけるのだ。恋のザラキをかけ続けるのだ。最後の最後、勝利の女神が微笑むか頬をひっぱたくか股を開くかするその瞬間までがんばりつづけろ……俺は部屋の隅であいかわらず辛気くさい音をたてている加湿器に目を光らせた。

加湿器のタンクを外し、一分一秒もムダにしてられねえとばかりに返す刀でズボンもパンツも下ろす。

二時間も経っていたせいで、タンクの水は半分ほどになっていた。口ほどにもない。キャップをはずし、そこにおしっこした。こうすることで、俺のフェロモンが彼女の室内に適湿で満ち、俺の成分が、毎日の呼吸を通して、彼女の体内に蓄積していくことだろう。そして、朝起きた時、のど痛くないだろう。いたわりの気持ちに満ちた完璧な作戦だ。

「ねえ、なにか飲む?」

芋川さんがキッチンから声をかけてきた。心臓の中でゴリラが暴れ始めるが、俺はとっさに答えた。

「いや、いいよ……俺、汁も飲むから、それでいいよ！」

言ってから、そんなおかしい話があるかと不安になった。それでも俺にできることといえば、尿を音なく伝わせながら返事を待つことのみ。

「ザボエラ」

彼女はそう言った。それが了解の合図だとはっきりわかった。俺たちに与えられたこのわずかな時間に約束された、秘密の合図だとわかった。

体中に風がふきこんだ。俺はそれを、またてっきり、冷たいものと勘違いした。ただし違った。それはあたたかい。俺の心の閑散とした部屋、冷たい洗面所の空っぽの棚、そこに、つぎからつぎへ色とりどりのバスタオルがつみかさなってやわらかそうに跳ねているような、そんな感覚……。手にかかる異常な重たさが、俺を正気に戻らせた。透けているタンクはほぼ満タン、そして真っ黄色になろうとしていた。タンクはまるでお徳用のオロナミンCのよう。俺は尿を止めた。

「と、止まらないッ!?」

止まらなかった。いくら下腹部に力をこめても、ぜんぜん尿が止まらない。俺はタンクを左手だけに持ちかえる。そして、空いた右手の人差し指で、玉どめする時のように、包皮を一周まきとった。包皮の内部に尿がたまり、爆発的にふくらむ。落ち着け。まだ大丈夫だ。セルだってだいぶ膨らんでから爆発したじゃないか。

俺は右手の空いた指でキャップを閉めようとする。キャップが膨らみきった包皮にこすれて、かなり危ない。その間も、尿はめちゃくちゃに出ているのだ。どうしたんだろうね、と思うほどだ。

俺はなんとか耐えた。キャップを閉め、タンクを加湿器に戻すことに成功した。しかし、そこでもう限界だった。今や具が三つ入りのひどいおにぎりほどに膨らんだチンチンは、どんな手を講じようと、一秒も持たずに爆発するであろうことがはっきりとわかった。

体が勝手に動いていた。俺は生まれて初めてバク転していた。無論、片手だけ。跳んだ。キモオタの俺に、なぜこんな事が……？　美しい弧を描いた、俺の膨らんだ下半身。そこが、そこだけが、背後にある、熱帯魚の、水槽に、突っ込んだッ！

腐りかけのぬるたい水の中で、俺は右手を解放した。吐き出された温水が、すさまじい水圧で黄色い風となり、砂を巻き上げ、死んだ熱帯魚を浮かび上がらせ、ガラスにはりつかせた。

「勝った……」

と俺は言った。だが違った。尿は止まっていなかった。俺は、飲み会であんなに酒を飲んだのに、トイレに一回も行かなかったのである。君と話すのが楽しくて、嬉しくて、一度も行かなかった。わずかな時間がおしかった。君が、誰か他の人と話すのがこわかった。

水槽はもうあふれそうだった。これ以上、ここに長くはいられない。どうすればいい？　水槽にちんちんだけ浸けたカエルの姿勢で部屋を見回す俺が鏡に映った。俺は情けなくも、悲しくもならなかった。まぎれもなく、彼女の部屋にいるのだということがわかったから。それなのにどうしてこんなことに。俺の顔は、くるおしい涙でゆがんでいた。鏡の奥に、彼女の本棚が見えた。

「できたよ～」

と言ってドアを開けた時、私はほんとうにびっくりした。

及川くんが、私の本棚に向かって、おしっこをかけていたから。そして、及川くんが泣いているのがわかって、もっとびっくりした。

及川くんは、私の『ダイの大冒険』におしっこをかけながら、そのあたり一面をびしょびしょにしながら、おしっこの匂いで充満した部屋の空気をふるわせて、苦しそうな声で、今まで聞いたことがないほど、たくさん喋った。

「ぜんぜん吸わないよ。ぜんぜん吸わない……芋川さん、きみはぜんぜんマンガ持ってないじゃないか…ぼくの千分の一も持ってないじゃないか……だからぜんぜん吸わないんだよ、ガッカリだよ……誰もみんな変わらないでいてくれと願うのに、そんなことなどありえない。勝手に期待して、勝手にがっかりして、されて……。ぼくはザボエラのようになりたい、このまま自分のいい時間がずっと続けばいいと思っていたザボエラに。そのためなら誰にも省みられることなく、何でもやり、やろうとしたザボエラに……立派に死んだザボエラに………」

私はヒュンケルが好き。及川くんが好き。あと最近ハマってるのは史群アル仙、ドーワッツチョコ&クランチ。掃除をして、マンガも捨てなきゃ。

すきなひとには二度と逢わない

教室に入ると、すきなひとが三人、なんでもないひとが十九人、あとの八人はきらいです。とくにまんなかの方でつんとすましているあの女の子と、いちばん後ろの、いまにもしゃべり出しそうに身をのりだして目をかっと開いた男の子、あれは大きらい。

みんなおなじ人間、顔があって目がふたつ、鼻がひとつに口ひとつ、髪の毛でふたをされて、お弁当箱のようにおさまっているのに、それでも、どうしてこう、すきやきらいがあるのだろう。でも、お弁当箱にだって理屈なく、色がいいとかわるいとか、形が丸くて愛らしいとか、すきもきらいもあるんだから、ひとにないのはおかしな話だ。

「お、お前は、今朝の！」

わたしが名前を言う前に、その、いちばん後ろの席の男の子が立ち上がって大声を上げた。どうやらすごくおどろいて、顔が上気している。

「お前が転校生⁉」

わたしにはわけがわからない。まばたきだけをなんども打った。

「朝に何かあったの？」と先生が男の子にきいた。

「角でぶつかったんです！　その時、そいつ、パンくわえてて……」

「杉田くん」と先生がさえぎった。「そいつなんて言うもんじゃありません」

高い声でみんなが笑った。わたしもすかさずはにかんでみせる。

「そうだよな⁉」と彼はわたしに言った。

わたしは黙った。先生は、あわれなほど不安そうになって、わたしと男の子を交互に見くらべた。そしてとうとうみんなの方を見ることにして、言った。

「実は彼女、神林さんは、すぐに記憶がなくなってしまう病気、病気というか症状なのです。朝のことも、覚えていないんです」

どよめいたり、顔を見合わせたり、やばくない？　と後ろをむいてささやいてみたり、クラスはにわかにさわがしくなった。

わたしはわたしの好きなひとたちだけが息をひそめているのを見ながら、つぶされそうな胸をまもろうとして、大きく息をすいこんでみた。

「やばくなんかありません。みんな、それをよくわかって、仲良くしてあげてください」

やばくなんかありません。仲良くしてあげてください。きっとわたしだけが、その言葉を心のうちがわでくりかえした。どうして、やばくありませんなんて、苦い苦い芽をつみとって、それをつんだとみんなに見せるのだろう。どうして、わたしが仲良くしてもらわなければいけないのだろう。

それに、わたしは、ほんとうは、すきなひとのことはおぼえていられるのだ。

きらいなひとのことや、どうでもいいひとのことは、何があろうとおぼえていられないけど、すきなひとなら、名前も、すきな食べものも、誕生日も、兄弟が何人いて、何才なのかだって、ちゃんとおぼえていられる。

でも、お母さんは、それでは多くのひとにうとまれるのだから、生きていくにはかくさなければいけないと言う。わたしが、心と体にまかせて、よろこんですることは、いずれ不幸につながるのだそうだ。因果応報。お母さんはそう言った。だから、わたしはおぼえられない。すきでもきらいでも、そんなことはわからない。なんにも、ひとつも、おぼえられない。

休み時間になって、ひとがずらりとわたしの机をかこみはじめた。初めて見るように思われるそのひとたちは、どれもみんな、きらいなひとだと思った。彼らの、蜘蛛がねばねばした横糸をはるような、不らちな仲のよさを、わたしは感じとった。

「ね、マジで朝のこと、覚えてないの?」

その中でもとくべついやに思える男の子から、なれなれしい、さわやかな縦糸がさしだされて、わたしの胸はさわいだ。いったい、朝になにがあったというんだろう。きらいなひとたちの吐く息で、空気がせまい。重たく重たくのしかかる。

「なに、杉田、もしかしてこの子のこと好きなの?」

女の子がちゃかすような、おこるような調子で言って、わたしはこの女の子、大きらいだと思った。顔もかわいいけど、目もぱっちりしているけれども、腕もほっそりして、髪もつやつやだけれど、声もきれいだけど、全部あわせたら、すごくきらいな女の子だと思った。

「杉田ってね、足めっちゃ速いんだよ」

「そうなの。速く走れるってすごいよね。わたしはすっごくおそいから、あこがれる」知るもんか。

きらいなひとの足が速いのなんて知るもんか。

「ねえ、この前のタイム、なんだっけ？」知るもんか。

「七秒二」知るもんか。

きらいなひとたちのすき間から、外を見ると、わたしのすきだと思ったひとたちの何人か、教室のすみのほうで、きっといつもとおなじように、他愛ないおしゃべりをしたり、のんきにひとりですごしたりしている。わたしは、なんとしても、あのひとたちとお友だちになりたいものだと考えた。でも、それもできやしない。お母さんと約束したんだから。わたしは、あのすばらしいひとたちのことも、誰ひとり覚えていられないのだから。

「ねえ、マジで朝のことさ、覚えてないの⁉」

わたしはきらいなひとに何度も会う。何度も何度も出会いを重ね、そのたびに、何度も何度も、くりかえし、イヤだ、きらいだと思うのだ。それなのに、すきなひとには二度と逢わない。

工場見学

「ほら、みんな、説明してくださるって！　ちゃんと聞きなさい！」

スーツを着た化粧の濃い三十代の教師が叫ばなくても、体操座りで並んだ子どもたち全員の目は、その巨大な装置に注がれていた。

それは、五〇センチ四方の立方体の金属の塊が六つ組み合わさったような形をした機械である。それぞれの立方体には、床に固定されているもの以外には、ほぼ同じ太さの頑丈なアームがついており、天井、床、四方の壁にしっかりと取り付けられていた。

メガネをかけた背の小さい中年の男は「沼田さん」と紹介されていた。一礼して、肉声で話し始める。室内は大仰な機械がある割にとても静かだった。

「えー、こんな風に、それぞれの金属に鉄製の腕がついて壁や天井の方に伸びていますけれど、この壁や天井の向こう側に、ものすごいパワーで押してくる大型の装置があります。みなさんの教室ぐらいの大きさで、様々な油圧駆動機関がからみあって、とても複雑です。かなり大きな力が生まれるので、その力でもって、五つの方向からギュッギュッと順番に押していきます。下の土台は動きません。これが圧縮のやり方です」

そこで、沼田さんは立方体の集まったところまで歩み寄ってきた。子どもたちの視線が、沼田さんに移動し、再び戻った。

「そして、この一番大事な圧縮するところ、上から一番、奥にあるものから時計回りに二番、三番、四番、五番と番号が振ってあります。一番プレス、二番プレスというようにこちらでは呼んでいます。この四角くなっている黒い金属は二ホウ化レニウムという、とても硬い金属です。ダイヤモンドと同じくらいの硬さですね。ただ、それにしてはとても安価なので、こういった機械には重宝されています。さて、これは今、プレスが五つ、ぴったり重なっていますけれど……」

と、沼田さんは操作レバーを担当している別の作業員に合図をした。赤い操作レバーが反対側に倒され、静かな振動音とともにアームが縮んで、立方体の集合が六つにほどけていった。

「このように、中に空間ができているわけですね。上のものが、一番です。こうなると、わかりやすいですね。さっきは少しわかりにくかったので、今、確認してみてください。ただ、説明ばかりではつまらないから、実際にやってみた方がはやいですし、やってみましょう」

沼田さんが自嘲気味に笑って言うと、ややあって一匹のニホンザルが連れてこられた。よくなついているようで、作業員の持つヒモにひかれて大人しくついてきていて実に可愛らしい。子どもたちからほのかな歓声があがった。

「かわいいでしょう。この子を中に入れます。普段から一日二回、訓練してこの圧縮機の上でエサを食べさせるようにしているので、大人しくのるんですね、かしこいですね」

確かに、ニホンザルは自分から、中央の、土台となる立方体に飛び乗って、ちょこんと座って待っている。

「ではお願いします」

メガネの男が言って手を上げると、再び、操作レバーが逆に倒された。

すると、また静かな振動と機械音がして、上下左右のアームが伸びていった。サルは動じない。その訓練もされているらしい。やがて、六つの立方体の辺が互いにぴったり重なり合うようにして、サルが内部に閉じ込められた。一度、高い声で鳴いたが、その間にも金属の塊が容赦なく狭まっていく。

「このあたりで、一度止まります」

言うがはやいか、実際に機械が止まった。内部がどれくらいの大きさになったか、子どもたちは興味津々といった様子で見つめている。

「このあたりで、サルの方ではいつもとちがうということに感づいています。少し鳴いていますが、この子はまだ鳴かない方ですね。ちょうど五〇センチ四方の空間で、体勢的にも、ほとんど動けない状態です。では、ここで質問です。どうしていったん止めるんだと思いますか？」

子どもたちは何にも言わず、沼田さんを大きな瞳で見上げていた。沼田さんは一人の男子を見た。しかし、再度訊くようなことはしなかった。

「ほら、鈴木くん、立って！」

後ろから飛んできた教師の声にうながされて、鈴木くんは少し恥ずかしそうに立つと、おしりを軽くはらって言った。

「サルに、心の準備をさせるため？」

「すごい、半分正解です！」

沼田さんが笑い、周りを囲んでいる大方の作業員から軽い拍手が鳴り響いた。

「すごいじゃないの、鈴木くん」

教師は破顔一笑といった様子で声と拍手を響かせ、生徒たちもそれにつられて拍手を送り、場は和やかな雰囲気に包まれた。鈴木くんははにかみながら座った。

「そう、一旦機械が止まるのは、いま鈴木くんが言ってくれたように、サルに心の準備をさせるため。それから、体の準備をさせるためなんです。というのも、サルの体勢が悪いと、圧縮する時に、ちょっと時間がかかってしまったり、いびつになってしまったりするんですね」

何人かの生徒が、開いたままにしてあったしおりにメモを取った。沼田さんはそれを見て取り、少しの時間を与えるように待った。後ろから教師が「ほら、メモを取ってない人はあとでレポートが書けないからね！」とせき立てると、残りの生徒たちも背を丸めて慌ただしく書き込みを始めた。

沼田さんは声の速度をゆるめて、さっきと同じことをもう一度言うと、さらにそのまま続けた。

「今この中で、サルはちょうどお母さんのお腹の中にいる時のような体勢になっています。こうして狭い場所に閉じ込められると、不思議なことに、全てのサルが自然とそういう体勢を取るんです。遺伝子に刻まれている本能なのかも知れません。そして、これも不思議なのですが、サルはこの時、物音ひとつたてず、鳴きもせず、じっとするようになります。先ほどからそうですね。それから、一分も待てば十分です。ではみなさん、準備はよさそうですか」

「すみません！」

女の子が一人、切羽詰まった大声で手を上げた。

「はい、なんでしょうか」

「血とかは出ませんか？　あんなに、ぎりぎりのところでつながっているから、力がかかって漏れてきたりとかしそうで……」

「機械の計算でぴったり重なって、見えづらいけどパッキンもついているので、血や体液が外に出ることはありません。ただし、完全な密封だと空気圧や液体の圧力で圧縮ができなくなるので都合が悪い。ということで、途中でちょっとした工夫があります。その時も、血が出ることはありません。これで安心できたかな？」

「はい、大丈夫です。ありがとうございます」

「いいえ。では始めます」

満足そうな沼田さんの合図で、今度は青い操作レバーが倒されると、けたたましい警報音が鳴り響き、まず、天井の一番プレスがゆっくりと下がり始めた。

「はじめは破砕の工程なので、ゆっくりしたスピードです。いちばん硬いのが頭蓋骨ですから、そこで甲高い音が鳴ります」

と、一度、サルの弱々しい鳴き声が聞こえたような気がした。子どもたちは耳をそばだてた。密閉された内部から発せられたものだから、本当はすさまじい咆哮かも知れなかった。

続けて、骨が割れ砕ける衝撃音が金属ごしに高く響いた。しかし、それも一瞬、やがて一番プレスはほとんど下の土台とぴったりくっついて、他のプレスの中央部におさまり、子どもたちのところからは手前の四番プレスに重なって見えなくなった。

一番プレスがゆっくりと、元の位置に戻った。続いて、二番プレスと四番プレスが同時に動き出した。四番プレスのアームは子どもたちの群れを二分するように壁から伸びていたので、子どもたちは上を見上げた。縦方向よりも横方向のアームが伸びる音の方が心なしかうるさいようで、その旨しおりに書き足す生徒もいた。二番・四番のプレスはほぼぴったりくっつくと、また元に戻り、間髪入れずに、三番・五番プレスが動き出し、また元に戻った。

「はい、これが一つの工程です。ほら、また天井の一番が下がっていったでしょう。これをくり返すことで、サルは細かく砕かれて、小さくなっていきます」

数分間、単調なプレスの動きがくり返された。スピードはだんだん速くなるようで、こうなってくると、子どもたちはおもしろく眺めていた。教師は近くの作業員に何事か訊ね、かき回すような身振りを交えた説明におもしろそうにうなずいていた。

突然、機械の動きが止まり、わずかに鳴っていた機械音も止まった。沼田さんが生徒たちの方を向いた。

「さあ、ここで、さっき言っていた一工夫があります。いま、この中では、サルの毛やら骨やら体液、それに空気がぐちゃぐちゃに混ざった状態です。このままだと、うまくプレスすることができません。布団袋なんかに空気がたまっていると、かさばってしまうのと同じですね。布団袋はわからないか、あとは、そうだな……ポテトチップスの袋なんかに空気が入ってぱんぱんになっていることがあるでしょう。とにかく、空気があると圧縮するには邪魔なんですね、それはサルも同じです。だから、ここで何をするかと言うと……」

「空気を抜く！」

何人かの生徒が我先にと言った。

「そうです、真空状態にするんですね」

「どうして、先に真空状態にしないんですか？」

「いい質問です。それは、そもそも、この猿丸《さるまる》がどのように出来たものか、というところまでさかのぼらなければいけません。この猿丸というのは、奈良時代からこのあたりの村でつくられていました。『風土記』という本や、木簡という昔の荷札のようなものに記録が残っています。その頃の職人さんは、このような便利なプレス機などありませんから、一つ一つを手作業で行っていました。まず、サルを生け捕りにしてきます。死んだサルではいけません。そして、ここからがすごいんですが、一年かけて小さくするんです。まず、生きているサルを腿のあたりではさみこんで、後ろからのしかかります。そうすると、サルは先ほどのような、お母さんのお腹の中にいる時の体勢をとります。防御の体勢なのかもしれませんね。職人は、その体勢を、サルを挟んだまま、三日ほど続けます。職人さんは食事だけはとりながら、おしっこやうんちは垂れ流しで、サルを押さえこみ続けます。サルが弱ってくると、丸められるようになりますから、頭の方に力をこめて、丸めます。大抵はこの時に首の骨が折れて死んでしまうそうです。そして、職人さんはサルを一年かけて、何も道具は使わず、体全体を使って丸め続けます。最終的に、サルはピンポン球ぐらいの大きさになって、職人さんはこれを、ガムのように三日三晩噛み続けます。こうしないと、肉がくっつかないんですね。噛み終えると、最後は、一日中なめて丸い形に整えて、仕事は終わりです。一年休んで、その次の年に、サルを捕まえてきます。そして、十匹のサルを丸めた職人さんは、今度は自分の体を数年かけて丸め始めます。自分で自分の体を丸めるわけですから、サルほど小さくはなりません。それでも、バスケットボールほどの大きさになって、そして死んでしまうそうです。これは、サルの命を奪っていることに対する報いを、自ら受ける行為だという風に伝わっています。もちろん、いま、この技術を持った職人さんはおりませんが、その心を、なるべく伝えていきたいと私たちは考えています。どうでしょう、最初から真空にしないのがなぜか、わかりましたか？」

質問した生徒が顔を向けられた。

「はい、できるだけ昔と同じやり方をするためで、それは、最初に真空にしたら、サルが死んでしまうから、そうするんですね」

「その通りです。ちょっと話が長くなりましたが、大事な話だったので良しとしましょう。さあ、それでは真空にして、より圧縮しやすいようにします」

今度は合図もなしに、静かにそれが始まったらしかった。

「血液や体液がむき出しの状態なので、やがて沸騰し、凝固します。そのあたりで、またプレスを再開します。突然始まりますので、驚かないでください」

しばらくして、予告通りにプレスが再開された。変わり映えしない情景が続き、一分ほどで終わった。天井のプレス一番が上に持ち上がっていくと、アラーム音が鳴った。

「こういうところは、家の洗濯機とかと一緒です」

沼田さんは笑いながら言った。子どもたちは誰も笑わず、機械を見つめていた。

「では、いよいよ開けて見てみましょう」

アームが縮み、立方体が再び離された。粘性の高い赤黒い液体がそこかしこにこびりついているが、清潔な印象がある。しかし、獣と血の臭いがあっという間に香水か何かのように漂った。

土台には一枚の薄っぺらい布のようなものが残されていた。

沼田さんがその端をつかんで持ち上げる。赤茶色のぺらぺらの肉布団。その表面からは、ところどころから輝きを放つ毛がはみ出ており、生物の痕跡を感じさせた。

「それをどうするんですか？」

子どもが訊くと、沼田さんはおもむろにそれを折りたたみ、ハンカチほどの大きさにすると、口に放り込んだ。子どものうめき声がいくつも絞り出された。

「職人さんと、同じように、これを嚙んで、丸く、成形します。臭いは、いつまで経っても、慣れません」嚙み音を響かせながら沼田さんはしゃべった。涙目になり、時々えずきながら。「しかし、昔の職人さんに、比べたら、楽なものです。肉はプレスされて、かなり、やわらかくなっていますし、あっという間にほぐれて、くっつきます」

確かに、しゃべっているうちに、だんだん楽になってくるようだった。それでもたっぷり一分ほど嚙んでから、沼田さんは肉の塊を口から出した。

親指と人差し指の間で、ぐにょぐにょした赤い球体が、濡れて光っていた。

「これで、猿丸の完成です。乾かせば、みなさんが玄関で見たのと同じ物になります。何か質問はありますか？」

沼田さんはこびりついている毛を取ろうと指を口の中に突っ込みながら、子どもたちを眺め回した。苦しそうな顔をしているので、子どもたちは質問をためらった。

「これは、何のために作ってるんですか？」

代わりに教師が手を上げた。

「みなさんが考えるような、例えば食べ物にしたりとか、そういう意味は特にありません。ただ、作るだけです。これまで作られた猿丸は、ある寺院の倉に全て納められています。今できあがったコレも、そこに納められることになります」

「じゃあ、何のために、そんな辛い思いまでして続けるんですか？」

「辛いというわけではありません。しかし、千三百年近く続いてきたものをやめるわけにはいかないのです。経済的にも、動物愛護の観点からも、時代遅れなものではあるかも知れませんが、先人たちの歴史をここで絶やすわけにはいきません。色々と方法も変わりました。機械化もされて、大量生産も可能になりました。ただし、その心意気は千三百年前と何も変わってはいないと自負しているつもりです。ところで、この猿丸が、私にとっての千匹目の猿丸になります」

そこで沼田さんは黙った。手近なカゴの中に肉の塊を恭《うやうや》しい手つきで置いた。再び前に向き直った時、その精悍な顔つきが意味するところによって、明らかに部屋の空気が変わり始めた。

「だから、なんだと言うんです？」

教師が動揺を隠さずに言った。沼田さんは説明の時と同じ微笑みを絶やさなかったが、今までにない迫力をこめて教師を見た。

「まさか、というものではありません。今お話ししたように、先人たちのやり方を守るのは至極当然のことです。伝統だから守るわけではありません。ただし、それを引き継いでこなしてきた人間の胸に、のっぴきならない事情というのが生まれて来るのは事実です。同じ時代を生きる人々がどんなに筋の通った合理的なことを言おうと、また逆に温かみにあふれる言葉をくれようと、そんなものが何の値打ちにもならないほどの何かが、心の内に種のようなものをつくるのです。それを歴史の重みというのなら、私はそれを誇りに思います」

そう言って沼田さんはメガネを外し、作業着を脱いだ。下には何も着ていなかった。短い陰茎が滑稽に揺れた。子どもたちは声ひとつ上げなかった。

沼田さんは一礼して振り返り、プレス機の土台の上に足をかけた。そこでやっと子どもたちの何人かから悲鳴が上がる。沼田さんは意に介さず、台に乗ると、子どもと同じように体育座りして向かい合った。

「ちょっと、止めてください！」

教師が声を張り上げて、隣にいた作業員に声をかけた。先ほどは朗らかに応じた作業員は全く表情を変えず、まっすぐ沼田さんの方を見ていた。

「何も子どもの前でやらなくても、後でやればいいじゃありませんか！」

操作レバーが倒され、猿をつぶす時と何も変わらない機械音とともに、重く硬い金属が押し寄せてきた。沼田さんはそれに合わせるように体を縮こまらせた。しかし、小柄とはいえ、そこに収まるには大きすぎる。金属の立方体の各辺がつなぎ合わされ、沼田さんが四肢を不自然に密着させて中に収まる時、何本かの骨が折れ、砕けるような音が響いた。

凄惨なその音に、子どもたちの中には悲鳴を上げ、耳をふさぐ者もいた。しかし、彼らは心のどこかで次の工程への理解を示し、やがて自らの口をふさぐようになった。ただ単に、吐き気を抑えるためだったかもしれない。

機械の音がやんだ。作業員たちは先ほどよりも増えていて、子どもたちの後ろから機械を取り囲んでいる。ほとんどにらみつけるようだった。教師は背を向けていた。子どもたちはそれを見ることのできない半数は頭を抱えこんだ膝にうずめ、残りは静かな興奮と恐怖をその顔に湛えて、黒い金属の集まりの中を見通さんばかりに鋭い視線を浴びせていた。わずかなすすり泣き、嗚咽のほかには何も邪魔立てするものはなかった。

心なしかほんの少し長く、心と体の準備の時間が取られた。死に至るような大怪我を既にしているにはちがいないが、それでも待つほかなかった。金属に閉じ込められた人間はサルと同じく物音ひとつ立てなかった。

青い操作レバーが倒されると、けたたましい警報音が鳴り響き、天井の一番プレスがゆっくりと下がり始めた。

初恋

あたしはこの学校に越してきた小二の時からずっと夜岡のことを気になっていた。ちょっと長すぎる前髪も、長すぎるから良いと思っていた。

だから夜岡の誕生日会に呼ばれたアオイちゃんから夜岡の誕生日会にいっしょに行こうって誘われた時は「別にいいけど」なんて言ったけど、正直めちゃくちゃ嬉しくて、その日の日記はとても長くなり、あることないこと色々書いてしまった。

夜岡の誕生日はちょうど日曜日で、パーティーが始まるのは一時から。招待状があたしの家のポストにも直接届いて、その軽さにドキドキした。

あたしは何を着ていくか迷いに迷ったけど、いつもと同じように、緑のニットに黒いスカートで出かけていくことにした。

「こういう時ぐらい、もうちょっと女の子らしいスカートで行こうって思わないの？」

お母さんが玄関まで出てきて、嘆き節であたしを見送る。自分が買ってきたくせに。お母さんは何もわかっていない。でも、わかっているのかもしれない。

近所の公園でアオイちゃんと待ち合わせると、アオイちゃんはいつもより着飾っていた。といってもさりげなく。靴にはちょっとだけヒールがついていた。外はあたしと歩くだけなのに。でも、だから、夜岡のことが好きなのかなとちょっと思った。

「ツルちゃんはいつも自然体だよね」アオイちゃんはあたしの格好を見るなり言った。

「そう？」と素っ気なく答えるのがいつものスタイル。

「そうだよ。あたし、いっつもうらやましくなるんだ」

「そうなの？　私はアオイちゃんの方がうらやましいよ」夜岡とふつうに話してるし、と心の中で付け加えた。

「え、なにそれ、意味わかんない！」アオイちゃんは笑いながら大声で言った。静かな住宅街だから、すごくよく響いた。

自然体。その言葉を、誰が最初にあたしに言ったのだろう。いつしか、みんなが言うようになっているような気がする。でも、きっとあたしは図々しくて、楽をしたいだけなんだ。あたしだって、アオイちゃんと同じくらい、それよりずっと装っているよ。着飾らないように気をつけるのは、着飾る心とそう変わらない。それを心で思うことが自然体に見えるなら、とてもヘンなことだ。

アオイちゃんのために少しゆっくり歩くのがもどかしかった。先生の文句とか、行事のこととか、なんでもないおしゃべりが続く。気持ちのやり場を物陰の猫に向けたら、大きな目でこちらを見返していた。

夜岡の家に着くと、エプロン姿のお母さんが出迎えてくれた。ＰＴＡ会長で、学校行事の時とかによく見かけるビシッと決めた姿とは違うけど、やさしい笑顔は変わらなかった。

「あら、いらっしゃい。もうみんないらしてるわよ」

「おじゃましまあす」とアオイちゃんが言った。あたしもそこに声を混ぜた。

「原田さんかわいいわねえ、お人形さんみたい。舞鶴さんもいつも凛として、すごくいいわ」

そのほめ言葉が心にぴったりきて、あたしはにっこり笑顔を返した。そうだ、夜岡のお母さんは自然体とかクールとか言わないんだ。だから夜岡のお母さんほんとうに好き。本やドラマのPTA会長とちがって、つんつんしてなくて本当にいい人だから好き。あたしのお母さんと似ていると思う。同じようなお母さんに育てられたから、夜岡とあたしはとても似ている。あたしはうれしくなった。でも、似すぎているのはよくないかもしれない。

誕生会はすごく雰囲気がよかった。夜岡のお母さんが腕によりをかけた豪華な料理が出てきてすごくおいしくて、ケーキもちょっと遠いところ、住宅街にポツンとあるオシャレなとこ。男子もはしゃいでいたし、ゲームが苦手なあたしでもマリオパーティーなら楽しめた。一度、夜岡と同じペアになったけど、あたしたちはひっそり負けた。プレゼントもみんなにまじって渡すことができた。ただのシャーペンだけど、あたしが日記を書く時に使っているシャーペン。そしてあたしは、夜岡のことをいつもよりずっとたくさん見ていられた。

珍しく、とても気分がよかった。それでもちょっと疲れて、にぎやかなリビングを抜けてトイレに立った。少しゆっくりしてから戻ろうと、あたしはトイレを出てから、きれいな洗面所に長居した。手を洗ったり、整然と並んだ歯ブラシをながめたり。青くてほかより少し短いのに目をつける。これで毎日歯をみがいてるんだ。

廊下には、靴箱のような両開きの棚が置いてあった。その上に飾られている水彩画に目をやる。いい感じの港町の絵。オシャレなクリーム色の背の高い建物が並んでいて、きれいな青色の海に面した波止場に、緑色の服を着た女の子が小さく描いてある。あたしがよく行く歯医者にかかっているのとそっくりだ。家の廊下に絵が掛かっているなんてすごい。

「それ、ケンスケが描いたのよ」

驚いて振り返ると、夜岡のお母さんがいた。

「あ、え？」とあたしは驚く。

「去年に、半年ぐらいかけて」

なんとか会話の内容をのみこんで顔を上げる。まじまじと絵を見つめた。

これが夜岡の絵？　絵、描くんだ。しかもこんなすごいの。そんな話、聞いたこともない。アオイちゃんは知っているだろうか。仲の良い男子も知っているのだろうか。

「私、ぜんぜん知りませんでした。確かに夜岡くん、図工の絵も上手かったけど、なんていうか、こんなにすごくなかったですし」

「そういう、人前で何かするのが苦手なのよ、堂々とやればいいのにね」

夜岡のお母さんは、あたしに見せるためのかわいらしいため息をついた。あたしの緊張の糸がするするほどけるような気がした。

「でも、なんか、わかります。それで、半年もかけて何かを成し遂げるなんてすごいです。尊敬する」あたしはちゃんと本当の気持ちを言った。

夜岡のお母さんは、心地よいスリッパの音を響かせてあたしの横に来た。絵に向かってゆっくり手を伸ばす。ぴんと伸びた人差し指の爪が意外に幅広くて、あたしはハッと息をのむ。見てはいけないものを見てしまった気分。少し胸が騒いだ。

「ほら」

その爪が指したのは、緑色の服を着た後ろ姿の女の子だった。つまらなさそうに、町の方に歩きかけて行くみたいな、なんとなく気だるい傾きをした女の子。

「これ、舞鶴さんなのよ」

「え⁉」冗談ぬきで、心臓が止まりそうになった。「私?」

「こんなこと言ったらケンスケに怒られちゃうわね。でも、そうなのよ。今と同じお洋服、着てるでしょ。ケンスケ、去年の林間学校の写真を見てずっと描いてたのよ。何度も何度もこの部分だけ、いろんな紙に下書きして」

心臓が、遅れをとりもどすように音を立てて鳴り始めた。

あたしにはその写真がわかった。みんなで朝の散歩に行った時に、少し遠くの方で誰ともつかず離れず、一人歩いているあたしの後ろ姿。アオイちゃんは低血圧で朝が弱くて、先生に押されるように後ろの方を歩いていたんだ。夜岡は手前の方でカメラの方に振り向いて、微笑みかけるほんの少し前の表情をしている写真。あたしはその写真だけ買った。夜岡といっしょに写っている写真の中でいちばん気に入ったから。

「海の色とちょっと合わないから、苦労してたわ」

確かにそうかもしれない。女の子だけがきれいな風景からくっきり浮き出てるみたいだ。

「あの子、舞鶴さんのことが好きなのよ。二年生で、あなたが越してきた時からずっとね」

頭が真っ白になった。言ってる意味もわかった。でも、ただ真っ白。なんもなし。言葉を忘れてしまったよう。

「舞鶴さんは、どうなの？」

あたしが考えるより先にどんどん話が進んでいる。どうなってるんだろう。

「私は、そんな、好きとか、そういうのじゃないですし……」

なんて言っていいかわからなくて勝手に出てきた言葉はすぐにあたしから離れて、小鳥みたいにいなくなった。その言葉を、あたしはどうにもできない。もう取り返しがつかないという気持ちだけが心の中にある。どうしてだろう。どうしてあたしは素直になれないのだろう。

「そうなの。付き合ってあげてくれないかしら？」

「む、無理ですよ」とあたしは言っていた。

自然体というアオイちゃんの言葉が頭をよぎった。そうだったら、自分の気持ちにそのまま身を任せられたらどんなにいいだろう。夜岡と両思いで、お母さん公認で付き合えるかもしれないよ。なのに、どうしてこんなに意気地がないのだろう。今はただ早くこの場から逃げ出したいなんてことを、どうして思ってしまうんだろう。この絵のせいだろうか。

「ほんとにずっと好きなのよ」

そこであたしはぞっとした。自分がそう思っているみたいな言い方。いつもの明るい笑顔はなくなっていて、突き刺すような、それでいてあたたかみのあるような、あのお説教の目があたしをとらえて離さなかった。

「こんなにお願いしてるのに、ダメなの？」

「お願いとか、そういうのじゃなくないですか？」

「どうしてダメなの？」

笑顔が浮かんだけど、あたしを責めるような変なゆがみがあった。

「どうしてって、そんなこと急に言われても困ります」

「急じゃないわ。二年生から、ずっと思っていたことだって言ったでしょう？　中学に上がったらケンスケは私立に行くだろうから、二人は離ればなれになってしまうわね。せっかくの初恋なのに」

自分が震えていることに気づかないわけにいかなかった。せっかくの初恋なのに？　何を言っているのかわからない。何を考えているのかわからない。でも、自分の方がまちがっているような気もしてくる。早くみんなのところにもどりたい。

突然、夜岡のお母さんがしゃがみこんだ。反射的に一歩引いたあたしからは、つむじのあたりがよく見えた。意外と髪の毛が薄くて、真っ白な頭皮が透けて見えたので、またぎょっとする。もう、この人にあこがれていた時の気持ちをわすれてしまった。

「見て」夜岡のお母さんは、両手で力強く棚を開いた。

思った通りにそこは下駄箱だった。全ての段に靴がぎっしり入っていた。低学年生のから、高学年の大きさまで、スニーカーばっかりだけど、いろんなメーカーのいろんな色が、全部、一面に、かかとを向けて。

あたしはその靴をぜんぶ知っていた。だから言葉を失った。

それはみんな、あたしの靴だった。

「驚いた？」と夜岡のお母さんは私をいたずらっぽく見上げた。「あなたが今まで履いてた靴、全部あるでしょう？」

全部どころか今日はいてきた靴まであった。ほかのだって、家に同じ靴はちゃんとある。捨てたのだってたくさんあるけど。血の気が引いて、うまく考えることができない。ドキドキする。もういやだ。おそるおそる息を吸って、言葉の分だけたくわえる。

「どうしてですか……？」震えは声までのぼってきていた。

夜岡のお母さんはちょっとずれていたあたしの靴をそっと直した。あたしの靴。でもあたしのじゃない靴。少し汚れてさえいる。

「ケンスケに聞いて、あなたと同じ靴の同じサイズのものを買ってきたの。それで、あなたのと同じように汚すのよ。あの子絵が上手いから、ささいな汚れも目の前で見てるように絵に描けるの。私がそれを見て同じように汚して、学校で交換するの。それであなたが履いて、また汚れてきたら、同じようにうちにあるのを汚して、何度も交換して。それをくり返すのね。あなたが新しい靴を買ったら、また同じのを買ってきて、ある程度したら交換して……」

「なんでそんなこと……」

夜岡のお母さんはおもしろそうに笑った。

「ケンスケはあなたが好きなの。好きな子の靴が、気にならないはずないじゃない」

好きという言葉に喉がきゅっと締まる。そんなことには縁がないみたいに思っていたけど、それは、その言葉をすごくステキなものだと思っていたからだ。あたしには似合わないと思っていたからだ。

「いやです」とあたしは言った。

「どうして？」

「いやです」

その時、リビングに続くドアのノブが回る音がした。途端に、下駄箱の扉が勢いよく閉じられた。ドアが開くと同時に、夜岡のお母さんはゆっくり立ち上がった。

廊下に出てきたのはアオイちゃんだった。

「あ、なんだ。話してたんだ」

アオイちゃんはほっとしたような顔を浮かべてあたしを見た。心配して抜けてきたんだ。ほんの少し、あたしの心に温かなお湯が流れこんだように思えた。

「そうなのよ。おしゃべりが楽しくてね。あ、ジュースとか、まだ足りるかしら？」

「いえ、大丈夫です。もうみんなあんま飲んでないし。空いたペットボトルとか、持ってきた方がいいですか？」

この人と話すのが誇らしいみたいで、はきはきとしゃべるアオイちゃん。あたしはそれしか見ないようにしていた。

「ううん、大丈夫よ。ありがと。ホントに二人ともいい子だわ。ああもう、うちにも女の子がいたらよかったのに！」

あたしのみぞおちが寒気をこみ上げるように震えた。顔の前で軽く合わされた手を見てしまった。寸づまりの爪。気づいたら薄いマニキュア。あの手によって作られた料理が、あたしの体の中に入った。あたしの体で熱になって、あたしを生かす。

たまらなく気持ちが悪くなって、すごくいやな気持ちがみぞおちでうずを巻いている。それはどんどん深くなって、全部のみこんでいく気がする。

今まで、こんな時どうしていたんだっけ。こんな時があったんだっけ。

「ツルちゃん？」

視界が狭まり、まずアオイちゃんが見えなくなった。それでもあの人がそばにいるということは、わからなくならなかった。体の真ん中がぎゅっとしめつけられた。

あたしはそこでみんな吐いた。ぴかぴかにみがきあげられた廊下にみんな吐いた。チキンもポテトもサラダもケーキも、ぜんぶ吐いた。

その人は、それをきれいに掃除して、これ以上なくあたしを気づかった。家に電話をかけて、タクシーで送ってくれた。家に着くと、お母さんがあの人に何度も何度も頭を下げた。次の日、あたしは初めて学校を休んだ。

ボクちん家！

いつもいつものように、郵便受けの中で燃えている新聞を消火しようとしたら、なんと！　消火器が切れて何にも出ない！　郵便受けのパコパコするところから、煙がもくもく出てるじゃん！

「おかあさん！　消火器ないよ――――！」と朝一番のボクちんの雄叫び！

いつもならすぐ消火しちゃうから、お父さんも真ん中へんの記事はトイレで、かろうじて推理形式で読めて、床に燃えカスがすごい散らばりまくりながらも情報をキャッチできるけど、こりゃ今日はダメそうだ。これじゃあまたまたお父さん、会社でもちっとニュースを見ろと課長の代理にバカにされてしまうぞ！　嵐の人が出てるやつ！

「おかあさ――――ん!!　消火器なくなっちゃった――――!!」

でも、消火器がないんじゃしかたない。郵便受けは燃えるにまかせて、もう一つの日課、牛乳受けのチェックだ。うっし、今日も四本、ぜんぶ割れてビチャビチャだ。隙間から垂れていって垂れていって……下の土が真っ白じゃないか。四年間、毎日牛乳をこぼすと土もあんなに白くなるんだ。今まで一本も飲めたためしがないやい、ボクちんだって身長のばしたいやいやいやいやいやいチクショウ……あっ！

「ポストが燃えてる、おかあさ――――ん！　消火器、消火器！　入れっぱなしの水道修理のマグネットとかもぜんぶ燃えちゃうよ――――い！」

返事なし！　まあいいか！　とりあえず郵便受けなんか金属のメタルで元から真っ黒になっちゃってて燃えても平気ックだし、でもお母さんったって無視はいけないよ！　直接目の前で、消火器のこと無視したことぜんぶ問い詰めるために、いったん家の中に、バタフライのマネをしながら戻る息継ぎのわずかな瞬間、お母さん、ボクちんのこと、無視しないでと言おうとしたら、お母さんと兄ちゃんがダイニングテーブルを運んでいた。

「そうか、今日はあの日だ‼」と叫ぶボクちん、九歳。

「そうだよ！　お昼頃までにはリビングに全部片付けないといけないんだから、うだうだご託ならべてないで、やるよ！」いつも元気なお母さんが鳥が全員飛び立ちそうな大声を上げる！　兄ちゃんはずいぶん眠たそうな顔してるなあ！

「あ、でも、消火器なくて、まだ、火ィ……」とボクちんは弱気に言った。

「うだうだご託並べてないで、やるよ！」

ひいぃ！　ボクちんも兄ちゃんの方に加わって、大きなテーブルを三人でえっちらおっちらリビングに運ぶ。去年の今頃もこんなふうにやっていたなあ……と、おセンチかんちなボクちんはしみじみ思い出していた！

「次は冷蔵庫に、電子レンジ、トースターもだからね‼」と司令官の声が飛ぶ！　アイ・アイ・サードは四番長嶋、帽子飛ばしてア・ミール・S！

ボクちんたちはがんばる。なぜかって、その頃、お父さんはいつものように、二階のベランダで、襲いかかってくるコウモリの大群と、かぴかぴのモップ一つで戦っているんだ！　何者かに命令されているのか、足に小さな発信器のようなものをつけた無数の吸血コウモリ時々トンビ！　そんなものと朝から戦っていたら、会社でまったく結果を出せないのも……コクコク。ボクちんのお父さんは、アレで精一杯、家族のためにがんばっている！　いつもありがと父の日になんかやろう！

一時間後。

「よし、これであらかた片付いたわ。後は待つだけね」

がらがらっぽのダイニング・キッチンを見て、お母さんはすっきりした顔つきだ！

「今年はいつ来るのかな？」

と兄ちゃんが言った、その時だった！

真っ赤なダンプカーが、ドリフト気味でうちに突っ込んできた。ものすごい衝撃と音で塀と壁をなぎ倒し、派手な煙を上げながらそのままダイニング・キッチンに乗り上げて、やっとストッパ。

壁や天井の破片がバラバラと落下する中、ダンプカーは、荷台に満載した二十トンの糞尿を、ボクちん家の床に、んザ————ッ！　み・ん・なぶちまけた！　ボクちんたちの足下に糞のさざ波！　便グソの薫風！　ダンプカーは、目につ〜んと染みる真っ赤なボディをひらめかせて、何食わぬ顔でバック&バック！　そのままブーンと出て行った！

見えなくなってしばらくたって、最初に口を開いたのは、ここでもやっぱり切り込み隊長のお母さん！

「よし、これで今年もつつがなく済んだわね」むつかしい言葉！

「赤いやつだったね‼」とボクちん。ボクちんは赤が好き！

「チェッ、ダンプカーといったら黄色だろお……」と兄ちゃんは歯ぎしりギリギリ、歯並びが悪いから人の何倍もすっごくくやしそう！

その時、「おいおいおい、助かったぞ」と言いながら、顔中すり傷だらけ、首筋血だらけ、顔色真っ青の父さんが濡れたモップをもって降りてきた。「今の衝撃で、吸血コウモリたちがどっか飛んでったんだ。これで今日は、仕事までゆっくりできるってもんだ……」

「あなた、いつもお疲れ様！」「お父さん、いつもありがとう！　父の日になんかやろう！」

その時、リビングに避難させたトースターから、まるで父さんが来るのを待っていたみたいに、焼けたパンが飛び出した‼　あっはっはっは！　ボクちんたち、すっごく笑ったんだ！

ぬん三が怒った

給食の時間がやってきた。ぬん三は今日、給食当番だ。

ぬん三はみそ汁を運ぶ。なぜならいじめられているから。運ぶのが大変な汁ものは、クラスで一人だけ『ベイマックス』を見ていないぬん三が運ぶことになる。

みんな、連れだって先へ行ってしまった何メートルも後ろから、一人でみそ汁を、大きな寸胴についた取っ手を両手でつかみ、またの間にぶら下げて、なんとか運ぶ。

こんなの慣れっこだから、へっちゃらで運ぶぬん三。下級生のクラスの前のろう下を通るときだってみじめな気持ちにはならない。歌を歌うから。

「CHA-LA　HEAD-CHA-LA～」

その瞬間、ぬん三は何かにびっくりして顔を上げた。ゆっくりみそ汁を置く。きつねにつまれたような顔で、きょろきょろと周りを見る。しかし不安は解消されない。困り果てた末に、ぬん三は腕時計の赤いボタンを押した。

腕時計の液晶に博士の姿が浮かび上がった。口をゆがめ、かなり不機嫌そうだ。

――どうした、ぬん三くん？　こんなお昼になんだってんだ？

「はかせ、たいへんだよ」

――だから、どうした？　要件を言え。

博士の口から舌打ちがもれる。

「あのね、ぼくがうたをうたってたら、おしりがあつくなって、今はつめたい」

博士はしぶい顔で考えた。

――ぬん三くんは、今、何をしていたんだね？

「みそ汁はこんでた」

博士は顔をしかめて目をつぶった。大きく鼻で息をつく。

――ぬん三くん……言いたくはないが、またクソをもらしたな？

「ええ⁉」

――かんたんな話だ。君は、みそ汁の寸胴をまたの間にぶら下げて運んでいたはずだ。そこで力んだ君のしまりのない肛門からいつも通りの調子でまんまとクソがすべり落ちた。日頃からパンツもはかないで半ズボンの君のこと、クソは何のためらいもなくみそ汁に飛び込んじまったというわけだ。クソみそとはこのことだ。

「ぼく、クソなんかもらしてない」

――それは、君が理解していないだけだ。ケツのネジがぶっ飛んでるんじゃないか？　みそ汁の跳ね返り、つまり「おつり」が何よりの証拠だよ。短パンだから、跳ね返りのみそ汁も股間に直接あたるというわけだ。君はバカ面でそれにびっくりしたんだよ。自分のやったことがわかるか？　君は、みんなの食べるみそ汁にクソを入れたんだ。クソの四割は菌の死骸や細胞の残骸。君は最悪だ。これが知れたら、クラスのみんなは何というかね？

「ど、ど、どうしよう」

ぬん三はかわいそうにブルブルふるえ出した。

――神のみぞ知る、だね。

そう言うと、博士はこちらに向かって唾を吐きかけてきた。ぬん三はびっくりして目を閉じる。おそるおそる目を開けると、時計の液晶は黄色っぽいあぶくだらけの人影を映していた。そこでブツリと、一方的に通信が切られ、真っ暗になった。

難しいことを言われ、そして痰を吐きかけられて、ぬん三は今にも泣きべそをかきそうになって、しゃがみこんでしまった。

神のみそ汁とはいったいなんなんだろう。クソがまじったみそ汁のことだろうか。神のみそ汁のことがバレたら、みんなはぼくをいじめるだろう。でも、バレなかったら、みんな神のみそ汁を食べるだろう。もし、これを食べて、みんなが死んでしまったら、その時はきちんとあやまろう。でも、死んでしまったらだれにあやまればいいんだろう。でも、ぼくもすぐ死刑になってしまうだろうし、どうすればいいんだろう。

ぬん三はしばらく考えていた。顔はいつの間にか、涙と鼻水でぐしゃぐしゃになっていた。それでも、ぬん三は力強く立ち上がって、前を向いた。

今日みんなにいじめられるより、あとで死刑になったほうがずっといい。ぬん三はそう決めてしまった。

それでも涙は次から次へとあふれてきた。時々そでで涙をぬぐいながら、重たい神のみそ汁を運んだ。やっと教室まで着くと、ドアは閉じられていた。給食当番のみんなが意地悪をしているのだ。また涙が出てくる。ぬん三はみそ汁を置いた。そして、涙を何度も何度も、つめたいそででぬぐってから、意を決してドアを開けた。

その瞬間、クラスのみんなが騒ぎ立てる声が、塊になってぬん三の体にぶつかった。

「またクソをもらしたんだろ、ぬん三！」「しかもみそ汁に！　きったねえなあクソったれ！」「クソもらし！」「そのクソ汁、全部お前が飲むんだぞ！」

みな待ちきれなかったというような顔を浮かべ、大声で叫び、ぬん三に物が投げつけられた。ぬん三は、罵声や怒号、飛んでくる消しゴムのカスや鉛筆、紙くずを一身に浴びながら、一番前の席に座っている博士を見た。

博士は振り返ることなく、一心に時計を拭いていた。白い豊かな口ヒゲのふくらみだけが、ぬん三のところからも見えた。

もともと、塩分制限をされている博士は給食のみそ汁を食べられない。なのに、バラした。みんなに、すぐに、バラしたのだ。

それはいくらなんでもぬん三にだってわかる。ぬん三は博士の頭頂部から後頭部にかけてのむき出しの頭皮を、血走った目でにらみつける。その火花が、ぬん三の腹の内に今までずっと溜め込まれてきた恨み辛みのどす黒い油に火をつけたのだろう。かつてない憤炎が燃え上がった。その強すぎる怒りのあまり、ぬん三の体は、体内で爆発が起こっているような震動をあちこちで起こし、ドアがガタガタ震えだした。

ぬん三のまたの間からは、ボタボタボタボタボタ、次々とクソが落下していた。それは、滝のようにみそ汁に飛び込み、飛沫を上げた。

教室は楽しげな阿鼻叫喚に包まれた。愉楽に酔った子ども達の中で、ぬん三の底知れぬ怒りに気づいた者は誰もいなかった。ぬん三が怒ったことなど、これまで一度もなかったから。

ぬん三は白目だけになり、十キロはあろうというみそ汁の寸胴を軽々と持ち上げた。触れられぬほど熱い底に右手をあて、そのまま頭上に掲げ、しっかり支えている。獣のような熱い息が、勢いよく鼻や口から漏れ続けていた。

にぎやかな声は一瞬で止んだ。

その静寂の最中へ、ぬん三は突き進んだ。近くの者は小さな悲鳴を上げながら席を立ち、道を空ける。

博士はそれでもなお振り返らない。博士の隣の席の女子、クラスのマドンナ東雲《しののめ》さんも腰が抜けて動けないようで、おびえきった目でぬん三を見ることしかできない。ぬん三はそちらには目もくれず、博士の背後へ歩み寄り、止まった。

スクールカースト最上位に君臨する博士を心配する声が遠慮がちに飛んだが、それは届かないほど小さく、弱々しかった。誰もが博士はおしまいだと思った。クソ入りのみそ汁の寸胴を、鬼のような力で頭にかぶされるにちがいない。死んでしまうかもしれない。全員、目を覆う準備はできいた。

しかし、予想に反して、ぬん三の動きは、みそ汁を掲げたままで止まっていた。

何かがおかしい。腕がブルブル震え出した。

その時、博士が突然立ち上がった。年齢に見合わぬ動きだった。東雲さんを片手で抱え込むと同時に、もう一方の手で腕時計のしぼりを回しながら、その場を横っ飛びで離れる。

同時に、ぬん三の手は力がこもらずまっすぐに伸びた。みそ汁の寸胴は不安定に揺れ、戻れないほどに傾き、逆さになり、落下する。ぬん三の頭へ向けて、一直線に。

けたたましい金属の音と、すさまじい濁流の音が教室全体を震わせた。

ぬん三は寸胴をかぶり、みそ汁とクソまみれで倒れて動かない。時計のついた右腕は、まだビクビクと筋を引きつらせていた。

誰もが、声も出せないほどの衝撃を受けて立ち尽くしていた。

博士は、床の上で、東雲さんを守ろうとおおいかぶさった体勢だった。しかし、全てが終わったことを理解すると、東雲さんを抱え込んだまま、半身だけをみんなの方に持ち上げ、時計をつけた腕を天井に伸ばして言った。

「なあに、こいつでちょっと強めの電気ショックを与えてやったというわけじゃな」

教室は、悪を打ち砕いたことを祝福する歓声に包まれた。

そして、博士はそのタイミングでこっそり別のボタンを押した。ぬん三の肩のあたりから、勢いよく火花が上がり始めた。

「あぶない！」

博士は下になっている東雲さんに再び覆いかぶさり、しばらくそうしていた。なんて悪い奴だ。

あきらめの悪い人

父はあきらめが悪かった。あきらめたら何かが終わってしまうと思っているみたいに、いつも厳しい顔を浮かべていた。

家族三人で鍋をかこもうという時もそうだ。

ガスコンロのガスが切れているのに、父は何度も何度もスイッチをひねり続けていた。火元をのぞきこむ真剣な目つきを思い出す。カチカチカチカチカチという音がいつまでも鳴り響いて、冷たいおだしが寒そうにふるえていた。幼い私は、時折その水面を薬指でつついてなめ、さびしい口をなぐさめた。母によってお鍋がキッチンのガスコンロに移されたのは、十五分もしてからだった。

ジェネビー（ヴ）がいなくなった時もそう。

父だけがいつまでも、何年経ってもジェネビー（ヴ）をさがしていた。張り紙をするでも聞き込みをするでもなかったけど、好物だったササミをポケットに入れて一時間の散歩を日課とするようになった。母と私は、自分たちが薄情になったような気がした。だけど、同じようにはできなかった。もちろんジェネビー（ヴ）が帰ってくることを願ってはいたけれど。

あれよあれよという間に私が嫁《とつ》ぐ時、三人で行くのはこれで最後だしと温泉旅行に出かけた。母は父について「かなりさびしがっている」と告げ口したけど、私には特にそんな様子は見られない。車を運転する横顔も、いつも通り。ガスコンロをのぞきこむ時と同じ、神妙な顔つきでまっすぐ前を見ていた。

少し無理をしただけはある立派な旅館へ早くに着いて、まだ明るいうちに温泉へ行った。そこもやはり広くて、人はまだ誰もいない。私と母は並んで、少し離れて露天の湯につかった。熱いお湯が体中に染みわたる。信じられないくらい、いい気分だった。

「お父さん、ぜんぜん普通だけどね」

「案外そうみたい。でもどこかでしっぽを出すわよ。けっこう涙もろいんだから。ほら、ジェネビーが見つかった時だって」

あの時、父はジェネビー（ヴ）を抱えて帰ってきた。夏のとくべつ暑い日で、半袖の腕はきり傷とすり傷だらけだった。私と母は本当に驚いて、玄関で立ち尽くした。少したくましくなったジェネビー（ヴ）は下ろされると、そろそろ歩いて窓まで行ってガラスをひっかいた。部屋にいる父や私には見向きもせずいつまでもやっている。小冷たい音だけがずっと流れる。なぜそうしたのかもわからないけど、観念したのか父は窓を開けてやった。すると、ジェネビー（ヴ）はくるりと振り向いて、うちにいた頃と同じ調子でとことこ歩き、ソファに飛び乗って丸くなった。父は泣いてしまった。

「あれは今回とは逆のケースでしょ。ジェネビーは戻ってきたんだから。お父さん、あの時だけはあきらめてたからさ、それが思わず覆されて泣いちゃったんだよ」

「じゃあ、あんたが結婚破棄したら泣くってこと？」

「そうかもね」

「縁起でもない。ていうか、あの時お父さん、窓開けるときには泣いてたわよ」

「そうなの？」

「そうよ。もうダメだって時にはね、泣いちゃうのよ。若い頃からそうだけど」

「じゃあ、泣かないと思う。ていうか、この声、聞こえてるんじゃないの？」

私たちは黙りこんだ。湧き出てそそぐ湯音の上を、冷たい風が柳を揺らして通り過ぎる。幸せな結婚とはなんだろう。それは、いつどこで誰がするにしても、父と母のようなことだろう。体中が溶け出しそうな熱い熱い心地よさが、今日ぐらい、そういうことを思わせた。

「ひこうき雲、見たか？」

部屋に戻ると、体中をほてらせた父が開口一番に言った。

私も母もぽかんとして顔を見合わせた。

「露天風呂から見えただろ。上がる時には散らばってただの雲だったけど」

広い露天風呂で一人、空を眺めている父を想像したらおかしかった。でも、そうしてくれて全然いい。いつも厳しそうに何かを見つめている父だから。

「話してたから、ぜんぜん気づかなかったよ」

「そうか」

それだけ言うと、父はリモコンをとってテレビをつけた。でたらめにボタンを押しては、勝手のちがうチャンネルを順番に見ている。そんなことぐらいで、いつもの真剣そうな目つきになる。

父さんが見ているものはなんだろうと、私はその時、初めてちゃんと思った。父さんが見たひこうき雲だって、私には見られない。でもいい。車を運転するように、ちゃんと見ていてくれるから。ジェネビーも、だから見つかった。父さんだけがジェネビーのこと、いつまでも見ていてくれたのだ。

だから、最後の最後にあきらめたら、その時はいつでも泣いていい。一番最後にあきらめた人にだけ、涙を流す権利がある。露天風呂で母は、お父さん披露宴で絶対に泣くからと五千円賭けた。私は泣かない方に賭けたけど、その時の変な自信は、頭上にあったひこうき雲のように、どこかへ散っていってしまった。

石坂さんがくれたドラゴン

ドラゴンはとてもかしこい生き物だ。

夕暮れ時、カーテンを閉めるついでに窓を開けてみると、春のはずの風はなおも冷たい。明日は雪まで降るらしい。

ドラゴンは、やはり大きな背中をこちらに向けているばかりだった。汚れた猫の額ほどのベランダで、エアコンの室外機とせせこましくスペースを分け合っている。うっすら土汚れがのった黒い鋼色《はがね》は、部屋の明りを反射することなく吸いこんでしまうようだった。

眉の下がった石坂さんの顔が浮かんだ。

石坂さんは、言わずと知れた博学才穎《はくがくさいえい》の人である。絵も上手な面倒見の良い方で、俺もずいぶん世話になった。

懇意になった共演者に様々な贈り物をすることで知られている石坂さんだが、その石坂さんが、俺には一頭のドラゴンをくださった。六頭所有しているうちの一頭で、ブルガリアで生まれたのを二年前に譲り受けたという鋼色の美しいドラゴンだ。名前をブルという。人間で言えばまだ小学校の低学年で、鳴き声も高く子猫のようである。

今田さんは、石坂さんから「ドラゴンに乗った芸人」という題の肖像画をプレゼントされたらしい。今田さん家の玄関にかけてある。バカでかい。今田さんには「ドラゴンに乗った芸人」の肖像画で、俺には本物のドラゴン。なぜそんな貴重なものを私にくれる気になったのか、俺の何がそんなに気に入られたのか、見当もつかないが、悪い気はしなかった。なんなら勝ったと思った。

俺はもう一度、ドラゴンの背中を見つめた。いつも背中しか見ないせいで、一面が鱗に覆われた細長い、意味のないオブジェのように思える。しかし、それは少しく上下動して確かに生きていて、煩わしさを湛えている。

初めはそのうち慣れるだろうと高をくくっていた。毎週、石坂さんから届くエサの烏骨鶏だけベランダに放り出して、芸人仲間と夜通し飲みに行ったりしていたのが良くなかったのか、一ヶ月経っても一向に心を開く様子がない。烏骨鶏はきちんといなくなるのに、ふっくらしていた横っ腹はどんどん痩せてきた。

俺だって、夢を見なかったわけではない。その固い背にまたがり、晴天の空を飛翔しフジテレビへ向かう夢である。頬をなめられ、大きな腹にくるまるように横たわり、昼寝をしてラジオに遅刻する夢である。俺はその夢の中のドラゴンを好きだった。だから目の前の鱗の塊は嫌いだった。

俺はその姿を見たことはないが、俺の家に入り浸る後輩芸人によれば、ドラゴンは時折、手すりに手を掛け立ち上がり、決まって南西の方角に向けて遠くさびしげに鳴いているらしかった。その先には石坂さんの家がある。俺はその姿を思うたび、胸が痛むより先に腹が立った。

「返してあげた方がいいって」

いつか連れ込んだ女子大生は、ベランダをのぞきこみ、うろつく烏骨鶏をしばし見た後、そう言った。女は事が終わった後も下着姿で同じことを言い、帰り際にまた言うのだった。

「やっぱり、石坂さんに返してあげた方がいいよ」

その慈しみをまじえた声に腹が立った。殺してやろうかと思った。

「うるせえ、この売女《ばいた》！」

俺はついさっき裸の腰を盛んに打ち付けたばかりの尻を今度は蹴って追い出し、凍った鶏肉を投げ、カギを閉めた。しばしの喧噪を覚悟したが、女はすぐに立ち去って行った。

ドラゴンはとてもかしこい生き物だ。

自分の置かれた立場をすっかり了解しているのか、外界に開け放されたベランダにほっぽっているのに逃げる素振りも見せない。そうしてくれたなら、どんなにいいかわからない。凝り固まった翼を動かし、全てを吹き飛ばすような風を起こし、石坂さんの家にでもどこでも帰ってしまえばいい。来た最初の日に、こんな狭苦しいところはごめんだと、暴れ回って火を噴いてくれればよかった。

一ヶ月も弱々しく丸めた背を見せたのだ、こいつも今さら帰りづらいにちがいない。なまじ知能が発達しているせいで、大いに苦しんでいる。まるで人間のようで、それがまた憎い。動物が人間を嫌うように嫌われたのではない。人間が人間を嫌うようにして好かれなかった。俺はドラゴンが憎い。

夜更けに窓を少し開け、網戸越しに言った。

「今日、お前が苦しい眠りについたら、俺はお前を殺してやろうと思うよ」

ドラゴンの呼吸が止まった。夜の風がひんやりと流れこんできた。

「俺も、今田さんみたいに絵でよかったのにな」

とてもかしこい生き物の背中はまた静かに動き出した。明日は雪が降るらしい。

ワインディング・ノート

もう十年近く書きためたノートがある。

読んだ本からの引き写しを並べたノートで、最初の二冊はどういうわけかなくなってしまったが、大学に入って書き始めたものが三冊残って、今は六冊目になっている。

一〇〇ページのキャンパスノートにびっしり書いてあるので、もうどこに何が書いてあるか自分にもわからないが、時折、考えあぐねたりすると、でたらめに見返してみて、ふと目にとまったものが大きな助けになってくれたりする。

自分は今、ここにある古今東西の人たちと、これまでよりも本格的に、長々と考え事をしたい気分になっている。きっと自分と同じくらい、いやそれより考えた人たちの言葉によって考えなければ、自分が滅びるような感覚が永らく心の内にある。


故郷を甘美に思うものは、まだくちばしの黄色い未熟者である。あらゆる場所を故郷と感じられるものは、既にかなりの力を蓄えた者である。全世界を異郷と思うものこそ、完璧な人間である。

最近読んだ柄谷行人の『言葉と悲劇』に引いてあった。スコラ哲学者、サン・ヴィクトルのフーゴーの言らしい。サイードも『オリエンタリズム』で引用していると書いてあったので、ノートをさがしてみたら、②と表紙に書かれたノートに、何も考えず、なんとなく気に入って引き写していると思われる暢気《のんき》な字があった。


人が集まれば、どうあれ郷はできるだろう。それを共同体と呼んでいいはずだ。

「故郷を甘美に思うもの」は、血縁や地域的な共同体に安住するものだ。

「あらゆる場所を故郷と感じられるもの」は、それを超えた普遍の理性や真理を信じることができるもの。

「全世界を異郷と思うもの」については柄谷行人の助けを借りたいが、柄谷は「あらゆる共同体の自明性を認めない」態度をとるものだと書いている。つまり、共同体の内と外を分けずに無効化するタイプだ、と。それは、普遍の理性や真理を信じることとは異なっている。共同体とは、人間がそこでしか生まれない限り、条件としてある。その条件について考えようと、共同体から自由になれるわけではない。ただ、その考え、知性の営みが自由であるだけだ。しかし、その自由は、「全世界」の中でこそ可能であるが故に、超越はできず、「異郷」と思うより仕方がない。

「よく隠れし者は、よく生きたり」とはデカルトの座右の銘だ。オヴィディウスの悲劇にある言葉らしい。

デカルトは、各地を旅する中で、国により地方により人が様々に生きる姿を見た。風習は風土に基づき偶然的に発生している単なる習慣に過ぎず、そこに新たな原理はなかった。ましてスコラ哲学のような抽象的学説に支えられているような世界もなかった。彼はカソリックが主流のフランスを離れ、「都市であり、砂漠」というオランダはアムステルダムに隠れ住んだ。

・住んでいる国・地域の法や慣習に従う。
・選択肢があった場合、より成功しそうなことを選び、一度決定したことには従う。
・世界の秩序よりも自分の欲望を変えるように努め、不可能なことは望まない。

簡単にまとめてしまったが、暫定的な道徳とした三つの格率は、「全世界を異郷と思うもの」であることを如実に示している。

「住んでいる国・地域の法や慣習に従う」者とは、その「従う」という言葉のもつ意味によって、「よく隠れし者」「全世界を異郷と思うもの」であることを証明している。

デカルトの哲学を追えば、彼は「故郷を甘美に思い」つつ「あらゆる場所を故郷と感じ」つつ「全世界を異郷と思うもの」として現れてくる。

全世界を異郷と思うからといって、法や慣習に従わないでいることはできない。従わなければ、どこにも「者＝人間」として存在することなどできないのだから。従わずに存在すると考えられるなら、それは「故郷」とする共同体に基づく考え方だ。

今年亡くなった小野田寛郎も、戦後約三十年をフィリピンはルバング島の密林の中、日本の軍人として生きていた。一方、共にいた小塚金七は、そこで日本の軍人として死んだ。彼らの他にも、死んだとされて、そのまま見つからずひっそりとこの世から去った軍人が南方の島々に何人もいたことは想像に難くない。社会的に死してなお、彼らは日本人だったろう。

共同体の法や慣習は、個人の中に染みついて、おいそれとふるい落とせるものではない。現代だってそれはそうだ。縛られたくないと言いながら縛られている。沖縄で余生を過ごそうと、そのしがらみから逃れるわけではない。終《つい》の住処《すみか》を構えたはいいが、ご近所づきあいに悩まされ、舞い戻ってくる人すらいると聞く。どこにも共同体はある。このあいだ、「めちゃイケ」で沖縄の無人島にたった一人で暮らす老人を見たけれど、彼だって、戸籍があったりする以前に、日本語で思考する日本人で、岡村隆史と何事もなく話を交わすことができる。

日本語で思考することが、日本という言わば「幻想の共同体」との癒着を示してしまうように、共同体のある大部を「言語」が担っていることにまちがいはないだろう。言語が恣意的であり、それに縛られていると思い知ることが、「全世界を異郷と思う」条件の一つであると言っても過言ではない。

全世界の言語の数は現在なお不確定であり、方言を含めれば際限もなく、一つの記録も残さず滅びた言語さえ隠れたままだ。それだけを考えても、この世は異郷だらけであると言えるだろう。言語を使うということは、共同体に属することを証明してしまう。そのため、あの「完璧である」

と言われる、「全世界を異郷と思うもの」を理解する者たちの言葉遣いは、自分にとって、言葉にできないほど微妙な、ある一つの様相を呈しているように思える。なんとなれば、ノートをめくれば、どうもそんな人たちの言葉ばかりが記録されているらしい。

*

「ね、なぜ旅に出るの？」

「苦しいからさ。」

「あなたの（苦しい）は、おきまりで、ちつとも信用できません。」

「正岡子規三十六、尾崎紅葉三十七、斎藤緑雨三十八、国木田独歩三十八、長塚節三十七、芥川龍之介三十六、嘉村礒多三十七。」

「それは、何の事なの？」

「あいつらの死んだとしさ。ばたばた死んでゐる。おれもそろそろ、そのとしだ。作家にとつて、これくらゐの年齢の時が、一ばん大事で、」

「さうして、苦しい時なの？」

「何を言つてやがる。ふざけちやいけない。お前にだつて、少しは、わかつてゐる筈だがね。もう、これ以上は言はん。言ふと、気障《きざ》になる。おい、おれは旅に出るよ。」

私もいい加減にとしをとつたせゐか、自分の気持の説明などは、気障な事のやうに思はれて、

（しかも、それは、たいていありふれた文学的な虚飾なのだから）何も言ひたくないのである。

太宰治『津軽』の、「序編」はとばして「一、巡礼」の冒頭である。

主人公の津島修治（太宰の本名である）は、自分の気持ちの説明が「文学的な虚飾」になると断じて、口をつぐむ。

「文学」もまた、ある種の共同体であるが、こうした芸術・学問においては、哲学の行き渡りや超越論によって、その法や慣習を否定しながらも、その共同体に存在することが許される。いや、というよりも、法や慣習を否定すること自体が「法や慣習」としてまかり通っている分野である。

そこから独立してものを書くことはできないだろう。操る言葉は、全ては多岐にわたって複雑に組み合わさった引用に過ぎないが、それを引用元まで遡及することが余りにも困難を極めるのだ。

死をもって、人は共同体から解放される。

上の引用で、旅のはじめの女との会話に累々とあげられている同じ共同体にかつて孕まれていた死者たちの名前は、彼がこの後で故郷へと旅に出ることと相まって、くり返し、以下の言葉を思い起こさせる。

故郷を甘美に思うものは、まだくちばしの黄色い未熟者である。あらゆる場所を故郷と感じられるものは、既にかなりの力を蓄えた者である。全世界を異郷と思うものこそ、完璧な人間である。

ならば、故郷である津軽に帰らんとする津島修治は「故郷を甘美に思うもの」なのだろうか？順番が前後するが、『津軽』の「序編」にはこんな言がある。

数年前、私は或る雑誌社から「故郷に贈る言葉」を求められて、その返答に曰く、

汝を愛し、汝を憎む。

フーゴーの言葉にあくまで寄りかかるなら、これは「完璧な人間」の言葉である。太宰は、明らかに「全世界を異郷と思う」作家だった。

それでは、「故郷を甘美に思うもの」と、故郷があると認めながらそれを疑い「全世界を異郷と思うもの」の間には、どれほどの乖離があり、それはどんな形をとって現れるのだろうか。

太宰に心酔する者は多い。死後数十年、広く読まれ続けることのできる作家は少ないが、彼はそれになった。これからもしばらくはそうだろう。

吉本隆明は、『悲劇の解読』の中で、「その場かぎりのどうでもいい感情を吐き出しているようにみせながら、生まじめに真理をいう力がかれの本質である」と書いている。

太宰の作の中で、他者はあらゆる関係の中で、他者のまま在り続ける。近親者ですらそうである。「ワザ」を見抜く阿呆の竹一すらそうである。そこには、いつ裏切られるかもわからない人間関係がある。

しかし、その齟齬が悲劇に堕せず、どうしてもユーモアに流れるのは、太宰が「全世界を異郷と思うもの」であるかはともかく、それについてよく知っているからではないだろうか。『津軽』では、故郷の青森の風土や歴史が細かく語られるが、太宰は、以下のような具合でいちいちそれを否定している。

私はこのたびの旅行で見て来た町村の、地勢、地質、天文、財政、沿革、教育、衛生などに就いて、専門家みたいな知つたかぶりの意見は避けたいと思ふ。私がそれを言つたところで、所詮は、一夜勉強の恥づかしい軽薄の鍍金《めっき》である。それらに就いて、くはしく知りたい人は、その地方の専門の研究家に聞くがよい。私には、また別の専門科目があるのだ。世人は仮りにその科目を愛と呼んでゐる。人の心と人の心の触れ合ひを研究する科目である。私はこのたびの旅行に於いて、主としてこの一科目を追及した。どの部門から追及しても、結局は、津軽の現在生きてゐる姿を、そのまま読者に伝へる事が出来たならば、昭和の津軽風土記として、まづまあ、及第ではなからうかと私は思つてゐるのだが、ああ、それが、うまくゆくといいけれど。

「愛」を追及することが故郷の「津軽」を語ることになるのではないかと彼は言っている。ならば、いちばん「愛」だと思われる場面を見てみたい。

最後、津島修治は三つから八つまで育てられたたけに、これを一番楽しみにしていたから最後にとっておいたとかわいいことを言って、いそいそと会いに行く。だから、まあ、これがいちばんの

「愛」でいいだろう。

しかし、たけは子供の運動会に行っていて、家を訪ねてもいない。運動場に行ってみるが、人にまぎれて見つけることができない。するとだんだん弱気になってくる。

私は更にまた別の小屋を覗いて聞いた。わからない。更にまた別の小屋。まるで何かに憑かれたみたいに、たけはゐませんか、金物屋のたけはゐませんか、と尋ね歩いて、運動場を二度もまはつたが、わからなかつた。二日酔ひの気味なので、のどがかわいてたまらなくなり、学校の井戸へ行つて水を飲み、それからまた運動場へ引返して、砂の上に腰をおろし、ジヤンパーを脱いで汗を拭き、老若男女の幸福さうな賑はひを、ぼんやり眺めた。この中に、ゐるのだ。たしかに、ゐるのだ。いまごろは、私のこんな苦労も何も知らず、重箱をひろげて子供たちに食べさせてゐるのであらう。いつそ、学校の先生にたのんで、メガホンで「越野たけさん、御面会。」とでも叫んでもらはうかしら、とも思つたが、そんな暴力的な手段は何としてもイヤだつた。そんな大袈裟な悪ふざけみたいな事までして無理に自分の喜びをでつち上げるのはイヤだつた。縁が無いのだ。神様が逢ふなとおつしやつてゐるのだ。帰らう。私は、ジヤンパーを着て立ち上つた。また畦道を伝つて歩き、村へ出た。運動会のすむのは四時頃か。もう四時間、その辺の宿屋で寝ころんで、たけの帰宅を待つてゐたつていいぢやないか。さうも思つたが、その四時間、宿屋の汚い一室でしよんぼり待つてゐるうちに、もう、たけなんかどうでもいいやうな、腹立たしい気持になりやしないだらうか。私は、いまのこの気持のままでたけに逢ひたいのだ。しかし、どうしても逢ふ事が出来ない。つまり、縁が無いのだ。はるばるここまでたづねて来て、すぐそこに、いまゐるといふ事がちやんとわかつてゐながら、逢へずに帰るといふのも、私のこれまでの要領の悪かつた生涯にふさはしい出来事なのかも知れない。私が有頂天で立てた計画は、いつでもこのやうに、かならず、ちぐはぐな結果になるのだ。私には、そんな具合のわるい宿命があるのだ。帰らう。考へてみると、いかに育ての親とはいつても、露骨に言へば使用人だ。女中ぢやないか。お前は、女中の子か。男が、いいとしをして、昔の女中を慕つて、ひとめ逢ひたいだのなんだの、それだからお前はだめだといふのだ。兄たちがお前を、下品なめめしい奴と情無く思ふのも無理がないのだ。お前は兄弟中でも、ひとり違つて、どうしてこんなにだらしなく、きたならしく、いやしいのだらう。しつかりせんかい。

津島修治の心は揺れている。今だけでなく、ずっと、生涯ふらふらと揺れているのだが、故郷に帰ってなお揺れるのだ。その心は、故郷が絶えず甘美であることなどありえないという自戒を差し挟まないではいられない。

次の瞬間の自分の心持ちを制御できると、彼は考えない。いつあの、全てをどっちらけに帰する「トカトントン」という忌まわしくも安らかな間抜けの音が聞こえるか、常に考えずにいられない。その音は、来るのは怖いが、来たらそれでなんの不安もないという特性を持っている。

しかし、『津軽』の中で、太宰はたけの子供に会う。機嫌良くしゃべりまくり、案内されて後、ついにたけと再会し、ともに運動会をながめる場面で、その心境に変化が訪れる。

引用が多すぎるが、自分はこれらの場面をすべてノートに引き写している。これを読んで何か考えることがあったのだろう。その時あったのだから、今もあるだろう。だから、ぜんぶ書くことにする。

「修治だ。」私は笑つて帽子をとつた。

「あらあ。」それだけだつた。笑ひもしない。まじめな表情である。でも、すぐにその硬直の姿勢を崩して、さりげないやうな、へんに、あきらめたやうな弱い口調で、「さ、はひつて運動会を。」と言つて、たけの小屋に連れて行き、「ここさお坐りになりせえ。」とたけの傍に坐らせ、たけはそれきり何も言はず、きちんと正座してそのモンペの丸い膝にちやんと両手を置き、子供たちの走るのを熱心に見てゐる。けれども、私には何の不満もない。まるで、もう、安心してしまつてゐる。足を投げ出して、ぼんやり運動会を見て、胸中に、一つも思ふ事が無かつた。もう、何がどうなつてもいいんだ、といふやうな全く無憂無風の情態である。平和とは、こんな気持の事を言ふのであらうか。もし、さうなら、私はこの時、生れてはじめて心の平和を体験したと言つてもよい。先年なくなつた私の生みの母は、気品高くおだやかな立派な母であつたが、このやうな不思議な安堵感を私に与へてはくれなかつた。世の中の母といふものは、皆、その子にこのやうな甘い放心の憩ひを与へてやつてゐるものなのだらうか。さうだつたら、これは、何を置いても親孝行をしたくなるにきまつてゐる。そんな有難い母といふものがありながら、病気になつたり、なまけたりしてゐるやつの気が知れない。親孝行は自然の情だ。倫理ではなかつた。

「親孝行は自然の情だ。倫理ではなかつた。」とは、単純明快だが、たけは育ての親で、生みの親ではないという点でちょっと単純でない。

生みの母が与えなかった不思議な安堵感を、育ての母であるたけは与えた。

太宰はここで、親子という血縁関係ではなく、生きた経験に基づく交流関係が人間に影響を与えると主張しているのだ。そちらの方が「自然」だと言うのである。

ともすれば、与えられたから与えるのだともとれる、やや現金にも聞こえる論理だ。その証拠に、実の親には与えられなかったから親孝行をする必要がなかったと暗に言っている。

単純な脳みそに、マルセル・モースの『贈与論』の論理が思い出される。モースが分析した贈与行為は、次の三つの特色をもっている。

・贈り物を与える義務
・贈り物を受ける義務
・お返しをする義務

これらが共同体の間で繰り返し行われる。

とはいえ、わざわざ贈与の例を出さなくても、これを義理と呼んでもいいかもしれない。やったからにはやらなくてはいけない。貸し借りについて自覚的であらねば、と。

太宰の目には、人が人に対してやることとなすことは、何か気詰まりな「返礼」という重荷を引きずっているように見えるらしいという、それは確かだ。

しかし、である。


兄妹、五人あつて、みんなロマンスが好きだつた。長男は二十九歳。法学士である。ひとに接するとき、少し尊大ぶる悪癖があるけれども、これは彼自身の弱さを庇ふ鬼の面であつて、まことは弱く、とても優しい。弟妹たちと映画を見にいつて、これは駄作だ、愚劣だと言ひながら、その映画のさむらひの義理人情にまゐつて、まず、まつさきに泣いてしまふのは、いつも、この長兄である。

（『愛と美について』）


この例をとって全てが言えるわけではないが、そのくせ、義理人情が好きなのだ。そのくせ、与えられた恩を素直に返すことができないのだ。

とにもかくにも太宰は、こうした「そのくせ」という言葉に彩られる、まことは弱く、とても優しい人物ばかりを執拗に書いている。

それはもちろん、太宰がそんな人間について一家言持っているせいだという風に考えるのが自然だろう。

贈与というのが慣習である以上、そこに「本当の気持ち」とでもいうようなものは無視される。というか、それを無視して振る舞うからこそ、贈答の関係は十全に機能する。心から感謝していようが、いい加減な気持ちでやっていようが、個々の人間がナイーヴに傷つくことがないようにできていることで、社会関係を維持する機能を有するのだ。

しかし、それは共同体にいればこそ、である。

もしも、その中に「全世界を異郷と思うもの」がいて贈答に巻き込まれたとしたら、彼はそのたびに、相手の真意を憂慮し、その非対称の関係がもつ不気味さに怯えることになる。映画で描かれる義理人情は、そこから不気味さが除染された美しいものであり、だから、太宰的人物である「長兄」は安心してこれを受け入れ、まっさきに泣いてしまう。かわいいものである。贈答だなんだと言っているが、別に伝統的なことに関わらず、人がそれぞれのポジションを保って他者と関係を持とうとすれば、こんなことはどんな場面でも起こりうる。Twitterで星をつけたりつけられたり、リツイートのしたりされたりに不安を覚えるのだって同じことだ。

太宰はそこで揺れ動き不安に苛まれてしまう人間をよく書いた。これは「完璧な者」の所作である。

そんな風に「完璧な者」について考えが及びながら、「よく隠れし者は、よく生きたり」という言葉を座右の銘にはしなかったのは、スキャンダラスな生涯からも明らかだ。太宰は、どうあってもその範疇には収まることができなかった。しかし、それを自覚していないわけでもなかった。むしろ誰よりも自覚していた。それでも黙ることができず、あんな生涯になったのは、彼の資質もあるが、なにより、太宰がまぎれもなく作家であったためだろう。

ひとことでも、ものを言へば、それだけ、みんなを苦しめるやうな気がして、むだに、くるしめるやうな気がして、いつそ、だまつて微笑んで居れば、いいのだらうけれど、僕は作家なのだから、何か、ものを言はなければ暮してゆけない作家なのだから、ずゐぶん、骨が折れます。

（略）

Kは、僕を憎んでゐる。僕の八方美人を憎んでゐる。ああ、わかつた。Kは、僕の強さを信じてゐる。僕の才を買ひかぶつてゐる。さうして、僕の努力を、ひとしれぬ馬鹿な努力を、ごぞんじないのだ。らつきようの皮を、むいてむいて、しんまでむいて、何もない。きつとある、何かある、それを信じて、また、べつの、らつきようの皮を、むいて、むいて、何もない、この猿のかなしみ、わかる？　ゆきあたりばつたりの万人を、ことごとく愛してゐるといふことは、誰をも、愛してゐないといふことだ。

（『秋風記』）

「猿のかなしみ、わかる？」というのが実におもしろくって好きなのだが、「万人をことごとく愛してゐる」のは、「あらゆる場所を故郷と感じられるもの」の業と言ってもよいかもしれない。しかし、太宰は、それは個人を認めないということであり、認めないということは、誰をも愛していないことだと捨て鉢に言う。

それにより、内も外も無いのだと言って「全世界を異郷と思うもの」の領域まで足を踏み出しながら、そこに、きまって「キザ」のにおいを感じ取り、断固毛嫌い、「猿」まで退行するのである。『徒党について』という、死ぬ年に書かれた文章は、実に象徴的なものを自分に夢見させる。

徒党は、政治である。さうして、政治は、力ださうである。そんなら、徒党も、力といふ目標を以て発明せられた機関かも知れない。しかもその力の、頼みの綱とするところは、やはり「多数」といふところにあるらしく思われる。

ところが、政治の場合に於いては、二百票よりも、三百票が絶対の、ほとんど神の審判の前に於けるがごとき勝利にもなるだらうが、文学の場合に於いては少しちがふやうにも思はれる。

孤高。それは、昔から下手なお世辞の言葉として使ひ古され、そのお世辞を奉られてゐる人にお目にかかつてみると、ただいやな人間で、誰でもその人につき合ふのはご免、そのやうな質《たち》の人が多いやうである。さうして、その所謂「孤高」の人は、やたらと口をゆがめて「群」をののしる。なぜ、どうしてののしるのかわけがわからぬ。ただ「群」をののしり、己れの所謂「孤高」を誇るのが、外国にも、日本にも昔はみな偉い人たちが「孤高」であつたという伝説に便乗して、以て吾が身の侘びしさをごまかしてゐる様子のやうにも思われる。

「孤高」と自らを号してゐるものには注意をしなければならぬ。第一、それは、キザである。ほとんど例外なく、「見破られかけたタルチユフ」である。どだい、この世の中に、「孤高」といふことは、無いのである。孤独といふことは、あり得るかもしれない。いや、むしろ、「孤低」の人こそ多いやうに思われる。

私の現在の立場から言ふならば、私は、いい友達が欲しくてならぬけれども、誰も私と遊んでくれないから、勢い、「孤低」にならざるを得ないのだ。と言つても、それも嘘で、私は私なりに「徒党」の苦しさが予感せられ、むしろ「孤低」を選んだはうが、それだつて決して結構なものではないが、むしろそのほうに住んでゐたはうが、気楽だと思はれるから、敢えて親友交歓を行はないだけのことなのである。

それでまた「徒党」について少し言つてみたいが、私にとつて（ほかの人は、どうだか知らない）最も苦痛なのは、「徒党」の一味の馬鹿らしいものを馬鹿らしいとも言へず、かへつて賞讃を送らなければならぬ義務の負担である。「徒党」といふものは、はたから見ると、所謂「友情」によつてつながり、十把一からげ、と言つては悪いが、応援団の拍手のごとく、まことに小気味よく歩調だか口調だかそろつてゐるやうだが、じつは、最も憎悪してゐるものは、その同じ「徒党」の中に居る人間なのである。かへつて、内心、頼りにしてゐる人間は、自分の「徒党」の敵手の中に居るものである。

自分の「徒党」の中に居る好かない奴ほど始末に困るものはない。それは一生、自分を憂鬱にする種だということを私は知つてゐるのである。

新しい徒党の形式、それは仲間同士、公然と裏切るところからはじまるかもしれない。

友情。信頼。私は、それを「徒党」の中に見たことが無い。

「徒党」というのは、広く狭く共同体と言ってもかまわないだろう。この言葉のチョイスにはトゲがあり、太宰の抱く反感がよくわかる気がする。

その中でも最後に出てくる「新しい徒党の形式」というのに注目したいが、仲間同士でありながら裏切れるということは、言わば、贈答（贈る・答える）が成立するかどうか不確定な、信頼できない非対称の関係でありながら、一つの共同体であるということだ。

もちろん、こんなことはありえない。だから、これこそが「全世界を異郷と思うものこそ、完璧な人間である」ということなのだ。自分にはそう思える。そして、そこに太宰がたどり着くことはなく「孤低」に落ち着かざるを得ない顚末がよくわかる。

完璧ということはありえない。だから、ありえないがゆえに完璧なのだ。そして、ありえない完璧さは、それがありえた時の様態を示すことができない。示す必要もあるまい。

デカルトが示した暫定的道徳の三大格率も、再び記しておこう。

・住んでいる国・地域の法や慣習に従う。
・選択肢があった場合、より成功しそうなことを選び、一度決定したことには従う。
・世界の秩序よりも自分の欲望を変えるように努め、不可能なことは望まない。

ぜひとも『徒党について』に戻ってもらいたい。

太宰はこの格率を遵守しようとしており、それが妙におかしい。どんな結果を生むのであれ、こうしたことをくそ真面目に標榜せざるを得ない点で、やはり太宰は立派でおもしろい、興味ある人間であると思う。

太宰は、道徳的に立派な手続きをとって、机上の「完璧な者」とやらになりたいのだが、それを目指すと「孤高」になる。キザに堕す。そんなものはよくない。だから、低きところを通ってそこまでいくしかない、しかし、それは不可能である。自分という人間との相性の悪さも自覚している。だから彼は、三大格率を守りながら、デカルトの言うように、ありえないかも知れない完璧な絶対的道徳規則を実現する者へと永遠に接近していくしかないのである。

そんな手続きを踏んだ試みが、上手くいくはずあるだろうか。

しかし、それが、まっとうに悩むということだと自分は思う。だから、耳を傾けなくてはならない気がする。

故郷を甘美に思うものは、まだくちばしの黄色い未熟者である。あらゆる場所を故郷と感じられるものは、既にかなりの力を蓄えた者である。全世界を異郷と思うものこそ、完璧な人間である。

そして、作家太宰治としてそのような人間の有様を扱うとき、つまり、「作家としてものを言わなければ」ならないとき、彼はこの三つのタイプを修行者のように巡り、演じ続けることしかできないのである。

それゆえ、彼は何を書こうと、いかに迫真的な場面が訪れようと、心中から逃れるように、ユーモアに身を翻《ひるがえ》すことができた。

つまり、こういうことだ。

「故郷を甘美に思うもの＝未熟者」が出てくれば、それを「あらゆる場所を故郷と感じられるもの＝力を蓄えた者」として余裕綽々《しゃくしゃく》の顔で眺め、ユーモアに変えてしまう。その余裕綽々の顔に語りのピントが合った途端、「全世界を異郷と思うもの＝完璧な人間」の仮の姿として母が子に憩いを許すように眺める者を登場させ、冷笑する。かと思えば、その冷笑する姿を「故郷を甘美に思うもの＝未熟者」の視線で照射することで、滑稽に露出させてしまう。

三つの視線は循環し、交錯し、三すくみを構成する。

本来、この思惑のこもった不気味な視線のしがらみを中和するのが法や慣習である。しかし、太宰はそれを信じられないのだ。

さて、こうした三すくみは、村上春樹の「うなぎ」を連想させもする。

＊

村上 僕はいつも、小説というのは三者協議じゃなくちゃいけないと言うんですよ。

柴田 三者？

村上 三者協議。僕は「うなぎ説」というのを持っているんです。僕という書き手がいて、読者がいますね。でもその二人だけじゃ、小説というのは成立しないんですよ。そこにうなぎが必要なんですよ。うなぎなるもの。

柴田 はあ。

村上 いや、べつにうなぎじゃなくてもいいんだけどね（笑）。たまたま僕の場合、うなぎなんです。何でもいいんだけど、うなぎが好きだから。だから僕は、自分と読者との関係にうまくうなぎを呼び込んできて、僕とうなぎと読者で、三人で膝をつき合わせて、いろいろと話し合うわけですよ。そうすると、小説というものがうまく立ち上がってくるんです。

柴田 それはあれですか、自分のことを書くのは大変だから、コロッケについて思うことを書きなさいというのと同じですか。

村上 同じです。コロッケでも、うなぎでも、牡蠣フライでも、何でもいいんですけど（笑）。

コロッケも牡蠣フライも好きだし。
柴田　三者協議っていうのに意表つかれました（笑）。
村上　必要なんですよ、そういうのが。でもそういう発想が、これまで既成の小説って、あんまりなかったような気がするな。みんな作家と読者のあいだだけで、ある場合には批評家も入るかもしれないけど、やりとりがおこなわれていて、それで煮詰まっちゃうんですよね。そうすると「お文学」になっちゃう。
でも、三人いると、二人でわからなければ、「じゃあ、ちょっとうなぎに訊いてみようか」ということになります。するとうなぎが答えてくれるんだけれど、おかげで謎がよけいに深まったりする。
柴田　で、でもその場合うなぎって何なんですかね（笑）。
村上　わかんないけど、たとえば、第三者として設定するんですよ、適当に。それは共有されたオルターエゴのようなものかもしれない。簡単に言っちゃえば。僕としては、あまり簡単に言っちゃいたくなくて、ほんとうはうなぎのままにしておきたいんだけど、それではたぶん難解すぎるかもしれないから。

（柴田元幸『ナイン・インタビューズ　柴田元幸と9人の作家たち』）

ここで「うなぎ」は、「全世界を異郷と思うもの」として想定されてはいないだろうか。その場合、「作家」は「あらゆる場所を故郷と感じられるもの」であり、「読者」は「故郷を甘美に思うもの」ということになるだろう。

「うなぎ」は、「作家」にも、「読者」やその一部である「批評家」にも与《くみ》しないが、「うなぎ」として答えることができる。しかし、「全世界を異郷と思うもの」の答えが、謎を解き明かすわけではなく、むしろ謎を深まらせるという。

発話の中にある「オルターエゴ」とは別人格や他我（他者の自我）、イメージとしては、この語に当てはめて、例えば武藤敬司にとってのグレート・ムタをそう呼ぶこともあるので、差し当たりはそのように捉えておいてくれてよい。

本来、他我は経験も認識もし得ないものだ。それゆえ、他者との無謀な想像的同一化は憎しみと享楽を入り混じらせる。それが作家と読者の間で行われ、「憎しみと享楽」が煮詰まった時、村上春樹によれば「お文学」が生まれるのだという。

それを予防するものとして、村上春樹は「うなぎ」を登壇させずにはいられない。なぜなら、彼にもまた、太宰のように、「全世界を異郷と思うもの」への意志があるからだ。

しかし、二人の生きる上での態度はまったく異なっている。

村上春樹は、作家についてこう考える。

　僕は他人の話をわりに熱心に聞きます。まわりの人々の様子を観察するのも好きです。「人を観察するのは好きだけれど、判断を下すのは避ける」というのも、作家の性向のひとつです。

（『夢を見るために毎朝僕は目覚めるのです』）

太宰は村上春樹のような、落ち着き払って自制的と思われるような態度はとれなかった。

ここでもう一度まとめてみよう。

太宰が「うなぎ」になりたかったのではないかということはもう書いた。しかし、共同体に根付いた心、慣習に由来するような甘い心を太らせてもいた彼は、日本で異国のカルチャーに親しんで育った村上春樹とちがい、その目から見た「うなぎ」のことをすら、「孤高」で「キザ」なものだと判断を下してしまう。だから太宰は、慣習におびえつつ安寧を覚え、愛を実現させることなくそれを求め、贈与されながら答えず、明くる日に涙を流して感謝する、という一見やぶれかぶれな著述をくり返す。その態度が「ワザ」であることを証明するようですらある。川端康成への手紙も思い出される。

坂口安吾が、太宰治の人となりについて、こんなことを書いている。

フツカヨイをとり去れば、太宰は健全にして整然たる常識人、つまり、マットウの人間であった。小林秀雄が、そうである。太宰は小林の常識性を笑っていたが、それはマチガイである。真に正しく整然たる常識人でなければ、まことの文学は、書ける筈がない。

今年の一月何日だか、織田作之助の一周忌に酒をのんだとき、織田夫人が二時間ほど、おくれて来た。その時までに一座は大いに酔っ払っていたが、誰かが織田の何人かの隠していた女の話をはじめたので、

「そういう話は今のうちにやってしまえ。織田夫人がきたら、やるんじゃないよ」

と私が言うと、

「そうだ、そうだ、ほんとうだ」

と、間髪を入れず、大声でアイヅチを打ったのが太宰であった。先輩を訪問するに袴をはき、太宰は、そういう男である。健全にして、整然たる、ほんとうの人間であった。


（『不良少年とキリスト』）


もう、フツカヨイが何であるとか、先輩を訪問するにあたって袴をはくことの意味とかをえらそうに講釈する必要はないように思われる。

人間はみな弱い。弱いから、弱くならないためになんでもやる。そして、だからこそ弱い。

自分のノートには、太宰の作からそんな例がいくらでも写してある。

ある希望をこめてそれらを綴っていた日々を思い出しながら、その時とはいくぶん異なる気分で、また書き出してみる。読むも読まぬも自由である。こんな悩みが己と関係あるとするもしないとするも、自由である。

幸せとは、なんだろうか。


満月の宵。光つては崩れ、うねつては崩れ、逆巻き、のた打つ浪のなかで互ひに離れまいとつないだ手を苦しまぎれに俺が故意と振り切つたとき女は忽ち浪に呑まれて、たかく名を呼んだ。俺の名ではなかつた。

（『葉』）

「わたしは、鳥ではありませぬ。また、けものでもありませぬ。」幼い子供たちが、いつか、あはれな節をつけて、野原で歌つてゐた。私は家で寝ころんで聞いてゐたが、ふいと涙が湧いて出たので、起きあがり家の者に聞いた。あれは、なんだ、なんの歌だ。家の者は笑つて答へた。蝙蝠の歌でせう。鳥獣合戦のときの唱歌でせう。「さうかね。ひどい歌だね。」「さうでせうか。」と何も知らずに笑つてゐる。

その歌が、いま思ひ出された。私は、弱行の男である。私は、御機嫌買ひである。私は、鳥でもない。けものでもない。さうして、人でもない。けふは、十一月十三日である。四年まへのこの日に、私は或る不吉な病院から出ることを許された。けふのように、こんなに寒い日ではなかつた。秋晴れの日で、病院の庭には、未だコスモスが咲き残つてゐた。あのころの事は、これから五、六年経つて、もすこし落ちつけるようになつたら、たんねんに、ゆっくり書いてみるつもりである。「人間失格」といふ題にするつもりである。

（『俗天使』）

主人の批評に依れば、私の手紙やら日記やらの文章は、ただ真面目なばかりで、さうして感覚はひどく鈍いさうだ。センチメントといふものが、まるで無いので、文章がちつとも美しくないさうだ。本当に私は、幼少の頃から礼儀にばかりこだはつて、心はそんなに真面目でもないのだけれど、なんだかぎくしやくして、無邪気にはしやいで甘える事も出来ず、損ばかりしてゐる。慾が深すぎるせゐかも知れない。なほよく、反省をして見ませう。

（『十二月八日』）

「子供は？」たうとうその小枝もへし折つて捨て、両肘を張つてモンペをゆすり上げ、「子供は、幾人」

私は小路の傍の杉の木に軽く寄りかかつて、ひとりだ、と答へた。

「男？　女？」

「女だ。」

「いくつ？」

次から次と矢継早に質問を発する。私はたけの、そのやうに強くて不遠慮な愛情のあらはし方に接して、ああ、私は、たけに似てゐるのだと思つた。きやうだい中で、私ひとり、粗野で、がらつぱちのところがあるのは、この悲しい育ての親の影響だつたといふ事に気附いた。私は、この時はじめて、私の育ちの本質をはつきり知らされた。私は断じて、上品な育ちの男ではない。だうりで、金持ちの子供らしくないところがあつた。見よ、私の忘れ得ぬ人は、青森に於けるT君であり、五所川原に於ける中畑さんであり、金木に於けるアヤであり、さうして小泊に於けるたけである。アヤは現在も私の家に仕へてゐるが、他の人たちも、そのむかし一度は、私の家にゐた事がある人だ。私は、これらの人と友である。
さて、古聖人の獲麟を気取るわけでもないけれど、聖戦下の新津軽風土記も、作者のこの獲友の告白を以て、ひとまづペンをとどめて大過ないかと思はれる。まだまだ書きたい事が、あれこれとあつたのだが、津軽の生きてゐる雰囲気は、以上でだいたい語り尽したやうにも思はれる。私は虚飾を行はなかつた。読者をだましはしなかつた。さらば読者よ、命あらばまた他日。元気で行かう。絶望するな。では、失敬。

（『津軽』）

ノートを眺めていると、太宰が証明するように、なることもできない「完璧な人間」の正体を、自分もまた追い求めているように思える。そうなりたいと思っているわけでもないのに不思議な感じだが、そうするより仕方がないという気がずっとしているのだ。だから、そんな人間の放った言葉ばかりが、秋風に吹きだまる枯れ葉のように集まってくる。

*

それと関係するのかはわからないが、自分はこれまでずっと、何か人様のお役に立ったり、書いたものを褒められたりするでもいいが、とにかく人間と関わった時に、その関係の底から勝手に生じてくるあらゆる反応を見るのが、いやでいやでたまらなかった。恥ずかしく、居心地が悪いように思えて、逃げ出したくなった。

小学校では優等生で、リレーの選手も児童会長もやり、まずまず将来を嘱望されているような心地も子供ながらにしており、それほどの衒《てら》いもなくやっていたのだけれど、卒業すると勤めが終わったような心地がして、私立の中学に入って以降、とにかく人の評価や貢献の場に与《あずか》るようなことを一切しなくなった。どうも、意図を含んだ人のまなざしに耐えられないようなところがあった。

こんな身の上話がいちばん嫌いなのだが、それでも、書かずにいられないのは、少なくとも、自分のことを作家のようなものだと考えることに対して、いくぶん真剣になっているからだ。

で、こんな風な、中学になった僕は人と関わることもそこそこに独立不羈の精神をブレザーの内ポケットにそっとしのばせて……というようなご大層な回想が、今の自分から逆算した都合のいい考えという一面も持っているのは否定できない。

自分について語る場合、その罠に落ちない人などいないのだ。

我々言語を用いる人間、いかなる重大な告白をともなった文章も、サリンジャーがバディ・グラースに身をやつして語っているような以下の危険を携えることになるのである。


告白的文章というものは、まずもって、自慢するのをやめたという作家の自慢が鼻につくものである。いつでも、公然と告白する人間から聞くべきものは、彼が告白していいないことなのだ。人生のある時期で（悲しいことだが、たいていは成功している時期）、人はとつぜん大学の期末試験でカンニングをしたと告白できると思うかもしれないし、二十二歳から二十四歳まで性的不能だった、と知らせようと決心するかもしれないが、こうした勇気のある告白それ自体は、当人がペットのハムスターに腹を立てて、その頭を踏みつけたことがあったかどうかを探りだせるということを保証するものではない。

（『シーモア―序章―』）

ただ、そうとも言い切れない面もある。

例えば、人や事物がそれを保証する場合には、とにかく、そのような事実があったらしいことは知り得るわけだ。卑弥呼のまじないによる時を超えた告白を聞くまでもなく、全ての信頼に足る情報を寄せ集めると、彼女がどこに居を構えていたのかなんてことがわかりそうなのである。その手続きは学問だ。

つまり、過去の自分がどうだったかなんて当人から聞けば眉唾ものだし、はっきり言ってそんなに熱心に耳をそばだてようとも思わないが、その時、当時の第三者の貴重な証言が発掘され、それに対して当人はこれこれこんな対応をとったということが、とりあえず事実としてははっきりしているのであれば、まあ、話のおもしろさというのを別にして、何か目的があるのなら、まずまず素直に耳を傾ける値打ちがあるのではないかということだ。バディがしつこく、語るに落ちる危険性を弁明しながら兄のことを語っていった理由がとてもよくわかる。きちんとやれば、リゾート地で拳銃自殺した才ある大家族の謎めいた長兄の姿をかなりリアリティをもって現出できるのではないかと、彼は信じ続けるほかないのである。

それと似たような心持ちで我々は、そこに隠された作家の実人生を知りたいと思って評伝を開く。その小説よりもうきうきするような心をもって。

しかし、それは、非常に恐ろしいことだ。


もう八年前になるだろうか。自分は、大学二年の終わりに、以下のようなメールをゼミの担当教授だった田中優子先生からいただいた。今では、先生は法政大学の総長になっているそうだ。


レポート受け取りました。これでめでたく1年が終わり、○○君は単位を取ります。しかもAで。

1年の最後なので、いろいろ正直に書きます。何を正直に言いたいかというと、「あなたは単位を取る」とか「Aだ」とか告げることが、なんだかヘンな気がしてます。大学教員になってそういうことを「へんだ」と思うのは初めてなのです。ゼミでは確かにあなたを「学生だ」と認識しているのですが、文章を読むたびに、単位を与える対象としての学生には思えなくなるのです。私は確かに「読者として」読んでしまっているのです。

しかもこういうことを「学生に」書いてしまう、というのが、もうひとつへんなことです。あなたの文章は人を究極まで正直にしてしまうのではないかしら。最初は単に才能があるからだと思っていましたが、そのうち「才能って何だろう?」と思うようになりました。祭についてゼミをしながら、「なぜ祭について論じているのだろう」と思うことがあり、最後のレポートではついに、「言葉とは何か」まであれこれ考えているのです。

あなたの文章を読むたびに「めまい」がします。私が好きな江戸時代の画家に伊藤若冲という人と曽我蕭白という人がいます。若冲の描く樹木は、上から、下から、空中から、同時に眺めているようで、その枝はこちらの空間に突き出し、あちら側にも突き抜けます。蕭白の獅子は、走りながら空中を落ちていて、それを見あげながら、同時に、見下げているのです。遠近法のもくろみのように、「私はここにいる」という定点を自分に見出すことはできません。だからめまいがします。

あなたの文章は読む者の定点を揺らがせるのです。そして次に、思考の渦に投げ込む。「どうしよう（この言葉の意味は、教授という立場から言うと、どう指導しよう、という意味です。ばかばかしいことに）」と考えながら、ひとりの読者として、あるいは、人間に対する人間として、そのたびに正直に伝えるのが、もっともいいのではないか、と思うようになりました。

ほめても意味がない。ほめた結果、あなたが「文章で食べられるかも知れない」と思ってしまうことも、恐れています。私はあなたの文章に惚れ込んでいます（そういう表現しか思いつかない）。しかし、その文章やその才能が、出版界で「商品」として売れるかどうかは、別問題なのです。本屋に並んでいるヒドイ本を眺めていれば、商品とはどういうものか、わかると思います。

ならばそれがどういう未来につながるのか、それはあなたにとっても私にとっても、手探りです。あるいはつながらないかも知れない（これも恐れていますが）。ちなみにここでの「未来」という言葉の使い方は、教授としての使い方です。

自分はこんな人間だったということを証明するために、私的なメールを引っ張り出して、自分の方の名は伏せながらネット上に公開するなんて、恥知らずで恩知らずな畜生がやることだ。それでも、自分は書くことに関しては、ここに書かれているように真摯を貫いてきたつもりなのだから、先生も許してくれるだろうと思う。自分は今、先生が宛ててくれたこの文章をもとに一生懸命考えるつもりでいるのだから、許してくれるだろうと思う。この文章は文学という曖昧なもののため浅学なりに考えと夜を徹して書いているのだから、許してくれるだろうと思う。

思うけれども、そんなことは全然関係がない。自分はただ先生に頼むしかできないけれども、かと言って許してもらえなくても構わない。ああ、先生はレポートの添削で、あなたの文章は「〜けれども」の接続が多いので灰汁《あく》が出ぬよう気をつけるように教えてくれたが、自分はこの助言をしばしば守らない。けれど、いつでも忘れたことがない。

さて、何はともあれ、このメールを衆目にさらしたのが何のためであるか肝に銘じ、意気地を出して、（そんなものがあるならば）心を込めて書くことにしよう。そしてそのために、もう少し自分の「人生」を振り返り、後追いし、まとめてみたい。

のたうちまわってきた道《つど》や足下にぬらぬら光っている体液のきらめきこそが、「感傷」と呼ばれるのだ。それはその都度振り返るたび、精神の天候に応じて濡れたり乾いたりしていて、世間一般ではこれを美しいととる場合も多々あるようだが、自分は万事恐ろしく思って避けてきた。しかし、人は感傷なしに何かを思い出すことなどできはしない。だからせめて、堂々とやることにしよう。必要とあらば。

中学以来、自分という人間は、とにかく他人と関わって自分について何か言われることが、もっと言えばそこに存在することがとてもイヤだったというのは書いた。国語は非常によくできた。目立った行動は取りたくないので、校外模試や学校のテストなんかでは、高三の秋までわざわざ間違えた答えを書いたりしていたが、志望校にも関わってくるのでちゃんと答えるようになると、河合塾の模試だが急に全国で五十番の偏差値八十など取るので国語の教師に褒められたりして、こくりこくりと頷き、時折アハハと笑いながら過ごしてやり過ごした。こういうところの一つ一つに虚飾が混じっていると思うけれど、自分は誰ともしゃべれたが、誰にも心を開かなかった。まあ、本はよく読んでいると言えた。

家族が嫌なわけではないが、ずっと一人暮らしがしたかった。一人で静かに暮らしたい。ブログを書いて過ごすのだ。大学になったら是非ともそうしよう。かと言って、あまり地方にも行きたくなかった。そういうわけで高一のとき、多摩にキャンパスがある法政大学に行こうと決めた。模試の成績は良かったので、早稲田大学を受けろと進路指導の先生に何度も言われた。

受験勉強はしたくなかった。本もマンガも読むし、テレビも見たいし、ゲームもしたいし、ブログの更新もあるし、忙しい。国語は何の心配もしなかったが、試験に使う英語と日本史はそこそこの成績なので、どうしたものかと考えた。かといって予備校にも通いたくない。

とりあえず、英語はウイニングイレブンの全選手名を『英単語ターゲット１４００』をもとに「英単語／日本語」にエディットして何十シーズンもリーグ戦を行うことにした。これでよし。日本史は、冬休みにセンター試験の過去問を十年分解いてよし。

結果、英語は九割とれて、日本史は八割、国語は「腐心」の漢字だけまちがえた。センター利用入試という簡便な制度で、思惑通りの大学へ進むことが早々に決まり、ちょろいものだと鼻を鳴らして安堵した。

早稲田も受けさせられた。受かってしまうと実家から通わせられてしまうので、試験日の早朝「がんばって参ります」と元気に家を出たその日は半日、山手線を内回り外回り、他にも適当に乗り換えながら、ゴールディング『蝿の王』を、子供たちが救出される直前まで読んで帰った。「むずかしかった」と夕ごはんを食べながら自分は言った。

上手く隠れているつもりだったが、最後の保護者面談で、母親は担任に「いろいろな生徒を見てきたが、あなたのお子さんだけはよくわからない」と言われたらしい。数年後にそれを明かした母親はぷりぷり怒っていた。自分はソファに寝転がって乾いた笑いを起こした。

法政大学多摩キャンパスは、駅からも離れた丘陵にある。一人暮らしの下宿からスーパーカブで通う山間の道には小さな牧場があり、トンネルを抜けるとそのにおいが鼻をついた。

人と交際するでもない自分は、数ある書物や何かをラッキーアイテムにますます陰気を上昇させ、ブログを更新するばかりの日々であった。自宅、図書館、道路。この他のことはあんまり覚えていない。

そんな毎日から、例のメールをもらうまでは特に書くべきこともない。喘息で死にかけたり、体育で骨折して足に金属プレートが入ったり、交通事故でスーパーカブが下取りされ、自分の耳も破れたりしたぐらい。

さっさと飛んで、先生からメールをもらった時の気分を簡単に言おう。

自分は、その身に余る内容を一読して、うれしくないわけではなかったが、本当にうれしいかといえば本当にはうれしくなく、非常に居心地が悪く、しばらくもう二度と読まなかった。

十代と二十代のいつも、自分はどこかで不快なまま生きている。膿のような淡い不快が一向に体外に排出されず、困りもしないが、さわやかな気分を味わったこともない。

田中優子先生は当時から述べるまでもなく、世間的にもえらい人で、こんなことに意味はないがＴＢＳ「サンデーモーニング」にも時折出演していて、張本や大沢親分を間近で見られるなんて羨ましかった。

文面からもわかろうが、先生が、自分のような人間をわかって、あまり立ち入らずにいてくれたのは確かである。だからずいぶん安心していた。言葉を交わした記憶はあまりない。自分はゼミの集まりもよく休んでいて、半分も行かなかった。よくない。

大学三年になり、研究テーマを決め、一年かけて何か書くことになった。年の初めなので参加しているゼミの場で先生に問われ、自分は「平賀源内について何か書こうかなと思っています」と言った。多才で如才ないが不器用に生きた人間に自分を当ててこんでか、多少の興味を持っていた。

それから数日して、自分の下宿にとつぜんダンボール箱が送られてきた。見ると先生からである。開けてみると、本が十数冊、ごわごわした大きなビニール袋にひとまとめにされて詰まっていた。どれも平賀源内にまつわるもので、実は半分ほどはすでに持っていたが、絶版の貴重なものも多数あった。お礼のメールをすると、「使ってください」と簡潔な返事があった。こんなことをされた生徒は他にいなかっただろう。

そこで自分はどうしたか。そんなに褒められて、期待されて、「文章に惚れ込んでいる」とまで言われ、至れり尽くせりされて、うまくすれば大学院にも楽々上がれただろうし、その後も各方面で世話になることもできただろうに、どうしたかというと、自分は四年に上がらず、先生に一言もなく、大学を休学した。非礼だ。

そのくせ、認められるということが自分にとって何の意味も持たないことをはっきりと自覚した鳥でもけものでもないという心境の大学生は、消沈し、まんじりともしない不快を覚えていたのだから苦労しない。

休学した自分は千葉の実家に戻された。誰とも会わず、ひたすら読書したり、ブログやブログにすら載せない文章を書いたりして暮らした。

あっという間に一年後、四年になって復学すると、先生も一年間休んでおり、大学にいなかった。

自分は東京を横断するような片道三時間、往復六時間を全て読書に投じて大学に通い、先生のお目にかかることもなくひっそり卒業した。

先生が送ってくれた本は、八年経った今なお、ダンボールに収めたまま本棚の上に積まれている。見るたびに思い出す。思い出し、悪いと思って、それだけだ。胸が痛むわけでもない。ずいぶん薄情だ。誰がどう見ても無礼だ。

それで平気でいたのは、なぜかと考えないでもない。

いつも、頭の中で、「完璧な人間」たちがとぐろを巻いているためだという仮説は、しばしば頭をよぎってきた。例えば、誰かが人を褒めているところを見るにつけ、求めてもないのに、スタインベックがこうした言葉をもって待ち構えている。

> ぼくには強く信じていることがひとつある。人という種族がただひとつもっている創造的なもの、それは個人の孤独な精神だということだ。ふたりの人間がいれば子供をつくることができるが、集団がつくりだせるものを、それ以外にぼくは知らない。個人の意志によって統御できない集団というのは、恐ろしくも破壊的な原理だ。個人的な精神は非常に貴重なものである。
>
> （一九四九年六月八日　ジョン・オハラ宛て書簡）

「集団は集団の構成員を増やすことしかできない」とまでスタインベックは言っているが、これは太宰が貶《おとし》める「徒党」「孤高」の考えにずいぶん近い。

このアメリカ人作家は、ノーベル文学賞を受賞する二年前の一九六〇年、五十八歳の時に愛犬と放浪の旅に出た。この旅は『チャーリーとの旅』という本にまとめられていて、これは実にいい本で、大好きだ。

少し引用させてもらいたい。身の上話ばかりしていると、他人の話をしたくなるのだ。とびきりいい他人の話で、おとしまえをつけたくなる。

スタインベックは、「ハコガメのようなトレーラー」を牽引している「骨董並みに古いセダン」に乗った「カウボーイハット」をかぶった男に、かなり控えめな方法で出会う。放浪している者同士、ちょうどサバンナの動物たちが水辺に集まるように川岸で五〇メートル離れて、互いをしばらく確認し、それから出会うのだ。

礼にかなった適切なタイミングを見極める感覚は、誰にでもあるに違いない。私が彼に声をかけようと決め、実際に歩み寄るべく立ち上がってみたら、ちょうど彼もこっちにぶらぶらと歩いてくるところだったのだ。彼もまた、待ち時間は終了と感じていたらしい。

彼のことを「みすぼらしい中にも堂々たる気品がある男」だとスタインベックは書いている。話を聞いてみると、職もなく、家を売って買った車でアメリカ中を回り、「学校とか、教会とか、軍人クラブとか」で文化行事として朗読会をやって暮らしているという。「どこであれ、お客が二人か三人集まるところなら」と彼は言う。

スタインベックは、自分と同じように、犬を連れたこの役者に魅了され始める。だから「演目について聞かせてください。どんな脚本を使っているんです？」と訊ねた。

「盗作していると思っていただきたくないんですが」彼は言った。「私はシェイクスピア劇の名優、サー・ジョン・ギールグッドの台詞回しに私淑してるんです。ラジオで彼の『人間の時代』という一人芝居のシェイクスピア劇を聴きまして、研究のためにそのレコードを買ったんです。台詞や声音や抑揚で、彼がどんな名演をしていることか！」

「あなたもそれを演じていると？」

「はい。ですが盗作ではないんです。前口上として、サー・ジョンを聴いたことや私がどれほど感銘を受けたかを話しています。それから、彼がいかに演じていたかお目にかけましょうと告げるんです」

「そりゃあ賢明だ」

「ええ。演技にも箔がつきますから、効果もあるんです。それにシェイクスピアなら著作権料もいりません。だから盗作にはならないんです。彼への称賛を世に広めているようなものですし、私はそのつもりでやっていますよ」

「お客の反応はどうですか？」

「そうですね、観客に台詞がしみ込んでいくのが見えますから、今では私もすっかり慣れてきたんでしょうね。皆さん私のことなど忘れて、芝居の中へ入り込んでいきます。もはや私を変人と思っている人もいません。さて、ご感想はいかがです?」

「思うに、ギールグッドも喜んでるでしょうね」

「ああ! 私は彼に長い手紙を書いたんです。そして私が何をし、いかに演じているかを伝えました」

彼は後ろのポケットから厚い財布を出した。そしてきちんと畳まれたアルミ箔の包みを抜き出し、それを開いている。中から指で注意深く取り出したのは、小さな一枚の便箋だった。一番上に宛名があって、文面はタイプライターで打ってある。こう書いてあった。

親愛なる……様
ご親切で興味深いお手紙に感謝いたします。貴殿のご活動に込められた誠実な称賛に気づかぬようでは、私に役者たる資格はございません。あなたに幸運と神のご加護があらんことを祈念いたします。

ジョン・ギールグッド

私は感心して息をついた。そして彼の指がうやうやしく便箋を包み、アルミ箔の鎧の中に封入してからしまうのを見守った。

「公演依頼をもらうために誰かに見せたりは、決してしません」彼は言った。「そんなことは考えたこともありません」

そして私も、その通りだろうと思った。

彼はグラスを振り、中に残ったウイスキーがプラスチックを洗うのをじっと眺めた。この仕草にはしばしば、主人に器が空になったことを知らせる意味がある。私はボトルの蓋をとった。

「いえ」彼は言った。「もう結構です。演技術で最も大切で効果的なのは退場の仕方だと、ずいぶん前に学んだのです」

「しかし、私はもっとお話をうかがいたいんですが」

「それではなおさら、おいとましなくては」

彼はわずかに残ったウイスキーを飲み干した。

「問われることはそのままに」彼は語った。「そして引き際は潔く。おもてなしに感謝します。ご機嫌よう」


こうして役者はあっけなく去っていく。スタインベックは「彼は正しかった。彼の退場の演技は、私の疑問をますますかきたてたのだ」と述懐している。

思わぬほど長く引用してしまったが、自分はこの話が本当に好きだ。登場人物たち全員の隅々にまでわたる誠実さと、孤低の精神がたまらなく好きである。

おそらく「完璧な人間」がいるのであれば、彼らのようにしか関係を取り結ぶことができないのではないだろうか。役者は、異郷で出会った人間とかりそめの「徒党」が組まれる前に、自ら退場してしまう。もちろん、相手が大作家であることなど知る由もない（ただし、彼は最初に声をかける時、ある種の勘の良さから「役者仲間の方ですか？」と声をかけている）。

彼はジョン・ギールグッドを実に深く尊敬しており、その名演を伝えること、その名演を真似ることのみを生き甲斐にしている。

それに答えた名優の「貴殿のご活動に込められた誠実な称賛に気づかぬようでは、私に役者たる資格はございません」とは、なんと控え目で当を得た言葉だろう。

称賛というのは世間にありふれている。しかし、疑われぬ言葉によって行われる称賛は、言わば「故郷を甘美に思うもの」から放たれているのであり、そこにあるのは共同体的なよろこびである。今日、そうした称賛は実ににぎやかにネットワークを使って贈答されている。

しかし、言語とは、言葉とは、「徒党」そのものである。同じジャーゴンを使えば、ひとたび彼らは仲間になる。太宰がそれを信じきれなかったように、村上春樹がそれを「お文学」と言うように、シェイクスピアの役者として名を馳せたジョン・ギールグッドも、そのような贈答的称賛には鼻が利くのである。いや、ジョン・ギールグッドが全てのファンレターを筆まめに返していた人物である可能性もあるだろう。調べると日本でシェイクスピア劇が行われる際に演技の方針について書いた手紙を出したりもしているようだが、かと言って、全てのファンレターに返事をしたかと言えば、そんなことはないのではないか、というのが自分の個人的意見だ。

なぜなら、彼の必要最低限の文面からうかがえるのは、アメリカ中を犬とともに放浪しながらどさ回りするような「活動に込められた誠実な称賛」こそが信じられるという思いであるからだ。ギールグッドは、「誠実な称賛」に気づいたからこそ返事をしたのだ。そして、「誠実な称賛」というのは昔も今も、絶えず絶滅危惧種なのである。

尊敬する人物からの言葉を後生大事にアルミ箔にくるんで、それを生き甲斐にアメリカを彷徨《さまよ》っている貧乏役者。

彼もまた、言葉を、法や慣習を信じてはいない。その証拠に、彼はどんなに自分の得になるとしても、手紙を誰にも見せないと言っている（見せていればもっと仕事はあるだろうから、どうか信じてやってほしい）。

彼が適用する唯一の例外は、自分と同じような人間、つまりその場限りのどこにも所属しない放浪者、つまり「全世界を異郷と思うもの」だけだ。だから、スタインベックには手紙を見せることができる。

自分はこういうことを書いて、手紙をうかつに開陳する自分の首を絞めている。自分が誠実でないとは、また他人を引き合いに出して自分を貶めるのは辛いことであるが、それを隠したら、誠実に至る道すら塞がれてしまうだろう。引用は良心に基づき、その損益を問わずに使用されるべきである。

この出来事に触れたスタインベックもまた、その「作り手」と「受け手」の理想的で美しい関係、芸術の広がりのあるべき姿を見出したに違いない。旅を終えた二年後、ノーベル文学賞の受賞演説において、こんな言葉を残している。

文学は、人気《ひとけ》のない教会で祈りを捧げながら、人をあげつらう青白くひ弱な聖職者によって広められてきたのではなく――また、薄っぺらな絶望を弄ぶみせかけの托鉢僧のごとき、世を捨てたエリートのための玩弄物では、文学はないのです。

（『スタインベックの創作論』）

しがない放浪役者とジョン・ギールグッドの小さな便箋の記憶は、まぎれもなくノーベル賞授賞式の壇上にまで持ち込まれた。そんな風に信じてもよさそうな言葉である。

＊

さて、ここで作家と読者というものについて新しく考えを巡らせることもできそうだ。各自適宜、「マンガ家」とか広く「作者」とか自分の都合の良さそうな言葉に変換してもらっても構わない。作家と読者の問題は、前にあげた村上春樹が言うこともそうだが、各方面で盛んに語られてきた。この不可解な関係はいったい何なのか。なお、自分が興味を持っているのは「作家の想定する読者」ただ一つであることを申し添えておく。もちろん、先生からもらったメールの文面も頭の大きな部分を占めている。

自分が「読者」と聞いて真っ先に思い浮かぶのはサリンジャーの名、中でも『シーモア―序章―』

という小説である。少し前にも引用している。

文庫で一五〇ページほどのこの作品は、作家であるバディ・グラースが、天才的にミステリアスな自殺者の兄について、身体的・関係的・文学的な考察をふんだんに交えながら饒舌に語りのめすという形式をとっている。

その中で、バディは「読者」についてたびたび言及する。最後には誰とも連絡を絶ってコーニッシュという田舎に高い壁までつくって隠遁生活を送り、部屋に取り付けた車のシートに結跏趺坐《けっかふざ》して書き続けていたとかいうサリンジャーの考えがうかがい知れるというものだ。

大学の頃にとった杵柄《きねづか》に今もその残滓がこびりつき、それはうまいこと自分のノートに転記されている。未確認だが、自分は、読者に対する言及をあらかた抜き出していたようだ。なんて見上げた奴だろう。以下、過去の自分からの贈り物を有効活用したい。

四十歳になって、わたしは、落ち目になると振り向いてもくれないわが旧友たる一般の読者がわたしときわめて世代が近く、信頼するにたる最後の友人であると思っているし、またわたしは十代を過ぎるずっと以前に、今まで個人的に知り合った人物の中では一番面白く、根本的にはすこしも横柄でない高名なる職人から、そのような礼儀正しい関係はどんなに奇妙で、恐ろしいものであろうと、心から尊敬しなければならないとさんざん言われてきた。

ここで断っておくが、これからわたしの傍白はやたらと多くなるばかりでなく（実際、脚注まで一、二つけるようになるかもしれない)、時としては本来の筋から外れたものでも、刺激的で面白くそのほうへ話を進めてゆく価値があると思えば、自分としては遠慮無く読者に負担をかけるつもりである。この際、スピードなどということは、神よ、アメリカ人としてのわが身の安全を守りたまえ、わたしには何の意味もないのだ。しかし読者の中にはもっとも抑制のきいた、もっとも古典的な、おそらくはもっとも巧妙な方法で関心を惹いてほしいと、真面目に要求する人たちもいるので、わたしとしては——一人の作家としてこうしたことが言えるかぎり、できるだけ正直に申し上げるが——そうした読者は立ち去ることがのぞましく、また簡単だと思われる今のうちに、立ち去ったほうがいいと申し上げておく。

おまえの最初の読者になるということはなんと幸福なことだろう。おまえがぼくの意見よりもおまえ自身の意見を尊重するようであれば、まったく幸福なんだが。

(引用者註:バディの小説を読んだシーモアが書いた小説の感想の一節)

こう言ってもあなたはわたしを許してくださるだろうと思っているが、もっとも、すべての読者が熟練した読者であるとはかぎらない(シーモアが二十一歳、英語のほとんど正教授といってもよく、教壇に立ってから二年たったとき、わたしは彼に、教えるという仕事で意欲を失わせるようなことがあるとすればそれは何かとたずねたことがある。彼はまったく意欲を失わせるようなことはなさそうだが、考えるとひとつだけぎょっとすることがあると言った。それは大学の図書館の書物の余白にある鉛筆の書き込みを読むということだった）。
甲高く不愉快な声（わが読者の声ではない）。あなたは兄さんがどんな様子だったか話すと言ったじゃありませんか。なにもこんなつまらぬ分析やべたべたしたことはききたくありませんよ。

このあたりで、服装というたいへんな問題にふれておかねばなるまい。もし作家が、作中人物の服装について、ひとつ、ひとつ、しわを一本一本描いてもいいということになったら、どんなにすばらしく都合のいいことであろう。何がそれをさまたげているのか？　ひとつには、いままで会ったことのない読者を不利にするか、それとも読者の有利になるように解釈するかのどちらかになる傾向があるからであり――不利にするという場合は、作家が読者よりも人間一般や社会的慣習についての知識を持っていると思う場合であり、有利に解釈するという場合は作家が、自分の知っているような些細な、複雑な事柄はよく知らないのだと思いたがるときである。

今夜は、わたし自身が眠りの精だ。おやすみ！　腹立たしいほど無口なみなさん！

わたしと同じ年齢で同程度の収入があり、自分の死んだ兄弟のことを魅力的な半ば日記形式で書く非常に多くの人間は、わざわざ読者に日付を知らせたり現在自分のいる場所を教えるようなことはしない。共同で仕事をすることなど考えてもいないのだ。わたしもそんなことはするまいと誓っている。

ああ、これは何と気高き職業であることよ。わたしはどこまで読者のことを知っているというのか？　わたしは互いに不必要に当惑することなく、読者にどれだけのことを伝えられるというのか？　しかし読者に次のようなことは言える。読者自身の心の中にわたしたちそれぞれのためにある場所が用意されているのである。

饒舌体の熱気にやられて読み飛ばした人もご心配なく。暇をもてあました自分が、おびただしい引用の中から作家と読者にまつわるキーワードを抽出・要約してみせよう。間引きをする手つきはかなり慎重にするつもりだ。

「読者は落ち目になると振り向いてもくれない作家の旧友である」
「読者は信頼するにたる最後の友人である」
「作家と読者は礼儀正しい関係である」
「作家に要求しようとする場合、その読者は立ち去ることが望ましい」
「すべての読者が熟練した読者であるとはかぎらない」
「読者は甲高く不愉快な声をあげない」

「作家が読者の意見よりも作家自身の意見を尊重するようであれば、まったく幸福である」

「作家の記述が細部にわたればわたるほど、作家は、そこに含まれている知識や慣習を読者が知らないと思う時には読者を不利にし、そこに含まれている些末なことを読者は気にしないと思うときは読者を有利にする」

「読者は腹立たしいほど無口である」

「作家は読者と共同で仕事をすることなど考えていない」

「作家は気高き職業である」

「作家は読者について多くのことを知らない」

「たがいに不必要に当惑することなく、作家が読者に伝えられることは少ない」

「読者自身の心の中に作家たちそれぞれのためにある場所が用意されている」


思い出してみれば、上述したギールグッドと旅役者の関係は、バディが小出しにする作家と読者にまつわる諸条件を驚くほど多く満たしている。

では、なぜサリンジャーは、作家と読者という関係をここまで意識するのか。

それは、彼がかつて、作家である前に読者であったからだろう。

サリンジャーは、『ライ麦畑でつかまえて』にこう書いている。というか、ホールデン・コールフィールドがこう言っている。

本当に僕が感動するのはだね、全部読み終わったときに、それを書いた作者が親友で、電話をかけたいときにはいつでもかけられるようだったらいいな、と、そんな気持を起こさせるような本だ。

これは、先ほどのバディが語っていた「作家と読者」の認識とは異なるものだ。ジョン・アップダイクもこう語っている。

J・D・サリンジャーは傑作『キャッチャー・イン・ザ・ライ』を書いて、本が好きな読者は作者に電話するよう勧めていた。
それなのに彼はその後20年間電話を避けて過ごした。
（ケネス・スラウェンスキー『サリンジャー　生涯91年の真実』）

サリンジャーは『ライ麦畑でつかまえて』のあと、その本が生んだ毀誉褒貶の声に苦しんだことが知られている。求める静かな生活がニューヨークではできなくなり、片田舎に移り住む。はじめは地元の高校生とも交流していたが、親しくしていた少女が「高校の壁新聞用に」と行ったインタビューを地元新聞社に売り込み、スクープとして掲載されたことで、サリンジャーは激怒、完全に孤立した生活を送ることになった。
自分が、これまでに費やした文字をもって、決して少なくない作家たちが「全世界を異郷と思うもの」の周縁を巡っていることについては確認した通りである。この文章では、何度でもいちばん最初に立ち返るつもりだが、サリンジャーもまた、実生活の上でも「全世界を異郷と思うもの」へと続く道を選んだのだった。

さて、ホールデンの台詞とサリンジャーの遍歴を照らし合わせると、そこから導き出され、『シーモア―序章―』のバディの口ぶりに表れているのは、ホールデンのような読後感を抱いた、作家に電話をかけたくなる読者に向けた、訂正もしくは追記のメッセージであるように思われる。「読者よ、電話をかけるのはやめたまえ」とサリンジャーは言うのである。

ちなみに『シーモア―序章―』は一九五九年だが、アップダイクはこれに重きを置いていないらしい（彼は『フラニーとゾーイー』へも厳しく欠点を指摘した、しかしサリンジャーを敬愛してもいた）。

読者は、作家が苦悩して書いたようには読まない。それればかりか、作家のことを自分の都合よく「ある場所」に安置する。それが作家の望む場所であるかどうか、作家には望むべくもない。「成熟した読者」ならそれも承知のはずで、「甲高い不愉快な声」を上げることなどないはずだ。つまり、読者は「腹立たしいほど無口」であるはずだ。そんな風にサリンジャーはバディの口を借りる。と同時に、バディはそのような読者へ向かって語りかけているということを示すのである。

バディは当時のサリンジャーと同じ四十歳で、これも同じく山奥での隠遁生活を送っている。バディが現役の大学教授であるという点では当時の実作者とは異なるが、バディの意見が少なからずサリンジャーの意見であるということは言ってもよかろう。この死後も読者を増やし続ける作家は、少なくともその創作的態度において、接触可能な実体ある読者の存在を求めない。接触不可能な沈黙する読者。当然、これは、唐突だが、安部公房が以下のように語ることとかなり似通った意味として現れるように思われる。

よく作家は、つまり自分自身のために書くと言ったり、いや、百万の読者のために書くとか、まあ、いろいろ言うが、これは全部嘘で、やはり自分の中の読者と対話していると思うのだ。

（『三島由紀夫対談集　源泉の感情』）

安部公房は「対話」という言葉を使っているが、これはサリンジャーの場合、「苦悩する作家」と「腹立たしいほど無口な読者」の構図をとるのである。

そして、彼らは共同作業をするのではない。作家はただその存在と視線を感じながら、その読者のために書くのである。だから、彼は読者を意識するのに、ニューヨークの街で声をかけられ、社交に精を出す必要はなかった。そんな時期——彼はそれをバディに「しばらくの期間わたしは人づきあいのよい話せる男になろうという半ば利己的な、骨の折れる、無理だとわかっている努力をしたことがあった」と語らせる——もあったようだが、最終的に、サリンジャーは読者の理想を自分の内に持った。

ここで、これを読んでいる人は、そんなものがいるとするならかなり付き合いが良い人だろうが、スタインベックの受賞演説を思い出すべきだろう。

文学は、人気のない教会で祈りを捧げながら、人をあげつらう青白くひ弱な聖職者によって広められてきたのではなく――また、薄っぺらな絶望を弄ぶみせかけの托鉢僧のごとき、世を捨てたエリートのための玩弄物では、文学はないのです。

この後半部分は、サリンジャーにあてられていてもおかしくないものだ。実際、彼らの活動時期は重なっている。スタインベックが旅に出る前年、『シーモア―序章―』はニューヨーカーに掲載された。

ところで、不肖筆者はスタインベックにもサリンジャーにもかなりの好意を寄せている。そこで、かなり乱暴な書き散らしながら、とにもかくにも一生懸命、多少なりとも論理的に見えるように褒めているみたいだからといって、厚化粧されている矛盾点を放置し、目の前のバカを八方美人のまま素通りさせるのは賢明なことではない。矛盾が悪いのではない、バカが悪いのだ。

つまり、今までの長ったらしい説明からすると、ここで繰り広げられているのは、放浪者とふれあい、旅役者のように求められずとも世界に根付いているような人間が文学を担い広めているのだとでも言いたげなスタインベックに激しく首肯したN君（筆者のこと）が、そのような人々との邂逅の可能性も全てシャットアウトして沈思黙考ある意味ひ弱で宗教くさいサリンジャーにも惜しみない拍手を送っている。「二人ともあっぱれ」という図である。

全然それはその時の気持ちでやってくれればいいが、その矛盾や齟齬を頭の片隅にすら置かないのなら、N君という奴は都合がいいだけのバカで、彼の思考に読むべきものなど何もないのではないだろうか?

それとも、二人のSの態度が、ともに「全世界を異郷と思うもの」の分派であるということをN君はよっぽど確信しているのかもしれない。なるほど、例えば、以下のような、『シーモア―序章―』と同時期の挿話をもって。


1962年の秋、サリンジャーはおもしろいファンレターをもらった。というより、サリンジャーの反応がおもしろかったのだ。「スティーヴンス氏」とかいう大学生と思われる男が、おとなの社会の物質主義的な価値観への嫌悪感を訴えてきたのだ。彼には東洋思想の素養があり、ほかの人びとが精神より「物」に価値を置くことに失望していた。スティーヴンス氏が満足げにコーニッシュに手紙を送ってきたことが、まちがいのないところだった。この世に彼の憂慮を理解する人があるとすれば、それはJ・D・サリンジャーなのだった。

10月21日、サリンジャーはスティーヴンス氏に、典型的にていねいで率直な返事を書いた。スティーヴンスに手紙の礼を述べ、手短かに彼の見解に賛意を示したあと、本論にはいった。もらった手紙でもっとも印象的だったのは、インクの質だったという。つまり、スティーヴンス氏のタイプライターのリボンのインクが乾きかけていたのだ。サリンジャーはこう伝えた、「私にとって、君はなによりも先に、タイプライターの新しいリボンが必要な若者だ。その事実をよく見て、必要以上のにものごとを重大に考えないように。それから残りの一日をちゃんと過ごしたまえ」

サリンジャーは手紙を返し、物質主義を嫌う自分も「物」の世界で生き、それを、例えばタイプライターのインクリボンという形で必要としていることに目を開かせている。「全世界を異郷と思うもの」を気取った者へ、「故郷を甘美に思うもの」の視線を投げかけてやるのだ。

サリンジャーは「電話をかけてきたがる読者」に対して、ギールグッド的態度とは言い難いが、人生の先輩として、さりげない皮肉とユーモアで応答することもあった。「作者が親友で、電話をかけたいときにはいつでもかけられるようだったらいいな」と鵜呑みにする似非ホールデン相手であろうと、そうなのだ。アップダイクの知る由もない水面下で、おそらくは気まぐれに、読者との接触は続けられていた。

だから「薄っぺらな絶望を弄ぶみせかけの托鉢僧のごとき、世を捨てたエリートのための玩弄物」という誹《そし》りは、ある一面では免れるであろうと自分は考えたい。

もちろん同時に、サリンジャーは徹底することができなかったとも言えるだろう。サリンジャーはどうもくそったれらしい社会に唾すら吐きかけるもんかという態度で、結果的に唾を吐いた。しかし、彼は常に個人の責任を重んじている。全世界を異郷と思いながら、ある一点において踏みとどまっている。世界が未熟者で溢れているから、力を蓄えようとする者で溢れているから、世間に背を向けたのではない。確かに世界はそうなっているようだが、人は、個人の責任の名のもとに退却するのである。そして、それはサリンジャーの場合、「現役の小説家はどんなところでどんなふうに暮らすべきかという個人的な信念」（一九五六年、ウォーナー・G・ライスへの手紙）に基づいたものだった。

決して合理的な説明ではないが、こうして一枚でも神話をはぎとっておけば、サリンジャーが一面的な隠遁者でないということの証明の一助にはなるだろう。これは仙人が俗をきらって山にこもり、小説という霞《かすみ》を食って九十一歳まで生きて死んだ、という話ではないのである。「完璧な者」などいないのだから。

＊

「太っちょのオバサマ」をご存知だろうか。ご存知であれば、ここまでちょくちょく思い出し、いつ言及するものか、ずっとしないんじゃないか、しないならコイツは救いようもない無能だと嘆いていたはずだと思う。

「太っちょのオバサマ」とは『シーモア―序章―』の前作にあたる『フラニーとゾーイー』に出てくる概念である。あらすじを紹介しよう。

シーモアの年の離れた妹であるフラニーは、世の中インチキばかりで、まともなものは無く、それは自分の恋人も然り、世の中の真価を分かっているのは自分やシーモアだけだとでも言いたげに、思い出という名の亡霊だらけの実家のソファで、デブ猫ブルームバーグを抱きながら、シーモアの蔵書であり遺品である『巡礼への道』に書かれた真の祈りの実践をしようと、躍起になっている。兄である俳優ゾーイーは、母に乞われて説得に向かい、お前こそがインチキの宗教ごっこをやっていると言う。神経過敏に陥っているフラニーは半狂乱で泣きじゃくるが、ゾーイーは容赦せずに妹を追い詰め、口を極めてしゃべりまくり、窓から見知らぬ少女と犬の戯れを眺めては「エゴのせいで日常生活にあふれている美が見えにくくなっている」ことを嘆く。そしてはたと、憔悴しきったフラニーに気づくと、具合悪そうにその場を去る。

その後、ゾーイーはシーモアの部屋に移動する。そして、シーモアの死後もそのままにされているその部屋から、兄バディを装ってフラニーに電話をかけ、妹に希望を与えようと努力する。

それがバディでなくゾーイーであることはほどなくバレるが、ゾーイーは小さい頃に彼ら兄弟が出ていたラジオ番組「これは神童」に自身が出演していた時のエピソードを、疲弊したフラニーに電話越しに伝える。

「とにかく、ある晩、放送の前に、ぼくは文句を言いだしたことがあるんだ。これからウェーカーといっしょに舞台に出るってときに、シーモアが靴を磨いて行けと言ったんだよ。ぼくは怒っちゃってね。スタジオの観客なんかみんな最低だ、アナウンサーも低脳だし、スポンサーも低脳だ、だからそんなののために靴を磨くことことなんかないって、ぼくはシーモアに言ったんだ。どっちみち、あそこに坐ってるんだから、靴なんかみんなから見えやしないってね。シーモアは、とにかく磨いて行けって言うんだな。『太っちょのオバサマ』のために磨いて行けって言うんだよ。彼が何を言っているんだかぼくには分からなかった。けど、いかにもシーモア風の表情を浮べてたもんだからね、ぼくも言われた通りにしたんだよ。彼は『太っちょのオバサマ』って誰だかぼくには言わなかったけど、それからあと放送に出るときには、いつもぼくは『太っちょのオバサマ』のために靴を磨くことにしたんだ――きみといっしょに出演したときもずっとね。憶えてるかな、きみ。磨き忘れたのは、せいぜい二回ぐらいだったと思うな。『太っちょのオバサマ』の姿が、実にくっきりと、ぼくの頭に出来上がってしまったんだ。彼女は一日じゅうヴェランダに坐って、朝から夜まで全開にしたラジオをかけっぱなしにしたまんま、蠅を叩いたりしてるんだ。暑さはものすごいだろうし、彼女はたぶん癌にかかってい て、そして――よく分んないな。とにかく、シーモアが、出演するぼくに靴を磨かせたがったわけが、はっきりしたような気がしたのさ。よく納得がいったんだ」

フラニーは立っていた。いつの間にか顔から手を放して、受話器を両手で支えている。「シーモアはわたしにも言ったわ」と、彼女は電話に向って言った。「いつだったか、『太っちょのオバサマ』のために面白くやるんだって、そう言ったことがあるわ」彼女は受話器から片手をとると、頭のてっぺんにほんのちょっとだけあてたが、すぐまたもとに返して両手で受話器を支えた。「わたしはまだ彼女がヴェランダにいるとこを想像したことはないけど、でも、とっても――ほら――とっても太い脚をして、血管が目立ってて。わたしの彼女は、すさまじい籐椅子に坐ってんの。でも、やっぱし癌があって、そして一日じゅう全開のラジオをかけっぱなし！　わたしのもそうなのよ」

「そうだ、そうだ。そのとおりだ。よし、きみに聞いてもらいたいことがあるからね。……きみ、聴いてる？」

フラニーは、ひどく緊張した面持で、うなずいた。

「ぼくはね、俳優がどこで芝居しようと、かまわんのだ。夏の巡回劇団でもいいし、ラジオでもいいし、テレビでもいいし、栄養が満ち足りて、最高に陽に焼けて、流行の粋をこらした観客ぞろいのブロードウェイの劇場でもいいよ。しかし、きみにすごい秘密を一つあかしてやろう――きみ、ぼくの言うこと聴いてんのか？（略）そこにはね、シーモアの『太っちょのオバサマ』でない人間は一人もどこにもおらんのだ。それがきみには分らんかね？　この秘密がまだきみには分らんのか？　それから――よく聴いてくれよ――この『太っちょのオバサマ』というのは本当は誰なのか、そいつがきみに分らんだろうか？　……ああ、きみ、フラニーよ、それはキリストなんだ。キリストその人にほかならないんだよ、きみ」

この場面はしばしば宗教論として語られる。しかし、自分はそうは思わない。

むしろ、サリンジャーが、それこそ宗教でも鰯の頭でもなんでもいいが、あることについて深く考え行動に移した時、それらを「書くこと」に関連づけなかったことがあるのだろうか。「作家」でない者として考えたことがあるだろうか。

「太っちょのオバサマ」は、一般人としての具体的な姿を持ち、悩みながら居るキリストであり、祈りの対象である。

このような概念を表すとき、サリンジャーが鮮明に想起するものが何かといえば、それはこれまで見てきた通り、「読者」の姿ではないか。

しかし、これが宗教と無関係ではなく、むしろそのようにとられがちなのは、「人間嫌いの隠遁者」「無垢の探求者」というようなサリンジャー神話そのものが、宗教的な意味合いを持って巷に流布されているからである。

サリンジャーは実体のない「自分の中の読者」＝「太っちょのオバサマ」＝「キリストそのもの」に向かって書いた。しかし、実在する読者たちはそれになろうとする。もちろん、そんなものにはなれるはずがないのだ。

そして、その輝かしい読者像は、自分もそれに「なりたいな、ならなくちゃ、絶対なってやる」という勘違いを、多くの実在の読者に与えることになった。それは、キリストになろうという行為であり、「キリスト」になろうとした「太っちょのオバサマ」は、もはや「キリスト」でもなんでもない。

サリンジャー自身もまた、理想のような完全な孤独に暮らしたのではなかった。今後の例でも明らかになるので今は書かないが、とにかく、そういった作家と読者、人間同士の異様な非対称の関係は、不幸にも、多くのエピソードを現実にもたらすことになった。サリンジャーの本は、宗教書をのぞいてまちがいなく最も多くの読者に、何らかの行動を強いてきた本だと言えるだろう。

一九七二年、隠遁して久しいが完全な孤独を実現したわけでもない人間サリンジャーは、妻とも離婚してから五年後、ジョイス・メイナードという若い女性が「ニューヨーク・タイムズ・マガジン」に書いた『十八歳の自叙伝』を読んだ。感銘を受けたか、劣情がくすぐられたか、とにかく興味を惹かれたサリンジャーは彼女に手紙を送る。ほどなく二人の文通が始まり、彼らは交際に至った。ところが、彼女の膣痙攣という持病のせいで二人が肉体を交わすことはなく、あれこれと対策が講じられたが、結局二人は別れることとなった。そして……。

1998年、メイナードは回想記『ライ麦畑の迷路を抜けて（At Home in the World）』を出版して、26年まえのサリンジャーとの関係を語った。彼女の書き方は彼を断罪するものだった。サリンジャーを、もっとも感じやすい年頃の純真な乙女につけこんだ、冷酷で卑劣な男として描いていた。本の評価はさまざまで、すぐに本を書いた動機が疑問視されたが、読者は内容に魅せられ熱中した。1999年6月23日、メイナードは1972年にサリンジャーと交わした手紙をオークションに出した。14通の手紙がサザビーで競売にかけられ、およそ20万ドルで落札された。このオークションには驚くべき結末が待っていた。買い取ったソフトウェアの企業家ピーター・ノートンが、手紙を買ったのはサリンジャーのプライヴァシーを護るためだと言明したのだ。彼はサリンジャーに返却するか、もし作家が望むなら破棄しようと申し出た。手紙はそれいらいノートンが保管している。その内容は明かされていない。

（『サリンジャー　生涯91年の真実』）

ノートンとは、セキュリティ対策ソフトのあのノートンである。メイナードは子供の学費稼ぎのためにオークションに出したのだが、ノートンはサリンジャーのプライヴァシーを守るために、それからおそらく自社商品の宣伝もかねて、金を出した（ノートンは現代美術の蒐集家としても知られる）。

他の有名な読者たちの様子も見てみよう。

マーク・チャップマンはジョン・レノンを撃ったその場で『キャッチャー・イン・ザ・ライ』を開いて読み始めたという。早すぎる死を迎えたジョンの追悼集会に参加し、ジョディ・フォスターを振り向かせるためにレーガンを銃撃したジョン・ヒンクリーの愛読書もまた『キャッチャー・イン・ザ・ライ』だった。

その饒舌に影響された者たちの多くは、あこがれの作家とはちがい、禅的なものとは深い関係を取り結ぼうとはしなかった。彼の本は導きの書というより、その場所に留まらせる力の方をずっと強く持っていたのだろう。ちょうど、サリンジャー自身が、肉体を人間から遠ざけようとしながらも、その心を人心というものから遠ざけられなかったように。

サリンジャーの話が長くなりすぎているようだ。ここは一つ、サリンジャーも敬愛したカフカを引用して立て直したいと思う。カフカはいつも、自分にとっての駆け込み寺となってくれる。

　ぼくは克己を目指そうとは思わない。克己とは、ほとんど無限に発散してひろがるぼくの精神的存在の任意の箇所で、自在に働くということであろう。しかし、そんな輪を自分のまわりに設定するぐらいなら、むしろぼくはこの途方もない複合体を、ただなにもせずに呆然と眺めていよう。そして、この壮絶な眺めが逆に与えてくれる勇気づけだけを胸にしまって、引き返してこようと思う。

（『罪、苦悩、希望、真実の道についての考察』）

克己とは「自分の感情・欲望・邪念などにうちかつこと」である。

カフカは官吏の端くれとして人々の中に隠れ住むように昼間働き、夜中に文学に没頭した。そんな生活を送り、（マックス・ブロートがどれほど書かれたものを間引いたかはわからないが）周囲の人間の評価も驚くほどその生活にそぐうものであるカフカと比べると、人情としては、禅に執心しながらなおも世間を許せず、克己に奮闘しているようにしか見えないサリンジャーの嘴《くちばし》は黄色みがかって見えてくるような気もする。

しかし、サリンジャーは、作中で克己した姿をおぼろげに浮かび上がらせ、読者にまざまざと見せつける。しかし、それは「完璧」ではないだろう。自分は以前にこう書いた。

完璧ということはありえない。だから、ありえないがゆえに完璧なのだ。そして、ありえない完璧さは、それがありえた時の様態を示すことができない。示す必要もあるまい。

例えばゾーイーのある種「完璧」にも見える才にまみれた姿は、多くの批評の矢面に立たされた。アップダイクは「彼らをあまりにも身内意識で愛しすぎている。彼らの作り話が彼には隠遁所になっている。彼らを愛する彼のやり方は芸術的中庸主義の損失につながる。『ゾーイー』はただ長すぎる。タバコやチクショーが登場するし、やたらにうるさくしゃべりすぎる」と書いた。

糞喰らえアップダイク、と自分は言いたい。

ホールデンを、ゾーイーを、グラース家の一族を、興に乗りすぎた「完璧な者」として見る読者がいるのは事実である。

「ありえた時の様態を示すことができない」ものを読者は見てしまう。なぜなら、バディが言うように、成熟した読者ばかりではないからだ。彼らは自分が見たいように見るのであり、作家はそれを制御できない。

サリンジャー自身は、「全世界を異郷と思うもの＝完璧な者」が、ゾーイーやホールデンやバディのような姿をとらないことを知っている。

だから、それはシーモアという一人の青年に託されている。そして、サリンジャーは彼の「完璧さ」を謎として居残したようにしか書かない。家族みんなに語られながら、彼は姿を現さない。デカルトの道徳のように、暫定的な決定しかできず、永遠に接近しながらたどり着けない、しかし目指すべき存在としてシーモアはある。「ありえた時の様態を示すことができない」のである。

しかし、他の作家に見られない、あまりの語りによって、サリンジャーはそこに最も接近しようと試みる。そのために、バディもゾーイーもフラニーも、この世界で生きるためには過剰な能力を与えられているのは間違いない。しかしさらに、シーモアという存在は、彼らの「完璧でなさ」を逆説的に裏書きするのである。「より完璧なシーモア」に比べたら、他の人間はみな中庸にとどる。

そして、シーモアのことが本質的に語られることはない。だとしたら、「芸術的中庸主義」なんてものが損失されるはずもない。

こうした目論見に心血を注ぐ中で、実在の読者や批評家が邪魔になったサリンジャーの態度は、逆に自身を神聖化させることになった。

個人的な意見を申し上げれば、「克己を目指そう」とした作家はたいへん貴重である。その価値は、彼の死後もなお落ちず、ますます希少になっていく。

サリンジャーにぶつけられた数々の批評に関して言うなら、ニーチェのこの言葉がふさわしい。

なぜ反論を唱えるか。——ひとはよく或る意見に反論を唱えることがある。ところが本当は、その意見の述べられた調子だけが同感できないだけなのである。

(『人間的な、あまりに人間的な』)

もちろん、この言葉はブーメランで自分にも返ってきて、その口をそぎ落とそうとする。アップダイクが『ゾーイー』の調子だけを気に入らないように、自分もまたアップダイクの調子に同感ができないだけなのだろう。

＊

もしかしたら、どこを開いても引用まみれのこの文章を読んでいる人は、こんなことを思うかも知れない。

「こいつは自分の頭で考えられないのだろうか？　どうして全て他人の言葉を借りて済まそうとするのだろうか？」

でも、果たしてこれはそういうことなのでしょうか。ここから文体が変わります。飽きてきたのと、「意見の述べられた調子」の効果を低減するためです。つまり、僕はこれから穏やかでないことも言う予定です、わからないけど。

言語が恣意的であり、それに縛られていると思い知ることが、「全世界を異郷と思う」条件の一つである、みたいなことを前に書きました。

人は、多くの場合、どこかで聞いたような意見を言い、どこかで読んだような小説やマンガを書きます。そのとき、オリジナリティ（と自覚されているもの）がどこにあるかと言えば、たいていの場合、「それを、なにはともあれ自分で書いた」という事実にその多くを頼んでいるのです。ちょうど、レゴのキットを買ってもらった少年が、見本通りにオバケの棲んでいる城を作り上げ、それを「自分の作品」と思ってほれぼれ眺め、背の低い本棚の上に飾るような具合です。

だから、小説でもマンガでも、何か自分で作ろうという人の九〇パーセントがカスになります。

シオドア・スタージョンはこう言いました。

私はスタージョンの黙示を繰り返す。これは、私が二十年というもの、ＳＦを人々の攻撃からひぃひぃ言って守ってきた経験から絞り出されたものである。奴ら（訳注：ＳＦを攻撃する人々）はこの分野における最低の作例を引っ張り出しては叩き、ＳＦの九〇パーセントはカスだと結論付けた。

（『Venture Science Fiction』誌 一九五八年三月号）

やさしいやさしいスタージョンは、九〇パーセントがカスだからといってＳＦというジャンルを叩くなと主張します。それなら、全てのものの九〇パーセントはカスなのだからと。なのに、どうして九〇パーセントのクズから例を引っ張り出してきてＳＦはカスだと叩くのかと。

これが、流布されている形とちがって、スタージョン自身がはっきりと明言せず「黙示」と言うのは、先のニーチェが言ったことをわかっているからでしょう。

人はみなカスなんて呼ばれたくない。では、カスでないためにはどうしたらいいのでしょうか。それは、僕が考えるかぎり、その出典を、引用元を、参考文献を、いいね、パクろうとちょっとでも思ったものを、限りなく意識することなのです。

この文章を書くにあたり、僕は引用を抑えることもできました。簡単です。それを読んでないことにすればいいだけなのだから。この、アクセス解析を見るに母集団の三百から少なく見積もって一日三十人ぐらいがちゃんと読んでいるのではないか、と思われるブログですが、この三十人が読んでいないと確信できる本の些細な一文も、僕はノートにいっぱい引き写しており、そこに書いてあることであれば、引用という形ではなく、自分の意見ということにして、なんなら文章もちょっと変えて、さりげなく差し出すことは、その失礼千万さとは裏腹に、異常に簡単なことなのです。指摘されても、「なんせ五年前に読んだから、忘れてるだけなんですよ…いやはや……」と後で言い訳することもできますし、「まったく同じことを考えてた人がいるなんてすごいなあ！」と無邪気を装うことも可能です。

そして、むしろその方が「作家」としての能力をアピールするためには都合がいいとすら言えます。なぜなら、読者は、成熟していない者も多分に含んでいるのですから。

そして、大学の頃、僕はまさに失礼千万であり、「作家」としての能力をアピールすることの方に重きを置いていたのでしょう。その分、その文章は、隠蔽した凄味が自分の力の方に上積みされて、実に魅力的に映ったはずです。

田中優子先生にもう一度登場してもらいましょう。

あなたの文章を読むたびに「めまい」がします。私が好きな江戸時代の画家に伊藤若冲という人と曽我蕭白という人がいます。若冲の描く樹木は、上から、下から、空中から、同時に眺めているようで、その枝はこちらの空間に突き出し、あちら側にも突き抜けます。蕭白の獅子は、走りながら空中を落ちていて、それを見あげながら、同時に、見下げているのです。遠近法のもくろみのように、「私はここにいる」という定点を自分に見出すことはできません。だからめまいがします。

あなたの文章は読む者の定点を揺らがせるのです。そして次に、思考の渦に投げ込む。

先生がメールで書いてくれたように、僕の文章が「めまい」を引き起こしたのだとすれば、それは、僕がその頃から大量にため込んでいた引用を惜しげも無く投下し、それでいてその爆弾が手製のものであるかのように振る舞っていたからです。古今東西、多くの叱ってもくれない偉人たちのおかげで、僕の文章の視点は増殖し、交錯していきましたし、文体を模倣することも不得意ではありませんでした。

なにぶんいちばん厄介なのは、他人の言葉で語るという恐ろしさをはっきりと自覚していないので、その振りがかなり大振りなことです。

僕が当時漠として抱えていた「不快」は、このあたりに存していたのかもしれません。つまり、なぜこんな風に書くことしかできないのか。それが認められてしまうのか。

僕をいちばん苦しめていたのは、引用と模倣と隠蔽だらけの文章を見抜く術自体が、はっきり言って「ない」ということだったのでしょう。誰も、他我をわかることなどできないのです。

全ての影響を隠蔽すればいくらでも可能だということ。影響に気づきもせず、まかり通って、それが「個性」と呼ばれているのが、どうにも居心地が悪かったのです。

自分が受けた影響を細部まで自覚するかしないか、それをわからせるようにするかしないかは、人それぞれの倫理のみに寄りかかっているといえるのではないでしょうか。

そして、倫理だからこそ、自覚しなかったら罪というものでもないのです。

そして二〇一四年師走の僕は、これまで挙げてきた人々の力を借りて、それを自覚し隠してはならぬと煩悶する者こそ、作家と呼ばれるのだと確信しています。ノートを見るにつけ、そう思うのです。

でも、だから不快は和らいで、その代わりに文章ははっきりした色をなくしています。また手紙に戻ってみましょう。

ほめても意味がない。ほめた結果、あなたが「文章で食べられるかも知れない」と思ってしまうことも、恐れています。私はあなたの文章に惚れ込んでいます（そういう表現しか思いつかない）。しかし、その文章やその才能が、出版界で「商品」として売れるかどうかは、別問題なのです。本屋に並んでいるヒドイ本を眺めていれば、商品とはどういうものか、わかると思います。

ほめられた結果、僕は「文章で食べられるかも知れない」とはまったく思いませんでした。思っていたら、それを望んでいたら、先生にかじりつけば何とかなったでしょうから。だってあなた、今や法政大学の総長ですよ。

でも、自分の文章が一から十まで他人の言葉で語られていることに、僕は耐えられませんでした。そして、その文章が、一介の大学生としてはほぼ最大限の賛辞を与えられたことに、妙な居心地の悪さを感じたのです。

それを先ほどのような言葉にすることはできませんでした。そのような時に使用すべき言葉は本でたくさん目にしました（個人的には、ショーペンハウエルや高橋源一郎が書いていたことがすぐに思い出されます）し、それこそせかせか引用もしていましたが、これが若さというものか、それほど身に沁みなかったのです。言葉というものについて、まだ考えが浅かったのです。そんな状況で書き写し続けていたのだけはえらいと思います。

なるほど、先生の言うとおり、本屋に行けば倫理のない商品が並んでいます。その倫理が書き手側だけに、一方的に課されているのだということを知らない九〇パーセントの者たちによるものです。彼らの胸の中に、「太っちょのオバサマ」はいません。実体ある読者だけが彼らの味方なのです。

ゲボをのみこんで書き続けましょう。マンガもそうです。福満しげゆきがこう言います。

手塚治虫クラスのパイオニア的な人間以外は、先人が築き上げてきた土壌があるから「マンガ家」なんていうバカバカしい名前の職業でやっていけるのです。そーいった歴史のある土壌の中で、ある一時代に「天才マンガ家」が1人いれば、30〜40人の「その他大勢マンガ家」をも食わせていけるシステムなのであります。その天才にしたって、もちろん「その他大勢マンガ家」も「オレ様に才能があるから、オレの努力と実力で、このポジションに来れたのだ！」なんて思い込んだらイカンのです。

（『僕の小規模なコラム集』）

今のマンガ家なんて、手塚治虫がマンガ映画文学音楽美術医学科学なんかを全部総動員して開墾した肥沃な土壌で作物を育てて遊んでいるに過ぎないのかもしれない。

これまで述べたことから考えますと、そういう福満しげゆきの思いは、実に倫理的な態度といえます。というか、福満はここで作家倫理について語っているのです。

よく、美男美女というのは、全ての人の顔の平均だなんてことがいわれます。手塚治虫という本当のバケモノみたいな人はその平均に限りなく近い存在になるような感じが僕にはするのです。で、後世に現れた有象無象《うぞうむぞう》の手塚の子孫にまちがいのない各マンガ家が、目がカワイイ、口が特徴的だよね、足が長いね、短いのが逆にいいねえ、「個性」的だよね、などと褒められたりしているわけです。いや、確かにそれはそうなのですが……読者はともかく、作家自身がそれを受け入れていい気になっていいものでしょうか。それは根本的に恥ずべきことではないか……?

もちろん、これは文学だってそうです。そうですが、他ジャンルよりも遥かに、たった一人の人間に多くを依って作り上げられた日本のマンガという土壌が、一〇パーセント、福満しげゆきはもっと厳しく二、三パーセントと見積もってますが、それぐらい少数の作家によって耕されつつも、それ以上に数十年荒れに荒らされながらなお在るというのは、やはりとんでもなくすごいことだなあと僕は思うわけです。それだけマンガという分野に、まだ他の芸術の土壌がつぎこまれていなかっただけかも知れませんが、そうだとしても手塚治虫というのはその土を大量に運び入れたわけですし、ちょっとどう捉えていいかもわからないぐらい破格の存在なのです。だからこそ、それをさかのぼって意識しない作家なんて、倫理的にどうなのかと不遜なことさえ思うわけです。

これだけいうと、マイナー作家の群れという対抗馬にしがみつき、出ムチをくれて突進してくる人もいるかもしれませんので、今後ちゃんと考えることにします。

その前に言っておきます。僕はもはや、個性についてこう考えています。

個性とは、影響の連鎖を断線させて目をつぶった時に、まぶたの裏側に浮かび上がってくる安らかなものである。

*

マンガをスキャンできる環境にないため、マンガではなく彼の書いた文章から察していきましょう。手塚治虫は随所で作品の影響を嬉々として語っています。以下は、『忘れられない本』というエッセイです。


ぼくの大河もの作品のストーリー・テリング、スケールをやたらひろげるスペクタクル志向の原点は、この「トンネル」である。

戦時下の当時、欧米文学書がなかなか手に入りにくかったなかで、父の書棚にある『世界文学全集』は、またとない貴重品であったが、そのなかでも、「罪と罰」や「レ・ミゼラブル」などと並んで「トンネル」はぼくの心をもっともゆさぶった小説なのだった。

(『手塚治虫漫画全集　別巻15　手塚治虫エッセイ集（7）』)

手塚は戦後間もなく『地底国の怪人』を書いていますが、もともとはそのまま『トンネル』というタイトルにしたかったのを編集部に反対されたそうです。

ベルンハルト・ケラーマンの『トンネル』は一九一三年の作品で、ごく簡単に言えば、フランスからアメリカまで大西洋トンネルを掘り続けるという話です。資本主義批判ともとられてナチスには禁書扱い、このエッセイを読んだ筒井康隆も「手塚が薦めるならおもしろいだろうと思って読んだら、これは確かに面白かった」と言っていて、読みたい心をくすぐられますが、新潮社の『世界文学全集　第二期　十二巻』（一九三〇年）をさがすしかありません。

エッセイはこう続いていきます。

まず荒唐無稽で子どもじみたこのプロットを、ケラーマンは綿密な構成とたたみかけるような話術で、とにかく読ませてしまうのである。

主人公がよき時代のアメリカを代表するような熱血漢で、それに大資本家が加担する。恋人や恋ガタキが現れるなどの構成は、戦前のハリウッド映画の骨組みそのままである。

しかし、その甘さをおぎなってあまりあるのは、狂気のように突貫していくトンネル工事と、それに続く落盤と浸水の恐怖に充ちた描写である。そこでは主人公たちは影をひそめて、群衆が主導権を握り、パニックと自然の脅威のすさまじさが念を入れて描かれる。

ぼくがいかにこの通俗大衆小説から刺激を受けたかは、ぼくのごく初期の作品である『地底国の怪人』に地底列車を登場させ、『トンネル』の主人公たちの名前を、その後の作品でしきりに流用したことで察していただけよう。

勘違いしてもらわないでほしいのですが、ここで言いたいのは、別に、影響をあたえられたのを隠さないということではないのです。いや、そういうことではあるのですが、隠さないということは自覚するということであり、自覚するというのは言葉にできるということなので、それをしないということは倫理的におかしいばかりでなく、自分で書いたもののうち、どれほどのものが外から来たものであり、どれほどのものが内から来たものかわかっていないということになるのです。だから、「好きだったな」ではなく詳細に語っているということは「証言」として非常に重要で貴重なわけです。

で、こんなことを言うと、世間には「いやわかってますよ。オレも、ぜんぶ自分で書いたなんて思ってないです。いろんなもの読んで、影響受けて、それでオレが考えて、書いて、この作品になったんです。オレの作品のほとんどは、外から来たようなもんです。手塚先生にも感謝してます。パクツイはカスのやることだ」などと言う輩が大勢いることでしょう。

でも、それがちがうんです。そんなものは「全て」外から来たに決まってるだろうがと僕は言いたいのです。精子だったり卵子だったりしたくせによく言うよ、と。

手塚治虫はシンプルにこう言います。「インプットがないのに、アウトプットは出来ません」全て外から来たのだと言い切れる者だけが、全世界を異郷として自覚するのであり、その「土壌」を吟味するのであります。

その土壌とは、こういうことです。というわけで宮沢賢治が唐突に出てきます。これが、引き写しノートを執拗につけている者のやり方です。自分が考えついたと思ったことが、何年も前に文字を書き込んだノートに存在しているという呪いです。

孤独で、教室で答えがわかっていても言えないようなジョバンニが友人カムパネルラと銀河鉄道の旅をする中、北十字の白鳥の停車場で、プリオシン海岸に立ち寄ります。この章に用意された名も「北十字とプリオシン海岸」です。

そこは化石発掘場になっていて、大学士が監督をしています。ジョバンニたちは「標本にするんですか」と質問をします。


「いや、証明するに要るんだ。ぼくらからみると、ここは厚い立派な地層で、百二十万年ぐらゐ前にできたといふ証拠もいろいろあがるけれども、ぼくらとちがったやつからみてもやっぱりこんな地層に見えるかどうか、あるひは風か水やがらんとした空かに見えやしないかといふことなのだ。わかったかい」

(『銀河鉄道の夜』)


大学士は当然、化石を大事にしたいのですが、助手たちは乱暴な手つきで発掘を進めるのです。

今の引用より前の場面ですが、戻ってみます。


　だんだん近付いて見ると、一人のせいの高い、ひどい近眼鏡をかけ、長靴をはいた学者らしい人が、手帳に何かせわしさうに書きつけながら、鶴嘴《つるはし》をふりあげたり、スコープをつかったりしてゐる、三人の助手らしい人たちに夢中でいろいろ指図をしてゐました。

「そこのその突起を壊さないやうに。スコープを使ひたまへ、スコープを。おっと、も少し遠くから掘って。いけない、いけない。なぜそんな乱暴をするんだ。」

　見ると、その白い柔らかな岩の中から、大きな大きな青じろい獣の骨が、横に倒れて潰れたといふ風になって、半分以上掘り出されてゐました。そして気をつけて見ると、そこらには、蹄《ひづめ》の二つある足跡のついた岩が、四角に十ばかり、きれいに切り取られて番号がつけられてありました。

「君たちは参観かね。」その大学士らしい人が、眼鏡をきらっとさせて、こっちを見て話しかけました。

「くるみが沢山あったらう。それはまあ、ざっと百二十万年ぐらゐ前のくるみだよ。ごく新らしい方さ。ここは百二十万年前、第三紀のあとのころは海岸でね、この下からは貝がらも出る。いま川の流れてゐるとこに、そっくり塩水が寄せたり引いたりもしてゐたのだ。このけものかね、これはボスといってね、おいおい、そこつるはしはよしたまへ。ていねいに鑿《のみ》でやってくれたまへ。ボスといってね、いまの牛の先祖で、昔はたくさん居たさ。」

助手たちにはそれが「風か水やがらんとした空か」に見えているのですが、大学士にはそんな助手たちの発掘態度がひどく気になるのです。大学士にとって、そこは「厚い立派な地層」なのですから、乱暴はしないでほしいのです。

思うに、土壌（ここでは地層という言葉を使っていますが）を認識するとはこういったことなのでしょう。それにまつわる認識のちがいによって、先人たちの残したものをスコップや鑿で丁寧に掘り出すのか、つるはしで乱暴に扱うかが決まってしまいます。

だからと言って、「スコップ派」の人間は「つるはし派」を糾弾するわけにはいきません。「スコップ派」は力なく、大学士のように「も少し遠くから掘って。いけない、いけない」とかなんとか相当に情けない声をかけるばかりなのですし、それでもつるはしは「いけない、いけない」の声も待たずに、地層へガチンガチンと襲いかかるでしょう。

遠慮なくつるはしを振るう彼らは、風か水か、がらんとした空かに見えていると先ほど書きましたが、これは、少々の飛躍を承知で言えば、「故郷を甘美に思うもの」の態度といえるのではないでしょうか。

彼らはそこにかつての生者たちがいたことを認識しません。自分がいま生きている場を故郷とし、かけがえのないその場所こそが大切なのです。

一方で、はっきりと地層の中にかつての生者たちがいたことを認識しながら、それが「風か水やがらんとした空かに見え」てしまう可能性を考え、真摯に「証明」しようと試みている大学士は、これまでさんざんくり返してきた「全世界を異郷と思うもの」の姿そのものであると言えます。
しかし、僕には気になってきたことがあって、それは大学士のこの言い様です。

「いや、証明するに要るんだ。ぼくらからみると、ここは厚い立派な地層で、百二十万年ぐらゐ前にできたといふ証拠もいろいろあがるけれども、ぼくらとちがったやつからみてもやっぱりこんな地層に見えるかどうか、あるひは風か水やがらんとした空かに見えやしないかといふことなのだ。わかったかい」

大学士は、誰に何を証明しようとしているのでしょうか。「ぼくらからみると〜ことなのだ」までは「いや、証明するに要るんだ」の補足として考えると、以下のような二つの可能性が考えられるでしょう。

①ここが厚い立派な地層であることを、「ぼくらとちがったやつ」に証明しようとしている。
②この地層が「ぼくらとちがったやつ」には「風か水やがらんとした空か」に見えるということを証明しようとしている。

普通なら、①であると考えるのが当然でしょうけども、どうもそんな風に思われないのです。迷いに迷ってもいちど原典にあたってみたのですが、非常に驚きました。僕のノートには引き写されていなかったのですが、ここは実は、その先まで含めて、次のようなセリフだったのです（ちなみに、この部分は第三次稿で書かれて、第四次最終稿でも変わっていません）。

「いや、証明するに要るんだ。ぼくらからみると、ここは厚い立派な地層で、百二十万年ぐらゐ前にできたといふ証拠もいろいろあがるけれども、ぼくらとちがったやつからみてもやっぱりこんな地層に見えるかどうか、あるひは風か水やがらんとした空かに見えやしないかといふことなのだ。わかったかい。けれども、おいおい。そこもスコープではいけない。そのすぐ下に肋骨が埋もれてる筈ぢゃないか。」大学士はあはてゝ走って行きました。

大学士は、「わかったかい」の後で、「けれども」という逆接の語を述べているのです。
ということは、再度、整理してみます。宮沢賢治を相手取ってこんなことをするのは、他の作家にするより無意味なのではないかと思いますが、試みます。

①ここが厚い立派な地層であることを「ぼくらとちがったやつ」に証明するのに要るんだ。けれども……

②この地層が「ぼくらとちがったやつ」には「風か水やがらんとした空か」に見えるということを証明するのに要るんだ。けれども……

まあ、いざ書いてみると、だからなんだということになるわけなんですが、なんだか僕には②という気がしてきて、なんとかそのための証拠をそろえなければならないという気がしてきましたのでもう少しお付き合いください。棋士は直観で選んだ手の先を読んでいくと聞きますし……。

ところで、高瀬露《つゆ》という女性をご存知でしょうか。

ごくごくかんたんに内実も知らずに言えば、宮沢賢治がつきまとわれて苦労した女性で、賢治は彼女にたしなめ口調の手紙を何度か出したり出そうとしたりしています。

以下はその中でもこもった力が感じられる下書きと言われたりしておりますが、そこで賢治は、今の時代はプロレタリア文学にうつっていき、そんなとき心象スケッチとか言っている自分は古くさくうまくいかないと書いたあと、続けます。

たゞひとつどうしても棄てられない問題はたとへば宇宙意志といふやうなものがあってあらゆる生物をほんたうの幸福に齎《もたら》したいと考へてゐるものかそれとも世界が偶然盲目的なものかといふ所謂信仰と科学とのいづれによって行くべきかといふ場合私はどうしても前者だといふのです。すなはち宇宙には実に多くの意識の段階がありその最終のものはあらゆる迷誤をはなれてあらゆる生物を究竟の幸福にいたらしめやうとしてゐるといふまあ中学生の考へるやうな点です。ところがそれをどう表現しそれにどう動いて行ったらいゝかはまだ私にはわかりません。

（一九二九年、日付不明）

『農民芸術概論綱要』序論に有名な一節もありますので、これをウザい女に読ませるための口から出まかせと取るわけにいかないのは理解されるところと思います。

世界がぜんたい幸福にならないうちは個人の幸福はあり得ない

簡単にまとめる罪を背負いながらいえば、「宇宙意志が最終的な実現を見るまで、個人の幸福はありえない」ということになるのでしょう。

銀河鉄道は第一次稿が一九二四年頃、最終形の第四次稿が一九三一年頃というのが定説になっています。一方、『農民芸術概論綱要』は一九二六年。高瀬露への手紙は一九二九年。

これが「北十字とプリオシン海岸」のある第三次稿が書かれた頃とぴったり同時期であるというのは憚られるまでも、賢治がこの手の「中学生の考へるやうな」テーマを深めていた時期と重なっているぐらいのことは言っていいかと思われます（ちなみに、この頃の賢治は一時期の国柱会への傾倒がゆるみつつある時期といえます）。

となると、遠慮がちな賢治の考えを推測すると、この世を幸福にするのは「宇宙意志」であり「科学」ではないということになります。

だとしたら、科学に従事するはずの大学士はいったい何をしているのでしょうか。こう言ってもいいでしょう、賢治は、どうして「宇宙意志」に相反する存在である科学者の端くれの姿を『銀河鉄道の夜』に登場させたのか。

自分で問いを立てておきながら、対する答えは、僕としてはスッと出てくるような気がします。

そのヒントは、第一次稿に出てくるブルカニロ博士にあります。この人物は、第一次稿では、ジョバンニを「ほんたうの幸ひ」を探究（探求ではない）する存在へと導く重要な存在です。銀河鉄道での旅という夢をジョバンニに見させた挙句、今の記憶を忘れずに現実をしっかり生きていくんだと言い、「切符をなくすな」とジョバンニを送り出すのですが、なるほど、こう紹介したあたりで、先ほどまでに書いていた賢治の思想とは相容れないものであることがわかります。だって、これは「科学」だし、その「科学」が幸福をもたらすと信じ切っている、マッドなやつではありませんか。

第四次稿では、ブルカニロ博士は削除されました。その頃の賢治の考えは、この世界というのは、「科学」ではなく「宇宙意志」によって幸福へ到達するのですから、そんな人物がいていいはずはないし、いてもジョバンニを導く存在であるはずがない。

では、その「博士」と入れ替わるように科学を担って出てくる「大学士」と「博士」は何がちがうかというと、単純に偉いか偉くないかということが言えます。博士号をとれば博士で、それでなく大学に通っておれば「大学士」と区別できます。ただ、一九三〇年代に大学に行っている人なのですから、今の大学生とちがうのはお察しです。

とはいえ、ちがうはちがう。時代的にもそういう解釈であったことを示すために、少しさかのぼって夏目漱石の講演集から引用しておきます。

あなた方は博士というと諸事万端人間いっさい天地宇宙のことを皆知っておるように思うかもしれないがまったくその反対で、じつは不具の不具のもっとも不具な発達を遂げたものが博士になるのです。それだから私は博士を断りました。〔拍手起る〕しかしあなた方は――手を叩いたって駄目です。現に博士という名にごまかされておるのだから駄目です。たとえば明石なら明石に医学博士が開業する、片方に医学士があるとする。そうすると医学博士の方へ行くでしょう。いくら手を叩いたって仕方がない、ごまかされるのです。

（『社会と自分　漱石自選講演集』）

賢治の話に登場する大学士といえば『楢ノ木大学士の野宿』が思い出されますが、これだってなかなか間抜けな感じです。鉱石を取りに来たらむにゃむにゃ夢ばかり見て、夢の中の恐竜に食べられて帰ってきて結果も残せないし、まったく「博士」のようではないのです。とにかく、科学の知識によって人を導いたりできるような存在ではない。

宮沢賢治が「博士」ではなく「大学士」を選んだわけは、「科学」の印象を抑えるためでしょう。大学士の言うことを助手たちが全然聞いてくれないのも、そうした印象を補強し、大学士をますます「デクノボー」に見せるようです。もう一度、読んでみてください。

「いや、証明するに要るんだ。ぼくらからみると、ここは厚い立派な地層で、百二十万年ぐらゐ前にできたといふ証拠もいろいろあがるけれども、ぼくらとちがったやつからみてもやっぱりこんな地層に見えるかどうか、あるひは風か水やがらんとした空かに見えやしないかといふことなのだ。わかったかい。けれども、おいおい。そこもスコープではいけない。そのすぐ下に肋骨が埋もれてる筈ぢゃないか。」大学士はあはてゝ走って行きました。

賢治は、一科学者でもありました。鉱物の深い知識を有し、化学や気象や地質を含んだ農学の知識を広く、実践的に、農民たちへと教えました。

その賢治が、人間を幸福にするのは科学ではないと考えたのはこれまで書いてきた通りです。何かを証明するのは「科学」にまちがいありません。そして「ぼくらとちがったやつ」に証明するということであれば、それは科学の普及に他なりません。

ただし、科学を普及させても、絶対に幸福にはたどり着けないようだ、というのが宮沢賢治がたどり着いた信念でした。

それでもなお、賢治は科学を悪しざまに否定するわけにはいかなかったでしょう。

質屋の息子に生まれ、自然がひたすらに起こす不作凶作のたびに農民がこぞって家財道具を質入れしにやって来る姿を目にし続け、そのおかげで裕福な暮らしをし、クラシックを聴き、春画を集め、勉強することもでき、その科学的知識を彼らに還元してきた賢治としては、人間を幸福にするのは科学ではないなどと、自己否定的な言葉を言えるはずもないのです。いや、わかりませんが、僕にはそう思えるのです。

だから、「けれども」のあと、大学士は言葉を寸断されるのではないかと僕は思います。彼は、逆接のあとにのぞいている事実にさりげなく目をそむけて、科学に目を戻し、発掘を続けるのです。賢治は、その先の言葉をくらませ、少しとぼけた大学士を科学へ邁進させたままにさせる。科学を否定する言葉はついに書かれない。科学の先にあるのは「幸福な世界」ではないと考えているはずなのに。

では、賢治は科学をあきらめたかと言うと、そうとも言い切れません。ここで、是非とも続きを読んでいただきたいと思います。


「もう時間だよ。行かう。」カムパネルラが地図と腕時計とをくらべながら云ひました。

「ああ、ではわたくしどもは失礼いたします。」ジョバンニは、ていねいに大学士におぢぎしました。

「さうですか。いや、さよなら。」大学士は、また忙がしさうに、あちこち歩きまはって監督をはじめました。二人は、その白い岩の上を、一生けん命汽車におくれないやうに走りました。そしてほんたうに、風のやうに走れたのです。息も切れず膝もあつくなりませんでした。

こんなにしてかけるなら、もう世界中だってかけれると、ジョバンニは思ひました。

そして二人は、前のあの河原を通り、改札口の電燈がだんだん大きくなって、間もなく二人は、もとの車室の席に座って、いま行って来た方を、窓から見てゐました。


なぜ、二人は「ほんたうに、風のやうに走れ」るのでしょうか。なぜ、宮沢賢治は、二人を「ほんたうに、風のやうに走」らせるのでしょうか。

僕はここまで書いてきて賢治の「けれども」にひどく感銘を受けていますし、大学士と別れたあと、「立派な地層」ではなく「白い岩の上」を「ほんたうに、風のやうに走」る二人に、なぜか感動も覚えています。

さて、僕はここにいたって、恥ずかしながら、あの冒頭の授業のシーンに心ひかれるわけがわかったような気がしたのでした。宮沢賢治の論評は膨大にありますし、こんなことはもう誰かがいっているかもしれませんし、それを読んだことすらあるような気がしていますが、それでも僕は今、かなり大きな歓びをもっています。『銀河鉄道の夜』という不思議な話が、少しわかったような気がするのです。


「ではみなさんは、さういふふうに川だと云われたり、乳の流れたあとだと云はれたりしてゐたこのぼんやりと白いものがほんたうは何かご承知ですか。」先生は、黒板に吊した大きな黒い星座の図の、上から下へ白くけぶった銀河帯のやうなところを指しながら、みんなに問をかけました。

カムパネルラが手をあげました。それから四五人手をあげました。ジョバンニも手をあげやうとして、急いでそのまゝやめました。たしかにあれがみんな星だと、いつか雑誌で読んだのでしたが、このごろはジョバンニはまるで毎日教室でもねむく、本を読むひまも読む本もないので、なんだかどんなこともよくわからないといふ気持ちがするのでした。

ところが先生は早くもそれを見附けたのでした。

「ジョバンニさん。あなたはわかってゐるのでせう。」

ジョバンニは勢《いきおい》よく立ちあがりましたが、立って見るともうはっきりとそれを答へることができないのでした。ザネリが前の席からふりかへって、ジョバンニを見てくすっとわらいました。ジョバンニはもうどぎまぎしてまっ赤になってしまひました。先生がまた云ひました。

「大きな望遠鏡で銀河をよっく調べると銀河は大体何でせう。」

やっぱり星だとジョバンニは思ひましたがこんどもすぐに答へることができませんでした。


どうでしょう。どうですか。

そうです、ジョバンニは、引っ込み思案だからではなく、それが「科学」であることへの疑いから、もしくはその予感から、自分の中にある「答え」を承伏できないでいるのです。それはむろん、賢治自身の疑いでもあったでしょう。

この世というものが「科学」でなく、「宇宙意志」が「ほんたうの幸ひ」に向けて働いているものだとすれば、「宇宙意志」を象徴するような美しい「ぼんやりと白い」「天の川」を、「星」だと言って終わらせることはできません。

かと言って、「ちがう」と声を大にするほど寄りかかる確かなものもない。

当然、こういう人物は「全世界を異郷と思うもの」の姿をとります。ジョバンニは、銀河鉄道の車内でも、たびたび不安や孤独を感じます。

（こんなしずかないゝとこで僕はどうしてもっと愉快になれないだろう。どうしてこんなにひとりさびしいのだらう。けれどもカムパネルラなんかあんまりひどい、僕といっしょに汽車に乗ってゐながらまるであんな女の子とばかり談《はな》してゐるんだもの。僕はほんたうにつらい。）ジョバンニはまた両手で顔を半分かくすやうにして向ふの窓のそとを見つめてゐました。

ここではジョバンニだけが死者でないのですが、別にジョバンニは銀河鉄道でなくたって学校でも活版所でもそんなヤツなのですから、ことさら「死者」だからと言うべきではないと僕は思います。

とにかくジョバンニは、学校で唯一の友だちだと思っていたカムパネルラが、もちろん異性のなんやかんやもあるのでしょうが、「徒党」を組んでしまったことをつらがっている。ジョバンニは、誰とも「徒党」を組めない「全世界を異郷と思うもの」「孤低の者」として描かれています。生者も死者もジョバンニの仲間ではなく、自分とはちがう「他者」として現れます。ジョバンニはそう思いたくはなさそうなのですが、そういうものとしてしか、彼の前に「他者」は現れないのです。

こうした「迷誤」のある世界は、賢治にとって、「宇宙意志」の働いていない「科学」に近い世界といえます。世界が「科学」であれば偶然盲目的であると賢治は考えていて、そこでは全ての人間が他者同士であり、当然、誰も幸福にはなれません。なら、せめてまず自分がそれを棄て、「宇宙意志」の導きを標榜しようと思っても、膨大な科学的知識をもった賢治は、科学のない世界を無邪気に考えることなどできないのです。

だから、賢治は「ほんたうの幸ひ」を知ることのできる可能性を持った存在として、ジョバンニをつくったのでしょう。ジョバンニは「科学」を信じきれない存在として、「科学」のある世界にいなければなりません。

そして、僕はここで唐突に、「科学とは過去を参照する態度」であると言ってしまおうと思います。だとしたら、賢治が死屍累々の過去の地層の上を、一切の気兼ねなく、電車に間に合わないと急ぐ子供らしさをそのままにして、「風か水やがらんとした空か」のうちの「風のやうに」疾走させたことの意味が、ちょうどこんなふうに、もっとはっきりわかってくるのではないでしょうか。

「ほんたうの幸ひ」を追い求める者は過去を認識し振り返ってはならない。

しかし、振り返らないためには、振り返るべきものがなければならない。それが科学なのです。

最近読んだ中沢新一の対談集『惑星の風景』の中にこんな部分がありました。

時間の問題が入ってくると、時間過程のなかで物事が発展・展開してしまいます。そのために世界には非対称性の過程が進行します。現実の世界はすべてが非対称的で複雑な構造を持っています。この世界に起こることのすべてを単純な論理や公式で表現することはできない。これから先もできません。だから文学が必要なのです。ところが自然科学は、自然現象を単純で原始的な状態へ、つまり対称性を持っている状態へと引き戻していきます。

時間の問題抜きまで引き戻すことで対称性を見つけるのが科学だと中沢新一は言います。つまり、科学はもともと「振り返る」ことで可能になった学問なのです。だとしたら、それはこの世界とは究極的には無関係です。無関係なものが「ほんたうの幸ひ」であっては困るというのが賢治の考えでもあったでしょう。

*

さて、僕の記憶が確かならば、福満しげゆきとか手塚治虫の話をしていたはずです。

マンガの土壌の話から、宮沢賢治に流れたところですが、ご安心を。きっと手塚治虫まで戻るような気がしています。今、進むべき方向がジョバンニたちのようにはっきりしていて、車窓から「いま行って来た方」を見ているような感じです。

明日はどうか知りませんが、たった今においては、ジョバンニとカムパネルラを気持ちよく疾走させた宮沢賢治に全幅の信頼を置いている僕には、導き出されかけているものがあり、それは先ほども書いた通りのことなのですが、「地層や土壌や過去を振り返るものは、『ほんたうの幸ひ』にたどり着かない」ということなのです。あるいは、「ほんたうの幸ひ」の実現を放棄しているということです。

だって、過去は今この世界ではないのですから、そんなものに、まさに「現《うつつ》を抜かしている」うちはダメでしょう。「雨ニモ負ケズ」を思い出せば、あそこで語られているのは、「今」の生活のことであり、人が「今」どうするかであり、そして何より「こうあれば」という静かな叫びであったことがわかります。

実現可能な「ほんたうの幸ひ」を賢治は死が迫る中で考えていく。

雨ニモマケズ
風ニモマケズ
雪ニモ夏ノ暑サニモマケヌ
丈夫ナカラダヲモチ
慾ハナク
決シテ瞋ラズ
イツモシヅカニワラッテヰル
一日ニ玄米四合ト
味噌ト少シノ野菜ヲタベ
アラユルコトヲ
ジブンヲカンジョウニ入レズニ

ヨクミキキシワカリ
ソシテワスレズ
野原ノ松ノ林ノ蔭ノ
小サナ萱ブキノ小屋ニヰテ
東ニ病気ノコドモアレバ
行ッテ看病シテヤリ
西ニツカレタ母アレバ
行ッテソノ稲ノ束ヲ負ヒ
南ニ死ニサウナ人アレバ
行ッテコハガラナクテモイヽトイヒ
北ニケンクヮヤソショウガアレバ
ツマラナイカラヤメロトイヒ
ヒデリノトキハナミダヲナガシ
サムサノナツハオロオロアルキ
ミンナニデクノボートヨバレ
ホメラレモセズ
クニモサレズ
サウイフモノニ

2014.12.10-2015.09.23

ワタシハナリタイ

これを読むと、僕には、永六輔は「そんなものになれるわけがない」と思って昔は嫌いだったとか、井上陽水が電話で沢木耕太郎に朗読してもらって「ありがとう」って言って切った後日に「ワカンナイ」が発表された、とかいう話が思い出されるんですが、そんなことはどうでもよい。

いや、どうでもよいわけでもなく、この、「雨ニモ負ケズ」が、簡単に言えば「そんなの無理だよ、何言ってんの。君の言葉は誰にもわかんない」という言葉であることは重要です。

執拗にくり返しますと、「ほんたうの幸ひ」だの「完璧な存在」だのは、世界で実現するはずがないのです。

いい大人がこれを言えば、たちまち後ろ指をさされることでしょう。年端もいかない子供が言った時に胸を打つような気がするのは、子供にはその矛盾をあばく責任が課せられないからであるかもしれません。

なのに、そんな「中学生の考えるやうな」ことを、なんだか知らないが死ぬまで深く考えずにいられない人たちがいる、ということについて、果たしてこれはなんだろうかと僕は考えているのです。デカルト然り、太宰治然り、サリンジャー然り、宮沢賢治然り。

その完璧とか本当とかは、同じものを指すような気がしますし、ちがうような気もします。しかし、彼らの態度が、異なるのに、どこか似通ったものに思えることの不思議さが、どうにも本気で気にかかり、これについて言葉を尽くさなければいけないという気がします。

訳知り顔で期待に鼻をふくらませて「創作活動」とやらをした気になっている他のどんな奴らのことも差し置いて、なんとしても彼らのことを考えなければいけないという気になるのです。しかも、そんな人たちが考えても考えても、それは答えの出るようなものではなかった。

そもそも、こんな出口のないことを考えて考えて考え続ける人たちが、世間と折り合いをつけられるはずがありません。

「完璧を求めちゃうとつらいよ」とか「完璧なんてありえないんだから、力抜いてやろうぜ」という言葉は日常でもよく使われる励ましの文句ですが、そこに表れる完璧は、本当の完璧ではありません。体操の十点満点は、かつては「完璧を求めちゃうとつらい」ものでしたが、今では何のその。テスト勉強だって、会社のプレゼンだって、完璧はありえるでしょう。社会には、そんなとりあえずの、やればできるけどそこまでやる必要のない完璧ばかりが転がっているのです。その完璧は、求めてつらいことなど何もないのです。

励ましの言葉は、不可能としか今は思えないものを追求している人たちに向けてかけられるべきなのですが、彼らはそんな言葉には耳を傾けません。傾けなかったから、彼らの発する言葉だけが今もなお、異物として残っています。そして、偉大な風よけとでも言うべきこの異物にあたらなければ、人は、その先に何かがあることにすら思い至らないのです。もちろん、その先にある何かは、その異物によって隠されています。彼らだけが、それを置く時に、見たかもしれない。

ここで宮沢賢治の最後の手紙を紹介します。ここまで見てきたように、ありえない完璧を求めて思索と創作と生活を続けた宮沢賢治が、その人生と人間に、まったく悲しい自己評価を下した、死の十日ほど前の手紙です。ここまで読んできた義理です。貴方様におかれましては、一言も漏らさぬように読んでいただきたいと思います。

八月廿九日附お手紙ありがたく拝誦いたしました。あなたはいよいよご元気なやうで実に何よりです。私もお蔭で大分癒っては居りますが、どうも今度は前とちがってラッセル音容易に除こらず、咳がはじまると仕事も何も手につかずまる二時間も続いたり、或は夜中胸がぴうぴう鳴って眠られなかったり、仲々もう全い健康は得られさうもありません。けれども咳のないときはとにかく人並に机に座って切れ切れながら七八時間は何かしてゐられるやうなりました。あなたがいろいろ想ひ出して書かれたやうなことは最早二度と出来さうもありませんがそれに代ることはきっとやる積りで毎日やっきとなって居ります。しかも心持ばかり焦ってつまづいてばかりゐるやうな訳です。私のかういふ惨めな失敗はたゞもう今日の時代一般の巨きな病、「慢」といふものの一支流に過って身を加へたことに原因します。僅かばかりの才能とか、器量とか、身分とか財産とかいふものが何かじぶんのからだについたものででもあるかと思ひ、じぶんの仕事を卑しみ、同輩を嘲り、いまにどこからかじぶんを所謂社会の高みへ引き上げに来るものがあるやうに思ひ、空想をのみ生活して却って完全な現在の生活をば味わふこともせず、幾年かゞ空しく過ぎて漸く自分の築いてゐた蜃気楼の消えるのを見ては、たゞもう人を怒り世間を憤り従って師友を失ひ憂悶病を得るといったやうな順序です。あなたは賢いしかういふ過りはなさらないでせうが、しかし何といっても時代が時代ですから充分にご戒心下さい。

風のなかを自由にあるけるとか、はっきりした声で何時間でも話ができるとか、自分の兄弟のために何円かを手伝へるとかいふやうなことはできないものから見れば神の業にも均しいものです。そんなことはもう人間の当然の権利だなどといふやうな考では、本気に観察した世界の実際と余り遠いものです。どうか今のご生活を大切にお護り下さい。上のそらでなしに、しっかり落ちついて、一時の感激や興奮を避け、楽しめるものは楽しみ、苦しまなければならないものは苦しんで生きて行きませう。いろいろ生意気なことを書きました。病苦に免じて赦して下さい。それでも今年は心配したやうでなしに作もよくて実にお互心強いではありませんか。また書きます。

（一九三三年九月二十二日　柳原昌悦宛て書簡）

そうなのです。「完全な現在の生活を味わわない」者として、「過去」にあったものを味わい、考えを尽くそうとし、「銀河鉄道の夜」を書いた作家でさえ、そうなのです。何がそうなのですなのか、はっきりと言えませんが、そうなのです。そうなのです、と僕はくり返すほかない。あなたが、「物言わぬ読者」であれば、わかってもらえると思います。リツイートもブックマークもしなくていい。そんなものが何の慰めになるか。それを求める人の「慢」を助長するにすぎません。

完璧を目指すとはこういうことです。矛盾を内包する完璧の末路をうすうす知りながら引き寄せられ、「本気に観察した世界」の中で、「全世界を異郷と思うもの」として、その通りの末路をたどる。

「空想をのみ生活して却って完全な現在の生活をば味わふこともせず」という箇所があります。「どうか今のご生活を大切にお護り下さい」というところもある。それだけが「ほんたうの幸ひ」だと賢治は考えています。

この文が心にともす火が消えないうちに、今こそマンガの神様のもとに戻りましょう。この火の美しさや苛烈さを、どぎつく想起させる者のもとに戻りましょう。

手塚治虫が、「今のご生活を大切に」したでしょうか。「空想をのみ生活して却って完全な現在の生活をば味わ」うこともなかったあのマンガ家は、誰の話にまともに耳を傾けたでしょうか。そんな彼の「完璧」を誰が知るでしょうか。彼の仕事ぶりが、凡百のマンガ家が想定する「完璧」を楽に超えていたのは、火を見るより明らかではないでしょうか。

何度も申し上げましたが、こういう人たちは誰しも、「完璧」に誰よりも近づきながら、「完璧ではない」と首を振り続けます。

おそらく、先ほど似通うと言ったのは、こういう態度のことなのですが、だから彼らに終わりはなく、安寧の地も満足も救いもなく、その終わりのなさが末路に重なっていく。彼らはいつも、届かなかった者として、死ぬことになる。最期の言葉が「仕事をする。仕事をさせてくれ！」だった人間に、かける言葉があるでしょうか。

僕は今、彼らに安寧の地がないと言いました。それは「全世界を異郷と思うもの」がどうしても陥る姿です。

故郷を甘美に思うものは、まだくちばしの黄色い未熟者である。あらゆる場所を故郷と感じられるものは、既にかなりの力を蓄えた者である。全世界を異郷と思うものこそ、完璧な人間である。

この中で、苦しみ続ける者は誰か、明白なのではないでしょうか。

そしてまた「新しいもの」があるとすれば、それを生み出すのは誰かも、明白なのではないでしょうか。

「全世界を異郷と思うもの」は「過去」にすら異郷を見出すでしょう。そこには、自分に影響を与えたものがたくさん転がっている。ちゃんと、そのような地層に見える。彼らは、異郷にいるからこそ、強くそれを自覚します。

だから、彼らは影響をそっくりそのまま出すことを恥じ入ることになるでしょう。そして、恥じ入りながら認めることになるでしょう。そして、その影響の全てからできるだけ逃れた位置に、けれどもそう遠くない所に、誰の痕跡もなさそうな自分の場所を見つけるのです（身を落ち着けられる地層がある限り、自分の場所とはいえないはずなのですが）。

だから、彼らは、ここに至ってようやく「個性」を獲得するのです。本来、創作物における「個性」とはこのレベルにしか適用する意味のない言葉なのではないかと僕は思います。

僕は前にこう書きました。

個性とは、影響の連鎖を断線させて目をつぶった時に、まぶたの裏側に浮かび上がってくる安らかなものである。

なお意見を変えるつもりはないですし、ここに孕まれた曖昧な肯定感が、人間そのものに「個性がある」と用いられることもあります。「個性」とはそんな風につまらぬものです。「全世界を異郷と思うもの」は「個性」を確かに有しすぎるくらいに有しているのですが、当の彼らは「個性」などという陳腐で何の意味もない安らかな言葉を自ら使おうとはしません。

彼らは決して「影響の連鎖を断線させて目をつぶ」らない。それが、完璧を目指し続けるということなのです。安らかなところに安住しないということなのです。

個性について手塚が語っている対談があります。

手塚　近ごろ自分で勝手に考えてるんですけど、ぼくのマンガがいままでどうにか命脈を保ってきたというなかに、個性がなさすぎたっていう点があると思うんです。

巖谷　ぼくもそれを以前に書かしていただいたことがあるんですが、無個性の普遍性というか。でもそれはディズニーとはちょっと違う。その違いははっきりさせたほうがいいと思いますね。

手塚　たとえば、つげさんにしても水木さんにしても、あるいは最近までポルノ劇画描いていた石井隆さんにしても、たいへん個性に恵まれて作家の肌がもろに出てますよね。ぼくはそういう人たちがアッピールしてる時期に、あるバーで酔っぱらいにカラまれ、その酔っぱらいが評論家だったんですよ、たまたま。

巖谷　マンガ評論家ですか。

手塚　いやマンガじゃなくて、文芸評論家だろうと思うんですけど（笑）、いろいろマンガ論を述べられた後で、手塚治虫の最大の欠点は個性のないことで、これからのアンタの命題というのはナマの手塚を出すことだということを、かなりいわれたんで、ぼくの技術には限界というものがあって、つげ義春までは到達できないんだってしらけたんですよ。そしたらアンタおしまいだっていうようなことをいわれましてね。

巖谷　それは酔っ払っていたせいと時代のせい（笑）……。

手塚　うん、結果的に考えるとね。それは十年ぐらい前で、つまり強烈な作家性が、個性がナマに出ると同時に、それがモロに飽きられる時代があるんですね。時代だと思うんです。時代の状況がそれを拡散してしまう運命が、どんな大衆文化にもあって、特に映像の宿命だと思うんですよ。

（『手塚治虫漫画全集　別巻14　手塚治虫対談集（4）』）

自分には個性がないということを手塚治虫は、自ら明言します。

しかし、それは欠点なのだろうかということに焦点があてられていきます。おもしろいのでそのまま読んでいきましょう。

手塚　ぼくの個性っていうのはないのだと思うんですよね、実際に。

巖谷　だから無個性の個性といってもいい。たしかに手塚マンガのストーリーというのは、いわゆるオリジナルなものではないですよね。必ずなにかモトというかネタがある。ほとんどが古い神話的物語のパラフレーズ（言い換え）であり、パロディであるわけで……。

手塚　ええ、ずるいんですよ。ストーリーだけではなく画風もディズニーからもってきたり、あるいはロバート・クラムからもってくるという……。

巖谷　どんなものでももちこめる透明さみたいなものが、手塚マンガの個性でしょう。

手塚　日本人的なんでしょうかね（笑）。

そもそも、ウラジミール・プロップが『昔話の形態学』で示したように、ストーリーというのは数十の項で分類できてしまって、そう考えればもはやオリジナルなものなどないと言っていいのですが、それはともかく、手塚治虫は自らが影響を受けたものを包み隠さず語っています。そして、それを自ら「ずるい」と言い放ちます。

少し飛んだあとの具体的な話を引用しましょう。ここはめちゃくちゃおもしろいです。

巖谷　ところでダイジェストといえば、たとえばメトロポリスですね。前からうかがってみたいと思っていたんですが、あれはまだフリッツ・ラングの『メトロポリス』を観ていない時期の作品だと書いておられましたが、本当にそうなのでしょうか。

手塚　ぼくは観てないんですよ。大体戦争中に構想を立てたもんですからね。だからフリッツ・ラングのものは……、あれは何年ごろかな、昭和十一、二年ごろじゃないですか？

巖谷　一九二六年ぐらいにできた映画で、日本で公開されたのもかなり古いと思います。

手塚　そんなもんですか。観てないです。それから『ロストワールド（失われた世界）』も見てないし。

巖谷　すると不思議でしようがないのは、『メトロポリス』がどうしてあんなふうに、フリッツ・ラングを彷彿とさせるようなマンガになるのか、なんですね。似てるでしょう？

手塚　あれに、ロボットが出てくるというのは漠然とだれかに聞いてたんですよ。

巖谷　しかし、ロボットのミッチイがつくられてゆくシーンがありますね、こういう鉄の枠にはめられて、頭にキャップをして……。

手塚　あれはまったく、偶然の……。

巖谷　偶然の一致ですか。

手塚　一致してるかどうかわかんないけど。

巖谷　いやほとんど同じですよ、あのイメージは。

手塚　そうですか。

巖谷　それともうひとつは冒頭の摩天楼のシーンですね。ニューヨークとおぼしきメトロポリスの摩天楼があって、そこをミッチイが飛んでるシーンがありますね。あれもフリッツ・ラングにそっくりなんです。

手塚　あれはね、『ブリンギング・アップ・ファーザー』の影響だと思うんですよ。つまり『ブリンギング・アップ・ファーザー』を描いたジョージ・マクマナスという人は、もともと建築設計家でして、どっちかっていうと、モダニズムが強調されていた二十世紀初頭の摩天楼かなんかの設計をやってるんですね。そういう人が描いた作品ならいたるところそういったデザインがありますね。それにモダンなインテリアとか……。それをやっぱり子ども心におぼえてたんでしょうねえ。

巖谷　フリッツ・ラング自身もそういうものから発想したのかもしれませんね。

手塚　そういう無意識の蓄積はあるでしょう。大城さんの『火星探検』のなかに天文台が出てくるんですけど、その天文台がそのころ設計された有名な建築家の建物とまったく同じものなんだそうです。あれはアメリカン・タワーじゃなくて、なんだったかナ、そうです、メンデルゾーンでした。

巖谷　ドイツ表現派ですね。

手塚　ぼくは知らなかった。それで、大城さんにそれを見たことがあるかって、松本零士さんがきいたんです。そしたらわからないっていうんですね。もしかしたら無意識に見ていたかもわからないっていうんです。そういうイメージの残像っていうかねえ、そういうのはあるんですね。

巖谷　それはおもしろい話ですね。はっきりと源泉は指摘できないけれど、なんだろうな……、大衆文化の巨大な記憶のプールみたいなものがあって、それがパターンとして個々の作品のなかに浮かび上がってくるということですかね。

手塚　そうなんです。ぼくが戦争中にドイツ映画を観たなかでいちばん強烈だったのは、『大自然と創造』っていうものです。これは最近観る機会がありまして懐かしかったんですけど、その当時にしてみたらナチスの啓蒙映画ですよね。だけど大がかりで、原始時代から恐竜時代、それから未来まで、地球の最後まで延々と続くセミ・ドキュメンタリーです。それ一本に初期に僕のマンガに表れるシーンがやたらあるんですよ。『メトロポリス』のいちばん最初に恐竜が草食べてるところがありますよね、あれなんか代表的な影響です。なんとも強烈な印象でしたからね。

おもしろいので長々引き写してしまいました。

巖谷國士のいう「大衆文化の巨大な記憶のプール」とは、ここまで話してきた「地層」や「土壌」のような意味でしょう。そこからの影響を、それこそ発掘するように、子細に語ることのできる手塚治虫がいます。本当に『メトロポリス』も『ロスト・ワールド』も見ていないのではと思わせます。でも、その影響がどこかでつながると信じているために、ジョージ・マクマナスをためらいもなく出して、同じ「地層」を見ていた証拠を自ら検証するのです。そして、そんなことで作品の価値というものが貶められるのではないことを当然知っています。

大城のぼるの『火星探検』に出てくる天文台は、メンデルゾーンのアインシュタイン塔やそれを参考にした三鷹市の国立天文台の太陽分光写真儀室だと思われますが、そういう「イメージの残像」が表現に表れるのと同じようなことが至る所でくり返されている、こういうことを、僕たちはあまりにも意識しなさすぎるのではないでしょうか。

自分がたった今思いついたという考えがノートをめくればほとんどそのまま書いてあるという体験をしつこくくり返している僕には、『大自然と創造』を見返して自分のマンガと同じシーンを発見する手塚治虫の気分がとてもよくわかる気がします。

「インプットがないのに、アウトプットは出来ません」と言うのは、本当にただそれだけの意味なのです。

手塚　ぼくの場合は、もしかしたら二十世紀の印象を小器用に編集してるんですよ、情報をね（笑）。で、適当に味つけをして……、編集者の個性かな。

巖谷　でもそれは、文学の世界ではもっと意識的におこなわれてることで。引用だけで終わらせちゃう文学者が現れたり。

手塚　ああ、それはそうですね。あれは文学といえるかどうかわからないけど。

巖谷　いや一種の文学ですねえ。とにかくいろんなものを並べてカタログ的に編集してゆくエッセイみたいなものもいまだにはやっています。その流行が本格化したのはまあ（一九）六〇年代後半でしょうけれど、ある意味では手塚治虫のほうが早かったわけで、手塚マンガに慣れた読者はたいして驚かなかった（笑）。

手塚　カタログ文化の発祥ですかね（笑）。

巖谷　いや、いわゆるカタログ的な冷たさはないんですね。カタログというのは、ひとつ写真があって、それに値段が出てるとか、あるいはこれはこういうもんだっていう定義だけを出す。
手塚　つまりインフォメーション。

つげ義春、水木しげる、石井隆。彼らは確かに個性的です。わかりやすく、つげ義春と水木しげるにしぼってざっと書いてみたいと思います。

本当なら、ここに上げられていない人たちにも言及したいところですが、藤子不二雄や石森章太郎、赤塚不二夫に横山光輝を出すより、これらの人の方がわかりやすいでしょう。手塚の劇画コンプレックスもうかがえますし。

つげ義春の初期は白土三平、手塚治虫の影響が色濃く見られます。手塚が「個性」と呼ぶのはそれ以後の時期に決まっています。ちなみに、この対談は一九八三年の『ユリイカ』に掲載されていて、ちょうどつげ義春が「ねじ式」「やなぎ屋主人」なんかで評価されたガロ時代を経て、夢をモチーフにした作品群のあと、マンガを描かなくなって『つげ義春日記』を書いて夫婦げんかしたりしている頃のものです。

水木しげるも、現在知られているようなタッチではなく、様々な画風を研究・実践していた貸本時代を経て、「水木しげる」となりました。もともとが画家になりたかった人ですから、画風というのには敏感なのです。ウィキペディアにはこんな記述もあります。

売れない貸本漫画家時代から、膨大な「絵についての資料」をスクラップ・ブックにしてコレクションしていた（貸本漫画家時代は１００冊。現在は３００百冊を超えるという）。また、「ハヤカワ・ミステリ」などの書籍も「ネタになる」と、多数購入していた。妖怪関連書も神保町の古本屋で、古いものまで集めていた。それを見た桜井昌一は、「この人は絶対、世に出る」と感じたという。のちに、若き時代の呉智英などが、その資料の整理を手伝った。

加えて、影響の話にからめるならば、水木しげるはマンガが掲載されたあとに星新一を盗作したことを指摘され、それを認めて謝罪したこともあります。

彼らもまた地層を「がらんとした空」として見る者ではなかったし、最初から「つげ義春」や「水木しげる」ではなかったということなのですが、それでも彼らには「個性」があると手塚は言います。

彼らは、様々な影響を認めた上で、それから逃れるように新たな地場を踏み固め、過去のものから逃れたと思われる、その場所でようやく目をつぶったのです。そんなに簡単に言えることではないですが、「個性」とはそういうものではありませんか、とはさっきも言った通りです。

表現者としての人間は、雑多な影響をわが身に合成されたキメラであることを避けられません。客観的に眺めてみると、それは引用の塊であるわけで、極論すれば、異常にグロテスクな姿です。

しかし、目をつぶれば、そこには統合された自分というものしかいなくなる。そうやって固定され、やっと信じられるものが「個性」の正体ではないでしょうか。

では、生真面目に影響を自覚し続け、水木しげるに「一番病」と揶揄されながらマンガ界のトップに、不遇の時代もありながら君臨し、それでもなお対談のような、固有名詞の頻出する話を延々くっちゃべっている手塚はどうでしょうか。『罪と罰』を三十回以上読んだとかいうことを言って全然疑わせない手塚治虫はどうでしょうか。

手塚　本当に味つけをしないかぎり、生きてこないんですよ。それがぼくにはできないんです。

巖谷　手塚さんの絵自体がそうですね。

手塚　そうなんです。絵もそうだし、内容もなにかひとつの大筋はつくれるんですけど、そこに自分の個性を入れることができない。

手塚は、自分に「個性」がないと何度も断言します。「ずるい」グロテスクな混ぜ物である己の姿に対して、決して目をつぶろうとしないのです。それはもちろん、画風や物語を作る方法の問題でもあったのでしょうが、それよりもなお、僕には作家倫理の問題であるように感じられてなりません。

つまり、「異郷」からの影響に対して、それを受けた自分の姿について目を開き続けている手塚治虫だけが、自分の「個性」を信じられず、その結果、「無個性の個性」へとたどり着けたというふうに思われるのです。

遺作『ルードウィヒ・B』で主人公は「自分を大事にして自分の個性を出していく者が結局強い

んですよ。どこでも通用するんすよ。こういうのが自分の個性で勝つんすよ」と語ります。手塚が異様に他のマンガ家へ執着したのも、こういうことと無関係ではないでしょう。先ほどもチラとあげた「一番病」の話は、水木しげるの『墓場鬼太郎』を読んだ手塚が衝撃を受け、そのくせパーティーで初めて会った時にこき下ろしたという話が元になっています。手塚が「個性」について恨み節になるのは、確かに自分がそこへたどり着けなかったということがあるのでしょうが、これほどの人間を、そんなコンプレックスで片付けていいものか。僕にはそうは思えません。

そこで、あくまで作家倫理の問題として、一つ問いを立ててみます。

手塚が個性にたどり着けなかったのはどうしてなのか？

莫大に多くの要素を含んだキメラは、畢竟、その姿を「理想の美人」のような全ての平均へと近づけてしまうはずです。そこで、どうすれば「自分を大事に」することができるでしょうか。

全てを知る平均的なもの。これは極論をすれば「神」と呼ぶべきものでしょう。奇しくも「マンガの神様」と呼ばれた手塚ですが、彼の苦悩とは、つまるところ「神」のそれなのではないかという気が僕にはするのです。

影響が地層の下で関連づけられているならば、全ての影響を最も貪欲に取り込み、自覚し、マンガの世界に解き放ったのが手塚ならば、その手塚の作品は、それ以降の全ての手塚自身が影響を与えた者たちの作品がつくりだす平均に限りなく近づいてしまうのではないでしょうか。

まして、手塚のいわば魔の手から逃れて「個性」を獲得した水木しげるやつげ義春のような者たちの作品をすら、永遠に目を開き監視を続ける手塚は「異郷」のものとして取り込み、だからこそ自分の個性を信じられず、ますます平均的な姿に近づいていきます。

そこに「完璧」はありえるかと言えば、答えは火を見るより明らかです。時の流れというものが、広すぎるこの世界が「完璧」を許さない。そうなると、手塚治虫が目を閉じて、個性を得るタイミングは死ぬまで訪れません。

永遠の生命をもつものとして火の鳥はいました。その血を飲み、永遠に生きて「仕事を続ける」ことが手塚の「理想」でもあったでしょう。しかし、現実に生きている世界はそうなっていない。人間が永遠に生きたらどうなるかについて手塚が考えた末路は『火の鳥』にはっきりと描かれています。

「完璧な者」や「全世界を異郷と思うもの」がどんな者か、いろんな人を例にとって、だいぶ前にお話ししたと思います。ありえるはずのない「中学生の考えるやうな」ことを、なんだか知らないが深く追い求めずにはいられない人物たちです。

「無個性の個性」とは、それを端的に表した言葉であると言えるでしょう。永遠の生命と時間を持たない人間には、それに接近できても、完璧に実現することは不可能なことなのです。でも、それを誰よりも自覚しながら、それを目指す者がいたというのが、僕の気にかかるのです。

*

先日、ポテチ光秀さんの「カツマタくん」というマンガがあって、おもしろいなと笑っていました。

このハッピーなマンガをどうこうするつもりはあまりありません。

それこそマンガ的な土壌を鑑みてコロコロコミックがどうとか『のんきくん』がどうとか、「水曜日のダウンタウン」的に勝俣のパブリック・イメージがどうとか、コピーされた顔にマンガ的記号を付されてどうとか、絶えず「読者」を見つめるまなざしがどうとか、スカトロジーがどうとか、それら全部が結びついてどうとかを書くこともできそうですが、その程度のことだったら再びこれを書き始めなかったでしょう。

なぜなら、これは技術の話だからです。

僕は、一読して思い出したのが、いがらしみきおの『ＩＭＯＮを創る』だったので、書いてみることにしました。

この本は、一九九二年に出版された本なのですが、とりあえず相当に変な本であり、ほとんどまったく知られていない本です。タイトルが当時流行していた『ＴＲＯＮを創る』のパロディであるように、人間用のＯＳとは何かを語った本なのですが、僕はせっせと半分以上を引き写し、これについて考えていたら、人をいっさい気にすることなく具合よく生きられるようになりました。

つまり、カツマタくんのように生きられるようになったという風に感じているのですが、なんとかそういう結論になるように考えていきたいと思います。最近、巷では、「哲学は役に立つのか？」なんてことが語られていますが、それについても有益なものになるはずです。人によっては。

いがらしみきおによれば、人間が導入すべきＯＳ「ＩＭＯＮ」とは、「Itsudemo Motto Omoshiroku Naitona」＝「いつでも　もっと　おもしろく　ないとな」とのことです。で、「ＩＭＯＮ」の三原則というのがありまして、

①リアルタイム
②マルチタスク
③（笑）

リアルタイムというのは、いつでも最新の情報を取り入れて記憶を更新し続けることです。その前に、いがらしみきおはこう書きます。

人間は、そのメカニズムからしてリアルタイムなのである。しかし、記号化することによってリアルタイムを実現させてきたはずが、その記号化によって、リアルタイムを疎外してきたということもあるのではないか。いわゆる、生きる目的、または愛、でなければ死。これらのいわゆる、文学的命題というものは、記号化できないことばかりである。

それをなんとかして記号化しようと悪戦苦闘してきたのが〝文科系の不良〟というもので、そして彼らはそれを記号化しえなかった。１００年をかけても。

記号化しえたのは、記号化しようとした悪戦苦闘のありさまのほうではなかったか。その結果として、人は生きる目的と愛と死を持ち出されると、条件反射的に悪戦苦闘してみせるということになる。そんなことしなくてもいいのにぃー。

それでは、生きる目的や愛や死を記号化するとはどういうことか。記号化するとは、普遍化するということである。たとえば〝1＋1＝2〟のように、出された問題についていつでも答えられる、ということである。我々は、生きる目的や愛や死の意味を問われた場合、明快には答えられない。

とりあえず明快に答えるものが、この世にあるとすれば、たったひとつだけある。それが宗教だ。

しかし、宗教にとどまらず、我々にとって〝好きだ〟というものは、ほとんどが宗教的になる。

これは〝好きだ〟というものが、生きる目的や愛や死、めんどくさいからこの3つは以降、頭の発音だけとってイアシの疑問と言うが、そのイアシの疑問をとりあえずは持ち出さなくてもいい時間を保証してくれるからである。ワタシにとってのゴルフのように。

宗教は、その〝持ち出さなくてもいい時間〟を永遠にしたい場合に有効になるだろう。しかし、この世に永遠はない。この世にＲＯＭ（引用者註：読み出し専用メモリー、書き換えが不可能なもの）が存在しないように。

このあたりの話は、ここまでさんざん語ったことです。ほぼ全て、文科系の不良たちの悪戦苦闘について書いてきました。

僕はこの悪戦苦闘が実に好きだというわけなんですが、人間として現実を生きる上では、最も強く影響を受けたのがこの『ＩＭＯＮを創る』という本だと断言できます。

さて、人間がリアルタイムであるとはどういうことか、という話が続きます。


最近、前向きであることが好ましい。勝つにしろ、負けるにしろ、笑うにしろ、泣くにしろ、ゴルフで１５０叩くにしろ、池に入れるにしろ、前向きであるということ。これをなくして、人間がリアルタイムであることは難しいにちがいない。

実際、我々は何ごとかをやり続けているかぎり、思考が深刻なループをしたりはしないようにできている。

それはひとえに、生き物としてリアルタイムである務めだけは果たしているからに違いない。それよりなにより、我々が生き物で、しかも生きているのなら、本来は思い悩むことなどなにもありはしないのではないか。少なくとも生きているのだから。生き物としてなすべきことの第一は、〝生きている〟ことである。そして、それが生き物としての〝3・14〟なのだ。

つまり、オカネ持ちになることや、コイビトができることや、有名人になることなどは〝3・14〟の小数点第3位以下の端数でしかない。しかし、その端数の方が問題だ、というのがゲンダイというものである。

この後、聖書の「思い煩うな。空飛ぶ鳥を見よ。蒔かず、刈らず、倉に収めず」という言葉をひきながら、そんな言葉は今の時代では、「なんで病気なんかするんだ！　やめろ！　病気なんか。健康はいいぞ。健康になれ」と言うのとさほど変わらないといがらしみきおは言います。もうそんな時代ではない。ニーチェもドストエフスキーも言っていたではないか、と。

だから、ゲンダイの人間は、病気にかかったままどう生きていくかということが問題になってきます。そこで、満を持して「ＩＭＯＮ」の三原則が登場します。

ＩＭＯＮの3原則である〝リアルタイム〟は、その病気をしたまま生きていく方法の中のひとつでありうるはずだ。しかし、我々が〝リアルタイム〟である限り、必ずや何かを失うだろう。社会的に見れば、自然破壊という〝環境の消費〟が残り、文化的に見れば流行の盛衰という〝意味の消費〟に加速度がつく。これもまだ〝リアルタイム〟というシステムが招く、ひとつの結果であるだろう。

それは〝まちがったリアルタイム〟であるから、そうした破壊が行われるのだ、とワタシは言わない。我々は往々にして〝正しい〟、または〝まちがった〟という言葉を使うが、情報処理をその使命として生きるものに〝正しい〟も〝まちがう〟もないのではないか。

このあたり、未来学者トフラーの『第三の波』を思い起こさせます。トフラーは、人類に訪れた大変革を三つに分けました。

第一の波＝新石器時代の農業革命。第二の波＝十八世紀の産業革命。そして、第三の波＝二十世紀末の情報革命。

産業革命は自然破壊を招き、公害も発生し、温暖化も招きました。それがまちがいだったかと言えば、リアルタイムを生きている人間にとっては、正しいもまちがいもないのだといがらしみきおは言います。

これだけは申し添えておくと、未来学もまた、人間がリアルタイムの存在であるという観点から出発する学問であります。みんながんばっているんだ。

続きを読んでみましょう。


みなさんも不安だろうから、ワタシはひと思いに言ってあげよう。我々は〝正しいこと〟なんかできはしないのだ。できるのは〝すべきである〟決断と行動という情報処理だけである。そして、その結果が正しくなかったとしても、我々はリアルタイムであることをやめてはならないだろう。それに続く〝すべきである〟決断と行動という情報処理を、継続するしかない。いかなる問題が起ころうとも、〝しない〟ことによって解決しようとしてはいけない。常に〝する〟ことで解決するしかないのだ。やめるな！　一生やれ！　なんでもやれ！　ほっといてくれ！

つまり、リアルタイムであることの本義とは、「やるしかない、やめるな、一生やれ、なんでもやれ、ほっといてくれ」なのであります。

「決断と行動という情報処理」をするのは当人、もしくは大きな総体としての人類なのですから、やるしかないし、やめるわけにはいかないし、一生続けなくちゃいけないし、なんでもやらなくちゃいけないし、ほっといてもらうしかないのです。ほっといてもらうのは、決断や行動について何を言われたところでやるしかないしやってしまうのだからという意味でしょう。

デカルトは言ったじゃないか。「選択肢があった場合、より成功しそうなことを選び、一度決定したことには従う」のだと。

これは「〝すべきである〟決断と行動をやるしかない、やめるな、（決断と行動を）一生やれ、なんでもやれ、ほっといてくれ」と同じことです。

さて、リアルタイムについてはおわかりいただいたと思います。

次はマルチタスクです。

それでは今回からは〝マルチタスク〟について語ろう。マルチタスクは前回まで語ってきた〝リアルタイム〟と対になっている。

生き物が情報処理を務めとして生きるのなら、まずリアルタイムであらねばならない、ということはもう言った。そして、リアルタイムであるのならば、マルチタスクでなければ意味がないのだ。

逆に、マルチタスクを実現するのならば、リアルタイムでなければ不可能でもある。我々は膨大な情報を処理して生活を営んでいる。

たとえば、会社に遅れそうだとしよう。遅れそうならば、一番合理的な交通手段についての考察というものが発生するわけだし、万が一、遅れた場合の上司に対しての言いわけも考えねばならない。

そして、情報はそれだけではない。ガスの元栓は閉めただろうか、ドアにカギはかけただろうか、このババア、邪魔だぞ、どけ！　とか、昼飯代はあったかなとか、だから3時まで『オーガスタ』やってたりしなけりゃよかったんだとか、それと同時にババアを罵ったり、子供を突き飛ばしたり、すれちがった若い女の顔を一瞬のうちに品定めしなければならないわけである。


この本は、というかいがらしみきおは、具体例の描写がよくできたスナック菓子のように軽やかにわかりやすく面白いのがすごいのですが、それと同時に『オーガスタ』で相当に時代を感じますが、ともかく続けましょう。

造語も多いので説明が大変ですが、事務的に大変なことはなるたけしたくないので、できるかぎり引用したいと思います。人の文章を書き写すというのは、気分が乗るのであれば、実に悦楽的な行為です。そこにおぼれつつ、検索しても言及一つ満足に出てこない歴史に埋もれたこの本の意義を伝えるということに重きを置かせていただきます。

さて、我々が実際にマルチタスクする場合、その複数のタスクがどういう順序と序列で処理されているかというと、第一に意味によってであり、そして第二に儀礼によって処理されるのである。

これは我々の現在のＯＳというものが、意味と儀礼によって構成されているというよりも、意味と儀礼という、場合によっては矛盾し、バッティングするふたつのＯＳがあるのだと言える。

意味の中には、快、不快などの感情である個人的側面がすべて含まれ、そして儀礼の中に、我々の〝いやでもやらねばならない〟という社会的側面が含まれている。

そういった意味で、我々のＯＳはマルチＯＳであるし、ＩＭＯＮがマルチＯＳであらねばならないことの理由もそこにある。

問題はこのふたつのＯＳ（以降、意味のほうをＩ－ＩＭＯＮ、儀礼のほうをＧ－ＩＭＯＮと呼ぶ）がうまく切り離されていないことであり、また、うまく連携されないところにこそ、あるのではないか。

我々は、Ｇ－ＩＭＯＮで情報を処理すべきときも、Ｉ－ＩＭＯＮを持ち出してしまっている。「ありがとう」と言いつつも、「誰もやってくれなんて言ってないじゃないか」などと思ってしまうのだ。

そしてまた、I－IMONで処理すべき情報にもG－IMONを持ち込んでしまうだろう。
「うーん、いい絵だ」と言うそばから、「38万円か。クルマの頭金にしたほうがいいよな」と、思うのである。

意味と儀礼が出てきました。

ここで、太宰治を思い出してもらえるなら僕はうれしく思います。

それでまた「徒党」について少し言つてみたいが、私にとつて（ほかの人は、どうだか知らない）最も苦痛なのは、「徒党」の一味の馬鹿らしいものを馬鹿らしいとも言へず、かへつて賞讃を送らなければならぬ義務の負担である。「徒党」といふものは、はたから見ると、所謂「友情」によつてつながり、十把一からげ、と言つては悪いが、応援団の拍手のごとく、まことに小気味よく歩調だか口調だかそろつてゐるやうだが、じつは、最も憎悪してゐるものは、その同じ「徒党」の中に居る人間なのである。かへつて、内心、頼りにしてゐる人間は、自分の「徒党」の敵手の中に居るものである。

自分の「徒党」の中に居る好かない奴ほど始末に困るものはない。それは一生、自分を憂鬱にする種だといふことを私は知つてゐるのである。
新しい徒党の形式、それは仲間同士、公然と裏切るところからはじまるかもしれない。

友情。信頼。私は、それを「徒党」の中に見たことが無い。

太宰は、意味と儀礼の狭間で苦しんでいます。前に書いている時は、慣習という言葉を使っていた気がしますが、それこそが儀礼です。それでも、作家であるとは、意味の方に寄り添うということでもあるのだから、作家と呼ばれる人は、遠慮せずそれだけやっていればよいのです。人間関係もやろうとすると、太宰みたいなことになるのだから、そんなもの片手間にちょちょいとやって、大人しくのたれ死ねばいい。手塚のように。

それにしても、太宰の苦しみを、いがらしみきおはなんて即物的な言葉で説明してしまうのでしょうか。

なら、太宰はどうやったら生きながらえていたのか。それは以下のような箇所にヒントがあるかもしれません。

我々はマルチタスクでなければいけない。なぜならば、シングルOSの場合、一度ループにはまり出すと際限もなくループしてしまうからだ。

プログラムの世界では、こういう場合の救済手段として〝ジャンプ処理〟という手を使う。

そして、ループ状態を救う最良のジャンプ処理こそ〝マルチタスク〟なのである。

意味をI－IMONで処理する場合、うまくいけば我々は、幸福感と言えるものを味わえる。

しかし、意味をＩ－ＩＭＯＮだけで処理しきれなくなった場合、これはほぼ確実にループ状態に陥り、絶望感というものをシコタマ味わわされることになるのだ。

そうした場合に、その絶望感というものを、Ｇ－ＩＭＯＮに処理させてはどうか。

絶望感をＧ－ＩＭＯＮに処理させれば、「あぁ、みっともないな。大のオトナが」という客観性が生まれるだろうし、場合によっては「ハラへったな。とにかくメシ食おう」になるかもしれない。

はなはだしく効果が上がる場合だと、「わはははははははは」で、すべてはカタがつくだろう。

ワタシはなぜこんなに楽観したことを言うのだろう。（略）それは、Ｇ－ＩＭＯＮというものが、以下のごとく強力なＯＳだからである。


なるほど、デカルトは言ったじゃないか。「住んでいる国・地域の法や慣習に従う」べきだと。慣習や儀礼に、意味を考えずに従えば、ひとまず意味からは逃れられる。

しかし、自分で書いておきながらなんですが、これは、太宰のような一筋縄でいかない人間には適用はできないかもしれません。太宰はすでにその真摯な実践者でもあったのですから。


死なうと思つてゐた。ことしの正月、よそから着物を一反もらつた。お年玉としてである。着物の布地は麻であつた。鼠色のこまかい縞目が織りこめられてゐた。これは夏に着る着物であらう。夏まで生きてゐようと思つた。

（『葉』）

これは見事なＧ－ＩＭＯＮによるジャンプ処理です。こういう自発的な思い込みの言い聞かせは、作家にとって人工呼吸器のようなものであったでしょう。

太宰はどうあがいても作家であり、もう八方ふさがりの破れかぶれのフツカ酔いであったので、手の施しようはなさそうです。小説なんかを書いていなかったらもっと早死にしていたにちがいない。作家というのは、文科系の不良とは、かようにどうしようもないものなのかもしれないと例外をさらして説得力を減退させつつ続きます。

Ｇ－ＩＭＯＮとはなにか。

我々にとって儀礼というものは、意味の記号化という、ファイル圧縮であった。つまり、リアルタイムの項で述べたところの、あのファイル圧縮である。

我々は年始の挨拶を年賀状という形でファイル圧縮して処理するし、日ごろのお礼というものもお中元でファイル圧縮するのである。

でないと、５月になってもまだ鹿児島県にいる知り合いのところに年始の挨拶に行っているという事態になるし、10月という中途半端な季節だというのに、長野県あたりでまだ、日頃のお世話のお礼を言いに行っているというありさまになる。

このように、G－IMONは我々がリアルタイムに生きる術をつかさどっている。そして、これまで、G－IMONはI－IMONよりはネガティブな存在として語られていたのではなかったか。なぜならば、G－IMONこそ、文化という意味の敵であり、原動力であったからだ。

我々は「楽しい」と言う。

そして我々はいつかそれに必ず飽きるだろう。これらのメカニズムこそG－IMONのファイル圧縮機能によるものだ。つまり、〝楽しい〟もファイル圧縮されれば、ハイそれまでヨの運命であるということ。

よって、恋人たちは別れ、夫婦は倦怠期を迎え、老人は眠ることだけが楽しみとなり、漫画家はいつしか売れなくなる。

我々は、リアルタイムを生きる上で、「G－IMON＝儀礼的思考」という技術を使っているという指摘です。

SNSやLINEでつながってしまう現代においては、圧縮の必要すらなくなります。日頃のお礼は日頃からできるものになることで、リアルタイムに生きることを困難にさせます。我々は、儀礼を使えなくなりつつあるのです。

こうして、リアルタイムで生きなければいけない人類のリアルタイムはどんどん生きづらくなっていきます。だから、リアルタイムだけでは足りないのです。

Ｇ－ＩＭＯＮは、〝楽しい〟だけではなく、〝悲しい〟や〝つらい〟にも強力な処理機能を発揮するはずであるし、事実、巧まざるしてそうなってきているだろう。

そして、そういうＧ－ＩＭＯＮの処理機能は増大化し、普遍化しだした。それが現代というものである。

その結果として、思いわずらうことなく乙女はゴルフをし、思いわずらうことなく男子はファッションに身をやつす。

そして、Ｇ－ＩＭＯＮが苦手とする分野である、Ｉ－ＩＭＯＮの中核をなす、恋愛と宗教と快楽ばかりが生き残るという結果になっているのが現代だろう。

それは憂慮すべき事態か。

そうではない。だから、絶望感などというものは、安心してＧ－ＩＭＯＮで処理しなさい。

ここでいがらしみきおが言うのは、圧縮して情報化・記号化できてしまうものは軒並みされてしまって、後はそれを消費するのみになるということです。『ＩＭＯＮを創る』から十年後に出版される東浩紀の「データベース消費」とも対応します。

前回は、我々の中にあるＯＳ、意味のＩ－ＩＭＯＮ、儀礼のＧ－ＩＭＯＮについて説明した。

このふたつは、以前述べたＯＮ、ＯＦＦの二値のようなものである。Ｉ－ＩＭＯＮから生まれ出た形は、すかさずＧ－ＩＭＯＮによって定型化され、処理される運命にあるからだ。ヒトは、〝わけのわからないもの〟こそオモシロイという。しかし、その〝わけのわからないもの〟さえも、発生したあとすかさずＧ－ＩＭＯＮによって〝わけのわからないもの〟という形容詞に定型化され、くくられてしまうのだ。

我々は結局Ｇ－ＩＭＯＮから逃れられない。サラ金の取り立てとか、千代の富士に左上手を取られたとか、グリーン前に池がある、とかだったらまだ逃げ道もあるんだけどね。

そして、Ｉ－ＩＭＯＮとＧ－ＩＭＯＮには必ず誤差が存在する。我々がなにかの感情を伝えようとするとき、言葉にしたとたんに、「ちょっとちがうな」といつも思ってしまうのはこのためである。

このように、Ｉ－ＩＭＯＮとＧ－ＩＭＯＮのズレに悩まされながらも我々は何事かを伝えようとすることをやめない。

そして、それこそがワタシが言う「人間は情報処理を使命としている」という理論の根拠なのだ。

この後、昔は個人の関わる世界が狭く意味と儀礼のメモリーが膨大ではなかったため、あらゆるところに存在したルールにそれほど疑問を持たずにすんでいたと書かれます。そして、現在はそうではなく、メモリーは増大し、脳という記憶媒体に収まらなくなった、と。

僕がこの本を初めて読んだのは大学一年の頃ですが、再読してみて、全く損なわれていない説得力は、別にこれがきちんとした手続きを踏んだ哲学であることはわかっていたので驚きには値しませんが、横溢《おういつ》する語りとふざけきった註（ここには書きません）が現役であることにとても驚いております。

我々はメディアによって、溢れるばかりの〝意味〟と使い切れないぐらいの〝定型〟を持つことになった。

かくて我々は、膨大な意味と定型のデータの、それぞれがつながれるべき、定型と意味を検索するという気の遠くなるような作業にあきれ、とうとう「どうでもいいんじゃなーい？」という定型の切り札でトドメをさすことになる。

いや、ワタシは〝どうでもいいんじゃなーい？〟を批判しているのではない。たいがいのことは、ホントにどうでもいいことなんだからそれは正しいのである。

問題は、このままでは世の中がどうでもいいことばかりになってしまうのではないかという、3歳児的な恐怖感である。

それは「このまま人間が増えていくと、そのうち日本中がお墓だらけになってしまうんじゃないかなー」というようなものかもしれないとしてもだ。なにが「どうでもいいんじゃなーい？」という言葉を吐かせるかというと、それはG－IMONのなせる技である。

メディアによって、I－IMONはドンドン拡大されるが、G－IMONはそれ以上にI－IMONを浸食し、バンバン強力になり、すべてのI－IMONを記号化してしまう。大概のことが〝どうでもいい〟ことならば、我々にこの先やるべきことが何か残されているのだろうか。

一九九〇年のいがらしみきおは、こう問いかけたあと、パソコンもまた退屈になりつつあると言い、それを人間にも適用します。

我々の新しい使い方を誰も指し示してはくれないまま、我々もこのまま退屈な生き物になってしまうのだろうか。

我々の新しい使い方のカギはG－IMONが握っている。G－IMONとは、儀礼と定型だけではなく、表現というもののすべてを司るものなのだ。マンガ家はI－IMONで考えたことをG－IMONで表現し、映画監督もI－IMONで考え、G－IMONで映画を撮る。それでは一般のみなさまにとってのG－IMONとはなにか。そして表現とは。それは〝人間関係〟のことだ。わかんない？

エイ、もう1回続く！

さて、〝マルチタスク〟の項は今回が最後である。

前回は〝一般のみなさまにとってのG－IMONとは、表現とはなにか〟というネタフリで終わった。

つまり、マンガ家や、そのほかのいわゆる〝文化に携わる方々〟は、I－IMONで考え、G－IMONで表現するのだが、一般人にとってG－IMON、または表現というものがどういう意味を持つのかということ。一般人にとって表現すべきことはあるのか。

結論から言おう。一般人にとって、〝人間関係〟こそがG－IMONによって表現すべき対象であり、フィールドになったのではないか。

すなわち、〝人間関係〟は、ここにきて〝作品〟になるということだ。

前回ワタシは、かつての我々にとって、ご家庭、ご近所、ご交遊、お社会様とのおつきあいに異質なものが入り込む余地は少なかったと言った。しかし、我々がメディアという膨大で種々雑多なG－IMON情報に取り囲まれることによって、シンプルなかつての〝おつきあい〟というG－IMON情報にも、混乱をきたした。

誰かに「ありがとう」と言われれば、「コイツ、ホントにそう思ってるのか？」とか、「コレあげる」と言われれば、「何か売りつけるつもりだろう」とか、「ばかやろー！」と怒鳴られれば、「ふふ、オマエよりはバカじゃねえよ」とか。

結局、我々はひと筋縄ではいかなくなったということなのだ。

ひと筋縄ではいかなくなったからこそ、戦争という、結果が見えてることをやらなくなったのだが、片一方で、ひと筋縄ではいかなくなった者同士の人間関係は、ご家庭で、ご近所で、ご友人の間で、そしてお社会様の中で混迷を極めることになる。

近年クローズアップされてきた〝人類の問題〟として、原子力の危険、環境破壊の問題などあげられるが、誰も〝人間関係〟などとは言い出さなかった。こんなこと言うのはＩＭＯＮだけである。

なぜならば、人間関係はあくまでも個人で解決すべきパーソナルな問題だとされていたからだろう。

しかし、原子力の危険にしろ、環境破壊にしろ、それらはハードの問題なのだ。我々個人がクーラーを使うのを控えたり、ヘアスプレーや割り箸を控えたからといって改善される問題ではないことをワタシは断言しておきたい。

ハードの問題はハードで解決するしかないのである。カネがないのと同じである。カネがないから節約しようってんでしょ？

それでは、ソフトの問題はどうなのか。

かつて人間には〝我々は何者なのか〟というソフト上の問題があった。ゆえに、そこここで若者やオジサンが、〝人生とは〟とか〝生きることとは〟とか、〝愛とは〟についてコジツケた理屈を言っていたものである。

今はどうなのか。そこここの若者とオジサンはどうしているのか。そこここの若者とオジサンは〝人間関係〟について語っているのではないか。みなさんだってご自分でそう思うでしょ？〝今、自分にとって一番大きい問題は人間関係だ〟って。オカネがないことですか？それは、ハードの問題なんです。オカネはハードなんです。だからハードでしか解決はつかない。

そういうハードの問題を抜きにした場合はどんな問題が残りますか？

ね？　〝人間関係〟でしょ？

え？　恋愛問題？

それはね、恋愛というものが〝人間関係〟の極北なんです。その極北のドンヅマリにあるのが家族ってもんなんです。

かつて〝おつきあい〟だったものが、今では〝人間関係〟と呼ばれる。それは単に言葉を変えただけではなく、まったく異なったものに変質したのではないか。

我々は〝人間関係〟をまるでシゴトのように対処しはじめているはずである。ただ、この〝シゴト〟には給料が出ない。いきおい、我々のこのシゴトはネガティブなものになる。

しかし、給料の代わりに〝快感〟をもたらすことはできるのではないか。マンガ家にとって、たとえ売れなくとも、その作品がいくばくかの快感をもたらしてくれるように。


ＩＭＯＮは〝人間関係〟を作品という見地から捉えたい。

確かに、今現在、我々のタッチしている人間関係は駄作ばかりであるかもしれない。

それは我々にはまだ技術がないからでもあるだろう。

たとえば〝リアルタイム〟、〝マルチタスク〟、〝(笑)〟という技術が。この3つの技術があれば、作品としての、傑作である人間関係が創れるかどうかはワタシにもわからない。今はまだ、〝人間関係〟がテーマであるとは誰も言わないし、そしてそれはまだ始まったばかりだ。どこで始まっているのか。

〝パソ通〟である。

そして、パソ通こそが作品としての人間関係を創る実験の場にもなるはずであるし、事実それを無意識に実践しているのが、いわゆるパソコンオタクなのではないか。

我々は、作品に対する芸術家のように、熱く、そして醒めながら人間関係に接さねばならないだろう。

そのための〝リアルタイム〟であり、〝マルチタスク〟、そして〝(笑)〟なのだ。

もう引用機械に成り果てましたが、僕はこの本を読んだ時に、初めてカントのあの文言がわかったような気持ちがしたのでした。


汝の人格の中にも他のすべての人の人格の中にもある人間性を、汝がいつも同時に目的として用い、決して単に手段としてのみ用いない、というようなふうに行為せよ。

(『人倫の形而上学の基礎づけ』)

カントが言うのは「作品に対する芸術家のように、熱く、そして醒めながら人間関係に接さねばならないだろう」ということに他ならないのではないでしょうか。

芸術家は、その作品を「目的」とし、作品を「手段」として金銭や人脈を得たいわけではない。そんな者は芸術家と呼ばれはしない。

人間関係も、そのように「目的」と捉えなければならないのです。作品を作らずに人間関係をやっているなら。

二十年前にパソ通と呼ばれていたものは技術と範囲と強度を更新して今インターネットと呼ばれ、リアルタイムのコミュニケーション・ツールは言うまでもない。無目的な「つぶやき」や「いいね」はそれ自体が目的化したことの証拠なのですが、同時に、人はすぐにそれを「手段」としてしまいます。我々は、やはりまだ「人間関係の芸術家」にはほど遠い。

そこでカントを参照してみます。カントは偏屈である一方、社交家として知られています。

午前四時四五分に、従僕ランペは主人の部屋に堂々と入っていき、「教授様、時間でございますよ」と叫ぶのが日課であった。そして、時計が五時を打つまでに、カントは朝食の食卓に座った。彼はお茶を何杯か飲み、それから一日に一度だけのパイプを吸い、そして朝の講義の準備を始めた。

カントは階下の講義室へと降りていき、七時から九時まで教え、それから書くために二階へ戻った。十二時四五分きっかりに、カントは料理人に向かって「時計が三／四を打ったぞ」と叫んだ。それは、昼食が出されなければならないことを意味していた。彼が「ひと口」と呼んだ酒を飲んだ後、午後一時ちょうどから昼食を開始した。カントにとって昼食は一日で唯一のまともな食事であったし、また社交的であったカントには昼食が会話をする理由でもあったため、彼は昼食をとても楽しみにしていた。そして、実際にカントは――私も彼は正しいと思うのだが――、会話が消化作用を助けると信じていた。彼はまた、チェスターフィールド卿の規則に従った。この規則とは、昼食を共にする客人の数が美の女神の数［三人］より少なくてもならず、芸術［文芸］の女神の数［九人］より多くてもならず、通常四人から八人の間でなければならないというものでもあった。食事中、カントは決して哲学のことを語らず、また昼食に女性が招待されたことは一度もなかった。

（サイモン・クリッチリー『哲学者たちの死に方』）

こうした習慣は、しばしば神経症的な強迫観念だと言われますが、なんということはない、ここに見られる姿は、社交を、人間関係を、必死に傑作にしようとしている姿であるように、僕には映ります。毎日のルーティン・ワークを極限まで単純化して、精神的・肉体的なブレをなくそうという姿は、イチローを思い起こさせます。

熱く、そして醒めながら人間関係に接さねばならない。

それはリアルタイムであり、マルチタスクでありました。何か問題が起こったとして、それこそ人生が破綻しそうな大問題を抱えていても、朝がきたら起きて、お腹がすいたらご飯を食べる。別のことをしている時に前の仕事を引きずってはいけません。これにより、少なくともごはんを食べている時は、大問題の悩みから解放されます。リアルタイムを生きる限り、正しいも間違いもないのだから、悩んでいる意味はないのです。

そして、女がいたら、その女は、女との人格の交流は、性行為のための「手段」となってしまいかねない。そんなことでは良くないのです。

こうしたことを、今のところ、より忠実に実現している例として「なんJ」が挙げられそうだと思いましたが、詳しく言うのは避けましょう。ただ、人間は、落ち着くところに落ち着いてきたのかもしれない。

＊

黙っている間に、集団的自衛権に関する閣議決定がなされ、夏の甲子園が始まって終わり、こだまさんの文章が活字になり、「カツマタくん」はクソをひり出すように続き、僕は群像新人文学賞をとり、堀北真希が結婚しました。

それなりに忙しくなる、人に会う機会ができる、お金がもらえるなど、状況が多少変わりましたが、心持ちは何も変わらないようです。最終候補に残り、取れるか取れないかその時を待つというような時期について、だいぶ前にはちょくちょく考えていたような気もするのですが、ただ一切は淡々と過ぎゆくばかりでした。

そういう、「世に出る」ような時が来たらどうなるかと、青臭く考えていたこと。それは例えば松任谷由実が、恋が成就してしまう直前の幸福な気分として「つぎの夜から欠ける満月より　十四番目の月がいちばん好き」と書いた歌詞に表れるような、大きな期待と不安の入り交じるときめきの予感でありました。

ただ、実際はなんということもない。もちろん、嬉しくなかったわけはないけれど、そもそも群像新人文学賞が満月かといえばそんなことでもない。「十四番目の月がいちばん好き」だという女の子だって、それが人生に一度の恋であるはずがなく、そもそも衛星としての月が何度も満ち欠けして見えるように「十四番目の月」にあたる気分はネクストの恋ごとに何度だって訪れるんだろうから、そのたびにときめいておればいいかとも思いますが、そんな気分でいられるような、ある種の「おめでたさ」みたいなものがあるなら、何かを仕遂げることは一挙に難しくなるだろうと感じています。

なぜといって、およそ芸術という括りで呼ばれてしまいがちな世界で何かを仕遂げるとは、これまでだらだら書いてきたように、この世に実現するはずのないものの姿を、追い求め続けてのたれ死ぬようなことだからです。別に他のことでも長いことやっていればそういうことになるでしょうが、ぜんぜん仕遂げることなんかにはならない。のたれ死ぬのだから。

そう考えると、僕の目の届く範囲で今一番わかりやすくのたれ死にそうなこだまさんが日の目を見るというのはある意味当然の結果であるのかもしれません。


いかなる問題が起ころうとも、〝しない〟ことによって解決しようとしてはいけない。常に〝する〟ことで解決するしかないのだ。やめるな！　一生やれ！　なんでもやれ！　ほっといてくれ！

こう書いたのは一九九〇年のいがらしみきおですが、こだまさんの生き方に憧れという名の共感を持ったりする人が多いのは、この文が伝えるところと僕は考えております。

〝する〟というのは、その時々で（なんでそんなことになるのかは置いておいて）出会い系で男とヤることであったりするわけです。

同じくいがらしみきおは『Sink』の中で、「バランスは必ず崩れる、でも崩れてしまった時が一番安定している」とも書いているのですが、こだまさんもまた〝する〟ことで、現在の歪《いびつ》なバランスを崩し、崩しきったところでの安定に解決を見ようとしたのかもしれませんし、助かったということもあるでしょう。

ただ、そんなことをしていたらやっぱり辛い。なぜといって、最高にバランスが崩れて完全に安定した状態が「死」というものであるのは明白で、安定を目指す衝動の墓場は決まっているからです。

生きるためには〝する〟しかないのですけれど、バランスを崩して新たな安定を得るという繰返しはリスクが大きい。そういう手立てしかなかったらとっくに死んじゃってたんじゃないかと思いますが、こだまさんには書くという手段があった。これが命綱であったと思います。

たまたま「文章を書く」という共通点があるから言わせてもらうと、こだまさんは、小さい頃の日記を見てもわかる通り、誰に何と言われようと言われなかろうと書いているであろう人で、そこが信頼できるという気がする。

そしてそれは、こだまさんが他人にどんなすばらしい人格的な態度を取っていても、最終的に「ほっといてくれ!」という偽らざる気持ちを証明するのではなかろうかと僕は思います。

これだけテクノロジーが発達した今ですら、書くといえば一人で書くことを意味します。書いているそばから、こうした方がいいとか、そこは改行しろとか、つまんねーなとか、やめちまえとか、読みづらいとか言われたりするわけではない。それは書くことではない。

まず書くのは自分であり、読むのも自分。書きつつ読んでいるのか、読みつつ書いているのかは判然としないけれども、とにかくそういう自分だけがいる行為であり、時間が、書くということなのです。

それに、最初に書いたものから一語変えれば意味が変わり、一語足せば印象が変わる。それを逐一読んでいる。上書き保存の世界で無限に生まれうる幾多のバージョンの中で、いったいどれを人に見せるかということを考えて推敲したりするわけですが、そんなことをしていると、自分の意見なんてものが存在するのかすらあやしくなってきます。

いい文章が書きたい。いい文章が読みたい。

その思いは、自分の意見というものがあるとして、そいつを殺した上で、乗っ取りかねない。もしかしたら、「いい」ものが書けることに比べたら、意見なんて何ほどのことでもなくて、「いい」ものが書けたからそれを意見に採用しているだけかもしれないのに、書けたら書けたで証拠ができたとばかりに、自分の確固たる意見なのだと信じている。

人が自分の意見を曲げないのは、その意見が美しいと信じているからかもしれません。小林秀雄が「美しい花がある。花の美しさというものはない」と言ったことを、まわりまわわせばそういう意味にもなりそうだ。

しかし、それに対して懐疑的になっちゃった時に、崩れ崩れてたどり着いてしまうのは、意見なんて「〝どっちでもいい〟し、〝ムキになるようなことじゃない〟し、〝なんとかなる〟し、〝うーーん〟なのが世の中」であるという安定した視座ではないでしょうか。

つまり、正解みたいなものはとっくのとうにないわけで、じゃあ、どう思おうと全員正解、クソみたいな人生を美しく書けて、美しく書けたことを自分の意見としてしまえるなら、それは美しい人生ということになるような気もする。

そういえば、こんな文章を『十七八より』という小説で引用したのでした。

人の生涯とは、人が何を生きたかよりも、何を記憶しているか、どのように記憶して語るかである。

（ガブリエル・ガルシア＝マルケス『生きて、語り伝える』）

美しい生涯のようなものを知らず知らず目指してしまうところが人間と思いますが、では、なぜそんな曖昧でありもしないようなものを目指してしまうのか。

引用をもう一つ。おそらく死ぬまで幾度も、ある契機ごとにお目にかかり、やはり最近も読むことになった吉田健一のこの文章。

戦争に反対する最も有効な方法が、過去の戦争のひどさを強調し、二度と再び、……と宣伝することであるとはどうしても思へない。戦災を受けた場所も、やはり人間がこれからも住む所であり、その場所も、そこに住む人たちも、見せものではない。古傷は消えなければならないのである。

戦争に反対する唯一の手段は、各自の生活を美しくして、それに執着することである。過去にいつまでもこだはつてみたところで、だれも救はれるものではない。長崎の町は、さう語つてゐる感じがするのである。

（『長崎』）

歴史の一部になると同時に振り返っていることだって、書くと同時に読んでいることと何が変わるっていうのか。「生活を美しくして、それに執着する」ことで戦争への意見を放棄するように、「文章を美しくして、それに執着する」ことで何かへの意見は放棄されます。美しさには、何の意見もありますまい。

こう考えてくると、考えるというか牛の涎《よだれ》のように書いてくると、意見がなくただ在る、というのはどうも美しいらしく、そうなりたいと思うらしい、と思えてきます。子供や動物、無垢なもの。太宰やサリンジャー、宮沢賢治が固執したもののかたち。でも、ここまで書いてきたように、そんなものはない（らしい）。

こういうことを、こだまさんの文章が美しく思われることについての考えにふわっと代えさせていただきたいのですが、きっと、もっと、はっきり書いた方がいいのでしょう。あれだけ生きて、あれだけ書きながら、何の意見も言わなかったと。だから美しく生き、美しく書いたと言えるんだと。

坂口安吾は、小林秀雄を批判してこう書きます。

美しい「花」がある、「花」の美しさというものはない、などというモヤモヤしたものではない。死んだ人間が、そして歴史だけが退ッ引きならぬぎりぎりの人間の姿を示すなどとは大嘘の骨張で、何をしでかすか分らない人間が、全心的に格闘し、踏み切る時に退ッ引きならぬぎりぎりの相を示す。それが作品活動として行われる時には芸術となるだけのことであり、よく物の見える目は鑑定家の目にすぎないものだ。

文学は生きることだよ。見ることではないのだ。生きるということは必ずしも行うということでなくともよいかも知れぬ。書斎の中に閉じこもっていてもよい。然し作家はともかく生きる人間の退ッ引きならぬギリギリの相を見つめ自分の仮面を一枚ずつはぎとって行く苦痛に身をひそめてそこから人間の詩を歌いだすのでなければダメだ。生きる人間を締めだした文学などがあるものではない。

（『教祖の文学』）

「人間の詩」には、何の意見もないだろうと僕は思います。美しさだって、本当はない。でも、そう生きずにいられなかったこと、それを書かずにいられなかったということ、その「退ッ引きならなさを、人は「美しい」と呼びたがるとなると、人間っていいよなと思います。こだまさんの文章を読んで、みなそういう気分になるのでしょう。

それはむしろ「十四番目の月」を見るような気分に近いのですが、こんなことを書いておいて、それが「美しい」とは口が裂けても言えません。そんな時は、こういう啖呵がやたら身にしみるようになるのです。

やめるな！　一生やれ！　なんでもやれ！　ほっといてくれ！

＊

僕は、村上春樹の熱心な読者ではありません。

と書いたところで、そのくせほとんどの本を読んだことがあることに気づきました。それでも、「熱心な読者」ではないと何の逡巡もなく余計なことに口をすべらせてしまうのは、村上春樹を語るとき、頭の片隅に現れる「熱心な読者」たちの存在のせいなのですが、その人たちは巷で「ハルキスト」と呼ばれたりして、ノーベル賞の時期になるとカフェに集まったりして、受賞せずの報を受けると「あーっ」とテーブルに突っ伏してしまったりしているのですが、あれを見ると、僕も人問なので、これは何か良からぬことが起こっているんじゃないかと思ってしまい、自分はあんなスタンスで村上春樹を読んでいるんじゃないんだという宛先のない言い訳が胸の内にたまっていくよね、というようなことが『バーナード嬢曰く。』に書いてあり、その『バーナード嬢曰く。』まで含めて、これは何か良からぬことが起こっているんじゃないかと思ってしまうのですが、この思いこそが「良からぬこと」へ招待されるためのパーティー券みたいなもので、みんなこれを内ポケットにしまいこんで行くか行くまいかウロウロし、あやしい目つきになっている人もいるみたいです。その「良からぬこと」が、作家をとりまく他愛と中身のない議論のことではなく、作家や小説のことに取って代わってしまっているような危うい言説を、僕は聞いたことがありますし、見たこともあります。

そんなとんでもないバイアスをかけて読まれてしまう小説家になるまでの変遷と心意気と実践について、とてもとても真摯に書かれているのが『職業としての小説家』という本です。

個人的なことを言わせてもらえば――本にまつわる証言はいつも個人的であるべきはずですが――僕はこの本を、小説家になってから読みました。

僕は今年、『十七八より』という小説で村上春樹と同じ群像新人賞をもらって、自分のことを小説家と呼んでもバチは当たらないぐらいな感じになったのですが、前回も書いたように、そうなったからといって特筆するような感慨もなく、なんなら受賞を知らせるお電話も、さんざんこの日のこの時間だぞと知らされているにもかかわらず、マジで失礼なことにその日は出ることなく、やや(と信じたい)顰蹙を買ったぐらいでした。

何が言いたいかというと、我が身に起こる出来事というのは、我が身にとってはどこまでいっても出来事でしかないのであって、自分が揺るがされる度合いとなる「震度」というのを持たないような気がするという感じがどうもして、小説の新人賞もそうだったということです。

こういう考えがどこで養われてしまったかというと、もちろん元々の性格ということもあるのかも知れませんが、多くは、読書の中で培われたものであろうと推察できます。

少なくない本を読む中で、少なくない書き手が無私の心を語っていました。僕はそういう考えがけっこう性に合う気がしました。これまでワインディング・ノートで書いた以外にわかりやすい例で言えば、老荘の「熱心な読者」だった時期がありますし、引き写しノートのかなり初期の方に、こんな文があるのを容易《たやす》く見つけられます。

ケニーは過度に興奮する子供で、何を読んでも自分に関わる意味を読み取ってしまう。そして、文学を成り立たせているほかのすべてのことを無視してしまう。

（フィリップ・ロス『ダイング・アニマル』）

これに類する数え切れない教訓によって僕は、読書が歓びをもたらした場合、それは自分が揺さぶられるのではなく、例えば「文学」が揺さぶられているのだと思うようになり、それを歓びとして読むようになりました。

自分の感動なんかより、何千年の歴史を持ち、数え切れない先人達が積み上げてきた「文学」の変動を感じる方が、ずっと大事なことだと思うようになったのでした（「文学」という言葉をそんなに無邪気に信頼しているわけではありませんが、そこにぴったり当てはまる適切な言葉が見つからないのです）。

こういうことばかり考えていると、そのうちそういう考えを全てに適用するようになり、せっかく知り合った人たちとの連絡は別にとらなくて大丈夫だし、群像新人文学賞受賞の電話は別にその日のうちに出なくても平気、と考えるようになります。そんなことをして友達がいなくなったり信頼を失ったりしても、さびしがったり困ったりするのは二の次である自分であって、いちばん大事な「文学」は困らないからです。

こうなるとけっこう最悪なのですが、この話はもういいでしょう。ともかく、自分がどうでもよくなるので、本にあんまり自分を投影しなくなるということです。正確に言うと、投影しかけても投影してないように考えを持っていってホッとする有様、という状態に近いのですが。

で、実にそんな感じでやってきたのが、この一年間に、自分をバリバリに投影して読んでしまい、この通りに生きようと思ってしまった本が二冊だけあります。

それが、世阿弥の『風姿花伝』と、村上春樹の『職業としての小説家』です。

前者は小説家になる前に、後者は小説家になった後に読みました。

この比《ころ》は、また、余りの大事にて、稽古多からず。先《ま》づ、声変りぬれば、第一の花失せたり。体も腰高《こしだか》になれば、かかり失せて、過ぎし比の、声も盛りに、花やかに、やすかりし時分の移りに、手立《てだて》はたと変りぬれば、気を失ふ。結句、見物衆もをかしげなる気色みえぬれば、恥《はづ》かしさと申し、かれこれ、ここにて退屈するなり。

この比の稽古には、ただ、指をさして人に笑はるるとも、それをば顧《かえり》みず、内にては、声の届かん調子にて、宵《よひ》・暁《あかつき》の声を使ひ、心中には、願力《ぐわんりき》を起して、一期の堺《さかい》ここなりと、生涯をかけて能を捨てぬより外は、稽古あるべからず。ここにて捨つれば、そのまま能は止まるべし。

惣じて、調子は声によるといへども、黄鐘《わうしき》・盤渉《ばんしき》をもて用ふべし。調子にさのみにかかれば、身なりに癖出で来るものなり。また、声も年よりて損ずる相なり。


世阿弥は、「年来稽古条〻」と題した各年齢で行うべき修行と心構えの記述から、秘伝書『風姿花伝』を始めます。

その中で、「十七八より」(次の項が「二十四五より」なので、その間)の時期は「一期の堺」と書かれている。それは、それまでの子供らしさで見栄えよくやれてきたことが、声変わりが始まり、背がひょろひょろ伸びることで、色を失うからだと世阿弥は言います。これまで無邪気にやってきたやり方が、通用しなくなるのです。そして、見る方がその散漫な様子に気づけば、やる方もその反応を察し、ますます恥ずかしくなり、たいていはみじめな気持ちで退屈していく。「子役は大成しない」とは、芸能界の最初期からある問題なのでしょう。

でも、だから、子供から大人に移り変わるこの時期に笑われるのは当然だけれども、それを受け入れて「生涯にかけて、能を捨てぬ」所存でやるほかない。世阿弥が言うのは、そういうとてもシンプルなことです。
けど、それだってなかなか難しい。

せつない胸に風が吹いてた
帰らぬ My Old Days

大人になるための裁きを受けて
羽ばたく友達が落とした夢の数を
独りきりで 数えた夜
名も無い歌にやわな生命を
奉げた Long Long Time

あこがれは無情な影だと言われ
去りゆく友達が残した旅の地図は
夏の空に 溶けていった

虹のように消えたストーリー
もう二度と戻れない時代を越えて

この胸に 浮かぶストーリー
幻と知りながら 熱い涙

サザンオールスターズ『せつない胸に風が吹いてた』の歌詞は、桑田佳祐が大学時代に音楽の道をあきらめた友人たちを回想して書かれたものらしいのですが、この世の中で夢破れる者が大勢を占めるのは、ご存知の通りです。

死ぬまでやるという、かなりシンプルな方法があるとはいえ、世阿弥が言うような時期に現実を知り、あこがれは無情な影だという言葉を受け入れて、一人、また一人と夢から去っていく。生涯にかけてそれを捨てぬ者だけが残される。

このフォーク・ロックに分類されるような歌の心情は、死ぬまでやる者の「孤高」というよりは、死ぬまでやる者の「孤低」を想起させます。「大人になるための裁きを受けて」友が夢と引き替えに「羽ばたく」時、彼は地に残され、友を見上げているのですから。

「やめるな！　一生やれ！　なんでもやれ！　ほっといてくれ！」といがらしみきおの薫陶を受けていた僕は、世阿弥からそれよりは幾分か具体的な指示を受け、『十七八より』を書き始めました。創作を書き始めた頃から、ちょうど十七八年が経っていました。

＊

その『十七八より』を書いている間は、ceroの『Yellow Magus』をよく聴いていました。聴いていたというよりか、ほとんど流しっぱなしにしていたといった方が正しいです。

サーファーたち見送るOcean Liner to nowhere
打ち寄せる波はnova
波止場の女たちのカフスが風に揺れる

船出に沸き立つ群衆の声を掻き消し
祝砲をあげろHarbor
その時人知れずに水夫が囁いた

「港を出たら針路を変え　この船は砂漠の方角へ向かい
期待と船体 打ち捨て　風が凪いだら海底に沈めろ」

Last Cruise, that day and that night…

誰もが忘れた船の名はYellow Magus
東方で行方知れず

彼らに祈りの十字も切られないまま
覚えているのはデッキに鳥が降り立ち
行先を告げるように
五色の嘴もたげてたあの姿

「終わりの来ない旅なら　まぼろしに留まることと同じに
気付けよ星が動けば　これから起こることが分かるだろう」

Desert Song, Desert Song　フィナーレを迎え入れてくれ
今夜中に砂漠へと渡り
See the Light, See the Light 砂の上を走る鬼火たち
光宿しうごめいている

帆を下げ　陸に上がれ　帆を下げ　朝まで
帆を下げ　砂漠へ行け　帆を下げ　朝まで

…砂巻き上げて何かがやってくる

2014.12.10-2015.09.23

Desert Song, Desert Song　フィナーレを迎え入れてくれ
今夜中に砂漠へと渡り
See the Light, See the Light　砂の上を走る鬼火たち
光宿しうごめいている

帆を下げ　陸に上がれ　帆を下げ　海を捨てて
帆を下げ　砂漠へ行け　帆を下げ　朝まで

Last Cruise, that day and that night…

書いている時はなぜそれを聴いているのか考えもしなかったのですが、こうして歌詞を写してみたら、結局自分も、無私などとは程遠い励ましをかぎつけ、因果の中で生きているのだと思わされることになりました。

生涯をかけて捨てぬという覚悟、孤低の雰囲気、全世界を異郷と見なし続ける嗜《たしな》み。それらを、都合のいい僕がこの歌詞と音楽に感じ取っていたことが手に取るようにわかる気がするのです。

ちょっとこの歌について考えてみたいと思います。気になる歌詞があります。

「終わりの来ない旅なら　まぼろしに留まることと同じに
気付けよ　星が動けば　これから起こることが分かるだろう」

「星が動けばこれから起こることが分かるだろう」とは占星術ですし、『Yellow Magus』というタイトルからも「東方の三博士」が思い出されるところです。

そういうことは別にしても、この歌詞をどう解釈するかは悩むところで、どう悩むかというのをわかりやすくしてみます。

①「終わりの来ない旅なら　まぼろしに留まることと同じに（なる）。
気付けよ、星が動けば これから起こることが分かるだろう。」

②「終わりの来ない旅なら　まぼろしに留まることと同じ（であること）に気付けよ。
星が動けば これから起こることが分かるだろう。」

つまり、「気付けよ」という言葉が、前後のどちらにかかるかという問題です。

また、その句読点の付け方とも関わりますが、もう一点、「終わりの来ない旅」の射程にも目を配る必要があるでしょう。

「終わりの来ない旅」が船旅のことであるなら、彼らは異郷である砂漠へ旅立ち、まぼろしに留まらないことになる。「気付けよ」とはまぼろしに留まることに対する注意を喚起する言葉になります。そして、そうならないために星を見ておくがいいだろう、というニュアンスを引きずって言葉が続く。この場合、②の方がふさわしいように思えます。「まぼろしに留まる」ことは悪であるという判断を下す歌詞です。

「終わりの来ない旅」がもっと広い意味での旅のことであるなら、船を捨ててフィナーレを迎え砂漠に向かおうとも、彼らはまだ旅の中におり、まぼろしに留まることになる。そして、そうだとすれば、注意を喚起する意味はないので、①の方がふさわしいように思えます。その時、「気付けよ」とは、星の動きを見逃すなという意味です。占星術を知る東方の三博士がイエスの誕生に駆けつけたように、星を見ていればこれから起こることがわかるから見逃すな、と。この場合、「まぼろしに留まる」ことに対しては善悪の判断は下されません。

善悪の判断をしないということは、すべてを良しとするということです。

『Yellow Magus』＝「黄色い三博士」にある黄色がＹＭＯのＹと同じ黄色人種をさすのであれば、東方の三博士は、東洋人を含意することになります。東洋思想の、よく言われる一つの大きな特徴として、善悪二元の判断をしないことが挙げられます。それも、善悪を否定するのではなく、それを含みながら忖度しないというのがおもしろいところです。

先ほど長々、あまり重要そうでない歌詞の分析を試みていて、自分でもどうしたものか、意味があるのか、と思っていましたが、この歌詞が、そういう風に書かれているのだとここに来て思えたので良かったです。

つまり、この歌詞は、①でありながら②であり、②でありながら①であり、という矛盾を孕んだまま、「終わりの来ない旅」や「まぼろし」が、その意味や価値を固定されないように書かれているのです。

この、「終わりの来ない旅」を続けるならば、永遠の入れ子構造や絶え間ない不信や矛盾に陥らざるを得ないという状況は、彼らのバイオグラフィーとも重なってくると思うのですが、思うというかそのようにインタビューで語られていたのですが、語られていたというか僕がそう取ったのですが、歌詞を書いた荒内佑はこう言っています。

あれ（引用者註：安部公房『砂の女』）は砂漠を閉塞的な現代社会のメタファーとして扱っていると思うんですけど、そういう場所で何か新しいことを始めるには魔術的にならざるを得ない。「Yellow Magus」の〝Magus〟は〝Magic〟の語源で、ceroがブラック・ミュージック的なアプローチを試みることにしても、僕たちはもともとそういった出自ではないし、素養もないから、やっぱり、魔術の力を借りるしかないなと。

魔術の力を借りて作品をつくるということは、様々に絡み合った隠喩から一つ選べば、「星が動けば これから起こることが分かるだろう」ということであるでしょう。

村上春樹の『職業としての小説家』にはこんな箇所があります。

どういう小説を自分が書きたいか、その概略は最初からかなりはっきりしていました。「今はまだうまく書けないけれど、先になって実力がついてきたら、本当はこういう小説が書きたいんだ」というあるべき姿が頭の中にありました。そのイメージがいつも空の真上に、北極星みたいに光って浮かんでいたわけです。何かあれば、ただ頭上を見上げればよかった。そうすれば自分の今の立ち位置や、進むべき方向がよくわかりました。もしそういう定点がなかったら、たぶん僕はあちこちでけっこう行き惑っていたのではないかと思います。

現存しない「あるべき姿」が見えることは、「これから起こることがわかる」ことであり、魔術と言って差し支えないはずです。
そして、その依り代は、cero にあっても村上春樹にあっても「星」なのです。
星が動いたり動いていなかったりするのはやはり気になりますが、それは、彼らの「現在」と関係があるような気がします。cero の同じインタビューから再び抜粋します。

――じゃあ、『Yellow Magus』で過酷な砂漠に踏み出したわけだけど、ＹＭＯだったり、『Eclectic』だったり、所々に存在するオアシスを頼りにしながら進んで行くという感じかな。
高城　日本人のデメリットかつメリットは、どの音楽からも遠いこと。ルーツみたいなものはあまりないけど、縛られるものがないということでもある。いま上がった先人たちに習って、その状況を上手く自分たちの音楽に還元していきたいですね。

そして、YMOの細野晴臣は、中沢新一との対談でこう語っています。

それまで僕たち、二〇歳そこそこでバンドやりだしたんですけれども、同年代のみんなはもちろんアメリカ音楽のコピーでした。いかにうまくコピーをやるか、それはその前にやっていたエイプリル・フールというバンドでやり尽くしちゃって、飽き飽きしてたわけです。当時、カリフォルニアのバッファロー・スプリングフィールドというバンドが好きだったんですけど、彼らは二、三年で解散しちゃう間に素晴らしいアルバムを二、三枚作りました。そのアルバムのライナーノートに自分たちが影響されたルーツが全部書いてあるんです。それは音楽だけじゃなく、作家だったり、ヨーロッパのアーティストだったり。それに僕たちは影響されたわけです。自分たちがオリジナルをやるには、まずルーツを知らなきゃいけない。彼らのコピーをするんだったら、そこまでやらなきゃ駄目だ、と。音楽そのものよりも、音楽へのアプローチを教わったわけです。

（『惑星の風景　中沢新一対談集』）

ルーツを辿り、知ることでしか、オリジナルは作れない。

この本はごく最近読んだんですが、これまで散々書いてきたことと同じことを細野晴臣が語っていて、だからこの程度のことは一角《ひとかど》の人物の誰もが口を揃えて言っているということなのですが、それでも嬉しくなります。帰納するのに用いる例は、いくらあっても多すぎるということはないでしょう。

さらに対談は続きます。

中沢　若い時は未知のものへ向かって冒険していかなきゃ駄目だという感覚が強いでしょう。今まで人が触れていないものとか誰も行ったことがない場所へ冒険することによって新しい領域を開いていきたいと考えます。それは自我の拡大ということとも関係しているんですけれども、三〇歳になり始めたくらいにかならず挫折を体験することになる。僕もそうだったな。ヒマラヤへ入っていったときのことですが、荷物を持ってくれているシェルパの人がずっとウォークマンを聴いているんですね。なに聴いているのかなと思ってきいたら、マイケル・ジャクソンだった（笑）。いっぱしの冒険家の気分だったし、確かに日本人の研究者が一度も踏み込んでいないようなところに行くわけですけれども、一緒に歩いているシェルパの人にとってはそんな意識はまったくないわけでしょう。そこは彼らの庭先なんだし、そこでマイケル・ジャクソンを聴くのは当然だ。日本人にしても欧米人にしても、冒険だといって出かけていく世界は、そこに住んでいる人たちにとっては日常の世界なわけで、僕たちのエキゾチシズムなんか幻想にすぎない。お経の世界にひたってばかりいた僕は、そのとき冷水を浴びせられました。何か未知のものを手に入れて、それを高々とかざすようにして元の国や共同体へ戻ってくるという行為は、そもそも駄目なんじゃないかと思ったわけです。地球上のすべての場所は、既に誰かが一度は歩き、誰かが一度はフィルムに収め、誰かが一度は語ってきた世界になっている。そういう絶対的に遅れてやってきた者である僕らにできること、やらなければいけないことは別のかたちの新しい冒険を開発することなんじゃないかと思いました。細野さんが今「路地裏」と言ったけれども、誰もが知っていて、誰もが当たり前だと思っているものを全然違う目で見たり、全然違う編み上げ方で作り直していくときに、今までの世界はガラッと表情を変えてくる。これからの文化はそういうふうにして創らなければいけないんじゃないかと深刻に考えました。そういうアイディアを僕はＹＭＯから受け取りました。

細野　よくわかります。

中沢　新しい世界を見たり作ったりするのに、何も遠い世界に出かけていく必要はないんじゃないか。もちろん、何か知るためには旅は必要ですよ。ただ、それは今まで知られている世界を新しく組み直すための方法を勉強するためにやるものなんじゃないか。それは僕が細野さんから学んだ思想的なちょっとしたコツでした。

細野　確かに今はもう旅することがなくなりました。だから、身近でいいんです。見方がいろいろ変わってくることこそ、やっぱりドキドキすることだしね。ＹＭＯでやったことは今はもう終わっちゃっているわけで、これからです。

今日、様々な情報は、身の回りのインフラを整えておけば自動的に流れこんできます。地球上の全てはすでに誰かによって通過された場所であるということを信じるには十分なほどに過剰な量とスピードで、です。
含蓄に満ちた言葉もbotをフォローすれば事足りるでしょうし、上手くそれを使い、誰かの鼻をあかすことだってできるでしょう。本や映画の感想も、政治的意見も、その情報の取捨選択で、それなりのことを言うことができる。
一七七八年九月十一日のモーツァルト二十二歳の有名な手紙の一節にこうあります。

ぼくの心のなかを打ち明けるなら、ザルツブルクが嫌いな唯一の理由は、土地のひとたちとまともな交際ができないこと、——音楽がそれほど尊重されていないこと、それから——大司教が旅をしてきた聡明な人たちを信用しないことです。——だって、ぼくは断言しますが、旅をしないひとは（少なくとも芸術や学問にたずさわるひとたちでは）まったく哀れな人間です！

（父レオポルト・モーツァルト宛て書簡）

ここから二百年以上経って情報がやって来る中で、旅をする必要があるのか、というのも確かにうなずけるところです。旅をした誰かが「僕らにとっての辺境で暮らしている人々だってマイケル・ジャクソンを聴いているよ」という有益な情報を届けてくれるのに、わざわざ自分でも旅に出る必要などあるのだろうか、と。そして、おそらくこうした考えはマジョリティになりつつあり、今いる場所に流れこんでくる情報を使いこなすことで自分は新しい世界を作ることができると無邪気に信じて疑わない、そういう人がアーティスト予備軍となっています。このあたりのことは『アーティスト症候群――アートと職人、クリエイターと芸能人』（大野左紀子著、河出書房新社）に詳しいです（芸能人の悪口もたくさん載っていてオススメです）。

半世紀前の細野晴臣がバッファロー・スプリングフィールドに学び実践した音楽へのアプローチの方法は、先人のルーツを辿ることでした。

ルーツを辿るとは、「今まで知られている世界を新しく組み直すための方法」すなわち旅です。細野晴臣の「確かに今はもう旅することがなくなりました」という発言と、中沢新一の「もちろん、何か知るためには旅は必要ですよ」という発言は、端的に「若い時期に旅をしろ」ということを示しているように思えます。

とくに年若い時期には、一冊でも多くの本を手に取る必要があります。優れた小説も、それほど優れていない小説も、あるいはろくでもない小説だって（ぜんぜん）かまいません、とにかくどしどし片端から読んでいくこと。少しでも多くの物語に身体を通過させていくこと。たくさんの優れた文章に出会うこと。ときには優れていない文章に出会うこと。それがいちばん大事な作業になります。小説家にとっての、なくてはならない基礎体力になります。目が丈夫で、暇が有り余っているうちにそれをしっかりすませておく。

これを読むと、村上春樹も「若いうちに旅をしろ」派に名を連ねているようです。

僕がこの記述をためらいなく「旅」と言ってしまうのは、村上春樹が若い頃の濫読《らんどく》を「多くの物語に身体を通過させていくこと」と表現するからです。

わざわざ「(ぜんぜん)」と断って、それが皮肉でないことを示していますが、読むものは優れていないもの、つまりカスでも構わない。通過するものに対して身体に表れる何らかの反応、その蓄積。その数に頼んだ経験に比べれば「厳選された情報」などには全く用がない。「質より量」なのです。

でも、せっかく本を読んだり音楽を聴いたり映画を観たりしても、毒にも薬にもならなきゃ忘れてしまうんじゃ意味がないじゃないか、それなら強烈に良いものだけに触れた方が有益だ、と言う人もいるかも知れません。そう考えていた時期が僕にもありました。

昨日、『驚きの皮膚』という本を読んで本当かよと思いつつおもしろかったのですが、この本は、人間の内部と外部、つまり身体と環境の境界となる皮膚が、身体自身から社会まで、人間にまつわる様々なシステムにどのような影響を及ぼしたかについての考察です。

その一章「皮膚は『聴いている』」に、こんな研究が紹介されています。

さまざまな大きさの銅鑼や鍵盤楽器を合奏するガムランというインドネシアの民族音楽があります。大橋博士らは、バリ島のガムランの演奏時、演者がトランス（恍惚）状態になることに着目し、その原因として、耳には聞こえない音波の影響を発見しました。というのもライブ演奏ではトランス状態になっても、ＣＤ録音された演奏ではトランス状態にはならないのです。

通常のCDでは音は周波数2万ヘルツまでしか録音されません。ところがガムランのライブ音源を解析すると実に10万ヘルツ以上の音まで含まれていたのです。そのライブ音源にさらされると、脳波や血中のホルモン量にも変化が認められる。

さらに彼らは、被験者の首から下を音を通さない物質で覆い、再びガムランのライブ音の効果を調べました。すると驚くべき事に生理状態に及ぼす影響が消えてしまったのです。これらの結果から大橋博士らは、高周波数が耳ではなく、体表で受容されているという仮説を抱くに至りました。

これとは別に、皮膚が音を「聴いている」ことを示唆する研究が報告されています。この研究では、可聴領域の音が使われます。マイクに息があたるような「破裂音」paの音と、破裂音ではないbaの音です。実験では被験者にbaの音を聞かせると同時に、その首や手の皮膚に音が聞こえない程度の空気を吹き付けました。すると被験者はpaという音が聞こえた、と答えたというのです。だとすれば可聴領域の音を聞く場合にも、皮膚への音圧が関与している可能性があります。

こうなるとやはり、「音楽のルーツを辿ること」が、「身体を通過させていく」という（比喩的な意味でない）「旅」の様相を呈してきます。後ろの例が示すように媒体がCDだろうと身体は何かしらの反応しているのですから、良かろうが悪かろうがすぐ忘れようがクソみたいな音楽だと怒りに震えようが、その音が身体を通過したことは決して変わることのない事実です。

それは意識されない「感覚」であり、意識された「知覚」ではないかもしれません（この定義も『驚きの皮膚』から借りています）。

ただし、この「感覚」を受容しておく＝磨くともなく磨くというのが、若い時代の「旅」の一つの意義なのだと僕は思います。それは、やがて来る意識される知覚を記憶にしようという時に、頼もしい受け皿のようなものになるはずです。

意識されない感覚が磨かれるなんて眉唾ものにも思われますが、『驚きの皮膚』では、皮膚感覚が脳を創っていったという説が提唱されています。全身が粘膜状の皮膚であるタコは哺乳類並の脳を持っているなんて言われると、なるほど、人間は巷で言われているように大きな脳を持ったから冷やすために体毛を失ったわけではなく、体毛を失って皮膚感覚が増大したために大きな脳になるよう進化したんだと、筆者の仮説に首肯したくなります。その仮説はつまり「感覚を受容すれば受容するほど、記憶の受け皿は大きくなっていく」ということを示します。


今の私たちは、昔の人たちに比べて、膨大な情報を扱っているように思いがちです。しかし本当にそうでしょうか。むしろコンピューターやインターネットに依存しているため、自分が処理している情報は、少なくなっているのではないでしょうか。情報を集めることは大したことではありません。とくにインターネットで「検索」すれば、とりあえずの答えが見つかる現代では、情報収集に才能は必要ありません。大切なのは、集めた情報の中から必要なものを選択することであり、いわゆる「頭が良い」人、仕事ができる人は、「物知り」「検索の達人」よりも、むしろ情報選択の能力が高い人、一見、関係がないような離れた領域から、必要な情報を抽出し、新しい考え方を創生する人であるように思います。

（『驚きの皮膚』）

ジェームズ・ジョイスは「イマジネーションとは記憶のことだ」と実に簡潔に言い切っています。そしてそのとおりだろうと僕も思います。ジェームズ・ジョイスは実に正しい。イマジネーションというのはまさに、脈絡を欠いた断片的な記憶のコンビネーションのことなのです。あるいは語義的に矛盾した表現に聞こえるかもしれませんが、「有効に組み合わされた脈絡のない記憶」は、それ自体の直観を持ち、予見性を持つようになります。そしてそれこそが正しい物語の動力になるべきものです。

（『職業としての小説家』）

ここで、皮膚研究者とジェームズ・ジョイス、村上春樹が全く同じことを言っていることが、僕にはとてもうれしい。ここで語られていることができる人は、きっと「感覚」を磨かれた人であるでしょうから。

そしてまたうれしいことに、村上春樹の「有効に組み合わされた脈絡のない記憶」が正しい物語の動力になるべきだという断言は、この長ったらしい話の視線をふたたび夜空に向けるような気がするのです。

そこには、こんな時代のせいで僕の住まいからはかなり見えにくくなっているのですが、いくつかの星が瞬いていて、知識の浅い僕にも覚えのあるいくつかの形を結んでいます。

脈絡のない星々の組み合わせである星座。古代ギリシャ人たちがそれに神話を結びつけた約三千年前の営み。

脈絡のない記憶は「星」のように、はるか昔のものからつい昨日のものまで、その遠近に関わらず、鮮やかにもおぼろげにもなりながら混在し、ある時は見えなくなり、ある時に姿を現します。

そして人は、「終わりの来ない旅」の中で、その時その時に出ている「星」のような記憶を頼りに進むしかないのです。個人的な記憶から、人類の記憶と呼ぶしかないような作品、形にならない文化まで、それこそ星の数ほどある記憶によって人は生きている。

そう考えるならば、cero が砂漠に向かった意味が非常によくわかります。雲もなく清潔で静かな砂漠こそ、地球上で最もはっきり星空が見える場所なのです。

残念ながら、僕には音楽のことが「ものを書くこと」ほどには良くわからないのですが、新しいアルバム『Obscure Ride』では、砂漠にたどり着いた cero が「星」を「記憶」を、より透明な目線で歌っていてかなりいいです。

＊

もう少し「星」を頼りに話を進めましょう。
『シーモア―序章―』で、語られ役であるシーモアは「小説家」である弟のバディに向けてこう批評を綴ります。

なつかしきバディよ、今夜は陳腐なこと以外、何を言うのも恐ろしい気がする。結果はどうあれ、どうかおまえ自身の感情にしたがってくれ。ぼくたちが登録するとき、おまえはぼくのことでずいぶん腹を立てた「その一週間前、彼とわたしと数百万のアメリカの若者は最寄りの小学校に行って、徴兵の登録を済ませた。わたしは、わたしが徴兵カードの空欄に記入したことを見て彼が微笑しているのに気づいた。家へ帰る途中ずっと、彼は何がそんなにおかしかったのかわたしに説明することを拒否しつづけた。わが家のものなら誰でも証言できることだが、彼は自分にとって都合よく事がはこびそうにみえるときは、かたくなな拒絶者になることができた」。ぼくが何を見て微笑していたかわかるかい？　おまえが著述業と記入したからだ。いままでこんなに美しい婉曲な言い方を聞いたことがないと思ったのだ。ものを書くことがいったいいつおまえの職業だったことがあるのだい？　それは今までおまえの宗教以外の何ものでもなかったはずだ。そうだとも。ぼくは今すこし興奮しすぎているようだ。ものを書くということがおまえの宗教である以上、おまえが死ぬとき、どんなことをたずねられるかわかるかい？　だが、はじめに、だれもおまえにきかないようなことを、ぼくに言わせてほしい。おまえは死んだとき、すばらしい感動的な作品を手がけていたかと、きかれることはないだろう。

それが長編なのか短編なのか、悲しいものか滑稽なものか、出版されたかされなかったかきかれることはないであろう。おまえがそれを手がけているときは、調子がいいか、悪いかをたずねられることはないであろう。それを書き終えるときがおまえの最後の時になることを知っていれば、おまえはその作品を手がけてきたであろうかどうかということすら、きかれることはないだろう——そんなことをたずねられるのは、あのあわれなゼーレン・Kだけだろうと思う。確かなことは、おまえに対して二つだけ質問が出されるということだ。おまえの星たちはほとんど出そろったか？　おまえは心情を書きつくすことに励んだか？
いいいいいいいいいいいいいいいいいいいいい

「おまえの星たちはほとんど出そろったか？」「おまえは心情を書きつくすことに励んだか？」

この質問と、以下の質問は、全く異なるものとして書かれています。

「すばらしい感動的な作品を手がけていたか」、「長編なのか、短編なのか」、「悲しいものか、滑稽なものか」「出版されたかされなかったか」、「それを手がけているときは、調子がいいか、悪いか」。ものを書くということが宗教的なものである場合、最も大事なことはこんなちゃちなものではないのです。

『死に至る病』で絶望について書いたゼーレン・Kもといキェルケゴールのように考えるなら、そんなことには、とっくに絶望しなければなりません。

キェルケゴールは、「絶望は、絶望＝死に至る病からの治癒の最初の形式だ」と難しいことを書いています。

絶望そのものがひとつの否定性であり、絶望についての無知は新たなひとつの否定性である。ところで、真理に至るためには、ひとはすべての否定性を通過しなければならない。

（『死に至る病』）

おそらくつまり、最終的には否定性をもつ絶望を「知る」ことで真理に至らなくてはならないのですが、そのためには絶望について無知だという否定性をもつ状態を通過しなければいけないというのです。

ただし、絶望について無知だという状態を通過するには、絶望を知っていく過程なわけで、それを途中で切り上げて「知った」とすることができるでしょうか？　無論、そんなことはできません。否定性をもつ絶望を「知る」ことは、否定性をもつ絶望への無知の克服未遂を生む。

キェルケゴールは、この繰り返して終わらない「絶望」の過程を書き続けたと言いたくなるような人ではありますが、その死は、本人が頓着していなかった現世的な死としてとらえれば、やはり「のたれ死に」にふさわしいものでした。

長い沈滞期に別れを告げて、キルケゴールは程よい健康状態を楽しんでいたようであった。ところが、彼は一八五五年九月の下旬に病気になり、十月二日に道端で倒れた。その後、彼自身の要求により、コペンハーゲンのフレデリク病院に搬送されたが、病状は悪化する。キルケゴールの姪によると、病院に担ぎ込まれたとき、彼は死ぬためにここに来たと言ったらしい。六週間後の十一月十一日に、彼は四二歳で亡くなった。死因ははっきりしていないが、診断書には躊躇《ためら》いがちに結核と書かれていたという。

夥しくも華々しい文筆の仕事に消耗し、或いは個人的な生活とデンマークのキリスト教の惨めな状態に消沈して、キルケゴールは単純に生きる意志を喪失してしまったように思われる。最後の見舞いに訪れた終生の友人エミール・ベーセンは、結果的に彼の人生の大半がうまくいったということをそれとなく優しくキルケゴールに語った。すると彼は、「私がこの上なく幸福でもあり、この上なく悲しくもあったことの理由はそれだ。なぜなら、私はこの幸福を誰とも分かち合うことができなかったのだから」と答えた。そして、彼は「死と共に、この絶望から解放されることを祈っている」と続けている。

（『哲学者たちの死に方』）

絶望の果てに真の信仰があると考えるキェルケゴールは、幸福でもあり悲しみでもある絶望の内に死にました。

「死と共に、この絶望から解放されることを祈っている」と今際《いまわ》の際で安らぐことなく言ったキェルケゴールは、生涯を通じて宗教について、それによって真の信仰を目指すが如く書き続けました。『シーモア―序章―』でキェルケゴールの「ものを書くこと」についての文章を、カフカと並べて引用していることから、キェルケゴールは「ものを書くこと」と「宗教」にまたがる最良の例として出されていると考えられます。

シーモアは、「おまえはその（すばらしい感動的な）作品を手がけてきたであろうかどうか」という質問は、ゼーレン・キェルケゴールだけがたずねられる（受身）と言っています。「それを書き終えるときがおまえの最後の時になることを知っていれば」という前提があるので、キェルケゴールはそれを知らなかったとシーモアは言いたいのかも知れません。

「おまえの最後の時」は「your time would be up」であり、時間終了であり死ぬ時を表すでしょう。「死ぬまでやる」ということは、死ぬまで考え続け、書き続けることであり、途中で何かが終わるということはありません。人生を投じてやり続けるべきことであれば、「永遠の未完成」の中にいるのであれば、生涯のある時期に何か成し遂げたものがあるか、などという成果主義的な質問は、意味がないのです。そこで「芥川賞をとりました」「ノーベル文学賞をとりました」などと答えるのであれば、その人にとって、「ものを書くこと」は宗教以外の何ものかなのでしょう。

「死ぬまでやる」ことを余儀なくされる宗教になるのであれば「それを書き終えるときがおまえの最後の時になることを知ってい」るはずだから、「その作品を手がけてきたであろうかどうかということすら、きかれることはない」のですが、キェルケゴールは死の六年前の『死に至る病』の中で詳細に書いた「絶望」が、死をもって終わるとは思っていませんでした。「永遠なものを失う」のが絶望だと書いている彼は、死ぬことで永遠なものになれるという確信はなかったので、その終わりを祈ったのです。

しかし、膨大な著作を書き残し、それによって自分の死後に検討される狙いもあったキェルケゴールは「もし私の日記を私の死後、出版しようとするならば、その題名は、『士師《しし》の書』とすることができよう」とも書いています。士師とは、旧約聖書の「士師記」でイスラエルを裁いた者ですが、日記の他の記述を見ると、彼自身は神に遣わされて統治を助ける者と捉えようとしていたようです。

ということは、もう「その作品」を書くことなどできなくなる死後も絶望は終わらないかも知れないと思い続け、死後も士師として役目を果たそうとする「あのあわれなゼーレン・K」だけは、もう書くことなどできないのに、死ぬ間際にこう訊かれるかも知れないのです。

「おまえはその（すばらしい感動的な）作品を手がけてきたであろうか」

虫麻呂雑記

序

私がこれから書こうとしているのは、二〇一八年の冬に野間文芸新人賞を受賞する頃までの半年間についてだ。説明は困難を極めるが、人間といえば私と一人のデリヘル嬢と数人の小説家しか出て来ない自然や古人にまつわる小説で、芥川の『芭蕉雑記』に倣って『虫麻呂雑記』とでも題されるものになると思う。

このいささか古風な題名は、その時期の私の考え事の真ん中にいつもいた高橋虫麻呂という万葉歌人に由来する。読者諸兄姉がいかなる古典教育を経てそこにいるのか私には知る由もないが、先日、私は別の『最高の任務』という小説でこの人物について書いたことがあるので、数多の同業者同様に読者の少なさを自認するとて、その数をよもや片手ではおさまらないのではないかと不安になりもする。

これはお耳汚しになるかも知れないが、私は阿佐美景子という一人の女性とその叔母を巡る小説によってデビューし、それ以前からの予定通り、微に入り細を穿った破片が破片を呼ぶといった具合に書き継いできている。一番新しい、さっきタイトルを書いたものは芥川賞候補になったところだが、今この時点では結果を知らないし、どうなったところで何の影響もないだろうし、それはいいだろう。

　こんなことは作者である以上ぺらぺらと書き散らすことではないが、この連作の小憎らしさは、主人公の女性の回想している時制が、筆者である私の現在だという点にある。つまり、彼女のやることなすことはその大半が私の経験の拡大で、彼女がその時に読む本は私が読んでいる本であろうし、彼女が訪れたと回想する場所は私がつい最近訪れた場所である。私たちは、性別的な倒錯をたびたび引き起こすことをむしろ是としつつ、互いの休暇中に得た情報と意見を共用の可微分多様体へ書き残し合う関係性にあるのであり、高橋虫麻呂だってむべなるかなというわけだ。

　虫麻呂を初めて知ったのはいつだったか、万葉集の中では多少は名のある歌人だから大学に入った頃には名前ぐらいは知っていたが、人はほとんど全ての場合、気にかけつつも名前だけ知りながら通り過ぎるものだ。恥を忍んで告白すると、私にとってそれが中高六年間で一度も同じクラスになれなかった佐原弘美でありヘミングウェイであり高橋虫麻呂なのである。

　それが二〇一八年の五月、茨城県石岡市を一人訪れて筑波連山に誘われてあてもなく歩いていた際、田圃に囲まれた史跡を見つけて一変するのだから人生はわからない。そこは防風林に囲まれた田が一面に広がる素晴らしい景観の一角で、古くから師付《しづく》の田居《たい》と呼ばれていたという。看板には万葉集からとった歌があった。

　草枕　旅の憂へを　慰もる　こともありやと　筑波嶺《つくはね》に　登りて見れば　尾花散る　師付の田
居に　雁《かり》がねも　寒く来《き》鳴きぬ　新治《にひばり》の　鳥羽の淡海《あふみ》も　秋風に　白波立ちぬ　筑波嶺の　よ

けくを見れば　長き日《け》に　思ひ積み来《こ》し　憂へは息《や》みぬ

私が地に貼りついて見ているこの風景を、千三百年前におそらく一人、旅に憂えて筑波山の上から見下ろした人間。それが高橋虫麻呂なのであった。

どうしてこの「筑波山に登れる歌」にそんなに惹かれたんだかわからないが、似たような目的で自然の中へ足を運んだ物故の同志と視線が交わるのは、三十二歳のすることと言えば書くことの人間にとってはこれ以上の慰めはないという出来事にも思われる。私は自然を信頼しているし、その信頼が滲んで取れない人間を書物の中に見つけるとついにこにこしてしまうのだ。これについては、小説家はあまり当てにならず、生物学者の素朴な本を読み漁るのが一番手っ取り早い。私がこの時に持っていたのは『サボテンと捕虫網』という燦然と輝く題名を持つ本で、文明社会から身を剝がしたい著者ジョン・アルコックは、たびたび足を運ぶ山の頂上にて「人間が残したみにくい痕跡に」気を滅入らせながら、町が朝もやに隠れるのをたいそう喜んでいる。自然自体はいくらひいきしても引き倒されることがなく、私はそれを信頼と呼んでいるのかも知れない。

そんないくつもの巡り合わせがつくった複雑な地形が分水嶺を動かし、師付の田居という一点から私のそれからの一年を思いも寄らぬ方へ流していったというのが事の発端である。

取り急ぎ、私は高橋虫麻呂に言及されている十数冊程度の書を全て買い求めた。読者の誰もがこんなことに数十時間と数万円を躊躇《ちゅうちょ》無くはたけるわけでもないことは請け合いだから、ここは数年ほど交際費を計上していない私めが責任をもって、なるべく無駄のないように、つまり読者がうんざりしないように、許容範囲を超えない字数と表現でもって紹介に努めようと思う。

高橋虫麻呂は奈良時代の歌人である。生まれも育ちも死についても記録がなく、その歌ばかりが万葉集に十八編三十六首残った。藤原不比等《ふじわらのふひと》の第三子である藤原宇合《うまかい》の下僚だったと推定され、常陸国の国司とその隣国数カ国を統括する按察使《あぜち》に任じられた宇合に付き従って、七二〇年頃の三年ほど関東に在任し、各地で歌を残したらしい。その後、任を解かれた宇合とともに都に戻ってからもその関係は続いたようで、宇合が難波宮《なにわのみや》造営の責任者であった時代に、虫麻呂も難波に赴いてその地の伝説を素材とした歌をつくっている。宇合が節度使として九州に派遣される際に、壮行の献歌を詠じたということは万葉集の記述からはっきりしているが、その際、これまで宇合に付き従う中で詠んだ歌を集めた『虫麻呂歌集』を贈り、それが宇合によって保管され、後に万葉集に収められたという風に考えられる。というのが、諸説を管見して私の考えたところである。

読者のことを考えて書くというのは妙なもので、巷で言われる「簡潔な表現」とやらが、平易な言葉を断定的に用いることと同義であると感づくとき、私は襟足が一気に白髪に変わっていくような悪寒を催すことがある。そういえば、編集者が原稿に書き込んでくれる言葉で一番多いのは「もっとかみくだいて」（多忙な編集者に八画以上の漢字を書く暇などあるはずがない）だし、なるほど「かんでふくめるように」やらなければならないというのがこの仕事の趨勢ではあるようだし、それはしばしば正しい結果に終わることもある。しかし、それがせいぜい五人しかいないとされる素晴らしい顎や歯の持ち主に歯ぎしりをさせるぐらいなら、私は犬に与える牛皮ガムのような文章だって書きたい者だし、許されるならそれをなるべく遠くの草陰に放るようにして発表することを夢見る者である。

さて、師付の田居を訪れて以来、虫麻呂と同じく晩秋の筑波山に登ることを目当てに、私は関東のゆかりの地を片っ端から訪れるようになった。たいていそれらは東京から電車で数時間の範囲に散らばり、暇があれば出歩き幾度も再訪した。当地でモレスキンのハードノートに描写を書き留めたものもたまっていき、日々の読書や、日課の本からの書き写しも続く。頼まれた小説や書評もある。それらが招く断続的な考え事の渦の中で野間文芸新人賞を受けた。

そういう半年――と書くことの容易さと罪深さに対し、私はまるで眼圧検査のようにびくびくしっぱなしで自室の椅子に座っているのだが、その背中を後方上部、例えば本棚の天井際で横倒しになっている日本地名大百科の辺りから小一時間も緩《ゆる》く見下ろすと、案外、落ち着き払った堂々たる姿に映るかもしれないと考えないでもない。ただし、作家がそのような姿を見せることは一部の世間知らずのあらぬ誤解を助長するし、そもそもそこからでは肝心のものが私の体で見えないのである。私の体の陰にあるその肝心のものとは、その座り姿に似つかわしくない、ただしその真顔にはぴったりの、回想と引用と自己言及と比喩の詰め込まれた雑嚢を○・一ミリ幅に切って表れた腐りかけの黒々とした固い断面図たる文章である。その斑《まだら》模様は全て旅の準備として、あるいは道中の拾いものとして、あらゆる感覚や手段を通してこの一年を書かんとする今へ一堂に会したものだ。一堂に会するというのは、それを詰めた時の私の高揚を少しでも表現できればと選んだ言葉だけれど、それらはやはり、更なる今の実感としては、三々五々に散っていく運命にある文章どもでしかなく、この潜在的な発声だったものが（私を含む）誰かの口を通して空気に触れる可能性が出てきたこのうちに、早くも腐りかけたように見える。だとしても、その腐敗を感得しているのはやはり私、この私だけなのである。私は、文章を次々に腐らせたくて書いているような気さえするのだ。

*

六月上旬のある日のこと、私はＪＲ常磐線金町《かなまち》駅からしばらく歩いて国道六号線の脇から江戸川の土手に上がって川下、さしあたっては柴又の方へ歩いて行った。

私はかねてから、土手に上がるまではＪＲ線と車のガードが隣接する感じがいいとは決して言えないこのルートを使って江戸川に出て散歩することがよくあった。滝口悠生『愛と人生』によれば、これは車寅次郎が故郷へ帰る際に好んで選ぶ道程ということである。最寄り駅まで行く路線に乗り換えることなく江戸川の土手から河川敷を眺めて歩き、とんがり帽子の取水塔を通り過ぎ、土手を下って柴又帝釈天の裏から里帰りするフーテン男を思うと足は軽かった。その足取りと分かれる辺りで、土手からは同じ高さに見える山本亭の瓦屋根の上、一羽のダイサギが凜と胸を張っているのを見た。河川敷には平日だから誰もいない野球グラウンドが境も曖昧に並ぶ。犬を連れた中年男が長いベンチにタオルで顔を覆って仰向けに寝て、手首からのびたリードに繋がれた雑種の茶色もそばに寝そべり、暑くない風もない穏やかな日差しを浴びている。隣の広場にはちらほらと植え込みや樹木があって、他に一つの遊具もないのにアーチ型の雲梯《うんてい》がぽつんと埋まって、赤青黄の原色を草にまぎれさせていた。

隙あらば饒舌にならんとする私には、こういう風景描写が鎮静剤のように思えることがある。風景描写を書くことで私は幾許《いくばく》かのもどかしさに包まれながら落ち着きを取り戻していく。それはちょうど、背中をさするかさすられるかした時の感覚だ。文体というのは、机に座っている私からすると、自分で自分の背中をさすってやる態度に表れる癖のようなもので、私が私にとってどのようなタイプの母親であるかという姿を炙り出してくれる。強くさすって吐いてしまえとせっつけば、さっき読者が読まされた序の如きものが紙面を汚すであろう。無論、労力と呼ぶべきものを要するのは風景描写の方で、我々はそれについてもっと深刻に考える必要があるかも知れない。

風景描写における作家の労力とは、ある場面で、風景をどう書こうかという点に注がれるものではなく、どの風景を書こうかという点に漲《みなぎ》っているもので、いかなる作家も風景を書くにあたって、作品からの要請も考慮に入れた上で、これまで見たことのある風景の中で最も目的に適うものを百発百中で選ぶことができる。「奮斗努力の甲斐もなく」ということはあり得ないというこの事実は――SNSのプロフィール欄に作家志望と打ち込んで毎日の進捗と葛藤を縷々《るる》つぶやく者には少々酷かも知れないが――しかし作家の有能さではなく無能さの証拠なのである。つまり、明らかにこれまで目にしてきた風景の方が作家を選ぶのであり、作家が風景を選ぶわけでは決してない。とすれば、この労力がいかなるものかも自ずと知れよう。日々、見なければならない。これがその人生で惜しまれた時、その作家の車寅次郎は百一回目の里帰りでも最寄りの柴又駅まで性懲りもなく電車で帰って来るだろうし、挙句の果てには到着時刻について一報でも入れかねないのである。

しばらく歩くと、江戸川を渡る京成本線の鉄橋が近づいてくる。その下の河川敷にある小岩菖蒲《しょうぶ》園には何度も訪れたことがあった。この時も、見頃には少し早いが目に嬉しいほどには咲き始めているのが土手の上からでもわかって、私は勇んで降りていった。平日昼間にはよくあることだが、老健施設の老人たちが訪れている。車椅子を押してもらう後ろから大きく高い声をかけられつつ花菖蒲や杜若《かきつばた》を眺める者たちでいっぱいの園はなかなかの見物であった。反応の芳しさは人それぞれ、明らかに華やいだ表情の人もいれば、むすっと睨むような人、進路が変わるたび座らない首を両手で持たれ花ある方に傾け直される人までいて、私はそれを少し遠くのベンチから、持参したやきそばパンを食べながら眺めていた。この総菜パンの名をタイトルに持つ歌を私は一曲しか知らない——「ひとりぼっちでやれそう」と川本真琴は歌っていたが、目の前のあの老人の一人ひとりの中で、例えば孤独という言葉はどのような響きを持っているのか考えて自己嫌悪に陥りながらも私の考えは止まらない。私は孤独というものを（人の手が加わらなければ花勢を保てない花が整然と並んだものだとしても）風景の中で心地よく味わいたいような気持ちで日々を過ごしてきたし、だからひとりぼっちの屋上でやきそばパンを食べたい気持ちも虫麻呂が筑波山に一人で登りたくなる気持ちも良くわかるような気がするのだけれど、思うように動かなくなった身体をあのように運ばれて後ろから両手で顔を向けられて花を見る日が来た時、この孤独にまとわりついてくる一抹の誇らしさは、どんな仕方で心にあるというのか？　私はパンを飲みこまないうちに菖蒲園を後にした。

　京成本線の鉄橋から少し行ったところにあるのが市川橋だ。そのすぐ先にはＪＲの鉄橋もかかっており、市川橋の歩道を渡る耳には、そばを通る車の音に、川上と川下からレールの継ぎ目を打つ轟音が忙しなく響いて心細い。渡りきって千葉県、川沿いを京成本線の方にちょっと戻れば、いよいよ虫麻呂が訪れた辺りということになる。国府があったため、宇合の按察使の職務に随行して訪れたのだろう。京成本線の駅名も国府台《こうのだい》で、高架になっているその辺りを貫くように進むと真間川《ままがわ》に突き当たる。真間は崖の意味だが、北側はその通りに小高い台地が一面緑に覆われている。掠《かす》れかけた地域案内図を見ると、その下に手児奈《てこな》霊神堂があるようだ。奈良時代以前からこの辺りに伝説として残る真間の手児奈という美女を祀った御堂で、虫麻呂はその美女伝説を素材に歌を残した。どうもそれに触れず長々やってきたようだが、何も私は中二階の仕事場に戻ろうとしている訳ではなく、これが今回の目的地である。

真間の手児奈はその若さと美しさから多くの男に求婚され、その争いをはかなみ、自ら入水して命を絶ったとか、色々な伝説が残されている。彼女を偲ぶものとして残ったのは、その墓と井（水汲み場）というが、同時期に訪れた山部赤人が墓の跡は木が生い茂ってよくわからないと詠んでおり、虫麻呂も手児奈の墓を認めることができたとは考えづらい。

なんでも、この周辺は昔、真間の入り江と呼ばれる海岸地帯で、葦が生い茂っていたそうである。また、入り江に形成された砂州に橋が渡され、これが真間の継橋と呼ばれていた。歌川広重も『名所江戸百景』の「真間の紅葉手古那の社つぎ橋」にこの橋を描いているが、そこでは橋の下に川が流れて池らしき溜まりにつながっているので、少なくとも一八五〇年頃には確かに水場であったらしい。今その場所に川はない。一軒家やアパートが建ち並ぶ住宅街の猫の額に碑が建って、かつての継橋を記念した擬宝珠《ぎぼし》つきの赤い欄干の短い橋がかけられているまでだ。

そういう説明が書かれた案内板を読んでいると、すぐ隣の真新しい二階建てアパートから人が出て、外階段を下ってきた。黄色いキャップから長くきれいな髪を垂らした二十歳にいくかいかないかという娘だ。小さな顔が長く見せるキャップの長いつばの下に、切れ長で涙袋のくっきりと浮かんだ目が輝く。鼻と口元の辺りは絶妙ともいかずバランスを欠いているようにも感じたが、巧妙に引かれた輪郭が愛嬌という言葉でそれを一括りにしてしまうような感じだった。ここで私は（読者が私と彼女のその後の関係を知る前に）、その魅力に文句のつけようはないにしろ一口に美人と言い切るのはためらうようなそんなタイプの顔だと書いておこうと思う。

濃いベージュのショートパンツに白いTシャツというラフな格好は彼女の、背が低いのに手足の長い子供っぽさを際立たせていた。それをいうなら、大きめの黒いリュックサックと、丸まった指先の出たサンダルはもっと露骨にそれを演出していた。

自分が小説家になったというつもりはないが、世間にそう言うことができるようになって心から良かったと思うのは、こうして外を散策して何かに目を留めているのを他人に見られた時、取材をしている（神に誓って取材でない時などないのだから）のを理由に堂々としていられることで、それ以外にはない。身の毛もよだつ言い方をすればアマチュア時代、何だか居たたまれない気分で足早にそこを立ち去ることもあったが、今や名の判らぬ草花を見つけて豆図鑑を開いてしゃがみこむ私を何人たりとも遠慮させることはできないし、所構わず座り込みそこからの一望をノート一ページ分たっぷり描写している小一時間などは、人が私を刺激しないように遠巻きに歩くのを感じるぐらいだ。

その無頓着な態度が警戒感を和らげたのか、なんと彼女は私のすぐ横に立って同じ看板を読み始めた。どうしてそんなと思うか思わないかのうちに柑橘をしぼったシャンプーの鮮烈な香りがして、私は彼女の方を向いてしまった。

　相手もこちらを向いたせいで、キャップのつばがあやうく私の肩に刺さりかけた。つばを横へ向けるしぐさと一緒に、屈託のない柔らかな笑みが現れたもので、私はなんだかだいぶ打ち解けた気分になってしまい、だから訊いた。

「君はここに住んでるんじゃないのか?」

　私はこの台詞を少なくとも三十回は書き直した。そのたびに私は違う人間として描かれ、この先の出来事もそれに応じて変容を見せ、枝分かれし、ある部分で合流し、しばしばまとめて崩落した。ある時は彼女とすぐに肉体関係を持つに至ったし、ある時は台詞すらなくその場を離れてそれっきりだったが、とにかく今、こうして現実的な言葉遣いを放棄した一つの道が残されて、他の棋譜は消されてしまったのである。

「なんで?」と彼女は言下に答えた。

　私は看板を指さした。「こんなもの急に読んで」

「なに」彼女はすぐさま言った。口答えする気だ。「住んでたら読まない?」

「内見の時にでも読んでそれっきりじゃないか、後は、引越し屋のトラックでも待つ間に読むかもしれないな」

「じゃあ、住んでなかったら読む?」

　それにしても恐ろしく返答が早い。私の心許ない語彙が弾切れする前にお伝えしておくと、今後、特に言及がなければ、彼女の台詞を表す鉤括弧は、その前の誰かさんの閉じ鉤括弧に、火花を散らしそうなほどのスピードで接近してきたためにやむなく改行措置をとられたものだ。

「そりゃ読むだろう。興味があればおしまいまで」

「じゃ、お兄さん、興味あるんだね」

「あるよ」

「どうして？　そういう仕事？」

小説家になって困るのは、それでいざ話しかけられて話が込み入った時、自分が小説家であることは明かしたくないということで、私は千駄木の森鷗外記念館までよく団子坂を登っていったものだが、先日、学芸員に「小説の勉強をしているんですか？」と声かけられて菊人形のように固まった挙句、答えに窮して仕方なく小説家だと伝えて以来、なんとなく足が遠のいてしまった。

そういうことが思い浮かぶ前兆みたいな不安で言葉を濁そうとするより先に、もう「私は興味ないなー」と勝手に喋っているあっけらかんのありがたいこと。こうした些細な都合の良さが人への好感を織り上げていく。

「デリヘル嬢だからかな？」

「興味のあるデリヘル嬢だっているさ」

私が急に彼女に負けない早さで言ったのは、その明るさにあてられていたからだと思う。奔放で無邪気な魅力は、職業のもたらす安い衝撃にかすんだりギャップと片付けたりするようなものでもなかった。

「そうかな？」

嬉しそうに笑う化粧っ気のない肌はまるで風呂上がりのように潤い――という直喩は適切ではない――つまりは仕事終わりのようだった。

「いるかな？」

「いないはずがない」ついでに自分が隠しているのも馬鹿らしくなったが、私はそれでもまどろっこしい言い方を選んでしまう自分が憎い。「逆に、こういうことに興味のない小説家もいるんだ」

「小説家なの？」

やはり即座に私を指さす彼女はおそらく世間で言うところの賢い女性だったと思う。本来ならこのような都合の良い場面を書くにはだいぶ恥を忍ばなければいけないところだが、ここに関しては実際のやりとりなので、私の心理的負担はかなり少ない。しかし、このような会話しかできないのなら、その男からはやはり交際費が没収されるべきであろう。

「そう」と小さな声で言う。

「へえー」と伸ばして上がりゆく語尾に合わせて、目口と薄い頬が、整然とした印象を変えぬまま白い肌に花開いていった。「すごいねえ」

全然すごいことはないのだというお決まりの前置きを済ませ、私は群像新人賞とかその賞金とか、刊行された本とかについて、驚くべき簡潔さで話した。さながら立て板に吐血といった具合だったはずだ。

「村上春樹と同じならすごいじゃん。ノーベル賞取れる？」

「村上春樹はノーベル賞をとってない」

私は何度でも書き挟むつもりだが、彼女がとりあえずは実在してそういうことを喋ったおかげで、ここに会話をそのまま書けることのありがたさは計り知れない。

「じゃあ、とれないわ」笑ってキャップをかぶり直した耳のあたりの生え際はまだ少し濡れてなめらかな束だ。「で、この看板ってどういう意味?」

私はいくつかの質問に丁寧に説明してやった。「なるほどねー」なる相槌の語尾が、興味があるのかないのかわからないが清々しい。それでも一応ふんふん聞いているし、話も通じているようだったから、こういう質問も飛んできた。

「ここが橋だったからって、なんでこんなのつくるの」

返事の代わりに、看板に書いてあることを私はそのまま読んだ。「これらの旧跡も歳月が経つにつれて、人びとの間から忘れ去られていくのであるが、これを憂えた鈴木長頼は、弘法寺《ぐほうじ》の十七世日貞上人と議して、元禄九年（一六九六）その地と推定される位置に碑を建て、万葉の旧跡を末永く顕彰することを図った」

「ああ、それがこのお墓みたいなやつ」と彼女は目の前の小さな石碑をのぞきこむ。「そんな前のやつなんだ。なに、鈴木さんが忘れちゃダメだって?」

「そうとも」

「家族のためとかならわかるけど、それを橋のためにできるってすごいね。暇なの?」

私はそんなことを言う彼女のことを、別に馬鹿にしていたわけでもないのに、見直すような気持ちになった。「すごいし、暇だった」とそれぞれに同意したが、大した反応はないし、またすぐ質問が飛んできた。

「これからどこ行くの？」

「真間の手児奈って美女が祀られてるとこ」

「美女？」とすぼめるように開いた口が笑みに流れ、丸みのある前歯の先がのぞいた。「一緒に行ってもいい？　仕事、今ので終わりだからさ」

「そのまま帰って平気なのか」

「直帰して給料引いたぶん振り込むんだよ、そんなの常識だよ。最近は違うとこもあるけど」

様々な常識と例外が世間には群生しているが、我々はそのほとんどを知らず、非常識なままで書き続けるほかない。

私たちは連れだって歩いて行った。リュックサックを左肩に背負って手を添え、一方だらりと下げた彼女の右腕は光を薄くまとったように生白い。その指先はショートパンツのウェストが高いせいでむき出しの細いしなやかな腿に届いている。一歩のたびに、律儀に切り整えられた丸みのある爪がそこで小さな振り子を描く。その姿に、さすがに彼女の仕事ぶりというものが思い浮かんだ。

「名前は？」と私は訊ねていた。「聞いてよければ」

「りえりえ」

「それは」と詰まった言葉を探す。「源氏名が？」

「源氏名はリエ」

混乱して目をやる。どうも私は罠にかかったらしく、彼女はこちらを見上げて待ち構えていた。

「利益の利に、衣偏《ころもへん》に今って書く衿《えり》に、江戸の江で利衿江《りえりえ》」淀みなく説明する彼女の口角は切れ上がったところで保たれていた。「それがほんとの名前」

「利衿江」と繰り返す。

「そう」と利衿江は満足げにうなずく。「親は大っ嫌いだけど、名前は気に入ってる」

手児奈霊神堂の参道入口は本当にすぐそこだったから、立ち止まった私たちがその話を終える頃には、何人もの大学生らしき青年たちが私たちの横を過ぎていった。台地の上に大学があるのだ。学生用のアパートが多いのもそのためだろう。

参道前の看板には、高橋虫麻呂の長歌「勝鹿《かづしか》の真間娘子《ままのをとめ》を詠める歌一首」が全て書かれていた。

鶏《とり》が鳴く　東《あづま》の国に　古《いにしへ》に　ありける事と　今までに　絶えず言ひ来《く》る　勝鹿の　真間の手児奈が　麻衣《あさぎぬ》に　青衿《あをくび》着け　直《ひた》さ麻《を》を　裳《も》には織り着て　髪だにも　掻きは梳《けづ》らず　履《くつ》をだに　穿《は》かず行けども　錦綾《にしきあや》の　中につつめる　斎児《いはひご》も　妹に如《し》かめや　望月の　満《た》れる面《おも》わに　花の如《ごと》　笑《ゑ》みて立てれば　夏虫の　火に入るが如　水門《みなと》入りに　船漕ぐ如く　行きかぐれ　人の言ふ時　いくばくも　生《い》けらじものを　何すとか　身をたな知りて　波の音《と》の　騒く湊《みなと》の　奥《おく》津城《つき》に　妹が臥《こや》せる　遠き代に　ありける事を　昨日しも　見けむが如も　思ほゆるかも

反歌

勝鹿の真間の井を見れば立ち平《なら》し水汲ましけむ手児奈し思ほゆ

今、その時にそれを読んだということでここに引き写し、またぞろ豊かな気分になりながら、この歌をバーコードを読み取るように目に映しただけで済ませた読者の気分だって想像することができるのは、無論、私も別の場面でそのような読者であった例は枚挙に暇《いとま》がないからである。よって私は彼らのことを頭の片隅にいつも置いておくという職業的良心に首の皮一枚でつながっており、そのぶらついた頭をしならせて、引用をやめて簡潔な言葉でドラマを進展させるべしと自らの手に鞭打つこともしばしばだ。しかし、むしろそのせいで頭は廊下までぶっ飛んでいき、職業的良心から遠く切り離される。おかげで記述は込み入って、私はもはや晴れ晴れとした気持ちでお話なんか中断し、歌を楽しむことができる。アラン曰く「詩人は人を喜ばそうとするが、散文作家は自分自身のために書いているように見える」。

さて、何より驚かされるのは描写の細かさだ。虫麻呂は、伝説を聞いた語り手として歌を始めながら、ひとたび描写を始めれば微に入り細を穿つ。その部分を訳してみれば「粗末な麻衣に青衿をつけ、麻だけで織った裳をまとい、髪すら櫛でときもせず、履物さえも、履きもしないで道を行くが、錦や綾のおくるみで大事に育ったお嬢様だって、この手児奈に及びもつかない。満月を思わせる顔立ちに、花のような笑みを浮かべて立っている」というのだが、同時代における真間を訪れて詠まれた歌に手児奈の外見の描写を詳しく書いたものはないから、その姿まで口承に残っているわけではないのだろう。大久保廣行は「虫麻呂が実際に目にしたのは、真間の井に水を汲みに来た土地の女性であり（反歌）、それを長歌前半に拡大して移し替え、美女にまつわる悲恋物語を忍ばせたのである」と推測している。

過去は、細かな描写を読む時間の中では現在として立ち上がって来ざるを得ない。聞き手にとって、長い描写は一塊の情報でなく、少しずつ明らかになる現在であるからだ。語り手としての歌い手である虫麻呂は、手児奈の外見を詳述することによって、聞き手を伝説という過去に、現在見ているが如く立たせる狙いがあったかなかったか、そんなことは私の知る由もないが、歌の最後「遠い昔にあった出来事なのに、まるでほんの昨日見たことのように思われてならない」と詠《よ》んでいるからには、詠むことが過去と現在にまつわる営みであることを承知していたことは間違いあるまい。長歌の後にそえて要約や補足をする反歌は、実際に見ている真間の井という場で、ありし日の手児奈を思い起こすものだが、ここで虫麻呂が女を見たというのは、水汲みは女の仕事であったのだし、確かに実際にあったことのように思われる。

虫麻呂が目にしてぐっときた当地の名も知らぬ女は、その様が執拗に細かく描写されることで、もういない、しかしかつてそのような目で見られたに違いない手児奈に身をやつす。その時、虫麻呂の視点は、現在と過去、自分と他人に分かたれつつ、しかし無論、歌を詠む自分として統一されている。虫麻呂にとって都合がよかったのは、その時間のずれが、語りのずれが、歌の上には目立った境界を表さないことだろう。

この詠《うた》いぶりは、生来の性格と、職務上の必要と、長歌という叙事に適した形式を活かそうとする中で独自に辿り着いたものだと思われるが、私にはこれが、その後長い時を隔ててようやく現れる「小説」のように思えて感動する。しかし、それはそもそも長歌の特徴かも知れないから、この奈良時代前後に最も流行するもその後で廃れ、万葉集に二百五十五首あるが古今集ではわずか五首になるというこの形式の作品を色々読んでみたが、そのような今をもときめく感慨を引き起こすのは、やはり高橋虫麻呂ただ一人だった。柿本人麻呂にさえそれはなかった。虫麻呂一人だけ、明らかに異質なのだ。

利衿江に歌の大体を現代語に訳してやりながら、もちろんそんなことは考えていなかった。「青衿」という言葉には若い男女の服のニュアンスがあると教えたら「私と同い年くらい?」と言うので、自分はいくつなのかとさりげなく訊くと「十九」と答える。じゃあそうかも知れないなと答えて説明を続けたら「貧乏なのも一緒」と満足そうに言い、「でも髪はといた方がいいよ、全然ちがうから」と千数百年前にアドバイスを送り「死んじゃうことないのにね」と言い、「こんな子いるはずないじゃん」と締めた。「この虫麻呂って人、おかしいね」

「どうして?」

「絶対、結婚できないよ。結婚してた?」

「多分してない」と私は首を振った。

中世における旅の歌では故郷に残す妻や恋人を詠むという一般的傾向も見られるが、虫麻呂にそうとれる歌は一つもない。どころか、実際の恋愛体験を歌ったものもない。結婚や恋愛にまつわるつらい過去があったのではないかと推測する研究者もいる。

「だって絶対この人、シャイだもんね。デリヘルだって呼べないと思うよ」

私はかすかな紳士的笑みを浮かべながら、頷くところもあった。結婚したかどうかはさておき、虫麻呂はそういう人間だったと私も思う。でもそれを思うために費やした時間をせこせこ考えると、この歌一首の説明をちょっと聞いただけでそこまで言い切ってしまう妙な名前の少女を羨ましくも感じた。

「でも、そういう人がいるって手児奈にもわかったらよかったのにね」小さくとがった鼻をぬぐいながら喋るせいで声が歪んでも、気にする素振りもない。「だって、自分にわかるのっていっつも、そうやってなりふり構わず言い寄って来る人たちのことばっかりじゃん？　それで世の中がそんな人たちで埋め尽くされてるんだって思って厭んなっちゃって、死にたくなっちゃう気持ちはわからないでもないよね、仕事柄」と言ったところで重大な何かに気付いたように利衿江は言葉を切った。そして私を指さした。「私、ガラケーしか持ってないの」

「なるほど」と私は一拍置いて理解を示そうとしたが、無駄な抵抗であることに気付いて問うた。

「どういうことだ？」

「親が結構厳しかったのね、うち。高校でやっと持たされたと思ったらガラケーで、なんとなくずっとそのまま意地になって使ってんの。こういう仕事だとやばいお客さんもいるから、ＬＩＮＥ教えてとか言われなくて便利だし。でも、私が言い寄られんのと手児奈のとじゃ、ちょっと違うか」

「ああ」私は話の流れがどこにあるのかを理解した。ただ、彼女がそうして暮らすことを明け透けに話すのは何ということでもないが、意識しないかと言われれば嘘になる。線の細い彼女のＴシャツの胸元にはとがったような膨らみが浮いている。

「ま、ほんとに連絡したい人はそれでもくれるし、お店とのやりとりは電話にしてもらってるし。あと、あんま友達いないし」

「そうか」哀れむ権利のない私はただ頷いた。「こっちも似たようなもんだ」

「虫麻呂もそう、手児奈もそう」と利衿江は取り仕切るように言った。「お参りしてあげよう」

手児奈霊神堂の参道は石畳、住宅の隙間をまっすぐ長い。入口の看板にも載せられていた歌川広重の「真間の紅葉手古那の社つぎ橋」では、霊神堂へ向かう道が池か川に挟まれているから、その名残がこの参道と考えられる。と、私はこの絵をもとに当時を想像しているが、全てがその通りかといえばずいぶん怪しいものだ。台地の上から南西向きにこの辺りを見下ろすような構図がとられ、遠景に二つの山頂をもつ筑波山を描いた絵だが、千葉にいて南を向いて茨城の筑波山が見えるはずがない。とはいえ、構図を整え名所を際立たせるため、こうした自然物や建造物の移動が行われるのは彼らの常套手段であった（私はこのことにかなり興味を惹かれている）。

私たちはお参りを済ませ、すぐ近くの亀井院で真間の井を見た。堂の奥の小さな中庭に、屋根と木枠のついた井戸があり、これが手児奈の使った井戸ということで残されているようだ。歌中の「真間の井」がすぐ後ろの崖から湧いた水のたまった泉であったのは間違いないだろうが、奈良時代よりはるか前の手児奈がこの井戸を使ったとはとても思えない。

「何か、聞いてたらみんな嘘ばっかりじゃん」境内の庭ということを気遣ってか、利衿江は声を潜めた。「こうやってどんどん嘘が残っていったら、本当の手児奈はどうなっちゃうの」

「嘘だって残るんだから、本当のことなんか絶対残る」

おそらく私は彼女と一緒にいたせいぜい十分ほどの間に冷静さを欠いていたのだろう。

「私も？」と利衿江は笑って井戸を見つめている。「手児奈みたいに？」

一回り年下の娘の笑顔がなんだか寂しい方に振れたのを見て取って「残る」と即答する三十男が滑稽に見えている方が私にはありがたい。ここで私は、書いている今はにわかに信じづらいことをのたまっているかも知れず、それを書くためには芝居めいた口調の方がよいと考えているのだから。

「自分が死んだって、自分たちのことは誰かが、何かが見てる。虫麻呂が手児奈を見たように、時空も嘘も本当もすっ飛ばした目が君を、いつ何時も何度でも見てるんだ。そう信じて、信じるためには自分の目を磨くんだ。他の誰でもない、自分の目だ。その目が、この世界のあらゆるものの中でもこれは本当に美しいと自分に信じさせるいくつかをまったく自然に見出して、それがこの世のものとも思えない時、君はまさか、その目が自分のものであるとは到底思えない。そして、それは本当に、実際その通りなんだ。その目――というか美しいものを映し続けるためにせっせと膨らんだり縮んだりする水晶体は、誰のものかもわからずに君が使っているだけのもんなんだ。すると、今度は水晶体の向こうから、君を見ている者の存在を思わずにいられない」

帽子のつばの下から見上げてくる瞳のための言葉はいくつもあって上手く選びきれなかった。私は今のところはこれ以上の推敲ができなかった。

「何言ってるかわかんない」と利衿江は柔らかな笑みで頭を振った。

私は親しみを感じて欲しくて憮然とした態度で応じた。「自分の言ってることがわかった試しなんてないね」

「要はさ」利衿江は相変わらず私をまっすぐ見つめ続けていた。「あたしの虫麻呂かもしれないってことでしょ」

果たしてそうかと口を噤《つぐ》むも悪い気はしない。利衿江は嚙みしめた奥歯まで見えそうないたずらな笑みを浮かべていかにも水気なさそうに蓋された井戸の木枠を人さし指で撫でこすった。埃を確かめるみたいに。

亀井院を出て弘法寺へ向かう急な石段を上がる。この寺は台地の縁にあり「真間の紅葉手古那の社つぎ橋」はそこから見下ろした景色を描いたものと思われる。その景色をさがしてみたい、つまり歌川広重の見た景色を見てみたいと言うと、利衿江の目が輝いた。ガールスカウトを思い出して血が滾《たぎ》るのだという。

石段を登りきって門をくぐる前に右へ折れると林があり、木々の奥に街が広がる。

「さっきの絵の写真、ある?」

画像を開いたままスマートフォンを渡すと、利衿江はそれを見ながら、サンダルが腐葉土に沈みこむフェンス際までどんどん踏み込んでいった。そして、景色と写真をためつすがめつ横に移動していく。雑木林の薄暗さの中で、彼女の腿の裏から足首までが、細く青白い光を残しながら複雑に動くのにしばし見とれる。

「あった!」と利衿江が振り返って叫んだ。「絶対、ここ!」

足を土まみれにしながら満足げな利衿江が立っているそこは、二股に伸びた木の間から覗く構図といい、手児奈霊神堂とつぎ橋の位置といい、ほとんど「真間の紅葉手古那の社つぎ橋」と同じ景色だった。

「すごいな」と私は心からの拍手を送った。

利衿江は渋い顔に口をとがらせたガッツポーズを披露すると破顔一笑、片手を高く上げてハイタッチを求めてきた。応じて合わせた掌の温度がほとんど同じで、私は名状しがたいが、おそらくは幸福と呼ぶべきであろう気を催した。

「やっぱり二つとんがった山なんてないね」と利衿江が地平線の方を指さす。「ていうかそもそも、あっちに山なんてあるはずないな、このへんで普通に生きてたら」

その方角に山があるイメージがないということを言いたいのだろう。住宅街が絶え間なく続いてやがて霞む。東京湾をかすめて、横浜、鎌倉を指し示すような方角と思われた。

「でも、嘘も本当も全部あるって信じるなら、その筑波山？　があっちにあってもいいってことでしょ。描いた人が見たものをどう信じるかってことなんでしょ」それで私が何も言わないからか、利衿江はこちらを見た。「そうやってさっき言ったじゃん。ありとあらゆる目が見てるって。だからこれだって」とスマートフォンの広重を私に見せ、ついでに握らせる。「ありとあらゆる目の一つなんでしょ」

自分自身、そういう意味で言ったつもりかわからないような気がした。けれど、歌川広重の目がそれを見たと信じるのは私の気に入った。そこに筑波山がないことは江戸に暮らした歌川広重だってそうだったはずだが、それを真間の遠景に描いた時、絵の中として割り切られた世界でなく、それに留まらない現実感をもった世界として見ていたのだと信じること。

「なに、ちがうの?」利衿江は黙っている私に拍子抜けしたように笑った。

それから私たちは、どちらともなく国府台駅を目指して歩き始めた。真間のつぎ橋の前を再び通った。利衿江は石碑をくるくる撫でながら言った。同じように歩いていても彼女の手はすぐに汚れるのだった。

「鈴木さんがこれを残さなかったら、私たち会わなかったね」

「そんなら、リエが指名されなくても会わなかった」

いけすかないことを言っているのは承知しているが、自分の運命を決定づける責任をこの世界のあらゆるものに分散させることが、この世でより良く生きることだと私は信じているのだ。それは、彼女と性的な事に及んでいる男だとしてもそうなのである。

利衿江は目を見開いて「ほんとだね」と言うや思いつきにぱっと顔を輝かせ「ここでさ、こんな感じで」と体を斜め後ろに倒して指で輪っかをつくり目にあてた。「四百年間、ずっとカメラを回してるとさ」突拍子もないことを言って、そのまま私の方に振り向く。「鈴木さんがこれを作るところも、私が来るところも、二人が出会ったさっきも、他のどんなことも、全部見えるね」そしてゆっくり輪っかを外す。「それを全部見てる人はいる?」

「いる」私はまるで馬鹿な子どものようにすぐ言った。

小学生の時にやっとこさ土星が見える望遠鏡を手放してからというもの技術発展には明るくないが、四百光年離れた星からは、今まさに真新しい石碑を建てているところを見ることができるだろう。時間を隔てて想像力を働かせるのではなく、あらゆる光年の先に遠ざかり、今、過去をその目で見ようとする者の存在は信じられる。

虫麻呂は虫麻呂の今に立ち、誰にもなびかない理想の女を見た。それは、今生きる女を今見もし、はるか昔の手児奈を今思いもしたことで、ようやく見ることができる女だ。だからこそ、その女は、彼から呆れるほどに遠くなる。

利衿江の表情が何を表しているか私にはわからなかったが、ぽかんと開けた口からさっき出た「あたしの虫麻呂」という言葉が思い出された。

自分のすべきことが、真間の台地から見下ろす景色のように遠くどこまでも広がっているのを感じた。私はこの発見をトロイヤの発見と同じくらいに考えているので、この場面をごく自然な形で小説の終わりに持ってくることが頭をよぎらないではなかったが、そんなさもしい考えは、ここから全てが始まり、また戻ってくることの素晴らしさの前には呆気なく消え失せてしまうようだ。

「虫麻呂は他のところでも歌を作ったんでしょ」

「作った」私は利衿江の横顔を見て言った。「木更津《きさらづ》の方でも、美女伝説について歌ってる」

「女好きなんだ」と利衿江は明るい声を出す。「そっちはどんな人？」

「誰とでも寝る女」

「ほんとに？」

満面の笑みの利衿江の顔の向こう、一人で歩く男子学生が、追い越しざまに利衿江の顔を覗きこもうとするのが見えた。後ろを歩いて長い髪や生足を眺めていればそれは無理もないことに思えたが、私はなんだか胸が詰まった。

「じゃあさ」そんなことには無頓着な利衿江は、それから少し間を置いて、これまでにない慎重さと流し目で私を見ると言葉を落とした。「私も一緒に行かなきゃね」

「もちろん」私は色々なことに詫びたくなるような気持ちで答えた。「連絡するよ」

ぎこちなく連絡先のメールアドレスを交換しながら、私たちはどこか店に入ることもせず、まだ明るいうちに別れた。国府台駅の対面式ホームの上りと下りで互いに、一度だけ手を振って。

＊

内房線の青堀駅に一人で降り立ったのは、利衿江にメールをしても返事がなかったからだ。私は別れ際の雰囲気から彼女との道中をあてこんでいたが、そういうことにはならなかったのだから仕方がない。

青堀駅は人気《ひとけ》なく、まっすぐの線路の間に浮かび、駅前のロータリーの奥に古墳がある。蒸し暑さの中、車通りの少ない道の広い歩道を行くと、木の茂った小高い丘がある。それが内裏塚《だいりづか》古墳で、墳頂には江戸末期に建てられた珠名《たまな》塚が残るということだ。実際にゆかりの場所というわけでもないし、利衿江もいない。私は特に感興をそそられることもなく、藪蚊だらけの辺りを歩き回った。利衿江と二人で来なくてよかったと思った。

しなが鳥　安房に継ぎたる　梓弓《あずさゆみ》　周淮《すゑ》の珠名は　胸別《むなわけ》の　広き吾妹《わぎも》　腰細《こしぼそ》の　すがる娘子の

その姿《かほ》の　端正《きらきら》しきに　花の如　咲《ゑ》みて立てれば　玉鉾《たまほこ》の　道行く人は　己《おの》が行く　道は行かず て　召《よ》ばなくに　門《かど》に至りぬ　さし並ぶ　隣の君は　あらかじめ　己妻《おのづま》離《か》れて　乞はなくに　鎰《かぎ》さへ奉《まつ》る　人皆の　かく迷へれば　容艶《かほよ》きに　よりてそ妹は　たはれてありける

反歌
金門《かなど》にし人の来立《きた》てば夜中にも身はたな知らず出《い》でてそ逢ひける

珠名娘子もまた、現在の千葉県木更津《きさらづ》市・富津《ふっつ》市に伝わっていたという美女である。虫麻呂は職務として関東諸国を巡る中で、様々な当地の伝承を聞いたのだろう。真間の手児奈と同様に、周淮でも美女伝説に題をとった。歌は国見の報告も兼ねていたと思われるから、聞き手となる男の同僚たちを盛り上げ、宇合を喜ばせたいという意識が虫麻呂にもあったかもしれない。

その一方で、虫麻呂が女というものを追究する心があったのも本当だろう。この歌でも「胸別の広き吾妹　腰細の　すがる娘子」と、豊かな胸と蜂の如き腰のくびれの線を浮かび上がらせて遠慮も用例もない。そんな女が、多くの男に求められるまま寝ていたということを、真間の手児奈とは異なり、過去のあるひと時として虫麻呂は詠みこんでいる。その後、珠名娘子がどうなったかも墓もわからないし、言及することもない。

この歌に、珠名の淫蕩ぶりを咎めるような趣きは感じられず、ただ誰とでも寝る魅力的な女として描かれ、そのままだ。真間の手児奈は「身をたな知りて」自殺したが、珠名は「身はたな知らず」

男と会う。虫麻呂は、それぞれの女をただ見たままにして、評価をしない。

駅に戻ってきてもまだ朝の九時だったから、私はそのままもう一つのゆかりの地へ行くことにした。茨城の水戸駅から歩いたところに「萬葉曝井《さらしい》の森」という公園があるそうだ。

私は鈍行を乗り継いで、水戸駅まで四時間かけて行くルートを選んだ。JR内房線で千葉駅まで出て、JR成田線直通の総武本線で成田駅まで行き、銚子行きに乗り換えて佐原駅へ。さらに鹿島神宮行きへと乗り継ぐうちに成田線は鹿島線に変わり、そこですぐに水戸行きに乗り換えて臨時駅の鹿島サッカースタジアム駅を通過すれば、今度はいつの間にか鹿島臨海鉄道に揺られ、終点の水戸駅に着く。

その間、私はどれもがら空きの車内をいいことに、リュックサックを傍らに置き、帳面に考え事を書き連ねていた。断片が紙面に散らばるようなものだが、読者諸兄にも電車移動の時間を少しでも味わってほしくて、私は目的地に着くまでに考え事を書く時間を設けようと思う。ただし、それは当時の電車内での考え事ではなく、今の私の考え事である点には留意していただきたい。昔の考え事を作品に仕立てるほど暇ではないのだ。

先日、というのはだからもちろん今書いている私から見てつい先日のことだが、私は横浜の日産スタジアムに、横浜Fマリノス対サガン鳥栖の試合を観に行った。J1リーグ第5節だ。

キックオフの笛が鳴ると、二十二人の選手、審判員はもちろん、カメラマンや記者、各関係者、そして二万人ほどの観客がその音を聞く。

国際試合では国歌斉唱があり、選手は整列したピッチでそれを歌ったり歌わなかったりする。その昔、ある代表選手が冗談交じりに、自分たちの歌に観客の歌がずれてかぶさるように聞こえるので非常に歌いづらいと言っていたが、選手と観客はその程度には離れていて、ホイッスルの音も同じく選手たちが聞くよりも観客には後に響く。プロ選手と観客との、能力的、地位的なあらゆる意味での隔たりを、その距離が如実に表している。

二〇一八―一九シーズンのヨーロッパリーグベスト4をかけたフランクフルトとベンフィカの試合は、ホーム&アウェイの合計スコアが4対4になったが、アウェイゴールの差でホームのフランクフルトが進出を決めた。スタジアムは熱狂に包まれ、試合終了のホイッスルが鳴った瞬間、ホーム側のゴール裏で声援を送っていたフランクフルト・サポーターが、堪えきれずに柵を越えてなだれ込んだ。先陣を切った集団は上半身裸でスキンヘッドにタトゥーをしているような過激なサポーター達だった。彼らはピッチを囲うように立っている看板を倒すほどの勢いで突進したが、看板が倒れて目の前にピッチが広がったその場でぴたりと足を止めた。勢い余って飛び出してしまった者は慌てて看板の内側に戻り、彼らはそこに立ったままチームの勝利を讃えた。何が彼らの足を止めたのかを名指しすることはできないが、彼らが柵を越えたり看板を倒したりしている以上、それはマナーやルールの効力ではあるまい。彼らは目前に迫った緑の芝に、それ以上の前進を躊躇した。数メートルの距離に近づけば、芝は一本一本の葉として認識されるし、発する匂いの濃さも変わる。プロスポーツを見る時に心の奥底にある畏怖が、区切られた環境に結びつく。そんなにサッカーを愛する彼らなら当然見たこともあっただろうが、余計なものがピッチに入れば試合は即座に中断することになる。時折あることだが、人間はもちろん犬や猫が紛れ込んでも試合は即座に中断する。

ピッチに入っても試合が中断しないのは鳥か虫で、飛来するものは人間には容易に閉め出せないし、閉め出せないという諦めがそれらの存在を本能的に認めてしまうのか、人間の集中力を著しく乱すということはない。とにかくそのように神聖なピッチを前にして彼らは、試合終了後でも足を踏み入れることを選ばなかった。

考え事をする目には、今見ているピッチの中にそれを映し出してしまうようだ。いるはずのないフランクフルト・サポーターが日産スタジアムの日本語看板に迫り、倒された看板の裏側が見える。しかしそれは数ヶ月前にネットの記事で見た看板の裏側であり、これまでに見たことのある何となく甲虫の裏側を思わせるような看板の裏側であり、絵に描け文で表せと言われても答えに窮して辿り着けないような看板の裏側である。とはいえ、私はその時試合に夢中で、こんなことは全く考えていなかった。それなのに、こうして書く時には、考え直したように考える。それを考えるための要素は揃っていたはずなのに、なぜあの時は考えなかったのだろうと思ってみても、刻一刻と変わるピッチ上の情報の多さを前にすれば無理もない。

最初のファールでプレーが止まる。ホームのサポーターから小さく薄いどよめき。笛の音がコンマ何秒遅れて聞こえるということは、ピッチで行われるプレイに対する観客の歓声や溜息は必ず一拍、二拍遅れて届くということで、選手の瞬間瞬間の判断に、観客の反応が直接影響を与えることはない、その同時でないということが選手のプレーを支えているどころか、生物全体に行為というものを許しているのだろう。行為と反応を同時と認識して快いのは、自分の行為に対する自分の反応だけだ。

一時期、バラエティ番組などでも頻繁に目にした、栗原一貴氏と塚田浩二氏の発表した「Speech Jammer」という機械がある。銃のように片手で引き金を引いて操作するだけで、ターゲット（話し手）の発話を阻害することができるのだが、「同装置に取り付けられた指向性マイクが拾った話し手の発生音を、〇・二秒遅延させて指向性スピーカーから話し手に向けて再生することで「聴覚遅延フィードバック」なるものを発生させ、正常な発話を阻害させる」ということらしい。

つまり、人は、同時に聞こえたはずの自分の行為の音が再度、外から一拍遅れて聞こえてくるだけで混乱し、話せなくなってしまう。逆に、自分の質問に対する返答が、それを意味する部分と全く同時に返ってくれれば、まともに聞いていないとかふざけていると受け取るだろう。自分の行為に自分が遅れて反応したり、自分の行為と同時に他人の反応が起これば、それは異常な事態だ。人も、おそらく動物も、距離や時間の中で生きることで反応をつくりあげ、同時か同時でないかで自他を区別するよすがにしている。

私は『生き方の問題』という小説で、キェルケゴールの日記の一節をエピグラフに置いた。こうしたものは往々にして鼻につくものだということは承知しているし、ジョン・バースが「あなたが今書いている作品よりも優れた作品から、また、あなた自身よりも優れた作家から、エピグラフを借りるな」と戒めていたことだって思い出さないでもないが、最近ますます「優れた」ということがよくわからなくなっているせいで一切のためらいもなかった。

歴史を遠ざけよ。同時性の状況に立つのだ。これが基準である。私が同時性を基準にして物事を裁くように、私もまた裁かれるのである。背後に流れる無駄話はすべて幻想だ。

キェルケゴールは、『キリスト教の修練』において、自らの信仰を、キリストとの同時性を生きることに見出した。「無駄話」とは、その前の日記の「毎週日曜日に、一〇〇〇人の牧師たちが無駄話をしている（彼らの生は正反対のものを表現している）その内容のすべてに対して」という文を受けてのことであろう。さらに少し遡ると、デンマーク国教会がキリスト教を「穏やかな慰め」とすることで人々に取り入ったとあり、毎週日曜日の説教における「無駄話」の内実が察せられる。「歴史を遠ざけよ」の日記はこう続く。「じつにここにこそ、私の創造性の全体は向けられてきた。こうしたわけで、私は、現実の歴史ではなく、実験を用いるのである」

キェルケゴールは、著書の副題にもたびたび「心理学的実験」という言葉を用いた。「歴史」とは整理された過去であり、同時性を持つことはありえない。また、実在するものから、例えば目の前にいる牧師の言葉から同時性を受けることはできない。そこには、行為と反応という自他を分ける障壁が、物理法則として、生きとし生けるものの原罪のようにあるからだ。言葉がそれに肉付けする以上、同時性を信じられるのは心理の中だけではないか。

宮沢賢治は、多くを散歩しながら書き留めたという『春と修羅』（第一集）について、「或る心理学的な仕事」のための「粗硬な心象のスケッチ」だと手紙に書いている。私は一昔前まで、宮沢賢治がくり返し推敲する様を自己の心象に対する完成に至らないスケッチとしての描写をその都度正しくする行為だと考えていたが、正しくするという言葉は今や相応しくないように思える。宮沢賢治もまた「同時性」に似た感覚の中で行為を考えていたのだ。

ある景色を見た上で起こった心象が、宮沢賢治によって「心象スケッチ」として書き留められる。何日か過ごすうちに宮沢賢治の内面が、体調が、機嫌が、語彙が、知識が、志向が、意識に関わらず変わる。最初にあの景色を見た宮沢賢治にとって、その「心象スケッチ」は、その文章を書いた者があの景色の心象を出来る限り真摯に書き取ったものだということは経験上明らかなのに、もはや彼があの素晴らしい景色を味わったように今の自分が思い出せるものではなくなっている。だとすればその記述は、現在の宮沢賢治にとって、その景色をそのように見た者がいたという「歴史」でしかない。しかし、宮沢賢治自身、その景色を見た感動を決して忘れていない。それゆえ読み返して違和感を持つ。だから今、それを読む時に、あの感動とあの景色を、かつての作者が感じたよう同時に感じられる、そんな文章にするため、今の内面に適うよう手を加えなければならない。それが『農民芸術概論綱要』の「永久の未完成これ完成である」という言葉に表れる。

宮沢賢治にとっての推敲が、文章をより良くするためのものではなく、その風景に得た心象を保つためのものだったと考えるだけで、私の胸はいっぱいになる。完全さは風景に宿って揺るがず、そこから目を離さないために文章なんぞは幾らでも変えられる。

ピッチの芝を二階席から眺めたことを思い出しながら、文章はやはり感動から書きはじめられるべきだという考えが頭を離れない。プロサッカー選手が、子供時代にサッカーに出会った時の憧れや感動が今もなお続いて、ああして人前でプレーをしているように。もちろん、能力や状況によって感動し続けることが難しいということもある。それは周りのレベルの高さに挫折してプロになることを諦めるとかいうことはもちろん、プロになってからも様々な要因でもって訪れるだろう。中田英寿は二十九歳で引退した。

キェルケゴールにとっては信仰だった。幼少期から厳格な宗教教育を施され、それについて考え続けたキェルケゴールは、その感動を保つべく文章を書き続けた。時折訪れる感動に興奮した文章を私は何度も書き写したものだ。

だからもちろん、「歴史を遠ざけよ」の日記はキェルケゴールの思索の結論ではなく、その後、神との直接的な関係によって神の意志を確信するキリストや使徒ではない自分は、神の意志を知らされることはないと考えた。つまり、キリストや使徒は神からの直接的な啓示からの確信によって自らを犠牲に捧げることができたが、非使徒の自分が啓示なしに全てを犠牲として捧げるのは、そこに確実性がないがゆえ愚かな早合点に過ぎず、仮に殉教したとしても信仰を示すことにはなり得ない。そのため、キリストとの同時性の状況に立つことは不可能なのであり、ということは以下のようになるとキェルケゴールは書く。

私が信仰を有しているか否かについて、それについて私は直接的な確実性を手にすることはできないのだ――というのは、信じるとは、まさにこうした弁証法的な宙吊り、たえまないおそれとおののきのうちにありながらそれでも決して絶望をしない弁証法的な宙吊りだからである。信仰とは、まさに、この自己への無限の関心、すべてを賭けるような人を目覚めさせておく自己への無限の関心なのであって、自分が本当に信仰を有しているかどうかについてのこの自己への無限の関心なのである――そして、見よ、この自己への関心こそが信仰なのである。

確信を得ることがないと知りながら「すべてを賭けるような人を目覚めさせておく自己への無限の関心」こそが、使徒ではない普通の人にとっての信仰そのものとなる。

信仰の対象が神だろうと芸術だろうとスポーツだろうと学問だろうと、「すべてを賭けるような人を目覚めさせておく自己への無限の関心」がなければ何にもなるまい。他人の評価を神意のように受け止めて自分を捧げるような生き方では決して辿り着きようもない状態に彼らは陥り、それが彼らの行為を支える。そこは何人たりとも、愛する人さえ侵入できない孤独な場所だ。

私には、高橋虫麻呂の人生がいかなるものであったかはわからない。正史にも名を残していない彼がどれほど孤独であったかも知る術はない。しかし、彼の作った歌は残り、私は虫麻呂のようにありたいと思ってそれを読み、当地を訪れ、虫麻呂が感じたような何かを感じたと思えるようなこともある。しかし、それが本当であるかについては確信を得ることができない。私がそれを本当に知りたがっているかどうかについての自己への無限の関心というわけだが、私にとってこの半年の全ては、そこにあったと言っていい。

水戸駅に着き、私は車が通るばかりの道を歩いて行った。

愛宕山古墳《あたごやま》というかなり大きな古墳の裏手に太古の昔から水が湧いていて、庸税として納める布を女たちが曝《さら》すのに使っていたので、曝し井と呼ばれていたという。

古墳の裾野みたいな傾斜のある住宅街をゆるやかに巻き下りて行くと、竹林に挟まれた小道に入って急坂となった。涼しげな空気が吹き抜けていくそこが「萬葉曝井の森」として整備された場所だった。

昼の最中というのに、竹の葉が光を柔らかく漉《こ》して、湧き水と一緒に一帯をしめらせているような美しいところだ。斜面には色の抜けた竹の葉が積もって地を隠し、所々に光が差し込んで、そこだけ真っ白な雪が残っているように見える。またある光はまっすぐ伸びた竹の茎を照らすや、天に重なる竹葉の細い影を張りつかせて、一本の行燈のように竹を仕立てている。風がカエデの若葉を鳴らしながら、見えはしない那珂川《なかがわ》の方へ下りていく。私は静かに湧いて流れる清水の前、木のベンチに座って、しばらくの間、この文章の元になるものを書いていた。何人かの地元の人間が坂を上ったり下ったりしていった。それにしても蚊が多く相当喰われたけれど、虫麻呂がこのように詠んだこの場所が、とても綺麗で嬉しかった。

三栗《みつくり》の那賀《なか》にむきたる曝し井の絶えず通はんそこに妻もが

虫麻呂は、そこに妻がいてくれたら湧き水が絶え間なく湧くように通って来るのにと詠んでいる。おそらく、都を離れて務めに来た官人たちの前で披露されたもので、彼らは自分の妻への思いを深くしたであろう。

時代や位を考えると、こうした人間関係の外で歌われた歌をさがす方が難しいが、虫麻呂にも、その感が薄いものが二首だけある。「筑波山に登れる歌」と「霍公鳥《ほととぎす》を詠める一首」だ。アランに照らせば、「自分自身のために書いているように見える」もので、私はどこに行こうと何をしようと、事ある毎にその二首のことが頭に浮かんできた。

「霍公鳥を詠める一首」はこうだ。

鶯《うぐひす》の　卵《かひご》の中に　霍公鳥　独《ひと》り生まれて　己《な》が父に　似ては鳴かず　己が母に　似ては鳴かず

卯の花の　咲きたる野辺ゆ　飛び翔《かけ》り　来《き》鳴き響《とよ》もし　橘の　花を居《ゐ》散らし　終日《ひねもす》に　鳴けど

聞きよし　幣《まひ》はせむ　遠くな行きそ　わが屋戸《やど》の　花橘に　住み渡れ鳥

反歌

かき霧《き》らし雨の降る夜を霍公鳥鳴きて行くなりあはれその鳥

虫麻呂が常陸の国府の邸内で詠んだ歌と思われる。

万葉集中、霍公鳥を詠んだ歌は百五十三あり鳥では最も多いが、虫麻呂の歌はかなり初期に属するもので、それ以前には数首しかない。

また、この歌はカッコウ科の霍公鳥が鶯の巣に托卵をするという習性に言及している。私も折口信夫の『口訳万葉集』で全てに目を通して確かめたが、万葉集中にこの習性を歌ったものはないそうだ。ほとんどは花と取り合わせた美を詠んだものであり、いくつかが、そのオスの鳴き声に己の恋情を催すものだ。つまり、虫麻呂が霍公鳥の托卵を歌の前例として目にすることはおそらくなかったはずで、ということは、虫麻呂だけが霍公鳥の声の良さを味わいそれについて詠む上で、生い立ちに由来する「独り」を忘れられなかったのである。それは、彼が自分自身のために書いたからではないか。

ちなみに、虫麻呂はもともと霍公鳥が好きで、それは同僚たちも周知のことだったのではないかという歌も残っている。「筑波山に登らざりしことを惜しめる歌一首」である。

筑波嶺にわが行けりせば霍公鳥山彦響《とよ》め鳴かましやそれ

同僚たちが筑波山に登って霍公鳥の声を聞いてきたという報告を、何らかの事情で同行できなかった虫麻呂が聞いた上での返歌と思われる。霍公鳥好きの虫麻呂が来られなかったことをからかう同僚たちに、自分が行ったからといって霍公鳥が盛んに鳴くわけでもないのだからそんなに言ってくれるなと冗談めかして応答したのだろう。

託卵の習性があったから好きになったのか、好きになってから習性を知ったのか、そんなことは例によってわかるはずがない。わかるはずがないのだから知りたがり続けるほかない。そうなれば、知るための最善を尽くすしかない。それで私は、この一年で霍公鳥を好きになったし、その鳴き声を地鳴きまで聞き分けられるようになり、そのたびに虫麻呂を思い出すようになった。

虫麻呂は霍公鳥の姿をその目で認めてはいないが、その鳴き声からその姿を感じている。長歌で詠まれた虫麻呂の霍公鳥への思いが「あはれその鳥」に結実する。

私は虫麻呂のように自然を見たいと思う。それを良く知り、敬愛し、見えない時でも見えるように書きたいと思う。こんなことを考えるのには、ある程度の自然への親しみや憧れが必要であったはずだが、私にはそれがあったといえなくもなかった。

きっかけは一年前に遡る。二〇一七年の晩夏のこと、私は茨城県の笠間を訪れた。笠間神社を参拝して笠間城跡を歩くのが目的だったが、時間があったので笠間日動美術館に寄り、そこで佐竹徳《とく》という画家を知った。

彼のために設けられた記念室にあった際立って大きい縦長のオリーブの木を描いた絵に足が止まった。青く澄んだ空の色、密に込んだ葉のきらめく緑や、その葉陰にちらほらのぞく幹を取り巻く黒闇。それを前にして、確かにあったその景色の光の中に立ったように胸が空くような感覚がして、そんなことは初めてだったから、帰ってからアマゾンで高い画集を注文した。

佐竹徳は一八九七年生まれで、セザンヌに影響を受けてキリスト教にも入信し、四十歳を越えた後の画家人生の多くは特定の地の景観を描いて過ごした。十和田湖や奥入瀬《おいらせ》で十数年、瀬戸内の牛窓で約四十年というから凄い。牛窓は六十二歳で初めて訪れ、セザンヌが描いた地中海の風土を思わせるオリーブ園の風景に魅せられ、満百歳で死ぬまで、ほとんどそこで絵を描き続けたという。自分が見たのはそのオリーブを描いたうちの特に大きな一枚だった。

記念室には、絵と一緒に近しい人の回想なんかも一緒に紹介されていた。写真撮影もどうかと思い、学芸員すらいない館内で、長女の佐竹美知子の言葉を書き写した時間はとても静かで忘れ難い。

父はここと思ったところには心ゆくまで滞在してその土地の人になり切ったようにして描く人でした。その土地々々での思い出・逸話のたぐいは数限りなく、とても書ききれるものではございませんが…たとえば志摩越賀でのこと。毎朝大きなカンヴァスを背負うように持って、人が通らないため雑草が繁るにまかせた長い山道を現場に向かう父が、或る朝気がつくとすっかり草が刈られている！　土地のおじいさんが「毎日大変じゃろう」と父のためにきれいに刈りとってくださったのでした。

セザンヌのサント・ヴィクトワール山の逸話を思い出すが、風景を描くということは、毎日山道を歩かせてそこに向かわせるだけの歓びがある。その繰り返しが「その土地の人になり切ったように」彼を仕立てる。その時間が、絵を見た者にも伝わる。自然描写がそのようなものではなければ、それをする意味はないだろう。

笠間からの帰りの電車で、私は小説家たるもの、風景と向き合わなければこの先書いていくことはできないという思いに駆られてどうしようもなくなったのだった。見ることを、あらゆる面でもっと良くできないだろうか？　佐竹徳のように、自分が見た自然への畏怖を欠くことなく、はっきり見たという証拠を、そこに居て、そこをよく知っていくことの感動と一緒に立てられないだろうか？

葛飾区に水元公園という、隅々までじっくり歩いて回ろうと思えば半日かかる都内で最も広い公園がある。自宅から自転車で十分ほどのところで、北の隅にある水生植物園の辺りはそれほど人も来ないで落ち着くから、たびたび出かけて行っては、木陰の茂みで奥まった池のほとり、地べたに座ってのんびりしていた。笠間から帰った私は、その池のほとりに二、三日にいっぺん通うようになった。百円ショップで購入したチップとデールがかわいらしい黄色いクッションマットに腰を下ろして、その景色の描写を、心の動きを、一冊のノートに忘れぬうちに書き留める。私はそれを「描写の練習」と呼んでいたが、その習慣が一年も続いた頃に虫麻呂を知った。きっと、それがなければ、虫麻呂にこれほど心惹かれることもなかったように思う。

試しに、この頃の「描写の練習」の一部をここに引き写してみよう。

（二〇一八年六月十七日　11:29 ~ 12:26）

風の強い日。此岸に白波が寄せてくる。彼岸のガマも風に揺れ、込んでいないところに立つものはこちらに傾いてしまっている。コシアキトンボが気にする風もなく飛んでいる。

風で切れたか、背にしているメタセコイアからまだ若い緑の枝葉が落ちてきた。対生の側枝に、対生の柔らかな葉。すぐ隣にはカエデもあって、一緒になって木陰をつくってくれている。二つの木の葉の重なりに漉された光の快さ。それらの根元にはツツジが茂り、池のほとりに座る自分を外の目から隠してくれる。

池は日向になったところだけ底まで見通せる。雲の切れ間のようにまだらに覗く水の光の中をカダヤシの親子が横切ってまた見えなくなる。メタセコイアの葉はまたぽつぽつ落ちて、それを岸まで追い立てるような穏やかな白波に目がいく。一つ一つのなだらかな凹凸が光を受けて切れ、また延びて、モールス信号のトン・ツーのような形を刻一刻と浮かべ続ける。これを解読したなら、この一日だけでどれだけの文章が生成されることか。まして、太古の昔からこの営みが続いているなら、自然がそんなことに全く興味がないのは当然としても、人間が考える文章のパターンなどものの数でしかない。文が言葉の配列なら、自然はそんなものとっくのとうに含んでいる。自然から多くの言葉を引き出したのに、言葉が自然にもたらすものは何も無い。

どこからかカツカツと爪を爪で弾くような音がする。不思議に思って見回していると、おそらくラクウショウの枯れ枝にクロスジギンヤンマが向こうを向いてとまっている。もしかするとあれがアゴを鳴らす音かもしれない。と、別のオスがなわばり争いを巡って水に落ち、水面を羽で叩いて派手な音を立てたから、枯れ枝の上のも驚いてそこを離れた。はたしてカツカツという音はなくなって一旦の静けさ。に、遠くでハシブトガラスの澄んだ声。さらにウシガエルの凄まじい鳴き声。さっきから生き物を捕りに来た祖父と孫の二人組が池の周りを探っているから、はじき出された雄が他の雄のなわばりに入って喧噪を招いたのかもしれない。メダカがいたカエルがいたとお互いに呼び合う声が駆け寄る足音が、低いウシガエルの声の上で響く。

太陽がほんの少し動いただけで、池の岸から一番離れた辺りの水底までよく見えるようになった。ちぎれ雲のようにあちこち藻が生えている。これからもっと増えるだろう。突風に波が立ち、水面が一斉に白くきらめく。そこへ一羽のカワセミが飛んで来た。風に負けぬよう青い羽を盛んに動かして白波の宙へ止まる。細かい羽ばたきごとに宝石のような輝きを散らし、一回りして森の方へ飛んでいった。この夢のような光景は自分しか見ていなかったが、それにしても情けない記述ではないか。「宝石のような」という陳腐な言葉しか持たないことを自覚すること。自然に身をさらし、自分をその状態に目覚めさせておくこと。強い強い陽射しが、揺らされた枝葉の隙をついてノートの一面に白い輝きを一瞬でぶちまける。絶え間なく何かが、しかも書くべき何かが起こり続けることへの驚き。

(二〇一八年六月十九日　11:29 ~ 12:26)

着いたら、カナヘビが茂みの奥へ走って行った。晴れ間はあるが雲が多い風の無い日。浅い水面はどこを見たって小魚のたてる小さな波紋で、音もなく雨が降っているような感じだ。相変わらずコシアキトンボが飛び交う。とんぼ返りを繰り返して追い立て合う軌道の鮮やかさ。

メタセコイアの張り出した根に、さっきの奴か、カナヘビが慎重な足取りで出てきた。そばには小さなアリの行列。前足の付け根のあたりを脈打たせながら、カナヘビはストロボをたいたようなコマ送りの動きで、ゆっくり岸の方に下りていく。枯れ草に前足をかけ、首をもたげて池を見ている。一メートル隣で、私も眺める。大きな綿毛が池の中ほどに着水した。あれを見たかと振り向いても、カナヘビはじっと動かない。先細っていく尾の茅《かや》色のきれいなこと。その先端はメタセコイアの根の中に溶け込んだように途切れる。もう十五分も動かないが、彼には何ということもないのだろう。座禅が目指すのがこの境地なら、自分がこう書いているのは全く雑念に違いない。それでも彼がすぐ横の自分を警戒せずそこにいてくれるだけで誇らしい気持ちになる。トカゲが自分を石垣と勘違いして登ってきた時のルナールの気分はいかばかりか。

ミドリガメが水中を一目散に横切っていく。今日は大きなタニシがずいぶん目につく。ゆっくりと、泥をちょっとも騒がせることなく動いていくのはちょっとした芸当だ。生き物それぞれの特有な動き。カナヘビは草の陰に消えている。

今日はほとんど人がいない。話し声も聞こえない。トンボたちの諍《いさか》いの羽音と遠くカラスの声ばかり。いつもトンボがとまっている池から突き出たラクウショウの枯れ枝に、ヤゴの抜け殻が五つもぶら下がっているのに今更気付いた。トンボたちはそこにためらいなくとまり、その足が自分の足と絡んでも気にしないようだ。

（二〇一八年七月二十一日　17:33 ～ 18:12）

着いてしばらく呆然と立ち尽くした。メタセコイアとカエデの間にいる自分を隠してくれていたツツジが刈り込まれているのだ。私がいつも座っているところはそこだけ草がなくなって、私は来るたびに誇らしい気持ちになるが、今や、そこに座ると小径から丸見えで、なすすべもない。突然、すみかを奪われた生き物たちの混乱を思った。彼らは、心地よく慣れて安心できる環境が一日にして消え失せた時、こういう悲しみに似た状態に置かれるのだろうか。かつての環境と目の前の環境は、彼らのからだの中にどう刻まれ、どう均《なら》されていくのか。

仕方なく、そこに座った私の足下で、黄色いやわそうなクモの死骸がアリに運ばれている。それぞれの足がてんでに引っ張られ縮められ、全体には横にずれていくので、まるで生きているように見えた。足をちぎりたいらしく、しきりに付け根に食いついているのがいる。間近で見ていると、土の匂いと、刈られたツツジの枝葉が醸す草いきれが鼻をついて落ち着かない。

西日が木々の間からまっすぐこちらに差し始めた。水面に映った日は白く長い裂け目のようで、それが強い風を受けて灯火のように震える。南側の森がかなり遠くからざわめいて、音の塊がだんだん近づいてくる。強い風が林を抜けきった時、木々の枝葉が最も派手に打ち鳴らされる。その中で、光だけが全く何の影響も受けないことに新鮮な驚きを感じた。それだから、水面はこんなにも趣を変えることができるのだ。細かい白波が一斉に立って粉をふいたように池を彩ったり、おぼろげな木々の姿を深い緑に沈ませたり、今も、池の真ん中から風が西と東に分かれ、白い輝きの一塊が二手に水面を駆け、残された狭間の深緑が広がった。そんな風が幾度も吹くのだ。それでラクウショウの枝についていたヤゴの抜け殻は飛ばされてしまったのだろう、今は一つがぶら下がって、今にもはがれそうに揺れているだけである。

（二〇一八年七月三十日　13:10～13:49）

ソーセージのような朱の房穂が弾ける前に、西岸のガマは刈られたようだ。刈られた辺りは澱んでいる。南岸のガマも二メートルほどの丈になっているが、こちらも刈られてしまうのだろうか？

刈り込まれたツツジとカエデの木の間にジョロウグモが立派な巣を張ってくれているおかげで、私は少し安心していつもの場所に腰かけている。ツツジが枝を伸ばすまで、こうして人の視線と区切らせておいてほしいものだ。

橋のそばにアオサギが音もなく降り立った。全体に灰色で、頭や首回りの濃紺も冠羽も無いから、まだ若い個体だろう。エサを求めて歩き回る姿がこれまで目にした成鳥よりもぎこちない。練習という言葉が思い浮かんだ。

例えば遡って彼が幼鳥の頃、親と並んでエサを捕らえる姿を見れば、もっとはっきり練習していると思ったはずだが、その時に使う言葉と大して変わらぬ意味で、今、練習という言葉を思い浮かべている。つまり、いつか練習でなくなるものとしての練習。しかし、それがいつ練習でなくなるのか、何者かが判断をつけられるものだろうか。彼の顔や首に成長の徴《しるし》である濃紺の線が浮かんでくれば、彼の足つきが水の抵抗を限りなくゼロに近づければ、それはもう練習でなくなるのだろうか。そんなはずはないというか、それは練習という言葉がもたらす論理なのだから、それを持たない動物がやっていることは終わることのない練習と捉えていいような気がする。その時の練習という言葉は、もっと生き方の全てを含むものとなり得る。逆に、そのような言葉は、人間にその実感がない以上、生まれないものなのだろうか。

この池でアオサギの成鳥が見事にカエルを捕らえたのを見たことがある。彼は池をのぞきこんだままその時が来るまでの一時間近くをほとんど動かずに過ごしていた。獲物をひたすら身じろぎもせず待っていたあの姿。獲物を待っている（これも怪しい言葉だが）熟練したアオサギに我慢や忍耐などの苦を連想させるものは何一つ無いのかも知れないというのは、とても楽しい想像で、揺るぎない希望だと感じる。そのように書くためには、どれだけここに通えばいいのだろう。

姿を見せる生き物は来るたびに異なり、同じでも違う姿を見せる。季節が変わって天候や生き物が様変わりしたのを実感すると、書くことは無くなるどころか増えるばかりで絶対にきりがないという不思議な感覚に陥ってくる。きりがないというのは興奮や歓びを伴う嬉しい悲鳴のようなもので、かなり明るい気持ちで自転車を飛ばしてそこへ向かう日々だった。

＊

八月の盆の頃、突然、利衿江から連絡が入った。

彼女は虫麻呂の研究は順調かと訊き、前回のことを悪びれる様子もなく、またどこかに行くなら自分を連れて行くのがよかろうと言ってきた。私は特に期待もせず、朝に待ち合わせて電車に乗れないと困るから現地集合にしようじゃないかと返した。了解ときたので、私は朝八時に高萩《たかはぎ》駅でと伝えた。

返事はなかったし、都内から三時間ほどかかるから全然期待はしなかったが、利衿江は朝とはいえ陽射しの強い高萩駅前のロータリーにいた。

先日と同じ格好をした彼女は、手を上げて私が近づいてくるのを得意げな笑顔で待ち構え、私たちは挨拶もそこそこに、まっすぐ海に出て、海岸沿いの道を行くことにした。海に突き当たったところはちょうど海水浴場になっていた。白い砂浜が広がり、テントやパラソルが二つ三つあって、人がまばらに遊んでいる。

利衿江は快哉の声を上げ、堤の手すりから乗り出し、しばらく見つめたあと、こちらを向いた。

「海入れるなんて聞いてないよ！」

「入る気なかったから」と私は言いながら、眩しく海を眺めていた。「でも、海はいいよな」

「海水浴場があったら入るでしょ、普通」

「残念だったね」

「ほんとよ」

砂浜に下りると、利衿江は砂が入るからとスニーカーを脱いで靴下もその中に入れて、裸足で歩いた。両手にスニーカーを持って「気持ちいいねえ」と笑う利衿江の、洗われた足の指先のペディキュアの青が綺麗な貝殻のように見えた。それから彼女は波打ち際まで歩いて行って、しばらく海を眺めていた。

その後ろ姿を遠巻きに見ながら、私はいがらしみきおの書いた文章を思い出していた。

東京の印刷会社に勤めていた頃、会社を休んでひとりで海水浴に行くことにしました。特になにか猛々しい衝動があったわけではなくて、その日はとてもいい天気だったので、「今日会社を休んで海水浴に行ったら気持ちよかろうな」と思ったんでしょう。一応、会社に電話してから休みました。「ひとりで海水浴に行く」とは言いませんでしたが。

海というと湘南しか思いつかなかったので、そっちに行くことにしました。行ってみたら平日なのに人だらけ。一瞬、みんな会社休んで来たのかと思いましたが、そんなわけはない。学校がもう夏休みに入っていたんですね。

それにしても一人ぽっちの海水浴というのは、ひと泳ぎしてしまうともうやることがない。あとは砂浜でタバコ吸いながら、波が砕けるのや、有名な江ノ島や、白っぽく晴れ上がった空を見ていました。

そのうち、ちょっと離れた波打ち際にいる女の子とその妹が目に入った。女の子はまだ少女と言ってもいいぐらいの年頃で、中学1年か2年か。紺のスクール水着のようなものを着ていました。妹の方はまだ幼稚園ぐらい。泳げないのか、浮き輪をしたままお姉ちゃんに遊んで貰っているという感じでした。

旅先の女の子というものはきれいに見えるもので、一人ぽっちでぼんやりしているワタシには、なぜかそのお姉ちゃんが、両親に虐げられたまま、けなげに妹の面倒を見ている子のように映ってしまう。きっとその子を見つめるワタシの目はウルウルと涙目になっていたでしょう。

美人の中にふつうが入った顔よりは、ふつうの中に美人が入った顔が好きですが、ワタシにはその少女の顔がそう見えた。距離にして20メートルは離れていたと思うので、顔なんかはっきり見えるわけもなく、ただの思い込みですが。

いったいなんだってそんなに恋焦がれたのか知りませんが、とにかくその子を一日中見ていました。夕方になってみんな帰り始めても、その子が帰るまでは帰れないと思った。しばらくすると、その子と妹は誰かが迎えに来るわけでもなく、ただバスタオルを巻いただけで、二人で手を繋いで帰って行くのでした。地元の子だったのかなぁ。ワタシにはただ呆然とそれを見送るしかなかったです。しかし、そういう時、世界は突然、強烈に意味を持ちます。みなさんもわかるでしょう。その時の世界の輝いていたことと言ったら。なんていうか、人はそれを恋というのでしょう。あはははは。

翌日、ロクに泳ぎもせずに、砂浜にばっかりいたワタシの体は、真っ赤に腫れ上がっていました。正確には帰りの電車の中で、もうヒリヒリしていたんですが。結局、寝返りさえ満足にうてないような有様なので、次の日も会社を休んでしまう。そして熱をもった体のまま、昨日の女の子のことばかり考えていた。それで実は次の日もまた休んで、同じ海に行ったんですね。またその子に会える確率は天文学的に低いわけで、奇跡的に会えたとしても、ワタシはまたただ黙って見てるだけだったと思いますが、もちろん、その女の子の姿はどこにありませんでした。

最後は脱字だろうし、この脱字には脱字という以外何の意味もないだろうが、いがらしみきおがこの文章を書いた時にそうなってしまった（この文章はもともとブログに載せられていたものだったから初出時にそうなっていた可能性が高い）という単純な事実は、その文章を書いていた時間に興味を向けさせるような気がする。

書くということに対する私の関心は今のところその書いている瞬間の前後にしかない。記憶の中だけにある風景を恋だと考え、照れながらも文章を書いていく時の人間について知りたいと思う。不確かで推定もあるけれど、確かに「思った」と断言できることもある、そんな空白だらけの一塊の記憶を書くことが自分に何を見せ、どこに運んでゆくのか。

私は海に来たからその文章を思い出したのだろうか。それとも、利衿江に抱く感情がそれに近いのだろうか。私には恋愛がわからない。どうも記憶の中の恋愛をしているような気がしている。それは、虫麻呂が歌の中でしたことのようにも思える。

戻ってきた利衿江の裸足は濡れて砂まみれで、親指を人差し指に引っかけて砂混じりの音を鳴らした。

「やっぱり入りたいな」とうらめしそうに言う。

「水着は？」

「ないけど」

高萩海水浴場は大きな弓なりの入り江になっている。その一番深いところから川の水が注ぎ、その奥、寄せては返す波が綺麗な弧を、乾いた跡も含めて何重にも描いて遠くのびていく。その終わりは立ち入り禁止の柵の張った防波堤になって、テトラポッドが積み上がっていた。

「あの辺なら全然平気でしょ」と利衿江は笑う。「だから、あそこまで行こうよ」

「残念ながら、あそこは遊泳区域じゃないな」さっき看板を見て確かめていた私は言った。「そもそも、今は遊泳時間外だ」

「厳しくない？」と利衿江は口をとがらす。「みんな泳いでるじゃん」

みんなと言ったって、三、四人だ。おそらくブラジル人であろう大所帯の何人かが腰まで浸かって遊んでいる。海の家がある方を見たが、監視員も誰もいない。九時に来るのだろう。

「あれくらいならいいんじゃないか」

「やだよ、がっつり泳ぎたい。水泳やってたんだから」

「じゃあ無理だ。じきにライフセーバーも来るから注意されるよ」と言ってすぐに付け加えた。「それより、君は裸で泳ぐ気なのか？」

「服着て泳ぐ気なのか？」と利衿江は眉をひそめた。

なんとなく歩いてやって来た河口付近には誰もいなかった。利衿江はそこで、砂を削られて一度ゆるやかな溜まりになっている川と海の境を眺めた。

「ねえ」と利衿江は言った。「川遊びならダメなことないよね？」

「それはそうだ」

返事の前に、利衿江はTシャツの中に両腕をしまってうごめかしていた。器用に下着を身体から外した。裾の下から黒い紐が垂れる。

「こっち見ちゃダメ」と言って、いつの間にか腰紐をほどいていたらしいハーフパンツを足だけで腰から落とした。黒のボクサーショーツ一枚がTシャツの裾から覗く。白砂と似通った色の脚は、頼りなくX脚の気があり、子どものようだった。

目をそらすこともできない私を気にもせず、利衿江は上もいっぺんに脱ぎ、胸のふくらみの先を左腕だけで隠し、か細い肩も露わに微笑んで立った。そして、ブラジャーをくるんだTシャツを私に放った。

「持っといてね」

それは汗か海水で少しだけ湿っていた。

ハーフパンツは砂の上に残し、利衿江はほとんど裸で水に入っていった。剝き出しの背中の眩しさと、ショーツの上の滑らかなくびれに動揺する。

腰まで浸かったところで飛び込んだ利衿江は、しなやかに体を伸ばす泳ぎでさらに上流へ遠ざかり、顔を上げると横に泳いでいく。相当に上手かった。水泳をやっていたというのは本当なのだろう。

しばらく夢中で泳いでいたが、ちょっと離れたところで足をついてしゃがみ、顔をぬぐってこちらに手を振った。水面から出た鎖骨の辺りが朝の陽射しを受けて、一際白く輝いている。水面に隠れた胸には何もつけていない。

体を翻してまた泳ぎ始める時、両乳房の全体がはっきり見えた。小さいながら形良くふくらんだその先端には、思ったよりは幾分濃い色をした乳首があった。

私はハーフパンツを回収し、その衣服に顔を埋めたい衝動にかられながら、それでもしばし見張りに徹した。この時をずっと過ごしたいと思うこれが恋なら、これをずっと恋のままにして我が身のそばに置いておきたいと思った。もちろん、それで収まらないような気分になるなら身を任せるほかないが、そうならないままいるのが幸せに違いない。だから、ハーフパンツを畳んでやり、その上に受け取った時のままのＴシャツと下着を置いて傍らに座り、川沿いの道の先や、砂浜を見張っていた。

いがらしみきおの文章はこのように続く。

そのことが契機になったのか、ワタシは次の月に会社を辞めてしまいます。社長に「辞めさせない」と言われたので、当時住んでいた練馬区上石神井の寮代わりのアパートから、布団以外のものを入れた布団袋を担いで逃げ出しました。要するにカバンひとつ持っていなかったんですね。布団を入れない布団袋はただただガバガバで、巨大なナップザックのようです。やはりこのまま電車に乗るのは恥ずかしいので、ワタシは歩いて江古田へと向かいました。江古田には、その頃知り合ったばかりの友人がいたのです。

　結局、なんですね、一瞬輝いていたあの世界に比べたら、現実のみすぼらしさにガマン出来なくなったのでしょう。ワタシはこの後、どんどんみすぼらしい世界に行ってしまうのですが。

世界の輝きを経験することで、その光源を何とか手に入れようと実力行使に出るような人もいる。多くの人はそうすることができず、悲しんだり悔しんだりするが、その中に、様々な感情を差し置いて、世界の輝きそのものを目的にするような人間が潜んでいる。

虫麻呂が、真間の井で見た女を伝説の手児奈として見たように、いがらしみきおも妹と海で遊ぶ中学生を見た。彼らは現実に直接的な手を加えることなく、世界を輝かせるものを、自分の技術と信念において見る。世界をそのように捉えるということが、そのまま彼らの輝ける世界の実現となる。

私は、一緒に泳ごうという利衿江の誘いに応じなかった。一緒に泳いだら彼女の裸を近くで見られたかも知れないが、そうする気にはなれなかった。

しばらくすると、利衿江は気が済んだのか岸の方にすいすい寄ってきた。流れが速く、水面の下は白くぼやけて揺れていた。

「服、持ってきて」と利衿江は言った。「そんで、乗代さんのタオルを貸してよ。私、ハンドタオルしか持ってないからさ」

私は川崎フロンターレのマフラータオルを持ってきて、高萩駅からリュックのベルトに巻き付けていた。濃い水色と黒がチームカラーだ。

利衿江の服を岸のコンクリートの上に置き、タオルを渡した。私が目をそらすのとほぼ同時に、彼女はためらうことなく上がろうとした。

「遠慮がないな」とそっぽを見たままで言う。

自覚が無かったのか笑っていたが、やがて「ほら、今は平気」と声をかけてきた。

恐る恐る目をやると、タオルが胸に押し当てられている。それは全体を隠すほど大きいものではないから、控えめながら柔らかくつぶれた乳房が反対の二の腕に接するところが丸見えだった。

「大丈夫じゃないだろう、それ」

「体拭くから見張ってて！」

タオルが払われるのが見えて私は背を向けた。今、振り返れば、間近にその裸を見ることができると考えないわけにはいかなかった。背後に利衿江の動きを感じながら、水面に目もやってみた。太陽は私の目の前、海の地平線の上の方にあるから、白い身体をそこに映したりはしなかった。今、気温は何度あるのだろう。一緒に入ればよかった。

「ごめん、びしょびしょになっちゃったよ。使うのに」

そう言って背後から肩にかけられたタオルは確かに濡れていた。胸に浮いた水滴を吸ったタオルの淡い冷たさに動揺したが、そんな素振りを見せるわけにはかない。

「髪も拭けよ」と言ってそのまま首にかけた。「上は着たのか？」

「今、着てる」と利衿江のこもった声。「着た」

振り返ると、彼女は川に頭を傾けるように手櫛で髪を梳《と》かしていた。白いTシャツの胸元はつんと尖って、そこを頂点とした鋭く柔らかな錐状の空気を、Tシャツと身体の間にいくつも含ませている。まだ下着をつけていないのだ。顔が見えないのをいいことに、私はそれをじっと見ていた。

「にしても、泳ぐの上手かったな」

「何が？」利衿江は頭を傾けたまま言った。

「どれくらい水泳やってたんだ？」

「七年ぐらい。ジュニアオリンピックの候補までいったんだから、まあまあ大したもんでしょ」

私はこの時に初めて利衿江の人生を知りたいと思った気がする。それなのに私たちは大して喋るともなく、彼女の体が乾くのを、少しずつ人が増えていく砂浜を見ながら待っていた。やがて利衿江はTシャツの中で器用に下着をつけた。足は乾き、私たちは砂を払って歩き出した。

川を遡るように進む。数分に一台、海水浴場へ向から車が通るだけの道だった。カワセミがコンクリートの堤から川面を見ている。田舎道には、別荘風の瀟洒《しょうしゃ》な建物と田畑を持った平屋の家が混在する。

「なんか、仕事終わりみたいな感じするな」

「は？」

「ちょっと濡れた髪で、午前中に知らないとこをこうやって歩く感じ」

そんな感じがあるのかと思って黙っている私に「そういうもんなのよ」と利衿江は言った。

こんな長閑《のどか》なところを歩いて、デリヘルの仕事帰りのことを思い出すなんてそんなことがあるのだ。タオルで顔をぬぐったらそれは利衿江の裸もぬぐったタオルだ。鼻をついた潮の香りは海を思わせるだけで、私は少し安心した。話しながら歩き、再び海岸が見えるたび、バカみたいに何度もこみ上げる嬉しさが頼もしく、それを報告し合った。

民家の田の横に急に大きな白鳥居があって、先は野原が広がっている。傍らに万葉の道と案内がある。

「意外と近いね」利衿江の顔は明るい。「もっと歩かされると思ってた」

右手に林、左手に民家の田を見ながら草道を歩く。中干しの稲の根元をセキレイが出入りして、利衿江が黙って指さす。遠くの細木の立ち並ぶ丘の上へと丸木の階段が続いている。この向こうは崖になり、海へ落ちるのだろう。湿りきった階段のこと、利衿江を先にして上がっていく。

その道は蜘蛛の巣だらけだった。右から左から、光を求めた木々が道の上に差し出す枝の先同士から糸が白く輝いて、中空に張った網を介して強く行き交う。

利衿江はちょっとかがんで木の枝を拾うと、空気を切り裂く音を立てて振るった。三点か四点で張られた蜘蛛の巣の支点を片側だけ切ったのだったが、それは、爛《ただ》れ落ちてゆく網が白々と撚《よ》られて粗い糸となり枝先にぶら下がったその先端にジョロウグモが大きな滴のように残ったことでわかった。

「せっかく作ったのにね」と利衿江はそれに声をかけながら通り過ぎる。

いくつも蜘蛛の巣を打ち払っているうちに、木々が痩せて視界が明けていく。

利衿江の手になる枝の先も光を浴び、何重かに巻かれた蜘蛛の糸のほつれを輝かせている。

「海だ」と利衿江はその枝を差し向けて叫んだ。

低い地平線は空と海の境も曖昧に遥か遠い。絶え間ない穏やかな波音にまじって、時折、波の砕ける音が銃声のように響いた。

眼下は浸食された入り江で、崖に打ち寄せて砕けた波が、さらなる波に揉まれ、束の間のばされ、粉っぽい泡を網目のように漂わせている。

「蜘蛛の巣集めて捨てたみたい」

そう言って利衿江は木の枝を放った。回転していた枝はそのうち崖を逆巻く海風にあおられて、蜘蛛の巣のついた方を上にまっすぐ落ちていった。

「しまったな」しばらく見てから利衿江は言った。「まだ使うのに」

「新しいのを拾えばいいだろう」

「あれがよかったの」

海沿いの細い崖道を進み、相棒を失ってやる気を削がれた利衿江に代わり、私が蜘蛛の巣を払っていった。よほど人が通らないらしく、十や二十じゃ足りないくらいある。蹴りのける草擦れの音が二人分立ち、慌てて逃げ落ちた蟬が草に埋もれくぐもった声で鳴き、波音は絶えない。賑やかなかんかん照りの道行きを調子よく進んで、北へ遥かに続く磯浜と砂浜が見渡せる休憩所に、私たちは並んで腰掛けた。このあたりが手綱《たづな》の浜と呼ばれていたのだ。浜には誰もいないが、サーファーが一人、ゆっくり沖へこぎ出していくのが小さく見える。

私はタオルで顔をぬぐった。折り畳んで柔らかく目元に押し当てた時、甘い香りが鼻をついた。鼻孔の天蓋を埋め尽くしてすぐさま脳の底に沁み上がりそうに濃いもので、私は思わず隣の利衿江を見た。

「何？」

驚いて目を開いた利衿江の腕は霧吹きをかけたように細かな汗をまとっていた。何も言うことができずに目をそらすと、彼女の背後に大きなヤマユリが咲いていて、私はぎょっとした。滴るほどに濡れた桃色のめしべが反り曲がって、オレンジの花粉をたっぷりまとったおしべに身を寄せている。絶えず吹いてくる風で、細くぶら下がったおしべがめしべをくすぐるように縦に揺れる。慌てて海を見たら、サーファーも同じ軽さで波に揺れていた。

「こっから見られてるなんて思わないだろうね」利衿江もそっちを見ながら言った。

「うん」と呆けた返事が聞こえた。

蜘蛛の巣が何日もおびやかされないぐらい人気のない場所だ。遮るものなく響く波音が浜で見た利衿江の裸を蘇らせ、甘い芳香が彩るように考えの隙間を埋めていき、頭が熱したように重くなった。

利衿江は海を見ていた。

どれぐらい経ったかわからなかったが、かなりの時間だったと思う。私たちはどちらからともなく立ち上がった。

「あの人、一回も波に乗らなかったね」と利衿江は不思議そうに言った。

「本当に？」

「見てたんじゃないの？」

「じゃあ」と私はごまかしの言葉をさがした。「こっちに気付いていたのかも知れないな」

利衿江は驚いたような顔を向けた。

「そんな風に考えるんだ」

彼女の切りそろえられた爪で、胸を引っかかれたような気分になって、思いも寄らないことを私は訊ねた。

「どうして、前のメールに返事をくれなかった？」

「彼氏がうるさくてさ」

利衿江は相変わらずの即答で、低くかかった蜘蛛の巣の前で止まった。

読者がその模様を目にすることはないが、私は浅草のホテルで彼女と一夜を供にしたことすらあったのに、どうしてこんなことになってしまうのか。私は自分が利衿江から遠ざかろうとしているのを感じながら海岸沿いの崖の上の道を歩き、虫麻呂の歌が書かれた看板の前に立った。


遠妻《とほづま》し多珂《たか》にありせば知らずとも手綱の浜の尋ね来《き》なまし

遠くに住む妻が多珂の地にいたなら、道を知らずとも手綱の浜の名のように訪ねて行くだろうにと虫麻呂は歌った。虫麻呂は自分に近しい女を歌ったことはないが、女についてばかり歌った。こうした歌が、どれも宴席で官人たちの感興を誘うべく即興で歌われたという説はうなずけるものだ。自分にとってはどこにもいない女を歌うことこそ、虫麻呂の本領だった。あの筑波山から一人で眺め下ろした際の反歌も「筑波嶺の裾廻《すそみ》の田井に秋田刈る妹がり遣らむ黄葉《もみぢ》手折らな」というものだが、虫麻呂に手折った黄葉を送るような農民の女がいたとは到底考えられず、これもまた、彼がふと目にしただけの女なのだろう。そんな歌はまだあって、これは彼が関西に戻ったあとの歌になるが、「河内の大橋を独り去く娘子を見たる歌一首」でも、ふと目にした橋を行く娘に声をかけたくても家がわからないと詠んでいる。

関わることなく見る虫麻呂だから、全歌数に占める「見る（見ゆ）」の使用頻度は他の歌い手に比べて明らかに高い。

こんなことは書くべきでもないし書くつもりもなかったが、私はJ・D・サリンジャーから現代作家どう生くべきかということのかなりな部分を学んだつもりでおり、惑うたびに彼の元に駆け込んではありとあらゆることに対する助言を拾ってきて、大金を持たされたようなどこか恥ずべき落ち着かない心持ちでこの世に戻ってくるのだが、それを今回も繰り返すことになった。

深緑の背表紙をした新潮文庫の一冊『大工よ、屋根の梁を高く上げよ／シーモア―序章―』は、私の蔵書の中でも群を抜いてくたびれているものである。『シーモア―序章―』を開き、バディ・グラースがカフカとキェルケゴールについて「彼らの叫びは目から直接に発しているのではないだろうか？」と問うのを読む。「真の芸術家たる見者、すなわち美を生み出す力を持ち、実際に美を生み出す神々しい愚者は、主としてみずからのためらい、みずからの神聖なる人間的良心の目くるめく形象や色彩によって目がくらみ、死に至る」と。

間違いなく虫麻呂は見者であったし、目をくらませて生き、そのために死んだ者であった。海水浴の少女を忘れないマンガ家も存命だがそうだろう。彼らの目をくらませたのはその明るさだけでは決してなく、むしろ彼らが見知ったこの世のみすぼらしさとのコントラストに違いないと言うのはいかにも収まりのいい話だが、それ以上に私が断言できるのは、たとえ身体が死の際にあろうともその目がぴんぴんしているならば、彼らは「眼にて云ふ」だろうということだ。病床、喉頭結核で声の出ないカフカは、病室の花瓶にさしていた瀕死のライラックが水をがぶがぶ飲んでいることを短いメモにて伝えている。

私もまた大概みすぼらしい世界にいるとしても、自分をその一人に数えるほど面の皮は厚くはできていない。まして、私はこれ以上、利衿江を見続けることが難しいように感じているのだ。なるほど坂口安吾が言うように、孤独は人のふるさとだし恋愛は人生の花なのだろう。この花を最も美しく見るために適切な距離を引力に抗ってでも取り続ける頑なさが芸術家の一条件だと私はうすうす考え始めてはいるものの、抗っているうちに引力は私の体に馴染んで心は退屈を感じ始めるようでもある。

はばかりながら、私は自分の書いた小説の登場人物に、八分の三まで来た人間関係は気持ちが悪いから放棄するなんてことを口走らせたこともある。結局は人知れず鼻で笑って削除した愚かな考えではあるけれど、こうして一般的な物語に照らせばおそらく八分の三――つまり峠を迎えるとか一線を越えるとかいうあたり――まで来たところで利衿江との関係を綺麗さっぱり、文字通り跡形も無く終わらせようと思い詰めている今になれば、愚かなりに思うところもあるものだ。こういうあくの強い考えは読者の目の届かない範囲で事前処理するべきだと考える人もあろうし、私もそう熱烈に考えるうちの一人だが、私はそれを与太話する相手もいないので、事前ということはありえないのだ。

ところで、こうした事前処理を最も愉快にやり遂げた偉人にマーク・トウェインがいる。この作家の密かな愉しみには、編集役である妻に原稿を見せる前、わが子らが好むような残忍な文や台詞をわざと挿入しておくというものがあったそうなのだが、それは、その部分を削除するに違いない妻に対して、作業を見ている子供達と一緒に抗議嘆願するためだったという。そのひどい、だからおもしろい文を頼むから残しておいてくれろと妻を相手取ってあの手この手で議論を闘わせ、時々は勝利を得ることもあったその後で、彼は当該箇所をこっそり削除するのだ。

その読者に決して届かぬ文章の存在意義は、この素晴らしい世界を忘れて作品世界とかいうものへ大いに親しみ、あまつさえそれを上位に置く者には一生わからないだろう。気にかかってしょうがないのは、読者が読むことのなかった数多《あまた》の文章が読者に伝わることなどあるのだろうかということだ。トウェインはそれを百年後に公開するよう遺言したが、それは作品に不要な水の泡なのか、それとも誰かの読みながらの考え事にふと混ぜ返されないとも言い切れない溶け残りなのか。

薄情な種なしに見えることは否定しないが、私が利衿江について書いた、つまり利衿江を見ていた血眼の時間をずっと見ていた者が誰もいないということを、私はあまり信じられないのだ。それは何処にいるのだろう。あの時、それは小説家だと口をすべらせたが、小説家のその時間を見ている者は？　別の小説家だろうか？　きっとそれは、私がここまで名を挙げてきた小説家に対してその役目を負いたいと思っている程度にはそうなのだろう。

「次はどこに行く予定なの？」

帰りの電車、横に並んで座った利衿江が訊いてきた時、まだ日は高かった。反対側の窓から鋭く日が差し込み、床を照りつけていた。

「筑波山」私は静かに言った。「虫麻呂は筑波山にまつわる歌が一番多い」

「筑波山って、絵に描いてあったあの筑波山？」

「そう」

「そこには昔、嬥歌《かがい》って風習があった。虫麻呂もそれについて歌ってる」

鷲の住む　筑波の山の　裳羽服津《もはきつ》の　その津の上に　率《あとも》ひて　娘子壮士《をとめをとこ》の　行き集ひ　かがふ
嬥歌に　人妻に　吾《われ》も交《まじ》らむ　我が妻に　他《ひと》も言問《ことと》へ　この山を　領《うしは》く神の　昔より　禁《いさ》めぬ
行事《わざ》ぞ　今日のみは　めぐしもな見そ　事も咎むな

「訳を読んでやるよ」

私は言って本を取り出した。大きな本を持ってくるのは大変だから、笠間書院の『コレクション日本歌人選』の虫麻呂と山部赤人の巻だった。

「鷲の住む筑波の山の、裳羽服津の、その津のあたりに、誘い合って男女が行き集まり、歌を掛け合う嬥歌で、他人の妻と私も交わろう。わが妻に他人も言い寄れ。この山を領有する神が、昔から禁じていない行事だ。今日だけは非難がましい目で見るな。することにも咎め立てをするな」

利衿江は聞き終えて、しばし黙った。

「行く時、また誘ってくれる？」

私は黙った。私はもう、これまで何度も思ってきたように、誰とも交わりたくないという気がする。考え事のたびにそこへ行き着くのだ。景色が車窓に流れていく。

「いくじなし」

もちろん、都からやって来た役人である虫麻呂が歌垣《うたがき》に参加するはずはないし、この習俗が当時どれほど色濃く残っていたかはわからないが、虫麻呂は当事者として歌垣を見た。この長歌の反歌にはこうある。

男《を》の神に雲立ちのぼり時雨《しぐれ》ふり濡れとほるとも吾帰らめや

「男体山に雲が立ち上って時雨が降ってびしょ濡れになろうが俺は帰ったりするものか」と、女を求める決意をたぎらせた男は、「雲立ちのぼり時雨ふり」という時間の経過を伴う描写や、帰らないとわざわざ宣言しなければならない状況を考えると、みなが相手を見つけて雨も降り人も絶えてきた中、びしょ濡れになってまだ女をさがし続ける、ヤれていない男なのであろう。虫麻呂がそのように詠んだなら、国府の仕事仲間に披露した際は、長歌の猛々しさと相まって、さぞかしウケたのではないかと思われる。

この歌いぶりは、歌垣にまつわる常陸国風土記の記述で紹介される歌が、歌垣で逢おうと言ったのに誰に言い寄られて約束の場所に来なかったのかと嘆くものと、妻を得られず取り残されて独り寝の夜は早く明けてほしいと願うものであるのとは対照的である。同じことを歌っても、いつも一人、虫麻呂だけが別様に歌っているように思える。

＊

その後、私は利衿江に連絡を取らなかった。高萩を歩いた日についた腕時計の日焼け跡だけがくっきり残って、私は事ある毎に、それを確かめるようにこすり、それが薄れていくことで終わりにしてしまった。

そのうちに『本物の読書家』が野間文芸新人賞を受ける。授賞式は十二月七日にあり、私は利衿江を招待することを考えないでもなかったが、当日、懇親・会食の時間になっても自分の招待席には誰もいなかった。同時受賞の金子薫の円卓は家族や友人と思しき人々が埋めていた。その横で、空いた円卓に編集者と座り、余席をいいことに料理をはべらせ食べていると、柴崎友香がやって来た。初対面の挨拶を交わした後で彼女が話してくれたことに私は驚かされた。『フルタイム・ライフ』という小説の感想をインターネット上のとあるブログで見つけた柴崎友香は、それが「すごく良くて」プリントアウトしていたというのだが、それは十年近く前に、大学生だった私が書いたものだったのである。このブログは「ミック・エイヴォリーのアンダーパンツ」という名で今もネット上に存在していて、今あなたの読んでいるこの本が、その自選集のようなものである。私はここにふざけた短文を数百編も書いて密かに駆け出しのチェーホフを気取っていたのだったが、当然その時の私は小説家でもなかったし、そんなものを書いたことも言われるまで忘れていたから、単純に嬉しかった。書いてよかったと思った。

私は、まさかこれが「小説家が見ている」証拠だなどとは言わない。これを元に上手く構築すれば、「なぜ書くか」が腑に落ちる小説を組み立てることだって可能だろうが、こと書くにまつわる感傷的な代物とか、よくできた作品というのは、私はぜんぜん見たくない。

その二次会、もうお開きという時、その数週間前に対談をした保坂和志が、酔っ払って拍車のかかった笑顔でこちらに来た。別れの握手をしながら言われたことには「あなたはやっぱりデレク・ベイリーの評伝を読まなきゃダメだよ」。

その頃――説明は難しいけど――本当にやりたかったのは練習だね。ただただ、演奏し続けることが自分にとっていかに大切か、それが分かったんだ。それまでも定期的に練習はしていたんだけど、たいていは何か技術的なことで、この技をマスターしようといった具体的な目的があった。でもこの時期から、もっと広い意味での練習というものに興味が湧いてきたんだ。そのあたりから、今もそうなんだけれど、練習はありとあらゆる目的にかなうものだと思うようになった。つねに作業をして、成長する。そんな、個人としての音楽環境として、練習は重要だよ。それを触覚の問題として考えるとするなら、まさにこれだ！　とピンと来るときがある。

演奏するごとに、そこに生じてきたあらゆるものと唐突な対面をするやり方を好む人もあるだろう。準備されて裃《かみしも》を着た音楽、慎重に備蓄された武器弾薬といった性格をもつものにいっさいうすめられていない、自己完結した唯一無比の経験をこそしたい、というわけである。私もこのような観点に憧れているが、私自身の経験からいうと、そのいきつく先は唯一無比の経験の連続ではなく、複製された経験の連続なのである。論理的な理想をいえば、このような即興演奏を一度して、あとはけっして演奏しないにこしたことはない。そのようなわけで、私はもうひとつの方法、つまり練習をするアプローチのほうを選んでいるともいえる。ソロ・インプロヴィゼーションでえられる夢中状態の連続というのは、私にとって練習に対する褒美のようなものなのだ。

つまり、私は早速読んだわけだが、これが余りにも私が日々を費やして考えていることに近いものだから、驚いてしまった。練習という言葉が「広い意味で」使われているのを読み、またその音楽を聴いて、私は、「描写の練習」を、アオサギを見た時のことを閃光のように思い出したのである。

賞を受けたことは気ぜわしく、いただいた薔薇の花束から三輪抜き取って作ったドライフラワーが早くも水気を失い、江戸川のススキも散り始め、時はもう晩秋から初冬へ向かおうとしていた。筑波山へ登ろうと思った。

ここよりも先――次の段落から――は、私が筑波山に登った日の朝、コンビニで買った派手なピンクのリングノートに書いたものを推敲したものである。それほど加筆はしていない。私は出先で、目にとまった景色を座って書き、また歩くというのを繰り返す。一時間も二時間も書いていることもざらだが、このまとまった文章もそれで終わる。私以外の誰もこんなことは思えないはずだが、私はこの半年のことが誇らしい。今までの自分の生き方の理由を、よってたかって教えられたような気がしたから。

常磐線グリーン車内にて。虫麻呂は筑波山にたびたび登り、歌を残している。「検税使大伴卿の筑波山に登りし時の歌」と題されたものもある。

衣手《ころもで》　常陸《ひたち》の国の　二《ふた》並ぶ　筑波の山を　見まく欲《ほ》り　君来ませりと　暑けくに　汗かき嘆《な》げ
木の根取り　うそぶき登り　峯《を》の上を　君に見すれば　男の神も　許したまひ　女《め》の神も　ち
はひたまひて　時となく　雲居雨降る　筑波嶺を　さやに照らして　いふかりし　国のまほら
を　つばらかに　示したまへば　嬉しみと　紐の緒《を》解きて　家の如　解けてぞ遊ぶ　うち靡《なび》く
春見ましゆは　夏草の　茂くはあれど　今日の楽しさ

反歌

今日の日にいかにかしかむ筑波嶺に昔の人の来けむその日も

山ぼめの歌であり客人礼賛の歌である。神の威光にあふれる筑波山の風光の礼賛を国見に訪れた大伴卿に重ね、もてなす側としてその山を「家」と歌い、今日は楽しいと歌う。大袈裟な言葉選び、風土記への目配せや対句を軸とした構成、語の反復による整調など技術的要素が多く散りばめられているという解説もあり、なるほどと思う。最近の研究では、大伴卿は大伴旅人《たびと》であるという説が有力で、そうだとすれば、名も位もある歌人をもてなす気持ちと歌を認めてもらいたいという気持ちが良く出ているとも考えられる。

この張り切った歌をあまり好きにはなれないが、虫麻呂が本当に楽しかったということはありえると思うし楽しんでいてほしいと思うから、処世術じみたところに不満があるわけではない。何より、こういう歌が残っていることが、先の歌と合わせて創作をするということについて良く考えさせてくれるという気がする。

虫麻呂は、人前で披露する歌には技術や知識を惜しみなく、やや過剰に投入する。技術や知識というのは自分のためには使うことができない。自分の行為に対して反応できないのと同じく、自分が技術や知識を持っていることに対する驚きが自分にはないのだから、用いたところで何ということもない。それよりも優先すべきことがある。それは、自分に起きた感動を、その今を、なるべく確かに素描することだ。それは宮沢賢治が「心象スケッチ」と称した行為である。

土浦駅からのバスには五人ばかりが乗っていた。差し込む光が白く横切りなんだか埃っぽさを連想させる車内、揺れはひどいが、一番後ろの端の席で大久保廣行著『高橋虫麻呂の万葉世界』を座右にまた書き始めている。

素人目にも、虫麻呂の歌いようは同時代の歌人と一線を画すものがある。富士山を見た歌は、自然と、そこに持たざるを得ない畏怖や感動の表現の仕方として、共感する。

天雲《あまぐも》もい行きはばかり　飛ぶ鳥も　飛びも上らず　燃ゆる火を　雪もち消《け》ち　降る雪を　火もち消ちつつ　言ひもえず　名づけも知らず

「空の雲も行く手をふさがれ、飛ぶ鳥もそこまで上がれず、頂に燃える火を雪で消し、降る雪をその火で消し続け、言いようもなく名づけようもない」と虫麻呂は歌う。

この後、今は噴火で二つに分かれた北麓の湖、太平洋側の富士川のことが続く。鳥瞰的な視野とはいうが、鳥もそこまでは飛び上がれない場所をさらに上から見下ろすような視点を虫麻呂は持つ。虫麻呂の目は、現在盛んに撮られているようなドローン映像のように上昇していき、山頂のさらに上の雲間から火口を見下ろし、また火口から見上げるようだ。テレビでドローンの映像をすごいなと思いながらいつまでも興奮を保って見ていられず、行ったことがない観光地の風光明媚といった印象に留まるのは、もともと人間がそのような視点を持っているからかも知れない。千三百年前の虫麻呂を思えば、それはテクノロジーがもたらしたものでは明らかにない。

しかも、虫麻呂はそのような特異な視点を、富士山の素晴らしさをそれでも言い尽くせないことに用いる。富士山を前にすれば雲も鳥も火も雪もその姿や運動を保てないように、人間の言葉も及ばない。火が雪を消し、雪が火を消すというのは、言葉の上では矛盾しているようにも感じるが、これは実際、時に応じて起こっている自然な現象でしかなく、言葉が綻《ほころ》ぶ余地すら自然は含んでいる。

筑波山の麓のバスターミナルに着いた。どうやら行き先を間違えたらしく、登山口のある筑波神社までしばらく歩くことになる場所に着いてしまった。寒々とした空気の中、住宅の並ぶ山裾の細い路地を上って行く。街を見下ろす階段に腰かけ、登る前にもう一度、歌を書いておくことにする。

草枕　旅の憂へを　慰もる　こともありやと　筑波嶺に　登りて見れば　尾花散る　師付の田居に　雁がねも　寒く来鳴きぬ　新治の　鳥羽の淡海も　秋風に　白波立ちぬ　筑波嶺の　よ

けくを見れば　長き日に　思ひ積み来し　憂へは息みぬ

虫麻呂はただ、旅の憂いを慰められるかもしれないと思って一人で筑波山に登り、寒々とした景色の良さを眺めて憂いが息んだことを歌った。そこには神も国もなく、ただ山がある。万葉集中、名詞化された「憂へ」という語は、この歌にしかないというが、虫麻呂にとってそのような感情は「憂う」「憂しと思う」といった、「私」を主語とする能動的なものではなく、生きる中で否応なく心に積まれていくものとしてあった。

筑波神社の参拝者は平日でも多く、ほとんどはその後で男体山の山頂に至るケーブルカーの方へ流れていった。それに背を向けるようにして、石鳥居をくぐって女体山の登山道へ入る。その昔、男山は登るのを禁じられていたから虫麻呂が登ったのも女山だ。道は細いが、人も少ないので立ち止まって書くことが出来るだろう。しばらくはスダジイやスギ、モミなどの常緑樹が生い茂り、重く漉された薄い光の下を進む。一本まじったカエデが梢の重なりの最中でふと黄葉し、陽光を受けて燃えるような眩しさで輝いていた。苔むした大岩の間を蛇のように横断する木の根をまたいで登っていくと、岩を抱え込むように根を張ったモミの木が、大型の草食恐竜の前足から首へゆるやかに伸びていくような曲線を見せて幹を差し上げている。ますます岩がちになってきた急場で少し休んだ。虫麻呂がどんな道を登って行ったかわからないが、これ以上に大変な道行きだったに違いない。しばらく行くと木はまったくのアカガシばかり。千三百年前もこんな純林だったなら、虫麻呂も魚の骨のように整然とした葉脈が透かした光に浮かび上がるのを見たことだろう。曲がりくねった道を山頂付近まで来ると、巨岩が連なり重なり行く手を遮り始める。これらは、噴火せずに冷えて固まったマグマが、その後の地面の隆起で山が形成されるとともに露出して形成されたものだという。払い落とされた岩屑の偶然によって、多くの奇岩怪岩が残されている。二つの巨大な岩の隙間に大岩が挟まり下を人がくぐるようになったところは「弁慶七戻り」と名付けられているが、当然、虫麻呂はそんな名前は知らなかった。ここをくぐったかも、そもそも岩がこの形をつくっていたかもわからないが、まるで人を拒むような岩々を――私と同じように――空の手前に好ましく見上げたはずだ。

女体山の山頂付近まで来ると、ロープウェーの駅も近いから人が一気に増えて、声も騒々しい。山頂は大きく張り出した岩場の辺りで、一歩足を踏み入れ、遥か眼下に見える朧気な景色の一端が覗いただけで、ここが虫麻呂が師付の田居の側を見下ろしたところではないかと色めき立った。沢山の人が剝き出しの岩の上に座って思い思いに過ごしていて、私は気後れしたが、なんとか人の少ない端の方に座ってこれを書いている。もう一度、虫麻呂の歌を書き写したくなった。

草枕　旅の憂へを　慰もる　こともありやと　筑波嶺に　登りて見れば　尾花散る　師付の田居に　雁がねも　寒く来鳴きぬ　新治の　鳥羽の淡海も　秋風に　白波立ちぬ　筑波嶺の　よけくを見れば　長き日に　思ひ積み来し　憂へは息みぬ

刈り取りを終えた田圃が畦道で区切られた白っぽい桝目を並べているのが師付の田居の辺りと見

た。山や森の黒々した常緑の間を平地が大河のようにうねって続き、関東平野に抜けて広がり、遠いちぎれ雲の下で霞んで海のようだ。登ってみて思うが、ススキの穂が散っている様など見えるはずがないのだ。沼の白波だって遠すぎる。虫麻呂のいた頃はススキがたくさん生えて目に見えるほどだったかも知れないし、沼沢も広く大きかったかも知れないとも考えられるが、そもそも虫麻呂の見る能力は遠近に囚われるものではないのだから、こちらが気にすることもない。虫麻呂は標高五〇〇メートルから眺めようと、遙か下でススキが散りゆき、沼に白波が立っていることに対してのためらいがない。なぜなら彼は見者であり、登山の前から見てきたこの世界に対する確信があるからだ。

自然の景色は汲めども尽きぬ営みを含んでいる。山頂からの景色にしたって、例えば猛禽類の目は尾花や白波をはっきり見る。いくら拡大しても拡大しすぎることはないのだから、どうして人間の目に縛られる必要があるだろうか。その全てが世界のあり方で、そういう偉大なものを前にしてこそ、憂愁は息む。その「よけく」をわかっていれば、技術で色を着ける必要も無い。私には、高橋虫麻呂が誰よりも早く「風景の発見」をしていたようにしか思えない。

思いもよらずギターの音色が聞こえてきた。気付けば男子大学生風の三人組が一番眺めのいいところに陣取り、真ん中にいる一人が持参したアコースティック・ギターでビートルズの「ガール」をつま弾き始めたのだった。その情感たっぷりに弾いているらしい一音一音ごとに、私のめくるめく思考は鱗のように剝がれていった。ＢＧＭを得た景色はたちまち色あせ、こんなところに虫麻呂は来なかっただろうという気がしてきた。

素晴らしい自然が、これしきのことでいとも簡単になりを潜めることが私にはいつも不思議である。人間が出しゃばっただけで、私がこの素晴らしさを感得できなくなることに自責の念すら感じるのだ。一人きりでこの景色を見られたら、どれだけいいだろう。

そこにいる十人ほどは誰も何も言わなかったが、やはりそれを歓迎する風ではなかった。傾斜のある岩の上に仰向けに寝転がっている白人女性は眩しいとも険しいともとれる表情で空を見ていた。私は今見ているものを書く気がしない。かといってその場も離れがたい。十分ほど、穏やかなビートルズナンバーばかりを聴きながらいらいらしていた。

「それわざわざ持ってきたの?」

演奏がちょっと途切れるのを待っていたように、機嫌好さそうな中年女性が賞賛まじりの言葉を投げかけた。学生はギターを抱えたまま、得意げな顔と口ぶりで応じる。

「あなたはやっぱりデレク・ベイリーの評伝を読まなきゃダメだよ」

自分の書いたことに驚いて顔を上げた。間違いを犯したような不安に襲われて見回すが、もちろん人々は私の方など気にしていない。いくつかの頭の向こうに東筑波の山々をかすませる雲が流れている。再びノートに目を落とすと、やはりそこに書いてあるのは、一週間前に言われた保坂和志の言葉だ。なぜこんなことを書いたのだろう。最初の鉤括弧を書いた時、私はあの学生と中年女の毒にも薬にもならない会話を記録してやろうとつまらなく息巻いていたというのに。

人多くギターまで爪弾かれる筑波山の山頂は、残念ながら「憂へ」がやむような場所ではなかった。そのせいでデレク・ベイリーを思い出し、保坂和志の言葉が出てきたなら、それこそが私の

「憂へ」であるような気がした。あの時、保坂和志は「あなたはやっぱりデレク・ベイリーの評伝を読まなきゃダメだよ」と言う前に、「あなたの考えだといつか書かなくなっちゃうんだよ」と言ったのだが、確かに、私にはそれ以外の悩み事なんてない気がするのだ。

○・七ミリのシャープペンシルのちびた芯を抜き出そうとして取り落とし、芯は崖の下に跳ねていった。私はまた不安になって周囲を見たが、やはり誰も私を見てなどいない。驚いたことには人がだいぶ入れ替わっていて、ギターを弾いていた大学生らしき三人組もいなかった。当たり前だが音楽もなく、白人女性だけが相変わらず太陽に顔を向けている。同じ方角――一時を過ぎたところだから南南西――をぼんやり見ていて、その景色の遥か遠くに国府台があることに気付いた。

私は帰ったら、かつてそこで偶然見かけたデリヘル嬢らしき娘のことを、その姿を、歌川広重が描いたありもしない方向に佇む筑波山の片方の頂から、虫麻呂のように書いてみようと考えている。書くという、その練習に明け暮れるともなく明け暮れるための無残な記録や実践として。

跋

小説家としてデビューして五年、四冊目の本がこういうものになるとは思っていなかった。序文で書いたような経緯もあって、自分にとっては特別な本だから、他にも色々と書かなければいけないことがある。

はじめのうち、つまりは中高生の頃、一番興味があるのは「笑い」だった。松本人志が好きで、コントからテレビ番組から全て見ていた時期があり、あーだこーだと考えていた。もともと書くのは好きだったから、それを文章でやろうとするのはとても自然な流れだった。

その頃にもどかしかったのは、そういう「笑い」の書かれている本が、ほとんど売っていないということだ。文芸界で「ユーモア」や「笑い」と言われているものをアングラなところまでがんばって読み漁っても、おもしろくないとは言わないが、自分の好きなものは拍子抜けするほど少なかった。だから、自分が好きな「笑い」をちょっとでも読ませてくれた人のことはよく覚えている。特に、町田康（会ったことあるので敬称略は気が引けるけど）、カフカの断片、宮沢賢治『蜘蛛となめくじと狸』、『蛙のゴム靴』、マーク・トウェイン『ストームフィールド船長の天国訪問記抄』（勝浦吉雄訳）の感じなんかは繰り返し真似したので思い出深い。

それで、書かれた「笑い」がどこにあるかといったらインターネットだった。ネット大喜利（ネットで大喜利をやろうという人たちがいるのだ）とか。基本的に文字だけで完結する文化なので書き言葉が先鋭化していくばかりで、もうわけがわからなくなってしまった人たちが少なからずいて楽しかった。これは先鋭化云々と関係ないけれど、仲良くさせてもらった人見知りさん（ハンドルネーム）が掲示板で一度だけ使っていた「ゴッサム・おひさシティぶり！」という挨拶が忘れられない。人見知りさん、お元気ですか。

たかたけしとしてマンガ家になったたかさんとも、ネット大喜利を通じて知り合い、やりとりをするようになった。そのたかさんから「けつのあなカラーボーイに入りませんか」と言われるがまま、けつのあなカラーボーイに入って知り合ったのがポテチ光秀さんだ。いつだったか「のりしろさんのブログは本にならないんですか」と訊かれ、「なった時は表紙の絵を描いてください」などと返したこともある。メールに添付されてきた本書の装画を初めて見たのは、取材のため、日没後の暗い利根川の堤防の天端《てんば》を一人で歩いている時だった。黒い大きな淀みを見下ろす土手に座り、zipファイルを解凍するアプリをダウンロードしてまで開くと、表紙のイラストが暗闇に浮かび上がった。それから、逆に溶け込むような裏表紙のイラスト。自分の十数年の裏表。およそ六五〇ページを間に挟んだその絵を、十数年の時間と実感を含めて見る権利は自分にしかないということに勝る喜びがあるだろうか。

編集の石原将希さんから書籍化の話をいただいたのは二〇一九年の十月、芥川賞候補にもなっていない時期だった。こちらが覚えていないところまで読み込んでいるのをありがたいと思うと同時に正気かと思ったが、どういうわけか企画も通り、とんとん拍子に話が進んでいった。今もブログに残る、単純な量の多さと何の考慮も配慮もない芸能人の悪口と下ネタだらけの文章で苦労をかけてしまったけれど、そのNGラインについて相談するのは楽しい時間だった。

また、ワインディング・ノートでも書いたように恩を仇で返し続ける状況だった法政大学の田中優子総長に当時のメールの掲載許可をお願いするのは緊張した。許諾してくださり、近著をご恵投いただいてほっとしつつも、あの書くと読むだけに明け暮れた変な大学生活を一方的に肯定してもらい続けていた図々しい自分を反省した。平賀源内の本一式は資料として借りたままだから、いつかきちんと成果を上げてお返ししたい。

装丁は川名潤さんにお願いしようと考えていますと石原さんに言われた時はうれしかった。川名さんは最初の本である『十七八より』の装丁も手がけてくださった。デビュー前後で自分が分断されるわけではないし、ずっと書くのだという心は何も変わっていないつもりだが、それでも否応なく存在してしまうその溝に、頼もしくきれいな橋をかけてもらったように感じている。

帯にコメントを寄せてくれたceroの髙城晶平さんは、その心を汲んでくれる読者である。自分もそんな聴き手であればいいが自信はない。『最高の任務』という小説では主人公が亡き叔母との旅を思い出すために一人旅をするのだが、その取材中や書く最中、耳に心にかかっていたのはceroの『ロープウェー』という曲だった。「やがて人生は次のコーナーに」という歌詞は、自分にも主人公にも大きな励ましであった。

それで唐突に思い出したのは、ブログが「次のコーナーに」差しかかった時のことだ。過去作を読み返すと小学生の話が異様に多く、これは自分が読んできた那須正幹や灰谷健次郎などの児童文学とか繰り返し見た『パーマン』とかのアニメの影響なのだろうと思うけれど、とりわけ強く憧れたのは『おジャ魔女どれみ』の世界だった。シリーズ最初の作が始まって録画して見ていたのは中学生の頃、とにかく運動会の話（「運動会はパニックがいっぱい！」）が好きだった。呪われたアイテムによってアクシデントが頻発するてんやわんやを解決し、最後の競技であるクラス対抗リレーが行われる。ピストルの合図と同時にあの素晴らしいオープニング曲が流れ始め、そのテンポに合わせるように、声援の中をみんな一生懸命走る。家族からの声援が飛ぶ。「教科書見〜ても」と歌詞の詰め込みがややゆるむところで、どれみがいくら練習しても上手くいかなかったバトンタッチの場面が、「書いてない〜けど」と歌詞にリンクしつつスローモーションで描かれるシーンときたらもう……。こういうものを書きたい。二十歳の頃、DVDを繰り返し見ながら、自分なりに小学校の運動会をテーマに書いたのが、今もブログに残る『九月の第二土曜日』という話だ。色んな点で全然及ばずどうにもならず、何とか終わらせた後、このままではいけないと読む量も書く量も増やし、意識的に試行錯誤するようになった。改めて読むとずいぶん勝手な印象の『ワインディング・ノート』も、ひどく個人的な『虫麻呂雑記』も、他で書いた小説だって、その一環でしかない。

それにしても、来し方を振り返ればなんて楽しいものだったか。まったくもって「ドキドキワクワクは年中無休」もいいところだけれど、もしもブログを書いてなかったらと考えることもある。

行く末、どんな賞をもらったところで「ミック・エイヴォリーのアンダーパンツ」を書いてきた誇らしさには遠く及ばないだろう。

最後になったが、この「ミック・エイヴォリーのアンダーパンツ」というのは、中学の時から変わらず一番好きなバンドであるThe KINKSの曲名を借りたものだ。フロントマンのレイ・デイヴィスから、その音楽から、この世界を眺めるときの態度——ひそかな片方の口角の上げ方とか、さりげない足の組み方とか——を教わった。この先も、尊敬する人の「Do It Again」の声を頼りに、この本がかつて書かれた場所へ何度も戻って来ては、この十数年のあらゆるあの時と同じように、腰をおろして、ひとりで書き始めようと考えている。

決定版 カフカ全集3　フランツ・カフカ　飛鷹節訳　新潮社　1981年
ニーチェ・セレクション　渡邊二郎編　平凡社ライブラリー　2005年
三島由紀夫対談集 源泉の感情　三島由紀夫他　河出文庫　2006年
宮澤賢治全集7　宮澤賢治　筑摩書房　1985年
宮澤賢治全集9　宮澤賢治　筑摩書房　1995年
宮澤賢治全集10　宮澤賢治　筑摩書房　1995年
新編　銀河鉄道の夜　宮澤賢治　新潮社　1989年
夢を見るために毎朝僕は目覚めるのです　村上春樹　文藝春秋社　2012年
職業としての小説家　村上春樹　スイッチパブリッシング　2015年
吉田健一著作集　吉田健一　清水徹他編　集英社　1979年
方法序説　ルネ・デカルト　谷川多佳子訳　岩波文庫　1997年
驚きの皮膚　傳田光洋　講談社　2015年
悲劇の解読　吉本隆明　ちくま学芸文庫　1997年
せつない胸に風が吹いてた　桑田佳祐　タイシタレーベル　1992年
Yellow Magus　荒内佑（cero）　カクバリズム　2013年
cero 1st シングル『Yellow Magus』特設サイト　カクバリズム　2013年
http://www.kakubarhythm.com/special/yellowmagus/

虫麻呂雑記

サボテンと捕虫網　ジョン・アルコック　鈴木信彦、渡辺政隆訳　平河出版社　1988年
ものみな過去にありて　いがらしみきお　仙台文庫　2012年
デレク・ベイリー インプロヴィゼーションの物語　デレク・ベイリー、ベン・ワトソン　木幡和枝訳　工作舎　2014年
インプロヴィゼーション　即興演奏の彼方へ　デレク・ベイリー　竹田賢一他訳　工作舎　1981年
キェルケゴールの日記　セーレン・キェルケゴール　鈴木祐丞編訳　講談社　2016年
金曜日の本　ジョン・バース　志村正雄訳　筑摩書房　1989年
芸術論集 文学のプロポ　アラン　桑原武夫、杉本秀太郎訳　中公クラシックス　2002年
高橋虫麻呂と山部赤人　多田一臣　笠間書院　2018年
高橋虫麻呂の万葉世界――異郷と伝承の需要と創造　大久保廣行　笠間書院　2018年
お喋りを制御する装置「Speech Jammer」、日本の研究者チームが開発　エキサイトニュース　2012年　https://www.excite.co.jp/news/article/Slashdot_12_03_04_1812249/
父のことなど　佐竹美知子　協力：笠間日動美術館
真間の継橋　市川市教育委員会
やきそばパン　川本真琴　ソニー・ミュージックレコーズ　1997年

複数の作品にわたって引用があるものは、初出以外を省略しました。

引用にあたり、旧字は新字に改め、傍点、数字、かな等の表記は一部を除き原文に従いました。

主要参考・引用文献

創作

決定版 カフカ全集２　フランツ・カフカ　前田敬作訳　新潮社　1992 年
ほとんど記憶のない女　リディア・デイヴィス　岸本佐知子訳　白水社　2011 年
決定版 太宰治全集２　太宰治　筑摩書房　1998 年
決定版 太宰治全集３　太宰治　筑摩書房　1998 年
犯罪不安社会 誰もが「不審者」？　浜井浩一、芹沢一也　光文社新書　2006 年

ワインディング・ノート

大工よ、屋根の梁を高く上げよ／シーモア－序章－　J.D. サリンジャー　野崎孝、井上謙治訳　新潮社　1980 年
フラニーとゾーイー　J.D. サリンジャー　野崎孝訳　新潮社　1976 年
ライ麦畑でつかまえて　J.D. サリンジャー　野崎孝訳　白水社　1984 年
モーツァルト書簡全集Ⅳ　W.A. モーツァルト　高橋英郎、海老沢敏訳　白水社　1990 年
ＩＭＯＮを創る　いがらしみきお　アスキー　1992 年
プロレゴーメナ・人倫の形而上学の基礎づけ　エマニュエル・カント　土岐邦夫、野田又夫、観山雪陽訳　中央公論新社　2005 年
生きて、語り伝える　ガブリエル・ガルシア＝マルケス　旦敬介訳　新潮社　2009 年
言葉と悲劇　柄谷行人　講談学術文庫　1993 年
サリンジャー 生涯 91 年の真実　ケネス・スラウェンスキー　田中啓史訳　晶文社　2013 年
哲学者たちの死に方　サイモン・クリッチリー　杉本隆久他訳　河出書房新社　2009 年
教祖の文学　不良少年とキリスト　坂口安吾　講談社文芸文庫　2014 年
Venture Science Fiction　1958 年３月号　シオドア・スタージョン他　Fantasy House　1958 年
ナイン・インタビューズ　柴田元幸と９人の作家たち　柴田元幸他　アルク　2004 年
チャーリーとの旅　ジョン・スタインベック　竹内真訳　ポプラ社　2007 年
スタインベックの創作論　ジョン・スタインベック　テツマロ・ハヤシ編、浅野敏夫訳　審美社　1992 年
風姿花伝　世阿弥　野上豊一郎、西尾実編　岩波文庫　1958 年
死に至る病　セーレン・キェルケゴール　斎藤信治訳　岩波文庫　1957 年
決定版 太宰治全集４　太宰治　筑摩書房　1998 年
決定版 太宰治全集６　太宰治　筑摩書房　1998 年
決定版 太宰治全集８　太宰治　筑摩書房　1998 年
決定版 太宰治全集 11　太宰治　筑摩書房　1999 年
手塚治虫漫画全集 別巻 14　手塚治虫対談集（４）　手塚治虫　講談社　1997 年
手塚治虫漫画全集 別巻 15　手塚治虫エッセイ集（７）　手塚治虫　講談社　1997 年
手塚治虫文庫全集 ルードウィヒ・Ｂ　手塚治虫　講談社　2010 年
惑星の風景　中沢新一対談集　中沢新一他　青土社　2014 年
社会と自分 漱石自選講演集　夏目漱石　石原千秋編　筑摩書房　2014 年
ダイング・アニマル　フィリップ・ロス　上岡伸雄訳　集英社　2005 年
僕の小規模なコラム集　福満しげゆき　イースト・プレス　2013 年

本作所収の小説作品はすべてフィクションであり、実在の人物、団体とは無関係です。

乗代雄介（のりしろ・ゆうすけ）
1986年、北海道生まれ。法政大学社会学部メディア社会学科卒業。
2015年、『十七八より』で第58回群像新人文学賞受賞。2018年、『本物の読書家』で第40回野間文芸新人賞受賞。2020年、『最高の任務』で第162回芥川賞候補。著書に『十七八より』（2015年／講談社）、『本物の読書家』（2017年／講談社）、『最高の任務』（2020年／講談社）。

ミック・エイヴォリーのアンダーパンツ
二〇二〇年七月三日　初版第一刷印刷
二〇二〇年七月十五日　初版第一刷発行
著者　乗代雄介
発行者　佐藤今朝夫
発行所　株式会社国書刊行会
東京都板橋区志村一－一三－一五
電話〇三（五九七〇）七四二一　ＦＡＸ〇三（五九七〇）七四二七
https://www.kokusho.co.jp
印刷　株式会社エーヴィスシステムズ
製本　株式会社ブックアート

ISBN978-4-336-06588-9